Baret Magarian
DIE ERFINDUNG DER WIRKLICHKEIT

BARET MAGARIAN

DIE ERFINDUNG DER WIRKLICHKEIT

ROMAN

Aus dem Englischen von Cathrine Hornung

TransferBibliothek
FolioVerlag

Für Boghos, Ayko und für Margarete

„Sie sind Schriftsteller?", fragte der Dichter mit Interesse.

Das Gesicht des Besuchers verdunkelte sich, er drohte Iwan mit der Faust. Dann sagte er: „Ich bin der Meister."

Mit strengem Gesicht nahm er aus der Tasche seines Hausmantels eine speckige schwarze Mütze mit einem in gelber Seide aufgestickten „M". Er setzte sie auf und zeigte sich Iwan zum Beweis im Profil und von vorne. „Diese Mütze hat sie mir selbst genäht", fügte er geheimnisvoll hinzu.

„Wie heißen Sie denn?"

„Ich habe keinen Namen mehr", erwiderte der seltsame Gast mit düsterer Verachtung. „Ich verzichte auf ihn, so wie ich überhaupt auf alles im Leben verzichte. Vergessen wir ihn."

Aus *Der Meister und Margarita* von Michail Bulgakow

I

DIE IDEE

1

Der Tag brach an und erweckte den Anschein von Reinheit. Einen Moment lang hätte das Licht auch das der Schöpfung sein können. Dann, mit dem Wimpernschlag, der die letzten Augenblicke der Nacht von den ersten des Morgens trennt, verschwand der fahle Umriss des Mondes, und der Himmel wurde zu einer belebenden Infusion von Blau. Hoch oben, am Fenster seines Arbeitszimmers, stand ein Mann und schaute zu, während er darauf wartete, dass die Stadt erwachte. Unbestimmte Geräusche des Lebens drangen zu ihm herauf und überschwemmten ihn mit Erinnerungen. Staubkörner kreiselten träge in den Sonnenstrahlen. Er dachte, dass London dem Verstand glich und dass die Straßen, Wege, Abwasserkanäle und Tunnel der Stadt an Teile des Gehirns erinnerten, dass ihr komplexes Gefüge der Verschlungenheit von Gedächtnis und Denken entsprach. Nachdem er die Morgendämmerung erblickt hatte, setzte er sich hin und tippte rasch ein paar Wörter.

```
21. Mai. Immer noch keine neuen Ideen. Ob Barny mir auf's
Dach steigen wird?
```

Das Herzstück des Arbeitszimmers war ein prächtiger Schreibtisch aus Mahagoniholz, und der einzige Gegenstand darauf war eine alte Underwood-Schreibmaschine. Er konnte Computer nicht ausstehen und versuchte so wenig wie möglich mit Technik in Berührung zu kommen, was ihm wunderbar altmodisch erschien. Der Dielenboden war mit Stiften, Büchern, Papier übersät. Unten auf der Straße sah er einen Jungen, der Zeitungen austrug, und eine Dame, die ihren Pudel spazieren führte. Etwas weiter entfernt kämpfte ein Mann mit dem Vorhängeschloss seines Fischstandes. Er beobachtete sie noch ein bisschen.

```
Schluss mit dem banalen Mist. Zeit für etwas Neues. Barny
soll mir ruhig auf's Dach steigen, aber ich werde nicht für
ihn tanzen. Ich habe zu lange für Natalie getanzt. Und vor
```

fünf Jahren habe ich meinen Dad von der Tanzfläche geworfen, als er sich dort mit ihr zusammengetan hat. Der alte Bock.

*

Eier. Er hatte plötzlich Lust auf Eier. Er ging in die Küche, fand welche, schlug sie mit der Präzision eines Kochs auf und sah zu, wie sie im Fett seiner verbeulten Bratpfanne brutzelten und ploppten. Er förderte eine Teekanne aus einem ramponierten Küchenschrank zutage und deckte sorgfältig einen Teller und Besteck auf. Als der Toast fast fertig war, klingelte das Telefon. Es war noch viel zu früh für einen Anruf.

„Hab ich dich geweckt?"
„Was ist los?"
„Nicht am Telefon. Ich war die ganze Nacht wach. Können wir uns treffen? Ich muss mit dir reden. Dringend."
„Wann? Etwa jetzt gleich?"
„Sagen wir, in ein paar Stunden? Kannst du ins Kino kommen? Da bin ich gerade. Wir könnten im Vorführraum reden. Ich muss dich unbedingt sehen."
„Im Kino? Gehst du da eigentlich irgendwann auch mal raus? Na gut. Dann so um acht. Gibt es da eine Klingel oder so? Soll ich klopfen? Was soll ich tun?"
„Ich lass die Hintertür offen. Geh einfach rein."
„Hat die Tür irgendwelche besonderen Merkmale?"
„Nein. Sie ist einfach nur schwarz und rostig."

Daniel Bloch legte den Hörer auf und aß sein Frühstück. Was er sich von diesem Tag versprochen hatte, schien bereits zunichtegemacht.

*

Oscar Babel war Vorführer im Eureka, einem heruntergekommenen Kino in Camden und eines der letzten in London, die noch einen altmodischen Projektor mit riesigen, langsam rotierenden Filmrollen verwendeten. Manchmal kam sich Bloch wie Oscars Ersatzvater vor: Er gab ihm Ratschläge, lud ihn zum Essen ein, stellte ihn einflussreichen Leuten vor. Sie hatten sich vor zehn Jahren kennengelernt, als

Bloch ihn aus einem Pub hatte wanken sehen, vom Alkohol gezeichnet. Beim Anblick dieser auffälligen und doch schemenhaften Gestalt hatte er an einen Kinderwagen denken müssen, der irgendwie auf einer Rennbahn gelandet war, verloren herumrollte und schrecklich verletzlich aussah. Er hatte Oscar in ein Taxi gesetzt und dem Fahrer eine Zwanzig-Pfund-Note in die Hand gedrückt. Am nächsten Morgen hatte Oscar ihn angerufen, um ihm zu danken. Aber Bloch konnte sich nicht erinnern, ihm seine Nummer gegeben zu haben. Als sie sich schließlich auf einen Drink trafen, hatte Oscar ihm ein kleines Geschenk mitgebracht, eine Spieldose aus Elfenbein, vielleicht das Einzige, was Oscar besaß, an dem ihm wirklich etwas lag. Bloch hatte ihm Zutritt zu seinem Leben gewährt. Er vermutete, dass er ihm nicht ohne Grund begegnet war, und ließ die Sache auf sich beruhen. Derweil betrachtete Oscar seinen neuen Freund als eine intellektuelle Bereicherung und einen Lichtblick in seinem ansonsten atrophischen Leben. Früher war er ein vielversprechender Künstler gewesen, jetzt verdiente er seinen Lebensunterhalt mit dem Vorführen von Filmen, dem unsichtbarsten Beruf, den man sich denken konnte, nachdem er die Malerei trotz seines offenkundigen Talents an den Nagel gehängt hatte. Manchmal stellte Bloch ihn sich als einen großen Fisch vor, der durch die Wolken des Meeres driftete, die gigantische Pflanzenwelt beäugte und die wundersame Schönheit bestaunte, die an ihm vorübertrieb, während er selbst immer tiefer Richtung Meeresboden sank. Eine Vergessenheit, die Oscar nicht suchte, fand ihn ständig.

Nach einer einschneidenden Rasur beschloss Bloch, zu Fuß zum Kino zu gehen und einen Schlenker über den Regent's Park zu machen.

*

Der Morgen warf die Schalen seiner Geburt ab. Die Menschen kamen aus ihren Behausungen und wappneten sich für den mörderischen Weg zur Arbeit. Diejenigen in Anzug und Krawatte sahen bereits aufgelöst aus, und der Schweiß stand ihnen auf der Stirn.

Nachdem er das Tor zum Park passiert hatte, stellte Bloch überrascht fest, dass ein paar Leute ein Sonnenbad nahmen. Trotz der frühen Stunde schwatzten die Menschen schon unentwegt in ihre

Mobiltelefone. Inzwischen war es ziemlich heiß und es schien, als würde das immer so bleiben. Da er sehr schnell ging, hatte er schon bald die andere Seite des Parks erreicht. Er nahm sich einen Augenblick Zeit, um das üppige Grün der Bäume zu genießen, bevor er sich dem Ausgang zuwandte und auf eine große Straße hinaustrat. Als er sie überquerte, traf ein Sonnenstrahl von der Schärfe eines Lasers die schmutzigen Fassaden verwahrloster Häuser. Einen Moment lang entflammte die Wirklichkeit in einem herrlichen Inferno. Doch dann verschwand die Sonne hinter einer Wolke, und alles fiel wieder in die Tristesse städtischen Niedergangs zurück.

Das Eureka Cinema machte einen ausgedienten Eindruck. Er spähte durch die Fenster, um zu schauen, ob jemand drinnen war. Keine Menschenseele. Kinos haben kein Morgenleben, dachte er. Gemächlich schlenderte er um das Gebäude herum und fand die Hintertür unverschlossen vor, genau wie Oscar gesagt hatte.

Drinnen war es stockfinster. Der abrupte Wechsel vom Tageslicht zur Dunkelheit ließ helle Flecken vor seinen Augen tanzen. Er fand sich in einem kleinen Raum wieder, wo ein Tisch und ein Stuhl aus Schmiedeeisen einträchtig vor sich hin rosteten. Auf dem Tisch lag ordentlich aufgeschlagen eine Zeitung. Eine Schiebetür stand offen. Er ging hindurch und rief nach Oscar. Sein Weg führte durch eine Kammer mit Werkzeug, das auf den Arbeitsflächen herumlag. Eine staubige Tischlampe verströmte arthritisches Licht. Oscar war nicht da. Er hörte das laute Surren des Filmprojektors, ein Geräusch, das zusammen mit dem bleichen Licht und der schwarzen Wand eine beklemmende Stimmung schuf. Er tastete sich ein paar Stufen hinunter und gelangte schließlich in ein Kabuff, bei dem es sich um den Vorführraum handeln musste. Zwei große Metallscheiben mit einem Durchmesser von etwa einem Meter drehten sich langsam im Kreis. Auf ihnen ruhten die Filmrollen, die den Projektor fütterten. Der Kreislauf des Zelluloidstreifens, der das flackernde Bild auf der Leinwand draußen im Saal am Leben hielt, hatte etwas Unerbittliches an sich. Durch eine schmale Wandöffnung folgte Bloch ein paar Minuten lang dem Film, der ohne Ton vor leeren Sitzreihen lief. Eine Frau mit durchscheinendem blonden Haar war in Großaufnahme zu sehen, ihre Lippen bewegten sich. Sie wirkte verstört und schien um etwas zu flehen. Als Bloch sich abwandte und wieder in die Dunkelheit blickte, brannte sich das verschwommene Bild auf seiner Netzhaut ein. Während er noch über diesen Effekt nachdachte, spürte er eine leichte Berührung an der Schulter. Er fuhr herum und sein Gesicht streifte das von Oscar.

„Himmel, hast du mich erschreckt", stieß Bloch hervor.

„Tut mir leid, das war keine Absicht. Gehen wir dort rüber, da ist es nicht so laut."

Bloch sah zu ihm auf, als stellte er zum ersten Mal überrascht fest, wie groß er war. Er musste einiges über eins achtzig sein. Einen Moment lang beneidete er ihn um sein jugendliches, hübsches Gesicht. Es trug noch die Insignien der Unschuld, blaue Augen, die sich in stummer Verwunderung weiteten. Sie gingen nach nebenan und setzten sich. Das Surren des Filmprojektors war immer noch zu hören, allerdings gedämpft durch die angelehnte Tür.

„Wieso lässt du um diese Zeit einen Film laufen?", fragte Bloch.

„Ich finde das tröstlich. Stört es dich?"

Bloch schüttelte langsam den Kopf. Oscar machte einen übernächtigten und bekümmerten Eindruck. Etwas an ihm kündete von einem anormalen Dasein. Er wirkte immer so, als hätte man ihm gerade ein Brenneisen in eine frische Wunde gedrückt.

„Also, was ist los?", fragte Bloch.

Oscar sprach leise und fixierte dabei die Wand.

„Na ja, jetzt wo du extra hergekommen bist, fühle ich mich irgendwie schuldig. Es ist nichts Bestimmtes – kein konkretes Problem. Ich meine, man hat mir keine seltene Krankheit diagnostiziert. Man hat mir nicht das Herz gebrochen. Ich wünschte, es wäre irgendetwas … Aufregendes, etwas wie: ‚Ich werde erpresst' oder ‚Bei mir wurde eingebrochen' oder ‚Jemand hat meine wertvollen Briefmarken ins Klo geworfen und meine Ming-Vase zerschmettert.' Das Problem ist nur, dass ich gar keine Ming-Vase habe. Nicht, dass ich eine wollte, ich meine, das eigentliche Problem ist: Ich habe kein Leben. Ich bin niemand. Ich hab's satt, dreimal am Tag denselben Film anzuschauen und nur Filmrollen zu wechseln und in einem dunklen Raum herumzusitzen. Und ich kann nicht mehr malen. Aber sonst ist alles bestens."

„Warum kannst du nicht mehr malen?"

Oscar wandte sich Bloch zu und schaute ihm direkt in die Augen – eine beunruhigende Entwicklung.

„Tut mir leid, dass ich dir das antue. Dass ich dich an diesem Maimorgen aus dem Haus scheuche ..."

„Oscar, was hindert dich am Malen?"

„Wozu soll ich malen, wo ich doch sowieso nie Erfolg haben werde? Ich bringe die Energie nicht auf. Ich will etwas verändern, aber ich habe einfach nicht die Kraft dazu. Ich hatte gehofft, dass du etwas für mich verändern kannst."

„Ich? Wie denn?"

„Ich weiß nicht. Vielleicht könntest du mich irgendeinem hohen Tier vorstellen."

„Das habe ich doch schon getan. Ich habe dich diversen Kunsthändlern vorgestellt, aber du warst nicht gerade nett zu ihnen. Zu Demian Small hast du gesagt, er sei ein Scharlatan. Vielleicht solltest du über einen Berufswechsel nachdenken. Oder du machst eine Ausbildung oder irgendeine gemeinnützige Arbeit oder etwas, bei dem du deine Kunstkenntnisse einbringen kannst." Bloch hörte sich an wie jemand, der einem Kind allerlei Süßigkeiten hinhält, damit es aufhört zu weinen. Er wusste, dass seine Vorschläge völlig unrealistisch waren.

„Ich will meine Kunstkenntnisse nicht einbringen, zumal ich gar keine habe. Und die Vorstellung, wieder die Schulbank zu drücken, ist grauenvoll." Er holte ein paar Mal tief Luft. „Ich will nur nicht mein ganzes Leben lang eine Leerstelle sein. Ich will jemand sein."

„Dann sei doch jemand. Unternimm etwas. Werde aktiv."

„Ich kann nicht. Ich bin wie gelähmt. Ich schaffe es einfach nicht, den ersten Schritt zu tun. Letzte Woche bin ich neunundzwanzig geworden, aber ich fühle mich, als ob ich schon tot wäre. Ich meine, was stimmt denn nicht mit mir? Glaubst du, dass ich an vorzeitiger Vergreisung leide?"

„Nein. Ich glaube nicht, dass du an vorzeitiger Vergreisung leidest. Und überhaupt, was soll ich erst sagen? Ich bin achtundvierzig, jenseits von Gut und Böse, geschieden, kinderlos, und für das literarische Establishment bin ich ein Witz. Schön, ich habe haufenweise Bücher verkauft und nie die Kritiker hofiert, aber irgendwann will man nicht mehr bloß von Sekretärinnen und Buchhaltern gelesen werden. Sag mal, müssen wir unbedingt in diesem Loch sitzen? Hier drinnen fällt es mir schwer, mein Hirn zu benutzen."

„Lass mich noch eben den Projektor ausschalten."

Im selben Moment ertönte ein Geräusch wie das Abwürgen eines Motors, gefolgt von einem sehr lauten Schnappen. Oscar sprang auf und stürzte in den Vorführraum. Der Filmstreifen hatte sich verheddert: Er quoll unkontrolliert aus dem Projektor und ringelte sich auf dem Boden wie ein Haufen Würmer. Oscar streckte gerade den Arm aus – vorsichtig darauf bedacht, nicht auf den Film zu treten – und betätigte einen Schalter, als Bloch hinzukam.

„Ich habe geahnt, dass so etwas passieren würde", murmelte Oscar und kniete sich hin, um das Band zu entwirren.

„Kannst du da irgendwas machen?"

„Ich weiß nicht, ich weiß es wirklich nicht. Auf jeden Fall wird es ewig dauern. Geh ruhig. Ich möchte nicht, dass du hier rumsitzt und dich langweilst."

Während Bloch auf den noch immer zuckenden Bandsalat starrte, kam ihm ein Gedanke, den er für eine glänzende Idee hielt.

„Ich könnte eine Geschichte über dich schreiben", sagte er.

„Worüber denn? Da gibt's nichts Interessantes, über das du schreiben könntest."

„Ich mache es interessant."

„Dann wäre es nicht über mich."

„Es wäre über dein Potenzial."

„Ich bezweifle, dass ich welches habe. Warum?"

„Ich würde mir gern ein anderes Leben für dich ausdenken. Eine Parallelwirklichkeit. Ich könnte eine mögliche Zukunft in Worte meißeln."

„Wie meinst du das?"

„Wenn ich dein Leben in der Fiktion neu erfinde, kannst du vielleicht aus deinem wirklichen Leben heraustreten und es aus einem anderen Blickwinkel betrachten. Der Erfolg ist nicht zwangsläufig so unerreichbar, wie du denkst. Erfolg ist Arbeit. Und eine Geschichte, in der du der Protagonist bist, könnte dir Selbstachtung verschaffen.

Sie könnte dir dabei helfen, aktiv zu werden, wieder zu malen, jemand zu sein, wie du es nennst. Nur so eine Idee."

Doch während Bloch sprach, beschlich ihn eine dumpfe Vorahnung, die ihn innehalten ließ. Es war, als ginge er mit diesen Worten die Verpflichtung ein, Wunder zu vollbringen.

Oscar hörte auf, das Band zu entwirren, und erhob sich. Er war gerührt von der Anteilnahme seines Freundes und schämte sich für seine Trägheit. Für wenige Sekunden flackerte ein anderes Leben vor ihm auf, eines, das ihn dem Reich der Belanglosigkeit entreißen würde. Eine Impression durchzuckte ihn wie ein Blitz und war vorbei, noch bevor er sie überhaupt erfasst hatte, eine Impression von großer Architektur, kolossalen Bäumen, schillernden Blumen. Er hörte, wie Bloch wieder zu sprechen begann, aber seine Worte waren weit weg und drangen nur als formlose Töne zu ihm durch. Und während dieser kurzen Träumerei vernahm er erstaunt den verführerischen Lockruf der Zukunft.

Dann erblickte er ein Gesicht, das Gesicht einer Frau mit herbstlichen Augen. Ihre vollen Lippen waren zu einem Lächeln gezogen. Er wandte sich Bloch zu, um etwas zu sagen, aber sein Kopf war leer. Er brachte kein Wort hervor und er war müde.

Ihr Name war Lilliana. Sie stand in South Kensington in ihrem Blumenladen, der überquoll von rosaroten Hyazinthen, indigoblauem Rittersporn, rosa und roten Rosen, roten und weißen Nelken. Majestätische Calatheen reihten sich in den Regalen und hingen in Ampeln von der Decke herunter, ihre langen Blätter zu einem grünen Baldachin ausgebreitet. Der Laden war beliebt, nicht nur wegen seiner geradezu magischen Atmosphäre, sondern auch wegen der Freundlichkeit Lillianas, die sich ganz allein um alles kümmerte, ihre Kunden umhegte, Stiele kürzte und Sträuße band, stets darum bemüht, die schönste Zusammenstellung, den köstlichsten Augenschmaus zu kreieren. Sie lebte von und mit den Blumen: Sie umgaben sie sowohl im Laden als auch in ihrem kleinen Haus in Kentish Town.

Es war kurz vor Ladenöffnung, und sie eilte geschäftig hin und her, um die letzten Vorbereitungen zu treffen. Sie hatte einen breitkrempigen senfgelben Hut auf dem Kopf, und ihr langes erdbeerfarbenes

Haar, das sie normalerweise offen trug, war im Nacken zusammengebunden. Einzelne Strähnen waren dem Knoten entkommen und hüpften über milchweiße Haut. Sie schob ein paar riesige Terracotta-Gefäße zu einer Gruppe von Kerzen so dick wie Baustämme, die vor einer weißen Wendeltreppe standen und nun zusammen mit den Tontöpfen eine theatralische Wirkung entfalteten.

Dann schloss sie die Ladentür auf. Der erste Kunde des Tages, ein hochnervöser Mann mit Schnurrbart, hatte bereits draußen gewartet und rauschte mit einem schroff hingeworfenen Dank herein.

„Ich möchte ein paar weiße Rosen", verkündete er.

Im selben Moment betrat eine sonnengebräunte junge Frau den Laden, ging schnurstracks zur Theke und wollte Lilliana gerade etwas fragen, als der Mann ihr den Kopf zuwandte und sie anfuhr: „Ignorier mich nicht, Najette."

Najette drehte sich um, sichtlich verblüfft. Sie brauchte einen Moment, um sich wieder zu fangen, und sagte dann: „Haben wir uns nicht gerade erst verabschiedet?"

„Ich kann nichts dafür, dass wir beide auf das Gleiche aus sind."

„Das bezweifle ich."

„Ich habe die Blumen gemeint. Dreh mir nicht immer das Wort im Mund herum."

„Muss das sein? Schon wieder? Ich konnte dich gar nicht ignorieren, weil ich dich nicht gesehen habe." Und dann, als hätte sie es sich anders überlegt, fügte sie hinzu: „Aber da ich dich offenbar nicht loswerde – kommst du mit in den Hyde Park? Um das Morgenlicht zu genießen. Es gibt nichts Schöneres, weder zum Malen noch zum Sonnenbaden. Hast du gemerkt, welche Fortschritte ich gemacht habe?"

„Mit dem Malen oder mit dem Hautkrebs?"

Anstatt zu antworten, drehte sie sich langsam zur Seite, damit er ihre Konturen bewundern konnte, die elegante Linie ihres gebräunten Halses. Sie war stolz und unbeirrbar wie ein Paradiesvogel, der sein Gefieder zur Schau stellt.

„Findest du nicht, dass du es ein bisschen übertreibst?"

„Nur ein Stündchen im Park, bevor die ganzen Touristen und Spießer dort einfallen", fuhr sie fort, „und dann zurück ins Wohnklo, um ein Gemälde fertigzustellen. Apropos, bist du sicher, dass du keins willst? Ich weiß ja, dass ich irgendwas falsch mache, aber ich kann mich einfach nicht damit abfinden, dass meine Arbeit zu großartig für die Earl Gallery ist. Wie auch immer – etwas Farbe im Gesicht steht mir gut, findest du nicht? Übrigens, wenn du mich fragst, werden wir bald für die Sonne bezahlen müssen. Ist das nicht deprimierend?"

Lilliana hielt es für ratsam, sich einzuschalten, um die Spannung zwischen den beiden ein wenig zu zerstreuen, und sagte: „Ich versuche mir gerade vorzustellen, wie wohl ein Sonnometer aussehen würde."

„Eine scheußliche Vorstellung", sagte der noch nicht identifizierte Mann.

„Das wird irgendwann kommen, glaubt mir", verkündete Najette fröhlich. „Alles wird früher oder später kommen. Künstliche Liebe, Wein aus aufbereiteter Limonade, Frauen, die darum betteln, dass man ihnen die Brustwarzen entfernt. Nur so zum Spaß."

„Was genau ist künstliche Liebe? Halt – lass mich raten: Du bist die Verkörperung davon", sagte der Fremde und fügte dann ungeduldig hinzu: „Sind meine Rosen jetzt fertig?"

Lilliana überreichte sie ihm nervös, und er drückte ihr herablassend einen Geldschein in die Hand. Sie hatte die Rosen in zartes Seidenpapier gewickelt und mit einer hübschen kupferfarbenen Schleife versehen, aber er schien keine Notiz davon zu nehmen.

„Sei nicht so ernst", sagte Najette. „Wir unterhalten uns doch bloß."

„Ich muss gehen. Die hier sind für Georgia."

Najette wollte gerade „Bis bald" sagen, aber er stürmte bereits in melodramatischer Erregung hinaus und ließ sie stehen.

„Ein durchsichtiger, stümperhafter Versuch, mich eifersüchtig zu machen. Georgia! Also wirklich. Er ist ganz schön empfindlich, meinen Sie nicht?", sagte sie zu Lilliana.

„Wer ist er? Und wer ist Georgia?"

Najette war im Begriff zu antworten, als drei Frauen hereinflatterten, sich laut plaudernd im Raum verteilten und ihre Gespräche, die gleichzeitig um verschiedene Themen kreisten, kreuz und quer durch den Laden führten. Alle drei trugen bunte Schals und sahen einander auch sonst verwirrend ähnlich, was Lilliana auf den Gedanken brachte, dass sie Schwestern waren. Eine von ihnen – sie hatte silberblondes Haar – inspizierte die großen Topfpflanzen, die dicht gedrängt in den Regalen standen. Lilliana wandte sich wieder Najette zu, begierig, die Unterhaltung fortzuführen, und bemüht, das Stimmengewirr zu ignorieren.

„Ihr Freund – wobei er kein richtiger zu sein scheint … Sie wollten mir gerade erzählen, wer er ist", sagte sie.

„Ach ja. Das Ungeheuer. In letzter Zeit nenne ich ihn Oscar. Ich glaube, das passt besser zu ihm als sein wirklicher Name."

Mit einem lauten Rums fiel der größte Calathea-Topf kopfüber aus dem Regal und begrub die Pflanze unter der schweren Erde. Ihre langen Stängel und Blätter waren auf der Stelle ruiniert. Die blonde Frau stieß einen kleinen Schrei aus. Lilliana eilte herbei und starrte auf die geschundene Pflanze hinunter. Ihre erste Reaktion war Ungläubigkeit, die aber sogleich einer tiefen Traurigkeit wich.

„Das tut mir schrecklich leid. Ich habe sie nur berührt. Ich weiß nicht, wie das passieren konnte. Als ob sie unbedingt runterfallen wollte. Tut mir wirklich leid", sagte die blonde Frau.

Lillianas Gesichtsausdruck veränderte sich kaum wahrnehmbar. Als Najette sie genauer ansah, entdeckte sie in ihren Augen einen hauchdünnen Film aus ungeweinten Tränen. Die blonde Frau griff instinktiv in ihre Handtasche. Ihr erster Gedanke war, dass Geld alles wiedergutmachen würde. Aber sie irrte sich. Najette beobachtete die beiden aufmerksam und sah die Szene bereits als Gemälde vor sich: zwei kniende Frauen, die eine in Melancholie versunken, die andere in der Pose der Trostspendenden. Lilliana erschien ihr wie eine Madonna, die reglos in einer Welt aus intensiven, nicht vermittelbaren Gefühlen verharrte. Sie hatte ihren Hut abgenommen, und noch mehr Strähnen ihres Haarschleiers fielen über ihr Gesicht. Najette sah zu, wie die Hand der Blonden zögerlich die von Lilliana suchte. Die Erde des Blumentopfs war beim Aufprall in alle Richtungen geschossen und bildete nun einen krümeligen Strahlenkranz um die beiden Frauen herum. Blitzschnell zog Najette einen kleinen Fotoapparat hervor – sie hatte immer einen dabei, um Momente wie diesen festzuhalten, Momente, die sie beim Malen inspirieren könnten –, schob den Finger auf den Auslöser, drückte ab und steckte die Kamera wieder weg. Niemand hatte es bemerkt.

Lilliana erhob sich langsam. Die Frau richtete sich ebenfalls auf und schaute zu ihren Begleiterinnen hinüber, die jetzt aneinandergeschmiegt in einer Ecke standen. Sie wandte sich wieder zu Lilliana und tastete sich durch ihre Worte hindurch: „Ich arbeite ... ganz in der Nähe. Vielleicht kann ich Sie ja mal zum Lunch einladen ... um dieses Missgeschick wiedergutzumachen?" Sie reichte ihr eine Visitenkarte, und Lilliana nahm sie wortlos entgegen. Der Hauch eines Lächelns huschte über ihre Lippen.

Nach einem Moment des Schweigens entwanden sich die drei Frauen der Situation und verließen sichtlich erleichtert den Laden.

„Das war echt gruselig", sagte Najette. „Jetzt brauche ich erst mal einen Drink. Haben Sie irgendwas da?"

„Ich glaube ... ich habe noch einen Weißwein oben im Kühlschrank. Soll ich ihn holen?"

„Das wäre wunderbar."

Während Lilliana die Wendeltreppe hinaufging, las Najette die Scherben des Blumentopfs und die verstümmelte Pflanze auf und legte alles auf den Tresen. Sie fand einen Handbesen samt Kehrschaufel und fegte flink die Erde zusammen. Lilliana kam mit zwei gefüllten Gläsern zurück und sagte: „Die schöne Pflanze, die jetzt kaputt ist, war für einen Freund von mir bestimmt, einen anderen Oscar. Oscar Babel."

„Mein Freund heißt eigentlich Nicholas. Aber er hält sich für einen Dandy, daher musste ich ihn irgendwann einfach Oscar nennen."

„Nicholas ist Ihr Ex-Lover?"

„Gut erkannt. Das macht ihn so wütend. Diese kleine Vorsilbe: Ex. Als würde ihm der Umstand, dass er mal seinen Penis in mich reingeschoben hat, ein göttliches Anrecht darauf verleihen, sich wie ein Arsch aufzuführen, nur weil ich ihn nicht mehr da drin haben will. Stellen Sie sich das vor!" Sie besaß eine ansteckende Fröhlichkeit, während sie mit ihren Worten zugleich einen Trotz heraufbeschwor, der in ihren Augen aufblitzte. Sie merkte, dass ihre Beredsamkeit mit ihr durchgegangen war. Lilliana versuchte, nicht schockiert auszusehen.

Sie zogen zwei Stühle an den Verkaufstresen und setzten sich. Najette sagte: „Also, erzählen Sie mir von Oscar. Dem echten Oscar."

„Diese Pflanze sollte sein Geburtstagsgeschenk sein." Sie strich mit dem Finger über den knorrigen, gewundenen Stamm.

„Wann hat er denn Geburtstag?"

„Letzte Woche. Ich bin spät dran, wie immer. Er ist Filmvorführer, aber der Job gefällt ihm nicht. Sagt er jedenfalls."

„Warum sucht er sich keinen neuen Job?"

„Ich weiß nicht. Vielleicht aus Angst vor dem Unbekannten. Er legt Wert darauf, dass die Dinge vorhersehbar sind, sich nicht verändern. Er mag keine Experimente."

„Hat er irgendwelche Leidenschaften? Außer dem Kino, meine ich."

„Das Kino ist für ihn keine Leidenschaft, sondern eine Abhängigkeit. Ich glaube, es gefällt ihm einfach, in dunkle Räume eingesperrt zu sein."

„Hat er es mal mit Sadomaso versucht? Mit Fotografie? Beichtstühlen? Würde er sich gut in einer Soutane machen?"

„Eher in einer Hängematte. Er wirkt irgendwie immer … ein bisschen fehl am Platz. Als wäre er gerade aus einer fliegenden Untertasse gestiegen. Aber er hat ein hübsches Gesicht."

Najette nickte und strich sich die ebenholzfarbenen Locken aus der Stirn, wodurch ihre Sonnenbräune erneut in voller Pracht zur Geltung kam; aber diesmal nahm Lilliana verwundert Notiz davon. Ihr fiel außerdem auf, dass Najette ungewöhnlich lange Wimpern hatte. Als kurz darauf ein Kunde hereinkam, waren sie zu beschäftigt, um ihn zu bemerken. Sie waren auch ein bisschen betrunken.

*

Daniel Bloch kehrte gegen zehn Uhr abends in seine Wohnung zurück. Sein Verlag hatte einen Umtrunk in der Serpentine Gallery veranstaltet, wo gerade die Arbeiten einer angesagten Installationskünstlerin namens Tracy Pearn ausgestellt wurden. Ihre Werke bestanden aus riesigen Blumenkohlköpfen, enormen Lauchstangen und gigantischen Küchensieben, aus deren Löchern bedrohlich wirkende Klingen und Messer ragten. Bloch hatte seinem Lektor erklärt, dass er keine Lust mehr hatte, Bücher zu schreiben, die sich zwar gut verkauften, aber nichts über das Leben aussagten. Er hatte hinzugefügt, dass er sich fortan in ernster Prosa versuchen würde. Er wolle der Welt etwas bieten, erhellend sein, nicht mehr bloß unterhaltend.

Der Himmel war im Begriff, dunkel zu werden, aber hier und da waren noch Einsprengsel von Orange und poliertem Gold übrig. Während Bloch zuschaute, wie sie allmählich schmolzen, überkam ihn ein Gefühl von grenzenloser Möglichkeit, das geradewegs aus dem im Fluss befindlichen Himmel hervorzuströmen schien. Die untergehende Sonne hatte sich in eine blutrote Kuppel verwandelt. Ein paar rosa Wolken gesellten sich zu ihr. Eine nach der anderen verschwanden auch sie.

Die Geschichte mit Oscar ging ihm durch den Kopf. Er setzte sich an seinen Schreibtisch und brütete über diesem hochfliegenden Plan, von dem Oscar am Ende hellauf begeistert gewesen war. Allerdings, überlegte er, bot Oscars Leben kein besonders fruchtbares Material, aus dem man etwas hätte machen können. Er fand, dass sein fiktiver Oscar einen anderen Beruf brauchte, und zog ein paar Optionen in Betracht, die ihm spontan in den Sinn kamen. Platzanweiser? Nein – zu passiv, zu nahe am Filmvorführer. Bestatter? Zu makaber. Architekt? Zu nüchtern. Ein Modell? Schon besser. Ein Aktmodell. Ja, das eröffnete interessante Möglichkeiten und hatte etwas mit Malerei zu tun. Oscar würde ein Aktmodell mit eigenen künstlerischen Ambitionen sein. Dann beschloss Bloch ohne besonderen Grund, dass Oscar in der Geschichte mit einer Katze zusammenleben und Opernliebhaber sein würde.

Eigentlich lebte Oscar allein in einem möblierten Zimmer in einem baufälligen Haus im Stadtteil Elephant and Castle und machte sich nicht viel aus Opern. Aber sein Vermieter – ein ziemlich unangenehmer Zeitgenosse, dem das Haus gehörte und der selbst darin wohnte – folterte Oscar ohne es zu wissen regelmäßig mit Opernmusik, vor allem mit Arien von Richard Wagner, die nahezu ungedämpft durch die alten Dielenböden dröhnten, was Bloch auf die Idee brachte, Oscar zum Wagner-Fan zu machen. Der Vermieter sollte ebenfalls in der Geschichte vorkommen, allerdings radikal verändert: Seine bösartigen Eigenschaften wollte er durch edelmütige ersetzen.

Er nahm Papier und Stift zur Hand. Als er zu schreiben begann, spürte er mit einem Mal eine Schwere im Kopf, als hätten sich Größe und Gewicht seines Gehirns verdoppelt. Doch seine Gedanken strömten mühelos, und die Zusammenhänge ergaben sich fast wie von selbst. Zu seiner Überraschung stieß Oscar als Figur eine Tür zu unbekanntem und unerforschtem Terrain auf. Ihm war, als stünde er kurz davor, eine ganz neue Stimme zu finden, eine, die sich erheblich von der seiner bisherigen Arbeiten unterschied: analytisch, urban angehaucht und ziemlich autobiografisch. Er schrieb mit fieberhafter Leichtigkeit drauflos, während er gleichzeitig korrigierte und redigierte. Nach ein paar Stunden legte er den Stift weg und las sich die hingekritzelten Seiten durch.

Oscar Babel. Zweifellos ist euch der Name geläufig. Renommee. Schuhgröße. Ungeahnte Fähigkeit, schwerelos inmitten von ätherischen Wesen zu levitieren und in die Abgründe der Hölle zu fahren, wo die abscheulichsten Bösewichte hausen. Oscar Babel ist das wohl beste Aktmodell seiner Zeit. Ich scherze. Aber der Beruf des Aktmodells wird schändlich unterschätzt. Und mir obliegt es, ihn ins rechte Licht zu rücken. Unbewegt wie eine Leiche zu verharren, splitterfasernackt, meist über Stunden, kann anstrengend sein. Nur wer inneren Frieden und äußere Haltung besitzt, ist dem gewachsen. So wie Mr. Babel, der große Künstler. Er verfügt über diese Gaben, wenn er eine Leinwand transmogrifiziert, ihr bald diese, bald jene Gestalt verleiht. Und das, obwohl er lange Zeit eher einem Sonnenschirm im Sturm glich. Bevor er der berühmte Maler wurde, der er heute ist, war er etwas ganz anderes. Er verzehrte sich in Selbstverachtung, vergeudete sein Talent. In Karrieredingen besaß er das Geschick und Feingefühl eines Chirurgen, der mit Boxhandschuhen operiert. Ich kannte ihn damals. Ich kenne ihn heute. Ich weiß noch, wie er einmal die Pflanzen im Garten goss. Während er mit der Gießkanne herumhantierte, hielt er plötzlich inne und fragte: „Und wer gießt mich?" Eine rätselhafte Bemerkung, die aber hängen blieb wie ein Ire zur Sperrstunde im Pub. Damals wohnte er in einer Bruchbude im Süden von London, und seine Liebe zur Oper trieb seinen Vermieter, Mr. Grindel, jeden Morgen fast in den Wahnsinn, denn Oscar pflegte zu den Klängen von Wagner aufzustehen. Oscars Katze teilte seinen Musikgeschmack.

Diese Katze – ein dickes, schwarzes Etwas, das schnurrte, wenn es hungrig war, und schnurrte, wenn man es fütterte (ein Schnurr-Automat) – erstarrte, sobald die ersten Töne erklangen, und sah beinahe menschlich aus. Mr. Grindel hatte ein goldenes Herz und nahm diese Störungen klaglos hin. Oscar brauchte die Musik. Sie nährte seine verkümmernde Seele und weckte ein wenig seine Lebensgeister.

Ich kann nur Vermutungen darüber anstellen, warum Oscar damals so unglücklich war. Vielleicht hatte es damit zu tun, dass sein liebster Gefährte aus dem Leben schied, als Oscar sechs Jahre alt war. Humphrey, der Goldfisch. Humphrey fand den Tod an einem Nachmittag, als Oscars Mutter sich bemüßigt fühlte, das Goldfischglas zu säubern, und den Fisch zu diesem Zweck in der Küchenspüle deponierte. Dann zog sie aus Versehen den Stöpsel. Behauptete sie jedenfalls hinterher. Das war die Urkatastrophe für Oscar. Ihm war, als wäre ein Teil von ihm mit dem geliebten Haustier gestorben, diesem Goldfisch, den er unzählige Stunden gefüttert und beobachtet hatte. Kein anderer Fisch, so wurde ihm klar, konnte Humphrey je ersetzen. Es wäre nicht derselbe Fisch. Die Zerbrechlichkeit des Lebens. Gut, Milliarden von Fischen schwammen im Meer herum, aber das war nicht der Punkt. Der Punkt war, dass Oscar in die Vergeblichkeit eingeweiht worden war. Eine mittlere Tragödie. Wobei ich gleich hinzufügen muss, dass diese Theorie nur eine von vielen ist. Zu jener Zeit, der Zeit seines frühen Unglücklichseins, hatte ich jedenfalls das Gefühl, einen emotional verkrüppelten Menschen vor mir zu haben. Wie sonst ließe sich erklären, dass er unfähig war, nach dem Leben zu greifen und seine Säfte zu kosten? Die reife Melone wurde ihm dargeboten, aber Oscar hegte den Verdacht, dass sie einen faulen Kern hatte, der den Geschmack der guten Stücke verderben würde. Und so reichte er die Frucht weiter und überließ es anderen, sich daran gütlich zu tun. Der Samen der Unvollkommenheit machte die freudvollen Momente von vornherein zunichte.

Einmal ging ich mit ihm schwimmen. Er zog pflichtbewusst seine Bahnen, aber seine Bewegungen erinnerten mich an einen Schuljungen, der als Strafarbeit hundertmal denselben Satz schreiben muss. Als er fertig war, fragte ich ihn, ob ihm das Schwimmen gefallen habe. Er sah mich mit blutunterlaufenen Augen an und sagte: „Ich hab's für das Wasser getan." Noch eine dieser kryptischen Bemerkungen, deren Entschlüsselung ich allmählich leid war.

Wie bereits erwähnt, wohnte er in einer Bruchbude: Die zerfetzte Tapete und das durchhängende Bett weckten in mir den Wunsch, ihm ein paar Kröten zuzustecken. Wobei ich mich fragte: Würde das etwas ändern? Manchmal, wenn es zu spät war, um etwas anderes zu tun, blieb ich über Nacht in der Bruchbude. Sein nervöses Getue beim Ausziehen erinnerte mich an eine Gazelle, die sich beobachtet fühlt. (Und dabei zog er sich doch von Berufs wegen ständig vor anderen aus.) Ich schaute weg, als er in seinen Pyjama schlüpfte. In der Gegenwart eines anderen menschlichen Wesens fühlte er sich einfach unwohl. Während ich eine letzte Tasse Tee für ihn machte, warf er sich im Bett herum, und sein Körper verschmolz mit der Matratze. Die Bettlaken umschlangen seine Glieder, als wären sie an ihnen festgeklebt. Als das Wasser schließlich kochte, war er bereits eingeschlafen, und mir blieb nichts anderes übrig, als mich mit seinem Zustand der Vergessenheit abzufinden und den Tee selbst zu trinken. Die Katze schnurrte und machte einen Buckel. Ich versuchte, mit ihr ins Gespräch zu kommen, während Oscar dalag und schnarchte. Aber die Katze hatte keine Zeit für mich, nur für ihren Herrn. Sobald ich mich ihr näherte, verzog sie sich.

Am Morgen machte er sich fertig, um zur Arbeit zu gehen. „Das Gute an diesem Beruf ist", sagte er, „dass man sich keine Gedanken darüber machen muss, was man anziehen soll." Mit einer Plastiktüte bewaffnet wagte er sich in das kalte Licht des Tages hinaus. Mir war jedoch die ganze Zeit über klar, dass er nur erweckt werden musste. Dieses selbstzerstörerische Unvermögen, ersprießliche Momente zu genießen (Momente, die der Zeit ein Schnippchen schlugen und außerhalb von ihr existierten), würde eines Tages von ihm abfallen. Seine verworrenen Gemälde stimmten mich da ganz zuversichtlich. Oscars Problem war das eines Introvertierten, das Problem der Schnecke, die nicht aus ihrem Schneckenhaus herauskriechen kann. Das Licht musste zu ihm kommen, nicht umgekehrt. Doch stattdessen brach die Dunkelheit herein, nur hin und wieder erhellt durch die Aussicht auf Liebe oder ein Stück Schokolade. Natürlich lag ihm nichts daran, weiter als Aktmodell zu arbeiten. Seine Berufung, um ehrlich zu sein, seine Bestimmung, um der Sache gerecht zu werden, sein oberstes Ziel, um es auf den Punkt zu bringen, war die Malerei. Einmal kam einer der bekanntesten Kunsthändler Londons, Barny Small, auf ihn zu, nachdem er zwei von Oscars morbiden Gemälden gesehen hatte und beeindruckt gewesen war. Small gab Oscar seine Karte, und Oscar steckte sie in die Waschmaschine. Vielleicht dachte er, die Karte sei schmutzig. Oder der greifbare Erfolg machte ihm Angst. Er besaß auch jenes Misstrauen gegenüber der Welt – der klebrigen Welt von Narzissten und Selbstdarstellern, von Marketing und Internet –, das den wahrhaft Begabten schon immer eigen war. Tief im Innern verachtete er den Kunsthändler, weil er mit dieser Welt Geschäfte machte, sich in ihr wohlfühlte und kein Problem mit den absurden Ungerechtigkeiten hatte, die zwangsläufig mit Erfolg einhergingen. Wenn seine eigene Arbeit triumphierte, so Oscars Überlegung, würde das für die Arbeit eines anderen unweigerlich das Aus bedeuten. Und sich ständig mit Nebensächlichkeiten und lästigen Verpflichtungen herumzuschlagen, würde Oscar nicht genügen. Und selbst wenn es ihm genügen würde, wäre da immer noch die schwelende Furcht, ein Scharlatan zu sein. Was auch immer er erreichen würde, es wäre nie genug. Und nachdem die Drinks spendiert und die Journalisten mit denkwürdigen Einblicken in sein Leben gefüttert und die Leute mit den indiskreten Häppchen versorgt sein würden, auf die sie so scharf waren, würde er sich der ganzen Aufmerksamkeit unwürdig fühlen. Er würde sich in seine Bruchbude zurückziehen, die Tür vor der Welt verschließen und murmeln: „Ich bin ein Pseudomaler. Ich bin ein Schwindler, ein betrügerischer Manipulator von Bildern. Ich bin ein Voyeur." Und so warf er die Visitenkarte des Kunsthändlers in die Waschmaschine und ersparte sich all diese Dilemmas. Nachdem der Waschgang beendet war, hatte sich die Karte zwischen seiner Kleidung vollständig aufgelöst.

Aber es gab noch einen weiteren – weniger komplizierten – Grund, weshalb Oscar sich scheute, seinen Hintern hochzubekommen und aktiv zu werden: Er war faul. Stinkfaul. Und diese Faulheit trieb ihn zu jenem anderen faulen Geschöpf der Natur: der Katze. Er flüchtete sich also in seine Bruchbude und in die Gesellschaft seines Stubentigers, und gemeinsam schwelgten sie in ungestillten Sehnsüchten, während die höchsten Töne von Tristan und Isolde *ihnen Trost spendeten. Allerdings wusste ich schon immer, dass Oscar zu Großem bestimmt war, dass er eines Tages triumphieren und das Licht sehen würde, und dass er sich dazu von seiner unzertrennlichen Katze trennen musste. Doch das wusste nur ich. Er nicht.*

Bloch legte mit einem mulmigen Gefühl die Seiten weg. Hatte er über Oscar oder über sich selbst geschrieben? Waren das hier Dinge, die ihn persönlich umtrieben?

Es ging auf halb zwei zu. Kaum hatte sein Kopf das Kissen berührt, fiel er in einen tiefen Schlaf.

Zur selben Zeit schaute Oscar im Eureka Cinema den Schluss eines Films an – die Spätvorstellung. Ihm graute davor, nach Hause zu gehen. Sein kleines Zimmer mit Kochgelegenheit war alles andere als einladend. Die Tapete schälte sich von den Wänden, das Bett hing durch wie eine Hängematte, und der Ofen war dreckverkrustet. Er versuchte sich zu erinnern, wann er zum letzten Mal die Bettwäsche gewechselt hatte, und ihn schauderte bei dem Gedanken. Während er darüber nachdachte und allmählich in einen mentalen Treibsand gesogen wurde, vernahm er ein klägliches Wimmern, das offenbar von draußen kam. Er schlich zum Hinterausgang, legte sein Ohr an die Tür und lauschte. Das Wimmern hörte auf. Er öffnete die Tür und sah eine winzige Katze auf der Schwelle kauern. Als sie ihn erblickte, begann sie erneut mit herzzerreißendem Pathos zu maunzen. Sie war kaum größer als seine beiden Handflächen zusammengenommen. Er hob sie auf und murmelte: „Hallo, hast du mich gesucht?"

2

Zwei Wochen vergingen. In dieser Zeit beschloss Oscar, die Katze zu adoptieren, da sie niemandem zu gehören schien. Er nannte sie Täubchen, weil sie ihm aus heiterem Himmel vor die Füße gesegelt war. Sie schenkte ihm neuen Lebensmut, und er gewann sie binnen weniger Tage sehr lieb. Er kaufte ihr einen Weidenkorb und polsterte ihn mit Decken aus, denn das Kätzchen war ausgezehrt und bedurfte fürsorglicher Pflege. Oscar musste allerdings aufpassen, dass Mr. Grindel, sein Vermieter, nichts merkte, denn die Hausregeln untersagten es den Mietern, in ihren Zimmern Tiere zu halten. Obwohl das Gebäude im Verfall begriffen war, rührte Mr. Grindel keinen Finger, um die Wohnverhältnisse zu verbessern, drohte aber jedem, der sich nicht an seine Regeln hielt, mit Rauswurf. Er war grundsätzlich unrasiert, um sich den Anschein von Mittellosigkeit zu geben – eine Taktik, die er für nützlich hielt, erlaubte sie ihm doch, so zu tun, als wäre er nicht bessergestellt als seine bettelarmen Mieter –, und er trug stets einen dicken Hausrock, auch bei sehr warmem Wetter.

Oscar war nur ein einziges Mal in Mr. Grindels Maisonettewohnung gewesen, die direkt über seinem Zimmer lag, und hatte bei dieser Gelegenheit festgestellt, dass der Ort einem Backofen glich. Ebenso unerträglich wie die Hitze war (jedenfalls für Oscars Ohren) die Wagner-Musik, die auf Grindels altem Plattenspieler lief. Dem Vermieter war nicht entgangen, dass Oscar sich über die Raumtemperatur wunderte, und er brummte etwas von wegen, er könne die Heizung nicht abstellen. Als Oscar ihm anbot, die Fenster aufzureißen, hatte er ihn kurz angeblafft – „Kümmern Sie sich gefälligst um Ihre eigenen Angelegenheiten" – und dann hinzugefügt, dass sich die Fenster nicht öffnen ließen, weil sie klemmten. Oscar hatte daraus gefolgert, dass der Mann wie ein frühgeborenes Baby in einem Brutkasten leben musste, hermetisch von der Außenwelt abgeschirmt. Dabei legte er im Umgang mit seinen Mietern die Abgebrühtheit eines hartgesottenen Geschäftsmanns an den Tag. Er war davon überzeugt, dass sie ihn alle nur übers Ohr hauen wollten. Oscar bemühte sich daher, Mr. Grindel keinen Anlass zu geben, ihn vor die Tür zu setzen.

An diesem Tag hatte er die Spätschicht im Kino und den Nachmittag dafür frei. Er war gerade dabei, sich zum Ausgehen fertig zu machen, als er ein unheilvolles Klopfen an der Tür hörte. Geschwind stopfte er Täubchen in einen Schrank mit Malutensilien, angebrochenen Farbtuben und dreckigen Pinseln und sah sich noch einmal nach verräterischen Hinweisen auf die Katze um. Dann öffnete er die Tür. Sein Vermieter hatte die lästige Angewohnheit, vorbeizuschauen, wann es ihm gefiel, vermutlich (so Oscars Verdacht), weil er hoffte, ihn bei etwas Verbotenem zu erwischen.

„Die Miete ist fällig, Babel", kläffte er, und seine irren Blicke schossen wie Pfeile an Oscar vorbei ins Zimmer.

„Ich weiß. Ich erledige das gleich morgen früh."

„Das will ich Ihnen auch geraten haben, sonst sind *Sie* nämlich erledigt. Und keine faulen Ausreden."

Oscar fiel auf, dass er einen merkwürdigen, unangenehmen Geruch verströmte. Er schloss rasch die Zimmertür und befreite die Katze. Dann setzte er Täubchen in ihren Korb und sagte: „Tut mir leid wegen eben. Sei brav, während ich weg bin." Er stellte ihr noch ein Schälchen mit Milch hin.

Er musste sich beeilen, denn er hatte eine Verabredung mit Lilliana in einer Bar in der Nähe ihres Blumenladens und war spät dran.

*

Im Innern der Bar schauderten enorme Vorhänge, die von Strömen abgestandener Luft in Unruhe versetzt wurden. Der Raum war in mandaringelbes Licht getaucht und von seltsamer, körperloser Musik erfüllt. Die Wände waren ringsum in einem intensiven Blutorange gestrichen, und dem Auge blieb nur der schrammige Holzfußboden, um sich davon zu erholen. Aus der Bartheke – einem Ungetüm von barocker Opulenz – schauten die Fratzen furchteinflößender Wasserspeier hervor, die aussahen, als wollten sie lebendig werden. Tausendundeine Flasche reihte sich im Hintergrund, Flaschen in allen Größen und Formen, gefüllt mit leuchtend grünen Likören, goldenen Whiskys und Malts, klarem Wodka und Gin, Rum so schwarz wie die Nacht, dunklem Bier von fulminanter Stärke. Der große Spiegel hinter diesen Vergessenheitsspendern warf die Federhüte, die angemalten Gesichter und die bleiche Pracht der Gäste zurück, alles liebevoll aufgezeichnet und vervielfältigt von Londons allgegenwärtiger Videoüberwachung. Hier und da standen kolossale, halb heruntergebrannte Kerzen, von denen lange Stalaktiten aus geschmolzenem Wachs herabhingen und eine verschlungene Kruste bildeten.

Oscar suchte nach Lilliana und setzte sich schließlich auf einen Stuhl, in der Annahme, dass sie noch nicht eingetroffen war, aber ohne die Möglichkeit in Betracht zu ziehen, dass sie schon wieder gegangen sein könnte. Ein eineiiges Zwillingspaar spielte Schach und verschickte Textnachrichten. Ein Broker schlug mit verstörender Kampfeslust die wogenden Seiten der *Financial Times* um. Oscar ließ den Blick durch den Raum schweifen und war erfreut, eine Frau zu entdecken, die allein in einer Ecke saß, gleich neben einem Paravent, der mit maskentragenden Figuren geschmückt war. Die Frau hatte dichtes silberblondes Haar, das zu einem straffen Knoten gebunden war. Während er sie betrachtete, fragte er sich, wie Bloch wohl mit seiner Geschichte vorankam, und nahm sich vor, ihn anzurufen. Eine Zeitung lag in Reichweite, und er las ein bisschen darin, ohne großes Interesse. Als er wieder aufsah, war die Frau verschwunden, aber ein Mantel in schreiendem Pink zeugte von ihrem Anspruch auf den Platz.

Als sie zurückkam, war sie durch eine großzügige Schicht grünen Lippenstifts verwandelt. Noch mehr Menschen strömten herein. Ihr Lärm stieß Oscar auf Anhieb ab. Er spürte, dass die Frau in der Ecke seinen Unmut teilte, und als er erneut zu ihr hinübersah, um ein Zeichen der Solidarität von ihr zu erhaschen, war ihr Gesicht fast vollständig von ihren nun offenen Locken verdeckt, die sie gerade in Ordnung brachte. Einen Moment lang war er bass erstaunt. Sie hatte sich in einer Weise verändert, dass es fast schien, als wäre ihr Gesicht umoperiert worden.

Schließlich bemerkte sie seinen verblüfften Blick.

„Sie sehen verwirrt aus", sagte sie mit süßer Stimme.

„Ja", antwortete er, „das bin ich."

„Was verwirrt Sie denn?"

Oscar schnappte ein paar Worte von einem Gespräch an der Bar auf. Eine Stimme sagte: „Lachs kann ich nur essen, wenn ich am Fluss bin, oder besser noch: wenn ich *im* Fluss bin." Ein kurzes, verrücktes Gelächter erhob sich.

„Ich habe das Gefühl, dass sich in meinem Leben gerade etwas verändert. Etwas Wichtiges."

„Möchten Sie mir erzählen, was es ist?"

„Alles. Nichts. Ich habe jetzt eine Katze. Das war's eigentlich schon", sagte er.

„Das ist alles?"

„Na ja … nicht ganz."

Er fragte sich, wo Lilliana blieb. Die Anspannung stand ihm ins Gesicht geschrieben, so krampfhaft er auch versuchte, gelassen zu wirken.

„Stimmt etwas nicht?"

„Oh, ich warte auf jemanden. Aber ich glaube, sie ist mir durch die Finger geschlüpft. Alles schlüpft mir irgendwann durch die Finger, wissen Sie. Geld, Liebe, Freunde, das Malen." Er versuchte, den Ernst seiner Bemerkung wegzulächeln. Er hatte plötzlich das Gefühl, dass er Lilliana heute nicht treffen würde. In leichterem Ton fragte er: „Geht es Ihnen auch so, dass Ihnen die Dinge durch die Finger schlüpfen? Oder können Sie das verhindern, und wenn ja, wie?"

„Um die erste Frage zu beantworten: manchmal. Womit auch die zweite Frage beantwortet wäre. Was die dritte Frage betrifft: Ich reibe mir die Hände mit Talkumpuder ein. Auf diese Weise habe ich meine Kundinnen besser im Griff. Wissen Sie, eigentlich bin ich Friseuse, aber in letzter Zeit komme ich mir eher wie eine Therapeutin vor.

Aber um auf die erste Frage zurückzukommen: Kürzlich ist mir tatsächlich etwas durch die Finger geschlüpft. Ich meine, so richtig entglitten. Ein Topf mit einer Pflanze. Die Frau in dem Laden war am Boden zerstört. Keine Ahnung, wie das passieren konnte. Normalerweise bin ich nicht so tollpatschig. Aber das Merkwürdige war … ihr Gesicht, als sie die kaputte Pflanze sah. Einen Moment lang, nur eine Sekunde, hätte ich mir vorstellen können, mich … in sie zu verlieben. Ich weiß nicht, ob Sie das verstehen, diese … Verletzlichkeit und –"

Sie hielt abrupt inne und tat ihre gefühlvollen Enthüllungen mit einem Achselzucken ab. Wie um den Hohlraum zu füllen, den ihre Offenheit hinterlassen hatte, widmete sie sich nun greifbaren Dingen, strich ihren Rock glatt und legte sorgfältig ihren pinkfarbenen Mantel zusammen. Oscar wandte den Blick von ihr ab, als wollte er ihr Platz verschaffen, und beobachtete die anderen Gäste, die jetzt immer lebhafter wurden. Die Suche nach Vergnügen ging weiter. Sie glich einer nächtlichen Schatzsuche in den verborgenen Kammern der Fantasie und auf taunassem Gras, wo man allen Schmerz und Verlust abstreifen konnte, wo das Opiat der Sinnlichkeit ungehindert seine süße, betäubende Wirkung entfaltete, dort, wo die Stimmen menschlichen Leids kaum durchdrangen und somit geisterhaft und unwirklich erschienen.

Die Frau erhob sich etwas verlegen.

„Ich hoffe, Sie finden ein Netz, um die Dinge einzufangen, die Ihnen durch die Finger schlüpfen. Aber verheddern Sie sich nicht darin." Sie lächelte, und er sah zu, wie sie mit beneidenswerter Anmut davonging. Er beschloss, Lilliana anzurufen. Doch dann fiel ihm ein, dass er kein Guthaben auf der Prepaid-Karte seines Handys hatte. Er ging hinaus und fand eine rote Telefonzelle.

Die Telefonzelle war mit Graffiti übersät, und der Hörer hing herunter wie ein schwingendes Pendel. Er legte ihn auf die Gabel, nahm ihn wieder ab und wählte. Er hörte den neutralen Puls des Läutens. Ein Mann meldete sich, was seltsam war, denn Lilliana lebte allein.

„Hallo … hallo?"

Ihm ging auf, dass er Blochs Nummer gewählt hatte.

„Daniel, hier ist Oscar."

„Warum hast du nichts gesagt, als ich abgenommen habe?"

„Wie läuft's mit der Geschichte? Hast du schon damit angefangen?"

„Ja, es läuft. Was gibt's Neues?"

„Ich habe jetzt eine Katze. Das ist eigentlich alles."

„Was?"

„Ich habe gesagt, dass ich jetzt eine Katze habe. Sie heißt Täubchen."

Einen Moment lang herrschte Schweigen. Dann sagte Bloch: „Das ist schön. Tja, ich muss los. Ich habe einen Arzttermin und bin spät dran."

„Was fehlt dir denn?"

„Nichts. Ich muss nur ein Rezept für Schlaftabletten holen. Bis dann."

Oscar verließ die Telefonzelle. Bloch hatte irgendwie merkwürdig geklungen, fand er. Er war so zerstreut, dass er ganz vergaß, Lilliana anzurufen. Eine Weile lief er ziellos umher und stieg schließlich in einen Bus, der gerade vorbeikam.

Kurz darauf betrat Lilliana mit seinem Geburtstagsgeschenk in der Hand die Bar. In dem schummrigen mandaringelben Licht wirkte die weiße Haut ihres Gesichts gebräunt.

Bloch hatte kaum den Hörer aufgelegt, als ihn ein seltsames Unbehagen befiel. Er starrte aus seinem Fenster und sah zu, wie der Verkehr im Schneckentempo dahinkroch. Giftige Dämpfe stiegen auf, Taxis tuckerten und drohten auf dem glühenden Asphalt zu zerfließen. Die Menschenmassen kämpften mit den Einkäufen und mit der Hitze.

Er wandte sich ab und schaltete das Radio ein. Blasmusik flog ihm um die Ohren. Er drehte den Frequenzknopf, bis er etwas fand, das ihm gefiel: ein von Trauer erfülltes Streichquartett, dessen tiefste Töne und wummernde Bässe direkt aus dem Jenseits zu kommen schienen.

Während er sich in der Musik verlor, sagte eine männliche Stimme: „Weißt du, dass Kunst töten kann?"

Blochs erster Gedanke war, dass sich der Frequenzknopf von selbst gedreht hatte und bei einem anderen Sender gelandet war – eine Theorie, die er jedoch gleich wieder verwarf. Er wühlte nach einer Zeitung, um das Radioprogramm zu überprüfen: Vielleicht handelte es sich ja um ein Hörspiel mit musikalischer Untermalung. Aber im Programm stand nur: „13 Uhr: Ludwig van Beethoven, Streichquartett a-moll op. 132. Belcea Quartet." An diesem Punkt zog er die Möglichkeit einer akustischen Halluzination in Betracht. Entgeistert starrte er vor sich hin. Hatte er sich die Stimme eingebildet? Was geschieht mit mir?, dachte er. Er schaltete das Radio aus, wankte ins Schlafzimmer und breitete seinen weichen Körper auf dem großen Doppelbett aus. Die Wände und die Decke rückten näher; das

Schlafzimmer verwandelte sich in eine Schiffskabine, die träge auf dem Wasser schaukelte. Er schloss die Augen und atmete ein paar Mal tief durch. Er musste arbeiten, seinem Gehirn Ballast geben. Er stand auf und schleppte sich in sein Arbeitszimmer.

Der Kontakt mit den Tasten seiner alten Schreibmaschine verhinderte, dass er vollends abdriftete, dass er sich in ein rotierendes Staubkorn verwandelte und über London und den Hyde Park hinwegwirbelte.

Kapitel zwei

Modellstehen. Dieses Thema muss ich angehen, bevor ich der Bedeutsamkeit des Mannes als Künstler gerecht werden kann. Warum zum Teufel ausgerechnet Modellstehen? Vielleicht reizte ihn ja der Gedanke, das Äußere – den Körper – zur Schau zu stellen, ohne dabei das Innere – die Seele – preiszugeben. Als ich ihn darauf ansprach, meinte er, das Ganze sei wunderbar anonym, obwohl er buchstäblich entblößt war. Er stand im Zentrum der Aufmerksamkeit, aber eher wie ein Patient, der an einem hygienischen Ort von pickeligen Medizinstudenten untersucht wird. Er musste mit niemandem reden und mit niemandem auf emotionale Weise in Beziehung treten. Und das gefiel ihm, fürchte ich. Er konnte beobachten. Er sprach auch über die reinigende Wirkung des Vorgangs, erzählte, wie die Kälte und die Reglosigkeit dem Denken wunderbare Möglichkeiten eröffneten. In dieser Ewigkeit der Stasis könne der Geist den großen Zeh in himmlische Gefilde tauchen oder sogar darin baden und dann, rechtzeitig zur Pause, zurück ans Ufer kraulen. Danach könne er sich wieder auf die einfachen Dinge konzentrieren, etwa auf die Tasse Tee, die ihm und ihm allein gehörte. Dann saß er da, mit einer Decke um die Schultern, und trank seinen Tee, von sämtlichen Kunstschülern ignoriert, was ganz nach seinem Geschmack war. Schließlich gibt es nichts Köstlicheres als eine Belohnung, die man sich redlich verdient hat, und in meinen Augen ist die

Ruhe nach getaner Arbeit fast ebenso herrlich wie eine warme Decke nach stundenlangem Frieren.

„Na, Oscar", sagte ich eines Abends, als er von der Kunstschule nach Hause kam (ich hatte es mir in seiner Bude gemütlich gemacht und von der legendären Güte seines Vermieters, Mr. Grindel, profitiert, der mir eine klare Suppe gekocht hatte), „wie ist es dir heute ergangen? Hat eine junge Dame den schmalen Grat überschritten, der die Künstlerin von der Voyeurin trennt?"

Er ignorierte meine Frage und schnappte sich seine Katze. Die Katze schmolz in seinen Armen dahin und war widerlich empfänglich für seine Streicheleinheiten. Dann wandte er sich zu mir und sagte langsam und salbungsvoll: „Nein, heute nicht, aber vielleicht morgen. Vielleicht in der Oase von einer Fata Morgana von einem Sternentor von morgen."

Die Antwort strotzte nur so vor Weisheit, als hätte Oscar mit wenigen Worten jene Quintessenz von Klarheit gefunden, die normalerweise nur die Spanne eines Lebens hervorzubringen vermag. Vielleicht war Weisheit ja genau das, überlegte ich: die Fähigkeit, Veränderungen kommen zu sehen und zu akzeptieren, dass sie vielleicht nicht heute, aber morgen eintreten, die Fähigkeit, die Grenzen der Zeit mit ein bisschen Gelassenheit zu überwinden. Ich vermute mal, dass Entdecker und Bergsteiger ein anderes Verhältnis zur Zeit haben als ich. Wenn sie den Mount Everest erklimmen, müssen sie sich irgendwie über den üblichen Lauf der Zeit hinwegsetzen – wie sonst könnten sie tun, was sie tun? Das liegt doch auf der Hand. Ich bewundere diese verdammten Burschen. Sie stehen über den Dingen. Sie schaffen es, die Zeit in ihre Schranken zu weisen. Diese Tyrannin, die niemals lockerlässt, die einem ständig auf die Schulter tippt und einen daran erinnert, dass das Leben endlich ist, die einem mit der Peitsche im Nacken sitzt und wieder und wieder ruft: „Siehst du, ich gehe immer weiter, du nicht." Aber ich schweife ab. Oscar teilte viele meiner Sorgen, wollte aber nicht darüber reden. Auch nicht über

Dinge wie Glück, Leid, Liebe und andere Nebensächlichkeiten.

„Warum willst du nicht darüber reden?", fragte ich ihn.

„Na ja, ich finde, man sollte überhaupt nicht reden; man sollte tun."

„Sei nicht albern."

„Sprache vernichtet das Rätselhafte. Über Emotionen zu sprechen, macht sie überflüssig."

„Okay, wenn das so ist: Ich habe Karten für eine Flamenco-Show morgen Abend. Hast du Lust, mitzukommen?"

Wir gingen hin und nahmen eine halbe Stunde vor Beginn der Vorstellung unsere Plätze ein. Ein geschmackloser Zuschauerraum mit stinkfeinen roten Plüschsitzen und einem noch stinkfeineren Publikum. Oscar flüsterte mir vertraulich ins Ohr: „Manchmal würde ich das alles am liebsten hinter mir lassen und in einem Heißluftballon davonschweben." Ich versuchte wie immer, seine melodramatischen Anwandlungen zu ignorieren. Die geschmeidigen Flamencotänzer klapperten und klatschten. Aber Oscar war mit seinen Gedanken woanders und achtete nicht auf sie. Er war nicht in der Lage, ein Erlebnis zu genießen, da jedes Erlebnis neue Probleme aufwarf. Sein zwanghaftes Bedürfnis, die Dinge weiterzudenken, sabotierte alle freudvollen Unternehmungen. Da er ständig darauf achtete, wie sehr ihn eine Person, eine Situation oder ein Ort verkrampfte, und da ein Teil von ihm ständig registrierte und kalkulierte und antizipierte, konnte er sich nie dem Leben hingeben, nicht einmal, wenn er etwas getrunken hatte. Alkohol schlug ihm vielleicht auf die Leber, vermochte aber nicht, seine befreiende Wirkung zu entfalten: Gegen Oscars selbstauferlegte Zwangsjacke kam er nicht an. Während die Flamenco-Darbietung immer rasanter und zackiger wurde, bewunderte ein Teil seines Verstandes die Leistung der Tänzer, während ein anderer Teil über die Vergänglichkeit sinnierte, die allen Dingen eigen ist und stets unter der Oberfläche lauert. Genau wie Londons U-Bahn-System, das tief unter dem Asphalt verborgen liegt, unsichtbar, aber dennoch vorhanden. Ich persönlich bin schon immer der Ansicht gewesen, dass London dem Verstand gleicht, und vielleicht bin ich dabei, meinen zu verlieren. London hat seinen schon längst verloren. Natürlich ist mir klar, dass Kunst töten kann, dass Bilder und Metaphern gefährlich sind. Im Übrigen würde mir nicht im Traum einfallen, Babel als Vorwand für meine eigene Geschichte zu benutzen. Oh nein. Das kann ich euch versichern. Ich muss gestehen, dass ich mich in letzter Zeit merkwürdig fühle und mich frage, ob mein Schädel dabei ist, sich in eine Gaskartusche zu verwandeln. Ich bin ein erfolgreicher Autor, oder besser gesagt: Ich kann auf eine erfolgreiche Laufbahn als Autor zurückblicken. Ich habe eine gewisse Berühmtheit erlangt, die angenehmen Dinge des Lebens genossen, Kunstgalerien und Partys besucht und Lagenwein getrunken. Aber wer sind diese Leute, die ich unterwegs getroffen habe, was sind diese seichten, wässrigen Worte, die ich geschrieben habe? All das läuft ins Leere, und meine Machwerke sind mir unerträglich geworden. Wozu das ganze Gerede? Wenn ich versagt habe, dann in Ehren. Dieses Projekt über meinen Freund ist mein letztes geschmettertes Lied, und ich möchte, dass es wahrhaftig ist. Ich möchte, dass es den klaren Pfefferminzgeschmack der Aufrichtigkeit besitzt und durch die Sinne fährt wie eine salzige Meeresbrise. Aber vielleicht ist es zu spät für mich. Vielleicht habe ich den Mund zu voll genommen. Oscar hat sein Leben noch vor sich. Er kann noch Musik hören und Frauen in den Hintern kneifen. Und was tue ich? Ich sag's euch: Ich flottiere durch das mittlere Alter. Dabei wollte ich doch etwas bewegen, einen Unterschied machen. Aber alles, was ich gemacht habe, ist Geld. Wer wird in zwanzig Jahren noch meine Romane lesen, meine populären Romane? Schon das Etikett „populär" riecht nach Müllhalde. Ich versichere euch, das Streben nach Unsterblichkeit ist müßig. Aber manche erlangen sie. Beneide ich diese Leute? Ich weiß, dass ich jemanden beneide, aber ich habe noch nicht herausgefunden, wen. Am liebsten würde ich die Menschheit ein bisschen durchschütteln, sie wachrütteln, mich mit gewichtigen Worten über die ewigen Wahrheiten auslassen und selbst ein paar neue Wahrheiten erfinden. Ein messianischer Märtyrer, das wäre ich gern; der Narr, der die Wahrheit sagt ... Innerer Friede? Nein, den besitze ich nicht. Höchstens innere Zerrissenheit, Fragmente, die in mir herumklimpern wie ein Haufen Kleingeld. Und was die Liebe betrifft: Wen habe ich aufrichtig geliebt? Ich habe nie genug von mir selbst gegeben. Eine Ehefrau, mit der ich nichts mehr zu tun habe, die für mich höchstens noch eine zerbrochene Trophäe auf meinem Kaminsims ist. Apropos, bevor ich jetzt wegen Natalies Vagina sentimental werde, muss ich festhalten, dass die Zeit der Begierde vorüber ist. (Vielleicht kann das ein Tor zum Göttlichen sein, zu einer gesteigerten Wahrnehmung.) Ich werde etwas Größeres und Besseres finden. Aber ich schweife schon wieder vom eigentlichen Thema ab: Oscar. Wer schert sich eigentlich um ihn? Muss ich ihm alles geben? Egal, ich bin nicht ich selbst, die Dinge sind ein bisschen verworren.

Bloch schwärzte die letzten drei Zeilen mit einem Füller, legte das Manuskript zur Seite und sank – von plötzlicher Erschöpfung übermannt – in sein Bett. Es war drei Uhr am Nachmittag.

*

Am Telefon entschuldigte sich Lilliana bei Oscar, weil sie ihn in der Bar verpasst hatte. Sie teilte ihm mit, dass eine neue Freundin von ihr sie beide in der nächsten Woche zum Lunch eingeladen hatte.

In der nächsten Woche machte sich Oscar mit einem Stadtplan in der Hand auf den Weg, und während er die Straßennamen verglich, fragte er sich, wer diese neue Freundin von Lilliana wohl sein mochte. Für gewöhnlich schloss sie keine neuen Freundschaften, was in Anbetracht ihrer leutseligen Art eigentlich merkwürdig war. Er vermutete, dass sie ihre Blumen den Menschen vorzog.

Nachdem er ein paar Mal falsch abgebogen war, gelangte er schließlich in die richtige Straße – eine breite, von Eichen gesäumte Allee, in der alle Häuser die gleichen hübschen Erkerfenster hatten. Das Viertel war so ruhig und verlassen, dass Oscar das Gefühl hatte, der letzte Mensch auf Erden zu sein. Er prüfte, in welche Richtung die Hausnummern verliefen, fand die gesuchte und läutete. Auf dem Klingelschild stand MERIDIAN. Das Haus – eigentlich eine Doppelhaushälfte – war groß, aber ein bisschen heruntergekommen. Eine junge Frau, die Oscar auf Ende zwanzig schätzte, öffnete die Tür. Sie trug ein leuchtend gelbes, knielanges Hängerkleid und Sandalen, die ihre schön pedikürten Füße zum Vorschein brachten. Sie waren ebenso braun gebrannt wie ihre Beine, ihre Arme und ihr Gesicht. Das seidige schwarze Lockenhaar war mit fünf oder sechs strassbesetzten Haarklammern hochgesteckt. Oscar verspürte sofort eine Welle der Anziehung, die ihn wie ein Schwindel durchlief.

„Du musst Oscar sein", sagte sie freundlich.

„Ich glaube schon", antwortete er.

Sie lächelte und ignorierte die kryptische Bemerkung. „Ich bin Najette."

„Ist Lilliana schon da?"

„Sie kann nicht kommen. Sie fühlt sich nicht wohl."

Oscar wurde mulmig bei dem Gedanken, den Nachmittag allein mit einer vollkommen fremden – obgleich umwerfenden – Frau verbringen zu müssen. Sie schob ihn in ein geräumiges Zimmer, wo Blumen in Porzellanvasen, mehrere Paar Schuhe und einige Plexiglasbehälter mit makellos sauberen Pinseln und Spachteln herumstanden. Die Sonne schien durch das große Erkerfenster und verlieh dem Raum etwas Strahlendes, als befände er sich nicht in einem Haus, sondern in einem ausgehöhlten Diamanten. An der Wand lehnten zwei Gemälde, die ungefähr gleich groß waren. In der Mitte des Raums stand eine schöne Staffelei mit einem riesigen Skizzenblock. Darauf waren mit Kohle und Graphit abstrakte, zylindrische Formen gezeichnet, die sich gegenseitig durchdrangen und an den Schnittstellen schraffiert waren – eine feine, höchst anspruchsvolle Komposition.

„Ich habe keinen Wein gekauft", sagte Oscar.

„Das macht nichts. Ich habe nichts zu essen gekauft."

„Oh. Ich dachte, das hier wäre eine Einladung zum Lunch."

„Das dachte ich auch, aber das Licht war heute Morgen so fantastisch, ich musste es einfach ausnutzen. Das heißt, ich habe den ganzen Vormittag gearbeitet und bin nicht zum Einkaufen gekommen. Ich hoffe, du hast dafür Verständnis – schließlich sind wir Kollegen."

„Hat Lilliana dir erzählt, dass ich male?"

„Ja."

„Nun ja – früher einmal."

„Verstehe. Warum jetzt nicht mehr?"

„Ich weiß nicht genau."

Er begann sich zu entspannen, mit ihr warm zu werden, und er nutzte die Gelegenheit, um ihre Gesichtszüge genauer zu betrachten, ihre rätselhaft ruhige Ausstrahlung zu ergründen, damit er diese Ruhe übernehmen oder zumindest nachahmen konnte.

Najette sagte: „Bestimmt gab es einen Grund, weshalb du aufgehört hast."

„Oh ja. Ziemlich viele, vermute ich mal. Du hast ein schönes Haus."

„Es ist nicht mein Haus. Es gehört meinem Onkel. Aber er ist nie da, weil er ständig um die Welt reist und alle möglichen Länder erkundet, um dann irgend so ein Erlebnis-Zeugs fürs Radio zu schreiben. Ich kann mich also nicht beklagen."

Najette lächelte ein bisschen ironisch, als würde sie etwas – oder alles – amüsieren. Sie verlieh der Situation eine Leichtigkeit, die wie ein Gegengift zur Angst wirkte.

Oscar vermutete, dass ihre Kunst genauso beeindruckend war wie sie selbst, und fragte vorsichtig: „Darf ich mir die Bilder dort anschauen?" Er zeigte auf die beiden Gemälde, die an der Wand lehnten.

„Wenn du möchtest. Aber sag mir nicht, was du von ihnen hältst, es sei denn, sie gefallen dir. Obwohl – wenn du nichts sagst, heißt das ja, dass sie dir nicht gefallen, es läuft also aufs Gleiche hinaus, ob du es sagst oder nicht. Ach, vergiss es, sag einfach, was du willst."

Oscar ging zu den Leinwänden und kniete vor ihnen nieder, wobei er sich Najettes stummen, prüfenden Blicks bewusst war. In ihren Augen sah es so aus, als würde er gleich anfangen zu beten.

Es waren zwei expressionistisch anmutende Versionen desselben Motivs. Auf dem ersten lehnte eine korpulente Frau auf einer Chaiselounge. Ihr fließendes, volles Haar bildete einen goldenen Bogen. Im Hintergrund waren maskenartige Gesichter zu sehen, die den Gedanken der Frau entsprungen zu sein schienen – unförmige Erscheinungen aus ihrer Vergangenheit, vielleicht auch aus ihrer Zukunft. Der Gesichtsausdruck der Frau war zugleich entrückt und gequält, ihre hohlen Augen hatten die Form von Diamanten, waren safrangelb und von glänzenden schwarzen Augenbrauen umrahmt. Sie war nackt, und ihr nach unten hängender Körper vermittelte den Eindruck von Schwere, als hätte sie gerade eine üppige Mahlzeit verzehrt. Auf dem zweiten Gemälde waren die Masken verschwunden; stattdessen deuteten blutrote Umrisse die Körperform der Frau an. Sie streckte der Welt frech ihre magentarote Zunge heraus: eine klaffende Wunde in einer Tapisserie aus Fleisch.

Oscar war von den Gemälden magisch angezogen und konnte den Blick nicht von ihnen lösen. Einen Moment lang flammte das Verlangen in ihm auf, selbst wieder zu malen.

„Du kannst eins haben, wenn du möchtest", sagte Najette und ließ keinen Zweifel daran, dass sie das ernst meinte.

Oscar starrte weiter wie hypnotisiert die Bilder an.

„Was ist – möchtest du eins?"

Er drehte sich zu ihr um und sagte: „Das verdiene ich nicht."

„Natürlich verdienst du das. Sei nicht so bescheiden. Es würde mich freuen. Sie gefallen dir offenbar. Hab ich recht?"

„Ja. Sie sind ... großartig."

Najettes nach oben gezogene Mundwinkel und ihre halb geschlossenen Augen verrieten, dass sie das bereits wusste. Dennoch schien sie die Süße dieser aufrichtigen Bestätigung zu genießen.

„Dann nimm dir eins."

Ihre Großzügigkeit brachte ihn in Verlegenheit. Er schämte sich, weil er zu solch spontanen Gesten nicht in der Lage war. Gleichzeitig fühlte er sich geschmeichelt, wobei er nicht genau wusste, wie er das Angebot deuten sollte: Entweder war Najette unglaublich freundlich, oder – noch schmeichelhafter – sie fühlte sich in seiner Gegenwart so locker und ungezwungen, als wären sie alte Freunde.

„Mir fällt auf, dass du sie nicht signiert hast."

„Ach! Hast du etwa vor, einen Haufen Geld damit zu verdienen, wenn ich irgendwann berühmt bin?"

„Nein, nein ... natürlich nicht." Oscar geriet in Panik und verhaspelte sich.

„Ich mach nur Spaß. Ich signiere immer auf der Rückseite. Die meisten meiner Arbeiten schaffen es sowieso nicht aus meinem Atelier heraus. Genau genommen ist es kein richtiges Atelier, sondern ein Wohnklo in der Nähe der Great Western Road. Wahrscheinlich muss ich mich bald davon verabschieden, weil mir die Ersparnisse ausgehen, und Kellnern ist auch nicht besonders lukrativ. Eigentlich habe ich Architektur studiert, aber dem Malen zuliebe habe ich das alles aufgegeben. Gott steh mir bei. Also, hast du dich für eines entschieden?"

„Vielleicht ... wenn ich dir im Gegenzug etwas geben könnte, etwas von mir. Aber im Moment habe ich nichts ..."

„Du musst wieder malen, Oscar!"

„Also, jetzt wo ich deine Bilder gesehen habe ... Ich weiß nicht, ob ich inspiriert oder eingeschüchtert bin. Aber ... es ist so lange her, seit ich einen Pinsel in der Hand hatte."

„Ich weiß, was dir helfen könnte, wieder anzufangen."

„Was?"

„Modellstehen. Nackt."

Oscar war so perplex, als hätte Najette ihm vorgeschlagen, einen Frosch zu sezieren, um wieder malen zu können.

„Ich verstehe nicht."

„Dachte ich mir. Aber wenn du auf der anderen Seite der Leinwand stehst, hast du nur einen Wunsch: wieder *davor* zu stehen. So ist es mir zumindest ergangen, als ich diese Blockade hatte. Ein Freund von mir meinte, ich solle mir einen Job als Aktmodell suchen, und das habe ich getan. Diese Passivität, dieses Gefühl, die Kreativität anderer Leute zu beflügeln, hat mich versessen darauf gemacht, selbst wieder zu arbeiten. Verstehst du? Vielleicht hätte es bei dir die gleiche Wirkung. Außerdem würde es dich lockerer machen. Du bist ein bisschen gehemmt. Obwohl du eine gute Figur hast. Und du bist groß – das ist ein Vorteil, wenn du als Aktmodell arbeiten willst. Du könntest dich anderen zeigen, ohne dabei –"

Bevor sie das Thema weiter vertiefen konnte, klingelte es an der Haustür. Najette schwebte in den Flur hinaus, und Oscar folgte ihr zögernd. Es war Nicholas, der ein für ihn untypisches, strahlendes Lächeln aufgesetzt hatte. Als er Oscar sah, veränderte sich seine Miene schlagartig.

„Kann ich reinkommen?", fragte er und beäugte Oscar misstrauisch.

„Hallo, Nicholas", sagte Najette. „Komm rein. Das ist Oscar."

„Ah, der *echte* Oscar?", fragte Nicholas, während er mit besitzergreifenden Schritten hereinrauschte.

„Wie meinen Sie das?"

„Ist Oscar Ihr richtiger Name, oder hat Najette Sie aus einer ihrer Launen heraus Oscar getauft?"

„Nein, Oscar ist mein richtiger Name", murmelte Oscar.

„Dann *sind* Sie also der echte Oscar", sagte Nicholas.

„Vermutlich bin ich das", sagte Oscar unsicher. Er wurde immer verwirrter.

„Wollen wir uns setzen oder weiter hier im Flur herumstehen?", fragte Najette.

„Ich bleibe nicht. Ich wollte nur rasch meine Sachen holen, bevor sie im Secondhandladen oder auf dem Flohmarkt landen."

„Du weißt, dass ich das nie tun würde … Ich hole sie dir. Bist du sicher, dass du nicht …"

„Nein, ich möchte das Idyll nicht stören."

Einen Augenblick lang stand Najette eine mühsam unterdrückte Wut ins Gesicht geschrieben, aber sie ließ sich nicht provozieren, sondern ging mit bemerkenswerter Selbstbeherrschung die Treppe hinauf. Ihre Abwesenheit verstärkte Oscars Unbehagen, und er fühlte sich von Nicholas' forschenden Blicken festgenagelt. Während sie ins Wohnzimmer gingen, hoffte Oscar, dass sich die Spannung in dem größeren Raum verflüchtigen würde.

„Kennen Sie sie schon länger?", fragte Nicholas und gab sich Mühe, etwas freundlicher zu klingen.

„Najette? Wir haben uns gerade erst kennengelernt. Vor ein paar Minuten."

„Das heißt gar nichts. Bei Najette sind die üblichen Regeln der Freundschaft außer Kraft gesetzt. Sie gibt den Leuten sofort ein Gefühl von Vertrautheit, wissen Sie. Und entsorgt sie dann. Glauben Sie bloß nicht, Sie wären etwas Besonderes. So ist sie zu allen."

Diese Bemerkungen riefen bei Oscar eine ausgeprägte Abneigung gegen Nicholas hervor, die er durch eisiges Schweigen mitzuteilen versuchte. Nicholas nahm keine Notiz davon. Er zwirbelte munter seinen Schnurrbart und fuhr unbekümmert fort.

„Sagen Sie, malen Sie auch?"

„Ich weiß nicht."

„Gute Antwort. Gefällt mir. Haben Sie mal gemalt?"

Oscar sagte nichts.

„Falls Sie Angst haben, zu scheitern, ist diese Sorge nur allzu berechtigt. Aber rufen Sie mich an, vielleicht kann ich etwas für Sie tun. Ich bin der Direktor der Earl Gallery – kein großer Laden, aber einer mit loyaler Kundschaft. Wenn Sie ausstellen möchten, bin ich vielleicht interessiert. Ich habe eine großzügige Ader, und ich weiß, dass echte Künstler schwer aufzutreiben sind. Keine Sorge, Sie müssen nicht mit mir schlafen. Aber bevor ich gehe: Wie wäre es mit einer kleinen Skizze? Von mir? Sonst habe ich ja nichts in der Hand. Ein flottes Porträt – als Gegenleistung für mein Angebot?"

Oscar war sich keineswegs sicher, ob er eine Gegenleistung erbringen wollte. Außerdem kroch die alte Angst in ihm hoch, als talentloser Möchtegernkünstler entlarvt zu werden.

„Ich habe schon so lange nicht mehr gezeichnet. Ich weiß nicht, ob ich das hinkriege", sagte er höflich.

„Oscar, ich bin instinktiv. Impulsiv. Und ich bin eitel. Ich mag es nicht, wenn man mich abweist. Stellen Sie sich einfach vor, es wäre ein kleines Geschenk für mich – keine transzendentale Kunst."

Oscar versuchte, Nicholas' wahre Beweggründe auszuloten, indem er sein Gesicht eingehend studierte. Aber da war nichts, was er hätte verwerten können. Erst als er nicht nachließ, reagierte Nicholas auf seinen stummen, fragenden Blick, und etwas löste sich in ihm. Einen Moment lang glaubte Oscar, eine gewaltige Emotion wahrzunehmen, die Freisetzung tiefer Gefühle, die jedoch gleich wieder von seinem gönnerhaften Gehabe, seinem Befehlston, seiner teuren Kleidung verschluckt wurden. Dieser unerwartete Moment von Klarheit, dieses Aufflackern von Nicholas' Schmerz, brachte Oscar auf wundersame

Weise dazu, seiner Aufforderung nachzukommen, und langsam machte er mit dem Bleistift ein paar zaghafte Striche, bevor er begann, ihn ernsthaft zu zeichnen.

Nach einer Viertelstunde hatte Oscars Arbeit ein Ergebnis hervorgebracht, und sogar er war angenehm überrascht, wie gut es war.

Das Porträt war grob, aber dennoch treffend, mit kräftigen, hingeworfenen Strichen skizziert. Nicholas war beeindruckt.

„Zeigen Sie mir mehr, dann kann ich eventuell etwas in die Wege leiten."

„Aber ich habe sonst nichts, was ich Ihnen zeigen könnte. Es ist alles unvollendet."

„Na dann vollenden Sie es. Arbeiten Sie! Dann fühlen Sie sich besser. Aber danke einstweilen. Ich sehe roh, aber vielversprechend aus, wie ein ungeschliffener Diamant. Ihre kleine improvisierte Skizze ist alchemisch. Das gefällt mir. Stört es Sie, wenn ich ein Bild davon mache?" Er zückte sein Handy und fotografierte das Porträt. „Grüßen Sie Najette von mir. Ach übrigens: Ich würde ihr nichts von meinem Angebot erzählen. Besuchen Sie mich in der Earl. Bye-bye."

„Aber wollten Sie nicht Ihre Sachen holen?"

„Ein andermal."

Er stob davon.

Oscar wartete auf Najette. Als sie nach zehn Minuten immer noch nicht erschienen war, rief er nach ihr. Keine Antwort. Er ging nach oben und suchte sie in allen Zimmern, aber sie war nicht da. In einem schmucklosen Schlafzimmer entdeckte er einen großen Teddybären, der auf einem Tischchen saß. An seiner Pfote war mit Tesafilm ein Zettel befestigt:

Lieber Oscar,

wenn du das hier findest, entschuldige bitte mein seltsames Verhalten – es hat teilweise mit Nicholas zu tun. Er macht mir Pickel. Durch die Wohnzimmertür habe ich gesehen, dass du ihn zeichnest. Ich wollte nicht stören und bin zur Hintertür raus, um ein bisschen frische Luft zu schnappen. Ich kann geräuschlos verschwinden, da ich ziemlich leicht bin. Wahrscheinlich existiere ich gar nicht. Oder ich war in einem früheren Leben eine Kirchenmaus, die über die Orgelempore huschte, um den schweren Schritten der Menschen auszuweichen. Jedenfalls warte ich mit angehaltenem Atem auf unser nächstes Treffen. Bis dahin wünsche ich dir alles Gute. Der Ort, an dem du splitternackt sein kannst (ohne dafür verhaftet zu werden), ist die Mermaid Academy. Sie ist in South Kensington.

Najette

3

Bloch hatte Oscar in ein neues Theater in Islington eingeladen, um *Die Stimmlosen* zu sehen, das Stück eines kaum bekannten deutschen Dramatikers namens August Dinkl, dessen Werke (hundert Jahre nach seinem Tod) gerade neu entdeckt und gefeiert wurden, und zwar, so vermutete Bloch, von der gleichen Sorte Mensch, die ihn zu Lebzeiten geschmäht und lächerlich gemacht hatte.

Das Stück handelte von einer jungen Verkäuferin, die versucht, im Paris des Fin de Siècle über die Runden zu kommen. Sie lässt sich mit einem Herumtreiber ein, der sie am Ende des ersten Akts ermordet. Im zweiten Akt kehrt ihr Geist zurück, um den Mörder heimzusuchen und ihn schließlich in den Selbstmord zu treiben. Ein Kriminalist, der den Fall untersucht, kommt zu dem Schluss, dass die beiden sich gemeinsam das Leben genommen haben, und ihre grausige Geschichte verkehrt sich in einen romantischen Mythos, der im letzten Akt von einer Gruppe Intellektueller zerpflückt wird.

Der Zuschauerraum war brechend voll. Oscar konnte sich nicht richtig auf das Stück konzentrieren: Die leidenschaftlichen Dialoge, die trübe Beleuchtung, die Momente verzweifelter Lust bildeten lediglich eine dünne Folie, durch die er sein eigenes Leben erblickte.

In der Pause gelang es Bloch, für sie beide etwas zu trinken zu ergattern, allerdings erst nach einem titanischen Kampf, bei dem er all sein Geschick und ein erhebliches Maß an List und Tücke aufbieten musste, um die Aufmerksamkeit eines einzigen, heillos überforderten Barmanns auf sich zu ziehen. Sie standen in einer Ecke und versuchten sich über den Lärm der Menge hinweg zu verständigen, denn wie durch ein Wunder hatte es das komplette Publikum geschafft, sich in die winzige Bar zu quetschen.

„Ich werde meinen Job im Kino kündigen", rief Oscar. „Ich weiß, ich habe das schon oft gesagt, aber diesmal ist es mir wirklich ernst."

„Was hast du vor?", brüllte Bloch.

„Ich weiß noch nicht genau. Aber ich habe Pläne."

„Gefällt dir das Stück?"

„Es ist ein bisschen makaber, findest du nicht? Ich bin nicht so richtig in Stimmung. Was mich viel mehr interessiert, ist die Geschichte, die du über mich schreibst. Wie kommst du voran? Bist du zufrieden damit?"

Für den Bruchteil einer Sekunde hatte Oscar den Eindruck, dass Bloch nicht länger vorhanden war. Sein Körper, seine Kleider waren noch da, aber die lebende, atmende Essenz darin war verschwunden. Er hätte genauso gut eine Wachsfigur sein können. Dann verflüchtigte sich diese Anwandlung, und der Funke des Lebens zündete wieder.

„Die Geschichte ist … anders", rief er. „Da ist viel von mir selbst drin. Ich habe die beiden Kapitel, die ich bislang geschrieben habe, mal mitgebracht. Ich dachte, du möchtest vielleicht einen Blick darauf werfen."

Bloch langte in die Innentasche seines Jacketts und zog die sauber gefalteten, mit Schreibmaschine getippten Seiten hervor. Eine Stimme verkündete über Lautsprecher, dass die zweite Hälfte der Aufführung in fünf Minuten beginnen würde. Oscar achtete nicht darauf und fing an zu lesen.

Während er las, schaute sich Bloch in der Bar um. Die Leute waren herausgeputzt. Sie lachten und quietschten, und der Alkohol trieb die Unterhaltungen mit gnadenloser Peitsche an. Nachdem der Lärm in Form eines kollektiven, ohrenbetäubenden Aufschreis zum Höhepunkt gelangt war, begannen die Körper hinauszuströmen, bemüht, sich einen schmerzlosen Weg zurück in den Zuschauerraum zu bahnen. Am Ende waren nur noch die hartgesottenen Trinker übrig. Bloch wandte sich wieder zu Oscar und beobachtete ihn beim Lesen. Er schien sich in einem undurchdringlichen Kokon eingesponnen zu haben, und seine Gesichtszüge bildeten ein unbekanntes Muster. Gleichzeitig spürte Bloch sein eigenes Gesicht dahinwelken wie eine Blume in sengender Sonne.

„Wir müssen wieder reingehen, sonst verpassen wir die zweite Hälfte", murmelte er.

„Geh ruhig", sagte Oscar, ohne aufzusehen. „Ich komme nach."

Beim Hinausgehen wurden Blochs Beine mit einem Mal schwer. Er starrte auf den Boden, der zu einem Doppelbild verschwamm. Als er seinen Platz erreichte, war ihm schwindelig und kalter Schweiß stand auf seiner Stirn. Er wischte sich mit einem Taschentuch das Gesicht ab und merkte, dass es klatschnass war. Was stimmt nicht mit mir?, dachte er. Der Schwindel ließ allmählich nach, und das Stück lenkte ihn ab. Der Geist der Ermordeten war ausgesprochen unheimlich. Sie schien nur aus Nebel zu bestehen, und das Haar floss über ihren Rücken wie ein Vlies aus Schnee.

Schließlich erschien Oscar, nahm leise seinen Platz ein und flüsterte Bloch ins Ohr: „Deine Geschichte ist seltsam faszinierend. Aber das Seltsamste daran ist, dass sie Dinge enthält, die mir in letzter Zeit wirklich passieren. Darüber müssen wir noch reden. Ich verschwinde jetzt. Ich bin viel zu aufgekratzt, um bis zum Schluss zu bleiben. Ich gehe schwimmen."

„Was – jetzt?"

„Da lagen Flyer in der Bar: ein Freizeitzentrum, wo man die ganze Nacht schwimmen kann. Es hat neu eröffnet und ist hier ganz in der Nähe: das ‚Roman Leisure Center'."

Ein Mann mit Doppelkinn bat um Ruhe.

„Aber du hast doch gar keine Badehose dabei", flüsterte Bloch, bemüht, noch leiser zu sprechen.

„Die geben sie einem dort gratis, steht auf dem Flyer. Außerdem ist da ein Auto im Schwimmbecken."

„Was?"

Der Mann forderte sie jetzt energischer auf, still zu sein. Bloch entschuldigte sich, zog ein Stück Papier hervor und kritzelte: WARUM IST DA EIN AUTO IM WASSER?

Oscar schnappte sich den Stift und schrieb zurück: DAS ZENTRUM WIRD VON IRGENDEINER AUTOFIRMA GESPONSERT. ES IST EINE WERBEAKTION. DIE LEUTE KÖNNEN IN DAS AUTO REINTAUCHEN. HÖRT SICH INTERESSANT AN. ES GIBT AUCH TAUCHAUSRÜSTUNG UND ALLES. WILLST DU MITKOMMEN?

„Nein, ich bleibe", flüsterte Bloch.

„Meinetwegen. Aber wenn du dir's anders überlegst, weißt du ja, wo du mich findest."

„Ich bleibe", sagte Bloch entschieden.

„Bleiben Sie oder gehen Sie, aber halten Sie jetzt verdammt noch mal den Mund", zischte der erboste Theaterbesucher, und sein Doppelkinn bebte wie Wackelpudding auf einem Teller, der unsanft auf einen festlich geschmückten Tisch gestellt wird.

Am Ende blieb Bloch dann aber doch nicht.

Er entdeckte ein leeres Café in der Upper Street, dessen Wände über und über mit Postern tapeziert waren. Er bestellte eine Tasse starken Kaffee und kippte ihn so rasch hinunter, dass er sich fast verbrühte. Diese Geschichte, dachte er bei sich, wird allmählich merkwürdig. Ich muss Oscar sagen, dass ich keine Lust habe, damit weiterzumachen. Wenn er sich von diesem verdammten Ding wer weiß was versprochen hat, tut es mir leid. Aber schließlich war das Ganze bloß eine Idee, nichts weiter.

Während er überlegte, wie er sich das Projekt am besten vom Hals schaffte, spürte er einen Finger, der ihn leicht auf die Schulter tippte. Als er sich umwandte, rechnete er fast schon damit, dass es Oscar war.

„Sie sind doch Mr. Bloch, stimmt's?"

Der Mann, dem der Finger gehörte, hieß Webster. Bloch hatte an seinem Antiquitätenstand in der Portobello Road unlängst eine silberne Teekanne gekauft. Dabei hatte sich eine zusammenhanglose, aber angenehme Unterhaltung entsponnen, die schließlich in einen langen Monolog seitens Bloch übergegangen war, befeuert durch fünf Pints, die er zuvor im Pub „The Earl of Lonsdale" in sich hineingekippt hatte. Während Blochs Blase auf Ballongröße anschwoll, hatte er seinem Gegenüber eine alkoholgeschwängerte utopische Vision dargelegt, die vorsah, sämtliche Politiker, Investmentbanker, Memoirenschreiber und Boulevardjournalisten auf einer einsamen Insel auszusetzen, wo sie sich am Ende in einem gewaltigen Akt von Kannibalismus gegenseitig auffraßen oder von Voodoo-Priestern zu Schrumpfköpfen verarbeitet wurden.

Webster hatte eine prall gefüllte Plastiktüte in der Hand und eine schlecht gebundene Krawatte um den Hals. Dazu trug er eine Weste, die ein gutes Dutzend unverträglicher Farben in sich vereinte.

„Oh, hallo Webster. Was macht die Keramik?"

„*Porzellan*. Japanisches Arita-Porzellan. Sind Sie allein?"

„Ich bin gerade aus einem Theater geflüchtet. Das Stück hat mich irgendwie nervös gemacht."

„Theater? Mordslangweilig. Darf ich mich zu Ihnen setzen? Ich bin fix und alle. Ich war in der Camden Passage unterwegs. Habe zwölf marokkanische Unterteller in Empfang genommen."

Nach dieser wenig aufschlussreichen Mitteilung nahm Webster umständlich Platz. Sein schlaffes Gesicht schien seinen schläfrigen Geist widerzuspiegeln. Wenn man sich mit ihm unterhielt, waren seine Bemerkungen immer ein bisschen daneben und schafften es irgendwie nie, die Dinge auf den Punkt zu bringen, eine Eigenschaft, die noch dadurch verstärkt wurde, dass er stets aus den Mundwinkeln sprach. Seine Lippen hingen auf einer Seite herunter, weswegen er nuschelte. Diese Angewohnheit ging auf ein traumatisches Kindheitserlebnis zurück: Als er ein kleiner Junge war, hatte ihn seine Cousine durch die angelehnte Badezimmertür heimlich beim Wasserlassen beobachtet und ihre Anwesenheit schließlich durch hysterische, schrille Schreie verraten.

Als die Kellnerin seinen Cappuccino brachte, wandte er sich ihr mit einem verschämten Lächeln zu und bestellte fast ängstlich – als könnte er sich dadurch in Schwierigkeiten bringen – noch ein Stück Rührkuchen dazu. Die Aussicht auf dieses Vergnügen ließ ihn strahlen.

„Webster", hob Bloch an, „darf ich Ihnen eine Frage stellen?"

„Selbstverständlich."

„Was halten Sie von mir?"

Damit hatte Webster nicht gerechnet, und er fing an, sich zu winden. Einen Moment lang starrte er angestrengt in seinen Cappuccino, als hoffte er, dort eine Antwort zu finden.

„Nun ja, also ... so gut kenne ich Sie ja nicht ... Ich meine ... Wie meinen Sie das?"

Wie von einem verzweifelten Bedürfnis getrieben, etwas von sich preiszugeben, platzte Bloch heraus: „Wissen Sie, manchmal komme ich mir vor wie ein Küchenmeister, der durch die Welt reist und die besten Zutaten, das frischeste Gemüse sammelt, es aber nie schafft, mit dem Kochen anzufangen, weil er immer das Gefühl hat, dass irgendetwas fehlt – ein wenig Petersilie, ein paar Sardellen, eine Prise Oregano."

Websters Gesichtsausdruck nach zu urteilen hätte er genauso gut Japanisch sprechen können. Zum Glück nahte jetzt Rettung in Gestalt der Kellnerin, die feierlich Websters Kuchen servierte. Im Nu war er so atemlos wie ein Kind, dem man ein neues Spielzeug vorsetzt, und in seiner Euphorie ließ er mit lautem Klirren die Kuchengabel fallen. Während er danach suchte (sie schien verschwunden oder zumindest so weit über den Fußboden geschlittert zu sein, dass sie außer Sichtweite lag), schlug er sich unter dem Tisch den Kopf an. Mit einem Schmerzensschrei tauchte er wieder auf und machte einen benommenen Eindruck. Bloch half ihm hoch.

„Das tut so weh", stieß er hervor, und dicke Tränen kullerten ihm über die Wangen.

Bloch sagte: „Halb so wild."

Die Kellnerin hatte die Aufregung bemerkt. Sie tränkte ein Geschirrtuch mit kaltem Wasser und eilte herbei. Dabei trat sie auf die Kuchengabel, die wieder aufgetaucht war, und entstellte sie für immer. Sie legte Webster das feuchte Geschirrtuch auf den Kopf.

„Danke", murmelte er, zu verlegen, um sie anzuschauen.

Der Schmerz ließ ein wenig nach.

„Und das alles wegen einem Stück Kuchen", jammerte er. Seine kindliche Freude war unwiederbringlich verflogen.

Während die Kellnerin Erste Hilfe leistete, erschien ein seliges Lächeln auf ihren Lippen, und ihr Gesicht kündete von einer rätselhaften, bedingungslosen Liebe, als hätte sie mit einem Mal Zugang zu einer Energie erhalten, die ihr bislang verwehrt gewesen war. Bloch starrte sie – und das strahlende Licht, das sie umgab – so lange an, bis er das Gefühl hatte, aufdringlich zu wirken.

Sie sagte: „Ich hole Ihnen eine neue Gabel."

Webster sagte: „Nein, bitte. Bemühen Sie sich nicht. Ich möchte den Kuchen nicht mehr. Er hat mir Pech gebracht."

Die Kellnerin zuckte mit den Schultern, und ihre Verklärung war auf der Stelle dahin. Webster schaute traurig dem Kuchen hinterher, der dorthin zurückwanderte, wo er hergekommen war.

„Dieser Kuchen hat mir nur Ärger gemacht", nuschelte er bekümmert vor sich hin. „Ich hätte ihn nie bestellen sollen."

„Jetzt hören Sie mal mit dem Scheißkuchen auf!", fauchte Bloch.

„'tschuldigung, Bloch, es ist nur … Mein Kopf schmerzt ganz schlimm. Morgen früh habe ich bestimmt eine verdammt dicke Beule."

„Na und? Nennen Sie das etwa Schmerz? Wollen Sie mir im Ernst erzählen, dass Schmerz für Sie bedeutet, sich den Kopf anzuschlagen? Was wissen Sie schon von Schmerz! Von dieser bösartigen Lüge, die sie uns erzählen, von wegen, das Leben sei süß und die Liebe ein Quell, aus dem wir alle schöpfen können. Diese blöde Kuh von Natalie."

„Was haben Sie denn, Bloch?"

„Ich fühle mich einsam. Ich habe keine Beziehung zu den Menschen. Ich habe überhaupt nichts. Nichts Wichtiges."

„Jetzt übertreiben Sie aber, Bloch. Denken Sie doch mal an Ihre Ehe."

„Ich bin geschieden."

„Ach so. Nun ja, es hat nicht funktioniert, aber …" – er geriet ins Schlingern – „wenigstens haben Sie … ein bisschen Liebe gefunden. Wir sind alle allein. Wir sind alle allein", wiederholte er dümmlich.

„Ach ja? Da bin ich mir nicht so sicher. Vielleicht kann ich Oscar helfen. Vielleicht kann ich der Menschheit etwas geben, einen kleinen Beitrag leisten, indem ich ihm helfe, seine Ziele zu verwirklichen. Ich hätte der liebevolle Gastgeber sein können, der das gemästete Kalb schlachten lässt. Ich wäre glücklich gewesen, solange ich nur zu den Menschen hätte sprechen können. Ich hätte ein Wind aus fernen Gefilden sein können, der anderen das Gefühl gibt, nicht allein zu sein. Aber Aufrichtigkeit ist so schwer zu finden. Wo fängt man da an? Vielleicht beim Licht des Mondes. Vielleicht nachts. Oder bei einer Stimme, die in einer Kapelle singt. Beim Geschmack des Weines. Dem Morgenlicht des Sommers. Aber sie alle vergehen. Sie vergehen, und wir mit ihnen."

Webster flüchtete sich wieder zu seinem Cappuccino und wünschte sich verzweifelt, woanders zu sein. Sosehr er sich auch das Hirn zermarterte, ihm fiel keine einzige Antwort auf Blochs hochfliegende Bemerkungen ein. Zum Glück war das auch gar nicht nötig, denn jetzt stellte Bloch ihm eine beruhigend direkte, wenngleich gänzlich unerwartete Frage.

„Haben Sie Lust, schwimmen zu gehen?"

Außer dem Bademeister und dem Tauchlehrer (der den Leuten zeigte, wie man die Atemgeräte benutzte) war Oscar der Einzige im

Schwimmbad. In dem schummrigen Licht der Kerzen, die rund um das Becken aufgestellt waren – noch so eine ungewöhnliche Aktion, mit der der Autohersteller Kazooi-Template auf sein Sponsoring aufmerksam machte –, war er allerdings kaum zu erkennen, und sein Gesicht verschwand in regelmäßigen Abständen im Wasser, während er mechanisch seine Bahnen zog, weswegen er auch nicht mitbekam, wie Bloch und Webster lautlos die Halle betraten. Es war praktisch unmöglich, ihn von jemand anderem zu unterscheiden. Während Bloch den Bewegungen dieser gleichgültigen, anonymen Gestalt folgte, dachte er an die Zeit zurück, bevor sie sich kennengelernt hatten, die Zeit, als sie noch Fremde gewesen waren, jeder in seiner eigenen Spur gefangen, bis das Leben oder das Schicksal oder keins von beiden sie zusammengeschubst hatte und ihre Wege sich gekreuzt hatten wie Bahnschienen, die parallel verlaufen und dann durch irgendeine Weichenstellung zusammenlaufen, während das Tempo nachlässt und wieder anzieht. Er dachte an die Milliarden von Seelen, die er niemals treffen würde, die Milliarden von Begegnungen, die ihm entgingen.

Der Autohersteller Kazooi-Template legte sich mächtig ins Zeug, um sein jüngstes Geschöpf zu promoten. Auf seiner Website versicherte der Konzern, dass sein neuestes Modell, der Tutor Saloon 101, seine bislang großartigste Kreation war, handelte es sich doch um ein Auto mit autonomer Intelligenz. Genau genommen war es eine Kreuzung aus Fahrzeug und fühlendem Wesen. Den künftigen männlichen Besitzern dieses Wundervehikels winkte ein umwerfendes Sozialleben, ein steiler beruflicher Aufstieg und ein gottgleicher Erfolg bei den Frauen, die sich ihnen in schlafwandlerischer Trance hingeben würden.

Allerdings hatte der Konzern einige Schwierigkeiten mit der Bezirksverwaltung des Stadtteils Islington gehabt.

Die Tauchausrüstung stammte von DEFTOL, einer namhaften deutschen Firma, und war durch die britische Verbraucherschutzbehörde zugelassen worden. Als Nächstes hatten die Gesundheitsberater der Bezirksverwaltung die Ausrüstung persönlich getestet, obwohl sie sich mit Unterwasser-Atemgeräten gar nicht auskannten. Daraufhin war das Auto mit einem durchsichtigen Plastikschutz versehen worden, um sicherzustellen, dass sich niemand an irgendwelchen scharfen Kanten verletzte. Die Bezirksverwaltung hatte außerdem bestimmt, dass rund um die Uhr ein Tauchlehrer und ein Arzt zur Verfügung stehen mussten. Kazooi-Template hatte sie allerdings davon überzeugen können, dass die Anwesenheit eines Arztes nicht zwingend erforderlich war. Stattdessen wurde ein Hausmeister mit der Aufsicht und Pflege der Kerzen betreut.

Das Freizeitzentrum hatte zwei Tage zuvor eröffnet, und bislang waren zwei Leute dort schwimmen gegangen, Oscar mit eingerechnet.

Die Kerzen warfen seltsame Schatten auf die gekachelten Wände. Sobald das Wasser in Bewegung geriet, bildeten sich um den Beckenrand gelbblaue Wellenlinien aus reflektiertem Licht, die auf und ab tanzten, schwebten, flackerten und ein vergängliches Kunstwerk von überwältigender Schönheit schufen.

Fasziniert von diesem Reigen aus Licht und Schatten, stand Bloch einen Augenblick da und schaute zu.

Dann ging er zum Beckenrand, blickte ins Wasser und entdeckte die verschwommenen Umrisse des Autos, das wie eine riesige metallene Schildkröte auf dem Grund lag.

Bloch war ein ausgezeichneter Schwimmer und tauchte mühelos ab, ohne sich die schwere Ausrüstung aufzuladen. Während er mit kräftigen, gleichmäßigen Zügen nach unten pulsierte, lebte sein ermatteter Körper vorübergehend auf. Beim Auto angekommen, stellte er fest, dass es keine Türen hatte und man von allen Seiten hineinschwimmen konnte. Ein Scheinwerfer auf dem Grund des Pools hüllte den Tutor Saloon in geisterhaftes Licht. Bloch schwamm durch die hintere Türöffnung ins Wageninnere und bestaunte die Ledersitze und das Armaturenbrett.

Derweil hatte Webster den Sprung noch nicht gewagt. Er saß am hinteren Beckenrand – dort, wo das Wasser flach war – und ließ die Beine baumeln. Oscar pflügte noch immer systematisch durch das Becken, ohne sich seiner Umgebung gewahr zu sein. Als er das Ende einer Bahn erreichte und endlich Luft holte, entdeckte er Bloch, der gerade aufgetaucht war und eine Metallleiter hinaufkletterte.

„Daniel, du bist hier! Das ist ja lustig. Irgendwie habe ich geahnt, dass du deine Meinung ändern würdest …"

„Ich war neugierig auf das Auto." Ihre Stimmen hallten durch den höhlenartigen Raum.

Bloch wusste nicht, was er sonst sagen sollte, obschon Oscars erwartungsvolle Augen auf irgendeine großartige, erleuchtende Bemerkung von ihm zu warten schienen. Einen Moment lang stand er leicht zitternd am Beckenrand und schöpfte wieder Atem, bevor er das Bedürfnis verspürte, erneut abzutauchen. Als er zum zweiten Mal in das Auto hineinschwamm, bemerkte er, dass das Handschuhfach weit offen stand. Er schaute hinein. In dem Moment kam ihm eine Karte entgegen, die traumverloren Richtung Fahrersitz trieb. Er griff danach und tauchte schwerfällig auf, um Luft zu holen. Er hielt die Karte in das Kerzenlicht, und die drei Wörter, die darauf standen, ließen sein Gehirn Purzelbäume schlagen.

Kunst kann töten.

„Oscar, ich muss hier raus", stieß er apokalyptisch hervor, und ein Gemisch aus Poolwasser und Speichel spritzte aus seinem Mund. Oscar sah ihn besorgt an. „Ich muss weg ... hätte gar nicht erst herkommen dürfen." Das Wasser, das aus seinem Mund lief, erinnerte Bloch jäh an all die Flüssigkeiten, die in dunklen Strömen unter der Oberfläche des Fleisches wallten. Ihn überkam die verstörende Erkenntnis, dass die Form des Körpers keineswegs festgeschrieben oder unverwundbar war, sondern jederzeit in eine amniotische Nichtexistenz zurückverfallen konnte. Knochen und Fleisch und Sehnen konnten zu Gelatine zermalmt und verflüssigt werden.

Webster, der noch immer am anderen Ende des Beckens saß und allmählich so wirkte, als gehörte er zum Inventar, sah auf und fragte: „Müssen Sie denn jetzt gehen, Bloch?", als versuchte er, irgendein schwer fassbares Rätsel zu lösen.

„Daniel, warte kurz, ich muss mit dir reden", sagte Oscar.

„Gibt es in diesem Scheißladen einen Haartrockner?", rief Bloch, wobei ihn die Antwort nicht im Geringsten interessierte; vielmehr warf er die Frage wie eine Rettungsleine in den Raum, um sich daran festzuhalten. Oscar holte ihn ein, nahm seine Hand und zog ihn Richtung Umkleidekabinen, während Webster irritiert nuschelte: „Wo geht ihr hin? Was ist los?" Sie ignorierten ihn, fanden eine Holzbank und ließen sich darauf nieder. Sogleich bildeten sich große Wasserpfützen um ihre Füße. Oscar betrachtete fasziniert Blochs Körper, dessen bleiche, marmorierte Oberfläche er noch nie zu Gesicht bekommen hatte. Bloch schien sich wieder zu fangen und atmete tief durch.

„Was zum Teufel bedeutet das: Kunst kann töten?"

Oscar schwieg. Er hatte den Eindruck, dass Bloch im nächsten Moment aufspringen und gehen würde, daher beeilte er sich, ihm ehrfurchtsvoll mitzuteilen: „Diese Geschichte, die du dir ausgedacht hast, ist absolut großartig."

„Es war nicht besonders höflich von dir, einfach so aus dem Theater zu verschwinden."

„Tut mir leid. Ich war so aufgeregt."

„Und da hast du dich vom Acker gemacht, um in dieser … Kammer des Schreckens zu baden."

„Zum ersten Mal seit einem Jahr habe ich wieder Sport getrieben. Das ist ein gutes Zeichen. Ich bin so froh, dass du gekommen bist."

„Dir gefällt also, was ich geschrieben habe?"

„Ich bin begeistert. Es ist so … anders als deine bisherigen Sachen. Aber die Übereinstimmungen sind einfach erstaunlich. Jemand, den ich kürzlich kennengelernt habe, meinte, ich solle als Aktmodell arbeiten – genau wie in der Geschichte. Und das mit meiner Katze habe ich dir ja erzählt. Ich frage mich, wie du das machst."

„Wie ich was mache?"

„Die Wirklichkeit vorherzusehen."

„Ach was, ich habe mir doch nur etwas ausgedacht. Ich fand, dass der Job als Aktmodell interessante Möglichkeiten eröffnet, weil er mit Malerei zu tun hat. Und die Idee mit der Katze hat mir gefallen, weil ich keine habe. Und ich habe ein bisschen von mir selbst in deine Persönlichkeit geschmuggelt. Das ist alles. Oscar, ich muss dir etwas sagen: Ich möchte mit der Geschichte eigentlich nicht weitermachen. Sie geht mir auf den Sack."

„Aber – hör zu – seit du damit angefangen hast, passieren mir lauter gute Dinge. Ganz ehrlich. Da ist dieser Typ, der mir eine Ausstellung angeboten hat."

„Unsinn. Was willst du damit sagen?"

„Ich weiß nicht. Tatsache ist, dass ich mich … anders fühle. Ich weiß, es klingt verrückt, aber es ist wahr. Ich habe einfach das Gefühl, dass diese Geschichte etwas Gutes ist. Als ich sie vorhin im Theater gelesen habe, war das, als hätte mich jemand an die Steckdose gehängt, als wäre ich irgendwie … angekommen. Verstehst du?"

„Etwas stimmt nicht mit dieser Geschichte. Es ist nicht meine. Sie kommt von irgendwoher. Vielleicht aus der Kanalisation. Sie ist so dysfunktional wie das Auto da unten. Voll mit Wasser, ein Wrack."

„Sie ist wunderschön."

„Diese Übereinstimmungen, die du erwähnt hast – das sind nur Zufälle. Ich wollte deinem Leben eine exotische Note geben, ein bisschen Pepp, der gefehlt hat. Ich bin weder ein Zauberer noch ein Wahrsager, und ich kann keine Wunder vollbringen." Er schwieg. Dann, als wäre ihm plötzlich etwas eingefallen, fragte er: „Dein Vermieter ist doch nicht etwa ein guter Mensch geworden?"

„Nein."

„Stehst du auf Wagner?"

„Nein, bestimmt nicht."

„Da bin ich aber froh."

Webster hatte sich auf die Suche nach ihnen gemacht. Seine Triefaugen waren blutunterlaufen, sein Gesicht war geschwollen und violett, und sein Körper, der die Beschaffenheit eines Marshmallows aufwies, schien kurz vor dem Kollaps zu stehen. Er sah nicht aus wie jemand, der gerade eine einzige Länge geschwommen war, sondern wie der Überlebende einer Naturkatastrophe.

„Hallo", keuchte er. „Bin doch noch reingesprungen … Das Wasser kommt mir ein bisschen frisch vor. Dieses Auto ist komisch. Ihr zwei seid wohl Kumpel?"

„Nein, Bekannte. Aber wir stehen uns sehr nahe", antwortete Bloch geheimnisvoll.

4

In den darauffolgenden Tagen gelang es Oscar, eine Probesitzung als Modell an der Mermaid Academy zu vereinbaren. Der Stundenlohn betrug fünfzehn Pfund, was ihm in Anbetracht der Tatsache, dass er praktisch nichts tun musste, ungeheuer großzügig erschien. Najettes Bemerkungen über das Modellstehen hatten sein Interesse geweckt, aber Blochs Geschichte hatte die Idee noch viel spannender gemacht. Es war, als hätten seine geschriebenen Worte dem Ganzen einen geheimen Reiz verliehen und eine seltsame, mysteriöse Flamme entfacht, die ihn zunehmend hypnotisierte.

An jenem Morgen, während Oscar noch schlief, saß Bloch an seiner Schreibmaschine und starrte ins Leere. Am Ende hatte er sich dazu breitschlagen lassen, weiterzuschreiben. Ihm war klar, dass er eigentlich die Finger von der Geschichte lassen sollte, denn die Art und Weise, wie einzelne Aspekte Wirklichkeit wurden, war ihm nicht geheuer. Andererseits widerstrebte es ihm, ein kreatives Projekt einfach abzubrechen. Er war neugierig, wo seine Vorstellung ihn hinführen würde und welche schöpferischen Bruchstücke sie noch auswerfen würde.

```
Kapitel drei: Die fabrizierte Weisheit

Oscar Babel, zu Großem bestimmt, dazu erkoren, von nah und
fern bewundert zu werden. Und wahrlich, der Mann ist zum
Mythos geworden. Am Ende verwandelte er sich in einen
populären Philosophen, einen unterhaltsamen Denker. Seine
Worte waren geschliffen und gewichtig - heilige Worte.
Er zog die Menschen an wie das Licht die Motten. Er sprach
zu künftigen Bekehrten, speiste in vornehmen Restaurants,
genoss die Aufmerksamkeit gewisser Frauen. Er wurde ein
spiritueller Lehrer, ein Guru, der sich über die Gesell-
schaft ausließ und ihr Streben nach dem Geistlosen, dem
```

Stumpfsinnigen, dem Belanglosen geißelte. Was immer er von sich gab, wurde mit einem Eifer aufgenommen, der an Vergötterung grenzte. Das Hotelzimmer, das er schließlich bezog, wurde sein spirituelles Hauptquartier. Hier schrieb er seine schillernden, flammenden Reden – Predigten, die ihresgleichen suchten –, und die Lakaien der Medien hielten ausnahmsweise den Mund, während auch sie auf dem Weg zur Erleuchtung wandelten. Oscar erwies sich als ungeheuer wirkmächtig. Seine Worte machten ihn zum Erhabenen und unsere trägen, an chronischer Verstopfung leidenden Kunstwelten zu Hackfleisch. Seelenlose Körper, mit Müh und Not durch Hochleistungsdrogen am Leben gehalten.

Ich kam nicht umhin, eine gewisse Abnutzung bei ihm zu bemerken, die sowohl seinen Körper als auch seine Persönlichkeit betraf.

Oh, wie die glänzenden Lichter der Vergangenheit, die edlen, hochfliegenden Träume von Männern und Frauen durch den hysterischen Konsumismus und durch die giftige Ölpest des WWW, des ständig expandierenden, ständig lobotomierenden weltweiten (Spinnen-)Netzes vernichtet wurden!

Auf den Flügeln der Mass(turbierend)enmedien wurde Oscar emporgetragen, und bestimmte Gestalten, die namenlos bleiben müssen (und bereits gesichtslos waren), begleiteten ihn und ebneten ihm den Weg, schmierten ihn gewissermaßen. Und doch ...

Er hielt inne und atmete tief durch. Dann zerrte er das Papier aus der Schreibmaschine und las den Text langsam durch.

Dieses Fragment war alles, was er hinbekam. Ihm fiel auf, dass es stringenter geschrieben war als die vorherigen Teile. Lag es vielleicht daran, dass er sich hier für Oscar ein Leben ausdachte, das er im tiefsten Innern selbst wollte? Brachte dieses letzte Fragment womöglich die Sehnsüchte eines heimlichen Größenwahnsinnigen zum Vorschein?

Er faltete das Blatt sorgfältig, steckte es in einen Umschlag, klebte ihn zu und legte ihn in eine Schublade, wo er bleiben sollte. Er stand auf, zog sich aus und stellte sich unter die Dusche. Doch während das Wasser dampfte, drehten sich seine Gedanken weiter. Nachdem er sich gründlich abgetrocknet hatte, setzte er sich, immer noch nackt, wieder an den Schreibtisch. Er verzichtete auf die Schreibmaschine und schnappte sich Papier und Stift.

16. Juni
Etwas geschieht mit mir.
Ich werde versuchen, genauer zu beschreiben, was es ist. In letzter Zeit habe ich Halluzinationen. Bei der ersten habe ich gehört, wie eine männliche Stimme im Radio eine Warnung von sich gab. Bei der zweiten erschien die gleiche Warnung auf einem Zettel, den ich beim Tauchen gefunden habe. Versucht jemand, mir etwas mitzuteilen? Ich muss mich jetzt anziehen. Ich bin mit meinem Agenten zum Lunch verabredet. Sein Name ist Barny, und er hat sie nicht alle. Er will, dass ich einen weiteren verschrumpelten Fötus herauspresse. Muss mich zusammenreißen.

Bloch zog einen diagonalen Strich durch die Wörter und begann von vorne.

Habe ich schon immer den Spaßvogel gegeben? Oder ein anderes Tier? Supermärkte und Dinnerpartys und Hochzeiten und Empfänge. Gelegenheiten, um mich zum Narren zu machen, meine guten Manieren unter Beweis zu stellen, die Anstandsregeln zu praktizieren, mit denen man die Aufrichtigkeit bescheißt. Alles Lügen. Wo war ich bei meinem eigenen Auftritt? Wahrscheinlich hinter den Kulissen, zu feige, um klar und deutlich die Stimme zu erheben. Mein öffentliches Ich stolzierte über die Bühne, machte Geräusche, äußerte Meinungen. Dieses Ich war wie ein Wal, der aufgeblasene Laute ausstößt. Aber der Wal versteckte einen armen kleinen Lachs, der Mühe hatte, mitzuhalten, der verzweifelt gegen die Strapazen im Ozean und gegen die Strudel im Kielwasser dieser verfluchten fetten Masse von einem Wal anzappelte.
  Gibt es Menschen, die ohne diese Maskeraden und Täuschungen auskommen? Menschen, die Standhaftigkeit verkörpern? Oder sind wir alle dem Fluss der Dinge unterworfen, der die Kontur und Beschaffenheit der Persönlichkeit verändert und das Wesen ständig umgestaltet? Arme

Menschen. Gottes Cocktail aus Göttlichem und Bestialischem ist nicht besonders gut gelungen. Die Erde kühlt sich ab. Zeit, einen Kuchen zu backen.

Bloch strich auch diesen Text durch und stand auf. Er ging in die Küche und schenkte sich einen Whisky ein. Er wünschte, der Abend würde über London herabsinken. Was, wenn das Leben ein ewiger Tanz wäre? Was, wenn London des Nachts von einer Million Kerzen erleuchtet würde?

Mein Kopf ist voller heißer Luft – warum hebe ich nicht ab wie ein Ballon? Und schwebe an einen Ort des Lichts. Wo Wolken einem zuwinken. Bin ich tot oder lebendig? Wie leicht sich die Wege von Vergnügen und Schmerz kreuzen.
Ein allmächtiger Furz hallt durch die Geschichte.
Wo bin ich?

*

Oscar saß in einem der großen Zeichensäle in der Mermaid Academy und wartete geduldig. Er hörte das Scharren der Kunstschüler, die den Raum betraten und ihre Plätze einnahmen. Sieben Männer und zwei Frauen, ruhig und respektvoll.

Fasziniert betrachtete er sein bleiches Fleisch, folgte den geschwungenen Konturen. Er nahm sich selbst mit einer neuen Bewusstheit wahr: Seine Glieder, die weißen Knöchel und die zarten, gewölbten Füße beeindruckten ihn durch ihre Eleganz und Unberührtheit. War ihm denn nie in den Sinn gekommen, sich selbst in Augenschein zu nehmen, die Topografie seines eigenen Körpers zu erkunden? Merkwürdig, dass ihm diese Hülle, die seinen Verstand, sein Bewusstsein beherbergte, so fremd war.

Eine hochgewachsene, etwas gebieterische Frau berührte ihn an der Schulter und wies ihn an, sich auf das Podium zu begeben. Während er seinen Platz einnahm, ließ er den Blick rasch über die versammelten Kunstschüler schweifen, wohl wissend, dass sich ihm so rasch keine Gelegenheit mehr dazu bieten würde. Die beiden Frauen waren im mittleren Alter. Eine von ihnen sah recht weltgewandt aus. Sie trug schwarze Lederhosen, eine weite, fliederfarbene Bluse und einen leichten Seidenschal um den Hals. Die andere war eine nervöse, fahrige Person, die ständig in ihren Jackentaschen herumkramte und nach dem harten Metall ihres Autoschlüssels tastete. Die Männer trugen fast alle Bart und sahen unheilbar ernst aus. Ein jüngerer Mann mit orange gefärbtem Haar fiel aus dem Rahmen.

Oscar versuchte, sich nun auch der äußeren Zeichen von Bewusstsein zu entledigen und stumm und reglos zu werden wie eine Puppe, die vor sezierenden Augen posiert.

Die Schüler tauchten ihre Zeichenfedern in ein Gemisch aus Wasser und Tusche, und das Kratzen der Federn auf dem Papier erfüllte den Saal. Zu seinem Erstaunen genierte er sich nicht und empfand die Situation auch sonst nicht als unangenehm. Er hatte erwartet, dass es irgendwie erregend sein würde, betrachtet zu werden, aber es fühlte sich vollkommen neutral an. Allmählich beschlich ihn das seltsame Gefühl, gar nicht richtig da zu sein, als wäre die Realität an einen fernen, unbekannten Ort gerückt, als würde er sich selbst von außen beobachten, während die Zeichnenden ihn beobachteten, wie Spiegel, die sich in Spiegeln spiegeln, die sich in Spiegeln spiegeln, bis ins Unendliche …

Er dachte an seine Tage und Nächte im Eureka Cinema, wo er langsam vor sich hin gewelkt und immer tiefer ins Dunkel abgeglitten war. Seine Haut nahm jetzt die leichten Regungen der Luft um ihn herum wahr, spürte den Hauch, der entstand, wenn die Schüler ihre Zeichenblöcke umblätterten. Er fühlte sich mit einem Mal auf anarchische Weise lebendig. Zusammen mit seinen Kleidern hatte er auch eine Schicht abgelegt, die seine Sinne vernebelte.

Hinterher teilte ihm die hochgewachsene Frau mit, dass er wiederkommen könne – sie sei mit seiner ersten Sitzung zufrieden gewesen. Er habe gut stillgehalten, sagte sie, und er habe einen interessanten Körper. Einen Moment lang dachte er, sie wolle mit ihm flirten.

Als Oscar das Gebäude verließ, eilte ein kleiner Mann in blauem Overall auf ihn zu und packte ihn am Arm. Der Mann hielt ein digitales Aufnahmegerät in der Hand. Oscars erster Gedanke war, dass er ihn verhaften wollte.

„Entschuldigen Sie", sagte der Fremde – und wurde von einem kurzen, heftigen Husten geschüttelt –, „sind Sie zufällig eins von den Aktmodellen?"

„Seit gerade eben", sagte Oscar höflich und entwand sich seinem Griff.

„Oh, gut. Wären Sie unter Umständen bereit, ein paar Fragen über das Modellstehen zu beantworten? Ich drehe einen kleinen Dokumentarfilm über das Thema, für Art Cable. Sie müssten nicht viel tun. Nur ein paar Worte in die Kamera sagen. Die Fragen würde ich später herausschneiden. Man würde also nur Ihre Antworten …" – er unterbrach sich erneut, um zu husten – „auf meine Fragen hören. Das Ganze würde mit Bildmaterial von zeichnenden Kunstschülern unterlegt. Ich würde Ihnen zweihundert Pfund für das Interview bezahlen. Bitte sagen Sie Ja. Niemand scheint besonders interessiert zu sein. Diese Aktmodelle sind ein ganz schön schüchterner Haufen. Wer hätte das gedacht? Dabei sind zweihundert Pfund nicht schlecht."

„Sagen wir zweihundertfünfzig", hörte Oscar sich sagen.

„Was? Zweihundertfünfzig? Wissen Sie, ich finanziere den Film selbst. Lassen Sie mich kurz rechnen. Da wären also die Scheinwerfer und das Filmmaterial. Das Make-up, die Miete für das Studio – es ist unten in King's Cross – und die Kameras. Die Gage für die Crew. Es soll nur ein bescheidener kleiner Beitrag über ein vernachlässigtes Thema werden. Wissen Sie, ich sehe Potenzial in Dingen, die andere langweilig finden. Ich habe Filme über Rummelplätze, Puppenhäuser und Glasbläserei gedreht, sogar einen über das gute alte Bidet. Aber fünfzig Pfund extra … das ist ja ein Plus von fünfundzwanzig Prozent. Ich bin kein Mathematiker, nein – ich bin selbst ein Künstler, aber wen juckt das schon? Alle essen den Kuchen, und für mich fallen die Krümel ab. Ich mache seit zwölf Jahren Dokumentarfilme – und wohin hat mich das gebracht? Eigentlich wollte ich ja Fahrräder entwerfen. Gott weiß, was dann passiert ist. Aber ich kann mich nicht beklagen. Zweihundertfünfzig sagten Sie?"

Oscar nickte und strahlte die Gelassenheit der Gleichgültigkeit aus. Mehr brauchte es nicht, um den kleinen Mann mürbe zu machen, und er willigte ein. Sie gaben sich die Hand.

„Übrigens, ich bin Albert Lush. Ich wusste, dass ich mich auf Sie verlassen kann."

Obwohl Oscar dem Interview nur wegen des höheren Geldbetrags zugestimmt hatte, wertete Lush seine Einwilligung als einen empirischen Beweis dafür, dass jemand an ihn als Dokumentarfilmer glaubte. Er sagte: „Können Sie am Montag, den zweiundzwanzigsten Juni, um zehn Uhr ins Studio kommen? Das Ganze wird wohl kaum mehr als eine Stunde in Anspruch nehmen. Sasha macht Sie zurecht und alles. Sie müssen einfach nur sachkundig klingen. Übrigens, tut mir leid, dass ich dauernd huste, aber da ist nichts zu machen. Dieser Husten hat mich ruiniert. Ich habe ihn seit fünf Jahren. Er hat meine Lendenwirbel ruiniert. Er hat meine Beziehungen zu Frauen ruiniert. Sogar Hunde hassen mich deswegen. Ich habe alles versucht, um ihn loszuwerden: Sonnenbäder, Antibiotika, Akupunktur, Pflanzenheilkunde, Sauna, Qigong, Eukalyptusöl, Hypnose, Darmspülungen, Tranquilizer, Homöopathie, Osteopathie … Nichts hat geholfen. Tja. Bis bald."

Mit dem nervösen Gehabe von jemandem, der den Bus nicht verpassen darf, eilte er von dannen. Oscar schaute ihm nach. Plötzlich fiel ihm ein, dass er gar nicht wusste, wo das Fernsehstudio war. Er wollte gerade gehen, als der kleine Mann atemlos zurückgerannt kam, Oscar wortlos eine Visitenkarte in die Hand drückte und erneut davonstürzte.

Es war schon recht spät, als er nach Hause kam. Die Katze lag in ihrem Korb und schlief. Ihr Schnäuzchen schaute unter den zerknäulten Decken hervor. Von oben drohten die donnernden Klänge der Ouvertüre zum *Fliegenden Holländer* die Zimmerdecke zu sprengen. Oscar lagerte die Kleidung und Skizzenblöcke, die sich auf seinem Bett angehäuft hatten, auf den Schreibtisch um. Er knipste eine Nachttischlampe an, und ihr Licht machte alles gleich ein bisschen angenehmer.

Als er gerade Wasser aufsetzte, klopfte es verhalten an der Tür. Er warf ein Geschirrtuch über den Korb und die Katze, und dann stand Mr. Grindel vor ihm. Zu Oscars Überraschung trug er keinen Hausrock. Es war das erste Mal, dass er den Vermieter ohne seine zusätzliche Epidermis sah. Die Musik schmetterte unvermindert weiter und schwoll dramatisch an.

„Kein Hausrock, Mr. Grindel?"

Anstatt zu antworten, hob Grindel feierlich den Arm und begann ihn hin und her zu schwenken, den Mund zu einem stolzen, hehren Bogen aufgeworfen, während er sich auf dem Dirigentenpodest wähnte und die großen Wagner-Interpreten vergangener Zeiten beerbte.

„Nein, er ist in der Reinigung", sagte er, noch immer dirigierend. „Und überhaupt muss er ein bisschen ausgebessert werden. Ich denke ernsthaft darüber nach, ihn flicken zu lassen – er hat ein paar Öffnungen an Stellen, die von der Natur nicht vorgesehen sind, wenn Sie verstehen, was ich meine. Übrigens, danke für die Miete. Sehr freundlich von Ihnen."

Das passte nicht zu Grindel – sich zu bedanken.

„Ich wollte gerade etwas Suppe essen, Mr. Babel. Möchten Sie auch eine? Ein paar Croûtons in einer Gemüsebrühe und ein bisschen Brot als bescheidene Beilage. Ein schlichtes Mahl, aber mit Liebe zubereitet."

Auch das passte nicht zu Grindel – Gastfreundschaft anzubieten.

„Kennen Sie sich mit Wagner aus, Mr. Babel? Er ist … wie sagt man doch gleich? Es fällt mir bestimmt wieder ein. Ich wärme jetzt die Suppe auf. Es ist nicht viel, aber genug für zwei, wenn Sie verstehen."

Doch in diesem Moment – und das Timing hätte schlechter nicht sein können – sprang die Katze aus ihrem Korb, warf schwungvoll das Geschirrtuch ab und landete direkt vor Mr. Grindels Füßen. Oscar erstarrte. Sekundenlang stand er hilflos da, dann packte ihn die Panik und er rief: „Was gibt Ihnen das Recht, hier hereinzuplatzen, wann immer es Ihnen passt? Das ist unverschämt." Oscar wusste nicht, was er sagte. Er wollte nur genügend Lärm machen, um Mr. Grindel in die Flucht zu schlagen. „Und wenn wir schon dabei sind, was ist mit der Tapete, die von der Wand hängt, und was ist mit meiner Matratze? Ich muss auf einem Stück Schaumstoff schlafen, das nicht mal eine Schnecke aushalten würde. Warum sind Sie so unfähig?"

Während er weiterschimpfte, nahm Oscar die Katze hoch und setzte sie zurück in ihren Korb, als könnte er die Situation dadurch noch irgendwie retten.

Mr. Grindel ließ Oscars Tirade mit dem Lächeln eines beschwipsten Priesters über sich ergehen, und ihm schwoll das Gesicht vor absurdem Wohlwollen, unschwer zu erkennen an den hochgezogenen Wulstlippen und dem dümmlichen Kuhblick. Als Oscar fertig war, wartete Grindel noch einen Moment, bevor er in vernünftigem Ton zur Sache kam:

„Jaja, da müssen wir sofort etwas unternehmen, Mr. Babel. Das ist ein unhaltbarer Zustand. In letzter Zeit habe ich mich ein wenig gehen lassen. Vielleicht lag das am Besuch meiner Cousine neulich. Aber, wenn Sie gestatten: Was haben Sie da bloß für ein süßes Kätzchen. Es ist ja so klein. Warten Sie, ich hole ihm ein bisschen Schokolade. Und wir essen die Schokolade dann zur Suppe."

Das passte nicht zu Grindel – sich Kritik anzuhören, Verständnis zu äußern und sich obendrein noch über das eigene Haustierverbot hinwegzusetzen. Genau genommen sah ihm das alles so wenig ähnlich, dass Oscar sich fragte, ob das überhaupt Grindel war. Es hätte ihn nicht gewundert, wenn der Mann, der gerade aus dem Zimmer ging, ein Betrüger gewesen wäre, der Mr. Grindel mithilfe irgendeines undurchschaubaren Taschenspielertricks verkörperte, während sein echter Vermieter gefesselt und geknebelt in seiner stickigen Maisonettewohnung saß. Viel wahrscheinlicher war jedoch, dass ein weiterer Aspekt aus Blochs Geschichte seinen Niederschlag in der Wirklichkeit gefunden hatte: Grindel war ein guter Mensch geworden ...

Kurz darauf kehrte er mit einer Schale zurück, in der sich backsteingroße Schokoladenbrocken befanden. Er stellte die Schale vor den Korb, und als Täubchen sich nicht sofort darauf stürzte, hielt er sie ihr unter die Nase.

„Komm, Kätzchen, koste mal", säuselte er und versuchte, einladend zu klingen. Die Katze äugte in die Schale, leckte an einem Schokoladenstück und knabberte zurückhaltend an einem Eckchen. Ohne Vorwarnung nahm Grindel ein Stück in die Hand, knurrte, „Was hast du denn, Mieze, ist das etwa nicht fein genug für dich? Du, das Zeug ist aus der Schweiz", und stopfte ihr die Schokolade gewaltsam ins Maul, während er sie gleichzeitig am Schwanz zog. Täubchen stieß einen Schmerzensschrei aus und sprang in panischer Angst davon.

Grindels Verwandlung in einen guten Menschen war also nur von kurzer Dauer gewesen.

Doch dann, während Oscar die Katze streichelte und tröstete, schlüpfte der Vermieter erneut aus seiner Schale der Grausamkeit. Er wirkte verdutzt, als wäre er sich selbst und seinem Bewusstsein fremd. Die letzten Augenblicke waren einer Art Amnesie anheimgefallen, und er lächelte wieder, als könnte er kein Wässerchen trüben. Bewegte sich der alte Vermieter etwa am Rande eines schizoiden Abgrunds? Vereinte er gegensätzliche Persönlichkeiten in sich, wie ein Schauspieler, dessen Rollen allmählich von seinem wahren Selbst Besitz ergriffen?

„Sie wird bestimmt später davon nehmen, Mr. Grindel", murmelte Oscar. „Das ist schon in Ordnung. Danke für alles – wirklich. Und was die Suppe betrifft: vielleicht ein andermal, aber im Moment bin ich sehr müde. Das verstehen Sie sicher."

„Ich habe das Gefühl, viele Dinge zu verstehen, Mr. Babel. Viele, viele Dinge."

„Genau. Irgendwie sind Sie heute nicht ganz Sie selbst, Mr. Grindel."

Auf diese Feststellung folgte ein tiefgründiges Schweigen, das schließlich durch ein kleinkindhaftes Glucksen gebrochen wurde, und Grindels Stimme nahm einen idiotisch infantilen Ton an, als er sagte: „Ich muss gestehen ... da ist diese Sache mit einer Reinmachefrau. Sie ist ... Sie erinnert mich so sehr an meinen Ohrensessel. Kürzlich hat sie mir die Zehennägel geschnitten. Es war himmlisch. Wollen wir im Grunde genommen nicht alle einfach nur geliebt werden?"

„Ja, ich vermute mal, das wollen wir ... ich jedenfalls ...", murmelte Oscar kaum hörbar.

Sein Vermieter bedachte ihn mit einem triumphierenden Blick. Dann ging er ohne ein weiteres Wort hinaus und schloss mit übertriebener Rücksichtnahme die Tür hinter sich.

Offenbar, dachte Oscar, hatte Grindels Metamorphose unabhängig von Blochs Geschichte stattgefunden. Seine Verwandlung konnte nichts damit zu tun haben. Grindel war offenbar verliebt. Und doch kam Oscar nicht umhin, sich zu fragen: Hätte Grindel sich auch ohne die Geschichte verändert?

Er setzte sich aufs Bett und schloss zutiefst verwirrt die Augen, und die Katze, zutiefst traumatisiert, kletterte langsam auf seinen Schoß. Nach einer Weile rang sie sich zu einem zaghaften Schnurren durch.

*

Der Lunch mit Barny Crane, seinem Agenten, hatte sich über sechseinhalb Stunden hingezogen, sodass es bereits Abend war, als Bloch reichlich betrunken nach Hause kam. Zusammen hatten sie fünf Flaschen Merlot geleert. Barny war ein kleiner, korpulenter Mann, ein hervorragender Weinkenner, der die Angewohnheit hatte, nach jeder bedeutsamen Bemerkung, die er in einer Unterhaltung fallen ließ, die Backen aufzublasen, als wollte er ein sichtbares Ausrufezeichen setzen.

Bloch kämpfte kurz mit dem Schlüssel und stieß die Wohnungstür dann mit einem Ruck sperrangelweit auf. Im Wohnzimmer bot sich ihm ein bizarrer Tanz von Papieren, die überall herumwirbelten: Er hatte die Fenster offen gelassen, und ein starker Wind fegte die Blätter vom Tisch und wehte sie kreuz und quer durch den Raum, wo sie von einem gewaltigen Sog vorübergehend in der Luft gehalten wurden. Er schloss eilig die Fenster, und alles fiel auf der Stelle zu Boden, wodurch das Ausmaß des Durcheinanders im Zimmer offenbar wurde.

Angebrochene Weinflaschen, die in Vergessenheit geraten waren, warteten vergebens darauf, getrunken zu werden. Stapel von Büchern besetzten die Sessel. Kaffeetassen enthielten Flüssigkeiten, die im Begriff waren, sich zu verfestigen.

Bloch versuchte, ein wenig Ordnung in das Chaos zu bringen, hob ein paar Blätter und Zettel auf, ordnete hier einen Papierstapel, wischte dort über ein Möbel. Aber diese halbherzigen Manöver führten ihm lediglich vor Augen, was für eine Mammutaufgabe es wäre, den Raum gründlich aufzuräumen. Er ging in die Küche, kippte drei Gläser Wasser hinunter und machte eine Kanne Kaffee, um nüchtern zu werden. Er schenkte sich eine Tasse ein, ging damit ins Wohnzimmer und sank in den einzigen freien Sessel.

Das schrille Klingeln des Telefons ließ ihn zusammenschrecken. Er wankte zum Apparat und übte dabei seine Artikulation, indem er ein paar beliebige Worte vor sich hin sagte. Er klang gar nicht so übel.

Mit dem Gefühl, etwas Schlüssiges sagen zu können, nahm er den Hörer ab.

„Ja, hallo."

„Hallo Daniel, hier ist Samuel."

Die Stimme klang seltsam vertraut, aber Bloch sträubte sich dagegen, den Anrufer zu identifizieren.

„Samuel – wer?"

„Samuel. Dein Vater."

Daraufhin herrschte Schweigen. Er war es also wirklich. Freudige Schauer durchrieselten ihn, doch bevor er sie genießen konnte, fiel ihm ein, was sein Vater ihm angetan hatte, und er zwang sich, die Regung zu unterdrücken.

„Wo bist du?", fragte Bloch.

„Was spielt das für eine Rolle? Wie läuft's bei dir?"

„Wie es läuft? Ich weiß nicht … wie … was ich darauf antworten soll, ich meine, wo soll ich anfangen? Wie läuft was?"

„Daniel, mach es nicht so kompliziert. Das hier ist schwierig genug … für uns beide."

„Stimmt. Es ist grauenvoll."

Die zigarrengewürzte Stimme am anderen Ende der Leitung ergriff nun beherzt das Wort, aber da war ein gewisser Beigeschmack von Unsicherheit, ein Zögern, das den Eifer relativierte.

„Ich muss dir von diesem Traum erzählen, der immer wiederkehrt. Ich schlafe. Ein Geräusch weckt mich. Ich stehe auf und höre es wieder. Es kommt aus der Küche. Ich gehe also in die Küche, aber anstatt einen ungebetenen Gast, einen Einbrecher vorzufinden, sehe ich zwei Vögel, die hereingeflogen sind – eine Amsel und ein Rotkehlchen. Die Amsel fängt an, wie eine Irre herumzuflattern, und entkommt schließlich, aber das Rotkehlchen meint, es müsse ins Schlafzimmer hüpfen …"

„Dad, was wird das?"

„Wart's ab, du wirst schon sehen. Das Rotkehlchen hüpft also ins Schlafzimmer und bleibt dort sitzen, rührt sich nicht von der Stelle. Ich versuche es zu verscheuchen, aber es lässt sich nicht verscheuchen. Dann fängt es an, überallhin zu scheißen: auf den Boden, das Bett, meine Jacketts und Krawatten. Nach kurzer Zeit ist der Raum voller

Vogelscheiße. Die Scheiße häuft sich immer weiter an. Ich muss aus dem Haus, um frische Luft zu schnappen. Als Nächstes ist da diese umwerfende Bauchtänzerin, und ich amüsiere mich mit ihr. Aber dann taucht der Vogel wieder auf und scheißt überallhin. Und jetzt frage ich dich: Was zum Teufel bedeutet das?"

„Dad, warum hast du mich angerufen?"

„Ich habe angerufen … Ich habe angerufen, weil ich will, dass du mir vergibst."

Stille. Das Vakuum einer unbesetzten Telefonleitung. Bloch gab sich Mühe, die Einzelheiten zu verdauen, sich den Traum, so schräg er auch war, irgendwie einzuprägen, aber alles entglitt ihm. Sein Gedächtnis konnte nicht Fuß fassen. Aasgeier pickten an seinem Bewusstsein herum, die Fakten verblassten. Was genau zwischen ihnen geschehen war, wurde unscharf. Er hatte völlig arglos den Hörer abgenommen. Auf das hier war er nicht vorbereitet gewesen.

„Dir vergeben? Du … du rufst einfach so an, nach all der Zeit. Reden wir über dich. Geht's dir gut? Bist du verheiratet? Hast du noch mehr Ehefrauen zum Verführen gefunden?"

„Hör zu, Danny. Natalie hat mich verführt. Ich bereue das mehr, als du dir vorstellen kannst, aber es ist geschehen. Ich bitte um Vergebung, demütig, als Mensch …"

„Bist du ein Mensch oder eine Ratte?"

Obwohl er jetzt die melodramatische Karte zückte, erkannte Bloch, dass irgendein Verteidigungsmechanismus außer Kraft gesetzt worden war; ein Muster des Widerstands war einem Hang zum Nachgeben gewichen.

„Daniel. Soweit ich das beurteilen kann, bin ich ein Mensch, kein Nagetier, aber ich habe Angst, dass ich nicht mehr allzu lange da sein werde. In meinem Alter haben Sonnenuntergänge etwas Beunruhigendes an sich. Was Natalie betrifft, so ist sie nicht mehr Teil meines Lebens. Sie hat mich verlassen, und ich bin da, falls du mich zurückhaben willst. Himmel, das hört sich ja fast nach einem Antrag an. Danny, schau, trotz dieses ganzen Schlamassels, dieser … Affäre, hat Natalie immer so liebevoll über dich gesprochen – wusstest du das? Sie hat immer gesagt, dass dir niemand das Wasser reichen kann, dass niemand so interessant, so lustig –"

„Hör zu, Dad, ich brauche wirklich kein Charakterzeugnis von meiner Ex-Frau, und schon gar nicht, wenn es mir von meinem Ex-Vater überbracht wird."

„Was soll das heißen?"

Grimmige Furcht hatte sich in die heisere Stimme am anderen Ende der Leitung geschlichen.

„Was soll das heißen – ‚Ex-Vater'?"

„Das soll heißen, dass ein Anruf nichts ändert, alter Herr. Ihr habt mich umgebracht. Ihr beide."

„Aber ich möchte es wiedergutmachen, Daniel. Ich kann es wiedergutmachen, wenn du mich lässt. Ich bin jetzt ein besserer Mensch, wirklich. Können wir uns nicht treffen? Es ist nicht richtig, wenn Vater und Sohn nicht mehr miteinander reden."

In Bloch stieg wieder die Wut hoch. Die letzte Bemerkung hatte in seinen Ohren frömmlerisch geklungen und seinen Zorn getriggert.

„Und wessen Fehler ist das? Hast du je in den Spiegel geschaut? Besitzt du auch nur einen Funken Selbsterkenntnis? Schau dir dein Leben an und sag mir, was du siehst – oder nein, warte, ich sag's dir: einen alten Lustmolch, der Frauen nachsteigt, die nicht mal halb so alt sind wie er selbst, einen alten Mann, der jeden Tag in ein Eisbecken springt. Leute wie du sollten keine Kinder in die Welt setzen dürfen, weil sie unverantwortlich sind. Leute wie du sollten dazu gezwungen werden, einen Befähigungstest zu machen, bevor sie sich fortpflanzen, und wenn sie ihn nicht bestehen, sollten sie auf eine einsame Insel verbannt werden, auf der es keine anderen Menschen gibt. Du bringst allen, mit denen du in Berührung kommst, nur Unglück. Wenn du an einem Gebäude vorbeiläufst, erwarte ich, dass es einstürzt; wenn du einen Hund streichelst, wird er garantiert tollwütig, und wenn du mit Kindern spielst, fangen sie an zu weinen."

Bei diesen Worten verspürte Samuel Bloch einen tiefen Schmerz, aber er ertrug ihn, entschlossen, die Strafe auf sich zu nehmen, die sein Sohn gegen ihn verhängte, und sollte sein Herz zu schlagen aufhören.

„Bist du fertig? Darf ich jetzt etwas sagen? Auf die Gefahr hin, dich zu langweilen, denn mit derart farbigen Bildern kann ich nicht dienen, aber –"

„Du langweilst mich nicht. Hast du nie getan."

„Also gut. Hör zu, Danny, wenn du ein bestimmtes Alter erreicht hast, so wie ich, dann ist die Persönlichkeit festgeschrieben. Sie verändert sich nicht mehr. Und an diesem Punkt bin ich jetzt. Ich werde mich nicht mehr ändern, dazu ist es zu spät … Ich kann meine Fehler nicht ungeschehen machen, aber ich versuche, die Scharte auszuwetzen … Und bald werde ich das vielleicht nicht mehr können, verstehst du … Ich will doch nur … mit dir sprechen … Ich will meinen Sohn sehen, den Sohn, an den ich jeden Tag denke und den ich in den vergangenen fünf Jahren jeden Tag vermisst habe."

Bloch weinte plötzlich. Die Worte seines Vaters drückten unerbittlich auf seine Tränendrüsen.

Wieder herrschte Schweigen. Stockend, schmerzvoll brachte Bloch schließlich hervor: „Fünf Jahre … das ist eine lange Zeit, nicht wahr? Wo ist sie hin? Von einem Schwarzen Loch verschluckt, nehme ich an. Von mir aus, komm mich besuchen, wenn dir was daran liegt. Komm mich besuchen! Aber wir reden ein andermal darüber … Ich kann jetzt nicht reden … Ich kann einfach nicht."

Sanft legte er den Hörer auf, ging in die Küche und schenkte sich noch einen Kaffee ein. Er nahm einen großen Schluck und lehnte sich dann zittrig wieder in seinem Sessel zurück.

Stunden vergingen. Stunden, in denen er nur dasaß und an seinen Vater dachte, sich seinen merkwürdigen Charakter ins Gedächtnis rief, das Gefühl, ihn nie richtig gekannt zu haben, ihn immer als jemanden wahrgenommen zu haben, der sein Vater hätte sein können oder auch nicht, der jedes Mal, wenn er nach einer seiner zahlreichen Abwesenheiten zurück nach Hause kam, wieder ganz von vorn sein Vater werden musste.

Dann riss ihn erneut das Telefon aus seinen Gedanken, und er rechnete fast schon damit, dass sein Leben abermals eine unerwartete Wendung nehmen würde.

„Daniel."

„Oscar, was gibt's?"

„Vor ungefähr zehn Minuten hat Mr. Grindel mir eine Suppe angeboten, und er hat Täubchen entdeckt, aber kein Theater gemacht, obwohl er sie am Schwanz gezogen hat …"

„Seit wann hast du einen Vogel?"

„Täubchen ist meine Katze. Er hat ihr sogar Schokolade angeboten. Gut, das Ganze ist ziemlich verrückt, aber trotzdem erstaunlich, oder? Was meinst du?"

„Was redest du da für einen Stuss?"

„Oh, nichts, vergiss es", beeilte sich Oscar zu sagen. Angesichts der gereizten Stimme am anderen Ende der Leitung hielt er es für besser, die Geschichte nicht zu erwähnen, und wechselte rasch das Thema. „Kann ich dir von dieser Frau erzählen, die ich kennengelernt habe? Du würdest sie mögen. Sie ist eine großartige Malerin. Ich habe zwei Bilder von ihr gesehen, Akte. Auf dem einen sitzt die Frau auf einem Sofa, oder verschmilzt vielmehr damit. Die Textur ist so geschliffen, sie muss hundertmal über die Farben gegangen sein, wahrscheinlich hat sie sie mit einem Spachtel glattgestrichen, sodass man überhaupt keinen Pinselstrich mehr sieht. Wunderschön. Ich habe das Gefühl, dass sich das Blatt allmählich wendet. Plötzlich taucht diese Frau in meinem Leben auf, und dann ist da das Modellstehen, die Aussicht darauf, wieder malen zu können. Es ist fantastisch. Ich wollte dir schon früher von ihr erzählen, bin aber nicht dazu gekommen. Außerdem habe ich gedacht, wenn ich darüber rede, verderbe ich es vielleicht, weil es dann zu wirklich erscheint, und bislang ist es doch nur ein Tagtraum. Aber wie soll ich jetzt weiter vorgehen?"

Bloch war erleichtert, dass Oscar ihm nicht mehr mit der Geschichte in den Ohren lag. Er war fest entschlossen, ihm nichts von dem dritten Kapitel zu erzählen, das er am Morgen begonnen und nicht vollendet hatte.

„Bist du noch dran, Daniel?"

Schließlich sagte er: „Ja, ich bin noch dran. Was hast du gefragt? Ach ja – Frauen. Ich weiß nicht. Vielleicht ist es am besten, die Sache behutsam anzugehen. Frauen sind stärker als wir. Das liegt daran, dass sie die Lebensspender sind. Aus ihnen strömt der weibliche Quell der Kreativität hervor … Also verstopfe ihn nicht mit Worten. Lass zu, dass die Frau die geheimen Orte von sich aus entdeckt. Du musst sie nicht ständig auf deine oder ihre Geheimnisse hinstoßen. Serviere nicht alles auf dem Silbertablett. Das ist jedenfalls meine Meinung. Und ganz nebenbei die Meinung von einem, der in Sachen Liebe nur

Mist gebaut hat. In Ordnung? Bist du jetzt zufrieden? Ich muss hier nämlich noch über etwas nachdenken."

Oscar sagte nichts. Blochs Bemerkungen erschienen ihm so bedeutsam, dass er sie am liebsten aufgenommen hätte. Aber sosehr er sich wünschte, sie festzuhalten, die Worte verhallten und verschwanden in den schummrigen Höhlen der Erinnerung.

5

Am Samstagvormittag musste Lilliana in der Nähe der Tottenham Court Road ein paar Besorgungen machen. Sie wollte Torf und Pflanzendünger und Kamillentee und Mandelöl kaufen. Das Geschäft, das sie ansteuerte, lag versteckt in einem Labyrinth aus finsteren Gassen und Nebenstraßen. Sie ging an einer Tapas-Bar vorbei, dann an einem Barbier und dann an einem Laden, der „Lobgott" hieß und dessen Funktion ihr völlig schleierhaft war. Während sie den beklagenswert schmalen Gehweg entlangging, rempelten sie unfreundlich aussehende Männer an, meist ohne sich bei ihr zu entschuldigen.

Die Seitenstraßen beschrieben schroffe Bögen und Kurven. Eine offene Garage lud dazu ein, hineinzuschauen, was Lilliana tat: Sie sah einen alten Mann in einem speckigen Overall, der sich mühsam vornüberbeugte und auf seine Schuhe spuckte. Als er sie bemerkte, warf er ihr einen anzüglichen Blick zu. Rasch ging sie weiter.

Sie fing an, über ihr Leben nachzudenken. Der Blumenladen nahm das meiste davon in Anspruch. Es war ja schön und gut, dass sie die Wohnzimmer anderer Leute aufhübschte, indem sie ihnen Rosen verkaufte. Aber mit einem Mal erkannte sie darin eine fatale Vergeblichkeit, die sie selbst gesät hatte und die nun unaufhaltsam gedieh. Sie hatte das Gefühl, ihr ganzes Leben damit verbracht zu haben, gut zu sein, Regeln einzuhalten (ein weiterer Mann stieß mit ihr zusammen; sie sah ihn scharf an, aber er achtete nicht darauf) und zu versuchen, andere mit ihrer Fröhlichkeit aufzuheitern. Sie hatte den Blumenladen eröffnet, weil sie von Farben umgeben sein wollte. Aber wo war zwischen all den Stängeln und Blättern und Blüten ihr eigenes Glück geblieben? Was hatte sie sich von all dem eigentlich versprochen? Die Zuneigung ihrer Kunden? Materielle Sicherheit? Liebe? Vielleicht …

Auf dem Weg von der U-Bahn-Station zu der Straße, in der sie sich jetzt befand, war ihre Zufriedenheit in leichte Verzweiflung umgeschlagen.

Plötzlich blieb sie stehen: Ein altes Schild, das an einer schwarzen Tür hing, erregte ihre Aufmerksamkeit. Sie las den verwitterten gotischen Schriftzug:

> Mr. Sopso, Wahrsager:
> Sieht in die Zukunft, legt Tarotkarten,
> liest aus der Hand usw.

Einem fast schon vergessenen Impuls folgend, drückte sie leicht gegen die Tür, und zu ihrer Überraschung sprang sie sofort auf. Sie konnte ein paar unbeleuchtete Treppenstufen erkennen, die in einen Keller führten. Die untersten Stufen verschwanden in einer dunklen Höhle. Alles deutete darauf hin, dass es besser war, kehrtzumachen, aber sie bezwang ihre Furcht und stieg, vom Licht ihres Handys geleitet, vorsichtig die Treppe hinunter.

Die Stufen führten zu einer weiteren Tür, diesmal einer grünen. Allerdings war sie verschlossen. Sie klopfte, zunächst zaghaft, dann energischer. Nach einer Weile tat sich etwas. Ein Mann mit fremdländischem Gesicht öffnete die Tür und winkte sie herein. Sie spürte ihr Herz heftig pochen.

Erstaunt stellte sie fest, dass der Raum, den sie betrat, trotz der Kellerlage nichts Düsteres oder Unheimliches an sich hatte, im Gegenteil: Er war groß und ausgesprochen einladend.

Der Mann lächelte ihr zu und meinte, Mr. Sopso würde gleich herunterkommen. Dann verschwand er hinter einem Seidenvorhang, der von einem unterirdischen Luftzug sanft hin- und herbewegt wurde. Sie entdeckte einen roten Samtsessel, nahm darauf Platz und entspannte sich ein wenig.

Es roch nach Räucherstäbchen, und erst jetzt bemerkte Lilliana die seltsame Musik, die im Hintergrund lief: irgendein gutturaler Gesang. Der Raum war bis auf den letzten Quadratzentimeter mit Plunder vollgestopft, und während sie wartete, schweifte ihr Blick über die kuriose Sammlung von Gegenständen: Obstkörbe, Lesebrillen und Zwicker, leere Miniatur-Wodkafläschchen und farbenfrohe Vasen, Karaffen und silberne Brieföffner, halb heruntergebrannte Kerzen vor bunten Wandteppichen ... Es waren mehr Informationen, als sie aufnehmen konnte. Der eigentümliche Singsang, der von weit her zu kommen schien, grub sich in ihr Bewusstsein.

Der Seidenvorhang wurde ein Stück zur Seite gezogen, und ein Mann in einer violetten Hausjacke betrat den Raum. Sein Alter war schwer zu schätzen und musste irgendwo zwischen dreißig und fünfzig liegen. Er trug ein schlechtsitzendes Toupet, das sehr unsicher befestigt schien, und sein Mund war zu einem leichten Lächeln gezogen, das verschwand, als Lilliana ihn ansah. Er hielt eine Kaffeetasse in der Hand und rauchte eine Pfeife, deren Duft sich mit dem der Räucherstäbchen mischte. Der Mann ließ sich auf einer breiten Matte nieder und gab Lilliana ein Zeichen, es ihm gleichzutun. Sie setzte sich ihm gegenüber auf die Matte und verschränkte die Beine zum Schneidersitz. Dann starrte er sie an, bis es ihr unangenehm wurde.

„Kann ich Ihnen etwas anbieten? Ich trinke libanesischen Kaffee. Wir haben aber auch Früchtetee, indischen Chai, was immer Sie mögen." Er hatte eine hohe, dünne Stimme.

Lilliana wusste nicht so recht, was sie sagen, tun oder denken sollte. Ihr war plötzlich zum Lachen zumute, und sie biss sich auf die Lippen, um dem Drang zu widerstehen. Sie wandte den Blick von ihrem Gegenüber ab und konzentrierte sich auf den Plunder um ihn herum. Mr. Sopso zog einen kleinen Stopfer hervor und friemelte an seiner Pfeife herum.

„Irgendetwas, das Ihnen zusagt? Ein Getränk?"

„Einen Tee, bitte."

„Orangenblüten, Pfefferminz, Ingwer, Darjeeling?"

„Orangenblütentee hört sich gut an. Ich glaube, den habe ich noch nie probiert."

Mr. Sopso rief einen Namen, und der Diener erschien lautlos. Mr. Sopso sagte etwas zu ihm in einer fremden Sprache, die nicht seine Muttersprache zu sein schien, denn er hatte Schwierigkeiten, die Worte zu finden, und wandte sich dann wieder Lilliana zu.

„Sitzen Sie bequem auf dem Boden?"

„Ja."

„Gut."

Minuten vergingen. Der Gesang – eine schwermütige männliche Stimme – wurde nun endlos auf einer einzigen Note gehalten.

Mr. Sopso stopfte wieder seine Pfeife. Lilliana betrachtete wieder die Kerzen und Vasen und fragte sich, was um alles in der Welt sie hier machte.

„Wie viel verlangen Sie überhaupt?", fragte sie schließlich, und ihre Stimme klang ein wenig schrill.

„Fünfzehn Pfund für eine halbe Stunde Kartenlesen; dreißig für eine Stunde."

Mr. Sopso versuchte zu lächeln und sie gleichzeitig anzuschauen – mit dem Ergebnis, dass sein Gesicht keine Einheit mehr bildete, sondern in kleine Dreiecke aus Fleisch zerfiel. Seine Augen wurden zu Punkten, die sich zwischen Falten verloren. Das angestrengte Lächeln deutete darauf hin, dass etwas nicht stimmte, entweder mit ihm selbst oder mit seiner Tätigkeit als Wahrsager.

Lilliana hoffte auf einen günstigen Moment, um ihm mitzuteilen, dass sie lieber gehen wollte. Schließlich platzte es aus ihr heraus: „Wissen Sie, wenn ich es mir recht überlege, wäre es vielleicht besser –", doch bevor sie den Satz beenden konnte, kam der Diener mit einem Silbertablett herein und brachte den Tee. Das erschwerte die Sache. Der Diener stellte das Tablett auf den Boden und verließ dann den Raum, nachdem er im Vorbeigehen ein schief hängendes Bild geradegerückt hatte. Mr. Sopso schenkte Lilliana Tee ein, aber sie hatte beschlossen, nichts davon zu trinken, für den Fall, dass er Drogen enthielt.

„Also ... Wie heißen Sie eigentlich?"

„Lilliana."

„Lilliana. Reizend."

Er zog einen Stapel Tarotkarten aus der Innentasche seiner Jacke. Prompt fielen sie ihm aus der Hand, und während er sie aufsammelte, murmelte er: „Wie oben, so unten." Er reichte ihr den Stapel, erhob sich, ging zu einer Stereoanlage, und dann hörte der Gesang plötzlich auf. Lilliana fühlte sich gleich besser. Es war, als hätte man sie von einem körperlichen Schmerz befreit.

„Ich möchte, dass Sie die Karten mischen und dabei an die Probleme in Ihrem Leben denken und an das, was Sie über die Zukunft oder die Gegenwart erfahren möchten. Wenn Sie so weit sind, nehme ich die Karten und lege sie aus."

Sie begann mit dem Mischen und ließ sich Zeit, weil sie hoffte, sich während des Vorgangs wieder zu fangen. Er schaute ihr kurz zu und richtete seine Aufmerksamkeit dann auf die Wandteppiche, insbesondere auf einen mit einer Frau, die an einem Fluss kniete. Die Wellen ihrer Haare gingen in die des Wassers über. Als er sich wieder Lilliana zuwandte, nahm er sie zum ersten Mal richtig wahr. Davor war er zu zerstreut gewesen, um ihr erdbeerfarbenes Haar, ihre weiße, makellose Haut und ihre Jugend zu bemerken.

Als sie fertig war, reichte sie ihm die Karten. Er nahm die zehn obersten ab und legte sie mit dem Kartenrücken nach oben in ein H-Muster. Mr. Sopsos Hand kreiste ein bisschen über den Karten, nahm dann die in der Mitte und drehte sie um. Sie zeigte acht Münzen.

„Ah. Wie ich sehe, sind Sie Bankerin oder haben etwas mit Finanzen zu tun", begann er zuversichtlich.

„Nein, mit Finanzen habe ich leider überhaupt nichts zu tun. Ich besitze einen Blumenladen."

„Verstehe. Aber wenn Sie Blumen verkaufen, geht es ja auch um Geld, nicht wahr? Mal sehen … Schauen wir uns die nächste Karte an. Sie beschreibt die Einflüsse Ihres Umfelds."

Seine Hand bewegte sich nun zu der Karte links neben der mit den Münzen. Das Bild zeigte einen Erhängten.

„Ah … diese Karte sagt mir, dass es wahrscheinlich nicht der richtige Zeitpunkt ist, um Ihr Leben zu verändern. Wie ich sehe, sind Sie eher ein vorsichtiger Mensch. Hab ich recht?"

„Ja, ich denke schon."

Mr. Sopso wirkte ungemein erleichtert.

„Außerdem würde ich – in Anbetracht Ihrer Liebe zu Blumen – behaupten, dass Sie für schöne Dinge empfänglich sind. Stimmt das?"

„Ja, das stimmt vermutlich. Muss ich alles bestätigen, was zutrifft?"

„Nur, wenn ich Sie darum bitte."

Auf der nächsten Karte war ein roter Teufel abgebildet.

„Sie fühlen sich eingeengt, möchten aus Ihrem Leben ausbrechen. Richtig?"

„Aber Mr. Sopso, ist das nicht ein bisschen vage? Ich meine, fühlt sich nicht jeder irgendwie eingeengt? Ich hätte gern etwas mehr –"

„Liebe!", schüttelte er rasch aus dem Ärmel. „Sie ist im Anmarsch. Sie werden einen Mann kennenlernen ... einen ... er hat etwas mit Theater zu tun ... mit grünen Augen. Er ist abenteuerlustig, hat aber ein trauriges Herz und sehr wenig Geld. Aber ich weiß, dass Ihnen solche Dinge nicht wichtig sind. Äußerlichkeiten sind Ihnen schnurz, für Sie zählen nur innere Werte. Das Herz ist Ihr Spezialgebiet. Aber Sie müssen wachsam sein und gut aufpassen, sonst verpassen Sie die Gelegenheit vielleicht."

„Was für eine Gelegenheit?"

„Die Karten verraten nicht alles! Aber warten Sie mal: Habe ich da nicht eben eine Kaiserin gesehen? Wo ist sie jetzt hin? Ihr bester Freund heißt Gilbert, stimmt's?"

„Nein."

„Geoffrey, Peter, Bartholomew?"

„Nein."

„Harold, Cameron, Ronald?"

„Auch nicht."

„Nun, dann machen wir eben weiter. Wir haben uns ein bisschen verfahren. Jetzt müssen wir wieder auf die Schnellstraße zurückfinden. Aber so viele Männer mit grünen Augen gibt es ja nicht, und Sie haben einen grünen Daumen, nicht wahr? Ich meine ..."

Er brachte ein kurzes, klägliches Glucksen zustande.

Bei Lilliana dämmerte die Erkenntnis. Wieso hatte sie das erst jetzt begriffen?

„Sie haben keine Ahnung, wovon Sie reden, stimmt's?"

„Warten Sie, warten Sie, die Karten werden jetzt mitteilsamer. Sie stehen an einer Wegscheide und müssen eine Entscheidung fällen. Eine neue berufliche Gelegenheit tut sich auf, aber Sie müssen entschlossen sein und handeln ..."

„Sie sind ebenso wenig ein Wahrsager wie ich eine Gehirnchirurgin bin."

Noch einmal schien er sich aufbäumen zu wollen, doch dann gab er den Kampf schlagartig auf. Seine Schultern sackten zusammen, er ließ den Kopf hängen und murmelte mit Grabesstimme: „Sie haben recht."

Sie war überrascht, wie schnell er gestand. Er versuchte gar nicht erst, es zu leugnen. Sie schaute in seine traurigen Augen. Er wirkte so verletzlich, dass sie gerührt war, obwohl er sie belogen hatte. Er ist verloren, dachte sie. Ihr Blick wanderte erneut über den ganzen Krimskrams, und sie fragte sich, ob er sich damit vielleicht eine exotische Note geben wollte, die ihm eindeutig fehlte. Aber sie hatte nicht vor, ihn zu demütigen. Entschlossen erhob sie sich.

„Darf ich es Ihnen erklären? Warten Sie doch kurz, damit ich es erklären kann."

Sie musste zugeben, dass sie neugierig war. Was konnte ihn dazu gebracht haben, einen Beruf zu ergreifen, für den er eindeutig völlig ungeeignet war?

„Bitte bleiben Sie. Ich muss es Ihnen erklären."

Sie merkte, wie sie schwach wurde.

„Also gut, aber nur eine Minute."

„Setzen Sie sich doch. Bitte."

Sie nahm ein paar Zeitungen von einem Sessel, setzte sich auf die Armlehne und strich ihren Rock glatt.

„Sie haben recht, eigentlich bin ich gar kein Wahrsager. Um es kurz zu machen, ich war mal Kunsthändler. Dann wurde ich verhaftet, weil sie herausgefunden haben, dass ich Fälschungen verkauft habe. Ich wusste nicht, dass es Fälschungen waren. Die Gemälde hat mein Partner besorgt. Er hat sie irgendwelchen kleinen Kunstfälschern abgenommen, und ich habe sie dann für hohe Summen an betuchte Kunden weiterverkauft. Als sich herausstellte, dass sie nicht echt waren, gab es ein Mordstrara. Er flüchtete nach Schanghai und wurde Zuhälter. Ich bin drei Monate lang eingesessen. Sie dachten, ich hätte wissentlich Fälschungen verkauft. Danach war ich für die Kunstwelt gestorben. Also habe ich es mit dem Verkauf von Büchern versucht. Das hat nirgendwohin geführt. Dann habe ich als Gärtner gearbeitet, aber es hat sich herausgestellt, dass ich eine Allergie gegen Erde habe. Sobald meine Hände damit in Berührung kamen, schälte sich die Haut ab. Und dann hat eine Zigeunerin auf der Waterloo Bridge zu mir gesagt, ich hätte den sechsten Sinn, also bin ich Wahrsager geworden. Ich habe mir extra ein Buch gekauft, *Das Einmaleins des Hellsehens*. Ich habe versucht, diesen Raum einigermaßen gemütlich zu machen."

„Warum erzählen Sie mir das alles?"

„Nun ja, ich fand, dass ich Ihnen eine Erklärung schuldig war."
„Das kann man wohl sagen. Ich gehe jetzt. Keine Sorge, ich werde niemandem erzählen, dass Sie ein Scharlatan sind."
Obwohl Lilliana keinen Zweifel daran ließ, dass sie gehen wollte, verspürte er den Drang, sie zum Bleiben zu bewegen, ihr seine Seele zu offenbaren. Etwas in ihren Augen kündete von Toleranz. Er hatte das Gefühl, dass er mit ihr reden konnte und dass sie ihm zuhören würde, wenn er sie nur dazu bringen konnte, zu bleiben.
„Warten Sie! Bitte, nur noch einen Moment. Ich muss Ihnen etwas erzählen, oder eigentlich möchte ich Sie um etwas bitten. Ich glaube, Sie sind kein gleichgültiger Mensch."
„Nein, aber ich bin auch nicht blöd."
Er zuckte zusammen, als hätte er Zahnschmerzen.
„Bitte, hören Sie einfach nur zu, und ich verspreche Ihnen, wenn Sie mir dann nicht helfen wollen, kann ich das verstehen."
„Na gut", sagte sie schließlich.
„Die Sache ist die … ich … wie soll ich sagen … ich … bin gern mit Männern zusammen. Der Mann, der Sie reingelassen hat, Milo: Er ist mein Freund. Meine Eltern – sie leben seit zehn Jahren in Deutschland – wissen das nicht, und sie fragen mich ständig, wann ich denn endlich ein nettes Mädchen kennenlerne. Sie wollen, dass ich ihnen Enkelkinder schenke. Das ist gewissermaßen meine Pflicht, denn mein Bruder ist Priester und hat es nicht so mit dem Heiraten. Ich aber auch nicht. Außerdem ist Wahrsagerei für sie gleichbedeutend mit Satanismus. Sie sind beide sehr religiös, vor allem mein Dad."
„Wissen sie, dass Sie im Gefängnis waren?"
„Nein, natürlich nicht. Ich habe ihnen erzählt, ich wäre in Irland."
„Also, worauf wollen Sie hinaus?"
„Na ja, weil sie mir doch ständig in den Ohren liegen, von wegen, ich müsse eine Frau finden, habe ich neulich am Telefon zu ihnen gesagt, ich hätte mich verlobt. Einfach nur, damit sie mich in Ruhe lassen. Ich dachte, das sei kein Problem, weil sie ja in Deutschland sind, und irgendwann hätte ich ihnen eben erzählt, die Verlobung sei in die Brüche gegangen."
„Aber Sie sind gar nicht verlobt, stimmt's?"

„Nein. Schauen Sie, in ein paar Wochen fliegen sie nach Toronto, und jetzt haben sie beschlossen, einen Zwischenstopp in London einzulegen, um meine zukünftige Frau kennenzulernen. Damit hatte ich nicht gerechnet. Aber ich habe keine zukünftige Frau, die ich ihnen vorstellen könnte."

„Sie wollen doch nicht etwa, dass ich mich als Ihre Verlobte ausgebe?"

„Doch. Nur für einen Abend. Das ist alles."

Lilliana öffnete den Mund, um Nein zu sagen, verkniff es sich aber, und da sie sich in diese seltsame Geschichte verwickelt fühlte, hakte sie nach: „Warum fragen Sie nicht einfach eine Freundin?"

„Ich habe nur eine einzige Freundin, und der habe ich erzählt, dass meine Eltern über meine sexuelle Orientierung Bescheid wissen, und jetzt kann ich sie nicht mehr bitten, meine Verlobte zu spielen."

„Wieso haben Sie ihr erzählt, Ihre Eltern wüssten Bescheid?"

„Damit sie mich nicht für einen Feigling hält, der sich nicht traut, ihnen die Wahrheit zu sagen."

„Könnten Sie Ihren Eltern nicht jetzt schon erzählen, dass die Verlobung in die Brüche gegangen ist, anstatt damit zu warten?"

„Aber ich habe ihnen erzählt, meine Verlobte und ich seien wahnsinnig ineinander verliebt."

Lilliana holte tief Luft und ihre Augen weiteten sich ungläubig.

„Wie mir scheint, ist Ihr Leben ein einziger Lügenteppich."

„Ja, aber so läuft das bei mir. Das liegt daran, dass ich immer die Wahrheit vor meinen Eltern verstecken musste, also habe ich angefangen, sie auch vor allen anderen zu verstecken, auch wenn das gar nicht nötig war. Sie wissen nicht, wie sie sind."

„Wer?"

„Meine Eltern. Sie sind Ungeheuer, irrational, hysterisch."

„Und Sie wollen, dass ich einen Abend mit ihnen verbringe?"

„Eigentlich sind sie sehr nett."

„Aber wieso müssen Sie sie anlügen? Sagen Sie ihnen doch einfach die Wahrheit."

„Dann würden sie mich nicht mehr unterstützen. Sie geben mir Geld, wissen Sie."

„Oh … Es tut mir wirklich leid, Mr. Sopso, aber ich fürchte, ich kann Ihnen nicht helfen."

„Wirklich nicht? Aber ich … ich bezahle Sie dafür."

„Ich bin nicht auf Ihr Geld aus."

„Aber ich bin arm, ich habe überhaupt kein Geld."

„Wie wollen Sie mir dann welches geben?"

„Das meine ich nicht. Ich meine, für mich ist das sehr wichtig. Ich bin bereit, ein Opfer zu bringen. Können Sie nicht auch eins bringen?"

„Das ist doch lächerlich, Mr. Sopso. Ich kenne Sie überhaupt nicht und ich schulde Ihnen nichts."

„Aber ich bitte Sie doch nicht um eine Niere oder ein Bein. Ich möchte nur, dass Sie etwas Hübsches anziehen und einen netten Abend verbringen."

„Tut mir leid, aber …"

Sie zögerte.

„Was?", fragte er hoffnungsvoll.

„Würde das überhaupt etwas bringen? Würde es die Probleme mit Ihren Eltern lösen? Wohl kaum. Es ist Zeit, dass Sie die Sache an der Wurzel packen. Auf Wiedersehen. Viel Glück."

Sie ging Richtung Tür. Er sprang auf und eilte ihr nach, fieberhaft nach einem überzeugenden Argument suchend.

„Zähle ich in Ihren Augen denn gar nichts? Ich meine, bloß weil wir uns gerade erst begegnet sind, heißt das nicht, dass ich vorher kein Leben hatte, und das Leben, das ich hatte, bevor wir uns begegnet sind, hat mich in diese Notsituation gebracht. Was ich eigentlich sagen will … ja, jetzt hab ich's: Würde es einen Unterschied machen, wenn ich Ihr bester Freund wäre? Schon, oder? Können Sie sich nicht einfach vorstellen, wir wären beste Freunde? Ich meine, auch Freunde sind sich manchmal fremd, was macht das also für einen Unterschied? Wir könnten doch Fremde sein, die gelegentlich Freunde sind. Ich meine, Sie sehen doch, dass ich ganz okay bin. Und vielleicht werden wir ja tatsächlich Freunde, wenn Sie uns eine Chance geben. In einem Jahr könnten wir beste Freunde sein und darüber lachen, wie wir uns kennengelernt haben, wie Sie meine Verlobte gespielt haben. Wieso sollte die Not eines Fremden weniger wichtig sein als die eines Menschen, den Sie schon lange kennen? Schauen Sie, wenn ich meinen Eltern die Wahrheit sage, werden sie mich verdammen, und das wäre das Ende unserer Beziehung, kein Neuanfang. Wollen Sie mir nicht helfen?"

Und dann, nach einer kurzen Pause: „Bitte!"

Lilliana schwirrte der Kopf. Zu ihrer Überraschung berührten sie seine Worte. Wäre es denn wirklich so schlimm, ihm diesen Gefallen zu tun? Könnte es nicht sogar amüsant sein, seine Verlobte zu spielen? Der außergewöhnliche Raum besaß eine magnetische Wirkung, der sie sich nur schwer entziehen konnte. Sie erkannte, dass es Angst war, die sie davon abhielt, seinem Flehen nachzugeben, eine abstrakte Angst, nicht vor Mr. Sopso, sondern vor einer unbekannten Erfahrung. Obwohl sie wusste, dass Mr. Sopso ein Lügner war, und sie ihm nicht über den Weg traute, hatte seine mitleiderregende Bitte ein Bedürfnis in ihr wachgerufen, ein lang gehegtes Verlangen, den gesunden Menschenverstand abzulegen und aus der Rolle zu fallen, wie beim Karneval.

„Wie viel bezahlen Sie mir?", fragte sie feierlich. Es ging ihr nicht ums Geld; die Frage erschien ihr in dem Moment einfach nur passend. Mr. Sopso erwachte auf der Stelle zu neuem Leben.

„Zweihundert Pfund."

„Zweihundert. Das ist ziemlich viel. Sagen wir hundertfünfzig. Ich möchte Sie nicht schröpfen."

„Sind Sie sicher? Sie möchten das wirklich für mich tun?" Unwillkürlich machte er einen kleinen Freudensprung. Dabei verlor er sein Toupet. Während er sich danach bückte, prustete Lilliana los.

Ohne auf ihr Lachen zu reagieren – er war zu glücklich, um sich davon irritieren zu lassen – sagte er: „Das ist großartig. Sie haben mir den Hals gerettet."

Plötzlich schnappte sein Kopf nach oben, als wäre ihm gerade ein grandioser Gedanke gekommen.

„Um Ihnen zu zeigen, wie dankbar ich bin, möchte ich Ihnen außer dem Geld noch etwas geben. Das hier soll nicht einfach nur ein Handel sein – ich möchte, dass es etwas Besonderes, etwas Persönliches ist. Ich möchte Ihnen beweisen, dass ich eigentlich kein übler Bursche bin."

Er nahm ihre Hand und führte sie durch den Seidenvorhang hindurch. Seine Begeisterung war ansteckend, und Lilliana hoffte insgeheim, er würde noch einen kleinen Freudensprung machen. Sie gingen eine Treppe hinauf und Mr. Sopso öffnete die Tür zu einem großen Raum, der mit Schneiderpuppen, Kleiderständern und allerlei Trödel vollgestellt war. Er wirkte ganz anders als der untere Raum, fast wie aus einem anderen Jahrhundert. Nachdem er ein bisschen in dem Gerümpel herumgesucht hatte, zog Mr. Sopso ein Gemälde mit verschnörkeltem Goldrahmen hervor. Er blies darüber, und Staub wirbelte empor.

„Hier – ich möchte es Ihnen schenken. Es passt so gut zu Ihnen."

Er wischte mit einem Tuch über die Leinwand, und in dem schwachen Licht der Öllampen im Raum erkannte Lilliana ein tröstliches Bild: Zwei Heilige standen nebeneinander, der eine hielt eine Lilie in der Hand und wirkte auf zerbrechliche Weise resigniert, der andere las in einer Schrift und verströmte Gelassenheit. Die Figur mit der Lilie war bescheiden gekleidet, während ihr Gefährte ein prächtiges Gewand trug, das ihm bis über die Füße fiel. Sie wirkten schwerelos, ätherisch.

„Das ist eins meiner Lieblingsbilder. Es ist die exakte Kopie eines Altarbilds von Fra Angelico: ‚Die Heiligen Dominikus und Nikolaus von Bari'. Ich weiß nicht, wer es angefertigt hat, aber es ist wunderschön, finden Sie nicht? Und sehr, sehr alt. Ich habe es schon seit vielen Jahren, wie man am Staub sieht. Ein armenischer Bischof hat es mir auf San Lazzaro – einer kleinen Insel bei Venedig – gegeben, als Dank dafür, dass ich ihm kräftig auf den Rücken gehauen habe, nachdem er einen Hühnerknochen verschluckt hatte. Und jetzt gehört es Ihnen, weil Sie *mein* Leben gerettet haben. Schauen Sie mal, der heilige Dominikus hat eine Lilie in der Hand. Das gefällt Ihnen doch bestimmt, oder? Ich möchte, dass Sie es nehmen."

Lilliana vermutete, dass diese Geschichte eins seiner vielen Lügenmärchen war, aber das Gemälde faszinierte sie so sehr, dass sie nichts sagte, sondern es einfach nur ansah. Die ruhige Ausstrahlung der beiden Heiligen, die schimmernde, goldene Beschaffenheit des Hintergrunds, die wunderschöne weiße Lilie, die nicht hervorstach und dennoch von leuchtendem Leben erfüllt war. Dieses eine Mal hatte sich Mr. Sopsos Intuition als verblüffend richtig erwiesen. Das Bild übte eine mysteriöse Anziehung auf sie aus, und während sie es mit stiller Inbrunst betrachtete, war ihr, als läge in diesen Formen und Linien und Farben der Schlüssel zu einem seltsamen Rätsel, dessen Lösung sie an einen Ort des unergründlichen Friedens führen würde.

„Ich möchte, dass Sie es nehmen", wiederholte er.

„Aber warum?"

„Bei solchen Dingen gibt es kein Warum."

Er fand eine alte Zeitung, wickelte das Gemälde samt Rahmen sorgfältig darin ein, sicherte das Ganze mit einer Schnur und hielt es Lilliana hin. Sie hob beide Hände in einer Geste höflicher Ablehnung. Er ahmte die Geste mit seiner freien Hand nach.

Sie gab auf. Es half nichts. Sie hatte sich darin verliebt.

*

Am selben Vormittag fertigte Najette eine Zeichnung von Oscar an. Sie verwendete Reißkohle und schuf damit tiefschwarze Schatten, die sich von dem weißen Papier abhoben. Der Kohlestift in ihrer Hand fühlte sich weich und kühl an. Oscar saß mit dem Gesicht im Profil auf einem Sessel und schaute aus Najettes Erkerfenster.

Inzwischen hatte er dem Kino den Rücken gekehrt und vermisste es kein bisschen. Es war ganz leicht gewesen, zu kündigen. Er fragte sich, warum ihm dieser Schritt noch im Mai so beängstigend erschienen war.

Er hatte Täubchen mitgebracht. Sie streifte zwischen Körben voller Schmutzwäsche herum. Hin und wieder schaute er kurz zu ihr hinüber und drehte sich dann wieder zum Fenster. Er fand die Gegenwart seiner Katze tröstlich. Sie war wie ein Talisman – der sichtbare Beweis dafür, dass sich sein Leben zum Besseren wandte.

Draußen war der Tag verhangen, und die Wolken sahen grau und krank aus. Aber Oscar fühlte sich sehr wohl, wie er so dasaß, reglos, still und Najettes prüfendem Blick ausgesetzt. Obwohl er ihr Gesicht beim Zeichnen nicht sehen konnte, spürte er, dass sie sich irgendwie veränderte, während ihre Hand über die Kohle mit dem Papier Kontakt aufnahm. Ihre Hingabe an die Kunst, ihre fließenden

Bewegungen riefen bei Oscar eine köstliche Erregung hervor. Er empfand ihre Nähe als wohlige Provokation.

„Darf ich nebenher reden?", fragte er leise.

„Bedaure. Das ist gegen die Regel."

Sie führte ein neues Stück Reißkohle an ihre Zungenspitze und probierte es dann auf einem Schmierpapier aus. Ihr Haar fiel in Kaskaden über die Stirn und verbarg und enthüllte abwechselnd die langen, flatternden Wimpern. Ingrimm stand in ihrem Gesicht, wenn sie arbeitete, ein Trotz, der ihre Augen funkeln und die Sehnen über ihren Fingerknöcheln weiß werden ließ. In solchen Momenten war sie unbeugsam und unnahbar.

„Redest du dann, wenn ich es nicht darf?"

„Worüber soll ich reden?"

„Egal. Ich möchte einfach nur den Klang deiner Stimme hören."

Sie sah kurz auf und widmete sich dann wieder der Zeichnung. Fließende Bögen von Schwarz bildeten die Konturen seiner Nase und Lippen. Erst wirkten sie zart, beinahe scheu, dann kräftiger, entschlossener, als sie erneut mit der Kohle darüberfuhr und ein neuer Teil von ihm Gestalt annahm, so, wie der Mond runder und deutlicher wird, während der Himmel in Dunkelheit versinkt.

„Wenn ich arbeite", sagte sie, „rauche ich normalerweise. Aber mit dir als Modell habe ich kein Bedürfnis danach. Die Arbeit genügt."

„Lenkt dich das Rauchen nicht vom Arbeiten ab?"

„Nein, im Gegenteil: Ich finde den aufsteigenden Rauch interessant, er bringt mich auf Ideen. Seine Muster und Formen sind wunderschön. Wenn du eine brennende Zigarette auf einen Teller legst, geht etwas Lebendiges aus der Asche hervor. Aber bei dir brauche ich das nicht, es ist bereits da. Bei anderen ist das nicht so. Manche stört es, wenn ich rauche. Ich bin immer höflich. Ich erkläre ihnen, dass ich den Rauch brauche, dass er ein ästhetisches Werkzeug ist. Dann nicken sie. Sie wissen nicht so genau, was ich damit meine, möchten sich aber auch keine Blöße geben. Schon erstaunlich, was man mit Manieren und großen Worten alles erreicht."

Er nickte. Draußen lernte ein kleiner Junge mitten auf der verlassenen Straße das Radfahren. Sein Vater lief mit und hielt das Fahrrad hinten fest, nahm aber hin und wieder die Hand weg, bis er es am

Ende ganz losließ und der Junge allein weiterfuhr. Oscar sah, wie sich die Lippen des Jungen bewegten: Offenbar ging er davon aus, dass sein Vater immer noch hinter ihm war und das Rad festhielt.

„Ich hol nur eben ein neues Stück Kohle", sagte Najette.

Kaum war sie aus dem Zimmer, sprang Oscar auf, um sich das Porträt anzuschauen. Er sah jünger aus als erwartet, und der Gesamteindruck war lebendig und gefällig. Sein Gesicht bestand aus Wolken, flüchtigen Formen, die so fein waren, dass sie Gefahr liefen, sich aufzulösen. Auf dem Weg zurück zum Sessel fiel ihm ein Foto auf, das halb verdeckt von Zeitungsausschnitten auf einem Tisch lag. Er zog es hervor und erkannte gleich die niedergeschlagene, kniende Gestalt von Lilliana, die auf eine zerschmetterte Topfpflanze starrte, neben ihr eine Frau, die ihm irgendwie bekannt vorkam. Hatte er sie nicht schon irgendwo gesehen? Er nahm wieder seinen Platz ein.

„Die Zeichnung gefällt mir", sagte er, als Najette zurückkam.

„Du hättest sie gar nicht sehen sollen."

„Noch eine Regel?"

„Ja. Ich mag Regeln."

„Warum?"

„Sie halten die Dinge zusammen. Wie läuft es eigentlich mit dem Modellstehen?"

„Ganz gut. Nicht besonders viel Geld, jedenfalls nicht mehr als im Kino. Und ich habe noch nicht wieder mit dem Malen angefangen, was ja eigentlich der Plan war. Aber es ist … reinigend, obwohl ich mir manchmal wie ein Idiot vorkomme."

Sie nickte und machte sich wieder an die Arbeit.

„Du wirst wieder malen, keine Sorge."

„Ich bin mir da nicht so sicher. Übrigens, warum hast du ein Foto von Lilliana mit einem zerbrochenen Blumentopf?"

„Wo hast du das entdeckt? Hast du etwa in meinen Sachen rumgewühlt? Meine Schuld – ich lasse sie immer irgendwo liegen. Das habe ich an dem Tag aufgenommen, als ich sie kennengelernt habe. Da war eine Frau im Laden, die eine große Topfpflanze runtergeworfen hat. Und irgendwie hat das die beiden auf eine spannende Art zusammengebracht. Vielleicht kann ich mal eine Studie daraus machen. Es könnte ein tolles Gemälde werden, wenn ich das rüberbringe – wie sie sich geöffnet haben, während sie beide um die Pflanze getrauert haben. Das Lustige daran ist, dass die Pflanze für dich bestimmt war. Ein verspätetes Geburtstagsgeschenk."

„Für mich?"

„Ja."

„Das heißt, ich habe mich in dein Leben *und* in deine Kunst geschlichen."

„Allerdings."

Sie lächelte ihn so verführerisch und unbekümmert an, dass er sich in diesem Moment wie ein verdurstender Jäger kurz vorm Delirium vorkam, während Najette ihm wie eine verwunschene Prinzessin erschien, die ihn an einen kristallklaren See geführt hatte, dessen Wasser so still und glatt war wie ein prächtiger Spiegel, und aus dem Spiegel drang das Leben hervor und strebte dem Himmel entgegen, als wollte es sich mit einer Kraft vereinigen, die ihm bislang entgangen war, und in dem Moment, da sie lächelte, war die Süße des Lebens unbeschreiblich und Oscar hatte das Gefühl, dass allein schon die Nähe zu Najette genügte, um glücklich zu sein. Doch dann wurden ihre Augen mit einem Mal dunkel. Eine Minute verging, dann war ein Flüstern, das Bruchstück eines Geräuschs zu hören. Noch einmal brach ihre Stimme das Schweigen, aber ihre Worte blieben in der Luft hängen und verflüchtigten sich nicht.

„Die Liebe ist es, die uns tötet."

Oscar wollte schon antworten, erkannte aber gerade noch rechtzeitig, dass ihre Worte nicht zu einer Antwort aufforderten, sondern darum baten, einfach nur hingenommen zu werden. Jetzt sah er sie in einem neuen Licht, spürte die Traurigkeit am anderen Ende ihrer Ausgelassenheit, eine Traurigkeit, die wohl den meisten verborgen blieb, aber tief in ihr Innerstes eingraviert war. Ihre Worte hatten ein Stück ihrer Persönlichkeit offenbart, deren Fülle Oscar gerade erst zu erahnen begann.

„Ich bin froh, dass du nichts erwidert hast", sagte sie. „Du kennst mich schon ziemlich gut. Aber bald wirst du das Gefühl haben, mich überhaupt nicht zu kennen, und wenn das passiert, werden auch andere Dinge passieren."

„Das verstehe ich nicht", sagte Oscar.

„Verständnis wird überschätzt. Ich mag Rätsel genauso wie Regeln. Rätsel schützen mich davor, eingesperrt zu sein."

Aber diese Erklärung machte das Rätsel nur noch größer. Anstatt zu antworten, versuchte er, die vagen Enthüllungen zu verarbeiten, die geheimnisvollen Andeutungen, die ihr anscheinend nie ausgingen. Als er schließlich das Wort ergriff, räusperte er sich vor jedem Satz.

„Najette, ich bin kein besonders tiefgründiger Mensch, auch wenn ich hin und wieder meine hellen Momente habe. Ich bin kein Philosoph, aber ich könnte viel von dir lernen, wenn du mich lässt. Nichts würde mir mehr gefallen, als Zeit mit dir zu verbringen."

Sie hörte auf zu zeichnen.

„Oscar, manchmal sagst du wirklich die seltsamsten Dinge! Verbringen wir etwa keine Zeit miteinander? Ist es nicht offensichtlich, dass ich gern mit dir zusammen bin?"

„Doch … ich denke schon."

„Siehst du", sagte sie. „Ist es nicht albern, um etwas zu bitten, das du bereits hast?"

Mit dieser weniger rätselhaften Bemerkung wandte sich Najette wieder ihrer Arbeit zu, und den Rest der Sitzung verbrachten sie schweigend. Die Worte, die zuletzt gefallen waren, drifteten in verborgene, geheime Gefilde ab, aus denen sie früher oder später wieder hervorkommen würden.

6

Albert Lush litt an einer bösen Verstopfung. Es war immer dasselbe an Drehtagen: Sein Gedärm schien sich mit Blei zu füllen. Die Montagvormittage waren besonders schlimm.
An diesem Montagvormittag hatte er von 10 bis 15 Uhr Studio 3 gebucht. Er war zu früh eingetroffen, daher wartete er etwas abseits und beobachtete das frenetische Treiben der Crew, die gerade das Studio belegte. Niemand schien sich am Husten des kleinen Mannes im blauen Overall zu stören, im Gegenteil: Irgendwann kam der Regisseur auf ihn zu und fragte, ob er ihn beim Husten filmen dürfe; er könne die Aufnahme für den Film, den er gerade drehte – eine Dokumentation über natürliche Geburt –, gut gebrauchen. Lush weigerte sich höflich. Die grotesken Kopfhörer des Regisseurs und die überdimensionierten Ringe an seinen braun gebrannten Fingern, die an verbrutzelten Speck erinnerten, schreckten ihn ab.
Er richtete seine Aufmerksamkeit auf die Kulisse – ein ganz in Orange gehaltenes Wohnzimmer – und auf die Darsteller: Eine schwangere Frau wurde von einem Mann befragt, der wie ein Arzt aussah.
Dann tauchten auf einmal zwölf Tänzerinnen am Set auf. Der Regisseur und der Produzent nahmen sie entzückt in Empfang. Lush wandte sich diskret an eine wichtig aussehende Frau und erkundigte sich, welche Funktion die Tänzerinnen in einem Film über natürliche Geburt hatten, woraufhin die Frau erklärte: „Tanz ist ein weiterer Aspekt von weiblicher Kreativität." Lush beschloss, nicht weiter nachzuhaken.
Er staunte nicht schlecht, als fünf Minuten später einige Catering-Leute Servierwagen voller Champagnerflaschen hereinrollten, die die Tänzerinnen im Nu leerten. Da sie sonst nie vor neun Uhr abends tanzten, mussten sie künstlich auf Touren gebracht werden. Entsprechend gestärkt probten sie ein paar Mal eine kleine Nummer und waren dann zum Drehen bereit. Ein opulentes Hintergrundbild wurde aufgestellt: Es zeigte eine gewaltige, geöffnete Iris, deren eiförmigen,

ausgestellten Blütenblätter die Mädchen zu verschlingen schienen, während sie davor tanzten und ihre langen, rot-violett bestrumpften Beine schwangen, die farblich perfekt mit der Iris harmonierten. Lush schaute zu, wie die Mädchen herumhüpften, und ein sehnsüchtiges Verlangen befiel ihn. Sein Magen wand sich in Krämpfen und erinnerte ihn an das Bedürfnis, seinen Darm zu entleeren, aber er wusste, dass er so verstopft war wie ein mit Zement gefülltes Abflussrohr.

Schließlich beendeten die Tänzerinnen ihre Darbietung und verließen triumphierend den Set. Ein paar von ihnen gelüstete nach weiterem Champagner, aber sie konnten keinen mehr auftreiben. Eine, deren Haare fast bis zum Boden reichten, bat den Regieassistenten um ein Sandwich mit geräuchertem Lachs. Die Requisiteurin wurde losgeschickt, um eins zu besorgen. Unterdessen verwandelte sich die Kulisse in ein Krankenhauszimmer, ebenfalls ganz in Orange. (Orange war dem Regisseur wichtig, weil es gewissermaßen seine Farbe war.) Die schwangere Frau wurde gefilmt, wie sie mit wundersam angeschwollenem Bauch auf einem Bett lag und schwitzte und hechelte, während ein Arzt ihr erklärte, was eine Epiduralanästhesie war.

Es dauerte eine Weile, bis der Regisseur mit diesen Aufnahmen zufrieden war. In der Zwischenzeit hatte sich Lushs eigene chaotische Crew eingefunden, zusammen mit vier sehr alten Männern in fadenscheinigen Smokings, die Geigen- und Cellokästen dabeihatten, sowie ein paar Aktmodellen, darunter Oscar, der von allem sehr beeindruckt war, da er noch nie ein Fernsehstudio von innen gesehen hatte. Er beschloss, in Lushs Nähe zu bleiben und nichts zu sagen, bis man ihn ausdrücklich dazu aufforderte. Er winkte ihm freundlich zu, aber Lush schien ihn nicht zu bemerken. Oscar wollte gerade zu ihm hinübergehen, als sich eine der hübschesten Tänzerinnen an Lush heranpirschte, neckisch ihre Arme um ihn legte und ihre Sorge wegen seines bellenden Hustens zum Ausdruck brachte. Oscar lauschte der Unterhaltung aus sicherer Entfernung.

„Die Ärzte können nichts für mich tun", stellte Lush fest und hielt sich mit kläglicher Miene den Bauch.

„Armes Baby. Wahrscheinlich ist das alles nur Kopfsache."

„Ja, aber so ist das auch bei Schizophrenie."

Ohne darauf einzugehen, fuhr das Mädchen fort: „Bist du sehr reich?"

„Nein, sehr arm. Ich überlebe, indem ich mir Geld borge und dann Dokumentarfilme damit drehe, die kein Mensch sehen will. Möchtest du dich immer noch mit mir unterhalten?"

Das Mädchen dachte kurz darüber nach und starrte ihn dann fast schon lüstern an.

„Du siehst aus wie jemand, der ganz anders ist als ich, wie ein Schimpanse mit Zylinder. Armes Baby."

Lush war sich nicht sicher, ob diese Bemerkung ein Kompliment sein sollte oder nicht. Darüber nachzudenken, machte die Sache nur noch verworrener. Aber er war schon so oft und auf jede erdenkliche Weise von Frauen abgewiesen worden, dass es auf eine weitere Abfuhr nicht ankam, fand er. Daher fragte er in seinem charmantesten Ton: „Darf der Affe dich vielleicht zum Essen einladen?"

Die Tänzerin legte eine Denkpause ein.

„Klar. Wenn ich mal den Zylinder aufsetzen darf. Und mir aussuchen kann, wo wir hingehen."

Hatte sie soeben wirklich Ja gesagt? Lush wollte ihre Zusage schon dem Reich der Fiktion überantworten, so wenig war er positive Reaktionen dieser Art gewohnt. Es musste einen Haken geben. War sie vielleicht ein Mann im Fummel? Wahrscheinlich hatte sie einen Freund von der Statur einer Bulldogge, dessen fleischige Hände sich schon bald um seinen Hals legen würden …

„Einverstanden. Du bestimmst."

„Kennst du das ‚Omcat'? Es ist in Mayfair", sagte sie.

„Nein, aber ich vermute mal, dass es nicht ganz billig ist." Das war also der Haken.

„Lass uns dahin gehen. Das wird bestimmt lustig – was Schickes anziehen und Cognac und Cocktails trinken, was essen, ein bisschen quatschen, ein paar Zigarillos rauchen. Du armes, armes Baby."

Lush begann seine Großzügigkeit zu bereuen. Rasch überschlug er im Kopf, auf welche lebensnotwendigen Güter er in den nächsten Wochen verzichten musste, um das Dinner für sie beide zu bezahlen. Wenn er eine Woche lang nichts aß, konnte er es schaffen. Außerdem, so sagte er sich – mit dem unverbesserlichen Optimismus, der ihm selbst in den schlimmsten Momenten beschieden war –, außerdem könnte es ein Segen sein, eine Zeit lang nichts zu essen und sein Verdauungssystem einer gründlichen Reinigung zu unterziehen, was er ohnehin schon lange vorgehabt hatte. Und so verwandelte er die trostlose Aussicht auf das erzwungene Fasten kurzerhand in ein erfreulicheres Szenario.

„Abgemacht. Übrigens, ich heiße Albert Lush. Und du?"

„Möchtest du meinen Künstlernamen oder meinen richtigen Namen wissen?"

„Beide."

„Mein Künstlername ist Polly French. Und mein richtiger Name ist Tracy Fudge."

„Ich glaube, ich halte mich an den Künstlernamen."

In diesem Moment trat ein schmuddeliger Hausmeister an Lush heran – die Unterhaltung hatte ihn so mitgerissen, dass er gar nicht bemerkt hatte, wie das Studio sich allmählich leerte – und bellte: „Sie haben Zeit bis drei."

Hektisch wandte sich Lush an die Tänzerin: „Nächsten Samstag um acht, geht das?"

„Klar, armes Baby", sagte sie.

„Also dann bis Samstag."

Lush schwirrte davon und strahlte wie ein Solarpanel. Das Glück ist mir hold, dachte er bei sich.

Oscar heftete sich an seine Fersen, bezog sein Strahlen auf sich und fragte ganz arglos: „Brauchen Sie mich länger, Mr. Lush?" Lush, von seinem Triumph beflügelt und vor Großmut strotzend, rief ihm zu: „Aber sicher, schließlich bist du der Staaaar!"

„Wirklich?", fragte Oscar erstaunt.

„Komm, ich bringe dich zu Sasha, dem Make-up-Mädchen", lenkte Lush geschickt ab, nahm Oscar bei der Hand und geleitete ihn in Schlangenlinien durchs Studio, vorbei an Kulissenteilen, Scheinwerfern und Requisiten, die jetzt in Position gebracht wurden. Sasha bedachte Oscar mit einem „Ciao" und verschwand dann, um anderswo wichtigen Geschäften nachzugehen.

„Was ich von dir erwarte", fuhr Lush fort, und er sprach so schnell, dass Oscar Mühe hatte, ihm zu folgen, „ist eine gewisse Brillanz, ein paar eindrückliche Bemerkungen über deine Tätigkeit, etwas, das die einschläfernden Kommentare dieser" – er zeigte auf die anderen Mitwirkenden – „Spatzenhirne und Lurche wettmacht. Oscar, ich habe das Gefühl, dass du und ich uns sehr ähnlich sind." Er unterbrach sich, um zu husten. „Das Leben hat uns eine Stimme verwehrt, obwohl wir beide viel zu sagen haben. Und jetzt gebe ich dir die Gelegenheit, deine Stimme zu erheben. Ich werde dir ein paar Fragen stellen. Antworte ganz natürlich darauf. Fang mit dem Modellstehen an, aber belasse es nicht dabei, improvisiere ruhig ein bisschen. Wir arbeiten mit 16-mm-Film – zum ersten Mal in meinem Leben, muss ich dazusagen. Das ist großartiges Material, kein Vergleich zu dem ganzen digitalen Mist. So, und jetzt lässt du dich schminken."

Er sauste davon, und Oscar machte sich auf die Suche nach Sasha. Sie nähte gerade mit atemberaubender Geschwindigkeit Knöpfe an eine Taftjacke. Als sie damit fertig war, trug sie verschiedene Cremes und Puder auf Oscars Gesicht auf, und er schwelgte in einer Mischung aus Wohlbefinden und Erregung. Die Scheinwerfer gingen an, die Kamera wurde in Stellung gebracht und die Kulisse von herumliegendem Müll befreit. Oscar wurde aufgefordert, vor einem Hintergrundbild Platz zu nehmen, das den David von Michelangelo zeigte.

Lush wies die vier abgehalfterten Musiker an, sich zum Spielen bereit zu machen. Sie rückten Stühle und Notenständer in einen Halbkreis und stimmten ausgiebig ihre Instrumente. Im grellen Scheinwerferlicht sahen sie erhitzt und aufgeregt aus. Dann fingen sie ohne Vorwarnung an, irgendein dunkles, dramatisches Stück zu spielen, bis Lush sich Gehör verschaffte und sie inständig bat, noch einen Augenblick zu warten. Er verschwand und kehrte kurz darauf im Schatten einer exotisch aussehenden Frau zurück, die ihn geradezu zwergenhaft erscheinen ließ. Sie trug hochhackige Schuhe und einen weißen Regenmantel, der bis oben hin zugeknöpft war. Ihre nackten Beine waren makellos depiliert. Die rätselhafte Gestalt glitt in eine Ecke, öffnete die obersten Knöpfe ihres Regenmantels und tat dann nichts, außer gelangweilt zu rauchen.

Lush erklärte den Musikern, die alle ein bisschen schwerhörig waren, dass die Frau in der Ecke eine professionelle Schauspielerin war, die ihren Körper von Berufs wegen in der Öffentlichkeit zeigte. Des Weiteren würde sie sich nun in ihre Mitte stellen, während sie musizierten. Des Weiteren würde sie dabei nichts anhaben. Sie sollten ihr keine Beachtung schenken, sondern ganz normal spielen, so als wäre sie nicht da. Möglicherweise, räumte Lush ein, würde sie die Anwesenheit der Frau anfangs etwas ablenken, aber sie würden sich rasch daran gewöhnen. Als einer der Musiker fragte, was eine nackte Frau in einem Streichquartett verloren hatte, sah sich Lush gezwungen, ein paar Worte über seinen Dokumentarfilm zu verlieren. Er erklärte, dass es in dem Film um das Modellstehen ging, und um die Frage, in welchen Bereichen einer zivilisierten Gesellschaft nackte Menschen toleriert wurden. Dazu müsse er auch soziale Kontexte untersuchen, in denen Nacktheit nicht gestattet war, sprich: Eine nackte Frau inmitten eines Streichquartetts sei ein bizarrer Anblick, wohingegen derselbe Anblick in einem Zeichensaal ganz normal sei. Die Musiker nickten, verstanden aber nicht so recht, was Lush meinte. Er fügte hinzu, dass Nacktheit an manchen Orten (zum Beispiel in der Sauna oder in den Gemeinschaftsduschen eines Sportvereins oder eben in einem Zeichenkurs) die normalste Sache der Welt sei – was aber, wenn Nacktheit mit Kammermusik gepaart wurde? Noch immer schienen die Musiker nicht richtig zu begreifen, worauf er hinauswollte, und Lush wurde allmählich ungeduldig.

In dem Moment entledigte sich die exotisch aussehende Frau mit einer einzigen majestätischen Bewegung ihres Regenmantels und brachte einen bereits nackten und sinnlichen Körper zum Vorschein. Dann stieg sie mühelos aus ihren hochhackigen Schuhen und baute sich in der Mitte des Streichquartetts auf. Die meisten der Musiker hatten seit Jahrzehnten keine nackte Frau mehr gesehen. Binnen Sekunden trat ihnen der Schweiß auf die Stirn, ihre Augäpfel quollen aus den Höhlen und entwickelten ein Eigenleben außerhalb des Körpers, um diese Erscheinung mit der nahtlos kastanienbraunen Haut und den wohlgeformten Brüsten von allen Seiten betrachten zu können. Ihr Herz klopfte wie wild. Eine geisterhafte Erinnerung an ihre jugendliche Lust erwachte. War die Erregung schon immer eine solch beklemmende, verwirrende Angelegenheit gewesen? War sie schon immer mit Übelkeit einhergegangen? Nach ein paar Minuten beruhigten sie sich ein wenig, und die Kamera begann, unter Lushs Anweisungen, zu drehen. Bedauerlicherweise wirkte sich die fortwährende Nähe des weiblichen Fleisches auf das Spiel der Musiker aus, und sie brachten nur noch jaulende Geräusche zustande, die so schmerzhaft waren wie das Gekratze von Anfängern. Lush bat Sasha, ihnen allen ein Glas Wasser zu bringen, und während sie dasaßen und schlürften, ließ die gesamte Crew den Anblick einer beängstigend schönen menschlichen Gestalt auf sich wirken. Oscar versuchte, nicht hinzuschauen – ohne Erfolg. Offenbar war sich die Frau all der Aufmerksamkeit, die ihr zuteilwurde, überhaupt nicht bewusst. Es war ihr gleichgültig, dass jeder Zentimeter ihres Körpers von allen Männern – einschließlich Lush – in Augenschein genommen wurde. Hätte sie gewusst, dass der Kameramann jetzt auf ihre Brustwarzen zoomte, wäre ihr das weder angenehm noch unangenehm gewesen. Und hätte sie gewusst, dass die anwesenden Frauen in ihr die schockierende Verkörperung ihrer kühnsten Selbstoptimierungsträume sahen, hätte sie das weder als Kompliment noch als Genugtuung empfunden.

Nach mehreren Probeläufen waren die betagten Musiker zumindest wieder in der Lage, drei Takte in Folge zu spielen, ohne dabei irgendein schauderhaftes Geräusch von sich zu geben, und Lush begnügte sich mit diesen wenigen Sekunden brauchbaren Bildmaterials.

Eine Staffelei und ein Stuhl – und dazwischen ein Künstler – wurden in Position gebracht, und die nackte Frau wiederholte ihre Darbietung auf einem Podest, wobei sie diesmal eine ausdrucksvollere Pose einnahm und ihren geschmeidigen Körper bald hierhin, bald dorthin bog. Die Kamera richtete sich nun auf die Staffelei und verweilte dort in einer längeren Nahaufnahme, während das Gemälde Gestalt annahm. Derweil saßen die alten Männer in einer Ecke, ein paar von ihnen hyperventilierten und wurden abwechselnd hell- und dunkelgrün im Gesicht, während die anderen stärkende Kekse mampften und verwirrt aussahen. Oscar, der fast ebenso durcheinander war, beobachtete sie. Schließlich zog sich die exotische Frau in den hinteren Teil des Studios zurück, wo sie sich wieder ankleidete, bevor sie zusammen mit dem Künstler entschwand. Am Set kehrte Ruhe ein.

Lush ging zu Oscar, der noch immer vor dem Hintergrundbild mit dem David saß, und sagte: „Also, Oscar. Jetzt bist du an der Reihe, mein Junge."

Oscar blinzelte schnell, und Sasha verlieh ihm mit der Puderquaste den letzten Schliff.

„Nummer eins bereit? Und – los. Oscar, erzähl uns doch ein bisschen von deinem Beruf – deiner Berufung, wenn man so will – und erkläre uns, warum die Arbeit als Aktmodell immer übersehen wird."

„Nun ja", begann Oscar unsicher. Die Scheinwerfer und die Kamera machten ihn mit einem Mal nervös. „Eigentlich will ich ja malen."

„Cut! Oscar, was soll das? Hier geht es ums Modellstehen, denk dran. Sei kein Lurch. Noch mal von vorn."

Der Kameramann nickte Lush zu.

„Bereit? Versuchen wir es diesmal mit einem Close-up. Und – los." Stille.

„Cut", rief Lush. „Oscar, worauf wartest du?"

„Tut mir leid. Hätte ich etwas sagen sollen?"

„Allerdings. Du hättest die Frage beantworten sollen."

„Wie war die Frage noch mal?"

„Okay, vergessen wir das. Sprich einfach über deine Arbeit als Aktmodell. Also los. Nummer eins fertig und – Action."

„Ich arbeite als Aktmodell, weil …" – Oscar begann zögernd, wurde jedoch sicherer, je länger er sprach – „weil ich mich … lebendig fühle, wenn ich auf dem Podium stehe und nackt bin … Niemand verlangt von mir, dass ich etwas sage … das Modellstehen bewahrt mich davor. Es fällt mir schwer, zu reden, wie man vielleicht merkt … Das Modellstehen macht keine Versprechungen: Es ist so neutral wie eine Gewehrkugel, die nie abgefeuert wird. Ich kann zuschauen, beobachten. Als ich noch im Kino gearbeitet habe … da bin ich eingegangen wie eine Primel, aber auf dem Podium mache ich mich von allem frei, und ich merke, wie mein Kopf schwirrt, und ich spüre, was es heißt, einen Körper zu haben, ein Gehirn zu haben, das befiehlt, Glieder, die gehorchen, aber … auch Reglosigkeit kann schön sein. Ich habe gelernt, dass der Körper ein Wunder ist, ein perfekter Motor … Ich kann das nur so erklären: Als ich angefangen habe, fühlte es sich an wie eine Taufe … eine Taufe ohne Wasser, vor diesen ganzen Leuten, diesen Fremden, die keine richtigen Menschen mehr waren, sondern eher Bestandteile einer Landschaft. Was sie auch taten, es spielte keine Rolle. Vielleicht sahen sie in mir eine Art Puppe, aber auch das spielte keine Rolle. Weil meine Gedanken frei waren. In dieser Reglosigkeit konnte mein Geist zu himmlischen Ufern wandern und dann zur Erde zurückkehren. Ich konnte die Situation, in der ich mich befand, hinter mir lassen. Vielleicht, weil sie mir anfangs so bewusst war … Habe ich zu viel gesagt?"

Lush schrie „Cut!", ergriff Oscars Hand und schüttelte sie mit einer Verve, die Oscar ihm gar nicht zugetraut hätte.

„Das war brillant, Oscar. Brillant! Wie zum Teufel bist du bloß auf die Idee mit der Gewehrkugel gekommen? Ich habe zwar keinen blassen Schimmer, was du damit meinst, aber es hat sich großartig angehört. Gut, erst hast du einen kleinen Fehlstart hingelegt, aber ich wusste, dass ich mich auf dich verlassen kann. Jetzt würde ich glatt eine Flasche Champagner aufmachen, aber leider haben die Tanzmädels keine übrig gelassen. Tja. Fünf Minuten Pause, Leute. Oscar, du kommst mit mir."

Sie gingen in den hinteren Teil des Studios, und Oscar fragte sich, wie viel von dem, was er gerade gesagt hatte, von Blochs Geschichte inspiriert gewesen war. Während er darüber nachdachte, verfing sich Lushs Fuß in ein paar Kabeln, und er musste sein Bein ruckartig hin- und herbewegen, um sich zu befreien. Von Weitem sah es so aus, als würde er einen seltsamen Stammestanz aufführen.

Ein hochgewachsener, boshaft aussehender Mann schien auf sie zu warten. Er trug einen eleganten Anzug und saß – oder lag vielmehr – auf einem Liegestuhl, der zu den Requisiten gehörte. Lush erkannte ihn sofort, und im selben Moment begehrte sein Magen lautstark auf, sodass er schützend die Hände über seine Leibesmitte halten musste. Ein krampfhafter Drang, die Toilette aufzusuchen, verschaffte sich Geltung, aber in solch einem kritischen Moment konnte er unmöglich verschwinden. Der Fremde erhob sich von seinem Lager, als würde er ihnen damit eine ungeheure Gnade erweisen.

„Hallo Lush", schnaubte er verächtlich. Dann wandte er sich unter Aufbietung seines ganzen Charmes an Oscar und schlug einen verblüffend anderen Ton an: „Ich bin Donald Inn", stellte er sich vor. „Talentscout, Gesellschafter und Abgesandter von Mr. Ryan Rees – ich muss Ihnen wohl nicht erklären, wer das ist."

Oscar riss überrascht und verwirrt die Augen auf.

„Erstaunliches Material haben Sie da in Ihrer Birne, wenn auch ein wenig wirr. Möchten Sie eine Geschäftsbeziehung mit Mr. Rees knüpfen?"

„Vergessen Sie's, Inn. Oscar gehört mir", warf Lush ein.

Inn ignorierte ihn eisig und fuhr fort: „Oscar, Sie könnten genau das sein, wonach wir suchen: eine authentische Stimme, unverdorben, ohne Kniffe und Klischees, eine Stimme, die sich nicht den Massen anbiedert. Was für ein Glücksfall, dass Sie mir zufällig über den Weg gelaufen sind. Mr. Rees könnte Sie im Handumdrehen zu einer Marke machen."

Oscar starrte vor sich hin. Offenbar erwartete man von ihm, dass er etwas sagte.

„Nein danke, Mr. Inn, ich bleibe lieber bei Mr. Lush. Außerdem ist das hier sowieso bloß eine einmalige Sache, und ich glaube kaum, dass ich mit weiteren Einblicken dienen kann."

„Hören Sie, Oscar, die Leute würden bereitwillig dafür bezahlen, jemanden wie Sie reden zu hören. Wissen Sie überhaupt, wer Ryan Rees ist? Er könnte aus Ihnen einen State-of-the-art-Weisen machen, einen topmodernen Guru, der den Leuten den Weg weist. Wie mir scheint, sind Sie über Mr. Rees nicht so recht im Bilde, sonst würden Sie sich diese einmalige Gelegenheit nicht so leichtfertig entgehen lassen. Ryan Rees ist einer der angesehensten Publicity-Experten der Welt, ein PR-Genie, ein überragender Promoter – ein Superpromoter. Als Agent war er berühmt dafür, seinen Klienten astronomisch hohe Gagen zu verschaffen."

Er zog eine bedrohlich schwarze Visitenkarte aus einem Schlitz in seinem Jackett, wo er sie zuvor griffbereit verborgen hatte, und drückte sie Oscar mit einer flinken, geschickten Bewegung in die Hand.

„Rufen Sie uns an, wenn Sie wissen, was gut für Sie ist."

Dann machte er sich wieder auf den Weg zurück in eine synthetische Neonwelt, eine Welt, die die wirkliche längst in den Schatten gestellt hatte. Er und sein Boss schwebten über ihren Randzonen wie in Quecksilber getunkte Vögel.

„Du tust das Richtige", murmelte Lush mit gepresster Stimme. „Halt dich an mich. Und schmeiß diese Karte weg – sie bringt Unheil. Entschuldige mich, ich habe ein dringendes Geschäft zu erledigen." Während er Richtung Herrentoilette eilte, hing der Schatten der Inkontinenz über ihm wie ein dunkles, beängstigendes Tier.

Donald Inn ging mit raschen Schritten durch die Korridore. Er zückte ein Mobiltelefon, drückte ein paar Tasten und sprach dann glatte, sorgfältig gewählte Worte hinein. War er gerade per Zufall dem perfekten Kandidaten begegnet?

*

Ryan Rees hatte seine illustre Karriere als Werbetexter für Bentley und Rolls-Royce begonnen. Als Nächstes hatte er das Hochglanzmagazin *Skandalös!* herausgegeben, das auf wichtige Informationen über Promis spezialisiert war: wie oft sie zum Friseur gingen (und zu welchem); ob sie Schuppen, Mundgeruch oder Geschlechtskrankheiten hatten; von welchen Medikamenten oder Partydrogen sie gerade abhängig waren; ob oder ob nicht Gerüchte darüber kursierten, dass sie schwanger, magersüchtig, homosexuell oder autistisch waren; ihre Penisgröße und so weiter. Solange es die Zeitschrift gab, zog sie mehr Verleumdungsklagen auf sich, als Leichen den Ganges hinuntertrieben.

Nachdem er diese Tätigkeit aufgegeben hatte, beschloss Ryan Rees, sich als Agent niederzulassen, und bald schon zählten mehr als zweihundert namhafte Persönlichkeiten aus der Welt des Rundfunks und Fernsehens zu seinen Klienten. Während dieser Zeit traf er sich mit den wichtigsten Akteuren der Medien und Künste zum Lunch, und er vergaß nie, ihnen bei diesen Gelegenheiten kleine Geschenke zu machen: Picknickkoffer von Fortnum & Mason, Flaschen von Château Talbot, Eau de Cologne und Seidentüchlein aus der Jermyn Street, Opernkarten für die Mailänder Scala, Dosen mit russischem Kaviar und (gelegentlich) Kokain.

Inzwischen fungierte er als Spindoktor für eine Gruppe äußerst wichtiger Klienten und dachte sich nebenher sensationelle oder skandalöse Geschichten für diejenigen aus, die hinter solchen Dingen her waren (und das waren keineswegs nur die Herausgeber von Boulevardblättern). Aber allmählich begann ihn sein eigenes Spiel zu langweilen. Er brauchte etwas Neues, etwas anthropologisch Interessantes, um sich zu beschäftigen – irgendeine echte Herausforderung. An den Haaren herbeigezogene Geschichten zu fabrizieren, war einfach nicht mehr aufregend genug. Als Donald Inn jüngst auf die Idee gekommen war, den Mythos eines zeitgenössischen Messias zu erschaffen, hatte Rees das verlockend gefunden. Zum ersten Mal hatte er keine vollkommen ausgereifte Strategie parat, wie er das anstellen könnte, und genau das reizte ihn an der Sache. Man konnte jeden gehirntoten Schwachkopf in einen Promi verwandeln, aber aus einem völligen Niemand einen *Propheten* machen? Das erforderte ein außergewöhnliches Maß an Propaganda, Gerissenheit und Erfindungsreichtum, kurzum, ein Wunder der Meinungsmache, das nur er vollbringen konnte. Wenn es ihm gelänge, einen neuen Jesus Christus in die Welt zu setzen, ihn einfach aus dem Nichts zu zaubern, würde das bedeuten, dass er, Ryan Rees, buchstäblich alles tun konnte. Es würde bedeuten, dass er es in seiner überall mitmischenden Hand hatte, das höchste Ziel von allen zu erreichen.

Einst war Rees von den Möglichkeiten des Geldfälschens fasziniert gewesen. Und bei seiner zweiten Scheidung hatte er Dokumente in Umlauf gebracht, die keinen Zweifel daran ließen, dass seine Frau psychisch krank war. Die Gutachten waren von einem gewissen Dr. Manfred Feltersnatch unterschrieben, einem Psychiater, den Rees erfunden hatte. Er besaß die Seele eines Anarchisten und Nihilisten, dessen Blut in Wallung geriet und doch kalt blieb und dessen größte Lust im Leben darin bestand, alle, die ihm in die Quere kamen, der Lächerlichkeit und dem Ruin preiszugeben, einfach nur, weil es einen Höllenspaß machte.

7

Die kleine Garderobe quoll über von Menschen. Ein beleibter Mann mit dicker Brille, der eine schlechtsitzende Uniform mit dem Schriftzug „Earl Gallery" trug, stand hinter der Theke und teilte Mäntel aus. Er war schrecklich aufgeregt, weil die Mäntel, die er den Leuten reichte, nicht die waren, um die sie gebeten hatten. Die verschmähten Mäntel, die er von den Garderobenhaken genommen hatte, häuften sich auf der Theke und bildeten allmählich einen Turm, der jeden Moment einzustürzen drohte. Die Luft knisterte vor Ungeduld. Nach und nach waren sämtliche Mäntel von ihren Haken auf den Tresen gewandert, aber außer dieser Massenmigration hatte sich nichts getan, und die Menschen waren ihrem Ziel kein bisschen näher gekommen. Der Turm sank schließlich in sich zusammen, und diejenigen, die untätig davorgestanden hatten, in der Hoffnung, die Situation würde sich irgendwie von selbst lösen, stießen kleine Schreie aus. Woraufhin ein militärisch aussehender Mann, vielleicht ein ehemaliger Colonel (der stets ein Monokel und ein entrüstetes Gesicht aufsetzte, wobei sich Letzteres in diesem Moment tatsächlich mit seinen Empfindungen deckte), die Sache energisch in Angriff nahm und begann, den chaotischen Mantelhaufen zu durchwühlen. Die anderen taten es ihm gleich, und im Nu brachen sich primitive Urinstinkte Bahn, und die Wände der kleinen Garderobe drohten unter dem Druck der vielen Körper nachzugeben. Doch dann fanden die Mäntel einer nach dem anderen zu ihren rechtmäßigen Besitzern zurück, und der Raum begann sich zu leeren. Es kehrte wieder Ruhe ein. Der beleibte Mann mit der dicken Brille atmete auf.

Er schielte durch seine Brillengläser. Als Erstes sah er ein kunstvoll besticktes Taschentuch. Als Zweites die Hand, die es hielt. Erst dann wurde er der Person gewahr, zu der beides gehörte.

„Mr. Earl, Sir – welch seltene Ehre, Sir."

„Buzby", sagte Nicholas hektisch, „legen Sie das hier bitte in den Safe. Ich habe es nach langer Suche endlich gefunden. Eine Frau in Heidelberg hat es mir besorgt, und umgekehrt, ich meine, im Gegenzug für eine kleine Aufwartung." Er legte das kostbare Taschentuch mit ausgestrecktem Arm auf den Tresen und schnellte dann zurück, als hätte er bei Buzby gerade die Symptome einer ausgewachsenen Lepra entdeckt.

Buzby war nicht nur auf geradezu groteske Weise kurzsichtig, sondern auch ein bisschen taub. Das Einzige, was er verstanden hatte, war das Wort „Wartung", und er nahm an, dass Nicholas von seinem Jaguar sprach.

„Sie haben Ihr Auto warten lassen, Sir?"

„Was? Ich meinte eine meiner alten Flammen aus Studententagen."

Buzby dachte kurz darüber nach. Er hatte verstanden: „Da kommen kalte Flammen aus dem Wagen."

„Klingt übel, Sir. Sie sollten den Wagen mal durchchecken lassen."

„Wie mir scheint, sollte ich *Sie* mal durchchecken lassen."

An dieser Stelle verstand Buzby nur „Die Sonne scheint" und „Schnecken hassen", worauf ihm keine passende Antwort einfiel, und er fragte sich, was das alles mit Mr. Earls Jaguar zu tun hatte. Nicholas sagte „Vergessen Sie's" und stapfte frustriert davon. Das Taschentuch nahm er sicherheitshalber mit. Im Flur stieß er mit einer Frau zusammen, die wallende violette Tücher um den Hals trug und fieberhaft in ihrer Handtasche herumkramte. Einen Moment lang starrte er sie wütend an und wollte schon etwas Bissiges sagen, verkniff es sich aber und verschwand in seinem Büro, um Broschüren über seine aktuelle Ausstellung zusammenzusuchen. Unvollständige Erinnerungen an die einzelnen Gemälde schossen ihm durch den Kopf, bis schließlich ein ungebetenes Bild alle anderen auslöschte: das von einem sehr sauberen Schnitt in Fleisch, aus dem sich ein purpurner Strom ergoss und ihn geradezu hinriss, bis er begriff, dass es frisches Blut war.

Kurz darauf betrat Oscar die Galerie. Inzwischen hatte die Frau mit den Tüchern den Inhalt ihrer Handtasche auf den Boden geleert und inspizierte ihn auf Händen und Knien. Oscar stand da und sah ihr zu. Sie war ganz in ihre Suche versunken, Lippenstift, Schlüssel, Handspiegel lagen in einem Kreis um sie herum.

Er kam gerade aus der Mermaid Academy. Es war ein sonniger, aber kalter Tag, und er war bis auf die Knochen durchgefroren vom langen, nackten Herumstehen. Er wollte dieser seltsam entrückten Frau erzählen, dass er sich befreit fühlte – befreit aus dem Käfig, in den sich sein Körper verwandelt hatte. Er wollte ihr erzählen, dass er das Modellstehen zunehmend langweilig und lästig fand, obwohl er im Fernsehstudio so begeistert davon erzählt hatte. Aber er sagte nichts und schaute ihr nur zu. Schließlich fand sie, wonach sie gesucht hatte, stopfte alles zurück in ihre Handtasche und stand auf. Während sie ihre Kleidung ordnete und sich die Knie abklopfte, bemerkte sie, dass er sie ansah. Selbst jetzt reagierte sie anders als erwartet. Sein Blick schien sie weder zu verblüffen noch zu stören; sie starrte einfach zurück. Das Lächeln, mit dem sie sich zum Gehen wandte, trug der Komik der Situation auf verführerische Weise Rechnung. Dann war sie weg.

Nach kurzem Zögern folgte er ihr, ohne zu wissen, warum oder was er sich davon versprach. Draußen schien sie bereits in der Menge untergegangen zu sein, doch dann entdeckte er sie mit ihren wehenden Tüchern, die sie wie einen Schweif hinter sich herzog. Er sah zu, wie ihre Gestalt immer kleiner wurde, beobachtete den kleinen violetten Punkt, bis er schließlich verschwand. Ihm war, als könnte er den Hieb des drohenden Verlusts abmildern, indem er die Sekunden, in denen sie noch zu sehen war, voll auskostete. Er stand da und starrte in den Nachmittagsverkehr, der in Bewegungslosigkeit verharrte und so in sich eingeschlossen war, dass die vielen Fahrzeuge wie ein einziger, enormer Organismus wirkten, der vor Leben summte und brummte. Er zählte zwölf Doppeldeckerbusse, die Stoßstange an Stoßstange standen und ineinander übergingen wie ein riesiger roter Tausendfüßler.

Er musste sich damit abfinden, dass sie nicht zurückkehren, nicht durch die Menge zurückeilen würde. Der Moment, in dem sich ihre Wege gekreuzt hatten, war vorüber.

Er schüttelte seine Melancholie ab.

Als er schließlich wieder hineinging, hatte Oscar den Eindruck, keine Galerie zu betreten, sondern jemandes Zuhause, denn überall fanden sich Embleme von Häuslichkeit: ein Lehnstuhl, ein kleiner, gesprungener Blumentopf mit weißen Rosen, Tischlampen, die sanftes

Licht verströmten. Aber die eindrucksvollen, gewaltigen Wörter auf dem roten, flatternden Banner am Eingang ließen keinen Zweifel daran, welche Funktion dieser Ort hatte.

Die Kunst von Nick Naidirem:
Schattenräume. Maskeraden. Licht

Wer ist dieser Künstler?, dachte er.

Er ging durch einen schmalen Flur und betrat einen großen, menschenleeren Ausstellungsraum, der ganz in blendendem Weiß gestrichen war. An jeder Wand hingen nur zwei oder drei Bilder. Oscar gefiel diese Übersichtlichkeit, gab sie ihm doch das Gefühl, jedes Gemälde betrachten zu können, ohne gleich vom nächsten abgelenkt zu werden.

Doch dann erschien wie aus dem Nichts ein Dutzend Personen, und er wurde von der Bewegung der Menge erfasst wie ein Stück Treibholz in einem Whirlpool. Es dauerte eine Weile, bis die Gruppe weiterzog und den Gemälden wieder genügend Raum ließ. Oscar bezog nahe der Tür Stellung, um gegebenenfalls rasch flüchten zu können. Er nahm das Bild in Augenschein, das am nächsten hing, und fühlte sich gleich davon angezogen.

Es hieß „Die elfte Stunde" und zeigte ein abstraktes Gesicht und einen Totenkopf, die sich wie ein doppelt belichtetes Foto überlagerten. Das androgyne Gesicht mit den großen Augen in Preußisch Blau und der makellos ockerfarbenen Haut trat kraftvoll hervor, während der Totenkopf blass und gespenstisch wirkte, als würde er im nächsten Moment verschwinden. Seine Umrisse waren vage, die grauen Zähne (hier hatte der Künstler mit Kohle gearbeitet) vermodert. Das farbintensive Gesicht verkörperte die Essenz von Jugend, eine Vitalität, die durch den schemenhaften Totenschädel bereits dem Untergang geweiht schien, sodass der Betrachter ständig in zwei entgegengesetzte Richtungen gezerrt wurde.

Zwei weitere Gemälde beeindruckten ihn besonders. Das eine – es hieß „Verwundeter See" – war gegenständlicher und weniger vieldeutig: Links unten im Bild befand sich eine kleine Insel in Olivgrün, in der Mitte war die Ruine einer primitiven, aus Holz und Stein errichteten

Kirche zu sehen. Beide waren von einem runden See umgeben, und in der Ferne zeichnete sich schemenhaft ein Gebirge ab. Das Auge verband den azurblauen See unwillkürlich mit dem Kobaltblau des Himmels, aber während der See bewegt wirkte, war der Himmel eine starre, grafische Fläche. Als Ganzes betrachtet, verströmte das Gemälde eine wohltuende, mediterrane Atmosphäre. Der Künstler hatte die Farben so verfeinert, dass sie eine außergewöhnliche Reinheit besaßen, und zugleich war es ihm gelungen, eine lebendige Landschaft zu schaffen, die den Betrachter im Innersten berührte.

Am besten gefiel Oscar jedoch das dritte Gemälde, eine technisch versierte, atemberaubende Komposition namens „Schmetterling". Es war ein expressionistisch anmutendes, überschäumendes Werk: Die Flügel schillerten in den kühnsten Farben. Kleckse von frischem Gelb und erdigem Siena kontrastierten mit fließenden Strichen von Gold, Zinnober und Kupfer. Der Schmetterling wirkte, als würde er im nächsten Moment aus dem Rahmen flattern, und die Farben schienen die Leinwand zu entzünden.

Während er das Gemälde auf sich wirken ließ und versuchte, hinter sein Geheimnis zu kommen, fiel die drückende Decke der Gewohnheit von ihm ab, und Oscars Bewusstsein begab sich auf eine Ebene, wo Impressionen pulsierten und tanzten. Die Farbe, die in die Leinwand eingesickert und getrocknet war, erzählte ihm von der Vergangenheit, mit einer Stimme, die scheinbar nur ihm galt. Und während dieses Gemälde seinen Zauber auf ihn ausübte, lösten sich die anonymen Gestalten um ihn herum zu Symbolen einer unbeschreiblichen Liebe auf.

Ein schepperndes, metallenes Geräusch holte ihn unsanft aus seiner Versunkenheit zurück. Oscar sah sich um: Eine verschrumpelte Frau bückte sich nach dem Schlüsselbund, der ihr heruntergefallen war. Es schien eine Ewigkeit zu dauern. Der Bann war gebrochen. Oscar zwang sich, weiterzugehen.

Er blieb vor einem schlichten Porträt stehen und versuchte, den anregenden Bewusstseinszustand wiederherzustellen, aber es gelang ihm nicht. Während er so dastand, berührte eine Hand seinen Arm.

„Oscar", sagte jemand leise.

Er wandte sich um und sah, dass es Nicholas war.

„Nicholas. Ich hatte Sie ganz vergessen. Eigentlich wollte ich bei Ihnen vorbeischauen, aber dann haben mich die Gemälde von Mr. Naidirem verführt."

„Ja, sie sind gut, nicht wahr? Dieser Künstler ist meine große Leidenschaft, ich kann mich gar nicht an ihm sattsehen. Diese Farben, das blutende Licht. Ich wünschte, ich hätte auch nur einen Bruchteil seines Talents. Ungeheuer begabt, finden Sie nicht? Und wie steht's mit Ihrer eigenen Arbeit? Wollten Sie mir von Ihren Fortschritten berichten?"

„Ich habe nichts ... nichts, was ich Ihnen zeigen könnte. Seit ich Sie gezeichnet habe, habe ich keinen Strich mehr gemacht."

Nicholas wandte sich ab. Als er nach kurzem Schweigen wieder zu sprechen anhob, schien er seine Worte an die Wand zu richten.

„Tja, wir alle machen Fehler."

„Ich glaube, dass ich keinen Erfolg verdient habe. Im Moment möchte ich einfach nur ein bisschen das Leben genießen."

Nicholas, offenbar nicht mehr zufrieden mit der Wand, wandte sich ihm wieder zu. „Tatsächlich? Aber Sie lenken vom Thema ab. Ich sage nicht, dass ich von Ihnen enttäuscht bin, weil mich die Menschen nicht mehr enttäuschen. Ich gehe einfach davon aus, dass sie mich früher oder später im Stich lassen. Nehmen wir zum Beispiel Najette: Ich hätte sie ja gern ertragen, aber sie war einfach zu viel für mich. Sie hat mich ständig durchschaut. Dafür habe ich sie bewundert. Ihre Ehrlichkeit. Sie kann Unaufrichtigkeit nicht ausstehen. Offenbar war ich zu verdorben. Oh ja, sie ist temperamentvoll; sehr aufgeweckt; und zweifellos talentiert. Aber am Ende konnte sie nicht mehr über sich selbst lachen, sie hat sich zu ernst genommen. Am Ende war sie regelrecht tödlich. Mir ist klar geworden, dass es bei unserer Liaison die ganze Zeit über nur um sie ging, um ihre kostbare Kunst, ihre Visionen. Erst dachte ich, ich hätte etwas zu melden, aber sie war diejenige, die die Entscheidungen traf, sie hat bestimmt, wo es langgeht. Können Sie sich vorstellen, wie ohnmächtig ich mich dabei gefühlt habe, wie nutzlos, ohne jedes Mitspracherecht?"

„Sie wird ihre Gründe gehabt haben, nehme ich an. Jedenfalls ist das, was Sie sagen, nicht besonders nett", meinte Oscar. „Wissen Sie, zufällig habe ich Najette sehr gern, und es wäre mir lieber, Sie würden nicht so über sie reden. Vielleicht können wir dieses Problem lösen."

„Wie kommen Sie darauf, dass ich dieses Problem gelöst haben will, oder dass es in Ihrer Macht steht, es zu lösen? Sie sind doch nur ein Kind, das in der Badewanne mit seinen Quietscheenten spielt."

„Najette ist die faszinierendste Frau, der ich je begegnet bin. Immer wenn man glaubt, dass sie ins Blickfeld rückt, taucht etwas anderes auf. Was Sie sagen, zeigt, dass Sie sie nicht verstanden haben. Sie ist … strahlend, sie kostet das Leben mit jeder Faser aus; in ihrer Gegenwart fühle ich mich lebendig. Sie können Najette nicht wie andere Frauen behandeln. Sie … sie ist wie Dampf, so leicht … so dampfartig …"

„Gut gesagt, Oscar, das war sehr poetisch."

„Mag sein. Aber nur, weil Sie eine schlechte Erfahrung mit ihr gemacht haben – und wahrscheinlich war die Erfahrung gar nicht so schlecht –, müssen Sie Ihren Groll ja nicht so dramatisieren."

Das brachte Nicholas zum Schweigen, und ausnahmsweise musste er sich eingestehen, dass da etwas dran war. Er hatte eine wunderbare Verbundenheit mit Najette erlebt und dann hilflos zugesehen, wie diese Nähe nach und nach verschwand. Die Vertrautheit, die anfangs so ungezwungen gewesen war, wurde zu einem Nährboden von Schuldzuweisungen. Vielleicht, dachte Nicholas, hatte Oscar ja recht, vielleicht hatte er Najette nie richtig verstanden oder zu schätzen gewusst. Vielleicht konnte ein Fremder einen Menschen bei der allerersten Begegnung ja besser begreifen als ein Liebender, der bereits alles kennengelernt hat, Ekstase und Agonie.

„Darf ich Sie zu einem Kaffee einladen?", fragte Nicholas ein bisschen verlegen.

Oscar sah sich um, warf einen Blick auf die Menschen, die kamen und gingen wie Ebbe und Flut, die umherschlenderten, dastanden oder sich mit einem Skizzenblock zum Zeichnen hingesetzt hatten. Er fühlte sich wie ein Außenstehender, so, als würde man ihn auf Abstand halten und ihm jede Zugehörigkeit verwehren. Nicholas war ebenfalls ein Außenstehender, kein Teil der Gemeinschaft; aber er *wollte* anders sein, legte sogar großen Wert darauf, sich von anderen abzuheben.

„Wenn Sie wollen."

Sie gingen zum Ausgang. Draußen zündete sich Nicholas eine türkische Zigarette an, und der Rauch drang in regelmäßigen Abständen aus seinen Nasenlöchern, wie zwei winzige, auf den Kopf gestellte Tornados.

An der Straßenecke stand eine Geigerin und spielte Bach. Eine Gruppe von Zuhörern hatte sich – trotz der ungewöhnlichen Kälte mitten im Sommer – um sie versammelt. Nicholas fasste Oscar am Ärmel und gab ihm ein Zeichen, stehen zu bleiben. Die Musik strahlte meisterhaft, Arpeggios ergossen sich in Klangkaskaden. Während sie dastanden, gingen Oscar die Dinge durch den Kopf, die Nicholas über Najette gesagt hatte. Er vermutete, dass diese Bemerkungen bei Nicholas keinerlei Spuren hinterlassen hatten, nachdem sie gefallen waren. Für ihn wurden sie hingegen zu Hindernissen, die seine Sicht auf die Gegenwart verstellten, während er sie pausenlos auf ihren Wahrheitsgehalt prüfte. Daher bekam er die Musik nicht richtig mit. Und dann kam ihm mit einem Mal ein Satz aus Blochs Geschichte in den Sinn: *Er war nicht in der Lage, ein Erlebnis zu genießen, da jedes Erlebnis neue Probleme aufwarf.* Bin ich schon immer so gewesen?, fragte er sich.

Nicholas schlug jetzt einen vertrauteren Ton an: „Hast du heute Abend schon was vor?"

„Eigentlich nicht."

„Möchtest du mit mir ins ‚Pleasure Cooker' gehen?"

„Was ist das?"

„Ein Ort für Leute wie mich."

„Und wie sind Leute wie Sie?"

Nicholas dachte kurz darüber nach.

„Verdammt, wenn du's genau wissen willst."

Die Musik erreichte ihren zornigen, trotzigen Schlussakkord, und die Menge zerstreute sich. Der Abend brach nun an, und in der Atomisierung des Himmels, in der Membran vager Geräusche, die sich rundherum ausbreiteten, fand Oscar zu seinem Erstaunen einen ruhenden Punkt, an den er sich zurückziehen konnte. Doch dann setzte sich Nicholas mit jener Zielstrebigkeit, die er nach Belieben aufzubringen vermochte, wieder in Bewegung, und Oscar folgte ihm in eine dekadente, weinselige Welt.

8

Vierzehn Tage später hatte Oscar eine Verabredung mit dem Superpromoter Ryan Rees.

Albert Lushs Dokumentarfilm *Nackte Kunst* war gesendet worden. Rees hatte Oscars Beitrag unter die Lupe genommen und seinem Gesellschafter Donald Inn beigepflichtet, dass Oscar – zumindest potenziell – ein idealer Kandidat für die Rolle des Messias war. Er hatte ihn in seinem möblierten Zimmer angerufen, und Oscar hatte schließlich eingewilligt, ihn zu treffen, einfach nur, um nicht länger mit ihm telefonieren zu müssen.

Ihr Treffen sollte an einem denkbar unwahrscheinlichen Ort stattfinden: in einer kleinen Bibliothek, die sich in den Kreuzgängen hinter der Westminster Abbey versteckte. Ryan Rees wollte dort Informationen über den Little Dean's Yard sammeln, einen Platz in unmittelbarer Nähe zu den Kreuzgängen.

Da Oscar etwas zu früh dran war, beschloss er, noch ein bisschen herumzugehen. Es war Mitte Juli, und London ächzte unter einer subtropischen Hitze mit sengendem Sonnenschein. Oscar schloss die Augen und sah tanzende Farben, Formen und Muster vor sich. Als er sie wieder öffnete, war alles in einen violetten Dunst gehüllt, der das Leben unwirklich erscheinen ließ und es von sämtlichen Problemen befreite. Doch dann kehrten sie allmählich zurück, vor allem seine finanzielle Situation, die sich dramatisch verschlechtert hatte: Er verfügte jetzt nicht einmal mehr über die bescheidenen Einkünfte als Aktmodell. Was daran lag, dass er das Modellstehen aufgegeben hatte.

Die Resonanz auf Lushs Dokumentarfilm war verhalten gewesen, obgleich Oscars Beitrag auf ein gewisses Interesse gestoßen war. Die Art und Weise, wie seine Rede präsentiert wurde – Lush hatte sie in viele Einzelteile zerlegt und dann in entscheidenden Momenten eingeblendet –, hatte den Eindruck erweckt, als wäre Oscar die tragende Stimme des Films, die das Ganze zusammenhielt. Seine Bemerkungen hatten dem Werk nicht nur einen kompetenten und authentischen Anstrich verliehen, sondern auch den dringend benötigten roten Faden. Der Film war ein Potpourri aus Interviews mit Aktmodellen, Bildmaterial von Kunststudenten in Aktion, den Aufnahmen des wuschigen Streichquartetts, Bildern von Michelangelos Skulpturen und Akten von Picasso. Es war ein passables, wenngleich etwas schwerfälliges Stück, das den Körper geradezu obsessiv in den Mittelpunkt stellte. Der Film warf die Frage auf, ob Nacktheit im Zeichensaal tatsächlich keinerlei Erregung hervorrief, und untersuchte den Unterschied zwischen dem Ästhetischen und dem Erotischen. Dass Lush die Aufnahmen von dem Aktmodell gleich zu Beginn gebracht hatte, war ein Geniestreich, ermunterten sie die Zuschauer doch dazu, am Ball zu bleiben, in der Hoffnung, im Laufe des Films noch mehr von der Frau zu sehen. Eine Hoffnung, die allerdings enttäuscht wurde, denn sie tauchte nicht wieder auf.

Oscar machte sich auf den Weg zu den Kreuzgängen. Im Klostergarten plätscherte angenehm ein Springbrunnen. Er war ringsum von makellosem Rasen und dem altehrwürdigen Gemäuer der Abtei umgeben. Oscar lauschte dem Springbrunnen. Während er sich mit geschlossenen Augen auf das Geräusch konzentrierte, stellte er sich vor, in einem anderen Land zu sein, an einem fernen Ort, inmitten einer abstrakten Landschaft. Schließlich ging er den Kreuzgang entlang, bis er ein unauffälliges Schild mit der Aufschrift „The Low Library" entdeckte. Er drückte auf den Knopf einer Gegensprechanlage.

„Ich bin hier mit Mr. Rees verabredet."

Eine metallische Stimme sagte abgehackt: „Die Treppe hoch. Dann. Nach. Links."

Die Tür schnappte auf. Er ging durch einen Bogengang und betrat die kleine, menschenleere Bibliothek, die sorgfältig von der Welt abgeschirmt war. Nach der Hitze draußen im Hof war es hier wohltuend kühl. Dicke alte Bücher mit roten, rissigen Buchrücken reihten sich in den Regalen, bereit, die Perlen ihrer Weisheit ins Licht fallen zu lassen. Aber es war niemand da, um sie aufzufangen. An den Wänden hinter den Regalen liefen krude Rohre entlang. Eine abgeschiedene, tiefe Stille hüllte alles ein, nur hin und wieder gestört vom Knacken der alten Dielen. Auf einer kleinen Galerie stapelten sich weitere Bücher und Papierbündel, die wie Gerichtsakten aussahen und mit roten Bändern verschnürt waren. Eine Leiter führte zu der Galerie hinauf, wobei man sich kaum vorstellen konnte, dass außer einem Kind oder einem Zwerg jemand dort hinaufkletterte. Das Porträt eines Bischofs hing an der Wand, und sein finsterer Blick folgte Oscar, als er die Treppe hinaufging. Er gelangte in einen fensterlosen Arbeitsraum, in dem nur eine einzige Tischlampe brannte. Eine kleine, ernst wirkende Frau mittleren Alters und ein Mann, von dem er annahm, dass es Rees war (er konnte sein Gesicht nicht sehen, da er ihm den Rücken zuwandte), waren ins Gespräch vertieft. Die vergilbte Haut der Frau sah aus, als bestünde sie aus den Pergamenten, die vor ihnen auf dem Schreibtisch lagen. Keiner der beiden hatte es besonders eilig, Oscar zur Kenntnis zu nehmen.

„14. Jahrhundert und spätgeorgianisch, was die Schule betrifft. Ein herausragendes Gebäude", sagte die Frau gerade. „Und das Church House, das seinesgleichen sucht, stammt aus den späten Dreißigerjahren. Es hat eine Steinfassade und im Erdgeschoss ein Verblendmauerwerk aus Feuerstein."

Der Mann wandte sich kurz um, und Oscar erhaschte einen Blick auf sein Gesicht. Als er sich wieder wegdrehte, hatte Oscar seine Gesichtszüge bereits vergessen. Die Frau redete noch immer. Sie sprach sehr leise, als könnte sie das wertvolle Pergament dadurch besser vor dem Zerfall bewahren.

Als sie fertig war, sagte der Mann in schmeichlerischem Ton: „Ich bin Ihnen sehr verbunden. Ich werde Ihre Zeit nicht länger in Anspruch nehmen. Ich denke, ich habe alles, was ich brauche. Würde es Ihnen etwas ausmachen, wenn dieser Gentleman" – er zeigte in Oscars Richtung, ohne sich umzudrehen – „und ich uns unten über eine private Angelegenheit unterhalten?"

Die Bibliothekarin wirkte beunruhigt. „Es wird doch nicht lange dauern?"

„Nein, nein. Wir sind weg, bevor Sie ‚Christopher Wren' sagen können."

Der Mann wandte sich wieder um, und Oscar hatte Gelegenheit, ihn zu betrachten. Er trug einen hellen Sommerblazer und tadellos gebügelte Hosen. Während seine Kleidung der Inbegriff von Vornehmheit war, vermittelten sein Gesicht und seine Haut einen ganz anderen Eindruck. Seine Nase war leicht gebogen, und seine Augen lagen tief in den Höhlen. Die Lippen glichen zwei Stangenbohnen. Man hätte sich durchaus vorstellen können, dass dies gar nicht sein richtiges Gesicht war, sondern eine unglaublich aufwendig gestaltete Maske, denn seine Züge ließen nicht die Spur eines Ausdrucks erkennen. Er schien geradewegs einem anderen Planeten entsprungen zu sein. Und es bestand die Möglichkeit, dass er sich jeden Moment in einen Leguan oder eine Riesenechse verwandelte.

Er geleitete Oscar die Treppe hinunter, und sie setzten sich. Jetzt nahm sich diese unheimliche Gestalt einen Augenblick Zeit, um Oscar zu mustern. Was er sah, gefiel ihm: Jugend, hohe Statur, eine gewisse Unschuld und körperliche Schönheit. Er sah niemand Außergewöhnlichen, Genialen oder Charismatischen. Er sah jemanden, den er leicht manipulieren konnte, ohne viel Aufhebens. Eine Leerstelle, die darauf wartete, gefüllt zu werden. Schließlich brachte er so etwas wie ein Lächeln zustande und sagte in einer aalglatten, fast künstlichen Stimme: „Ryan Rees, zu Ihren Diensten."

„Oscar Babel, zu Ihren."

„Es ist mir ein Vergnügen, Sie endlich kennenzulernen. Ich muss mich entschuldigen, wenn ich am Telefon ein wenig aufdringlich geklungen habe, aber Beharrlichkeit ist eine meiner Hauptcharaktereigenschaften. Also. Den Leuten hat der Dokumentarfilm gefallen, aber offen gestanden fand ich ihn – abgesehen von Ihren Beiträgen – beschissen. Die Regie war haarsträubend, und ich weiß nicht, was beim Ton schiefgelaufen ist. Die Szene mit dem Streichquartett war einfach nur lächerlich. Aber egal. Der Grund, weshalb ich Sie angerufen habe, ist folgender: Ich könnte Sie in die neue Late-Night-Show ‚Nachgedacht' auf BBC 2 bringen. Das ist so eine Talkrunde. In der ersten Ausgabe wollen sie über sexuelle Liebe reden. Das Format sieht vor, dass jede Woche ein Vertreter der breiten Masse zu einer Runde von prominenten Kritikern, Intellektuellen und anderen Wichsern geladen wird. Ich denke, ich kann einen Tausender aus denen rausquetschen. Hübsches Sümmchen, meinen Sie nicht? Mehr braucht es nicht – danach ergeben sich die Dinge von selbst. Sie müssen anfangen, sich einen Namen zu machen, sich eine Identität aufzubauen, und ich bin in der Lage, die Steine und den Zement dafür zu liefern, wenn Sie verstehen. Ich kann Sie vertreten, Oscar. Türen öffnen."

„Aber – als was soll ich mich aufbauen?"

„Als neuartige Stimme. Sie haben das Zeug dazu. Sie können die Geißel der Gesellschaft sein."

„Aber ich wollte doch immer ein Maler sein."

„Tja, Sie wären einer geworden, wenn das Ihre Bestimmung gewesen wäre. Aber offenbar besitzen Sie gewisse *politische* Talente, um es mal so zu nennen, und ich bin hier, um diese Talente zu fördern. Mein Job ist es, Sie zu promoten."

„Aber in welcher Funktion?"

„In einer großen, mit etwas Glück. Überlegen Sie mal, Oscar. Ein populärer Philosoph, ein unterhaltsamer Denker. Vergessen Sie Schauspieler und Schriftsteller und den ganzen Rest. Es gibt Tausende von Clowns da draußen, aber Sie werden etwas Besonderes, etwas Einmaliges sein. Ich sehe Sie als spirituellen Lehrer, als einen Visionär, der Zugang zu einem Mikrofon hat und nicht über Nacht wieder in Vergessenheit gerät. Denken Sie an Christus. Christus war ein Philosoph. Und er hat Wunder vollbracht. Die Wunder überlassen Sie mir, Oscar. Sie gehen einfach nur raus und reden; da sind Sie gut drin. Wann immer Sie den Mund aufmachen, scheint etwas Tiefgründiges rauszukommen. Wir können Sie den ‚Propheten von London' nennen. Wir basteln Ihnen eine Website, bringen ein paar Steine ins Rollen, sorgen dafür, dass sich die richtigen Köpfe in Ihre Richtung drehen. Wie lautet Ihre E-Mail-Adresse?"

„Hab keine."

Oscar dachte über Rees' Worte nach. Die Aussicht auf tausend Pfund war zweifellos verlockend, vor allem in seiner aktuellen Situation. Während er überlegte, was er antworten sollte, spürte er, wie Wellen greifbarer Energie von Rees ausgingen und seinen Orbit durchströmten. Etwas an dieser Energie schien gefährlich zu sein, so, als stünde er beunruhigend nahe an einer radioaktiven Quelle oder an einem Bottich mit Schwefelsäure. Rees' Worte waren so gut gewählt, so schmeichelhaft und plausibel, dass Oscar ihnen nichts entgegenzusetzen wusste. Er ließ den Blick über die dicken Monografien und Enzyklopädien schweifen, die allmählich zerfielen, und über die schmierigen Rohre an den Wänden dahinter. Sie gluckerten und machten unheilvolle Geräusche, als hätten sie sich just diesen Moment ausgesucht, um zu einem grotesken Leben zu erwachen.

„Die Sache geht in einer Woche über die Bühne. Ich rede mit meinen Leuten", sagte Rees, wohl wissend, dass er ihm ein unausgesprochenes Einverständnis abgepresst hatte.

Dann kam die Bibliothekarin die Treppe herunter.

„Ihr Herren, es schmerzt mich, aber ich muss Euch ersuchen, zu gehen. Ich habe Eure weltlichen Worte vernommen. Die Bibliothek ist nicht dazu geschaffen. Sie ist ein Ort des Lernens."

Oscar war von ihrer seltsamen Ausdrucksweise irritiert.

Sie fuhr fort: „Die Hand der Freundschaft hab ich Euch gereicht, geschmückt mit edlen Empfindungen und besten Absichten. Freudig habe ich ein gutes Werk getan, aber nun ruft mein eigenes Werk wie ein göttliches Horn. Und um es zu vollbringen, muss ich Ruhe walten lassen. Doch mehr noch: Der Dekan wird jeden Moment hier sein, und es könnte ihm Verdruss bereiten, Fremde in diesen Hallen anzutreffen."

„Sie brauchen Ruhe und Frieden", erwiderte Oscar ernsthaft, „aber die Welt ist laut."

„Wie meinen?"

„Oscar, nicht jetzt", knurrte Rees. Das Gluckern der Rohre wurde mit jeder Minute trotziger und bedrohlicher.

Aber Oscar fuhr unbeirrt fort: „Scheuen Sie nicht vor dem Leben und vor der Liebe zurück. Machen Sie nicht das, was ich gemacht habe. Schließen Sie sich nicht in einem dunklen Raum ein, wenden Sie sich nicht vom Leben ab! Eine ganze Welt wartet dort draußen! Lassen Sie all den Staub hinter sich. Sie sind eine Frau, aus Ihnen strömt der weibliche Quell der Kreativität hervor. Verstopfen Sie ihn nicht mit Büchern. Machen Sie die Beine breit – Verzeihung, ich meinte: Breiten Sie die Flügel aus …"

Die Bibliothekarin kreischte: „Kein Wort mehr!", woraufhin sie von einer Art Krampf befallen wurde. Ihre Augen loderten, bewegten sich aber nicht; ihr Kiefer war zusammengepresst und ihre Wangen wurden dunkelrot. Dann nahm sie mit steifen, robotischen Bewegungen einen scharfen Brieföffner vom Tisch und hielt ihn empor.

Einen schrecklichen Moment lang dachte Oscar, sie würde sich damit erstechen, aber das Instrument entglitt ihrer schlaffen Hand und fiel kalt klirrend zu Boden. Im selben Moment sank sie auf einen Stuhl nieder.

Dann begann sie unter tiefen, stoßweisen Schluchzern zu weinen, und ihr Körper warf sich heftig vor und zurück wie ein Schaukelpferd. „Es nützt nichts ... es nützt nichts", wiederholte sie immer wieder. Die Rohre wirkten jetzt wie lebende Kreaturen, seufzten und ächzten und sorgten für eine wahrhaft gespenstische Geräuschkulisse.

Rees packte Oscar am Kragen und zog ihn weg, solange noch Zeit war.

„Spar dir diesen Scheiß für später, wenn eine verdammte Kamera läuft", zischte er fast lautlos.

Auf dem Weg zum Ausgang begegneten sie dem Dekan, der wissen wollte, was sie in der Bibliothek verloren hatten – das seien private Räumlichkeiten. Rees besänftigte ihn geschickt, indem er etwas von Forschungen faselte, den legendären Architekten Christopher Wren erwähnte, sachkundig über die Fassade des Church House sprach und ihm eine dicke Zigarre anbot, die der Dekan misstrauisch beäugte, bevor er sie annahm.

Kurz darauf entdeckte er die Bibliothekarin. Sie war nicht ansprechbar, summte aber eine Melodie vor sich hin, die er seit dreizehn Jahren nicht mehr gehört hatte.

*

Am Abend war Oscar mit Najette im Lumière Cinema in Covent Garden verabredet. Er kam fünfundzwanzig Minuten zu spät. Najette hatte ihm gesagt, dass sie nicht warten würde, wenn er zu spät käme, weil sie es nicht ertrug, den Anfang eines Films zu verpassen. Da er sie vor dem Kino nicht entdecken konnte, nahm er an, dass sie bereits hineingegangen war.

Etwa zwanzig Personen saßen im Zuschauerraum verteilt. Oscar sah sich suchend um. Dabei wurde seine Aufmerksamkeit auf den schmalen Lichtstrahl gelenkt, der aus dem Vorführraum kam, ein zartes und doch gleißendes Etwas, in dessen Bahn Staubkörner tanzten. Er betrachtete den Lichtstrahl fast schon ehrfürchtig, bevor er sich erneut den vagen Umrissen der Zuschauer zuwandte und jeden einzelnen Kopf in Augenschein nahm, bemüht, nicht aufdringlich zu erscheinen. In der Dunkelheit wirkten die Menschen anonym und eigenschaftslos, bloße Formen, ovale Schatten. Jeder dieser Schatten hätte Najette sein können, und allein der Umstand, dass er sie alle prüfen musste, beraubte sie ihrer Besonderheit. Doch gerade als er mit sämtlichen Zuschauern durch war und seine Suche von vorn beginnen wollte, sah er, wie sich in einer der vorderen Sitzreihen ein Schatten regte und in dem Licht, das in diesem Moment die Leinwand erhellte, Gestalt annahm. Es war Najette. Er ging gebückt durch die Reihe und setzte sich behutsam neben sie. Es folgte ein kurzer, geflüsterter Austausch.

„Hast du ihn getroffen?"

„Ja."

„Und?"

„Er hat mir Geld und Ruhm in Aussicht gestellt."

„Und willst du Geld und Ruhm?"

„Wer will das nicht?"

Sie wandten sich dem Film zu.

Oscar konnte sich nicht richtig darauf einlassen. Das lag nicht nur daran, dass er den Anfang verpasst hatte; er war auch zu sehr damit beschäftigt, nach einem kleinen schwarzen Punkt am rechten oberen Bildrand Ausschau zu halten. Dieser Punkt signalisierte dem Vorführer, dass er die Filmrollen wechseln musste, was Oscar aus seiner Zeit im Eureka wusste. Und obwohl dieses Kino – wie die allermeisten – längst auf digitale Projektion umgestellt hatte, konnte er seine alte Gewohnheit nicht abschütteln.

Ein Verlangen nach Najette überschwemmte ihn wie eine gewaltige Flut, bis er sich ihrer Wucht hilflos ausgeliefert fühlte und nur noch reglos dasitzen konnte, unfähig, seinen Kopf zur Seite zu drehen, um sie anzuschauen. Ihn drängte danach, sie zu berühren, ihr ebenholzschwarzes Haar in seinen Händen und um seine Finger zu spüren, zu fühlen, wie sich das Haar lockte und wieder glättete. Nur ihr Haar, dachte Oscar, lass mich nur ihr Haar anfassen, und ich bin glücklich. Ich habe kein Recht, ihren Körper zu kosten. Er brauchte nur die Hand auszustrecken, um mit ihr in Berührung zu kommen.

Nur eine Sekunde, und es wäre getan, aber er konnte den Raum, der sie trennte, nicht überbrücken. Genauso gut hätte ein ganzes Tal zwischen ihnen liegen können. Als sie die Beine übereinanderschlug, warf Oscar einen heimlichen Blick auf ihren Rock, der sich an ihre schmalen Schenkel schmiegte, sie umarmte. Er beneidete dieses schnöde Stück Stoff darum, dass es ihr so nahe sein durfte, sich mit ihr bewegte, sie nie verließ.

Während der Film sich dem Ende näherte, schweiften Oscars Gedanken von Najette ab, und er dachte über all das nach, was sich in den letzten Wochen zugetragen hatte. Die Ereignisse erschienen ihm vage und unbestimmt, und er konnte sich nicht erinnern, in welcher Reihenfolge sie stattgefunden hatten. Am Ende lief alles auf eine einzige, beängstigende Frage hinaus:

Was zum Teufel sollte er bloß im Fernsehen sagen?

Hinterher, als sie nach einem Café suchten, erzählte er ihr von seinem Treffen mit Ryan Rees.

In dem Lokal, in dem sie schließlich eher notgedrungen landeten, herrschte Grabesstimmung, trotz der extravaganten Kunstdrucke an den Wänden und der luxuriösen Plüschsessel. Fünf oder sechs Männer saßen jeder für sich an den Spiegeltischen und kurierten ihren Kater. Ihre Gesichter waren so weiß, wie ihr Kaffee schwarz war. In der Ecke stand ein Klavier, das aussah, als wäre es seit vielen Jahren nicht benutzt worden.

Sie suchten sich einen Platz, und Najette bestellte Windbeutel, was in Anbetracht der allgemeinen Depression um sie herum ausgesprochen gesund wirkte.

„Also", sagte sie, „bald werden dich deine Worte berühmt machen. Du wirst bedeutend sein. Wirst du mich verlassen, wenn die Fotografen erst mal wie Tauben um dich herumflattern?"

„Niemals."

„Gut zu wissen. Aber vielleicht werde ich dich verlassen müssen."

„Was soll das heißen?"

Sie ignorierte die Frage und sagte: „Oscar, wenn sie dich dafür bezahlen, dass du in dieser Talkshow den Mund aufmachst, solltest du auch etwas richtig Gutes sagen. Hast du vor, wie ein gewöhnlicher

Mensch zu klingen? Das wird nicht funktionieren, weil du nicht besonders gewöhnlich bist."

„Ich setze mir keine hohen Ziele. Ich nehme nur an einer Diskussion über Liebe teil."

„Und was weißt du über die Liebe?"

Oscar dachte kurz nach.

„Also … Ich bin noch nicht so weit. Ich muss meine Gedanken erst noch zu Papier bringen."

„Verstehe. Ich will dir keinen Druck machen."

„Findest du das Ganze bescheuert?"

„Natürlich nicht. Aber wenn ich mich recht erinnere, wolltest du wieder malen. Deswegen hast du doch mit dem Modellstehen angefangen."

„Mir fehlt das Talent zum Malen. Das habe ich inzwischen begriffen."

Er dachte daran, wie Blochs Geschichte ihn zu einem großen Maler erhoben hatte. Konnte es sein, dass dieser Teil keinen Niederschlag in der Wirklichkeit finden würde, dass er nie wieder malen würde? Konnte es sein, dass die Macht der Geschichte, sein Leben zum Guten zu wenden, erschöpft war?

„Weißt du, an dem Tag, als ich Nicholas kennengelernt habe, hat er mir eine Ausstellung angeboten. Aber ich habe ihm erklärt, dass ich nichts vorweisen kann. Ich möchte bei den Menschen etwas bewirken. Mit dem Pinsel gelingt mir das nicht. Du könntest es vielleicht. Ich bin mir sogar sicher, dass du das kannst. Der Akt auf dem Sofa … beide Versionen sind großartig. Du solltest so bald wie möglich ausstellen. Warum fragst du nicht Nicholas? Oder ist das keine gute Idee?"

Eine Pause trat ein, in deren Verlauf die Windbeutel serviert wurden.

„Warst du schon in der Earl Gallery?", fragte Najette, und ein Hauch von nervöser Anspannung schlich sich in ihre Stimme.

„Ja, ich war dort. Die Ausstellung, die gerade läuft, hat mich ziemlich beeindruckt. Nick Naidirem. Hast du schon von ihm gehört? Er ist wirklich gut."

„Ach ja?"

„Sehr gut sogar. Manchmal auch mehr als das."

„Oscar, weißt du, wie ich mit Nachnamen heiße?"

„Nein. Hast du plötzlich das Bedürfnis, es mir mitzuteilen?"

„Ich heiße Meridian."

„Ein schöner Name. Ungewöhnlich."

„Und wie lautet er rückwärts buchstabiert?"

„Rückwärts? N … A … I … D … I …" Verblüfft unterbrach er sich.

„Er lautet … Das gibt's doch nicht … Naidirem!"

Ihr bestätigendes Lächeln machte ihn kurz schwindelig, während ihm langsam die Erkenntnis dämmerte.

„Das waren deine Gemälde?! Und die Signaturen?" Ihm fiel ein, dass Najette ihre Werke immer auf der Rückseite signierte. „Aber wozu das alles? Wieso stellst du nicht unter deinem richtigen Namen aus?"

„Weil da eine gewisse Distanz zwischen mir und der Öffentlichkeit sein muss."

„Was?"

„Es ist … Die Wahrheit ist … Anders hätte Nicholas nicht zugestimmt. Er hat seine alberne Rache bekommen."

„Das verstehe ich nicht."

„Dachte ich mir, dass du das nicht verstehst."

Sie zündete sich eine Zigarette an.

„Ich habe ihn angefleht, meine Arbeiten ins Programm zu nehmen. Er hat es nie getan, weil er neidisch auf mich war. Das hat er selbst gesagt. Gut, er hat so getan, als mache er Spaß, aber er hat es ernst gemeint. Er hat gesagt, meine Arbeiten seien zu großartig, zu grell, zu auffällig für seine bescheidene kleine Galerie. Aber dann war er plötzlich einverstanden – allerdings nur unter einer Bedingung."

„Dass du unter einem anderen Namen ausstellst?"

„Genau. Mit dem kleinen Zugeständnis, dass ich das Anagramm meines Nachnamens verwenden durfte. Ich finde einfach keinen Händler. Offenbar bin ich zu altmodisch. Ich habe nirgends eine Ausstellung bekommen. Ich war verzweifelt, deshalb habe ich zugestimmt. Ich kann es mir nicht leisten, eine Galerie anzumieten. Weißt du, was das kostet? Die Ausstellungen in der Earl bekommen Presse, verstehst du? Man kann über Nicholas sagen, was man will, aber er ist gut vernetzt. Und der Laden zieht Käufer an. Das *SGJ* hat eine glänzende Kritik über mich gebracht, beziehungsweise über Naidirem. Sie meinten, er besitze eine ‚feminine Finesse'. Tja, wenigstens haben sie sich in einem Punkt nicht getäuscht."

„Wie kann er nur so etwas Abscheuliches tun? Er bringt dich um deinen Ruhm. Die Leute haben ein Recht darauf zu wissen, dass die Bilder von dir sind."

„Ach, weißt du – vielleicht ist das gar nicht so wichtig. Was zählt, ist doch, dass die Leute die Bilder zu sehen bekommen und Freude daran haben. Was ist schon ein Name? Namen kommen und gehen, wie die meisten Wichtigtuer. Für mich ist ‚Naidirem' einfach mein *Nom de Plume*. Das finde ich tröstlich. Im Übrigen hätte Nicholas dir nie so ein großzügiges Angebot gemacht, wenn er nicht einen fiesen Hintergedanken gehabt hätte. Wahrscheinlich hat er gedacht, es würde mich umbringen, wenn er dir – einem völlig Fremden – eine Ausstellung verschafft, und mir nicht, wo ich doch mit ihm zusammen war. Außerdem hat er bestimmt gedacht, er könnte damit einen Keil zwischen uns treiben und unsere Freundschaft – oder was auch immer er zwischen uns vermutet – zerstören. Seine Art zu denken ist so verdammt roh."

Diese Enthüllungen trafen ihn wie ein Keulenschlag, und er brauchte einen Moment, um sich davon zu erholen. Er konnte kaum glauben, dass Nicholas ihn so angelogen hatte, und doch ergab Najettes Erklärung absolut Sinn. Warum hätte Nicholas bei ihrer ersten Begegnung so großzügig sein sollen? Doch nur, um ihn als Schachfigur zu benutzen und sich an Najette zu rächen.

„Schon merkwürdig ... Das waren deine Bilder, aber ich habe sie einfach nicht mit dir in Verbindung gebracht."

„Wie enttäuschend. Ich hatte gehofft, dass du mich besser kennst."

„Du meinst, dass ich deine Arbeit besser kenne."

„Ich *bin* meine Arbeit; meine Arbeit ist ich. Und du hast mich durch den Schleier eines falschen Namens nicht erkannt. Das macht mich irgendwie ... traurig."

Oscar versuchte sich den Nachmittag in der Galerie ins Gedächtnis zu rufen, ließ die Wirkung der Bilder auf ihn Revue passieren. Sie hatten ihn verzaubert, aber konnte man wirklich von ihm verlangen, dass er ihre Schöpferin erkannte? Vielleicht. Auf der anderen Seite hatte er vorher doch nur zwei ihrer Gemälde gesehen. Er war erschüttert und verwirrt und hielt es für das Beste, sich in heilsames Schweigen zu hüllen.

Nach einer Weile fragte er leise: „Warum hasst dich Nicholas so sehr?"

„Ich glaube gar nicht, dass er mich hasst. Jedenfalls nicht richtig. Er fürchtet sich vor mir. Er weiß, dass ich etwas habe, das er gern hätte. Er hat sich eingeredet, *dass* er es hat – mit türkischen Zigaretten und klugem Gerede. Er macht einen auf Bohemien. Aber tief drinnen weiß er genau, dass er einfach nur affektiert ist, dass er keinen Funken Talent hat. Als wir zusammen waren, hat er mich zugleich bewundert und beneidet. Er hätte mir helfen können, hat es aber nicht getan, weil das nur ein weiterer Nagel in seinem Sarg gewesen wäre. Als ich die Beziehung beendet habe, wusste er, dass ich ihn durchschaut hatte; dass ich erkannt hatte, wie hohl er in Wirklichkeit war. Es ergibt also durchaus Sinn, dass er mir die Ausstellung nur unter falschem Namen gestattet hat. Er hat mir gegeben, was ich wollte, und es zugleich zu etwas gemacht, das ich verabscheue: zu einer Lüge. Aber ich habe mitgemacht. Was blieb mir anderes übrig?"

Sie hielt inne und holte tief Luft, und es war, als würde sie gleich ein Geständnis ablegen, aber dann schien sie es sich anders zu überlegen. Ihr Blick hellte sich ein wenig auf, und sie fuhr fort:

„Und jetzt zu uns, Oscar. Du musst Geduld mit mir haben. Bei mir muss alles *andante* gehen. Ich bin ein bisschen kompliziert, weißt du. Ich will den richtigen Zeitpunkt erwischen, wie bei einem perfekten Soufflé."

Oscar nahm diese Worte mit vorsichtiger Freude zur Kenntnis, eröffneten sie doch die Aussicht auf Intimität zwischen ihnen. Wobei er nicht sicher war, ob er die Bemerkung richtig verstanden hatte. Am liebsten hätte er Najette gebeten, sie zu wiederholen, aber das hätte die Finesse zerstört, auf die sie so viel Wert legte. Abgesehen davon waren ihre Worte einem bestimmten Moment entsprungen, gaben das wieder, was Najette kurz zuvor durch den Kopf gegangen war. Dieser Moment war bereits Vergangenheit.

Sie verstand, weshalb er sie so fragend ansah, sagte aber nichts, sondern widmete sich endlich ihren Windbeuteln.

„Du kannst dir nicht vorstellen, was für eine Wonne das hier ist", meinte sie schließlich und zeigte auf ihren Teller. „Ich wünschte, sie würde nie enden. Vielleicht ist das mein Problem. Immer wenn etwas perfekt ist, möchte ich es konservieren. Wieso verlange ich das Unmögliche von Gott? Als ob er ein besonderes Ohr für mich hätte – ein Ohr nur für mich – und mich irgendwie bevorzugen würde. In meinem nächsten Leben sollte ich Schmetterlinge vielleicht mit Nadeln aufspießen, anstatt sie zu malen."

Ein adrett gekleideter Mann kam jetzt aus einer Tür mit der Aufschrift PRIVAT und steuerte mit den zackigen Bewegungen eines Reptils auf das Klavier zu. Doch kaum hatte er zu spielen begonnen, strahlte sein Körper eine seltsame Ruhe aus, als bekäme er über die Tasten ein langsam wirkendes Sedativum verabreicht. Ein Chopin-Walzer entfaltete sich, und seine Kadenzen beschworen unweigerlich den Geist des Verlusts herauf. Tatsächlich wurde die Musik weniger gespielt als beschworen, ein Eindruck, der durch den tranceähnlichen Zustand des Pianisten bekräftigt wurde. Najette schaute ihm zu und sagte dann leise zu Oscar: „Ich hatte das Klavier gar nicht bemerkt. Wie leicht wir doch übersehen, was wir direkt vor der Nase haben."

Oscar hatte das Gefühl, dass sie auf seine beschränkte Wahrnehmung anspielte, weshalb er versuchte, ein bisschen Smalltalk zu betreiben, damit keine Unstimmigkeit zwischen ihnen aufkam.

„Spielst du Klavier?"

Sie antwortete nicht, sondern begutachtete den Zustand der anderen Gäste. Die Männer, die noch übrig waren, schienen immer tiefer in ein inneres Zwielicht abzugleiten. Irgendwo zwängte sich gerade wieder einer in einen Smoking. Einer, der vielleicht morgen hier sitzen würde.

Die Musik löste die Traurigkeit, die auf dem Grund von Najettes Seele gelegen hatte. Sie trieb an die Oberfläche und regte sich. Najette ließ den Blick durch das Café schweifen und versuchte die Zerbrechlichkeit auszublenden, die in der Musik zum Ausdruck kam, die Zerbrechlichkeit des Lebens. Nachdem ihr Blick einmal die Runde gemacht hatte, kehrte er zu Oscar zurück und ließ sich auf seinem

Gesicht nieder. Seine Augen weiteten sich fragend, Trotz lag auf seinen Lippen. Inmitten des sich steigernden Gefühls von Verlust und des Pathos der Musik verkörperte Oscars Gesicht mit einem Mal das Leben. Voller Furcht, dass auch dieses Leben erlöschen könnte, lehnte sie sich nach vorn und betrachtete die noch ungetrübten Züge, die ihn von den Männern ringsum unterschieden. Er sah zu, wie sich ihre Augen auf seine richteten, Augen, deren eindringlicher Blick ihn beeindruckte, Augen, die endlich den Schleier abwarfen und ihr Gesicht in ein Zentrum von magnetisierender Schönheit verwandelten.

Sie küsste ihn stürmisch.

II

DER GURU

9

Die Sonne ging unter und hüllte Straßen und Häuser in einen magischen Dunst. Zuvor hatte es geregnet, und an den Bäumen hingen noch Wassertropfen, die bisweilen von einem plötzlichen Windstoß herabgeweht wurden und all jene besprengten, die unter den Zweigen hindurchgingen. Allmählich wurde es ruhig, und der voranschreitende Abend veränderte die Beschaffenheit des Bewusstseins. Die Menschen, die von der Arbeit nach Hause kamen, freuten sich auf den Balsam von Essen und Alkohol und auf die nächtliche Regeneration.

Daniel Bloch hatte soeben einen Anruf von seinem Agenten Barny Crane erhalten, der wissen wollte, ob ein neues Buch in Sicht war. Bloch hatte ihm erklärt, dass er das vergessen könne – er bringe lediglich autobiografische Fragmente zu Papier, die nicht für die Öffentlichkeit bestimmt waren. Barny hatte sich nachsichtig gezeigt, seine Sperenzchen sogar als gutes Zeichen gewertet. Er vermutete, dass Bloch sich so zickig aufführte, wie Schriftsteller es nun mal tun, wenn sie über einem neuen Roman brüten.

Und jetzt, während London wie eine riesige Sprungfeder entspannte, streckte Bloch seinen müden Körper auf dem pinkfarbenen Doppelbett aus und drapierte ein halbes Dutzend Kissen um sich herum, bis er es bequem hatte und sich sicher fühlte. Erst dann begann er, den leeren Papierstoß, der neben ihm lag, mit Wörtern zu füllen.

Herbst und Sommer und Winter sind gekommen und gegangen, und ich bin immer noch da. Oscar ist jung. Er hat sein Leben noch vor sich. Ich hingegen habe den Zenit, den schneebedeckten Gipfel überschritten.

Ich wünschte, ich könnte mich klarer an die Vergangenheit erinnern. Womit habe ich die Zeit gefüllt? Eines Morgens bin ich aufgewacht und war erwachsen; man hat mich in die Mühlen des Lebens geschubst. Habe ich meinen Mann gestanden? Bin ich in voller Montur aufs Schlachtfeld gestürmt? Habe ich als Todgeweihter meinem Schöpfer salutiert? Gott hat immer noch seine alten Tricks im Sinn, ein närrischer alter Mann, der brummelnd Kaninchen aus seinem Hut zieht, während hier ein Gebäude einstürzt, dort eine Liebe stirbt.

Apropos Liebe, ich sehne mich danach, sie wiederzusehen. Aber sie ist dreitausend Meilen weit weg, sie ist nicht mehr in Reichweite. Wir sind auseinandergegangen wie ein alter Flickenteppich, der sich an den Säumen auflöst. Sie war eine wunderschöne Tapisserie voller rätselhafter Figuren und nicht entzifferbarer Hieroglyphen, aber ich habe nicht zum Ägyptologen getaugt, bin nicht mit brennender Fackel in unterirdische Gewölbe vorgedrungen. Sie war reich, das kann man wohl sagen, aber ihre Reichtümer haben mich arm gemacht.

Natalie zusammen mit einem Kind zu sehen, war wunderbar. Eine ungeheuchelte Aufrichtigkeit kam zum Vorschein, wenn sie mit einem Kind zusammen war, wenn es ihr gelang, diese amazonenhafte Weiblichkeit abzulegen, samt Unterwäsche, Stilettos wie Dolche und betäubendem Eau de Parfum. Ich habe mich nie richtig wohlgefühlt inmitten ihrer ganzen Pracht. Sie schien mit einer silbernen Schminkschatulle zur Welt gekommen zu sein, weil sie immerzu ihre Gesichtszüge pflegte und ständig die Konturen nachzog, ein proteisches Gesicht, das durch Makeup nur noch unbeständiger wurde. Ihre Seele war ungeheuer expressiv. Sie war ein Freigeist, und am Ende habe ich für diese Freiheit bezahlt.

Ich erinnere mich noch an die Spaziergänge im Wald. Sonnendurchflutete Lichtungen, wo sich der Staub von hohlen Phrasen legte. Wo sich die Wirren verflüchtigten, die wir von jeher kultiviert haben. Dann waren wir allein. Und hatten Zeit, in den anderen hineinzuschauen.

Doch dann der Abgrund …

So dunkel dort unten. Der Quell, aus dem das Wasser sprudelte, am Ende bin ich darin ertrunken. Denn manchmal war ich rettungslos in ihr gefangen, habe mein Selbstempfinden verloren.

Dann waren ihre langen Locken mir wieder fremd, sie waren nichts als Fortsätze eines Körpers, den ich mit Gleichgültigkeit betrachtete. Kenne ich diese Person überhaupt?

Und dann waren wir einander wieder so nahe, noch näher, immer näher, bis ich glaubte, den Schlüssel in Händen zu halten, doch er fiel klirrend auf den kalten Boden und wurde weggesogen, und die schwere Tür mit der Kette fiel scheppernd ins Schloss.

Wieder wurden wir zu Geistern. Diminuendo.

Sie hatte keinen Körper, sondern eine Landschaft, und diese Landschaft jede Nacht zu durchstreifen (und dann überhaupt nicht mehr), hat mir, mehr als alles andere es je vermocht hätte, das Wunder vor Augen geführt, das Wunder, lebendig zu sein.

Und ein, zwei Mal, beim Frühstück, im Garten, unter den Sternen, beim Aufwachen, war es süß, so unbeschreiblich süß.

Ich muss weiterschreiben; ich muss das verarbeiten. Und diesmal wird mich nichts davon abhalten. Ich will sagen, was gesagt werden muss.

Heute Abend kommt mein Vater. Ich habe keine Ahnung, wie das wird. Ich hoffe nur, dass wir anständig miteinander umgehen. Das wäre das Mindeste. Um genau zu sein, wäre es schon sehr viel.

Ich bin mir dicht auf den Fersen. Das ist eine neue Art der Introspektion. Ich will nicht mehr rausgehen, will mich nicht mehr mit der Etikette herumschlagen; ich will mich einfach nur in meine Schale verkriechen und Winterschlaf halten. Vielleicht sollte ich mich um Oscars alten Job bewerben ...

Er lehnte sich in die Kissen zurück und öffnete den obersten Knopf seines Schlafanzugs. Bilder wirbelten durch seinen Kopf. Seine Augen fielen zu, er rollte sich auf die Seite und zog automatisch die Knie zur Brust. Mit einer energischen Bewegung fegte er die Blätter vom Bett, und sie breiteten sich wie ein Fächer auf dem Boden aus, als wäre diese Form beabsichtigt gewesen.

Er stand auf dem Dach eines absurd hohen Gebäudes. Der Wind blies sich selbst in Rage. Als er sich umsah, stellte er fest, dass er ganz allein war. In der Ferne sah er eine riesige Glastür, hinter der Menschen in Karnevalskostümen tranken und tanzten. Dann wechselte die Szene, und er ging einen langen, schmalen Korridor entlang. Am Ende des Korridors kauerte eine schemenhafte Gestalt, doch sosehr er sich auch bemühte, er konnte ihr Gesicht nicht erkennen. Plötzlich tauchten andere Gesichter und Körper auf und drängten sich gegen ihn, bis er von einer Menschenmenge eingeschlossen war, die ungeheuren Druck auf ihn ausübte. Er spürte, wie sein eigener Körper seine Form verlor und sich verflüchtigte. Sein Geist befreite sich und begab sich auf eine spirituelle Ebene, von der aus er herabblickte und sich selbst eingekeilt zwischen den Menschen sah.

Etwas von außen verlangte seine Aufmerksamkeit, und ein Signal holte ihn ins Bewusstsein zurück. Er schlug die Augen auf und blickte in das ausdruckslose Gesicht von Oscar, der am Bett stand und ihn anstarrte. Erschrocken fuhr Bloch hoch.

„Wie ... wie bist du hier reingekommen?", stammelte er, wie zu einem feindlichen Eindringling.

„Die Haustür stand offen. Und deine Wohnungstür auch. Ich habe sie beide zugemacht."

„Ich ... ich habe geschlafen."

„Um diese Zeit? Du solltest im Park lustwandeln. Es ist ein mediterraner Abend."

„Wirklich? Ich glaube, ich bin krank oder so. Vielleicht gibt auch mein Kopf den Geist auf. Ich spüre, wie Teile von mir im Schädel herumscheppern. Ich hatte gerade einen sehr seltsamen Traum." Er rieb sich heftig die Augen.

„Können wir reden, geht das?"

Bloch nickte langsam. Seine Augen brannten vor Müdigkeit. Oscar, der Blochs Antriebslosigkeit wahrnahm und selbst das Gefühl hatte, durch einen trägen Sumpf zu waten, hielt es für eine gute Idee, die Blätter aufzuheben, die auf dem Boden lagen, als würde diese Handlung ihnen beiden irgendwie Energie verleihen. Er legte sie auf den Nachttisch und registrierte den gewaltigen Stapel von Büchern neben der Lampe: zerfledderte Bände über Buddhismus, Tantra, Platon. Von einem ähnlichen Impuls getrieben, langte Bloch nach einem Aschenbecher, um die Blätter zu beschweren, doch er hatte unterschätzt, wie schwer das Ding war. Der Aschenbecher fiel herunter und zerbrach in drei große Teile, die über den Boden sprangen. Oscar wollte sie schon aufheben, als Bloch ihn anfuhr: „Lass das! Hör auf mit dem Tamtam."

Oscar versuchte sein Unbehagen durch Smalltalk zu überspielen. Bloch sah, wie sich seine Lippen bewegten, hörte aber nicht zu. Ihm fiel auf, dass Oscars Haut synthetisch schimmerte. Er sah irgendwie künstlich aus. Bloch grub seine Nase in den Geruch seines Kopfkissens.

„Vielleicht brauchst du einen Arzt", sagte Oscar.

„Einen Quak-Quak-Quacksalber? Damit er mich untersucht und in mir rumstochert? Bring mir doch eine Ente. Das Quaken übernehme ich."

„Was genau ist denn los?", fragte Oscar beklommen und trat an das offene Schlafzimmerfenster. Im selben Moment trafen die sterbenden Sonnenstrahlen das Gebäude. Perlfarbenes Licht ergoss sich in den Raum und verlieh ihm eine neue Form, indem es Winkel ausleuchtete, die bislang im Schatten verborgen gewesen waren.

„Nichts ... Ich sterbe", kam als matte Antwort.

Oscar streckte den Kopf zum Fenster hinaus. Sein Haar flog wie elektrisiert. Unten saß ein kleines Mädchen auf den Stufen eines Hauses und blies fröhlich Seifenblasen in die Luft. Er sah zu, wie die schillernden Sphären um die kleine Gestalt herumschwebten und platzten.

Bloch wünschte, Oscar würde von dem Fenster weggehen, bevor er in einen sinnlosen Tod stürzte, bevor er mit herausquellenden Eingeweiden unten auf dem Asphalt lag.

„Ich sagte, ich sterbe."

„Ich hab's gehört", gab Oscar zurück.

„Ist das alles, was dir dazu einfällt? Mein Leben verebbt, und ich weiß nicht, warum. Vielleicht könntest du zur Aufklärung der Sache beitragen und etwas Erhellendes sagen."

„Ich bin es nicht gewohnt, etwas Erhellendes zu sagen. Das ist dein Ressort."

„Ach ja? Wieso bin ich plötzlich der Quell aller Weisheit? Ich bin nichts Besonderes, nur einer von diesen Midlife-Crisis-Händlern, die ihre Ware an jeder Straßenecke feilbieten, in der Hoffnung, dass ihnen jemand einen Lautsprecher in die Hand drückt, damit auch ja alle ihre Tiraden hören."

Oscar trat vom Fenster weg und erwiderte mit einer gewissen Eindringlichkeit: „Ich könnte doch dein Lautsprecher sein, jetzt wo ich eine Fernsehpersönlichkeit werde."

„Wovon redest du?"

„Das wollte ich ja mit dir besprechen."

Bloch schaute mit zusammengekniffenen Augen zu ihm hinüber. Es fiel ihm zunehmend schwer, die Person in seinem Schlafzimmer mit Oscar Babel in Verbindung zu bringen.

„Was willst du eigentlich von mir? Blut? Du tauchst ständig hier auf. Wozu?"

„Möchtest du, dass ich gehe?"

„Nein, vergiss es. Es ist nur … Du und ich … anscheinend haben wir außer uns nichts, an dem wir uns festklammern können. Ja, ich weiß, dass du in die große, böse Welt hinaus möchtest; dass du mit ihr kämpfen, ihr den Spiegel vorhalten, wie ein Irrer deinen Säbel schwingen willst. Was mich betrifft, so habe ich das zur Genüge getan. Ich überlasse dir das Feld. Du kannst die Erdbeeren kosten und Geld scheffeln. Ich hab genug von dem ganzen Scheiß."

„Ich glaube, du brauchst ein bisschen Urlaub. Warum fliegst du nicht –"

„Weil ich das, was ich suche – was immer das ist –, nicht in Gesellschaft von Bordkarten und Sonnencreme finde! Ich muss mich immunisieren. Ich muss Winterschlaf halten, meditieren, Natalie vergessen. Aber sie ist immer noch da und wirft mir Kusshände zu. Wie grausam von ihr, ständig hat sie an dieser Körperlandschaft gefeilt: kein rotes Fleisch, zwei Mal am Tag Zahnseide, regelmäßiges Depilieren der Beine, Radfahren bis zum Umfallen … Was für eine Leistung! Und dann kommt der alte Sack daher, und ehe ich mich's versehe, liege ich mitten in der Nacht da und sehne mich nach einer Umarmung. Aber heute Abend kriege ich meine Rache. Die Liebe ist eine Schlangengrube."

Oscar hatte ein Dutzend Fragen zu Blochs privaten Auslassungen, wusste aber nicht, wo er anfangen sollte. Während ihm die Worte durch den Kopf schwirrten, dachte Bloch an das, was er geschrieben hatte, bevor er eingeschlafen war. Schon jetzt erschienen ihm diese Fragmente gespenstisch, reif für den Papierkorb. Was war das Geheimnis gewichtiger Worte? Er setzte sich auf, verschränkte die Beine, legte den Kopf in die Hände, und seine Finger trommelten, als würden sie über die Tastatur seiner Schreibmaschine tanzen.

„Wenn du sagst, die Liebe sei eine Schlangengrube", murmelte Oscar, „was genau meinst du damit? Ich meine, wo wir schon beim Thema sind …"

„Liebe ist das Thema?"

„Ja. Hör mal, kann ich dich in einer Sache um Rat fragen?"

„Was – jetzt?", fragte Bloch durch die Gitterstäbe seiner Finger.

„Sitzt du bequem? Kann ich dir etwas bringen? Ein Glas Wasser vielleicht?"

„Ja. Ich meine, nein. Bring mir einen Gin Tonic. Der Gin steht in der Küche, gleich neben der Teekanne. Das Tonic ist im Kühlschrank. Im Gefrierfach müsste noch Eis sein."

In der Küche spülte Oscar zwei Gläser. Während er damit beschäftigt war, tauchte eine zweite Frage auf und verdrängte die erste, eine Frage, die er nicht zu stellen gewagt hatte. Vielleicht, so hoffte er, konnte er sie Bloch schmackhafter machen, wenn er sie aus einem anderen Raum stellte.

„Ich wollte dich fragen", rief er, „ob du inzwischen an der Geschichte weitergeschrieben hast … an der Geschichte über mich?"

Das bisschen Energie, das Bloch in den letzten Minuten aufgebracht hatte, verschwand im Nu.

„Nein, ich bin nicht dazu gekommen", log er. Das dritte Kapitel, mit dem er begonnen hatte, würde er ihm nicht zeigen. „Ich fürchte, das Ganze war für die Schublade, wie Journalisten zu sagen pflegen. Irgendwie habe ich es nicht hinbekommen. Es war alles so … Vielleicht ein andermal, wenn ich in der richtigen Stimmung bin. Um ehrlich zu sein, Oscar … Ich will gar nicht mehr daran denken, sonst … Mein Kopf könnte explodieren. Als ich das geschrieben habe … Ich dachte, Big Ben würde aufhören zu schlagen. Ich dachte, dass Kuchen sich mitten in der Nacht von selbst backen … und dass sich die Oxford Street mit Sardinen füllt."

Der Gin Tonic sprudelte und zischte, als Oscar die Eiswürfel in die Gläser gab. Während er umrührte, rief er: „Also, eins ist sicher: Ich bin immer noch kein Wagner-Fan und ich habe keinen einzigen Strich mehr gemalt. Ich glaube, es ist zu spät."

„Ist vielleicht besser so … oder?"

Oscar kam mit den Drinks zurück, und Bloch nahm sein Glas mit einem Ausdruck von unheilbarer Langeweile in Empfang.

„Vorhin hast du die Liebe als Schlangengrube bezeichnet", fiel Oscar wieder ein. „Ich hatte den Eindruck, es war nicht so –"

„Was? Über welche Art von Liebe sprechen wir überhaupt? Kindliche, elterliche, platonische, sexuelle?"

„Sexuelle."

„Mütterliche, göttliche, unerwiderte, bedingungslose …?", fuhr Bloch fort.

„Sexuelle. *Sexuelle* Liebe."

„Hatte ich befürchtet. Das ist die komplizierteste. Weil sie Anteile von allen anderen in sich vereint. Ich habe mir überlegt …" Er verstummte.

„Erzähl mir doch von Natalie. Du sprichst nie über sie. Rede es dir von der Seele. Oder ist das keine gute Idee?"

„Ich hätte gar nicht von ihr anfangen sollen. Ich hab's nur getan, weil ich ein paar Sätze über sie zusammengeschustert habe, bevor du hier aufgekreuzt bist. Zigarettenkippen, nichts weiter. Nostalgisches Zeug. Schon möglich, dass ich die Vergangenheit verkläre. Aber wenn ich an die Zeit zurückdenke, als ich mit ihr zusammen war – und nur mit ihr –, wird mir klar, dass ich mich nie wieder so lebendig gefühlt habe. Daher frage ich mich: Kann dieses seltsame Etwas, das einem beim Kopulieren, beim Vögeln, bei der Leibesspülung – wie immer man es nennen will – widerfährt, dazu beitragen, ein kreativeres Leben zu führen? Mit anderen Worten, kann Sex ein Tor zu einer höheren Wahrnehmung sein? Wie in der tantrischen Lehre, die ich mir gerade reinziehe. Vielleicht. Wahrer Sex könnte in die Richtung gehen, aber bestimmt nicht das Rumgebumse, das sich hinter irgendwelchen Fahrradschuppen abspielt."

„Wie würdest du das definieren?"

„Klebrig, mechanisch. Noch während du es tust, hast du es bereits vergessen. Reine Zeitverschwendung."

Oscar störte es ein bisschen, wie verächtlich, ja misanthropisch Blochs Bemerkungen klangen. Dennoch zog er ein Notizbuch hervor, schob seinen Stuhl näher an das Bett und begann mitzuschreiben. Bloch wurde jetzt lebhafter.

„Aber angenommen, du bist verliebt, was auch immer das bedeutet … Angenommen, die Intimität weht wie ein Wind durch deinen Körper, verwandelt Wasser in Wein und die Pickel und Sommersprossen im Gesicht deiner Liebsten in Diamanten und Brokat, in die herrlichsten Smaragde aus der Privatsammlung des Maharadschas; wenn sie dir wie ein großes Kunstwerk erscheint, dann könnte das die echte, die erhabene Liebe sein: eine Offenbarung, ein Manifest des Lebens. So war es mit Natalie … glaube ich. Manchmal."

Oscar hörte auf zu schreiben und hob den Blick. Er hatte das unbestimmte Gefühl, soeben etwas Bedeutsames gehört zu haben.

„Das ist … schön", flüsterte er.

Bloch war mit einem Mal schwindelig. Vielleicht lag es am Gin. Und sein Hörsinn war schärfer als sonst. Der Verkehrslärm, der von draußen hereinkam, war lauter als gewöhnlich, das Geräusch von schlagenden Türen im Haus drang durch die Dielen. Er konnte deutlich das Ticken der Küchenuhr hören. Einen Moment lang war sein Schlafzimmer die Echokammer der Welt.

„Ich weiß nicht, warum", fuhr Bloch fort, „aber irgendwie habe ich es immer geschafft, die Liebe zu vermasseln – jedenfalls die Art von Liebe, der die Zeitschriften jeden Tag tausendundeinen Artikel widmen, die romantische Liebe, an deren Mangel alle zugrunde gehen. Für mich hat die Liebe zwei Formen angenommen: das Gelobte Land und die Landmine. Liebe sollte über jede Wertung erhaben sein, obwohl sie das selten ist. Sie sollte bedingungslos sein, aber wer kann schon bedingungslos lieben? Wir alle erwarten, etwas zurückzubekommen. Immer sind da hässliche kleine Egos, die der Liebe in die Quere kommen und sie unmöglich machen. Übrigens, Orgasmen sind trügerisch. Kurze Momente, die dich dazu bringen, die Ewigkeit zu versprechen." Oscar machte sich wieder Notizen.

Farben, Formen, Konturen wurden immer klarer. Eine fieberhafte Beredsamkeit hatte Bloch ergriffen.

„Und warum zum Teufel muss Liebe unbedingt eine Bereicherung sein? Zugegeben, manchmal – wenn auch sehr selten – entpuppt sie sich als Märchen. Und wenn sie richtig funktioniert, kann sie sogar die Zeit anhalten; sie kann dieses Miststück einfach überlisten. Dann schimmert alles."

Er hielt inne und atmete ein paar Mal tief durch.

„Aber das ist alles sehr hochtrabend, sehr pathetisch, nicht wahr? Sieh mich an, ich predige, aber genauso gut könnte ich gegen den Wind pinkeln. Ich meine, kannst du dir vorstellen, wie demütigend es ist, wenn deine Frau dich für deinen Vater verlässt? Ich sehe den Lachs hinter mir herschwimmen. Armer kleiner Lachs, zappelt sich ab, um mit dem fetten, grausamen Wal mitzuhalten, der unbeirrt durch den Ozean pflügt. Natalie hat den Lachs auch gesehen. Deswegen hat sie sich für den gestrandeten Wal entschieden, meinen Vater.

Aber führen wir uns mit diesen schwachen Worten nicht alle an der Nase herum? Sicher, Worte können Wunder bewirken, Schmerz lindern, heilen, grandios sein. Sie geben dem Totengräber etwas, worüber er nachdenken kann, während er die Schaufel schwingt und Gräber aushebt. Was werden sie über mich sagen, wenn sie mich hier finden? Mit welchen Worten werden sie die Blätter im Wind belästigen? Ich bin müde, verbraucht. Geh jetzt. Geh. Im Moment bin ich nicht gesellschaftsfähig. Oder bring mich ans Meer. Oscar, bevor ich sterbe, möchte ich noch einmal das Meer sehen. Tu das für mich, Oscar, lass mich in Würde gehen. Nicht wie ein Fisch, der im Netz zappelt, sondern wie einer in der Flut, leise, in der Stille des Ozeans."

Oscar hörte auf zu schreiben.

„Was ... was redest du da?"

Vom Pathos seiner Worte bewegt, ergriff Oscar Blochs Hand und hielt sie eine Weile fest. Bloch kniff die Augen zu und flüsterte: „Warum überschwemmt mich meine Vorstellungskraft? Warum gerade jetzt?"

Oscar wusste keine Antwort. Bloch hatte noch immer die Augen geschlossen. Mit einer Stimme, die so leise war, als befürchtete sie, die Luft zu stören, sagte er: „Du bist jung. Du bist nicht wie ich. Du bist nicht voreingenommen, nicht bitter, so wie ich."

Oscar ertappte sich dabei, wie er aus dem offenen Fenster schaute und den Blick über die Ziegeldächer schweifen ließ, die sich in die Ferne erstreckten. In den letzten Minuten hatte sich das Licht kaum merklich verändert. Es hatte jetzt die Farbe von reifem Whisky und verwandelte den Raum in ein warmes, goldenes Sanktuarium. Eine seltsame, hypnotische Stille hüllte alles ein. Dann, als hätte jemand ein Zeichen gegeben, verschwamm die Skyline in einem Dunst aus purpurner Gelassenheit. Was für eine Welt erwartete ihn da draußen?

„Oscar, du bist jung, voller Tatendrang", wiederholte Bloch.

„Ich verdanke dir alles."

„Wie – alles?"

„Ich glaube, ohne dich würde ich aufhören zu existieren."

„Oscar, ich muss dir was sagen. Ich habe das Gefühl ... Wie es aussieht, wird es mir in nächster Zeit schwerfallen, dieses Bett zu verlassen. Vielleicht musst du tatsächlich mein Nebelhorn sein, während ich damit beschäftigt bin, zu versumpfen."

Kaum hatte er das gesagt, fiel er zutiefst erschöpft und mit starrem Blick zur Seite. Obwohl sein eingefallenes Gesicht einer Totenmaske glich, stellten seine Worte unerhörte Freiheiten in Aussicht.

Oscar wollte etwas sagen, aber das durchdringende Geräusch der Türklingel kam ihm zuvor. Bloch riss die Augen auf, sein Blick wurde manisch. Er packte Oscar so fest am Arm, dass der vor Schmerz aufschrie. „Mein Vater!", keuchte er. „Er ist schon da – oh Gott – Scheiße – ich muss mich anziehen – er darf mich nicht im Schlafanzug sehen – er darf mich so nicht sehen – schnell, lass uns über etwas Alltägliches reden, über etwas Praktisches – ich muss meinen Verstand durchspülen."

Oscar entwand sich seinem Griff und massierte seinen schmerzenden Arm. Bloch sprang auf und zog sich ein paar Kleidungsstücke über den Schlafanzug, wobei er diese Handlung nicht so recht mit sich selbst in Verbindung brachte. Sein Bezug zur Realität war schubartig: Mal war er sich der Situation voll bewusst, dann entglitt sie ihm wieder. Ruckartig drückte er einen Knopf an der Sprechanlage.

„Geh zur Tür, geh zur Tür! Halt ihn bei Laune, halt ihn bei Laune!"

Oscar tappte durch den Flur und öffnete mit dem unversehrten Arm die Wohnungstür, während er den anderen an die Brust hielt. Er hörte langsame Schritte die Treppe heraufkommen. Als Erstes tauchte ein krummer, verzerrter Schatten an der Wand auf. Der Schatten hatte offenbar einen gewaltigen Vorsprung, denn es dauerte eine Weile, bis die Person, zu der er gehörte, erschien: Es war Webster, der Antiquitätenhändler. Er hechelte und japste. Schließlich beruhigte sich seine Atmung so weit, dass er etwas sagen konnte.

„Hallo, wir haben uns im Schwimmbad getroffen", sagte er und presste die Worte wie gewöhnlich aus dem Mundwinkel hervor. Dann, von einer plötzlichen Verlegenheit befallen, brach er in hilfloses Gekicher aus und lief rot an.

„Kommen Sie rein. Bloch geht es nicht so gut", sagte Oscar trocken.

Der Hausherr taumelte aus dem Schlafzimmer. Er sah aus, als wäre er gerade aus einer Wäschetrommel gekrochen.

„Oh. Webster. Ich dachte, Sie wären mein Vater."

„Was?" Webster war verwirrt. „Ach so. Tut mir leid, dass Sie nicht ganz auf der Höhe sind. Ich wollte Sie um einen Gefallen bitten. Könnte ich wohl Ihre Badewanne benutzen? Mein Boiler ist futsch, schon seit Wochen. Ich weigere mich, die Miete zu zahlen, aus Protest. Alle Vermieter sind fies – das erste Gebot in der Mieterfibel."

Oscar sagte: „Meiner ist in eine Fußpflegerin verliebt, deswegen ist er nett geworden."

Webster überhörte das und nuschelte: „Ich hab Doughnuts mitgebracht." Er kramte lange herum und beförderte schließlich eine braune Papiertüte zutage, die kaum speckiger und zerknüllter hätte sein können. Mit schlaffer Hand hielt er sie Bloch entgegen.

„Was meinen Sie? Ich würde zu gerne ein bisschen in die Wanne."

Bloch schnappte sich die Tüte mit den Doughnuts und blaffte: „Soll ich die zusammen mit Ihnen ins Wasser geben?"

„Was? Das sind doch keine Blumen. Die sind zum Essen. Sie sollten sie in den Kühlschrank legen. Lassen Sie mich das für Sie tun, Sie sind ja heute nicht so fit."

„Das ist furchtbar nett von Ihnen, Webster, aber meine Probleme löst das wohl kaum."

Webster stierte vor sich hin und fühlte sich immer unbehaglicher, während er nach einer passenden Antwort suchte. „Es sind sehr gute Doughnuts", sagte er schließlich automatisch. „Ich habe sie aus dieser kleinen Konditorei in Little Venice. Die Besitzerin ist eine Freundin von mir. Sie macht die besten Kuchen, die ich je gegessen habe."

Bloch, fest entschlossen, ihn weiter zu piesacken, sagte: „Ist ja toll. Ich war schon immer der Meinung, dass Kuchenbacken das Gütesiegel einer Frau ist. Kuchenbacken und eine Vagina, die nach Earl Grey duftet."

Webster machte ein unausgereiftes Geräusch, während Bloch in die Papiertüte lugte und zwei oder drei traurige Klumpen darin entdeckte.

„Meint ihr, ich werde Natalie je wiedersehen?", fragte er bekümmert.

Oscar blickte zu Webster. Webster blickte zu Oscar.

„Habt ihr je vermisst, was ihr direkt vor der Nase habt?", fuhr Bloch fort.

„Nein", sagte Webster ungewöhnlich schlagfertig, „weil das für gewöhnlich ein Pickel ist. Ich habe eine ziemlich schlechte Haut, wissen Sie, und wenn ich sie nicht *wasche*, reagiert sie gereizt." Er war stolz darauf, wie elegant er den Hinweis auf sein Bedürfnis nach einem Bad hatte einfließen lassen.

„Ich rede davon, worum es im Leben geht, vom tieferen Sinn. Sie könnten wenigstens den Schein von Intelligenz wahren! Sie bekommen Perlen der Weisheit vorgesetzt, und was machen Sie? Stehen da und blöken herum."

„Daniel, Webster hat das doch nur so daher gesagt."

„Nicht auch noch du. Fang du nicht auch noch an. Ist es nicht genug, dass ich diesen Irrsinn losgetreten habe? Genügt dir das nicht? Und jetzt bin ich dabei, zu zerbröseln. Reicht dir das nicht? Hast du nicht alles von mir bekommen, was du brauchst? Bist du immer noch nicht zufrieden?"

Inzwischen war es äußerst ungemütlich im Flur, und Oscar hatte den merkwürdigen Eindruck, nicht länger in einer Wohnung zu sein, sondern an Bord eines Flugzeugs, das brüllend zur Erde stürzte, nur Sekunden vom Aufprall entfernt, ein Geschoss, das sich gleich in einen Feuerball verwandeln würde.

„Ihr müsst jetzt verschwinden … alle beide … Ich warte auf meinen Vater", murmelte Bloch mit ersterbender Stimme, drehte sich um und schleppte sich wieder in die Gruft seines Schlafzimmers. Zurück blieben zwei verdutzte Gestalten, die wie Vogelscheuchen im heraufziehenden Schatten des Abends hingen.

Sie gingen die Treppe hinunter und traten ins Freie, bestürzt über Blochs heftige Worte. Es hätte nicht viel gefehlt, und er wäre explodiert.

„Er ist heute nicht er selbst, wissen Sie", sagte Oscar.

„Wer ist er dann?"

Oscar schwieg.

„Bloch verachtet mich, stimmt's? Er findet mich dämlich. Hält mich für einen Dussel."

„Nein, nein. Halb so wild. Ich werde mal mit ihm reden. Gehen wir in den Park."

Die Sonne war schon nicht mehr zu sehen, aber ihre Glut hing noch orangerot über der Stadt. Ringsum, so weit das Auge reichte, spannte und straffte sich die Haut des Himmels. Oscar und Webster gingen schweigend nebeneinanderher. Der süße Duft von Geißblatt und Jasmin lag in der Luft und waberte an der Schwelle des Bewusstseins.

Oscar war zunehmend beeindruckt von Bloch. Er kam ihm vor wie ein tosender Wasserfall. Aber sein Verhalten war zweifellos merkwürdig. Er wütete gegen die Welt. Vielleicht, dachte Oscar, könnte er den Weisheiten des Freundes eine Stimme geben, die nicht so zornig war, sie gewissermaßen durch ein sanfteres Prisma kommunizieren. Doch dann setzte sich wieder die Angst durch, die Angst, aufzufallen oder kritisiert oder bloßgestellt zu werden. Wieder einmal ließ er sich auf etwas vollkommen Fremdes ein, aber was sollte er sonst tun? Wieder als Filmvorführer arbeiten? Oder als Aktmodell? Sich einen Job als Tellerwäscher suchen?

Als sie durch das Tor des Regent's Park schlüpften, nuschelte Webster: „Ich muss mal dringend Pipi." Er stürzte auf einen Baum zu und öffnete verstohlen den Hosenladen, wobei er in alle Richtungen spähte, um sicherzugehen, dass niemand in der Nähe war. Während er seine Blase zwang, sich rasch zu entleeren, dachte er daran, wie ihn seine Cousine als Kind heimlich durch die Badezimmertür beobachtet hatte, und ein stechender Schmerz durchzuckte ihn.

Oscar legte sich neben eine große Eiche ins Gras. Es war noch ganz warm von der Sonne. Sein Blick schweifte über die Bäume, die einzeln und in Gruppen dastanden. Schließlich blieb er an einem Beet mit üppig blühenden, karminroten Tulpen hängen. Die Blumen beschworen Bilder von Lilliana herauf, wie sie in ihrem Laden herumwerkelte. Er dachte liebevoll an sie, fühlte sich aber auch ein bisschen schuldig, weil er sich schon so lange nicht mehr bei ihr gemeldet hatte. Er mochte sie, weil sie die Menschen so nahm, wie sie waren, und sie nicht danach beurteilte, ob sie ihre Ansichten und Gefühle teilten.

Plötzlich hatte er Lust, etwas Ungewöhnliches zu tun und die Nacht im Park zu verbringen. Während er darüber nachdachte, kam Webster zurück und äugte nervös umher.

„Webster, was halten Sie davon, im Park zu schlafen? Wäre das nicht herrlich?"

„Ich weiß nicht. Ich hatte erst die Grippe."

„Seien Sie kein Frosch. Wo ist Ihr Abenteuersinn? Kommen Sie, leisten Sie mir Gesellschaft."

Webster setzte sich ins Gras und nuschelte: „Na ja, vielleicht für 'ne kleine Weile, aber später muss ich noch was in Basildon abholen. Eine japanische Vase. Als wäre Basildon nicht schon schlimm genug. Ist aus dem 19. Jahrhundert, wissen Sie. Die Vase meine ich, nicht Basildon. Keine Ahnung, von wann Basildon ist. Wahrscheinlich aus dem Mittelalter. Das ist immer noch in denen drin, wenn Sie mich fragen. Mordslangweilig. Ich mache in Antiquitäten – aber das wissen Sie bestimmt schon, oder? Hab einen Stand in der Portobello. Kommen Sie doch mal vorbei, Sie finden mich in der Admiral Vernon Arcade. Chinesische Exporte, japanisches Arita-Porzellan."

Oscar ignorierte ihn und starrte in den Himmel. Der Mond war jetzt zu sehen. Er hing traurig da, eine bleiche Scheibe, die sich noch nicht richtig durchgesetzt hatte.

„Und was machen Sie so, Oscar?"

„Im Moment nicht besonders viel. Aber ich hoffe, dass sich das bald ändert."

„Da würde ich nicht drauf wetten."

„Warum nicht? Wenn bei mir in letzter Zeit irgendetwas beständig war, dann die Veränderung."

„Ich könnte auch eine Veränderung gebrauchen, nämlich einen neuen Boiler. Dieser Nichtsnutz von einem Vermieter. Ich kann nicht mal duschen. Dazu muss ich in so ein Fitnessstudio gehen."

„Hört sich unbequem an."

„Ach, das ist schon okay. Ich weiß nicht, warum, aber die Männer dort sind so dick. Bei denen schwabbelt und baumelt alles. Bierbäuche, Doppelkinn, von anderen Körperteilen ganz zu schweigen. Dabei müssten sie eigentlich mordssportlich aussehen, wo sie doch so viel Zeit im Fitnessstudio verbringen. Ich frage mich, wie ihre Frauen es ertragen, von ihnen angefasst zu werden. Wahrscheinlich gar nicht. Deswegen gehen die Männer wohl zu gewissen Damen."

„Und was halten Sie davon?"

„Nichts. Ist nicht mein Ding. Ich würde so eine nicht mal mit 'ner Bootsstange anrühren."

„Und verachten Sie die Männer, die es tun?"

„Weiß nicht. Sie?"

„Ich bin mir nicht sicher."

„Würden Sie denn in ein Bordell gehen?"

Betretenes Schweigen.

„Um ehrlich zu sein", sagte Oscar schließlich und sah Webster direkt an, „war ich kürzlich in einem. Aber ich glaube nicht, dass ich da noch mal hingehe."

„Wo war das?", fragte Webster. Es verwirrte ihn, dass er diese Frage überhaupt stellte.

„Greenwich."

„Waren Sie allein?"

„Nein, ich bin mit jemandem hingegangen, mit dem ich seither nichts mehr zu tun haben will."

„Warum nicht?"

„Weil er gemein ist und andere manipuliert. Aber das wusste ich da noch nicht. So, wie er den Ort beschrieben hatte, war ich neugierig darauf."

„Wie hat er ihn denn beschrieben?"

„Er meinte, es sei so eine Art Fin-de-Siècle-Bordell, wie man sie normalerweise nur in Budapest oder Kairo findet. Aber das hier sei in London, und nur ein paar Eingeweihte wüssten davon. Und er sei einer von ihnen."

„Verstehe. Klingt nicht so umwerfend."

„War es auch nicht."

„Erzählen Sie mir doch, was passiert ist. Wenn es Ihnen nichts ausmacht."

„Ehrlich gesagt wollte ich es schon die ganze Zeit jemandem erzählen."

Webster, der neben Oscar im Gras lag, wälzte sich ständig herum. Er schien einfach nicht zur Ruhe zu kommen. Überall stieß er auf Probleme und Hindernisse.

„Fangen Sie ruhig schon mal an", sagte er. „Ich mach's mir noch bequem."

Oscar räusperte sich verlegen.

„Okay. Also, an der Waterloo Station sind wir in die U-Bahn gestiegen. Auf der Fahrt war ich ziemlich nervös. Nicholas hatte einen Flachmann mit Whisky dabei, und ich habe ihn praktisch geleert. Schon komisch, wie Alkohol die Sicht auf die Dinge verändert, finden Sie nicht?"

„Kann schon sein." Webster steckte sich jetzt den kleinen Finger ins linke Ohr und grub aufgeregt den Schmalzpfropf aus, der sich dort eingenistet hatte. Für später nahm er sich vor, den Dreck unter seinen Fingernägeln herauszupulen.

„Langweile ich Sie? Soll ich weitererzählen?"

„Oh nein, ich meine: ja. Achten Sie nicht auf mich. Ich bin gleich so weit."

„Wie Sie meinen", sagte Oscar etwas entnervt. Als er zu erzählen anfing, wanderte sein Blick von Webster weg in die Weite des Parks. In Anbetracht des heiklen Themas fand er es einfacher, niemanden anzuschauen.

„Als wir in Greenwich ankamen, mussten wir noch eine halbe Meile zu Fuß gehen. Das Haus war ein bisschen ab vom Schuss, auf einem Hügel. Man konnte auf London hinunterschauen, auf die ganzen Lichter. Ich habe das Band der Themse gesehen, das im Mondlicht silbrig schimmerte. Es war sehr malerisch.

Nicholas hat geklingelt, und nach einer Weile erschien ein Türsteher mit dem Gesicht einer Bulldogge. Normalerweise hätte mich das nervös gemacht, aber die ganze Situation war so ungewöhnlich, da passte sein pockennarbiges Gesicht irgendwie dazu. Er sah aus, als wäre er über meine Anwesenheit nicht erfreut, aber Nicholas wechselte ein paar Worte mit ihm, und er ließ uns rein.

Drinnen sah es wirklich so aus wie in einer anderen Zeit, aber längst nicht so spektakulär, wie Nicholas gesagt hatte. Die Tapete hatte ein Rokoko-Muster, und an den Wänden hingen Lampen, die rotes Licht verströmten, und Lithografien, die wie Illustrationen aus dem *Kamasutra* aussahen. Da war ein ziemlich protziger Aufgang, und oben an der Treppe konnte ich ein paar Statuen sehen. Ich glaube, es waren Nymphen. Unten gab es keine Türen, nur rote Samtvorhänge. Durch ein paar dieser Vorhänge sind wir in eine Art Warteraum gelangt, in dem eine Menge Kissen herumlagen und bestimmt zwanzig Kerzen brannten. Wir haben uns hingesetzt. Erst dann habe ich den Zwerg gesehen. Er saß in einer Ecke und rauchte so eine Pfeife mit einem langen Schlauch, der um eine Flasche gewickelt war."

„Eine Shisha. Die habe ich früher verkauft", warf Webster sachkundig ein.

„Genau, eine Shisha. Der Zwerg glotzte mich an – Nicholas schien ihm egal zu sein. Er hatte eine dicke Brille auf, und seine Augen wurden durch die Gläser vergrößert. Das war komisch. Die Augen waren viel zu groß für den winzigen Körper.

Nicholas bot mir eine Zigarette an. Ich nahm sie, nicht weil ich eine wollte, sondern weil ich etwas brauchte, an dem ich mich festhalten konnte. Der Zwerg machte mich nervös. Er ließ nicht von mir ab. Mit seinem Starren hätte er sogar einen Adler aus der Fassung gebracht. Er lehnte sich in die Kissen zurück, paffte seine Shisha und nagelte mich mit seinem Blick an die Wand. Ich wusste nicht, ob er ein Kunde war oder zum Haus gehörte.

Ich habe Nicholas gefragt, worauf wir denn warten. Er sagte: ‚Tu einfach so, als hättest du das schon öfter gemacht.' ‚Was gemacht?', fragte ich.

Der Vorhang bewegte sich, und eine Frau kam herein. Ich schätze, sie war etwa Mitte fünfzig. Sie trug ein rotes Kleid mit einem langen Schlitz, und ich habe gesehen, dass sie Krampfadern hatte. Sie nahm Nicholas beiseite, und die beiden haben eine Weile über alles Mögliche geredet, auch über mich, so viel konnte ich hören. Dann erhob sich der Zwerg, um eins der Mädchen zu begrüßen, das ins Zimmer kam. Ich war erleichtert, als er mir endlich den Rücken zukehrte. Das Mädchen war sehr seltsam gekleidet. Sie hatte vier oder fünf schwarze Riemen um den Leib, und zwischen den Riemen war kein Stoff, nur nackte Haut. Wenn sie sich bewegte, rutschten die Riemen hin und her. Ansonsten trug sie nur einen schwarzen BH, schwarze Lederstiefel und schwarze Handschuhe, die bis über die Ellbogen reichten. Ihre Schamhaare waren zu einem Herz rasiert, und sie hatte ein Bauchnabelpiercing."

Oscar räusperte sich und fuhr fort.

„Jedenfalls stapfte der Zwerg mit dem Mädchen davon, und Nicholas stellte mich der Frau in dem roten Kleid vor. Wie sich herausstellte, war sie die Puffmutter. Sie wollte wissen, welchen Frauentyp ich bevorzuge, und ich habe irgendwas von wegen ‚groß' gestammelt. Offenbar habe ich damit verraten, dass ich mich nicht auskannte, und Nicholas hat mir einen bösen Blick zugeworfen. Dann habe ich plötzlich dieses merkwürdige Geräusch gehört: Jemand stöhnte, aber da war noch etwas anderes. Es ließ sich nicht sagen, ob die Person Schmerzen hatte oder nicht. Dann habe ich einen Mann reden gehört, ich glaube, er sprach Chinesisch. Die Stimme war absolut merkwürdig. Sie hörte sich an, als würde der Mann durch ein Loch in seinem Hals sprechen …

Rasch sagte ich: ‚Haben Sie vielleicht ein Mädchen mit roten Haaren?' Das schien der Puffmutter zu gefallen, denn sie sagte: ‚Ich habe genau das Richtige für dich. Sie ist sehr sensibel, genau wie du. Komm mit, Süßer.' Mein Herz klopfte, als sie mich wegführte. Im Hinausgehen habe ich eine Frau in einer Toga gestreift. Ich glaube, sie war für Nicholas bestimmt. Ich wollte mich schon von ihm verabschieden, hab's mir dann aber anders überlegt.

Wir gingen die Treppe hoch, und die Puffmutter führte mich in ein Schlafzimmer, in dem es stark nach Menthol roch. Das Bett war groß und mit grünem Taft bedeckt, in den ein riesiger Phallus gestickt war. Über dem Bett war ein Spiegel angebracht, und an den Wänden hingen noch mehr Lithografien, die noch anzüglicher waren als die unten. Da war auch ein Druck von Hokusai, dem japanischen Künstler, ein unheimliches Bild: Es zeigte einen Oktopus, der den Kopf zwischen den Beinen einer Fischerin hatte und sie mit seinen Fangarmen umschlang.

Meine Gastgeberin sagte, ich solle es mir bequem machen – ‚Julie' werde gleich da sein. Ich hab mich aufs Bett fallen lassen und versucht, mich zu beruhigen. Nach ein, zwei Minuten dachte ich, ein Drink wäre hilfreich, also bin ich auf Zehenspitzen in den Flur geschlichen. Alle Türen waren geschlossen, wie in einem Hotel, und kein Mensch war zu sehen. Ich hörte wieder ein Stöhnen und Sachen wie ‚Genau hier' oder ‚Fester, fester!'. Ich schlich zu einer der Türen und lauschte. Danach hörte ich nichts mehr.

Zurück im Zimmer, habe ich im Nachttisch gekramt, aber da waren nur ein paar Packungen Kondome, sonst nichts. Dann klopfte jemand an die Tür, und eine große, etwas grobschlächtige Frau mit roten Haaren kam herein. Sie war nicht besonders ansehnlich, muss ich sagen. Ach ja, ich habe vergessen, zu erwähnen, dass da ein offener Kamin im Zimmer war, und als die Frau hereinkam, starrte ich auf die toten Kohlen und wünschte mir, sie würden brennen. Irgendwie dachte ich, ein Feuer würde alles gutmachen.

Sie trug ein Satin-Oberteil, durch das man deutlich ihre Brüste sehen konnte. Sie hatte Jeans an, aber die waren so kurz, dass ihre Pobacken unten rausschauten. Sie machte eine kleine Drehung, damit mir dieses Detail auch bestimmt nicht entging. Ihre Stilettos hatten Schnüre, die sich wie Efeu an ihren Waden hochrankten, und um den Hals trug sie ein schwarzes Samtband. Ihr Haar war offen, und es sah aus, als hätte sie gerade geduscht, denn es war feucht.

‚Na, wie heißt du?‘, fragte sie und setzte sich zu mir aufs Bett.

Aus irgendeinem Grund sagte ich, mein Name sei Max.

‚Ich bin Julie, Max‘, sagte sie. Sie nahm meine Hand. Ich war überrascht, wie leicht ihre Berührung war. Dann schaute ich ihr zum ersten Mal direkt ins Gesicht. Sie fing an zu reden – über alles Mögliche. Ich glaube, sie hat gespürt, wie nervös ich war, und wollte mir das Gefühl geben, zu Hause zu sein, indem sie drauflosplauderte. Aber ihre Stimme war tonlos, sie hörte sich einfach nur dumpf an. Zwischendurch machte sie eine Pause und sah mich an, aber dann fiel ihr wieder etwas ein, über das sie reden konnte. Das meiste ergab keinen Sinn, und sie verwendete oft falsche Wörter. Ihr zuzuhören war, als versuchte man, eine unleserliche Handschrift zu entziffern.

Irgendwann hatte ich das Gefühl, dass sie gar kein Mensch war, sondern nur die Kopie eines Menschen. Es hatte etwas mit ihren Augen zu tun – sie waren wie die Augen einer Puppe. Tot. Wenn ich es mir recht überlegte (und ich hatte viel Zeit dazu, weil sie so lange redete), war ihr ganzes Gesicht ausdruckslos. Sie wirkte wie jemand, der starke Beruhigungsmittel oder etwas in der Art genommen hat. Sie war leer. Es war, als wäre dieser Funke erloschen, der ein Gesicht lebendig macht, als wäre alles Leben aus ihr herausgequetscht worden. Ich wusste, dass ich es nicht mehr lange aushalten würde. Ich wollte nur noch weg. Ich dachte, dass alles anders wäre, wenn sie nur lächeln würde, dass dann alles mit einem Mal Sinn ergeben würde. Aber sie lächelte nicht. Ich glaube, sie war dazu gar nicht in der Lage.

Dann ist etwas passiert. Die Frau hat mich gefragt, was ich als Erstes machen wollte. Ich habe nicht geantwortet. Da war wieder dieses Geräusch, ein Stöhnen. Aber es hörte sich nicht menschlich an. Erst dachte ich, es käme von nebenan, und ich habe mich gefragt, ob sie dort vielleicht irgendwas mit Tieren machten. Dann ist mir aufgegangen, dass es aus dem Kamin kam. Etwas war dort gefangen, vielleicht eine Taube oder ein anderes Tier. Die Rothaarige bemerkte es auch. Sie steckte den Kopf in den Kamin, wandte sich dann um und sagte: ‚Es ist bloß eine Krähe. Die haben wir hier ständig. Sie fliegt bestimmt gleich weg. Sollen wir mal loslegen?' Ihre Stimme war immer noch leblos.

Aber dieses Krächzen hörte nicht auf, und es machte mich wirklich nervös. Da war diese Frau, die bereits tot war, und die Krähe, die feststeckte und vielleicht sterben würde.

Ich sagte: ‚Tut mir leid, aber dieses Geräusch ... es lenkt mich ab.' Sie meinte, ich solle mir keine Gedanken machen. Das hier sei ein altes, viktorianisches Haus – eben die Sorte Haus, auf die Krähen fliegen. ‚Aber sollen wir nicht versuchen, sie zu befreien? Es hört sich an, als würde sie sterben', sagte ich.

Daraufhin schnappte sie verärgert meine Hand und schob sie in ihre Bluse. Ich muss zugeben, dass es mir gefiel, ihre Brust zu spüren. Sie führte meine Hand, bewegte sie langsam im Kreis herum. Aber ich zog sie weg und sagte, dass ich nicht weitermachen könne, solange der Vogel im Kamin steckte, und ob wir nicht woandershin gehen könnten.

‚Du bist ja vielleicht 'ne Pussy', sagte sie. ‚Du weißt schon, dass dich das hier was kostet, oder?' Zum ersten Mal war da so etwas wie eine Emotion in ihrer Stimme.

Ich nickte. Sie sagte, sie würde versuchen, ein anderes Zimmer für uns zu bekommen, und ging.

Ich bin auf Zehenspitzen hinausgeschlichen und die Treppe runtergerannt. Als ich die Tür öffnen wollte, schnüffelte die Bulldogge von einem Türsteher um mich herum. Er merkte gleich, dass etwas nicht stimmte. Ich versuchte, gefasst zu wirken, aber ich hatte Angst, dass die Rothaarige gleich runterkommen würde. Er knurrte: ‚Das ging aber schnell.' Ich meinte, es sei eine dankbare Erfahrung gewesen. Das hat er mir aber nicht abgenommen. Ich wandte mich zum Gehen, aber er packte mich am Arm und sagte: ‚Das da oben ist meine Tochter, und wenn du sie irgendwie gekränkt hast, wirst du nie mehr aufrecht gehen, verstanden?' Ich sagte, ich hätte niemanden gekränkt. Ich hatte jetzt wirklich Angst. ‚Sie ist mein Fleisch und Blut', fuhr er fort, ‚und sie ist unheimlich intelligent. Wenn du sie geärgert hast, stecke ich dich in eine Wanne und werfe einen Toaster rein.' Ich rief: ‚Hören Sie, ich habe niemanden geärgert, okay? Ich hab sie nicht mal angerührt.' Er glotzte mich mit irren Augen an, und ich habe geschaut, ob er irgendwie Ähnlichkeit mit der Rothaarigen hatte. Dann fing er plötzlich wie verrückt an zu lachen und kläffte: ‚Witzbold. Jetzt verpiss dich, bevor du noch 'nen Tripper kriegst.' Als ich ein Stück von dem Haus weg war, bin ich losgerannt. Dabei habe ich mich immer wieder umgedreht, um sicherzugehen, dass er mir nicht auf den Fersen war. Ich habe die Luft hinuntergeschlungen wie Essen. Die Straßen von Greenwich sahen schön aus. Ich weiß nicht, ob Sie wissen, was ich meine, aber als ich so durch die Nacht zum Bahnhof lief, fand ich es aufregend, Geräusche zu hören, einfach an den erleuchteten Häusern vorbeizulaufen. Wo ich auch hinschaute, überall war etwas, das ich feiern konnte: die Zweige der Bäume, Plastiktüten im Wind …

Als ich wieder normal ging, fiel mir die Rothaarige – Julie – ein, aber ich konnte mit der Erinnerung nichts anfangen, da war einfach … nichts. Ich hätte nicht mit ihr schlafen können, verstehen Sie? Es wäre zu schräg gewesen. Ich weiß auch nicht. Vielleicht ist das bloß eine Ausrede, aber –"

Oscar hielt abrupt inne und drehte sich zu Webster.

Er lag da und schnarchte. Es hörte sich an wie das Geräusch, das entsteht, wenn die letzten Wirbel des Badewassers in den Abfluss gesaugt werden.

„Sei's drum", sagte Oscar.

Es war jetzt dunkel.

Die Tore des Parks waren geschlossen. Hier und da funkelten ein paar Sterne und der Mond schien hell. Es war vollkommen still –

abgesehen von Websters regelmäßigem Schnarchen. Von den Bäumen waren nur noch vage Silhouetten zu erkennen. In einiger Entfernung standen Büsche, deren Umrisse im Mondlicht wie seltsame Chimären erschienen.

Er dachte an seine Geschichte und war froh, dass er die Gelegenheit gehabt hatte, sie jemandem zu erzählen. Es fühlte sich fast wie eine Beichte an. Aber warum hatte er ausgerechnet Webster gebeichtet, den er kaum kannte, und der nicht gerade ein Ausbund an Intelligenz und Einfühlungsvermögen war?

Eine Zeit lang schweiften seine Gedanken ziellos umher, bis sie ihn schließlich zu Najette führten. Er stellte sich ihr Gesicht vor, das eindeutig schön war, und ihr Lächeln, das wie ein Mittel gegen die Angst wirkte. Er wünschte, sie wäre jetzt hier bei ihm. Und dann dachte er wieder an den Kuss in dem Café zurück. In jenem Moment war sie ihm noch schöner vorgekommen, fast übernatürlich schön, und sein Schwerpunkt hatte sich verschoben, bis er fiel, bis er durch gewaltige Räume des Vergnügens fiel und den Schutt und die Langeweile des Lebens weit hinter sich ließ ...

Kaum hatte er sich im Gras ausgestreckt, beförderten ihn diese Gedanken in den Schlaf.

10

Nachdem Oscar und Webster gegangen waren, legte sich Bloch wieder ins Bett. Doch kaum hatte er die Bettdecke über sich gezogen, sprang er erneut auf: Ihm war eingefallen, dass er die Wohnung aufräumen wollte. Er klaubte die Scherben des Aschenbechers auf und warf sie in den Papierkorb im Arbeitszimmer. Dort war der Boden mit Büchern, Zeitungen und Faxrollen übersät. Überall standen Kaffeetassen mit geronnenem Inhalt herum. Nur mit äußerster Willensanstrengung gelang es ihm, sie einzusammeln und in die Küchenspüle zu stellen. Eine Vase mit verwelkten Rosen stand in der Ecke, das Wasser roch faulig. Vorsichtig zog er einen der Stiele heraus und betrachtete ihn. Die Rose ließ den Kopf hängen, und ein graugrünes Kelchblatt saß wie eine winzige, erstarrte Qualle auf den trockenen Blütenblättern. Er steckte den Stiel zurück in die Vase, schlurfte wieder ins Schlafzimmer, sammelte einen Haufen Schmutzwäsche auf, der in einer Ecke lag, ging zurück in die Küche und stopfte ihn in die Waschmaschine. Dabei übersah er die Blätter, auf die er zuvor seine Gedanken über Natalie gekritzelt hatte, und die aus unerfindlichen Gründen zwischen den Kleidern lagen. Und so landeten sie ebenfalls in der Wäschetrommel. Er atmete tief durch. Er fühlte sich immer noch sehr krank, aber der Raum, den seine kleine Aufräumaktion geschaffen hatte, stimmte ihn zuversichtlich.

Er schloss die Schlafzimmerfenster, um die ätzenden Straßengeräusche auszusperren, legte sich wieder ins Bett und riss sich unter der Decke die Kleider samt Schlafanzug vom Leib. Wenige Minuten später klingelte es, und er sprang auf und kämpfte erneut mit den Kleidungsstücken. Als er im Flur ankam, war er schweißgebadet. Er wischte sich mit dem Hemdsärmel über die Stirn, öffnete die Wohnungstür und wartete. Angespannt lauschte er den langsamen Schritten, die ihm ungewöhnlich laut und nachhallend vorkamen.

Endlich erschien eine hochgewachsene Gestalt auf dem Treppenabsatz. Die grau melierte Mähne fiel ihr bis über die Ohren, die buschigen Augenbrauen standen hervor wie die Überreste eines Vogelnests.

Die beiden Männer sahen einander betroffen an. Es dauerte eine Weile, bis die ersten Worte fielen.

Schließlich murmelte Samuel: „Du siehst furchtbar aus. Was ist los?"

Der Anblick seines Sohns war ein Schock für ihn. Seine Augen waren blutunterlaufen, die Lippen praktisch farblos. Sein Haar war dünner und grauer, als Samuel es sich hätte vorstellen können, obwohl so viel Zeit vergangen war, seit er ihn zuletzt gesehen hatte. Und der Schweiß, der ihm übers Gesicht lief, sah aus wie Fruchtwasser.

„Was fehlt dir, Danny?"

„Nichts. Mir geht's gut."

„Leg dich wieder ins Bett."

„Wie kommst du darauf, dass ich im Bett war?"

„Ist jetzt nicht wichtig."

„Nein, ich will nicht ins Bett. Wir reden im Wohnzimmer."

Bloch wollte vor seinem Vater auf keinen Fall schwach erscheinen. Er ließ sich in einen Sessel fallen, während Samuel seinen großzügig dimensionierten Leib mit etwas missfälliger Miene auf einen anderen schob.

Für einen Mann Ende sechzig war Samuel Bloch erstaunlich fit. Wie ihm jetzt auffiel, war er sogar um einiges fitter als sein Sohn, und das, obwohl er sich gern zum Märtyrer des Alters stilisierte. Er ließ es sich nicht nehmen, jeden Morgen in ein Eisbecken zu tauchen. Seine Ernährung war extrem spartanisch: Brot, Käse, Cashewnüsse, Avocados, Eier, Fisch, Oliven, Joghurt und Feigen. Hin und wieder gestattete er sich den Luxus von gebratenem Speck und Kaffee. Außerdem trank er Rotwein, aber nur aus den teuersten Flaschen.

„Hast du einen Arzt gerufen? Ich glaube, jemand sollte mal einen Blick auf dich werfen."

Er sprach in einem schroffen Bariton, der bisweilen in ein Murmeln überging, das sich nur mit äußerster Hartnäckigkeit entziffern ließ.

„Plötzlich bist du um mein Wohlergehen besorgt. Woher kommt auf einmal dieser seltsame Erguss von Fürsorge? Rasch – füllen wir ihn in eine Flasche, bevor er versickert, und machen den Korken drauf."

„Danny, bitte. Keine Spielchen. Das hier ist wichtiger. Lass mich meinen Doc anrufen."

„Ich kann Ärzte nicht ausstehen. Keiner von denen hat eine verdammte Ahnung. Einen Drink?"

„Bleib sitzen, ich mach das. Ein Brandy wird dir guttun. Wo finde ich die Libationen – in der Küche?"

„Ich geh schon."

Bloch zwang sich, aufzustehen, aber sein Körper schwankte und kippte um. Samuel half ihm hoch und brachte ihn ins Gleichgewicht. Er war stoisch und praktisch zugleich.

„Okay, bringen wir dich ins Bett", sagte er ruhig. Er legte einen Arm um seine Schulter, und so schlurften sie gemeinsam ins Schlafzimmer. Sie bildeten ein seltsames Paar. Nachdem Bloch aufs Bett gesunken war, gab sein Vater rasch eine Nummer in sein Handy ein.

„Wen rufst du an?"

„Meinen Hausarzt. Er ist ausgezeichnet."

Während Samuel seinem Arzt die Situation schilderte, lockerte Bloch so gut es ging seine Kleidung. Er keuchte und sein Puls raste.

„Er kann in einer Stunde hier sein. Ich glaube, ein Brandy ist jetzt keine gute Idee."

„Wahrscheinlich hast du recht."

„Was ist denn passiert?"

„Ich weiß es nicht."

Ein unangenehmes, fragendes Schweigen trat ein. Dann sagte Samuel, überraschend sanft: „Du solltest auf dich achtgeben, weißt du." Bloch starrte ihm in die Augen. Wie wenig er ihn kannte, wie gut ihm diese Bruchstücke von Liebe taten, eine Liebe, die normalerweise an unzugänglichen Orten verborgen lag. Mit einem Mal wünschte er sich, sein Vater würde ein paar Tage bleiben, aber er brachte es nicht über sich, diesen Wunsch zu äußern. Der Stolz sabotierte seine Stimmbänder.

Allmählich spürte er ein wenig Kraft zurückkommen, und seine Atmung stabilisierte sich. Abrupt nahm sein Vater das Gespräch wieder auf.

„Daniel, ich erwarte gleich jemanden."

„Was?"

„Nun, sie ist gewissermaßen … meine Sekretärin."
„Was?"
„Sie ist eine mobile Sekretärin. Und außerdem ist sie … meine Gefährtin."
„Du meinst, deine Mätresse."
„So würde ich das nicht nennen."
„‚Mätresse' ist nur einer von vielen möglichen Begriffen. Wie lange ist es her, seit wir uns zuletzt gesehen haben?"
„Fünf Jahre."
„Und hättest du dein Liebesleben nicht aus unserem Wiedersehen raushalten können? Hättest du nicht ein bisschen Selbstdisziplin aufbringen und den Zigarrenstummel zu Hause lassen können?"
„Sprich nicht so."
„Mätresse, noch mehr Kuchen und Ale, noch mehr Rosen und Wein, noch mehr Rumgebumse hinter dem Fahrradschuppen …"
Bevor er richtig in Fahrt kam, schrillte zum Glück die Türklingel. Dieses Mal war es ein langes Klingeln, als hätte sich die Person an der Tür vorgenommen, sie beide zu ärgern. Bloch deutete mit schlaffem Zeigefinger auf die Gegensprechanlage. Sein Vater ging hinüber und drückte auf den Knopf, der die Haustür unten öffnete.

Wieder einmal schien eine Unterhaltung unmöglich zu sein. Bis Bloch eine seiner Schimpftiraden vom Stapel ließ.

„Willst du so weitermachen – dein Leben lang? Ohne jedes Gespür für das, was sich gehört? Ich meine, du bist hier, um *mich* zu sehen. Mich! Ich will keine Tussi hier haben, die hundert Worte pro Minute raushaut. Ich will nicht … ich will nicht, dass Sex unserem Wiedersehen im Weg steht. Aber vielleicht bin ich dir ja nicht mal ein Minimum an Respekt wert. Vielleicht bin ich nur ein kleines Intermezzo zwischen zwei Check-ins in irgendwelchen Hotels. Dad, das Leben besteht nicht nur aus Saunas, Whirlpools, teuren Flaschen von –"

Es klopfte an der Wohnungstür: ein nüchternes, effizientes Klopfen.

Samuel stapfte erleichtert in den Flur. Der Moment, den Bloch allein in seinem Schlafzimmer verbringen durfte, war köstlich. Er drehte sich auf den Bauch. Eine Minute später stand eine hochgewachsene Frau mit einer braunen, abgewetzten Aktentasche in der Tür.

Sie bot einen ziemlich spektakulären Anblick.

Ihre Brüste waren derart beweglich, dass er befürchtete, sie könnten sich von ihrem Körper lösen und über den Boden hüpfen. Ihr türkisfarbenes Kleid war seinem Inhalt kaum gewachsen, denn es spannte und straffte und wand sich um ihre Hüften, sichtlich bemüht, ihren aufmüpfigen Kurven genügend Elastizität entgegenzubringen. Platinblonde Locken wallten ihr über den Rücken, und ihre blutroten Lippen waren zu einem fortwährenden Schmollmund gespitzt.

„Wer zum Teufel ist das?", fauchte Bloch.

„Das ist Miss van Veuren."

Eine bizarre Situation trat nun ein, in der Vater und Sohn weiterredeten, als ob Miss van Veuren gar nicht anwesend wäre oder zumindest nicht hören könnte, was sie sagten. Es schien ihr nichts auszumachen, ignoriert zu werden, und sie behielt ihren statuenhaften Gleichmut bei.

„Würdest du sie bitten, zu gehen?"

„Ausgeschlossen, Danny", erwiderte Bloch senior. „Sie kümmert sich um alle meine Angelegenheiten, sie hat meine Tickets, meine Visitenkarten, meine Papiere und alles."

Samuel tauchte jetzt aus dem Schatten ihres üppigen Körpers auf und schob seine Sekretärin ins Schlafzimmer. Miss van Veuren stellte die Aktentasche ab, nahm einen Stuhl, zückte ein großes lila Taschentuch mit eingestickten Herzchen, wischte den Stuhl damit ab und setzte sich. Ihr Parfüm zog zu Bloch hinüber, der sie mit einer Mischung aus Abscheu und Lüsternheit ansah. Dann fragte er rasch: „Miss van Veuren, sind Sie der Meinung, dass in den Herzen der Menschen heutzutage ein eklatanter Mangel an Herz herrscht? Finden Sie es nicht manchmal befremdlich, dass die Leute nur noch auf Dinge reagieren, die einen irrsinnigen Konsumismus bedienen?"

Miss van Veuren lächelte und entblößte dabei ihre perfekten Zähne, sagte aber nichts.

„Um Himmels willen, Daniel. Das Mädchen ist doch keine Professorin."

„Das sehe ich, Dad. Apropos, was ist eigentlich aus meiner Ex-Frau geworden?"

„Sie hat mich verlassen. Das habe ich dir am Telefon gesagt."

Bloch gluckste leise. „Das ist gut."

„Vermutlich verdiene ich deine Schadenfreude. Aber ich glaube nicht, dass wir jetzt über sie reden sollten. Nicht, solange du in diesem Zustand bist."

„Nein, lass uns über sie reden. Gute Idee. Das wird ... amüsant. Jetzt, da du deinen Gang nach Canossa angetreten hast, könntest du mir vielleicht ein paar Einblicke gewähren. Wie geht es ihr?"

„Es ist fast ein Jahr her, seit ich sie zuletzt gesehen habe. Sie hatte gerade etwas mit ihrem Tango-Lehrer angefangen. Ich muss dir ja nicht erzählen, wie sie ist."

Miss van Veuren schlug ihre Beine übereinander, und Bloch sog den Anblick gierig auf. Einen Moment lang schien sie seine Neugierde zur Kenntnis zu nehmen – eine rasche Augenbewegung deutete darauf hin. Dann war sie wieder vollkommen ungerührt von dem, was um sie herum geschah.

„Nein, über ihre Verruchtheit brauchst du mir nichts zu erzählen. Darüber weiß ich Bescheid. Und doch ist sie ... eine bemerkenswerte Frau. Ich war ihr näher, als du es je vermocht hast."

„Das bezweifle ich nicht. Ich wollte dich nicht verletzen."

„Sie mochte dich, weil du ein richtiger Mann warst, mit allem, was dazugehört, stimmt's? Der große Wal, der mit seiner Masse protzt, Lärm macht, souverän ist, der kein bisschen zweifelt, immer selbstbewusst ist, keinerlei Ängste hat. Kein trauriger kleiner Lachs, der sich hinter dir versteckt. Du warst zu hundert Prozent Walfleisch, durch und durch." Plötzlich war er dieser rhapsodischen Sticheleien überdrüssig. Er gab sie auf und sagte nur: „Du hättest Nein sagen können."

„Du weißt, dass das bei Natalie unmöglich ist. Sie akzeptiert kein Nein."

„Oh bitte, fällt dir nichts Originelleres ein?", brach es aus Bloch hervor.

„Ich bin nicht originell, Danny. Das habe ich auch nie behauptet."

„Außer in einem. Dein Liebesleben ist sehr originell. Die Wahl deiner Partnerinnen ist regelrecht welterschütternd. Meine Welt hat sie jedenfalls in Trümmer gelegt."

„Danny, bitte. Ich konnte nicht … Sie hat mich verführt. Wusstest du, dass sie mir etwas in den Drink getan hat?"

„Was denn? Ein Düngemittel? Schade, dass es kein Gift war." Diese letzte Bemerkung war so grausam, dass Samuels Gehirn sie sofort löschte, kaum dass sie gefallen war.

„Was fehlt dir eigentlich?", fragte er, bemüht, das Thema zu wechseln.

„Keine Ahnung. Ein Burn-out oder so. Ich bin fix und fertig, wenn du es genau wissen willst. Aber ich würde sie so gern wiedersehen. Ich weiß noch, wie herrlich es war, einfach nur im selben Raum mit ihr zu sein, ohne etwas zu sagen. Wieso hört dieses Gefühl irgendwann auf?"

„Frag mich was Besseres – du bist der Schriftsteller."

„Ich bin so was Ähnliches wie ein Schriftsteller. Nach achtundvierzig Lebensjahren bin ich immerhin so weit, meinem Schreiben eine neue Richtung zu geben. Es wird jetzt ernsthafter. Das ist immerhin etwas. Merkwürdig, aber während mein Körper allmählich zu einer alten Matratze wird, springt mein Verstand Trampolin. Ich weiß nicht genau, warum. Vermutlich liegt es an Oscar."

„Wer ist Oscar?"

„Ein alter Scheißfreund."

„Und was macht er so?"

„Alles, was ich mir ausdenke."

„Wie bitte?"

„Vergiss es. Reden wir über Natalie. Sag mal, hat sie dir je diesen Trick mit dem heißen Wachs auf ihren Brustwarzen gezeigt? Die Amazonen hätten sie mit offenen Armen empfangen."

„Heißes Wachs auf den Brustwarzen?", ließ sich Miss van Veuren mit einem nicht identifizierbaren ausländischen Akzent vernehmen.

Bloch starrte sie ungläubig an und rief: „Ein Wunder, ein Wunder!"

„Oh bitte, Daniel. Lass es sein."

Daraufhin herrschte Schweigen. Miss van Veuren fing an, sich mechanisch die Fingernägel zu feilen.

„Habe ich dir mal von unserem Ausflug nach Oxford erzählt?", fragte Bloch seinen Vater. „Wir waren zu dritt – Natalie, eine Freundin und ich. Wir sind in Port Meadow schwimmen gegangen, und dann zog urplötzlich ein Gewitter auf, ein gewaltiges Gewitter. Die Themse, die Wiese und alles verwandelte sich in eine Millionen-Watt-Birne. Ich bin vorneweg gerannt, klitschnass, während Natalie und ihre Freundin ein Stück hinter mir liefen. Ich hab mir schier in die Hose gemacht aus Angst, gleich vom Blitz getroffen und in ein Häufchen Asche verwandelt zu werden. Dann habe ich einen Fetzen ihrer Unterhaltung aufgeschnappt, und weißt du, was Natalie gesagt hat? Sie rief: ‚Wenn der Blitz versucht, mich zu treffen, lasse ich ihn abblitzen – ich leite ihn einfach mit meinen Fingernägeln um.‘ Auf eine Art war das ziemlich dumm, gebe ich zu, aber irgendwie auch bewundernswert: der schiere Größenwahn, die Natur besiegen zu können, ihr die Nägel zu zeigen. Einfach umwerfend. Sie war so verdammt unerschütterlich. Im Gegensatz zu mir. So war Natalie – unbändige, verrückte, großartige Natalie. Die pure Verschwendung, was dich betrifft. Aber warum singe ich jetzt ein Loblied auf sie? Als wäre ihr Körper eine Art Gral … Schließlich habt ihr mich mit einem Kastrationsdekret belegt. Alle beide."

„Danny, hör zu, ich möchte dir nicht wehtun, aber du musst der Tatsache ins Auge sehen, dass eure Ehe längst vorbei war, als sie und ich …" Er unterbrach sich, stolperte ins Leere, zog sich selbst wieder heraus und fuhr verzweifelt fort: „Es war nicht die Ursache eurer Entfremdung. Es ist einfach passiert, und alles, was dann kam, war ein schrecklicher Fehler. Aber ich war nicht der eigentliche Grund, weshalb sie dich verlassen hat."

„Na und? Das macht es auch nicht besser. Ich weiß, dass du nicht der Grund warst. Keine Sorge, ich kenne den eigentlichen Grund: Sie hat gemerkt, wie zerbrechlich ich bin."

„Das war bestimmt nicht alles."

„Ich glaube, sie wollte einfach jemanden, der auf diesen Riesenwellen in Neuseeland surfen kann, du weißt schon: diese Wellen, die so überhängen. Das Einzige, was ich hinbekommen habe, war ein bisschen Stocherkahnfahren auf dem River Cam. Gib dir keine Mühe, Dad – du musst hier nicht den Psychoanalytiker spielen. Bleib bei deinen Bilanzen und Zinssätzen."

„Tja, jedenfalls ist sie jetzt weg. Sie nimmt Tango-Unterricht."

„Tag und Nacht, was, Dad? Ein Tanz zwischen den Bettlaken. Wahrscheinlich war ihr ein Mann, der halb so alt ist wie du, einfach lieber", sagte Bloch mit eisigem Nachdruck.

Samuels Augen verrieten etwas – Schmerz, Erstaunen, Selbstmitleid oder alles zusammen –, doch dann wurden sie ausdruckslos. Die Wortgefechte, bei denen Bloch eindeutig die Oberhand gewann und seinen Vater zwang, sich zu unterwerfen, gerieten ins Stocken, und erneut herrschte Schweigen im Schlafzimmer. Aber der Konflikt war noch nicht beigelegt. Bloch beschloss, es mit einer anderen Strategie zu versuchen.

„Sagen Sie, Miss van Veuren, wie viel bezahlt Ihnen mein Vater für Ihre Dienste?"

Miss van Veuren blickte zu ihrem Arbeitgeber (und Liebhaber) und dann wieder zu Bloch. Sie lächelte und zeigte erneut ihre schön gebleachten Zähne.

„Nur zu, spucken Sie's aus", beharrte Bloch.

„Also, für meine Arbeit als seine Sekretärin und persönliche Assistentin bezahlt mir Mr. Bloch eintausendfünfhundert Pfund pro Woche. Hinzu kommen Sonderzuwendungen wie zum Beispiel die Benutzung des Whirlpools, unter der Bedingung, dass er ihn selbst gerade benutzt. Außerdem Spritztouren mit dem Mercedes 280 SL Cabrio, der bis zu 340 Stundenkilometer erreicht, sowie hin und wieder eine Flasche Lagenwein –"

„Stopp! Ich zahle Ihnen zweitausend Pfund die Woche, und Sie dürfen Tag und Nacht auf meinen göttlichen Körper zugreifen, wann immer ich dazu in der Stimmung bin ... Und ich mache Sie zu meinem persönlichen Kindermädchen. Ich bringe Sie im Ostflügel meiner Behausung unter, wo Ihnen ein eigenes Bidet und die gesammelten Werke von Baruch de Spinoza zur Verfügung stehen."

„Danny, tu das nicht. Du machst dich lächerlich."

„Ich glaube, Miss van Veuren ist alt genug, um sich eine eigene Meinung zu bilden. Also, Miss van Veuren, was halten Sie von meinem unschlagbaren Angebot? Möchten Sie für mich arbeiten?"

„Ich weiß nicht", erwiderte Miss van Veuren und wand sich auf ihrem Stuhl. „Ich muss darüber nachdenken."

Bloch senior sah sich bemüßigt, einzugreifen.

„Vielleicht sollten wir dich jetzt ausruhen lassen, Danny."

„Nicht so schnell, Dad. Jetzt bin ich an der Reihe mit dem Abwerben."

„Was redest du da? Ich habe dir doch gesagt, dass ich Natalie nicht ‚abgeworben' habe. Sie ist zu mir gekommen."

„Du gehst nirgendwohin, bevor ich nicht Gelegenheit hatte, Miss van Veuren den Hof zu machen."

„Im Ernst? Das ist ja lächerlich. Ich meine, was würdest du denn bloß –"

„An ihr finden? Das kann ich dir sagen: dasselbe wie du. Einen netten Arsch, tolle Titten. Die könnten mir bei meinem nächsten Buch eine große Hilfe sein."

Endlich sprang Miss van Veuren mit opernhafter Empörung von ihrem Stuhl auf. Bloch hatte es geschafft. Es war ihm gelungen, ihr eine echte Reaktion zu entlocken, nicht nur lauwarmes Interesse, sondern etwas Bedeutsameres.

„Vielen Dank auch, aber ich bin kein Sexobjekt!" Sie blickte nervös von einem zum anderen, um festzustellen, ob ihre Bemerkung Eindruck gemacht hatte.

„Sie haben recht, Miss van Veuren", sagte Bloch. „Sie sind kein Sexobjekt. Nur Männer wie mein Vater halten Sie dafür. Gestatten Sie es ihm nicht."

„So ein Quatsch, Danny. Erzähl mir doch nicht, dass du –"

„Was?! *Du* bist doch derjenige, der die Poesie des Lebens zu einem Handel machst. Ja, du bist der Wal, durch und durch, weil du in deinem ganzen Leben nie irgendetwas infrage gestellt hast. Alles war geordnet, hatte seinen Platz –"

„Danny, was hast du eigentlich gegen Wale? Wieso bist du so besessen von ihnen und anderen Fischen?"

„Wale sind keine Fische, sondern Säugetiere. Ich bin vom Meer besessen, von allem, was darin herumschwimmt, abgesehen von Algen. Vielleicht hat das was mit Humphrey zu tun."

„Wer zum Teufel ist Humphrey?"

„Erinnerst du dich etwa nicht?"

„Nein."

„Humphrey. Der Goldfisch, den ich hatte, als ich klein war. Der im Abfluss gelandet ist. Mein Goldfisch! Wir hatten ihn vom Jahrmarkt. In Ealing! Du hast ihn mir gekauft. Er hat mich glücklich gemacht. Ich habe ihn immer gefüttert. Beobachtet."

„Ach, *der* Humphrey. Ich habe nie verstanden, was an dem Verlust eines Goldfischs so traumatisch gewesen sein soll."

„Du hast überhaupt nicht viel verstanden. Aber du warst ja auch nicht besonders oft da. Du bist aufgetaucht, und ich dachte: Wer ist der Typ? Ist er mein Vater oder nicht? Ich habe diesen Fisch geliebt, und als er gestorben ist, ist ein Teil von mir mit ihm gestorben."

„Verstehe – der Fisch war wohl verlässlich, stimmt's? Man konnte auf ihn zählen. Er war vertrauenswürdig. Ich dagegen nicht. Aber … ich meine … ich hab dir doch einen neuen gekauft, oder?"

„Das war aber nicht derselbe."

„Aber er sah genau gleich aus."

„Das ist nicht der Punkt."

„Ja, aber ich meine – es war doch nur ein verdammter Goldfisch."

„Ich war erst sechs! Ach, was soll's. Du gehst jetzt besser, das hier führt nirgendwohin. Ich kann keine Sätze mehr aneinanderreihen."

Samuel Bloch stand auf und näherte sich zögernd dem Bett. Er schaute zu Miss van Veuren hinüber. Er wollte seinen Sohn umarmen, befürchtete aber, dass er nicht umarmt werden wollte. Schließlich bat er Miss van Veuren leise und sanft, einen Moment hinauszugehen. Sie lächelte, entblößte ihre perlweißen, mit Zahnseide gepflegten, geschrubbten, makellosen Zähne. Nachdem sie strategische Teile ihres Kleids zurechtgezogen hatte, verließ sie das Zimmer und wog sich dabei in den Hüften, als probte sie für einen Catwalk, der nie stattfinden würde.

Es dauerte nicht lange, und beide Männer begriffen, dass Miss van Veurens Anwesenheit im Raum – obschon sie kaum aufgefallen war – es ihnen tatsächlich leichter gemacht hatte, miteinander zu reden. Irgendwie hatte sie dafür gesorgt, dass sie ihren Emotionen freien Lauf ließen, hatte den stummen Egoismus und das Schweigen abgewandt, das sich ansonsten unweigerlich eingestellt hätte. Nun, da sie weg war, fiel ihnen kein einziges Wort mehr ein, das sie sich noch hätten sagen können. Mit jeder Sekunde wurde die Sprachlosigkeit massiver, wie Lehm, der fest wird und erstarrt. Es war kein entspanntes, beruhigendes Schweigen; es war bleiern, und je länger es anhielt, desto schwieriger ließ es sich brechen. Beide wünschten sich insgeheim, Miss van Veuren würde zurückkommen. Doch dann drängte sich die Frage wieder auf, die Bloch sich verkniffen hatte. Er versuchte, eine Nische für die Frage zu finden, irgendeine Ecke, in die sie passte, aber es tat sich keine auf. Und so platzte er schließlich einfach damit heraus, schockiert vom Klang seiner Stimme, die ihm fremd und misstönend erschien.

„Sag mir ganz ehrlich, warum du es getan hast. Warum um alles in der Welt musstest du sie ficken?"

Erst kam keine Antwort, aber dann stieß sein Vater blitzschnell, in einem Atemzug hervor: „Weil ich wusste, dass ich mich sonst in den Hintern gebissen hätte!"

Plötzlich sah er sehr alt und gebrechlich aus. Blochs Gesicht war vollkommen ausdruckslos.

„Wahrscheinlich willst du jetzt, dass ich gehe", murmelte Samuel und wandte den Blick ab.

Langsam, fast flüsternd sagte Bloch: „Nein, ich will nicht, dass du gehst."

Seinem Vater gelang ein schwaches Lächeln. In seinem Innern flossen Schmerz und Freude zusammen, vermengten sich, wurden eins. Jeder Moment enthielt ganze Welten kaleidoskopischer Empfindungen.

„Ich habe keine Worte mehr …", sagte er und ließ seinen großen Kopf hängen.

Bloch wandte ebenfalls den Blick ab.

„Schon komisch", seufzte er. „Nach all dem Lärm kommt ein Punkt, an dem eine Unterhaltung echt wird, an dem alle Nebelkerzen aufgebraucht sind, und alles, was bleibt, ist das hier … zwei Stimmen in der Wildnis. Weißt du, was ich meine?"

Der gewaltige Leib seines Vaters wirkte, als wäre er in den Boden gehämmert worden. Mit dünner Stimme murmelte er: „Danny, ich bitte dich wirklich um Vergebung für das, was ich dir angetan habe."

Er weinte jetzt.

In Blochs Gesicht schienen gegensätzliche Kräfte miteinander zu ringen: Es war zugleich trüb und klar.

Mit einem Mal wurde ihm bewusst, wie künstlich, wie aufgesetzt seine Entrüstung war. Hatte er die Rolle einer verletzten, anklagenden, zornigen Person nur gespielt? Dass sein Vater wieder Kontakt zu ihm aufgenommen hatte, freute ihn mehr, als er zugeben wollte. Das Merkwürdige war, dass ihm der verbale Schlagabtausch mit ihm Spaß machte; trotz allem fand Bloch seinen Vater immer noch unterhaltsam. Etwas hielt ihn davon ab, seiner Wut richtig Luft zu machen. War das ein Zeichen von überragendem Großmut? Oder deutete es darauf hin, dass er seine Verbindung zum Leben gekappt hatte und ihm eigentlich alles egal war?

Nachdem Bloch seinem Vater ein Zeichen gegeben hatte, ihm einen Stift und einen Zettel zu reichen, und *Ich vergebe dir* darauf geschrieben hatte, fiel eine enorme Last von Samuels Schultern. Seine Wangen nahmen wieder etwas Farbe an und er bekam mächtig Appetit.

11

Ryan Rees führte stets drei Mobiltelefone mit sich. Die Nummer des ersten gab er Personen, mit denen er nicht sprechen wollte, daher war dieses Telefon grundsätzlich ausgeschaltet. Wer es anrief, konnte lediglich eine Nachricht hinterlassen. Zu den Personen, mit denen Ryan Rees nicht sprechen wollte, gehörten Anwälte, die darauf aus waren, ihn zu verklagen, zwei Ex-Frauen und alle, die von ihm promotet werden wollten: aufstrebende Musiker und Schauspieler, Menschen mit einer „bemerkenswerten" Lebensgeschichte und andere Hoffnungsträger. Ihnen allen hatte Rees diese Nummer gegeben, damit sie nicht den Eindruck gewannen, dass er sie mied oder nicht mit ihnen kooperieren wollte, aber zugleich nutzte er den Filter des Anrufbeantworters, um sie sich vom Leib zu halten. Die vielen E-Mails, die diese Leute ihm schrieben, wurden zwar beantwortet, aber nie von Rees persönlich. Manche in dieser benachteiligten Kategorie hielten Rees für eine doppelzüngige Schlange, die sich hinter der Technologie versteckte. Andere, die weniger abgeklärt waren, hielten ihn schlicht für einen gefragten Mann, an den man sehr schwer herankam.

Die Nummer des zweiten Mobiltelefons gab er seinen Klienten. Diese Nummer besaßen auch bestimmte Journalisten, zum Beispiel Lee Crackstone von der *Daily Mail*. Crackstones früherer Chefredakteur hatte ihn einmal als „den widerwärtigsten, rückgratlosesten, giftigsten, stinkendsten Abschaum" bezeichnet, „der je unter einem Stein hervorgekrochen ist, wo er zusammen mit anderen schmierigen, sich windenden Würmern haust. Wann immer er den Mund aufmacht, sollte man sofort die gesamte Umgebung desinfizieren und Geigerzähler aufstellen, um die Strahlung zu messen." Crackstone hatte – natürlich im Interesse der Wahrheitssuche – die Idee gehabt, die Häuser einiger hochkarätiger Promis mit winzigen Videokameras auszustatten. Praktischerweise hatten die Dienstmädchen der Promis die Kameras in Lampen und Glühbirnen versteckt, nachdem die *Daily Mail* sie entsprechend geschult und bezahlt hatte. Crackstone hatte außerdem die Mobiltelefone von Verbrechensopfern gehackt, in der Hoffnung, irgendwelche verfänglichen Informationen abzugreifen, die sich nicht mit der offiziellen Version der Geschehnisse deckten, dafür aber seine persönlichen Vermutungen bestätigten. Als Crackstones eigenes Mobiltelefon wenig später von der Journalistin Rebecca Murdeck – einer Rivalin vom *Daily Express* – gehackt worden war, hatte er kurioserweise (und aufs Äußerste empört) sofort Anzeige erstattet und Ryan Rees gebeten, jeden erdenklichen Schmutz über Murdeck auszugraben oder zu erfinden, denn er wollte sie vor Gericht bringen und ruinieren.

Rees' zweite Telefonnummer war außerdem im Besitz der formidablen Acquanetta Stilton, der Programmchefin des Verlagshauses Shankly & Windup. Stiltons literarische Vorlieben waren recht ausgefallen: Ihre größte Leidenschaft galt Romanen über sadomasochistische Praktiken unter Mormonen. Ein Verleger, zu dem Rees ebenfalls gute Beziehungen pflegte, war Miles Curfew vom Nema-Verlag. Nemas Spitzentitel in diesem Sommer war der Roman *Dentale Enthüllungen*, in dem es um eine zahnmedizinische Prophylaxe-Assistentin ging, deren geheimer, atemloser Traum es war, als Hygienekontrolleurin beim Gesundheitsamt zu arbeiten. Darüber hinaus plauderte Rees über sein zweites Mobiltelefon auch gerne mit dem Generaldirektor der BBC; dem Vorstandsvorsitzenden des Royal Automobile Club; dem Leiter der Steuerbehörde, Daffyth Ratchet; dem Versand-Mogul Adonis Contomichalos (Contomichalos und Ratchet waren gute Freunde, und Ratchet hatte schon oft auf einer der berühmten Luxusjachten des Griechen Urlaub gemacht); und dem bekannten West-End-Schauspieler, Frauenschwarm und Drogenabhängigen Rufus Cerventino. Außerdem verwendete Rees das zweite Mobiltelefon, um mit seinem Mitarbeiterstab zu kommunizieren. Dazu gehörten Johnson Manger, sein Texter; Arnold Bateman, sein Buchhalter; Donald Inn, sein ausgefuchster Gesellschafter, sowie ein Geschwader von Sekretärinnen. Zusammen mit Manger erfand Rees Geschichten und schmückte sie aus; mit Inn spann er strategische Ideen; mit Bateman erarbeitete er Kostenpläne, Budgets und Honorare. Freunde im eigentlichen Sinn hatte er keine.

Rees verscherzte es sich prinzipiell nie mit Zeitungsverlegern und Chefredakteuren. Aber was die Journalisten anging, die er für mittelmäßig hielt, so zeigte er ihnen üblicherweise zwei Gesichter: Wenn er etwas von ihnen wollte, klopfte er sie weich, aber wenn sie etwas von ihm wollten, brachte er ihnen eine fast schon pathologische Kälte entgegen. Zugleich besaß er die unheimliche Fähigkeit, sich wieder ins Leben von Leuten zu schleimen, die er in der Vergangenheit brüskiert hatte, indem er ihre Bedenken zerstreute, ihre Ressentiments weglachte und sie mit teuren Geschenken überhäufte.

Das dritte Mobiltelefon diente allein den Gesprächen mit seinem Privatbankier in Liechtenstein.

Ryan Rees fuhr gern mit schwarzen Taxis. Gerade war er in einem schwarzen Taxi unterwegs und überflog auf seinem Tablet die Kolumne „Gestern Abend im TV" von Tom Beard.

Beard war Feuilletonist beim *Guardian*. Er war ein intelligenter, gebildeter Mann, aber er hatte Probleme. Zu Beginn seiner journalistischen Laufbahn hatte er sich von den höchsten Prinzipien leiten lassen: Er hatte Bücher stets aufrichtig rezensiert, seine Storys immer minutiös recherchiert, sich jedes Mal mit den Chefredakteuren angelegt, wenn sie seine Artikel ändern wollten. Doch die Energie, die er aufbringen musste, um gegen den Strom zu schwimmen – und sich dem Willen all jener zu widersetzen, die den kleinsten gemeinsamen Nenner bequem fanden –, war im Lauf der Jahre dahingeschwunden. Nachdem seine Frau ihn für einen jüngeren, weniger komplizierten Mann verlassen hatte, war er dem Kokain verfallen. Von da an hatte er sich nicht mehr die Mühe gemacht, Fakten zu checken oder sich vorab Wissen über die Leute anzueignen, die er interviewte. Wenn er ein Buch rezensierte, beschränkte er sich darauf, die ersten dreißig Seiten zu lesen. Er wurde nachgiebig, traute seinen eigenen Meinungen nicht mehr und machte überall Schulden.

Zum *Guardian* war er gekommen, nachdem die *Times* ihn wegen seines Drogenproblems gefeuert hatte. Beim *Guardian* verdiente er ein Drittel dessen, was er als Feuilletonist bei der *Times* bekommen hatte. Rees hatte ihn ein paar Tage zuvor kontaktiert und zum Lunch ins Café Royal eingeladen. Er hatte ihm ein Angebot gemacht: Wenn er die neue Late-Night-Show „Nachgedacht" besprechen und einen gewissen Oscar Babel in ein rosiges, ja ekstatisches Licht setzen würde, könnte er ihm vielleicht den lukrativen Posten als Restaurantkritiker beim *Evening Standard* verschaffen, da der bisherige Stelleninhaber, Martin Maclehose, demnächst für drei Monate auf die Bahamas gehen würde, um sich eine wirklich gute Sonnenbräune zuzulegen, bevor er ein neues Leben als Talkshow-Moderator in Los Angeles beginnen würde. Diesen Vorschlag hatte Rees ihm nach ein paar Flaschen Roséwein unterbreitet, und nachdem er ihm ein Blechdöschen mit der Aufschrift „Starke Minzpastillen" zugeschoben hatte.

Das weiße Pulver in dem Blechdöschen hatte freilich nichts mit Pfefferminze zu tun gehabt.

Beard hatte sich nach kurzem Zögern bereiterklärt, eine gefällige Besprechung zu schreiben.

Für alles Weitere hatte Rees ihm eine Telefonnummer gegeben – die seines ersten Mobiltelefons.

Nachdem er den Artikel überflogen hatte, kurbelte er das Wagenfenster herunter und streckte den Kopf hinaus. Sie standen auf dem Victoria Embankment im Stau. Hinter ihnen war die Kuppel der St. Paul's Cathedral zu sehen, vor ihnen die schlanke Silhouette von Cleopatra's Needle. Zu ihrer Linken lag die Themse wie eine lange, gallertartige Decke. Die Schiffe und Boote schienen sich nicht von der Stelle zu rühren, als steckten sie in den zähen Wassern fest. Immerhin verlieh die helle Morgensonne den grauen Fassaden der Gebäude, Büroblocks und Konzerthallen am Südufer des Flusses ein wenig Frische. Rees sah zu, wie die Pendler in beide Richtungen über die Hungerford Bridge eilten, während hinter ihnen die maroden Züge verschlafen ins Leben ächzten.

Ryan Rees liebte London, liebte das Chaos der Stadt, die aus so vielen verschiedenen Teilen zusammengeflickt schien. Er liebte ihre Farben und den Staub, ihre Geschichte und die Pubs – derb, düster, warm, verkommen. Er liebte das tägliche Hauen und Stechen, die gewaltige Maschinerie von Business und Banking. Er liebte den Trafalgar Square und die Säule mit der Statue von Lord Nelson, die den Platz beherrschte. Er liebte die futuristische Architektur von Canary Wharf und das Wirrwarr von Soho, den beschaulichen Green Park, den Glamour der Oxford Street. Er liebte es, dass die Telefonzellen,

Busse und Briefkästen alle rot waren. Er liebte sogar die Parkuhren. Kurzum, Rees' Liebe zu London war wie alles an ihm: das Produkt einer wahnsinnigen Energie.

Schließlich setzte sich das Taxi wieder in Bewegung, und Rees machte sich daran, den Artikel über „Nachgedacht" sorgfältig zu lesen. Nachdem sie mehrere Ampeln hinter sich gelassen hatten, bogen sie mit sprunghafter Beschleunigung auf die Westminster Bridge ab.

Gestern Abend im TV von Tom Beard
Wenn Pickel zu Diamanten werden

Der Sommer ist selbstredend die Jahreszeit, in der Hemmungen und Hüllen fallen und das Liebesleben brummt: Es ist der Moment, in dem die Menschen an ein Techtelmechtel denken, Männer ihre anämischen Beine entblößen und Frauen kaum etwas anhaben. Genau der richtige Zeitpunkt also für eine Sendung, die sich mit dem heiklen Thema der sexuellen Liebe befasst.

„Sexuelle Liebe" ist ein sperriger Begriff: Niemand weiß so genau, was damit gemeint ist, aber alle wissen, dass sie in hohem Maße erstrebenswert ist. Sexuelle Liebe ist wunderbar, erzählt man uns, wohingegen Sex ohne Liebe einfach nur leer ist; und die Liebe allein, so ganz ohne Sex – nun ja, die kann ganz schön langweilig sein.

In der ersten Ausgabe von „Nachgedacht", der mit Spannung erwarteten neuen Talkshow auf BBC 2, haben gestern Abend einige hochkarätige Denker versucht, sexuelle Liebe zu definieren. Mit von der illustren Partie waren der Schriftsteller A. S. Meredith, der Kritiker und *raconteur manqué* Stephen Rialto sowie Christopher Carey, Englisch-Professor an der Universität Cambridge, wie immer in seiner smarten Lederjacke. Im Verlauf dieser unerwartet unterhaltsamen Sendung gab es einige Highlights. Meredith gestand, noch nie „Ich liebe dich" zu jemandem gesagt zu haben, aus Angst, missverstanden zu werden. Carey überraschte mit einer ungewöhnlich scharfsinnigen Beobachtung, nämlich, dass die Gesellschaft heutzutage darauf ausgerichtet sei, maximales sexuelles Verlangen und minimale sexuelle Sättigung zu erzeugen. Stephen Rialto gab zu bedenken, dass die verzerrte Realität der Internetpornografie –

insbesondere die schwer nachvollziehbaren Verrenkungen, die dort vorexerziert werden – desaströse Auswirkungen habe, was unsere Erwartungen an die Partnerin beziehungsweise den Partner betrifft. Doch keine der Koryphäen konnte den Begriff „sexuelle Liebe" wirklich präzise definieren. Es blieb dem anwesenden Alibivertreter der breiten Masse – einem gewissen Oscar Babel – überlassen, Licht ins Dunkle zu bringen. Natürlich hatte er seinen Beitrag im Vorfeld akribisch einstudiert, aber was Babel zu sagen hatte, verdient, in voller Länge zitiert zu werden:

„Ich glaube, wenn jemand richtig verliebt ist, wenn die Intimität durch den Körper weht, Wasser in Wein und Pickel in Diamanten verwandelt, wenn einem die geliebte Person wie ein großes Kunstwerk erscheint, dann könnte der sexuelle Akt eine Offenbarung, ein Manifest des Lebens sein.

Stattdessen wird uns erotische Liebe für gewöhnlich als Gelobtes Land verkauft. Manche betrachten sie auch als Landmine. Dabei sollte Liebe eigentlich über jede Wertung erhaben sein. Das ist aber nur selten der Fall. Sie sollte bedingungslos sein, aber wer kann schon bedingungslos lieben?

Heutzutage muss Liebe zwangsläufig eine Bereicherung sein. Aber manchmal, sehr selten, entpuppt sie sich als Märchen. Wenn sie richtig funktioniert, kann sie sogar die Zeit anhalten. Dann schimmert alles."

Das sind keine modernen Ansichten, zugegeben – aber ich fand sie kühn. Babel stützte sich offenbar auf die tantrischen Lehren über Sexualität, gab ihnen aber zugleich eine ganz eigene Note. Meredith sagte zu Babel, seine Bemerkungen seien abgehoben und vage, und dann haben die anderen nachgetreten und sich beeilt, Babel und seinen Beitrag herunterzumachen. Womöglich grassierte in der Runde das Zicken-Virus, wer weiß. Ich denke, wir sollten diesen Babel im Auge behalten. Er ist eindeutig zu etwas bestimmt, ich weiß nur noch nicht, wozu. Zuverlässigen Quellen zufolge hat er als Aktmodell gearbeitet und viele Jahre mit dem Studium des Sanskrit verbracht, während er ausgiebig den Orient bereiste. Vielleicht ist es das, was Größe ausmacht. Wer weiß?

(Eine weitere Person, die den Artikel aufmerksam las, war Najette, aber sie war darüber nicht so erfreut wie Rees. In der folgenden Nacht träumte sie von Oscar. Er saß hoch oben auf einer Birke – beziehungsweise saß dort fest – und rief ihr zu: „Von hier oben hat man einen umwerfenden Blick. Wie komme ich wieder runter?")

Nachdem das Taxi den Kreisverkehr der Westminster Bridge passiert hatte, bog es ordnungsgemäß in den Parliament Square ein, wo Touristen eifrig Fotos von Big Ben und dem Westminster Palace schossen. In einer Ecke stand die Bronzestatue von Winston Churchill, die linke Hand in der Manteltasche, die rechte auf einen Stock gestützt, der Blick fest und resolut. Während sie weiter Richtung Victoria Street fuhren, wandte Rees den Kopf, um noch einen Blick auf die strenge, leicht bucklige Figur zu erhaschen. Rees mochte Statuen – sie waren Sinnbilder von Beständigkeit, von unerschütterlicher Standhaftigkeit, gleichgültig gegenüber jenen, die sie betrachteten. Sie verkörperten etwas, das den Menschen fehlte: eine wunderbare Distanz zu den Dingen.

Das Taxi fuhr nun schneller. Rees legte das Tablet einen Augenblick beiseite und holte ein digitales Audiogerät aus seinem Aktenkoffer. Er steckte sich die Kopfhörer in die Ohren und drückte ein paar Tasten. Eine Sekunde später erdröhnte ein eigenwilliges Medley aus markerschütternden Tierschreien und Vogelrufen. Die Aufnahmen stammten von einem Reisejournalisten, der sie während eines Kenia-Aufenthalts gesammelt und eigens für ihn zusammengestellt hatte. Da war das klagende, heisere Pfeifen des Buntastrilden, gefolgt vom tagaktiven Gesang des Trauerdrongos, der schepperte und näselte wie ein Banjo. Der meckernde Ruf des Weißbauch-Lärmvogels ähnelte dem Blöken eines Schafes. Und dann war da noch der grunzende Schrei des Marabus. Rees hatte diese Aufnahmen immer und überall dabei. Sie versetzten ihn in einen Zustand der Entrückung, losgelöst von seiner unmittelbaren Umgebung. Er lauschte ihnen aber auch, wenn er besonders erregt war, so wie jetzt.

Er schloss die Augen, seine Lippen waren zu einem sardonischen Lächeln zurückgezogen. Die Natur war rein, amoralisch, schlicht, dachte er. Natur und Statuen: das waren die Ideale. Beards Besprechung war gut, richtig gut. Er zündete sich eine Zigarre an. Was für ein Geniestreich es wäre, Oscar in einen modernen Mythos zu verwandeln, was für ein kleines Wunder, aus diesem Niemand einen Jemand zu machen, ihm einen Status, einen Wert zu verleihen, einfach nur so, weil es einen Heidenspaß machte, alle an der Nase herumzuführen.

Die Aussicht auf enorme Gewinne war zwar verlockend, aber der eigentliche Reiz bestand darin, Oscar zur Ikone zu stilisieren. Und er, Rees, würde den Zirkusdirektor geben, der stolz seinen Löwen in die Manege führt. Insgeheim trug er sich mit dem Gedanken, eine Mischung aus Freak und Gott zu fabrizieren. Er wusste aus Erfahrung, welch ein Vergnügen es war, die Allgemeinheit zum Narren zu halten, aus ihrer Leichtgläubigkeit Profit zu schlagen und mit ihrer Wahrnehmung zu jonglieren.

Das Taxi bog jetzt in den Grosvenor Place ein. Rees war mit Jura Proskowira, einem russischen Multimillionär, verabredet. Das Treffen sollte in einem angesagten Restaurant namens „The Morgue" in der Brompton Road stattfinden. Hier konnten die Gäste in einem Separee ungestört Sushi vom nackten Körper exotischer Frauen essen, die ausgestreckt auf langen Tischen lagen. Rees machte Publicity für Proskowiras neuen Nachtclub „Baby Go-Go". Er sorgte dafür, dass der Name des Clubs regelmäßig in Radiointerviews fiel. Darüber hinaus erwähnte er ihn, wenn er Lust hatte, gegenüber den Journalisten, mit denen er sich traf. Dafür bezahlte ihm Proskowira fünfzehntausend Pfund im Monat. Rees hielt den Russen für naiv. Er wusste genau, dass der Club keine Chance hatte, in die Riege der bekanntesten Etablissements aufzusteigen, obwohl er seinem Kunden gegenüber das Gegenteil behauptete und ihm versicherte, das „Baby Go-Go" werde binnen weniger Monate in aller Munde sein.

Er paffte seine Zigarre. Dicke Rauchschwaden hüllten ihn ein und vernebelten sein Gesicht. Er nahm vorsichtig die Kopfhörer aus den Ohren, zog sein Mobiltelefon hervor und wählte eine Nummer, während er Beards Besprechung nach verwendbaren Phrasen durchkämmte.

Dann schnarrte er mit halsbrecherischer Geschwindigkeit ins Telefon: „Donny, wir müssen uns ein paar Plakate ausdenken. Und sie dann in sämtlichen Bibliotheken, Cafés und an allen möglichen öffentlichen Plätzen aufhängen. Aber vor allem in der U-Bahn, da will ich ein paar Milliarden hängen haben, du weißt schon. Setz dich mit Transportation Display in Verbindung, wegen der Genehmigung. Sag ihnen, dass wir die Flächen für mindestens vier Wochen brauchen. Du kannst das mit dem Typ regeln, der für den Postleitzahlbereich W1 zuständig ist. Was die Zielgruppe betrifft: sagen wir, ein erwachsenes Publikum aus dem Zentrum von London. Ich weiß nicht, wie viel Zeit die normalerweise für die Entwürfe brauchen, wahrscheinlich mehrere Wochen, also handle irgendwas mit Jürgen aus. Ich diktiere dir, was draufstehen soll. Bist du so weit? … Was soll das heißen, ‚Jürgen könnte Schwierigkeiten machen'? Scheiße noch mal, Donny, stell dich nicht so an. Fertig? Also: ‚Sind Liebe und Reichtum unzertrennlich? Ist die Liebe ein Märchen oder das Gejammer der Verdammten? Heilung naht.' Hast du das? Lies es mir noch mal vor."

Auf der Brompton Road musste das Taxi abrupt bremsen. Vor Harrods standen elegant gekleidete Damen und betrachteten ihre noch eleganteren Gegenstücke – beunruhigende Prototypen der Perfektion –, die reglos in den Schaufenstern standen. Die Menschenmassen zogen an diesem Sommertag durch die Stadt, getrieben von einem irren Zwang, Geld auszugeben, als würde Konsum das Atmen erleichtern.

„Hört sich gut an, finde ich. Als Schrift will ich 164 Bodoni MT Ultra Bold. So, und dann lässt du noch ein anderes Plakat drucken. Fünftausend Stück, alles wie beim anderen … Genau gleich, ja. Auf diesem Plakat soll nur stehen: ‚Wer ist Oscar Babel?' Hast du das? … Ja, das ist alles. Ebenfalls in der U-Bahn. Und überall, wo viele Leute unterwegs sind … Ist mir egal, du kannst auch irgendwelche Großmütter bestechen, wenn's sein muss, Hauptsache, die Plakate hängen in Boutiquen, Bistros und so weiter. Von mir aus auch an den Ärschen von Pastoren. Genau. Vermassle es nicht. Wie läuft's mit der Website? … In Ordnung. Johnson soll den Aschram in Kerala erwähnen, wie ich gesagt habe. Und das ganze andere Zeug, Sanskrit, bla, bla, bla. *Au revoir.*"

Auf den letzten hundert Metern ruckelte das Taxi, als würde es gleich unter der Last von Rees' Worten zusammenbrechen.

Das Restaurant „Albertine" unweit der Regent Street sah aus wie ein Gewächshaus. Dutzende prächtiger, subtropischer Pflanzen mit dicken, verschlungenen Stämmen zierten den Raum. Von der Decke baumelten Terracotta-Töpfe mit üppigem Hibiskus herab, dessen strahlend weiße Blüten ein unwirkliches Licht verströmten.

Wer hier Platz nahm, war vom Glanz seiner Umgebung regelrecht überwältigt. Überall hingen geschliffene, blank polierte Spiegel, sodass der Blick, wohin er auch schweifte, stets auf Gruppen angeregt plaudernder Menschen fiel, die sich vergnügt durch die Speisekarte schlemmten. Die Wände waren in einem blendenden Weißton gestrichen, und der Boden bestand aus pfirsichfarbenen und schwarzen Keramikfliesen. Viele der Gäste hatten den Eindruck, dass allein schon das Ambiente ihre Unterhaltung beflügelte und auf ungeahnte Höhen trug. Keiner von ihnen konnte sich später erinnern, je einen Abend in einer derart zauberhaften Atmosphäre verbracht oder ein solches Maß an Witz, Geist und Charme bei sich entdeckt zu haben.

Er hatte (unter enormen Schwierigkeiten) einen Tisch im „Albertine" reserviert, weil er dachte, das Interieur würde ihr gefallen – schließlich passte es gut zu ihrer Leidenschaft, den Pflanzen.

Als sie dort saßen, wurde Lilliana bewusst, dass sie nicht einmal seinen Vornamen kannte.

Der verrückte Plan war nicht mehr bloß ein abstrakter Gedanke: Sie waren dabei, ihn in die Tat umzusetzen. Lilliana hatte ein flaues Gefühl im Magen. Bislang war das alles nur Theorie gewesen, aber nun rückte der Moment gefährlich nahe, da die Wirklichkeit ihren eigenen Regeln folgen würde, und das konnte Anarchie und Kontrollverlust bedeuten. Was, wenn diese Leute Fragen stellen würden, auf die sie keine Antwort wusste? Was, wenn ihre Geschichten sich nicht deckten? Was, wenn sie als Betrügerin entlarvt wurde? Das Einzige, was sie abgesprochen hatten, war, wie sie sich kennengelernt hatten: bei einer Lyrik-Lesung.

Aber alles, was sie tatsächlich über ihn wusste, war genau das, worüber sie nicht reden durfte: dass er homosexuell war, und ein Scharlatan.

Es war ihr schleierhaft, weshalb sie sich nicht besser auf ihre Rolle vorbereitet hatte. Was hatte sie sich bloß dabei gedacht? Sie hätte genügend Zeit gehabt. Wieso hatte sie sie nicht genutzt, um genau das zu vermeiden – dass sie jetzt dasaß, voller Angst, alles zu vermasseln? Eigentlich hatten sie vorgehabt, sich zu treffen und ihren Auftritt zu proben, aber aus unerfindlichen Gründen war das Treffen nie zustande gekommen, und am Ende hatten sie nur ein paar Worte am Telefon gewechselt. Ihr Blick wanderte zu den anderen Gästen, die weiße Sommerjacken, schimmernde, leichte Kleider und teure Jeans trugen. Alle amüsierten sich. Die Unterhaltungen sprudelten wie ein nie versiegender Quell. Aber das opulente Umfeld steigerte nur ihr Lampenfieber. Sie sah ihn an. Er fingerte nervös an seinem Toupet herum.

„Mr. Sopso, ich weiß gar nicht, wie Sie mit Vornamen heißen."

„Was?"

„Wie heißen Sie?"

„Das müssten Sie doch inzwischen wissen", sagte er mit seiner hohen, dünnen Stimme.

„Ich weiß es aber nicht."

„Nein? Merkwürdig, dass keiner von uns –"

„Es gibt Millionen Dinge, die ich nicht über Sie weiß und eigentlich wissen müsste, aber vielleicht wäre es keine schlechte Idee, wenn wir wenigstens das mit dem Vornamen klären könnten, bevor Ihre Eltern eintreffen."

„Ja, sicher, unbedingt, aber wieso haben Sie mich nicht schon früher danach gefragt? Wir haben ja erst kürzlich miteinander telefoniert und da dachte ich –"

„Das hat wahrscheinlich mit dem Schild an Ihrer Tür zu tun: ‚Mr. Sopso, Wahrsager'. Für mich waren Sie irgendwie immer der gute alte Mr. Sopso."

„Interessant. Vielleicht waren Sie ... Also, ich heiße –"

„Alexei!", gellte eine Stimme mit Sprengkraft durch das Lokal.

Ein paar Köpfe drehten sich erstaunt um.

„Alexei! Alexei! Alexei!"

Es klang wie ein primitiver Schlachtruf.

„Oh mein Gott", flüsterte Mr. Sopso. Er war kreidebleich im Gesicht.

Zwei Gestalten näherten sich mit verstörender Geschwindigkeit vom anderen Ende des Saals.

Er und Lilliana waren um acht verabredet gewesen. Seinen Eltern hatte er gesagt, sie sollten um halb neun kommen. Auf diese Weise hätten Lilliana und er noch Zeit gehabt, um sich mit der Situation vertraut zu machen. Aber seine Eltern waren fünfundzwanzig Minuten zu früh eingetroffen.

Lilliana musterte ihren Begleiter. Er hatte sich vollkommen verändert: Sein Körper war in eine schützende Starre verfallen. Ihr Blick wanderte zurück zu dem elefantösen Paar, das jetzt eine Schneise durch das Restaurant schlug und dabei gegen Pflanzen stieß, Servietten von den Tischen fegte und kleine Kinder erschreckte.

Mrs. Sopso trug einen Pelzmantel, auffällige, glitzernde Stiefel und einen weiten, wehenden Rock. Ihr Mann war schlichter gekleidet: braune Cordhosen, Turnschuhe und eine grüne Kampfjacke. Mrs. Sopsos Make-up bestand aus so vielen Schichten und haftete so stark an ihrem Gesicht, dass es aussah, als ließe es sich nur operativ entfernen.

Lilliana und Mr. Sopso erhoben sich mit weichen Knien von ihren Stühlen, um die beiden in Empfang zu nehmen.

„Hallo Mum, D-d-dad ... Darf ich vorstellen: Das ist Lilliana, meine Verlobte."

Lilliana streckte die Hand aus, aber ehe sie sich's versah, hatte Mrs. Sopso ihr bereits einen ungestümen Kuss auf die Wange gedrückt.

„Endlich läuft unser Sohn in den Hafen der Ehe ein!", rief sie. Sie wirkte agitiert, als hätte sie irgendwo eine Pfanne auf dem Herd stehen lassen und müsste gleich los, um danach zu schauen. Sopso senior schüttelte Lilliana die Hand und sagte dann augenzwinkernd zu seinem Sohn: „Nicht schlecht. Aber das Lokal ist auch nicht übel."

Lilliana fühlte sich auf der Stelle extrem unwohl.

„Ja", sagte sie, bemüht, etwas auf Mr. Sopsos letzte Bemerkung zu erwidern, „Alexei hat wirklich einen sehr schönen Ort ausgesucht ..."

„Oh, Sie nennen ihn auch *Alexei*? Ich dachte, nur seine Mutter würde ihn so nennen", sagte Mrs. Sopso und blickte verletzt drein.

„Sie wechselt zwischen Alexei und Alex", beeilte sich Alex Sopso zu sagen.

Lilliana nickte eifrig, während sie diese Information blitzschnell aufnahm und beschloss, es in Anbetracht des schmerzerfüllten Gesichts seiner Mutter bei „Alex" zu belassen.

„Also", sagte Alex, „setzen wir uns."

„Oh, Alexei, möchtest du mir nicht den Mantel abnehmen? Sei ein guter Junge", säuselte Mrs. Sopso.

„Alex, nimm deiner Mutter den Mantel ab. Du weißt, wie wichtig ihr das ist. Wissen Sie, Lilliana, das ist so eine Marotte von ihr: Sie mag es, wenn ihr jemand in den Mantel hinein- und aus dem Mantel heraushilft. Fragen Sie mich nicht, warum."

Alex war seiner Mutter pflichtschuldig behilflich, während Lilliana sein wachsendes Unbehagen wahrnahm, das wiederum ihr eigenes befeuerte. Nachdem er mit dem Mantel gerungen hatte, wusste er nicht, wohin damit, und stahl sich schließlich davon, um eine Garderobe zu suchen, erleichtert über die Gelegenheit, der radioaktiven Präsenz seiner Eltern wenigstens für ein paar Minuten zu entkommen.

Sie setzten sich. Lilliana tat ihr Bestes, um ruhig und gelassen zu wirken.

„Lilliana – was für ein hübscher Name. Ich finde, wir sollten uns alle beim Vornamen nennen. Bestimmt hat Alex Ihnen erzählt, wie wir heißen, oder?", sagte Mr. Sopso.

Oh Gott, es geht schon los, dachte sie.

„Nein, leider nicht."

„Na so was", meinte Mrs. Sopso leicht pikiert.

„Ich bin Harvey, und meine Frau heißt Nina. Hat Alex Ihnen von Geoffrey erzählt?"

Lilliana hielt es für ratsam, an dieser Stelle zu lügen, nachdem sie schon beim ersten Test durchgefallen war.

„Oh ja … Geoffrey … Natürlich hat er mir von ihm erzählt."

„Und was halten Sie von ihm?"

„Also, er ist … sehr nett."

„Ach, Sie haben ihn kennengelernt?"

„Nicht direkt."

„Aber Sie sagten doch, er sei nett."

„Ich meinte, dass er nett klingt."

„Was sagen Sie zu seinem Beruf?"

„Also ... Was macht er doch gleich?"

„Um Himmels willen, Harvey, lass das arme Mädchen doch mal Luft holen", sagte Nina.

„Er ist Priester! Wussten Sie das nicht? Was könnte nobler sein ..."

„Ach ja, natürlich, Priester. Das ist ein sehr ... ein sehr *tugendhafter* Beruf." Ihr war plötzlich eingefallen, dass Alex' Eltern religiös waren.

„‚Tugendhaft' ist ein guter Begriff. Könnte von mir stammen."

Ein Kellner mit Haaren so dunkel und glatt wie schwarzes Johannisbeergelee brachte die Speisekarten. Das schuf ein wenig Raum zum Atmen. Alex war noch nicht wieder aufgetaucht. In diesem Moment befand er sich in der Herrentoilette und spritzte sich kaltes Wasser ins Gesicht.

Während sie die Speisekarte studierten, die (sehr zu Harveys Missfallen) auf Französisch geschrieben war, feuerte Nina Worte ab wie ein Maschinengewehr Kugeln.

„Du meine Güte, haben die etwa die gesamten Hängenden Gärten von Babylon in dieses Restaurant gestopft? Ich kann mich nicht erinnern, je eine derart umfangreiche Sammlung von Blumen gesehen zu haben. Gottes Schöpfung ist hier so vielfältig vertreten wie im Garten Eden, könnte man meinen. Die Pflanzen erinnern mich daran, dass ich diese chinesischen Wurzeln finden muss, solange ich in London bin."

„Oh, ich kenne einen guten Laden, wo sie solche Dinge verkaufen, ein Reformhaus, ich war erst kürzlich dort, genau an dem Tag, als wir uns –"

Lilliana unterbrach sich gerade noch rechtzeitig.

„Er ist in der Nähe der Tottenham Court Road", fügte sie rasch hinzu.

Alex tauchte wieder auf. Sein Hemdkragen war verdächtig feucht.

„Setz dich neben Mummy, Alexei, Lieber, so ist es gut, und wie wäre es mit einer kleinen Umarmung? Schon besser. Es ist ja so lange her, seit wir uns zuletzt umarmt haben, nicht wahr?"

Alex hatte einen flehenden Ausdruck in den Augen, als stünde er kurz davor, von einer Dampfwalze überrollt zu werden. Lilliana warf ihm einen beschwörenden Blick zu.

„Es heißt, dass sie wahre Wunder bei Arthritis bewirken", sagte Nina.

„Was bewirkt wahre Wunder bei Arthritis?", fragte Harvey, der mit mäßigem Erfolg versuchte, die Speisekarte zu entschlüsseln.

„Chinawurzeln! Hörst du mir denn nie zu? Ein Wundermittel gegen Arthritis und Syphilis. Wobei mich nur Ersteres interessiert. Eukalyptus ist auch sehr gut. Im Spa in Dortmund bin ich immer in den Eukalyptus-Raum gegangen, bevor sie das Wellnesscenter abgerissen und stattdessen ein Internetcafé hingestellt haben. Dabei hat der Eukalyptus meinen Stirnhöhlen so gutgetan, er hat sie befreit. Aber beim Abfluss der Küchenspüle funktioniert das überhaupt nicht, da braucht man schon etwas Schärferes, wobei das Zeug immer so hässliche Flecken macht. Ach, was rede ich da. Die Speisekarte sieht interessant aus, findet ihr nicht? Bestimmt ganz köstlich. Die französische Küche ist immer köstlich. Aber wir müssen den Versuchungen widerstehen. Lilliana, mögen Sie Pommes frites? Natürlich kann ich nicht mehr so essen wie früher. Gütiger Himmel! Riesige Buffets, fette Saucen, Hummer à la Thermidor, Steak au *pauvre* und tonnenweise Fritten. Mein Arzt hat es mir verboten. Ich habe einen schwachen Magen. Aber *pst*! Kein Wort davon, sonst geht es gleich wieder los. Und ich habe es gerade erst geschafft, ihn zu beruhigen. Das kommt davon, dass man dreißig Jahre lang gut gegessen hat."

„Du meinst, das kommt davon, dass ich dich dreißig Jahre lang in gute Restaurants geführt habe", schnaubte Harvey.

Daraufhin trat eine Gesprächspause ein. Die heitere Umgebung konnte gegen den giftigen Unterton, der sich an ihrem Tisch einschlich, nichts ausrichten.

„Dreißig Jahre!", sagte Lilliana. „So lange sind Sie schon verheiratet?" Sie hatte erkannt, dass es nur eine Möglichkeit gab, um diesen Abend zu überstehen, nämlich, den Fokus voll und ganz auf die Eltern zu richten und den Ball sehr, sehr flach zu halten.

„Dreißig Jahre, ganz recht", sagte Harvey. „Wieso – kommt Ihnen das so lang vor? Was halten Sie denn von der Ehe?"

„Oh, ich glaube kaum, dass ich je … ich meine … ich kann es kaum erwarten, endlich verheiratet zu sein", stammelte sie. Ihr Zögern machte Alex so nervös, dass er fast vom Stuhl fiel.

„Wie reizend", sagte Nina. „Alexei hat uns schon erzählt, dass Sie ein religiöses Mädchen sind."

„Ach ja?"

„Wie religiös sind Sie denn?", fragte Harvey.

„Nun ja, ich … ich gehe hin und wieder in die Kirche."

„Nur hin und wieder?"

„Lilliana redet nicht gern über ihren Glauben. Sie fürchtet, dass er dadurch entweiht wird", kam Alex ihr zu Hilfe.

Harvey dachte kurz über diesen Standpunkt nach, der ihm eindeutig noch nie begegnet war. Er zog eine Erwiderung in Betracht, ließ es dann aber sein und wandte sich laut seufzend wieder der Speisekarte zu.

Nina sagte lebhaft: „Ich finde es gut, dass Sie das für sich behalten. Ich mag es, wenn die Dinge ein bisschen mysteriös sind."

Alex warf Lilliana einen vielsagenden Blick zu, den seine Eltern zum Glück nicht bemerkten. Es würde alles gut gehen.

Der Kellner kehrte mit einem Brotkorb und einer Karaffe eisgekühltem Mineralwasser zurück. Harvey Sopso hatte einige Fragen zur Speisekarte. Zunächst beantwortete der Kellner die Fragen bereitwillig. Als dann aber Dinge wie Garzeit, Zutaten und Gemüseanbau aufs Tapet kamen, tat sich ein Dschungel auf, aus dem er keinen Ausweg sah. Schließlich murmelte er: „Vielleicht möchten Sie sich noch einen Augenblick Zeit nehmen", und verschwand.

„Lilliana, finden Sie nicht, dass der Kellner etwas ruppig war?", fragte Nina.

„Doch, das finde ich auch."

„Übrigens", sagte Harvey, „weiß jemand von euch, wer Oscar Babel ist?"

Lilliana verschluckte sich fast an dem Mineralwasser, das sie gerade im Mund hatte. „Was?!"

„Überall hängen diese Plakate. In der U-Bahn, in den Cafés, und auf allen steht nur: ‚Wer ist Oscar Babel?' Also, wer zum Teufel ist

Oscar Babel? Ich meine, was soll das – ein Plakat, auf dem nur steht: ‚Wer ist Oscar Babel?'"

„Ich weiß, wer Oscar Babel ist", sagte Lilliana und tupfte ihren Mund mit der Serviette ab.

„Sie ist immer sehr gut informiert", sagte Alex und versuchte, passend zu dieser Bemerkung ein stolzes Gesicht zu machen.

„Er ist ein Freund von mir."

„Wirklich?", sagte Nina. „Erzählen Sie uns von ihm."

„Ich habe ihn vor einiger Zeit im Laden kennengelernt."

„Aber wieso steht überall sein Name?", fragte Harvey.

„Das ist mir noch gar nicht aufgefallen", sagte Lilliana. „Ich komme ja nicht so oft aus dem Laden heraus."

„Welcher Laden?"

„Der ‚Sonnenbrunnen'. Ich habe einen Blumenladen."

„Alexei, du hast uns gar nicht erzählt, dass deine Verlobte einen Blumenladen hat. Stellen Sie sich vor, Lilliana: Er hat uns nur erzählt, dass Sie eine gute Köchin sind. Alexei, warum tust du immer so geheimnisvoll?", fragte Nina.

„Oh ja, der Laden ist sehr schön, es gibt dort eine Menge … Spargel, Petersilie", sagte Alex verwirrt.

„Den müssen wir uns unbedingt anschauen."

„Ach, weißt du, Mum, ihr seid ja nicht so lange in London und –"

„Das ist doch kein Problem, Alex", sagte Lilliana, die es für das Beste hielt, zu allem Ja und Amen zu sagen, um Probleme zu vermeiden, obschon ihr bewusst war, dass ihr Einverständnis erst recht Probleme nach sich ziehen würde. „Natürlich sollen deine Eltern den Laden sehen." Irgendwie würde sie diese unausstehlichen Leute schon bändigen.

„Ein Blumenladen – nicht übel", sagte Harvey. „Jedenfalls besser, als den Leuten die Zukunft vorherzusagen. Alex, hättest du nicht Priester werden können, wie dein Bruder, oder Zahnarzt oder Buchhalter oder etwas in der Art? Aber nein, du musstest unbedingt mit Hexenbrettern herummachen und weiß der Himmel, was –"

„Dad", sagte Alex, die dünne Stimme am Anschlag, „lass uns versuchen, Lilliana nicht zu langweilen, in Ordnung? Abgesehen davon weißt du genau, dass ich keinen Okkultismus betreibe. Ich lese den Leuten nur gelegentlich aus der Hand und lege Tarotkarten."

Aber Harvey ließ nicht locker. „Als du noch im Kunsthandel warst", sagte er, „hast du dein Geld wenigstens auf anständige Weise verdient. Aber Wahrsager? Das ist doch kein Beruf. Als Nächstes liest du wahrscheinlich in den Eingeweiden von Hunden und Katzen, oder deutest die Bewegungen von Seemöwen und Raben. Ich verstehe nicht, warum du dir nicht einen anderen, richtigen –"

„Halt bitte den Mund, Harvey", sagte Nina mit überraschender Würde.

Ein neuer Kellner erschien (der erste hatte seinen Kollegen angefleht, ihren Tisch zu übernehmen), und es folgte ein weiteres inquisitorisches Verhör, bis die Bestellung zur allgemeinen Erleichterung in die Küche wanderte. Ein gewisser Friede stellte sich ein. Alex sah so erschöpft aus wie eine Mutter, die gerade ein Kind zur Welt gebracht hat.

Lilliana bekam allmählich Mitleid mit ihm und begann zu begreifen, wie sehr er unter diesen Eltern gelitten haben musste.

„Also, erzählen Sie uns von diesem Oscar", sagte Nina.

„Wie ich schon sagte, er ist ein alter Freund von mir, aber ich weiß nicht, warum überall diese Plakate hängen. Als wir uns das letzte Mal getroffen haben, hat er mir erzählt, dass er als Aktmodell arbeitet."

„Als Aktmodell? Noch mehr von diesem Teufelszeug. Was ist mit den Männern heutzutage bloß los? Werden sie alle zu Frauen? Seit wann zieht sich ein junger Mann von Berufs wegen aus? Ich meine, warum bleiben sie nicht einfach zu Hause und lesen Augustinus oder führen sich bei einer Tasse Tee die Bibel zu Gemüte?", sagte Harvey.

„Verzeihen Sie, Mr. Sopso", erwiderte Lilliana und gab einem leichten Anflug von Ärger nach, „aber war der heilige Augustinus nicht selbst ein bekennender Sünder, der dann Erlösung gefunden hat? Sollten wir mit jenen, die noch auf dem Irrweg sind, nicht nachsichtiger sein? Ich meine, predigt das Christentum nicht Toleranz und Vergebung? Hat Jesus nicht gesagt: ‚Richtet nicht, damit ihr nicht gerichtet werdet'?"

Diese Worte schienen eine gewisse Wirkung auf Harvey zu haben. Er verfiel in Schweigen, aber in seinem Innern rumorte es: Himmelherrgott noch mal, was glaubt diese unbedeutende Person, dieses dahergelaufene Blumenmädchen eigentlich, wer sie ist?, dachte er. Sitzt da und meint, einen alten Mann belehren zu müssen …

„Hört, hört!", sagte Nina. „Weißt du, Alexei, ich mag dieses Mädchen. Sie ist ganz anders als deine bisherigen Freundinnen. Die eine, jedenfalls. Lilliana, Liebes, Sie müssen uns unbedingt in Dortmund besuchen kommen. Sie haben Temperament, das gefällt mir. Alexei, lass sie dir bloß nicht entwischen. Sie ist ein Engel. Und sie hat eine wunderschöne weiße Haut, findest du nicht?"

„Ja", sagte Alex, „ich weiß, dass sie ein Engel ist. Deswegen habe ich ihr auch das Bild geschenkt, weißt du, das mit den beiden Heiligen."

„Wie schön", sagte Nina. „Das Bild hat mir immer gefallen. Es ist von Picasso, nicht wahr? Alexei hat diesen Künstler immer bewundert. Ich bin froh, dass Sie das Bild jetzt haben, Lilliana."

Lilliana wurde von unterschiedlichen Emotionen überschwemmt. Die Armseligkeit von Alex' Vater machte sie traurig. Gleichzeitig empfand sie eine wachsende Zuneigung zu Alex, nun, da sie ihn in einem neuen Licht sah und erkannte, wie viel ihm das Bild von Fra Angelico tatsächlich bedeutet hatte. Tränen traten ihr in die Augen, flossen aber nicht über, sondern bildeten einen feuchten Schleier, der im Schein der Lampen schimmerte. Das Schweigen, das nun am Tisch herrschte, war eine willkommene Nische, in die sich Lilliana hineinkuschelte.

„Hat Alex Ihnen erzählt, wie wir uns kennengelernt haben, Mrs. Sopso?", fragte sie nach einer Weile.

„Das wollte ich Sie gerade fragen, meine Liebe!"

„Es war bei dieser –", setzte Alex an.

„Lass mich die Geschichte erzählen, Alex!", unterbrach ihn Lilliana mit Nachdruck.

Einen entsetzlichen Moment lang dachte Alex, sie würde ihnen die Wahrheit sagen, ihnen erzählen, wie sie sich tatsächlich kennengelernt hatten, und dass er ein Lügner und Betrüger war, dass der ganze Abend inszeniert war.

Aber Lilliana hatte einen anderen, geheimnisvolleren Plan.

Seit sie das Restaurant betreten hatte, war ihr ein Nachmittag aus ihrer Vergangenheit durch den Sinn gegangen, eine Erinnerung, die sie stets wie einen Schatz gehütet hatte. Es war einer jener seltenen Momente gewesen, in denen sich das Leben in seiner ganzen Fülle offenbart hatte und es schon eine Wonne gewesen war, einfach nur zu atmen. Am Ende jenes idyllischen Nachmittags war ihr ein Mann begegnet, ein Mann, zu dem sie sich stark hingezogen fühlte. Traurigerweise hatte sie ihn danach nie wiedergesehen. Jetzt beschloss sie, diesem Unbekannten vorübergehend das Gesicht von Alex Sopso zu leihen, ihn diesen besonderen Platz in ihrer Erinnerung einnehmen zu lassen und dadurch, so hoffte sie, eine tiefe Kerbe in Harvey Sopsos Panzer zu schlagen.

„Ja, ich erzähle Ihnen, wie ich Alex kennengelernt habe. Es ist eine schöne Geschichte.

Es war im vergangenen Sommer. Ich hatte eine Freundin auf dem Land besucht und fuhr mit dem Zug zurück in die Stadt. Ich weiß noch, dass es ein glühend heißer Tag war. Der Bahnsteig war so heiß, dass man Spiegeleier darauf hätte braten können. Gleich neben dem Bahnhof war ein ganzes Feld mit Narzissen, die bei jeder Brise sanft hin- und herwiegten. Es war wunderschön. Außer mir war niemand dort. Ihr kennt diese Bahnhöfe auf dem Land – sie sind immer verlassen. Im Winter ist das schrecklich trostlos, aber an diesem Sommernachmittag war der menschenleere Bahnhof geradezu magisch. Ich hätte dort stundenlang auf den Zug warten können."

Sie nahm einen Schluck Wasser. Alex starrte sie an und fragte sich, wo diese Geschichte wohl hinführte.

„Nach einer Weile fuhr der Zug Richtung London ein. Ich stieg in den letzten Waggon. Sämtliche Fenster waren heruntergezogen, und der Fahrtwind blies hindurch. Herrlich. Ich hatte den ganzen Waggon für mich allein.

Endlose Felder flogen vorbei. Hinter einer Kurve tauchte die Sonne auf und blendete vom Himmel. Ich fühlte mich unglaublich glücklich. Vielleicht kam alles genau im richtigen Moment zusammen: die Fahrt, das Sonnenlicht, das Alleinsein. Wisst ihr, die Freundin, bei der ich gewesen war, hatte mir ein bisschen Geld geliehen, damit ich den Blumenladen kaufen konnte. Ich hatte gerade meinen Job in einem mit Kakerlaken verseuchten Restaurant gekündigt. Die Welt erschien mir verheißungsvoll. Mit dem Kauf des Ladens würde ich mein Leben ändern, nicht grundlegend, aber es war ein wichtiger Schritt. Während ich in dieser Märchenkutsche für Arme unterwegs war, hatte ich das Gefühl, dass die Dinge sich zum Guten fügten.

Bei jedem Halt streckte ich den Kopf aus dem Fenster. Es stieg nie jemand zu. Ich hörte nur den scharfen Pfiff der Trillerpfeife, und dann setzte sich der Zug wieder rumpelnd in Bewegung. Irgendwann kam eine Mutter mit ihrer kleinen Tochter herein. Offenbar hatten sie schon die ganze Zeit im nächsten Waggon gesessen und erkundeten nun den Zug. Die beiden erinnerten mich an den äußeren und inneren Teil einer russischen Matrjoschka. Wann immer die Mutter etwas sagte, wiederholte das Mädchen ihre Worte; wann immer sie eine Bewegung machte, sich zum Beispiel übers Haar strich, ahmte die Kleine sie nach. Das war so süß. Und lustig. Ich beobachtete die beiden von meinem Platz am Fenster aus.

Für den Rest der Fahrt kam niemand mehr herein. Wir fuhren in King's Cross ein. Die Zugfahrt hatte mir so viel Freude gemacht, dass ich beschloss, sie bei Kaffee und Kuchen zu feiern. Ich ging in die nächste Cafeteria, und während ich in der Schlange vor der Theke wartete, fiel mir ein Mann auf, der allein an einem Tisch saß und ein Buch las: *Die Flucht der Unschuldigen*. Ein Roman von Catherine Lyle, aus den Dreißigerjahren. Zum ersten Mal habe ich das Buch in der Schule gelesen. Kaum jemand kennt es, daher war ich erstaunt, es in den Händen des Mannes zu sehen. Es ist kein großartiger Roman, aber immer, wenn ich darin lese, fühle ich mich in die Zeit zurückversetzt, als ich vierzehn war. Es hat also einen sentimentalen Wert für mich. Die Geschichte handelt von einem jungen Mädchen, das in Cornwall aufwächst. Sie schwänzt die Schule und streift durch das Bodmin-Moor, lässt Drachen steigen, geht zu den Klippen und lauscht dem Geräusch der Brandung. Irgendwann freundet sie sich mit einem jungen Fischer an. Sie haben eine Liebesbeziehung, und er bricht ihr das Herz. Das ist eigentlich alles. Die Geschichte ist ziemlich vorhersehbar, beschreibt aber sehr anschaulich, wie man sich in diesem Alter fühlt: die ganzen Peinlichkeiten, die Träume, die körperliche Verwirrung.

Ich weiß nicht, warum; vielleicht war es meine optimistische Stimmung, mein Selbstvertrauen an jenem Nachmittag; oder es lag daran, dass er einen netten Eindruck auf mich machte; vielleicht war es auch einfach nur der Umstand, dass er dieses Buch las; jedenfalls hatte ich das überwältigende Bedürfnis, ihn anzusprechen, wozu ich normalerweise nie den Mut gehabt hätte.

Zuerst sah er mich erstaunt an, aber dann, als wir anfingen, über Josie zu sprechen – so heißt die Romanheldin –, fragte er mich, ob ich mich zu ihm setzen wollte. Wir unterhielten uns stundenlang. Er verpasste absichtlich seinen Zug, obwohl ich ihn bat, es nicht zu tun. Wir redeten und redeten, bis die Cafeteria schloss und sie uns rauswerfen mussten. Ich sagte zu ihm, dass Josie für mich immer ein Mädchen gewesen sei, von dem man hoffte, es würde einmal eine wunderbare, intelligente, starke, schöne Frau werden. Und gleichzeitig hatte man Angst, dass sich ihre jugendlichen Hoffnungen, ihre Erwartungen an das Leben nicht erfüllen würden, dass sie einfach nur einen langweiligen Mann heiraten würde, dem zuliebe sie ihre Identität und ihre Träume aufgab. Dann erzählte ich ihm von *meinen* Träumen. Er war wunderbar, faszinierend, liebenswürdig. Ich erzählte ihm von dem Laden, den ich kaufen und herrichten wollte, und wie ich mir die Einrichtung vorstellte, und dass ich unbedingt eine Wendeltreppe darin haben wollte. Ich erzählte ihm alles über orientalische Lilien und über das Tropenhaus in den Kew Gardens, wo diese gewaltigen, beängstigenden javanischen Bananenpalmen stehen, die so aussehen, als würden sie sich gleich bewegen. Wahrscheinlich habe ich ihn furchtbar gelangweilt. Ich habe ihm von den Hortensien auf Madeira erzählt: Auf den ersten Blick meint man, es seien Früchte, weil sie so voll und kompakt sind. Sie sehen aus wie geschälte Granatäpfel oder wie purpurner Blumenkohl."

Sie hielt inne und trank noch einen Schluck Wasser. Es war, als hätte eine tiefe Traurigkeit sie ausgelaugt. Doch dann nahmen ihre Augen einen entschlossenen, fast trotzigen Ausdruck an.

„Der Name des Mannes war ..." Sie zögerte, bevor sie mit zitternder Stimme flüsterte: „... Alex Sopso." Ihr Gesicht hellte sich auf, und sie fügte voller Überzeugung und breit lächelnd hinzu: „Ich glaube, dass Alex jemand ganz Besonderes ist. Und er hat ein sehr großes Herz."

Eine Zeit lang herrschte Schweigen. Die Tischrunde schien die Geschichte zu verdauen.

Während Lilliana sie auf ihre bedächtige Art erzählte, hatte Alex sie staunend angeschaut, überwältigt von einem unendlichen Gefühl der Zerbrechlichkeit. Lillianas Geschichte war wie eine Schneeflocke, die sie aus ihrer Tasche gezogen hatte, um sie ihnen zu zeigen, eine Schneeflocke, die wie durch ein Wunder intakt geblieben und nicht geschmolzen war. Er wollte diesen Moment im Gedächtnis behalten – genau wie die Geschichte, die so vollkommen war –, diesen Augenblick, der ihm nicht weniger wunderbar erschien als alles, was sie gerade beschrieben hatte.

Ihre Worte hatten bei ihm eine große Sehnsucht nach ihr geweckt. Er war bezaubert von der Poesie ihrer Erzählung, und zugleich ergriffen davon, wusste er doch, dass die Geschichte nicht von ihm handelte. Er war drauf und dran, Lilliana zu fragen, ob sie den Mann je wiedergesehen hatte.

„So war das also", sagte sie schließlich.

Harvey Sopso fragte ungläubig: „Sind Sie sicher, dass wir über Alex sprechen?"

Worauf Nina Sopso sagte: „Aber natürlich, genau so ist er, mein lieber, kleiner Alexei!"

Einen Moment lang wirkte Harvey Sopso wie ein tödlich verwundeter Stier, der in qualvoller Agonie durch die Arena taumelt. Dann riss er sich zusammen, machte ein verächtliches Gesicht und knurrte: „Alex – dieser Taugenichts?"

„Harvey!", rief Nina. „Hack nicht wieder auf Alexei herum. Er ist sehr sensibel. Wie kannst du nur so über deinen eigenen Sohn reden? Lilliana, das war eine ganz entzückende Geschichte."

„Sagen Sie", fuhr Harvey unbeirrt fort, „hat Sie diese Perücke nicht gestört?"

Lilliana beschloss, sich noch etwas weiter vorzuwagen, seinem Nihilismus noch entschlossener entgegenzutreten, ihn lächerlich zu machen. Mit fröhlichem Ton sagte sie: „Überhaupt nicht, im Gegenteil: Das war eins von vielen Dingen, die ich an Ihrem Sohn anziehend fand."

„Wie bitte? Niemand findet eine Perücke anziehend."

„Mr. Sopso, entschuldigen Sie, aber ich finde, dass Sie sehr grob zu Ihrem Sohn sind. Ist Ihnen je in den Sinn gekommen, dass Sie und Ihre ungemein festen Überzeugungen der Grund für viele seiner Probleme sein könnten?"

„Was soll das heißen?" Mr. Sopso war nun verärgert und stieß unwirsch ein Weinglas um. „Wollen Sie mir etwa vorschreiben, was ich tun und lassen soll? Wollen Sie vielleicht behaupten, ich sei ein schlechter Vater?"

„Nein, Mr. Sopso, aber Sie sind nicht gerade der einfachste Gesprächspartner der Welt."

„Lilliana", sagte Alex, „bitte, mach dir nichts draus, es ist alles gut, es ist alles in Ordnung."

„Es ist überhaupt nicht in Ordnung, Alex. Nichts ist in Ordnung und nichts ist gut. Ich finde, dass diese Dinge angesprochen werden müssen. Ich finde, dass du dir das von deinem Vater nicht gefallen lassen darfst. Und außerdem –"

„Meine Lieben, meine Lieben, lasst uns nicht streiten!", rief Nina mit jener schrillen Stimme, die Lilliana als Erstes an ihr aufgefallen war. Sie hob beschwichtigend die Hände. „Wir sind noch nicht einmal bei der Vorspeise angelangt, und wir wollen uns doch nicht den Appetit verderben, oder? Also, ich für meinen Teil freue mich sehr für euch beide, und ich möchte, dass wir alle –"

Harvey fiel ihr ins Wort: „Wenn Alex etwas zu sagen hat, soll er das tun, und zwar hier und jetzt. Er soll es mir ins Gesicht sagen und nicht damit warten, bis ich wieder in Deutschland bin."

Alex, dessen Körper so gespannt war wie eine Klaviersaite, sagte mit schmerzverzerrtem Gesicht: „Bitte, lassen wir das einfach. Ich habe dir nichts zu sagen. Du bist ein guter Vater, und ich … ich …"

Er schaute zu Lilliana, die ihn eindringlich ansah. Die Zeit verlangsamte sich. Der Lärm der anderen Gäste schien zu verstummen.

Die Geschichte – ihre Zartheit und alles, was sie über Lilliana verriet – war wie ein Band, das sie einte. Hatte sie diese Geschichte, die so romantisch, so traumartig war, womöglich erzählt, um seinen Vater zu provozieren, um ihm diese abfälligen Bemerkungen zu entlocken, damit er sich gegen ihn zur Wehr setzte? Hatte sie vorhergesehen, was passieren würde? Wollte sie ihn vielleicht indirekt dazu bewegen, seinen Eltern die Wahrheit zu sagen – ihnen seine sexuelle Orientierung zu offenbaren? Wollte sie ihm damit vielleicht eine Art Gefallen tun?

Verzweifelt versuchte er, in ihrem Gesicht zu lesen. Mit ihren Augen schien sie ihm zu verstehen zu geben, dass sie für ihn da war und ihm beistehen würde. Ihm war, als würde sie ihm sagen, er solle er selbst sein, sich verteidigen, sich dem gewaltvollen Willen des Vaters widersetzen. Aber wie konnte er sicher sein, dass er sie nicht missverstand? Er konnte sie ja nicht fragen, konnte in Gegenwart seiner Eltern nicht mit ihr Rücksprache halten. Er musste allein handeln.

„Dad, ich muss dir etwas sagen. Und dir auch, Mum."

Er hatte den Satz noch nicht beendet, da warfen Angst und Panik bereits verzerrte Schatten über den Tisch. Lillianas Handflächen waren auf der Stelle schweißnass.

„Die Sache ist die ... Ich ... ich bin ... Also, das fällt mir nicht leicht, aber –"

„Um Himmels willen, Alexei, du willst uns doch nicht etwa mitteilen, dass sie in anderen Umständen ist!", unterbrach ihn Nina mit einem bemerkenswerten Mangel an Taktgefühl.

„Nein, nein ... Es ist nur ... Mit Lilliana hat das überhaupt nichts zu tun ... auch nichts mit uns ... Es geht um mich ... nur um mich ... und ... um meine persönlichen ... persönlichen ... wie soll ich sagen? Ich ... also, ich ... ich habe nichts gegen Männer."

„Na und? Ich auch nicht", sagte Harvey.

„Und ich", klinkte Nina sich ein, „habe sogar eine kleine Schwäche für sie. Also, früher jedenfalls."

„Nein, das meine ich nicht. Ich meine ... ich mag Männer ... ich meine, ich ... ich bin ... ich bin homosexuell."

Just in diesem Moment erschien der Kellner am Tisch und fragte, ob alles recht sei.

„Ich bin homosexuell! Ich kann keine Frau heiraten!", schrie Alex ihn an.

Der Kellner wuselte davon wie eine Spinne.

Mr. Sopsos Gesicht verwelkte binnen Sekunden, und aller Schmerz der Welt schoss ihm in die Augen. Mrs. Sopso blickte entsetzt drein, aber im Vergleich zu ihrem Mann war sie der Inbegriff von Gefasstheit.

Mr. Sopso fing an zu heulen wie ein kleines Kind. Die Anspannung des Abends, die gesamte Anspannung seines Lebens schien sich zu lösen, und das Ergebnis war ein gewaltiger, nicht enden wollender Strom von Tränen. Die vier saßen dicht zusammengedrängt in einer schweigenden Hölle. Während die Entmannung von Alex ihren Lauf nahm und am Tisch der Sopsos die Welt unterging, amüsierten sich die anderen Gäste, lachten und quietschten vergnügt.

Schließlich stammelte sein Vater: „Was … was hast du mir in all den Jahren erzählt? Dieser ganze Mist – alles gelogen? Von wegen, du hättest eben noch nicht die Richtige gefunden? Wenn ich daran denke, was du mir alles erzählt hast – nichts als Lügen! Was für ein Sohn bist du eigentlich? Antworte mir!"

Aber Alex brachte kein Wort hervor. Es ging ihm nicht besonders gut.

„Und was ist mit dieser Frau hier … wer ist sie? Was sollte dieses Ammenmärchen, das sie gerade verzapft hat? Ich meine, was ist hier eigentlich los?"

Er wandte sich zu Lilliana und richtete seine ganze Aggression gegen sie.

„Was haben Sie zu Ihrer Verteidigung vorzubringen? Wie können Sie hier sitzen und mir Lügengeschichten von irgendeiner Zugfahrt auftischen, und von der *Frucht der Unschuld* und weiß der Himmel, und die ganze Zeit –"

Alex schaffte es, ein paar Worte zusammenzustückeln. „Dad, gib ihr nicht die Schuld, sie kann überhaupt nichts dafür – ich bin an allem schuld. Ich habe sie darum gebeten. Ich wollte euch beide glücklich machen. Ich wollte euch erzählen, dass ich jemanden gefunden habe –"

„Mich glücklich machen! Was hast du dir dabei gedacht? Und Sie … was sind Sie überhaupt – eine Kurtisane? Machen sich über einen armen alten Mann lustig. Sitzen da wie eine Herzogin und besitzen die Chuzpe, mich darüber zu belehren, was richtig und falsch ist. Und dabei haben Sie das Blaue vom Himmel heruntergelogen, im Angesicht Gottes! Oh ja, Gott sieht alles – alles! Ihm entgeht nichts, und Sie haben gerade –"

„Dad, lass sie, sie kann nichts dafür, ich bin schuld. Aber es ist gut, dass du jetzt die Wahrheit kennst. Das hätte nicht ewig so weitergehen können. Es ist besser so."

„Nein, ist es nicht. Es ist überhaupt nicht besser, und ich werde dafür sorgen, dass es nicht besser ist, verlass dich drauf!"

Lilliana ertrug es nicht länger. Sie sprang auf, ihr Stuhl schrammte lautstark über die Fliesen, als sie ihn zurückschob, die Tränen quollen ihr aus den Augen. Als sie zum Ausgang eilte, blieb sie an einem Strauß orangefarbener Amaryllis hängen und riss einen der Blütenstiele ab. In ihrer Verwirrung bückte sie sich, um ihn aufzuheben. Sekundenlang stand sie da und betrachtete die zarten, seidigen Blütenblätter, ihre adrige Maserung, den fast schon menschlichen Ausdruck dieser Blume, deren Konturen in diesem Moment beängstigend erschienen, deren Schönheit sich in Übelkeit verlor und bei Lilliana das Verlangen nach einem Ort weckte, an dem es keine Gefühle gab. Sie wusste nicht, was sie mit der Blume machen sollte, und steckte sie kurzerhand in ihre Jackentasche. Ein paar der Gäste starrten sie an, während sie zur Tür stolperte, sie nicht gleich aufbekam und dann hinausstürmte.

Was habe ich getan? Ich habe alles kaputtgemacht. Er hat es ihnen nur gesagt, weil ich seinen Vater kritisiert habe, er dachte, ich würde ihm beistehen, und jetzt bin ich einfach davongelaufen und habe ihn in dem Schlamassel zurückgelassen, den ich angerichtet habe, ich hätte nichts zu seinem Vater sagen sollen, ich hätte diese Geschichte nicht erzählen sollen, es ist alles meine Schuld, meine Schuld, meine Schuld.

Sie lief so schnell, dass sie in weniger als einer Minute die Regent Street erreichte. Während sie weiter Richtung Piccadilly hastete, befand sich ihr Gehirn in Aufruhr. Sie nahm ihre Umgebung kaum wahr. Nur ihre schreienden Gedanken. Ein paar Geräusche drangen zu ihr durch, aber sie waren unvollständig und vage. Rasch setzte sie einen Fuß vor den anderen, getrieben von einem inneren Impuls, die Straße zu überqueren, auf die andere Straßenseite zu gelangen, die Straße zwischen sich und das Restaurant zu bringen, weg, nur weg …

Auf der anderen Seite bin ich in Sicherheit …

Ein schwarzes Loch tut sich auf. Das Bewusstsein stürzt schwindelerregend hinein.

Etwas ist an meinem Handgelenk …

Ein Auto rast mit brüllender Hupe vorbei.

Oh Gott.

Eine Hand packt ihr Handgelenk, drückt ihr das Blut ab, reißt sie zurück.

Meine Hand. Das Auto. Es tut weh. Dreh dich um.

Ein Mann steht neben ihr. Sie stehen an der Bordsteinkante.

Der Mann lässt ihre Hand los. Das Blut fließt wieder. Der Mann ist groß. Er ist weiß gekleidet. Er hat grüne Augen.

„Alles in Ordnung?", fragt er. Er registriert ihre tränennassen, geröteten Augen, die verschmierte Wimperntusche.

„Was? Wo … Ja, alles in Ordnung, danke, ich …"

„Sind Sie sicher? Was ist denn passiert?"

„Ich habe es nicht kommen sehen. Ich habe es nicht gesehen."

„Haben Sie das Auto denn nicht gehört?"

„Nein, ich habe es nicht gehört."

„Sind Sie ganz sicher, dass alles in Ordnung ist?"

„Ja, ich bin sicher, ich bin sicher."

Wie in Trance geht sie ein paar Schritte weiter. Allmählich begreift sie, was gerade passiert ist und ihr dämmert, wie sonderbar sie gewirkt haben muss. Sie kehrt um, will dem Mann danken, diesmal richtig. Aber als sie zu der Stelle zurückkommt, ist er schon weg.

Sie steht da, eine einsame Gestalt, der Luftzug des vorbeirauschenden Verkehrs weht ihr die Haare um den Kopf. Verzweifelt versucht sie sich daran zu erinnern, wie er aussah, an die Form seines Gesichts. Aber das Bild ist verschwunden.

Am Straßenrand wirbeln die Blütenblätter der Amaryllis im Wind.

Eine Stunde lang steht sie da und starrt sie an.

Dann macht sie sich auf den Nachhauseweg.

13

Adresse: http://www.oscarbabel.com
Seite 1 von 4
24. Juli 20–

Oscar Babel: *Die Erfindung der Weisheit*			
HOME	ARTIKEL	BILDER	ÜBER MICH

Bild derzeit nicht verfügbar	*„Wahre Liebe kann die Zeit anhalten. Dann schimmert alles."*
Ein aktuelles Foto von Oscar Babel	Wer ist Oscar Babel? Oscar Babel ist ein Freigeist und Pionier, der das Zeug zum einflussreichsten Sprachrohr unserer Zeit hat. Und dabei ist er erst 26 Jahre

alt. Er ist über 1,80 m groß. Und er ist die Weisheit in Person. Er kennt weder Vorurteile noch Grenzen. Er ist offen für alles. Er ist frei, während alle anderen in Gier, Heuchelei, Missgunst und Elend gefangen sind.

Auch Du kannst frei sein
Sei der Traum!

Oscar Babel
c/o Ryan Rees Publicity
39 Great Portland Street, London W1 4RT, United Kingdom
Tel.: +44 20 7336 7876   Fax: +44 20 7336 7875
E-Mail: ryanrees@oscarbabel.com

Facebook	Twitter	Blotdrop	Gadoo

Wie Ryan Rees Oscar Babel entdeckt hat

Ryan Rees ist unentwegt auf der Suche nach neuen Talenten, nach Menschen mit außergewöhnlichem Charisma, nach faszinierenden Persönlichkeiten. Denn Ryan Rees interessiert nur eins: Exzellenz. Seine Devise könnte lauten: „Den Menschen dienen, der Wirklichkeit Nahrung geben."

Ryan Rees hat Mr. Babels herausragenden, unvergleichlichen Scharfsinn in einer Tapas-Bar in West Kensington entdeckt, wo er zufällig eine seiner Reden mithörte. Ungeachtet der Flamenco-Gitarrenmusik, die im Hintergrund lief, war er von der Brillanz und Gelehrtheit des jungen Mannes so beeindruckt, dass er ihm sofort seine Dienste anbot.

Innerhalb kürzester Zeit trat Babel daraufhin in einem Dokumentarfilm über Aktmodelle und in der Late-Night-Show „Nachgedacht" auf.

Babel ist ein ruhiger, bescheidener Mensch – aber er hat etwas zu sagen! Das Einzigartige an ihm ist, dass er sich in keine Schublade stecken lässt. Er ist weder Politiker noch Künstler, eher ein Lehrer, der versucht, den Menschen den Weg zu weisen. Man könnte ihn als einen urbanen Messias bezeichnen.

Oscar Babel wird anlässlich der Verleihung des Duchamp-Preises für den umstrittensten Künstler des Jahres sprechen. Das Event findet in zehn Tagen im Kensington Hilton statt.

Was man über Oscar Babel wissen muss

Mr. Babel ist ein ausgesprochen schüchterner Mensch, der seine Privatsphäre braucht, da er kein Sozialleben gewöhnt ist und gerade erst aus dem Modylmyr-Ashram in Kerala (Indien) zurückgekehrt ist, wo er sehr viel gelesen und bis zu 14 Stunden am Tag meditiert hat.

Er hat an der Universität Oxford Sanskrit studiert. Ursprünglich wollte er die akademische Laufbahn einschlagen, doch dann wurde ihm klar, dass seine Berufung woanders liegt. Der Universitätsbetrieb war für ihn – nach eigenen Angaben – lediglich eine „kunstvoll bestickte Sackgasse". Andere in den Schatten zu stellen, langweilte ihn und konventionelle Lehrmethoden ließen ihn kalt. Er folgte dem Ruf der weiten Welt und reiste kreuz und quer durch Tibet und Indien. Eine Zeit lang stand er unter dem Einfluss eines Gurus im Kaukasus – Seer Nayar. Dann lebte er unter den Aborigines in Australien, wo er seine übernatürlichen Fähigkeiten entdeckte. Er konnte zum Beispiel *exakt* vorhersagen, wann eine Kaffeemaschine kaputtgehen würde.

Ein Hinweis zur BabelSoap

Oscar Babel schwört auf Vulkanerde. Er hat sie auf der ganzen Welt gesammelt, um daraus verschiedene Arten von **Vulkanseife** herzustellen. Die BabelSoap besitzt außergewöhnliche, heilende Eigenschaften. **In einigen Fällen hat sie Menschen von Rassismus geheilt,** nachdem diese sie auf die Haut aufgetragen hatten. Obgleich dieser Effekt wissenschaftlich nicht belegt ist, haben zahlreiche Personen von der **Wirksamkeit der Behandlung** berichtet. Eine Frau auf Gran Canaria behauptet sogar, die Anwendung der Seife habe ein **14 Jahre währendes Zerwürfnis mit ihrer Mutter** bereinigt. Anlass für den Zwist zwischen Mutter und Tochter war eine Auseinandersetzung über die beste Methode der Haarentfernung im Gesicht gewesen.
Eine **limitierte Stückzahl der BabelSoap** ist ab sofort unter ryanrees@oscarbabel.com (Stichwort „BabelSoap") erhältlich.

** WECKRUF
von Oscar Babel **

Dieses Buch von Babel (es wird derzeit in sämtliche Sprachen übersetzt) kann demnächst auf dieser Seite bestellt werden. Gegenstand des Buches ist das wahre Selbst und wie man es findet. Außerdem beleuchtet es Mittel und Wege, um sich von Konsumismus und Begehren zu befreien. Um Ihr Leben zu verändern, müssen Sie Ihr Leben verändern wollen.

> „Die meisten Menschen schlafen.
> Ich glaube, ich kann sie aufwecken,
> wenn ich nur laut genug flüstere."

Oscar Babel

| Facebook | Twitter | Blotdrop | Gadoo | Godpage |

14

Bloch hatte tagelang in seinem Bett gelegen, ohne aufzustehen, und war vollkommen ausgetrocknet. Er sah aus, als hätte er einen Blick in die Hölle geworfen, und während er dalag und vor sich hindämmerte, torkelten unzusammenhängende Gedanken durch sein Gehirn wie betrunkene Tänzer.

Mehrere Ärzte, darunter der Hausarzt seines Vaters und sein eigener, hatten ihm eine nervöse Erschöpfung diagnostiziert und absolute Ruhe verordnet. Einer hatte sogar die Einweisung in eine Privatklinik vorgeschlagen, was Bloch rundweg abgelehnt hatte. Er blieb also zu Hause, und Webster, der auf Blochs Wunsch hin bei ihm eingezogen war, kümmerte sich um ihn. Am Ende hatte sich sein Hausarzt mit diesem Arrangement zufrieden gezeigt, nachdem er zu dem Schluss gekommen war, dass Bloch weder für sich selbst noch für andere eine Bedrohung darstellte und sich nicht mit Suizidgedanken trug.

Webster hatte seine Wohnung zwangsweise räumen müssen, daher war Blochs Angebot zur rechten Zeit gekommen, obschon der Einzug bei ihm bedeutete, dass er nun die Krankenschwester spielen musste. Er hatte sich geweigert, die Miete zu zahlen, um dagegen zu protestieren, dass Mr. Conk, sein Vermieter, den defekten Boiler noch immer nicht repariert beziehungsweise durch einen neuen ersetzt hatte. Websters Notlage hatte sich dramatisch zugespitzt, als Mr. Conk eines Morgens bei ihm vor der Tür stand, in der einen Hand die fristlose Kündigung, in der anderen das Schreiben der Sanitärfirma, die den Termin für die Installation eines neuen Boilers bestätigte, und zwar genau einen Tag nach Websters Auszug. Mr. Conk hatte ungerührt erklärt, dass Webster bereits in der kommenden Woche mit seinen Gummienten in der Badewanne hätte sitzen können, wenn er nur von seiner „ungemein dämlichen Protestaktion" abgesehen hätte.

Webster hielt Blochs Wohnung sauber, ging einkaufen und kochte. Außerdem holte er Bücher aus der Bücherei und Medikamente aus der Apotheke: Valium, Schmerzmittel, Vitamine und Elektrolytlösungen.

Einer der Ärzte hatte versucht, Bloch zu einem Aufenthalt auf dem Land zu überreden, aber die Vorstellung hatte ihn nur noch nervöser gemacht. Und so schmachtete er im Bett dahin und las, wenn er Lust dazu hatte, Bücher über östliche Mystik und Tantra. Aber da er so viel Zeit im Liegen verbrachte, befielen ihn alle möglichen unvorhergesehenen Leiden: An seinen Fersen bildeten sich Druckgeschwüre, er war chronisch verstopft und litt unter Bauchkrämpfen. Er aß unregelmäßig und schaffte es nie, eine vollständige Mahlzeit zu verzehren. Er nahm regelmäßig Valium, das jedoch nichts gegen seinen fieberhaft arbeitenden Geist auszurichten vermochte. Es bewirkte lediglich, dass sich sein Körper schlaff und schwer anfühlte und somit noch weniger zu seinem ungeheuer regen Innenleben passte.

*

Webster war in der Küche und sah zu, wie die Waschmaschine vom Spülgang in den Schleudergang wechselte. Das Rumpeln, das sie von sich gab, kam bei Bloch seltsam verzerrt an: Ihm war, als würde ihn das Geräusch verprügeln, ihn gewaltsam unterwerfen. Er ahnte nicht, dass Notizblätter voller Ideen und Pläne gerade erbarmungslos in der Stahltrommel der Maschine vernichtet wurden.

„Webster!", brüllte er aus dem Schlafzimmer.

Webster stöhnte auf. Obwohl Blochs Wohnung komfortabel war, obwohl das Schlafsofa bequemer war als die Matratze in seinem Lieferwagen, war sein Gastgeber gelinde gesagt unerträglich. Er konnte ihm nicht ständig zur Verfügung stehen. Irgendwie musste er ihm das klarmachen, und das konnte er genauso gut jetzt tun, anstatt einen besseren Moment abzuwarten, denn gute Momente gab es bei Bloch ohnehin nicht.

Er watschelte ins Schlafzimmer. Bloch saß zusammengesunken im Bett und hatte einen alten, vorsintflutlichen Kassettenrekorder mit Mikrofon auf dem Schoß. Damit nahm er seine Gedanken auf, denn inzwischen war er zu schwach, um sie aufzuschreiben.

„Spielen Sie Schach?", fragte er.

„Um ehrlich zu sein", nuschelte Webster, „muss ich mit Ihnen über was reden."

„Ja?"

„Also ... die Sache ist die ... Ich glaube nicht, dass ich mich weiter so um Sie kümmern kann."

„Warum nicht? Bezahle ich Ihnen nicht genug?"

„Doch, Sie sind sehr großzügig. Das ist es nicht. Ich glaube nur, dass ich für diese Aufgabe nicht der Richtige bin."

„Was meinen Sie?"

„Na ja, ich weiß nicht, was ich tue. Ich bin ja keine gelernte Krankenschwester oder so. Sie wollen eine Suppe, und wenn ich sie mache, ist sie entweder zu heiß oder zu kalt. Sie wollen frische Bettlaken, und ich lasse eine blöde Waschmaschine nach der anderen laufen, um für Nachschub zu sorgen. Das ist ganz schön anstrengend! Und überhaupt, sollten Sie nicht unter ärztlicher Aufsicht stehen, damit die Ärzte Sie in den Griff kriegen können? Ich meine, ein privates Krankenhaus wäre doch nett."

„Webster, gehen Sie mir nicht auf den Geist. Ich bin kein Virus, das man in den Griff kriegen muss."

„Aber Sie brauchen jemanden, der Sie pflegt! Und ich bin nicht der Richtige. Ich muss auch an meine Handelsbeziehungen denken."

„Handelsbeziehungen? Ist dieser Begriff nicht ein bisschen hochtrabend für jemanden, der hin und wieder ein paar Porzellantassen vertickt?"

„Wenn ich den ganzen Tag hier bin", erwiderte Webster, ohne auf Blochs Bemerkung einzugehen, „und Sie betüddele, kann ich nichts bestellen und verkaufen. Mein Stand braucht mich."

„Aber Sie können doch zum Hörer greifen. Telefonieren Sie ruhig. Ich halte Sie nicht davon ab."

„Ich weiß, aber das reicht nicht."

„Außerdem haben Sie Freizeit. Sie können ausgehen."

„Ja, aber manchmal muss ich eben den ganzen Tag unterwegs sein, und das beißt sich mit Ihren Bedürfnissen. Ich muss die Runde machen, Leute treffen, die Auktionen bei Christie's verfolgen, zum Bermondsey Market, zur Camden Passage, nach Covent Garden. Kaufen und verkaufen. Ich kann es mir nicht leisten, weg vom Fenster zu sein. Ich kann mich nicht den ganzen Tag um Sie kümmern. Ich muss zum Victoria and Albert Museum, nach Basildon. Ich muss –"

„Wenn ich nicht gewesen wäre, säßen Sie jetzt auf der Straße! Ist das der Dank dafür, dass ich Ihnen ein Dach über dem Kopf gegeben habe? Ich entlohne Sie fürstlich, Sie leben in einer Luxuswohnung. Sie können Käsekuchen essen, wann immer Sie wollen, von mir aus auch Rührkuchen."

„Bitte Bloch, nicht böse werden."

„Sie kurzsichtiges Mondkalb! Sie sind ein Hanswurst, ein Hochrad ohne Vorderrad, ein Clown mit einer grünen Nase. Ich komme ohne Sie zurecht. Na los, verschwinden Sie schon. Gehen Sie zurück zu Ihrer kostbaren Töpferware, wenn Ihnen so viel daran liegt. Packen Sie Ihre Sachen."

„Was? Aber wo soll ich denn hin? Wo soll ich schlafen?"

„Tja, das hätten Sie sich früher überlegen sollen, meinen Sie nicht?"

Webster wurde jäh aus seiner üblichen Trägheit gerissen, sein sonst so schwerfälliger Geist fing an zu arbeiten. Wie einer, der über die Autobahn braust und sich freut, bald zu Hause zu sein, und dann die falsche Abfahrt nimmt und merkt, dass er sich völlig verfahren hat, wurde er plötzlich stutzig. War er in all den Jahren in die falsche Richtung gefahren? Hatte er gedacht, er wäre auf dem Weg nach Hause, während er sich in Wirklichkeit immer weiter von seinem Ziel entfernte? Was war dieses Leben? Und warum gab es dafür keine Gebrauchsanweisung? Voller Panik, wie gelähmt von diesen ungewohnten Gedanken, zwang er sein Hirn in einen praktischen Betriebsmodus zurück und ging rasch die Dinge durch, die er erledigen musste: Ich muss den Strafzettel für das Falschparken bezahlen; ich muss den Picknickkorb abholen, den die Bank mir als Prämie für „Kunden werben Kunden" versprochen hat; ich muss die Telefonrechnung begleichen, meine Schuhe neu besohlen lassen, lange Unterhosen für den Herbst kaufen, den Scheck von Antiquarius einlösen, Kokosnussseife und Rasierklingen bei Sally in der Portobello Road besorgen, nach Basildon fahren und wie ein Irrer um die chinesischen Windlichter feilschen, meine Ohren ausspülen lassen und eine neue Bleibe finden.

Nun, da er sich ruhiger fühlte, sagte er: „Da fällt mir ein, Barny Crane hat angerufen, während Sie geschlafen haben."

„Dieser Parasit – was wollte er?"

„Er wollte wissen, ob er vorbeikommen kann."

„Was haben Sie ihm geantwortet?"
„Dass das keine gute Idee ist."
„Er will nur, dass ich noch mehr Mist schreibe. Genug! Keine Banalitäten mehr! Schluss mit der Mittelmäßigkeit!"

Webster trat nervös von einem Bein aufs andere. Wie so oft in den vergangenen vier Tagen war die Unterhaltung mit Bloch kaum auszuhalten. Er wollte versöhnlich sein, Bloch gefallen, ihn sogar beeindrucken. Aber er wusste nicht, wie er das anstellen sollte und ob das überhaupt möglich war.

„Hören Sie, Bloch, ich bleibe. Ich nehme alles zurück. Ich kümmere mich gern um Sie. Sie brauchen jemanden, der für Sie sorgt. Schließlich sind Sie schlecht beieinander."

Bloch nahm die Bettdecke fest in beide Hände, hob sie an, zog sie sich über den Kopf und ließ sie dann fallen. Webster blickte ratlos auf diese unförmige Masse, diese wollene Skulptur hinunter. Wollte Bloch seine Zustimmung kundtun, indem er sich unter der Decke versteckte – oder gab er ihm dadurch zu verstehen, dass er verschwinden sollte? Webster hatte sich in den letzten Tagen daran gewöhnt, Bloch und sein Schweigen zu entziffern und seine Signale zu interpretieren. Zumindest hatte er es versucht. Vielleicht war dieses Abtauchen einfach nur sein neuester Ausdruck von Undurchsichtigkeit. Dann drang Blochs Stimme dumpf unter der Decke hervor.

„Es ist zwecklos. Ich sehe das ganz deutlich. Es hilft nichts. Sie sollten gehen, weil … weil ich über alles nachdenken muss. Ich muss hingebungsvoll sein, feierlich wie ein Priester. Da ist kein Platz für Smalltalk. Ich brauche Frieden. Ich kann mich nicht mit einem weiteren Ego herumschlagen, vernünftig sein, Kompromisse schließen, verhandeln. Ich muss allein sein bei dieser häuslichen Odyssee. Bei meinem Rückzug in den Wald. Es stimmt – ich bin zu einem Ungeheuer geworden. Sie sollten sich diese Ungeheuerlichkeit ersparen. Und Sie haben Dinge zu erledigen."

„Aber Bloch, wenn ich weggehe, wer kümmert sich dann um Sie? Möchten Sie vielleicht den Arzt fragen, ob er Ihnen eine Krankenschwester schickt?"

„Es würde mir gefallen, eine Krankenschwester zu haben, aber vielleicht würde es der Krankenschwester nicht gefallen, mich zu haben."

Webster nickte bekümmert, als ob Bloch ihn durch seine Decke hindurch sehen könnte. Dann schlurfte er aus dem Schlafzimmer und murmelte: „Ich weiß, was Sie meinen."

Bloch tauchte wieder auf, schüttelte die Kissen zurecht und stopfte sie sich in den Rücken. Fahrig drückte er die AUFNAHME-Taste des Kassettenrekorders und fing an, ins Mikrofon zu sprechen. Zunächst schenkte Webster Blochs Stimme keine Beachtung, doch dann, nachdem er ein paar Worte aufgeschnappt hatte, die sein Interesse weckten, schlich er auf Zehenspitzen zur offenen Schlafzimmertür und lauschte. Es war bemerkenswert, dass Bloch trotz der ganzen Aufregung in den letzten Minuten einfach so drauflosreden konnte.

„Wie ich bereits sagte, hat mir Natalie mehr als jeder andere Mensch das Wunder vor Augen geführt, wirklich lebendig zu sein. Was die Landschaft ihres Körpers betrifft: Ich gebe zu, dass es ein besonders makelloser Körper war. Und selbst nachdem ich ihn kennengelernt hatte und an Bord gegangen war, nachdem ich auf seinen stürmischen Gewässern hin- und hergeworfen worden war, wegen ihm Schiffbruch erlitten hatte, von ihm gerettet worden war; selbst nachdem ich sanft auf seine einsame Insel geführt worden war und viele Tage dort verbracht hatte, Tage, in denen die Zeit keine Rolle mehr spielte; nachdem ich seine Mangos und Papayas gekostet und mich in seinen Sonnenuntergängen geaalt hatte; selbst nach all dem verschlug er mir immer noch den Atem. Vielleicht haben wir uns deswegen auseinandergelebt, vielleicht lag es daran, dass ich in Gegenwart dieser Frau, die jede Nacht mein Bett teilte, nie auch nur die geringste Natürlichkeit entwickelt habe. Drücke ich mich klar aus? Meine Theorie ist folgende: Wenn ich mit ihr zusammen war, nahm ich jede ihrer Regungen wahr, jeden wunderbaren Mechanismus ihres Leibes, jeden Leberfleck, jede Narbe, jede Vene. Wenn wir diese Art von Bewusstheit auf alle unsere Handlungen, Gebete, Geschenke und so weiter anwenden würden; wenn wir das, was wir beim Liebesakt empfinden, auf die alltäglichen Dinge dieses tristen Planeten übertragen könnten, wäre die Welt dann nicht ein glücklicherer, ein kreativerer Ort? Eine erotische Beziehung mit der Welt. Aber die Welt kann das, was die Nähe eines anderen Menschen – und nur sie – zu geben vermag, nicht bieten. Ausgeschlossen! Ich höre euch schon jammern, von wegen, das wäre viel zu anstrengend. Ihr werdet sagen, dass nicht alle Liebhaberinnen so aufregend sind, wie Natalie es war, oder so viel Lust und Liebe erzeugen, so viel Sperma über Bord werfen wie sie; und dass schließlich nicht jeder mit ihrer Körperlandschaft aufwarten kann. Noch so ein Manko: Für die meisten Menschen ist Sex nicht der Weg zum Göttlichen, sondern einfach nur ein Fick.

Und doch ... da ist etwas, auf das ich immer wieder zurückkomme: die Vorstellung, die gesamte Schöpfung sei der Körper eines einzigen, gewaltigen Liebhabers. Übertragen wir die Empfindungen, die mit gutem Sex einhergehen, auf die Menschheit und schauen wir, was passiert. Stellt euch vor, jeder würde das tun! Stellt euch vor, die Barrieren würden fallen. Zwischen allen Menschen. Eine Einheit, wie beim Liebesakt. Nein, nein, es ist unmöglich. Wir werden immer auf verhängnisvolle Weise voneinander getrennt bleiben, nie durch eine kosmische Verbindung vereint sein, in der alles miteinander verschmilzt. Nur beim Sex können wir die Illusion von Grenzenlosigkeit erzeugen. Meine kleine Theorie ist nur eine weitere abgegriffene Fußnote im Buch des Idealismus."

Er hielt inne, räusperte sich und legte eine Ruhepause ein. Währenddessen rief sich Webster seine letzte sexuelle Begegnung ins Gedächtnis – eine ziemlich katastrophale Angelegenheit mit einem Kindermädchen, die ungefähr acht Jahre zurücklag. Das letzte Mal, dass er mit einer Frau geschlafen hatte, war in einem anderen Jahrzehnt seines Lebens gewesen. Nun denn, dachte er, extreme Umstände erfordern extreme Maßnahmen: Er würde sich die Haare schneiden lassen und eine neue Jacke kaufen. Er würde hundert – nein – fünfzig – nein – zwanzig Pfund ausgeben. Oder weniger, falls er etwas Hübsches aus zweiter Hand auf dem Bermondsey Market fand.

„Doch in jenem Goldenen Zeitalter mit Natalie", fuhr Bloch fort, „hättet ihr mich sehen sollen. Sie war Shakti, und ich habe versucht, Shiva zu sein, der Zerstörer und Schöpfer, der im Flammenkreis tanzt. Was kann ich dafür, dass ich, beschränkt, wie ich nun mal bin, unsere gemeinsame Zeit als eine Zeit des Vereintseins betrachte? Wenn ich mich in ihren Armen verlor, erlebte ich zumindest so etwas Ähnliches wie das egotranszendierende Bewusstsein, von dem in der östlichen Mystik dauernd die Rede ist: aus sich heraustreten; das gegenseitige Durchdringen von allem, was ist. Atman als Samsara. Oder vielleicht Atman als Brahman. Irgendwie so. Ja, Tantra, danke – du hast mir einen Rahmen für Natalie und unsere gemeinsame Zeit gegeben, die Zeit, bevor der Wal auftauchte. Yab-Yum. Sie und ich, wir schwelgten in Geschichten und Whisky. Wir tranken uns in die verborgenen Arterien unserer Herzen vor, und wenn der Kater vorbei war, streiften wir durch die Wälder.

Ein Narr, ein Narr bin ich, dass ich mir das antue, ich – ein gebrechlicher Lohnschreiber, der Bücher ausgeworfen hat wie ein Huhn Eier. Ist das Huhn stolz auf die Eier, die es legt? Glibberige Schale. War ich stolz auf die Seiten, die durch meine Schreibmaschine rollten? Das ist es, was ich all die Jahre hätte sagen sollen. Das ist die Stimme, mit der ich hätte sprechen sollen, aber warum hat sie mich erst jetzt gefunden? Warum jetzt, wo es zu spät ist? Vielleicht hat Oscar mir einen Gefallen getan, indem er mir geholfen hat, diese Melodien zu entdecken, und jetzt treiben wir beide haltlos dahin. Er sieht dem Ruhm entgegen, ich dem Tod.

Hier bin ich, allein mit den bloßen Knochen des Lebens. Dem Leben jenseits des Netzwerks der Ablenkung, dort, wo völlige Langeweile, völlige Leere herrscht. Der Weg, den ich einschlage, ist bescheiden, weder von Gold noch Opium gesäumt. Er führt in die gleiche Sackgasse wie der des Buddhisten im Kloster. Nur dass sich der Buddhist in seiner Leere wohlfühlt. Er zieht sich in seine meditative Stille zurück, während ich von dunklen Strömen mitgerissen werde."

Er drückte ungeduldig die Pause-Taste.

Webster stand da, so verwirrt und verstört wie noch nie. Die Empfindungen und Worte kamen ihm so neu, so seltsam vor. Ob Bloch verrückt war?

Webster hatte einen flüchtigen Blick in eine ganz andere Welt geworfen, eine Parallelwelt, die seine eigene klein und leer erscheinen ließ. Er fragte sich, wie viel Schmerz Bloch wohl ertragen hatte, versuchte sein Leid zu ermessen. Aber sein Verstand war nicht groß genug.

Er beschloss, in seinem Lieferwagen zu schlafen, denn *der* war groß genug.

15

Als Oscar am späten Nachmittag desselben Tages nach Hause kam, stellte er fest, dass im Eingangsbereich die Tapete von den Wänden gerissen und der Teppichboden entfernt worden war, wodurch klaffende Löcher in den Holzdielen zum Vorschein kamen, die in eine Unterwelt voller Spinnweben führten. Außerdem waren sämtliche Steckdosen und Lampen abmontiert worden, und an ihrer Stelle baumelten jetzt traurige Kabel von den Wänden. Ein halbes Dutzend Handwerker in dreckiger Arbeitskleidung rauchte selbstgedrehte Zigaretten und diskutierte, was als Nächstes auf der Tagesordnung stand: Es schien allgemeiner Konsens darüber zu herrschen, dass es höchste Zeit für eine Teepause war. Bei manchen der Männer saß die Hose so locker, dass sie den Spalt zwischen den Hinterbacken preisgab, in dem sich allerlei Bauschutt angesammelt hatte.

Oscar machte sich auf die Suche nach seinem Vermieter. Er klopfte an die Tür der Maisonettewohnung, die sperrangelweit offen stand, klopfte erneut und trat dann vorsichtig ein.

Auf Grindels altem Plattenspieler lief der zweite Akt von *Tristan und Isolde*.

Zu seiner Überraschung war das Wohnzimmer picobello aufgeräumt, entstaubt und gewienert. Ihm fiel außerdem auf, dass die Heizung nicht lief und die Fenster geöffnet waren – eine erfreuliche Entwicklung, hatte er doch bei seinem letzten Besuch nur mit Mühe Luft bekommen. Sein Blick fiel auf ein Regal, in dem ein paar Bücher mit obskuren Titeln standen: *Eine Hommage an den Hausrock; 101 Rezepte mit Krebsfleisch; Die rettende Geschäftsidee; Big Business für Anfänger*. Er zog Letzteres heraus, setzte sich auf einen Sessel und blätterte darin.

Nach einer Minute schlug er das Buch zu, weil es ihm völlig unverständlich erschien. Da er nicht wusste, was er tun sollte, beschloss er, der Musik zu lauschen, anstatt sie wie üblich auszublenden. Während er so dasaß und zuhörte, fand er eine Nische des Friedens, einen ruhenden Punkt. Irgendwo tief in seinem Innern wurde ein Schalter umgelegt und ein überraschender und doch vertrauter Mechanismus in Gang gesetzt. Gleichzeitig spürte er, wie sein Körper der Länge nach von einer seltsamen Benommenheit befallen wurde.

Die Stimmen des Mannes und der Frau schwollen an und verebbten, strebten einer ekstatischen Vereinigung entgegen und entfernten sich wieder voneinander. Als sie verstummten, brachten schillernde Harfenklänge eine weitere Figur ins Spiel, und eine weibliche Stimme machte dort weiter, wo die beiden Liebenden aufgehört hatten.

Diese neue Stimme war eisig. Sie klang, als käme sie von weit weg, aus den Tiefen des Weltalls. Während sie sich einen leuchtenden Weg bahnte, führten die Streicher und Holzbläser ein wiederkehrendes Thema ein, und das Klangnetz, das dadurch entstand, erreichte ein hypnotisches Maß an Schönheit.

Oscar war überwältigt. Er fragte sich, wie ihn diese Musik, die ihm stets gleichgültig gewesen war, auf einmal so fesseln konnte. Eine Gänsehaut überzog seine Arme, den Nacken, das Gesicht.

Dann schloss er die Augen, als gäbe er sich der Berührung einer unsichtbaren Liebhaberin hin. Die Gedanken fielen von ihm ab, er sank tiefer in seinen Sessel, während die Flammen eines reinigenden Feuers über ihm zusammenschlugen.

Als die Schallplatte am Ende angelangt war, blieb die Nadel in ihrer Rille hängen und verfiel in einen endlosen Schluckauf. Das Geräusch riss Oscar aus seiner Träumerei. Er sah sich um und nahm allmählich wieder seine Umgebung wahr.

Schließlich tauchte Grindel auf. Oscar brauchte einen Moment, um zu begreifen, dass dieser Mann tatsächlich sein Vermieter war. Zu seiner Überraschung war er gründlich rasiert. Noch nie hatte er ihn ohne seinen Stoppelbart gesehen, und er konnte kaum glauben, wie jung er mit einem Mal wirkte. Aber das war nicht alles. Nicht nur Grindels Gesicht war wie ausgewechselt, er hatte sich auch ein vollkommen neues – und schrecklich unvorteilhaftes – Outfit zugelegt. Man hätte meinen können, er wäre auf dem Weg zu einem Kostümfest, aber er war zu keinem Fest eingeladen; oder er hätte eine komische Rolle in einem Bühnenstück übernommen, aber kein Theater erwartete seinen Auftritt. Er trug pinkfarbene Bermudas, die ihm bis zum Knie gingen und wulstige, adrige Waden zum Vorschein brachten, dazu ein Nylonhemd in allen erdenklichen Farben, auf das ein riesiger Tintenfisch gedruckt war, dessen Fangarme sich über die Ärmel erstreckten. In der einen Hand hielt er einen billigen Sonnenschirm, in der anderen einen Golfschläger. Damit war Grindels Verwandlung (beziehungsweise Demütigung) komplett.

„Mr. Babel, was machen Sie denn hier?", rief er fröhlich. „Kann ich Ihnen behilflich sein?" Er steckte seinen Sonnenschirm und den Golfschläger in einen Schirmständer, ging hinüber zum Plattenspieler, nahm die Schallplatte vorsichtig vom Teller und schob sie zurück in ihre Hülle.

„Diese Musik war umwerfend", murmelte Oscar, noch immer perplex über Grindels alberne Aufmachung und seine seltsame Aufgeräumtheit.

„Nicht wahr? Was kann ich für Sie tun, Mr. Babel?"

„Tut mir leid, ich bin ein bisschen verwirrt. Entschuldigen Sie, dass ich einfach so in Ihre Wohnung gegangen bin, aber die Tür stand offen, und da hier ja anscheinend Open-Air-Saison herrscht – ich meine, mit diesen ganzen Handwerkern im Haus. Ich frage mich, warum sie hier sind. Mit anderen Worten, Mr. Grindel, was ist eigentlich los?"

„Mr. Babel – ich bin ein neuer Mensch."

Oscar sagte nichts, sondern blickte nur ausdruckslos in Grindels bartloses, schwammiges Gesicht.

„Ich sehe die Dinge jetzt durch die Augen meiner Liebsten. Von nun an möchte ich sauber und ordentlich sein, genau wie sie. Ich möchte das Brot in exakte Scheiben schneiden, gründlich Staub wischen und die Böden schrubben, regelmäßig die Bettwäsche wechseln, Essensreste sorgfältig aufbewahren und sie verzehren, bevor sie schlecht werden, öfter mal den Kühlschrank abtauen. Sie hat mir so viel beigebracht, wissen Sie. Darf ich ganz offen zu Ihnen sein?"

Oscar nickte.

„Sehen Sie, früher war ich abstoßend, schlampig. Ich hatte keine Ahnung, wie ich mein Leben schön machen könnte, aber Androola hat mir gezeigt, wie es geht. Ich weiß jetzt, wie man Flecken beseitigt. Ich kann wunderbar Eier braten. Das mag Ihnen unbedeutend erscheinen, aber für mich ist es der Beginn einer neuen Ära. Ich habe mich immer vor dem Leben gefürchtet, Mr. Babel. Ich konnte nicht ohne Heizung und Hausrock leben. Ich konnte den Gedanken nicht ertragen, ein Fenster zu öffnen. Ich war grob zu meinen Mietern, ignorierte ihre Bedürfnisse. Ich habe ihnen misstraut. Aber jetzt ... Wie Sie sehen, habe ich große Pläne mit diesem Haus. Gewaltige Pläne! Deswegen sind die Handwerker hier, Mr. Babel. Dieser Ort wird von Grund auf erneuert: neue Kabel, neue Tapeten, neue Teppiche und Vorhänge im Eingangsbereich. Oh, und bevor ich's vergesse: natürlich eine neue Matratze für Sie, Mr. Babel."

Grindels Rede rief bei Oscar ein Gefühl von Erschöpfung hervor. Er fragte sich, ob er es schaffen würde, etwas Sinnvolles zu erwidern, da Grindel offenbar begierig auf eine Antwort wartete, seinen herausquellenden Augen nach zu urteilen.

„Das ist toll", murmelte er schließlich. „Sie sind also ... verliebt?"

„*Verliebt, geliebt, lie-bens-wert*", schmetterte Grindel im Stil einer Wagner-Arie.

Jetzt übertreibt er aber, dachte Oscar.

„Gibt es jemand Besonderen in Ihrem Leben, Mr. Babel?"

„Also ... da ist jemand ... Sie ist ... Ich habe sie zuletzt vor ein paar Wochen gesehen und –"

„Ich weiß, was Sie denken, Mr. Babel. Sie denken, das geht vorüber. Aber seien Sie unbesorgt. Ich bin jetzt ein anderer Mensch. Ich habe das alles hinter mir gelassen."

„Das sehe ich."

„Ach, da fällt mir ein, ich habe ein Paket, das an Sie adressiert ist, Mr. Babel. Ich habe es heute Morgen im Flur entdeckt und mitgenommen, damit es nicht schmutzig wird."

Er verschwand hinter einer Tür. Nach einer Weile kehrte er mit einem Paket zurück, das in braunes Packpapier eingeschlagen war. Die Art und Weise, wie er das Paket an seine Brust drückte, machte auf Oscar einen besitzergreifenden und zugleich beschützenden Eindruck. Es war, als hielte er kein unbelebtes Objekt im Arm, sondern einen Säugling. Er schien sich nur ungern von dem Paket zu trennen, denn im nächsten Moment setzte er sich in seinen Ohrensessel und behielt es auf dem Schoß.

„Wissen Sie", sagte Oscar, „ich habe mich gefragt ..."

„Ja, Mr. Babel?"

„Haben Sie vielleicht meine Katze gesehen?"

„Nein, Mr. Babel, ich bedaure."

„Ich lasse sie manchmal in den Garten nebenan, und dann klettert sie von allein wieder zurück. Gestern habe ich sie rausgelassen, und heute habe ich sie noch nicht gesehen. Ich mache mir Sorgen, dass sie verloren gegangen sein könnte."

„Das tut mir sehr leid, Mr. Babel. Ich mochte diese Katze. Für einen Junggesellen wie Sie muss sie ein großer Trost gewesen sein."

„Ja, das war sie", sagte Oscar.

Er ging auf Grindel zu, um sich sein Paket zu holen.

„Kann ich das Paket haben?", fragte er und zeigte zögernd mit dem Finger darauf.

„Ach, das hatte ich glatt vergessen."

Grindel erhob sich feierlich, das Paket noch immer zärtlich umschlungen. In diesem Moment kam Oscar ein verstörender Gedanke: Hatte Grindel Täubchen umgebracht? Und war seine Katze jetzt in dem Paket, an dem er so zu hängen schien? War Grindels alte Bösartigkeit insgeheim wieder zum Vorschein gekommen?

„Mr. Grindel?"

„Ja, Mr. Babel?"

Langsam fragte er: „Wissen Sie, was sich in dem Paket befindet?"

Oscar fixierte den Karton in Grindels Händen. Er war groß genug, um Täubchen darin unterzubringen.

„Nein, bedaure, Mr. Babel. Es ist heute Morgen mit der ersten Post gekommen."

„Verstehe. Sind Sie sicher, dass Sie meine Katze nicht gesehen haben?"

„Ja, da bin ich mir sicher, Mr. Babel. Andernfalls hätte ich es Ihnen bestimmt gesagt."

„Mr. Grindel, kann ich jetzt das Paket haben?"

„Natürlich."

Ganz langsam, wie bei einer rituellen Handlung, überreichte er es ihm. Es war, als trennte er sich von einem sakralen Gegenstand oder einem kostbaren Juwel. Für den Bruchteil einer Sekunde glaubte

Oscar, einen Anflug von Verärgerung bei ihm zu entdecken, aber dann lächelte Grindel höflich und machte sogar eine kleine Verbeugung.

Draußen im Flur atmete Oscar ein paar Mal tief durch. Er konnte es kaum erwarten, allein zu sein und das Paket zu öffnen, aber zugleich fürchtete er sich vor dem, was er darin finden würde. Als er die Treppe hinunterlief, hatten die Handwerker gerade ihre Teepause beendet und fingen just in diesem Moment an zu hämmern, zu sägen und zu bohren. Der daraus resultierende ohrenbetäubende Lärm machte alle Gedanken zunichte.

Sobald er in seinem Zimmer war, verriegelte er die Tür. Ein kräftiger Wind blies durch das Fenster, und die Vorhänge blähten sich und wehten wild. Er suchte nach Täubchen, kroch unters Bett, sah im Schrank nach, riss die Decken aus ihrem Korb. Keine Spur von ihr. Er war im Begriff, das Paket zu öffnen, als das Telefon klingelte.

„Hallo", sagte er und steckte einen Finger in das freie Ohr, um das Geräusch des Presslufthammers auszublenden.

„Oscar." Die synthetische, schnarrende Stimme, die jedes Wort mit übertriebener Präzision artikulierte, war unverwechselbar. „Hier ist Ryan Rees."

„Kann ich Sie zurückrufen?"

„Ich werde gleich nicht mehr erreichbar sein."

„Können Sie später noch mal anrufen?"

„Oscar –"

Die Verbindung brach ab. Oscar setzte sich auf sein Bett, das quietschend nachgab, und starrte das Paket an. Er holte tief Luft. Die Vorhänge hatten sich zusammen mit dem Wind gelegt und zuckten nur noch leicht.

Er hatte Angst, das Paket zu öffnen. Es aufzumachen, konnte verheerende Folgen haben. Es konnte ihn vernichten.

Auf dem Gang bohrte sich der Presslufthammer unaufhörlich in Wände und Böden. Oscar hatte das Gefühl, sein Zimmer wäre aus den Angeln gehoben und auf eine offene Baustelle verlegt worden. Von nun an würde er an einem luftigen Ort unter freiem Himmel leben. Im Winter wäre er dem Regen, dem Hagel und den Spucktiraden der Handwerker ausgesetzt. Im Sommer würde ihn die Sonne ausdörren, bis das Gebäude um ihn herum schließlich ganz langsam Gestalt annehmen – die Mauern hochgezogen, die Dachziegel verlegt, die Schiebefenster heruntergezogen, die Gerüste abgebaut waren – und er lebendig in einer mitleidlosen Stahlstruktur begraben sein würde ...

Ruckartig wurde er aus seinen Gedanken gerissen und wandte sich wieder dem Paket zu. Er versuchte, seiner Angst ruhig und rational ins Auge zu sehen. Grindels anhaltende Gutmütigkeit machte ihn nervös. Seine neue Persona kam ihm irgendwie unwirklich vor, so, als könnte man sie jederzeit zusammenklappen. Hatte Grindel klammheimlich einen sinnlosen Akt des Bösen begangen, um seine guten Taten aus jüngster Zeit wettzumachen? War er dabei, den Verstand zu verlieren?

Wenn Täubchen in diesem Paket war, ergab die Welt keinen Sinn mehr und alles könnte und würde geschehen: Die Oxford Street würde sich mit Sardinen füllen, wie Bloch gesagt hatte; Big Ben würde aufhören zu schlagen. Er musste sich für das wappnen, was auf ihn zukam, musste sein Herz härten. Bilder schossen ihm durch den Kopf, Bilder von Grindel, der ein scharfes Messer schwang und teuflisch lachend zu seiner monströsen Tat schritt. Er sah Grindels Hängebacken schwabbeln, seine bösen Augen aus einem zur Fratze verzerrten Gesicht blitzen, den Geifer aus seinem Mund tropfen. Er sah, wie Grindel in einer Zwangsjacke weggebracht wurde.

Er riss das Packpapier auf. Dann öffnete er den Karton.

Täubchen war nicht darin.

Natürlich war sie das nicht.

„Danke, Gott, danke", sagte er erleichtert.

Anstatt der Katze enthielt das Paket zahlreiche Kassetten, die in zwei Reihen angeordnet waren. Darauf befanden sich Reste einer weißen Substanz. Er befeuchtete einen Finger und probierte zögernd ein wenig von dem unbekannten Pulver.

Es war Puderzucker.

Eine Viertelstunde lang starrte er unschlüssig in den Karton.

Dann klingelte erneut das Telefon.

„Hallo, hier ist Oscar", sagte er nervös.

„Ryan Rees. Sorry, ich hatte vorhin keinen Empfang. Wie geht es dem Propheten von London?"

„Bitte nennen Sie mich nicht so."

„Warum nicht? Der Titel passt zu dir. Ich rufe wegen der Sache mit dem Duchamp-Bankett an."

„Ich gehe da nicht hin. Sie haben mich nicht mal gefragt. Wann haben Sie das arrangiert?"

„Vor einer Woche, wenn mich mein Gedächtnis nicht trügt."

„Worüber soll ich überhaupt reden?"

„Die Zukunft der Malerei."

„Davon habe ich keine Ahnung. Woher auch? Ich bin kein Maler. Höchstens ein gescheiterter. Nicht einmal das. Ich bin nicht mal mehr ein gescheiterter Maler. Ich will das nicht mehr."

„Was willst du nicht mehr?"

„So tun, als wäre ich jemand, der ich gar nicht bin."

Einen Moment lang war es still am anderen Ende der Leitung. Oscar konnte Rees' raspelnden Raubtieratem hören. Er spürte, dass er dabei war, sich eine neue Angriffsstrategie zu überlegen, während sein Gehirn klickte und blinkte wie ein Computer.

„Oscar, du bist ein interessanter Typ", fuhr Rees fort. „Du hast Energie, Ausstrahlung, ein klassisches, attraktives Äußeres, und du hast etwas zu sagen."

„Hören Sie auf mit dem Blödsinn. Was wollen Sie von mir?"

„Was willst *du* von mir?"

„Nichts."

„Das ist schade, weil ich dir fast alles geben kann."

„Warum haben Sie überall diese Plakate aufgehängt?"

„Oscar, sei nicht so streng mit dir."

„Und was soll der ganze Unfug im Internet? Was Sie sich da ausgedacht haben, ist lächerlich. Sie sollten so etwas nicht schreiben."

„Ich weiß nicht genau, worauf du dich beziehst."

„Sie behaupten, ich hätte in Oxford Sanskrit studiert. Und was weiß ich noch alles. Das ist totaler Quatsch. Nichts davon ist wahr."

„Die Wahrheit ist langweilig, Oscar."

„Ich will aber mit Ihren ganzen ausgekochten Lügen nichts zu tun haben."

„Oscar, es ist doch nur ein harmloser Spaß. Die Menschen wollen dich sehen, dich sprechen hören. Mein Büro wird von E-Mails überschwemmt. Alle Welt will mehr über dich erfahren. Übrigens, allein mit der BabelSoap können wir ein Vermögen machen. Ich habe jetzt einen Typ engagiert, der sich darum kümmert, so einen Nerd mit Kapuze. Er hat ein chemisches Labor, in dem er sich hin und wieder einen Finger wegsprengt. Aber mit Seife kennt er sich aus, dafür hat er ein echtes Händchen – oder was davon noch übrig ist."

Oscar ignorierte das und fauchte: „Wie haben Sie dieses Duchamp-Ding überhaupt eingefädelt?"

„Ach, Monty Bell ist ein Freund von mir."

„Wer zum Teufel ist Monty Bell?"

„Einer der Juroren für den Duchamp-Preis. Er hat mir erzählt, dass Mac Llewelyn, der ursprünglich als Redner vorgesehen war, eine Fistel am Hintern hat. Daraufhin habe ich ein paar Strippen gezogen und dich als Ersatz für Mac Llewelyn ins Spiel gebracht – schließlich kennst du dich mit Malerei aus, und dein Hintern ist auch in Ordnung. Mehr braucht es nicht. Das ist ein hochkarätiges Event – Berichterstattung in den Medien, jede Menge Promis, und du könntest glänzen."

„Sagen Sie, warum geben Sie sich überhaupt mit mir ab? Ich verursache doch nur Kosten. Ich bringe Ihnen kein Geld ein, außer vielleicht mit der Seife."

„Das stimmt, aber ich mag nun mal Herausforderungen. Soll ich dir ein paar Dinge über mich verraten?"

„Ich kann Sie wohl kaum davon abhalten."

„Ich bin das, was die Leute einen Mann mit Einfluss nennen. Die Medien haben Respekt vor mir. Die Meinungsmacher fürchten mich. Ich diniere im Ritz und genieße alle erdenklichen Privilegien. Es gibt nichts, was ich noch nicht getan, gesehen oder gegessen hätte. Daher brauche ich ein neues Betätigungsfeld, etwas, wonach die Öffentlichkeit lechzt, etwas, das den Schwachköpfen da draußen, die sich an Bier und Daily Soaps berauschen, ein bisschen Hoffnung gibt. Und da habe ich mir gedacht: Warum nicht einen wie Oscar nehmen und etwas aus ihm machen?" Einen Moment lang schien er ins Schlingern zu geraten, als hätte ihn seine Eloquenz im Stich gelassen, aber dann fing er sich wieder. „Versteh mich nicht falsch, natürlich hast du selbst einiges zu bieten. Deshalb will ich dir ja auch eine Stimme geben, eine, die dank der modernen Technik eine gewaltige Reichweite hat."

„Aber wenn ich Ihnen doch sage, dass ich den Leuten nichts mitzuteilen habe."

„Was ist mit deiner kleinen Rede über die Liebe? Du hast Tom Beards Besprechung gelesen, nicht wahr? Er hat dich mehr oder weniger als Genie bezeichnet."

„Und was, wenn ich sagen würde, dass das alles nicht auf meinem Mist gewachsen ist, sondern von jemand anderem stammt?"

„Oscar, Oscar, sei doch nicht so naiv. Glaubst du im Ernst, dass es noch so etwas wie Originalität gibt? Alles wird aus allem anderen recycelt. Abgesehen davon ist die Vorstellung, dass eine Idee einzigartig sein könnte, geradezu krank."

„Vielleicht bin ich ja krank, aber bestimmt nicht so krank wie Sie."

Schallendes Gelächter drang aus der Leitung. Oscar musste den Hörer vom Ohr weghalten, aber selbst dann war das Geräusch noch deutlich zu vernehmen. Es war ein Lachen, wie er es noch nie gehört hatte, eines, das seine Äußerung auf schreckliche Weise für null und nichtig erklärte und ihm zu verstehen gab, dass er Rees' machtgetränkte Überlegenheit durch nichts erschüttern konnte. Nach einer Weile verebbte das grausige Wiehern.

„Oscar, willst du wirklich dein ganzes Leben lang ein Niemand bleiben? Ich biete dir die Gelegenheit, etwas Großartiges zu tun. Möchtest du Respekt, Liebe, Bewunderung? Ich sorge dafür, dass du das alles bekommst. Und die Frauen werden dir zu Füßen liegen, Oscar. Du wirst in Gourmet-Restaurants speisen und die besten Weine trinken. Und du wirst einen Blick auf den Ruhm erhaschen, bevor er wieder erlischt."

„Und was springt für Sie dabei raus?"

„Das Gefühl, etwas für die Gemeinschaft getan zu haben. Persönliche Erfüllung, mein Junge."

„Bullshit."

„Sei kein Narr, Oscar. Sag ein paar Worte beim Duchamp-Preis. Eine kleine Ansprache, worüber du willst. Scheiß auf die Zukunft der Malerei. Mach diese Dummköpfe fertig. Überleg doch mal. Du kannst das. Du kannst den Pomp der Kunstwelt, das ganze Geschwätz, die Allüren, das Gedöns entlarven. Zeig es ihnen, Oscar. Moses am Sinai. Jesus im Tempel. Du kannst das, Oscar. Du kannst das. Stell sie bloß, diese albernen Figuren, diese champagnerschlürfende Elite, die es sich bei ihren Spaß- und Spieleabenden gemütlich macht. Sag ihnen, dass wir alle zur Hölle fahren werden. Sag ihnen, dass wir das Chaos zur Kunst erklärt haben, dass wir Besäufnisse mit Kultiviertheit gleichsetzen, dass wir uns im Banalen suhlen und Mittelmäßigkeit mit Talent verwechseln. Wie kannst du dir eine solche Gelegenheit entgehen lassen? Wer hat hier echtes Rückgrat? Die meisten haben nur ein paar Rückenwirbel, der Rest ist Watte. Aber *du* kannst etwas bewirken. Möchtest du nicht wie ein Schwamm all die Aufmerksamkeit aufsaugen? In dieser Rede geht es nicht um die Kunstwelt, sondern um die Wahrheit!"

Rees war von seinen eigenen Worten hingerissen. Er hatte sich selbst übertroffen. Welch fesselnde Gewandtheit, wie geschliffen waren doch diese mit Goldstaub überzogenen Sätze!

„Haben Sie nicht eben gesagt, die Wahrheit wäre langweilig?", erwiderte Oscar trocken.

„Sei kein Haarspalter. Ich muss jetzt Schluss machen. Also, was ist nun mit der Duchamp-Sache?"

„Ich weiß nicht. Ich muss es mir überlegen."

„Oscar, es ist doch bloß eine Rede, nichts weiter. Ich fordere dich nicht dazu auf, die Kronjuwelen zu stehlen."

Oscar legte den Hörer auf und starrte wieder den Karton an. Dann nahm er sämtliche Kassetten heraus, auf der Suche nach einem Zeichen, irgendeinem Hinweis, der den Inhalt erklärte. Nichts. Er öffnete eine Kassette nach der anderen, und zu seiner Erleichterung entdeckte er in der letzten einen zusammengefalteten Zettel. Er faltete ihn auf und las.

```
Lieber Oscar,
    diese Kassetten enthalten meine Gedanken über das
Leben, die Liebe, die Kunst und das alles. Vielleicht
fängst du etwas damit an. Du kannst alles verwenden, was
dir beim Säbelschwingen hilft. Sollte dir mein Gejammer
```

und Genörgel irgendwie von Nutzen sein, würde mich das
freuen. Wenn nicht, kannst du die Bänder ruhig schreddern.
Bitte komm mich nicht mehr besuchen. Webster ist bei mir.
Ich bin nicht gesellschaftsfähig und möchte jetzt, mitten
in diesem herrlichen Sommer, eine Zeit lang Winterschlaf
halten. Diese Widersprüchlichkeit sieht mir ähnlich.
   D. Bloch

PS: Komm mich auf keinen Fall besuchen. Unsere Freundschaft hat sich totgelaufen. die letzten Musiker des
Orchesters packen ihre Fiedeln ein. Schlafende Hunde soll
man nicht wecken; besser, man erschießt die Köter gleich.
Ich kann dir nichts mehr geben. Ich habe meinen Teil getan.
Es liegt jetzt bei dir.

Fetzen aus dem *Tristan* kamen ihm in den Sinn. Er versuchte sie zu verscheuchen. Dann füllten sich seine Augen mit Tränen. Durch ihren Schleier starrte er ungläubig auf die verschwommenen Buchstaben. Er las die Nachricht erneut. Es war unfassbar – ihn einfach so abzuservieren. Warum tat er das? War er Bloch wirklich so unerträglich geworden?

Irgendwo unter seinem Bett bewahrte er noch einen uralten Kassettenrekorder auf. Genau wie Bloch sträubte er sich dagegen, die neueste Technik zu übernehmen. Er kroch unters Bett und suchte danach, getrieben von dem Gedanken, dass sich alles aufklären würde, sobald er Blochs Stimme hörte, dass er seine Nachricht verstehen und damit klarkommen würde. Er förderte das abgewrackte, verstaubte Gerät zutage, unternahm einen halbherzigen Versuch, es zu säubern, steckte die erste Kassette hinein, drückte auf PLAY und schob den Lautstärkeregler nach oben, um den Lärm des Presslufthammers zu übertönen.

Dann erklang Blochs Stimme, brüchig und alt.

„Und wer gießt mich?
Ich habe beschlossen, über das Licht zu sprechen, positiv zu sein, also: Haltet eure Sonnenschirme bereit. Es ist Zeit für eine Predigt, weil

sich Worte in meinem Schlund drängen, die unbedingt herauswollen; weil ich Zeit totschlagen muss. Das sagt schon alles: Zeit totschlagen. Wie kommt es, dass ein paar glückliche Seelen die Zeit erst wahrnehmen, wenn sie vorüber ist, während sie für mich immer etwas gewesen ist, das man überstehen, hinter sich bringen muss?"

Oscar drückte auf Pause. Nein – da war nichts in dieser Stimme, in diesen Worten, das Klarheit schaffen oder den Schlag, den er ihm versetzt hatte, rückgängig machen würde. Bloch hatte seiner Botschaft offenbar nichts hinzuzufügen. Oscar wusste, dass die Aufnahmen nicht erklären würden, warum er ihm die Freundschaft gekündigt hatte.

Wut stieg in ihm hoch, packte seine Innereien und wrang sie aus, wie zwei Hände ein nasses Handtuch auswringen. Er wollte Bloch schaden, ihm höllisch wehtun.

Er las die Nachricht ein drittes und ein viertes Mal, und beim fünften Mal stolperte er über einen Satz, den er ratlos vor sich hinmurmelte:

„Es liegt jetzt bei dir. Es liegt jetzt bei dir. Es liegt jetzt bei dir."

Die Worte kamen ihm vor wie ein Ruf zu den Waffen. Aber *was* lag jetzt bei ihm? Einen Moment lang schmerzte ihn Blochs Zurückweisung nicht mehr, sie war beinahe belanglos, während sich etwas anderes, etwas Archaisches und Mysteriöses, in den Vordergrund schob.

Während er versuchte, diese widersprüchlichen Empfindungen zu sortieren, hörte der Baulärm abrupt auf, und die Stille, die folgte, verschaffte ihm ein bisschen Frieden.

Er beschloss, Rees anzurufen, aber gerade, als er zum Hörer greifen wollte, klingelte wieder das Telefon.

„Hallo", sagte er mit matter Stimme.

„Wer ist Oscar Babel?"

„Wie bitte?"

„Ich bin's, Najette. Wieso taucht dein Name in ganz London auf?"

„Das weiß ich nicht genau."

„Gerade mal zwei Wochen sind vergangen, seit ich dich zuletzt gesehen habe, und schon hast du dich in ein Produkt verwandelt. Was geschieht mit dir?"

„Ich glaube, ich bin dabei, mich weiterzuentwickeln."

„In was?"

„Wenn ich das wüsste. Es geschieht einfach."

„Oscar, ich weiß nicht, ob es eine gute Idee ist, weiter mit dir befreundet zu sein."

„Aber ... aber ich dachte, wir wären mehr als Freunde."

„Das Problem ist ... bist das wirklich du? Bist du echt oder nicht? Ich habe kein Interesse an Schatten, denn die haben die Angewohnheit, zu verschwinden. Ich mache mir Sorgen um dich. Du musst herausfinden, wer du bist. Und ich glaube nicht, dass du ein Philosoph oder ein spiritueller Lehrer bist, und wenn du versuchst, einer zu sein, wird dich das ausbrennen. Ich brauche Aufrichtigkeit, keine Verstellung."

Oscar steckte sich die Faust in den Mund und biss so fest darauf, dass es blutete. Als er seine Hand zurückzog, sah er die kreisrunden Abdrücke seiner Zähne auf der Haut, die aussahen wie Feuermale.

„Najette, bitte ... Wir tragen doch alle Masken ... hin und wieder", sagte er hoffnungslos.

„Ja, aber deine ist dabei, festzuwachsen. Hör zu, ich fahre ein paar Tage weg. Vielleicht rufe ich dich an, wenn ich zurück bin. Vorausgesetzt, du treibst dich nicht gerade in Indien oder Tibet herum und studierst Sanskrit. Bis dann."

Sie legte auf.

Und nun, da er wie vor den Kopf geschlagen auf dem Bett saß, kam ihm der Gedanke, dass ein Verlust zum anderen geführt hatte, dass Blochs Zurückweisung irgendwie auch Najettes Zurückweisung herbeigeführt hatte, dass dieser doppelte Verlust zu ungerecht war – er hätte sich über Tage, nicht Minuten, verteilen müssen, um einigermaßen verkraftbar zu sein, und er dachte, wenn er das Paket nicht geöffnet und Blochs Nachricht nicht gelesen hätte, dann hätte Najette auch nicht angerufen, um ihm zu sagen, was sie soeben gesagt hatte.

In dieser Nacht tat er kein Auge zu.

Das Foyer glich einem summenden Bienenstock. Hungrige Fotografen und Journalisten umschwirrten die Nominierten für den Duchamp-Preis, die Stegreif-Interviews gaben, für die Kameras posierten, lächelten und sich ostentativ mit den Fingern durch die Haare fuhren. Cyril Vixen, eine markante, korpulente Erscheinung mit einem Strauß weißer Nelken in der Hand (zwei weitere hatte er sich ins Haar gesteckt), ließ sich über seine nicht vorhandene Kunsttheorie aus. Er sprach mit einer schwerfälligen, leiernden Stimme, die nie genügend Energie zu haben schien, um einen Satz zu beenden. Vixen war für eine Reihe subversiver Fotografien nominiert worden. Mithilfe irgendeines Kunstgriffs hatte er sich die Exkremente einiger berühmter weiblicher Fotomodelle besorgt und ihre Stoffwechselprodukte auf Zelluloid gebannt. Unter diese körnigen, nüchternen Schwarzweiß-Kompositionen hatte er die Namen der jeweiligen Modelle gesetzt. Nach eigenen Angaben ging es Vixen darum, den Mythos von Schönheit im wahrsten Sinne „über den Haufen zu werfen", indem er die hässliche (und normalerweise unsichtbare) Kehrseite des Körpers beleuchtete. Nach Ende der Ausstellung hatten einige der Modelle bestritten, je Teil des Projekts gewesen zu sein. Sie hatten behauptet, dem Künstler nie ihre Ausscheidungen zur Verfügung gestellt zu haben, und gemutmaßt, dass Vixen seine eigenen fotografiert hatte. Ein paar Kommentatoren hatten angemerkt, dass es keine Rolle spiele, wessen Hinterlassenschaften auf den Fotos zu sehen seien, da das Ganze „so oder so nichts als Scheiße" gewesen sei. Vixens Karriere war daraufhin steil nach oben gegangen, und man hatte ihn für den Preis nominiert. Tatsächlich galt er als Favorit.

Eine weitere Kandidatin sprach in einer anderen Ecke des Foyers über ihre Kunst. Als Performance-Künstlerin rezitierte, deklamierte, brüllte und sang sie für gewöhnlich ihre erotischen Verse, während mehrere Paare auf der Bühne etwas simulierten, das sie als „symbolisch aufgeladene sexuelle Aktivität" bezeichnete. Sie sagte, damit wolle sie Vorstellungen von Sex mit der Abstraktion von Gedichten verbinden. Sie war bekannt für ihre Promiskuität und sie trug niemals Unterwäsche, weil das angeblich den Fluss ihrer künstlerischen Energie behinderte. Ihre Mutter hatte sie im Wohnzimmer von Soundso zur Welt gebracht, während ihr Freund dazu Gitarre spielte. Einmal war sie in Covent Garden wegen unsittlichen Verhaltens festgenommen worden (sie hatte im Rahmen ihrer Straßen-Performance „MenstruationsNächte" einen Mann fellationiert), woraufhin sich der Kreis ihrer Bewunderer beträchtlich erweitert hatte. Sie galt als eine Künstlerin, die es kategorisch ablehnte, Hemmungen zu zeigen. Ihr Name war Rada Bhat.

Der rosarote Champagner floss in Strömen und wurde in atemberaubender Geschwindigkeit konsumiert, sodass die Kellner Mühe hatten, für reibungslosen Nachschub zu sorgen. Ein Gong rief aus der Ferne zum Dinner, aber niemand schien auch nur im Geringsten daran interessiert zu sein, sich in den Festsaal zu begeben, wo im Anschluss an das Bankett die Reden gehalten würden und die Preisverleihung stattfinden sollte.

Eine einsame Gestalt in cremefarbenem Anzug, einen verwegen schiefsitzenden weißen Strohhut auf dem Kopf, stand abseits des Getümmels und fühlte sich ein bisschen fehl am Platz. Es war Alastair Layor. Bis vor Kurzem war er ein recht bekannter Theaterregisseur gewesen, der abseits der großen West-End-Bühnen Stücke des Absurden Theaters – insbesondere die Dramen von Jean Genet – inszeniert und die Werke unbekannter Dramatiker gefördert hatte. Als Regisseur hatte er versucht, extreme Stilisierung mit Spontanität zu verbinden, und seine Schauspieler dazu angeregt, den dramatischen Text nicht statisch wiederzugeben, sondern zu improvisieren. Doch zuletzt hatten seine Produktionen jene Dichte verloren, die ihm so wichtig war. Er wusste nicht mehr, wie er seine Schauspieler anleiten sollte; er wusste nicht mehr, was sie tun sollten, wenn sie gerade keinen Text hatten. Seine Inszenierungen waren schal geworden, und bei den Proben war kein Funke mehr übergesprungen. Daher hatte er dem Theaterbetrieb den Rücken gekehrt und versuchte nun, ins Psychotherapie-Fach zu wechseln. Er stand am Rand eines Abgrunds. Bislang hatte er es geschafft, nicht hineinzufallen. Während er an seinem Orangensaft nippte, ging ihm ein Bild durch den Kopf, das ihn neuerdings ständig verfolgte: das Bild von einer Frau, der er auf der Regent Street das Leben gerettet hatte, eine Frau, aus deren Jackentasche eine einzelne Amaryllis-Blüte hervorgeschaut hatte. Wieder einmal fragte er sich, wer sie war und was sie so aus der Fassung gebracht hatte.

Philip Crumb, der dritte Anwärter auf den Duchamp-Preis, trug ein leuchtend oranges Seidenhemd und eine riesige Windel. Seine nackten Füße steckten in ausgelatschten Sandalen. Vor nicht allzu langer Zeit war er wegen Leichenfledderei in Schwierigkeiten geraten: Er hatte aus verschiedenen Gräbern einzelne Knochen entnommen, in der Absicht, daraus ein Skelett zu bauen, das aus den sterblichen Überresten von zweihundertsechs Menschen bestand – die Anzahl der Knochen im menschlichen Körper. Am Ende hatte er zwar nicht alle, aber immerhin genügend Knochen zusammenbekommen, um die obere Hälfte des Skeletts zu konstruieren. Das Werk mit dem Titel „206" war eine Woche lang in der Tate Britain ausgestellt worden, bis jemand von den nächtlichen Beutezügen des Künstlers Wind bekam. Er war prompt verhaftet und vor Gericht gestellt worden. Nachdem er seine dreimonatige Gefängnisstrafe abgesessen hatte, kündigte er der Welt ein neues Kunstprojekt an: Er wollte sich in einer Badewanne in aller Öffentlichkeit die Pulsadern aufschneiden. Das Projekt trug den Arbeitstitel „Hot Toddy", in Anspielung auf ein hochprozentiges Heißgetränk. Unglücklicherweise musste die Aktion am Ende abgeblasen werden, weil Crumb feststellte, dass er kein Blut sehen konnte. „206" hatte ihm die Nominierung für den heutigen Preis eingebracht, trotz zahlreicher Schmähungen und öffentlicher Proteste.

Pebald War, der letzte Kandidat, erzählte jemandem von seinem neuesten Werk: neunundneunzig Kleiderbügel, die aus unterschiedlichen Pasta-Sorten gefertigt waren. Als Nächstes wollte er Essbesteck aus seinem eigenen, tiefgefrorenen Samen herstellen. Er hatte auch schon einen Namen für das Projekt: „Lebensutensilien". Es herrschte weitgehend Konsens darüber, dass War der schwächste Anwärter auf den begehrten, mit fünfzigtausend Pfund dotierten Preis war.

Und ganz allein in einem Winkel des Foyers, fernab von allen anderen, stand Oscar.

Nachdem Najette aufgelegt hatte und er aus seiner Schockstarre erwacht war, hatte er sich Blochs Kassetten angehört und noch in derselben Nacht ein gewaltiges Transkript zusammengeschustert, während sich die Spulen seines alten Kassettenrekorders langsam und unaufhörlich drehten. Am nächsten Morgen hatte er versucht, Najette zu erreichen, aber ihr Telefon war ständig besetzt gewesen. Dann hatte er schlaftrunken nach Täubchen gesucht, sie aber nicht gefunden. Er hatte Inserate in verschiedenen Lokalzeitungen aufgegeben, Zettel an Bäume gehängt, ja sogar in die Busse, die durch Elephant and Castle fuhren. Indem er nach seiner Katze suchte, fühlte er sich weniger ohnmächtig – immerhin konnte er etwas unternehmen, aktiv werden, während es in Bezug auf Najette nichts gab, was er hätte tun können, jedenfalls nicht in nächster Zeit. Und was Blochs Nachricht betraf, so hätte sie endgültiger nicht sein können.

Während er die glamourösen Menschen im Foyer beobachtete, fragte er sich, ob seine Rede eine Katastrophe werden würde, oder ob die Chance bestand, das Publikum mithilfe von Blochs Eloquenz für sich einzunehmen. Vieles von dem, was Bloch auf Band gesprochen hatte, ergab keinen Sinn und wirkte fast schon ein wenig verrückt, aber Oscar war auch auf ungemein klare und erkenntnisreiche Sätze gestoßen. Die Aufnahmen waren wie das Testament eines Mannes, der sich zwischen Licht und Dunkelheit, zwischen Tiefgründigkeit und Anarchie bewegte. In dem Transkript fand sich jedenfalls genügend brauchbares Material für seine Rede. Er hatte Blochs Ausführungen entrümpelt, gekürzt, zusammengefasst, geglättet, sie von ihren Auswüchsen und Inkohärenzen befreit, in der Annahme, dass am Ende etwas Beeindruckendes, Poetisches, ja Bedeutsames dabei herausgekommen war.

Aber Ryan Rees und sein Redakteur Johnson Manger hatten darauf bestanden, den Text zu kontrollieren, wie Baumeister, die eine Wand auf Risse untersuchen. Dann hatten sie Oscar eine Reihe von vernichtenden Kommentaren über die Preisanwärter und ihre Kunst zukommen lassen. „Bau sie irgendwie ein", hatte Rees zu ihm gesagt, „sonst ist das Ganze nichts als eine verdammte Zeitverschwendung."
Daraufhin hatte Oscar seinen Entwurf so lange überarbeitet, bis Rees

und er damit zufrieden waren. In den vergangenen Tagen hatte er die endgültige Fassung akribisch auswendig gelernt und den Vortrag wie besessen geprobt.

Er beobachtete weiter die Menge. Etwas war merkwürdig am Verhalten der Leute. Nach einer Weile wurde ihm klar, was es war. Obwohl alle so taten, als fänden sie ihre Gesprächspartner interessant, behielten sie dennoch die Personen im Auge, die an ihnen vorübergingen. Ihre Blicke schweiften wachsam umher, um ja niemanden zu übersehen, begierig darauf, eine besonders berühmte oder wichtige Persönlichkeit auszumachen und vielleicht Blickkontakt mit ihr aufzunehmen. Paradoxerweise sorgte dieser Zustand frenetischer Aufnahmebereitschaft dafür, dass am Ende alle leer ausgingen. Die Unterhaltungen brachen ab, bevor sie Gelegenheit hatten, über die üblichen Eröffnungsfloskeln hinauszugehen. Was das jeweilige Gegenüber verlauten ließ, wurde nicht absorbiert, und die Leute wirbelten wie Blätter im Wind durch das Foyer, um jemand anderes zu begrüßen, bevor sie Sekunden später zum Nächsten wechselten.

Oscar rückte näher an die Menge heran, wie jemand, der sich langsam in eine Badewanne mit sehr heißem Wasser gleiten lässt. Im selben Moment löste sich eine junge Frau aus einer Gruppe und kam auf ihn zu. Sie trug einen knallroten Sarong, der mit Dollarnoten gemustert war, darüber eine bunte, ärmellose Weste, und ihre nackten Arme waren mit feinem Glitter überzogen. Sie lächelte ihn neckisch an. Die Art und Weise, wie sie die Augenbrauen hochzog, ließ vermuten, dass sie ein bisschen betrunken war.

„Ich bin Anna", sagte sie. „Du bist Oscar Babel, stimmt's?"

„Ja. Woher weißt du das?"

„Hat mir jemand gesagt. Was machst du hier?"

„Ich soll nachher eine Rede halten. Ich bin ein bisschen nervös."

„Hast du genügend getrunken?"

„Nein."

Sie hielt einen der rotierenden Kellner an, stellte ihr leeres Glas auf sein Tablett, schnappte sich zwei volle und reichte eins davon Oscar. Während sie an ihrem Champagner nippte, gestikulierte ihre freie Hand im Takt ihrer Worte.

„Du musst dich locker machen. Schüchternheit ist bei solchen Anlässen tödlich. Die Leute sind gnadenlos. Du kannst nur eins tun, um diesen Abend zu überstehen: immer in der Nähe des Alkoholhahns bleiben."

„Du hast bestimmt recht. Vielleicht könntest du mich durch dieses Labyrinth führen."

„Heute Abend spiele ich schon für jemand anderes Kindermädchen."

„Kindermädchen? Wie meinst du das?"

„Ich kümmere mich um die Bonzen."

Ihr Lächeln wurde jetzt aufreizender und ihre Gebärden waren so überschwänglich, dass es aussah, als würde sie gleich anfangen zu tanzen. Oscar fürchtete, sie könnte ihm entgleiten. Als er ihr Lächeln erwiderte, merkte er, dass ihr Blick kurz auf seinem Mund ruhte, bevor er wieder umherschweifte. Von Zeit zu Zeit schielte er auf ihre ärmellose Weste, die ihre elfenhafte Gestalt zärtlich umarmte.

„Und – wie fühlt es sich an, berühmt zu sein, Oscar?"

„Ich bin nicht wirklich berühmt."

„Die ganze U-Bahn ist mit deinem Namen gepflastert. Berühmter geht es doch gar nicht! Oder muss dein Gesicht erst auf einer Briefmarke erscheinen, bevor du das Gefühl hast, oben angekommen zu sein?"

„Ich halte hier nur die Stellung. Ich weiß nicht, ob es mir gefällt, im Rampenlicht zu stehen."

„Es zwingt dich ja keiner."

„Du bist ziemlich direkt."

„Ich bringe die Dinge nur auf den Punkt."

Sie grinste verschmitzt.

„Und wieso bist du heute Abend hier?", fragte Oscar.

Sie holte tief Luft.

„Also, das bleibt aber unter uns. Eigentlich darf ich dir das gar nicht erzählen, aber ich glaube, ich kann dir vertrauen. Siehst du den Typ da drüben?" Sie zeigte auf einen dicken, bärtigen Mann in einer Brokatjacke, die mit silbernen, galoppierenden Pferden bestickt war. „Das ist mein Boss. ‚Der Bär' – so nenne ich ihn. Er bezahlt mich dafür, dass ich mich mit ihm sehen lasse. Er ist strunzdumm."

„Musst du mit ihm ins Bett gehen?"

„Oscar, ich glaube, du bist noch direkter als ich."

„Tut mir leid, du musst die Frage nicht beantworten."

Sie angelte eine Zigarette aus ihrer Westentasche und zündete sie sich an. Nach einem langen, lässigen Zug drehte sie langsam den Kopf zur Seite und blies dabei den Rauch aus, der ihre Kopfbewegung in der Luft nachzeichnete.

„Der Bär ist asexuell. Das Einzige, was ihn interessiert, sind seine Zuchthengste. Die reitet er lieber als Frauen. Er ist stinkreich."

„Hat er keine Ehefrau oder so?"

„Doch, aber seine Frau lässt sich gerade scheiden, weil er mehr Zeit im Stall verbringt als in ihrem Boudoir. Ich bin ihr Ersatz – jedenfalls bei öffentlichen Anlässen."

„Das hört sich nach einem sehr schrägen Arrangement an."

„Kann sein, aber ich esse und trinke in noblen Restaurants. Und ich treffe exotische Menschen. Ernst – so heißt er – ist zwar langweilig, aber er umgibt sich mit interessanten Leuten."

Ein Steward trat aus seiner Ecke der Ehrerbietung und verkündete mit knappen Worten, das Bankett werde in Kürze beginnen und die Anwesenden sollten doch bitte so freundlich sein, sich in den Veranstaltungssaal zu begeben. Fast alle ignorierten ihn.

„Tja, Oscar, ich muss jetzt wieder zu ihm. Zeit für die Fütterung. Viel Glück mit deiner Rede. Vielleicht sehe ich dich später, dann können wir noch ein bisschen plaudern."

Sie zwinkerte ihm kokett zu und schwirrte davon. Als sie wieder in die Menge eintauchte, wurde sie sogleich von einem Mann in Beschlag genommen. Oscar konnte ihn nicht richtig sehen, aber der „Bär" war es jedenfalls nicht. Sie hatte recht: Er brauchte noch einen Drink, am besten mehrere. Aber er durfte nicht allzu betrunken werden.

Er ging hinüber zu der silbernen Staffelei und studierte die Sitzordnung. Dann betrat er zaghaft den Saal.

Sein Tisch war – genau wie alle anderen – eine perfekte Mischung aus Kitsch und Opulenz. Zwölf Weinflaschen bildeten einen majestätischen Kreis inmitten von blank polierten Tellern und Gläsern und einem verwirrenden Sortiment an Besteck. Gestärkte Stoffservietten, in Form einer Sanduhr gefaltet, steckten in riesigen Weingläsern. Ein Bouquet aus künstlichen Blumen stand in der Mitte und überschattete Butterschalen und Brotkörbe. Die Tischkarten mit den Namen der Gäste waren mit goldenen Rahmen versehen. Auf jedem Teller befand sich die Miniaturausgabe eines Kunstwerks: hier eine kleine Venus aus Wachs, dort ein hochgestreckter Daumen oder eine dreidimensionale Version von Goyas Saturn, der seinen Sohn verschlingt. Oscars Teller beherbergte einen winzigen Teddybären im Smoking. Er stellte fest, dass sein Name falsch geschrieben war: Er hieß nun Oscar Bubel.

Ein Männchen mit Halbglatze, vom Alkohol aufgeputscht, nahm neben ihm Platz. Oscar murmelte leise vor sich hin: „Vom Mauseloch ins Hilton."

„Wie bitte?", fragte der kleine Mann.

„Ach, nichts."

„Wir haben uns noch nicht vorgestellt. Ich bin Willy Nargall, Zeilenschinder."

„Willy Nargall Zeilenschinder? Das ist ja ein lustiger Name."

„Nein, mein Name ist Willy Nargall. Den Zeilenschinder-Titel habe ich mir selbst verliehen. Wer zum Teufel sind Sie?"

„Oscar Babel. Bestimmt wissen Sie nicht, wer ich bin. Um ehrlich zu sein, weiß ich das selbst nicht so genau."

„Sehr gut, das gefällt mir. Zeigt, dass Sie sich nicht davor fürchten, verletzlich zu sein. In meinen Kreisen ist Verletzlichkeit ein No-Go, daher mag ich es, wenn andere ein bisschen verletzlich sind. Das hält die Dinge im Gleichgewicht."

Er zog zwei dicke Zigarren hervor, schnitt die Enden mit einem elegant aussehenden Knipser ab und reichte Oscar eine, ohne ihn zu fragen, ob er überhaupt rauchte.

„Verheiratet?"

„Nein."

„Gut. Freundin?"

„Nun ja, also – nein."

„Sind Sie vom anderen Ufer?"

„Was? Ach so ... nein."

„Gut. Und was machen Sie dann hier?"

„Ich muss eine Rede halten. Über die Zukunft der Malerei."

„Scheißthema. Welche Zukunft? Vor zweihundert Jahren gab es so etwas vielleicht noch. Aber heutzutage bepinseln Maler keine Leinwände mehr, sie streichen Wände an." Nargall nahm das Miniaturkunstwerk in Augenschein, das man ihm zugedacht hatte – eine winzige Käsereibe aus Alufolie –, zerknüllte es kurzerhand und warf die Stanniolkugel auf den Nachbartisch, wo sie in der Butterschale landete. Er gab Oscar Feuer. Der verbrachte die nächsten Minuten damit, abwechselnd zu paffen und zu husten, bis er schließlich aufgab und die Zigarre ausdrückte.

Die anderen Tischgäste nahmen nun schnatternd ihre Plätze ein. Eine braun gebrannte Frau mittleren Alters umkreiste im Orbit der Trunkenheit den Tisch, auf der Suche nach ihrem Namensschild. Als sie es entdeckte, tauschte sie es mit einem anderen auf der gegenüberliegenden Seite und setzte sich atemlos hin. Dann rief sie mit dem Handy ihren Friseur an und erörterte mit ihm eine Viertelstunde lang mögliche neue Hairstyles. Nargall, der sie eingehend musterte, flüsterte Oscar zu: „Die alte Schnapsdrossel hatte mehr Liftings, als ich je Gehaltsschecks bekommen habe."

Oscar kicherte. Aus irgendeinem Grund hatte Nargall Gefallen an ihm gefunden und stieß ihn ständig mit dem Ellbogen an, um noch mehr Urteile über gefährlich nahe sitzende Personen zu fällen. Nargalls Gegenwart war irgendwie tröstlich. Seine Unverblümtheit erdete den Abend, und während sich der Saal füllte, schwand Oscars Befangenheit allmählich und er fing an, sich richtig gut zu fühlen.

Eine junge Frau in einem klassischen, enganliegenden weißen Kleid setzte sich neben ihn. Er vermutete, dass sie ein Fotomodell war. Ihre kohlrabenschwarze, glänzende Haarpracht erinnerte an eine dicke, um sich selbst gewundene Schlange. Der komplizierten Hochsteckfrisur hatte sie zwei lange, zinnoberrot gefärbte Rattenschwänze abgetrotzt, die rechts und links herunterbaumelten. Acht große Haarklammern waren an neuralgischen Punkten platziert und hielten das verschlungene Gebilde zusammen. Einzelne, mit Wachs getrimmte Fransen hingen ihr in die Stirn.

Sie war zweifellos schön, aber hinter ihrer erlesenen Fassade lauerte ein antiseptischer Zug, und nach einer Weile fand Oscar ihre aufgesetzte Perfektion abstoßend. Sie unterhielt sich mit einem elegant gekleideten, schlanken, sonnengebräunten Mann. Die Art und Weise, wie die beiden miteinander sprachen und lachten, kündete von der Zugehörigkeit zu einem privilegierten Club, der Außenstehenden eiskalt den Zutritt verweigerte. Das weckte in Oscar den Wunsch, ihr schönes Gesicht zu entstellen, die unsichtbare Wand einzureißen, die sie zwischen sich und all jene gezogen hatte, die nicht zu ihrem Kreis gehörten, eine Wand, die allen zur Warnung gereichte, keinen Schritt näher zu kommen.

Als sich ihm die Gelegenheit bot, sagte er mit seiner sonorsten Stimme: „Wir haben uns noch nicht vorgestellt. Ich bin Oscar."

Sie würdigte ihn eines gelangweilten Blickes, erwiderte aber nichts.

Er bat jemanden am Tisch um eine Zigarette.

„Stört es Sie, wenn ich rauche?"

„Ganz und gar nicht", sagte sie in einem geübten Stakkato.

Oscar ließ nicht locker. „Wie kommt es, dass Sie hier sind?"

„Würden Sie mich bitte entschuldigen."

Das Lächeln, mit dem sie sich von ihm abwandte, war so hohl wie ein Kanonenrohr. Dann scherzte und lachte sie wieder mit ihrem gebräunten Tischnachbarn. Wider alle Vernunft traf ihn diese Abfuhr wie ein Hieb. Nachdem er sich davon erholt hatte, fand er es fast schon bewundernswert, wie unhöflich sie gerade gewesen war. Ganz offensichtlich war sie darauf programmiert, nur mit Leuten zu reden, die sie für wichtig hielt, dachte er bei sich. Und diejenigen, die ihr unbedeutend erschienen, verscheuchte sie wie ein lästiges Insekt.

Das Essen ließ noch auf sich warten, aber die Gäste schien das nicht zu kümmern. Stattdessen wurde ringsum mit geradezu religiösem Eifer Wein eingeschenkt und getrunken. Und je mehr davon die Kehlen hinunterrann, desto weniger landete manierlich in den Gläsern: Die Treffsicherheit ließ nach, und bald war das jungfräuliche, makellos weiße Tischtuch mit roten und rosa Klecksen übersät.

Während der Moderator auf einem Podest am anderen Ende des Saals die Gäste begrüßte, fand Oscar die ganze Veranstaltung zunehmend lächerlich und vertiefte sich in die Menükarte. Sein Blick gravitierte zu den Wörtern, die ihn interessierten: Gegrillte Forelle,

Radicchio, Avocados mit Krabben, Lamm an Sauerkraut, pochierte Safran-Birnen und *Crème brûlée* aus Orangen. Ein Kellner stellte eine Platte mit einem anderthalb Meter langen Lachs auf den Tisch, der mit Mandeln und Zitronenscheiben dekoriert war. Schälchen mit *Sauce tartare*, geschmückt mit roten Schleifen, umrahmten das Kunstwerk. Nargall begutachtete den Lachs und rieb sich voller Vorfreude die Hände.

„Hübscher Fisch. Da kann man sich richtig austoben. Reichen Sie mir mal die Gartenschere."

Oscar kicherte wieder. Die Kellner brachten kleine Teller mit *Hors d'œuvres*.

Die Festtafel wurde nun langsam und systematisch vergewaltigt. Der Fisch wurde zerlegt und verschlungen, die Weinflaschen bis auf den letzten Tropfen geleert, die Teller praktisch saubergeleckt. Als das Dessert serviert werden sollte, glich die Tafel einem Schlachtfeld. Das Tischtuch war unter bunten Flecken, Saucen, ausgespuckten Gräten und abgenagten Lammknöchelchen verschwunden. Die Kellner legten mit geübten, flinken Handgriffen frische Tischwäsche auf, wie Krankenschwestern, die bei einem inkontinenten Patienten das Bettzeug wechseln. Sie sorgten für Ordnung und Hygiene.

Diverse Koryphäen hielten ihre Reden, während sich die Gäste über den Nachtisch hermachten oder ihn zur Seite schoben, wenn sie beim besten Willen nichts mehr unterbrachten. Oscar wusste, dass er in Kürze an der Reihe war. Ihm wurde flau im Magen. Er wandte sich an Nargall und flüsterte ihm zu:

„Das wirkt alles ein bisschen überflüssig, Mr. Nargall."

„Mein lieber Junge, ich versichere Ihnen, dass sich hier jeder für unheimlich tiefsinnig und bedeutsam hält. Die haben keine Ahnung, wie nichtig sie im Großen und Ganzen sind. Diese armseligen Würstchen. Ich bin nur hergekommen, um zu essen und zu trinken. Weitere Reden höre ich mir nicht an, und ich gebe einen Scheiß drauf, wer diesen albernen Preis gewinnt. Er oder sie schafft es sowieso nicht, zwei zusammenhängende Sätze ins Mikrofon zu sagen. Ich habe keine Lust, die Ergüsse dieser Scharlatane zu feiern. Ich verzieh mich jetzt. Mir ist kotzübel, und dabei habe ich doch bloß zwei Flaschen von dem schlechten Bordeaux intus."

„Aber ich bin der Nächste auf der Rednerliste. Möchten Sie nicht bleiben und mir zuhören?"

„Wenn es Sie glücklich macht. Aber wissen Sie, was *mich* glücklich machen würde? Wenn Sie die Wahrheit sagen würden. Das wäre großartig. Stellen Sie sich vor – jemand, der endlich seinen gepuderten Arsch hochbekommt und diesen wandelnden Faksimiles klarmacht, dass sie es nicht wert sind, Picassos Pisse zu trinken. Schleimen Sie sie nicht voll – vergiften Sie sie!"

Diese Worte waren wie der Stich einer Tarantel.

Ein Saaldiener kam auf ihn zu und bat ihn, ihm zu folgen. Auf dem Weg zum Podium spürte Oscar, wie das Adrenalin in seinem Körper pulsierte. Er ging die Stufen hinauf und wartete, während der Moderator ein paar einleitende Worte sprach. Sie verloren sich in dem Nebel, der mit einem Mal über dem Saal hing. Oscar atmete tief durch. Was hatte er schon zu verlieren? Im Grunde genommen war er niemand. Er besaß keinen Ruf, den er hätte ruinieren können, keinen Status, den er aufs Spiel setzte. Er blickte hinunter auf die hellen Lichter im Saal, auf die versammelten Gäste, deren Gesichter im Alkohol schwammen, auf diese mondäne Gesellschaft schöner Menschen. Er beneidete sie nicht. Die Szene, die er durch die Zerrlinse seiner Aufregung wahrnahm, erschien ihm unwirklich. Hier war er also, im Epizentrum von Londons Kunstwelt. Auf wundersame Weise hatte man ihm einen Platz darin gewährt. Er war einfach hineinmarschiert, und niemand hatte ihn daran gehindert; niemand hatte mit dem Finger auf ihn gezeigt und ihn aufgefordert zu gehen. Hier war er, umgeben von Privilegien. Er sah sich selbst auf der Bühne stehen, so, als wäre ein zweiter Oscar aus ihm herausgetreten und säße jetzt hinten im Saal, um ihn von Weitem zu beobachten. Welche Welt erwartete ihn dort draußen? Der Moment war gekommen, es herauszufinden.

„Ehrlich gesagt habe ich nicht vor, über die Zukunft der Malerei zu reden", begann er. „Ich glaube nicht, dass das wichtig ist. Malerei langweilt mich. Ich möchte über etwas anderes sprechen: Licht."

Willy Nargalls Kopf schnellte ruckartig nach oben. Sein Interesse war geweckt: Er sprang an wie ein Auto, dem man Starthilfe gibt.

Andere wurden aus ihrer satten Trägheit gerüttelt, und ihre Köpfe drehten sich langsam zum Podium, in dem Versuch, die Aufmerksamkeit auf den Redner zu richten.

„Aber zunächst möchte ich Ihnen sagen, was ich von Ihnen halte. Sie sind eine Bande von Betrügern. Und bevor Sie mich der Voreingenommenheit bezichtigen … Spieglein, Spieglein an der Wand, ich bin der größte Betrüger im Land."

Ein beunruhigtes Raunen ging wie ein Lauffeuer durch den Saal.

„Das Licht des Mondes. Eine Stimme, die in einer Kapelle singt. Das Lächeln von Liebenden. Das Morgenlicht des Sommers. Tanzende Schatten. Sie alle täuschen nicht.

Am Anfang war der Scheißhaufen. Dann kam der Ichthyosaurus, die Eiszeit, und jetzt … Da sind wir nun alle im Hilton und haben vergessen, wo wir herkommen. Wir verleugnen unsere tierischen Bedürfnisse, aber manchmal holen sie uns ein, lauern uns auf und erinnern uns daran, dass sie noch da sind, sosehr wir uns auch bemühen, sie hinter Worten und süßem Parfüm und schmutzigen Glasfassaden zu verbergen. Wir übertünchen sie mit Kunst. Oder sollte ich sagen: mit Fürzen? Ist Kunst nur ein fetter, versüßter Furz? Ist sie nur das Gejammer und Genörgel eines ungebetenen Gastes, getarnt als etwas Erhellendes? Methan, verpackt in eine Zimthülle? Vielleicht."

Willy Nargall brach in wildes Gelächter aus. Als er merkte, dass niemand in sein Lachen einstimmte – weil alle anderen viel zu entsetzt waren –, besann er sich eines Besseren und schwieg. Der Saal wirkte verwunschen, als hätte man ihm mit einem Schlag den Sauerstoff entzogen. Oscar blickte in die schockierten Gesichter, die zu einem einzigen, unheimlichen Gemälde erstarrt waren. Er war fest entschlossen, seine Rede zu Ende zu bringen, koste es, was es wolle. Schiere Willenskraft, einfach und rein, die aus dem Nichts zu kommen schien, trieb ihn durch das unwegsame Gelände schweigender Missbilligung.

„Ich glaube, wir sterben, Ladys und Gentlemen. Ich glaube, wir sterben. Wir brauchen ein neues Lied.

Ich wünschte, es gäbe etwas, das ich sagen könnte. Nicht diese schäbigen Worte, nicht Haut und Knochen, in Seidentücher und Eau de Cologne gehüllt. Irgendwo in der Ewigkeit befördern Busse frei flottierende Seelen durch die Zeitalter und setzen sie ab wie Goldbarren. Es sind die Seelen all jener, die noch nicht geboren oder bereits gestorben sind, die Seelen vor und nach der Zeit. Wenn sie zu sterblichen Inkarnationen werden, verlieren sie ihr wahres Wesen – es wird verwässert, verunreinigt. Sie verstecken ihre innere und äußere Leuchtkraft. Sie verstecken die Liebe.

Wir sollten die Liebe über die Angst stellen.

Wenn wir – wie viele behaupten – schlafen, dann müssen wir jetzt aufwachen. Aber vielleicht ist es zu spät. Vielleicht umfängt uns der Schlaf wie eine zähe Flüssigkeit, aus der es kein Entrinnen gibt."

Oscar fand nun seinen Rhythmus, und mit ihm eine gewisse Ruhe. Und seine Sicherheit wirkte wiederum wie ein Beruhigungsmittel auf das Publikum, das anfing, wirklich zuzuhören. Und während er fortfuhr, waren manche zunehmend fasziniert von seinen Worten. Frauen von katzenartigem Äußeren schoben sich ihre Designerbrillen auf die Nase und musterten Oscar neugierig; ausgebrannte Männer dachten über den Sinn des Lebens nach. Ein Hauch von Zustimmung, von Gefallen machte sich bemerkbar.

„Vielleicht haben wir das Staunen verloren, das jedem Liebesakt, jedem Gebet innewohnt. Wir müssen danach greifen, es festhalten, es fließen lassen wie einen mächtigen Strom.

Doch nun – es führt kein Weg daran vorbei – ist es Zeit, zur Sache zu kommen: zu den Nominierten und ihren Werken. Ich beginne mit dem Sinn, denn daran mangelt es gewaltig – in Fotografien von Scheiße. Ja, sie sind amüsant; ein netter kleiner Gag. Aber glaubt Cyril Vixen wirklich, er hätte etwas zu bieten? Man kann ihn bestenfalls als geistlos bezeichnen. Aber unterm Strich sind seine Fotos ebenso aufgeblasen wie er selbst."

Cyril Vixen zischte: „Kleiner Wichser. Was fällt ihm ein?" Jemand an seinem Tisch kämpfte mit einer Flasche Portwein.

„Mademoiselle la Bhat gefällt es, Gedichte zu rezitieren, während Paare sich paaren. Für sie mag das erbauend sein, für alle anderen ist es das nicht. Wir sollten ein Hobby, eine kleine Verschrobenheit nicht mit etwas verwechseln, das für den öffentlichen Konsum bestimmt ist. Sie ist ein talentloses Spinnentier, das über einen Berufswechsel nachdenken sollte. Vielleicht sollte sie ein Bordell eröffnen –"

Rada Bhat sprang mit hochrotem Kopf auf und schrie: „Was zum Teufel glauben Sie eigentlich, wer Sie sind? Wie können Sie es wagen –"
Ihr wurde das Wort abgeschnitten, denn nun mischten sich weitere Personen in die Debatte ein. Andere zückten ihr Smartphone und begannen mit unfehlbarer Indiskretion zu filmen.
„Er hat recht", rief Alastair Layor, der ehemalige Theaterregisseur. „Was zur Hölle soll das eigentlich, was Bhat macht? Oder was wir alle machen?" Er begrüßte diese unverhoffte Reibung, diesen Konflikt: Das war viel besser als die übliche, langweilige Beweihräucherung bei Preisverleihungen. Es gefiel ihm, dass Oscar ganz unkonventionell auf das Staunen zu sprechen kam und damit das Risiko einging, sich zum Narren zu machen. Diese Risikobereitschaft hatte Layor immer hochgehalten, als er noch am Theater war. Er empfand so etwas wie Erregung, die Erregung der Gefahr. Und die Menge geriet jetzt in Fahrt.
„Tickst du noch richtig?", rief eine mollige Frau. Layors unbequeme Frage hatte sie offenbar in Rage versetzt. „Was wird das hier? Machen wir uns jetzt gegenseitig fertig? Als ob wir uns nicht schon gegen die ganzen Banausen da draußen zur Wehr setzen müssten. Wir müssen zusammenhalten! Schließlich sitzen wir alle im selben Boot …"
„Mr. Babel meint die Scharlatane in unseren Reihen, nicht die mit Talent", warf Mark Redhill ein. Er war Filmregisseur. Sein Debütfilm *Tee und Valium* war vom Publikum ebenso katastrophal aufgenommen worden wie von den Kritikern, und der Misserfolg hatte ihn verbittert. Willy Nargall rief laut „Hört, hört!" und klatschte Beifall, woraufhin die Aufmerksamkeit einen Moment lang seinen Tisch streifte, bevor sie wieder zu Redhill sprang. „Schließlich", sagte er, „sind Fotos von Scheiße Fotos von Scheiße, nichts weiter. Wenn ihr mich fragt, besteht Cyrils Leistung darin, dass er die Klospülung nicht betätigt."
„Ladys und Gentlemen!", rief der Moderator mit schriller Stimme. „Bitte lassen Sie Mr. Babel seine Rede beenden." Einen Moment lang schien er den Tumult, die anarchische Energie im Saal zu bändigen. Doch dann zogen alle scharf den Atem ein, denn Mark Redhill und Cyril Vixen waren aufgestanden und bewegten sich nun bedrohlich aufeinander zu. Die Gäste trauten ihren Augen kaum. Die Dinge liefen aus dem Ruder. Um sich zu beruhigen, nippte der Moderator

an einem Likör, verschluckte sich prompt und fing wie verrückt an zu husten, was ihm sehr peinlich war. Oscar, der neben ihm stand, sah untätig zu, wie er violett anlief und nach Luft rang. Es dauerte eine Weile, bis er begriff, dass er versuchen sollte, dem Mann zu helfen. Er klopfte ihm kräftig auf den Rücken. Unterdessen standen sich Redhill und Vixen Aug in Auge gegenüber, wie Gladiatoren kurz vor einem blutigen Zweikampf.

Der Moderator fing sich wieder, und Oscar schenkte ihm ein Glas Wasser ein, aber er rührte es nicht an, aus Furcht, der Vorfall könnte sich wiederholen. Dann richtete er seine Aufmerksamkeit auf die beunruhigende Entwicklung im Saal. Cyril Vixen hatte seinem Widersacher die pochierten Safran-Birnen über den Kopf gekippt, die sich nun mit Redhills Haarwachs mischten. Um es ihm heimzuzahlen, zog der Regisseur ein handliches kleines Deospray aus der Innentasche seines Jacketts. Cyril Vixen stand wie angewurzelt da und starrte hilflos auf die Waffe, anstatt sich aus dem Staub zu machen.

Redhill schüttelte energisch die Spraydose, drückte auf den Sprühkopf und entlud den wohlriechenden Nebel direkt in Vixens Augen. Der Fotograf schrie vor Schmerz auf, ging zu Boden und stammelte etwas von Blindheit. Dann rollte er sich wie ein Embryo zusammen und wurde immer kleiner, während ihm eine Schar von Freunden zu Hilfe eilte. Doch ein einziger Blick auf Redhill, der mit irren Augen noch immer die Spraydose im Anschlag hielt, genügte, und sie wichen verängstigt zurück, drohte ihnen doch das gleiche Schicksal wie dem am Boden Liegenden. Lediglich ein Mann, der ungewöhnlich groß und stark war, ließ sich davon nicht beeindrucken. Er ging geradewegs auf Redhill zu, entriss ihm die Spraydose und zerdrückte sie mit bloßen Händen. Redhill stand ungläubig staunend da. Er wollte gerade etwas sagen, als ein anderer kräftiger Mann hinzukam: Er fand, dass der erste ziemlich angegeben hatte, und wollte ihm eine ordentliche Lektion erteilen. Eine gewaltige Faust fuhr durch die Luft und traf mit voller Wucht das Kinn des ersten Hünen. Der Schlag brachte ihn ins Taumeln und er krachte auf den nächststehenden Tisch, der unter seinem immensen Gewicht schwankte, und alles, was sich darauf befand, flog in einem bunten Bogen durch die Gegend. Redhill nutzte die Gelegenheit, um sich unauffällig zum Ausgang zu stehlen. Währenddessen wälzte sich Cyril Vixen noch immer am Boden, die dicken, fleischigen Fingerknöchel in die Höhlen seiner brennenden Augen gedrückt.

Der erste Hüne rappelte sich hoch und stürzte sich in der Manier eines Sumoringers auf seinen Gegner, den Oberkörper nach vorn gestreckt, die Arme angewinkelt, seine Hände zu Klauen geformt. Er traf den Magen des anderen, umklammerte ihn mit beiden Armen und nahm ihn mächtig in die Zange. Innerhalb von Sekunden bildeten die zwei eine geschlossene Einheit, deren Bewegungen sich gegenseitig aufhoben. Der Energieaufwand war enorm, brachte sie aber nicht wirklich weiter. Sie bäumten sich auf wie Bullen, ihre Beine waren dank der gegenläufigen Kraft des anderen fest im Boden verankert. Während die beiden ihr ungemein sinnloses Ringen fortsetzten und dabei Grunzlaute und wütende Schreie ausstießen, versuchten andere Männer dazwischenzugehen, aber ihre Bemühungen waren ebenso sinnlos, und die beiden Kolosse in der Mitte nahmen das vergebliche Gezerre an ihren Beinen und Schultern kaum wahr. Eine weitere Gruppe von Männern gesellte sich zu der ursprünglichen, um sie zu unterstützen. Es war wie ein sich ständig erweiterndes Tauziehen. Am Ende hatten sich zehn oder zwölf Körper zu einem unentwirrbaren Knäuel vereint, das dem Gedränge in einem Rugbyspiel ähnelte. Sie stemmten, sie hievten, sie zogen, aber der gordische Knoten im Zentrum löste sich nicht. Die ganze Zeit über lag Cyril Vixen halb zerdrückt unter dem Haufen, ächzte und knirschte mit den Zähnen. Zentrifugale Kräfte wirkten auf die ineinander verkeilten Leiber und drohten, Glieder von Gliedern zu trennen, Körper in Stücke zu reißen. Etwas musste geschehen, jemand musste nachgeben.

Die Menge, die in rascher Abfolge zuerst verblüfft, dann entsetzt und schließlich fasziniert gewesen war, verharrte nun in betretenem Schweigen. Die Leute versuchten, nicht hinzuschauen, schauten aber hin; sie versuchten, sich nicht dabei erwischen zu lassen, wie sie hinschauten; sie bemühten sich, ihre gierig glotzenden Augen im Zaum zu halten, schafften es aber nicht. Das hier war einfach zu verlockend, es machte geradezu süchtig. Einige pressten die Schenkel zusammen, damit ihre prall gefüllte Blase nicht überlief, verzweifelt bemüht, den

Moment hinauszuzögern, in dem sie die Toilette aufsuchen mussten. Ein Blitzlichtgewitter entlud sich im Saal. Fernsehproduzenten strotzten nur so vor Ideen für neue Filme, Journalisten machten sich eifrig Notizen: Es war unmöglich, diese Story noch irgendwie auszuschmücken – sie war bereits der helle Wahnsinn. Ein Abgesang auf die Kunst, das Ende der Zivilisation, meine Damen und Herren, sehr verehrte Leserinnen und Leser, gestern Abend wurde ich Zeuge des mit Abstand außergewöhnlichsten Medienspektakels, das man sich vorstellen kann, ein Debakel solchen Ausmaßes, ein derart possenhaftes Fiasko und zugleich eine Farce von solch schrecklicher Tragweite, dass kein Theaterstück es je damit aufnehmen könnte und kein Film je imstande wäre, das Blut, den Schweiß, die Tränen, die Eingeweide, die Dramatik einzufangen, mit der ein einziger Kinnhaken im Hilton eine menschliche Kernschmelze ausgelöst und Jahrtausende der Evolution schlagartig zunichtegemacht hat …

„Um Himmels willen, so haltet sie doch auf! So unternehmt doch etwas!", kreischte jemand.

Woraufhin die beiden Kolosse einen Moment lang nicht aufpassten und das Gleichgewicht verloren. Die anderen purzelten übereinander, Arme und Beine ruderten hilflos durch die Luft und setzten unter gewaltigen Schmerzen die geballte Energie frei, die den Knoten zusammengehalten hatte. Es wurde geschrien und geflucht, gestöhnt und gekeucht.

Schließlich wurde Vixens plattgedrückte Gestalt von den beiden nunmehr reumütigen Hünen aus dem Saal getragen.

Die anderen wankten zurück zu ihren Plätzen, auf der Suche nach Wasser, und brachen reihenweise entkräftet zusammen.

Diejenigen, die nicht an der Rangelei beteiligt gewesen waren, kochten jetzt über. Alle fingen im selben Moment an zu sprechen, und im Nu wurde ein gewaltiger Wortteppich gewoben. Jeder hatte eine Meinung zu dem, was gerade passiert war, und jeder wollte sie äußern. Manche brachten einfach nur Ungläubigkeit zum Ausdruck, andere versuchten, die Dinge irgendwie einzuordnen, aber alle hatten eins gemein: Keiner hörte dem anderen zu. Zwar taten sie so, als interessierte sie das Geschnatter ihres Gegenübers, aber eigentlich warteten sie nur darauf, ihm ins Wort zu fallen, um sich selbst verbal zu erleichtern. Innerhalb von zwei Minuten wurden ungefähr eintausend Textnachrichten verschickt. Alastair Layor schaute zu, als ginge ihn das alles nichts an.

„Also, was er gesagt hat, war wirklich unter der Gürtellinie, aber man sollte trotzdem nicht die Contenance –"

„Mark Redhill wird nie wieder einen Film machen, und wahrscheinlich wird er sich wegen schwerer Körperverletzung verantworten müssen und –"

„Er sah aus, als würde er gleich explodieren. Wenn ich doch nur meine Videokamera dabeigehabt hätte, ich –"

„Das war mal etwas anderes, und ich hätte dasselbe getan, wenn ich –"

„Was hältst du von Rubys Bemerkung, von wegen, wir sollten zusammenhalten? Ich finde ja –"

„Wen juckt das schon. Hauptsache, der Abend war unterhaltsam, und das haben wir diesem Babel zu verdanken, auch wenn niemand je von diesem kleinen Scheißer gehört hat …"

Diese und viele weitere Kommentare sprudelten minutenlang ununterbrochen hervor und bildeten einen kakophonen Wirbel. Der Moderator hatte es längst aufgegeben, die Ordnung wiederherzustellen. Er schaute traurig zu Oscar und sein Blick, der viel beredter war als Worte, kündete gleichermaßen von Verzweiflung und Resignation. Oscar lächelte ihm aufmunternd zu. Er fühlte sich schuldig.

Der Aufruhr, den Oscars Rede verursacht hatte, gab allen Gelegenheit, Meinungen zu äußern, die sie normalerweise für sich behalten hätten. Doch nun, da alle mit Schmutz warfen und sich echauffierten, wurden sie mit einem Mal hoffähig. Die aufgestaute Wut, der Neid, die Unzufriedenheit, die sonst unter Verschluss blieben, fanden jetzt ein Ventil, und das Unsagbare wurde gesagt.

„Mark Redhills Film soll ja so schlecht gewesen sein, dass sogar die Filmvorführer sich weigerten, ihn zu zeigen."

„Pebald Wars Spaghetti-Kleiderbügel sind ungefähr so spannend wie die Haarschuppen meiner Schwiegermutter. Ich finde, er sollte sein Gehirn der Wissenschaft überlassen – *bevor* er stirbt."

„Philip Crumb hat in seine Windel gemacht. Vixen sollte das fotografieren."

„Da fällt mir ein: Twitter sollte eigentlich *Shitter* heißen."

„Wenn ich die Ausstellung in der Earl bekomme, klopft als Nächstes die Norbury an – beide Galerien sind scharf auf meine Arbeiten, weil sie so viel Seele haben ... Ich bin einfach *genial*. Meine Kunst hat dieses gewisse Etwas, diesen Retro-Charme ..."

Alastair Layor blickte unbeteiligt drein.

Willy Nargall, der noch immer an seinem Tisch saß, starrte gedankenversunken in seinen Cappuccino. Unglaublich, dieses Gebräu, dachte er. Die aufgeschäumte Milch, die am Rand der Tasse festtrocknet, während der Kaffeepegel sinkt ... Konturen wie die Mondoberfläche, ein Dinosaurier ... Er verlor sich in Abstraktionen. Dann wanderte sein Blick wieder zum Podium.

Das war gut, dachte er. Scheiße noch mal, das war richtig gut.

Fotografen blendeten Oscar mit Blitzlicht.

Zwischen den Blitzen blickte er stumm umher. Auf der rechten Seite, gleich neben dem Podium, machte sich ein Mann an den Brüsten seiner Tischnachbarin zu schaffen. Auf der linken Seite, in der Nähe des Ausgangs, fütterte eine Frau ihren Labrador mit Quiche Lorraine. Oscars Augen rollten hin und her. Der Moderator stotterte ins Mikrofon. „Ladys und Gentlemen, Ladys und Gentlemen, bitte ..."

Die Lautsprecheranlage gab den Geist auf.

In diesem Moment betrat Ryan Rees den Saal. Er hatte das Spektakel über die Videoüberwachung händereibend mitverfolgt und schritt nun in Begleitung eines breitschultrigen Handlangers namens Edwin zum Podium, um Oscar in Sicherheit zu bringen. Mit einem Mal war alles sehr verwirrend: das Blitzlichtgewitter, Ryan Rees an seiner Seite, der ihm ständig ins Ohr schwatzte (ob er je aufhört zu reden?, dachte Oscar; oder kann er das nicht, weil jenseits seiner Geschäftigkeit nichts ist?), die Gegenwart von Edwin, der dümmlich umherstierte, die Zeichen der Verwüstung, der Lärmpegel im Saal. Doch innerhalb weniger Sekunden hatten sie Oscar hinausgeschafft und sicher zur Herrentoilette eskortiert.

Während Oscar seine Blase entleerte, lästerten Rada Bhat und eine Verbündete auf der Damentoilette:

„Der Typ ist eindeutig durchgeknallt. Was für eine großkotzige, dampfende Kacke er da verzapft hat. Hast du ein Wort davon kapiert?

Wer zum Teufel ist er überhaupt? Hat irgendwer je von ihm gehört? Nein. Hat irgendwer je seine Arbeiten gesehen? Nein. Ich mach aus ihm *Taramosalata*, du weißt schon, das griechische Zeug ..."

„Er ist ein Clown, ein Spinner. Was wollte er eigentlich sagen? Es war so ... langweilig! So ... wie sagt man doch gleich? *Langweilig*, genau. Wer zum Henker hat ihn überhaupt eingeladen? Ob wohl noch was von dem Grappa da ist?"

Andere äußerten sich wohlwollender über Oscar, darunter Anna, die im Schatten von Ernst, dem Pferdenarren, vor dem Saal stand und mit ein paar Journalisten sprach.

„Ich hatte vor dem Bankett Gelegenheit, mit ihm zu plaudern. Ich fand ihn sehr nett. Aber dass er so einen Auftritt hinlegen würde, hatte ich nicht erwartet. Natürlich hatte ich schon von ihm gehört. Ich habe ihn im Fernsehen gesehen. Mir hat seine Rede gefallen. Er hat die ganzen Wichtigtuer ordentlich aufgemischt – wer hätte das gedacht? Ich finde, man sollte ihm eine Medaille aus Marzipan verleihen. Er ist entweder ein Irrer oder ein Genie."

Willy Nargall tat ebenfalls seine Meinung kund.

„Ich habe zu ihm gesagt, dass er ein bisschen austeilen soll – das geht also eindeutig auf mein Konto. Aber ich muss sagen, er hat das sehr gut gemacht. Zusammen mit dem ganzen mystischen Schnickschnack haben seine Bemerkungen jedenfalls Wirkung gezeigt. Der Mann hält sich offenbar für eine Art Messias. Wohlan! Immerhin war er unterhaltsam, was man von den anderen Rednern nicht behaupten kann. Kubanische Zigarre gefällig?"

(Willy Nargalls Version der Ereignisse maß seiner Rolle nicht nur eine übertriebene Bedeutung bei, sie unterschlug auch ein pikantes Detail: Es war nämlich Ryan Rees gewesen, der ihn in die Veranstaltung eingeschleust hatte, mit dem Auftrag, Oscar unter seine Fittiche zu nehmen und ihn aufzustacheln, damit der Abend aus dem Ruder lief, ganz so, wie Rees es gewollt hatte. Der Superpromoter hatte befürchtet, Oscar könnte im letzten Moment kalte Füße bekommen, und er wusste, dass Nargalls Bemerkungen ihn auf Kurs halten würden. Nargall und Rees waren so etwas wie Busenfreunde.)

Die hitzige Debatte um Oscar ging weiter.

Schließlich wurde er in eine Stretchlimousine verfrachtet und zu einer Party in Hampstead gefahren. Das Bankett löste sich gegen zwei Uhr morgens auf. Die Fotografen zogen ab, zufrieden mit der Ausbeute des Abends. Die Promis tranken in den nahegelegenen Clubs weiter, und die Kellner beseitigten das Chaos, das sie hinterlassen hatten. Am Ende löste sich alles in alkoholverhangenes, schlaftrunkenes Wohlgefallen auf. Die Journalisten hatten ihre Artikel an die diversen Redaktionen geschickt, und in wenigen Stunden würde ganz London von Oscars Auftritt erfahren. Fotos von ihm würden die Zeitungen und das Internet füllen. Die zahlreichen Handy-Aufnahmen waren bereits online, und clevere Leute beeilten sich, das Bildmaterial effektvoll zu bearbeiten: Der Ringkampf wurde abwechselnd in Zeitlupe, im Zeitraffer und in Dauerschleife wiedergegeben, begleitet von einem dramatischen Soundtrack. Eines der Videos war mit Texten über Zerstückelung unterlegt, die jemand herausschrie.

Der Duchamp-Preis für den umstrittensten Künstler des Jahres ging, wie sich schließlich herausstellte, an Cyril Vixen. Er verwendete das Preisgeld, um seine Krankenhausrechnungen zu bezahlen.

*

Alastair Layor, der desillusionierte Theaterregisseur, verließ das Hilton mit einer gewissen Enttäuschung. Er hätte gern persönlich mit Oscar gesprochen. Als er in das Taxi stieg, überkam ihn ein Gefühl von Sinnlosigkeit. Auf der Fahrt zu seinem Haus in Kentish Town verstärkte sich das Gefühl und wurde chronisch. Er schien es nicht loswerden zu können. Als das Taxi hielt, stieg er aus, ohne zu zahlen. Der Fahrer holte ihn an der Haustür ein, während er mit den Schlüsseln kämpfte, und verlangte sein Geld. Layor drückte ihm eine Fünfzig-Pfund-Note in die Hand und murmelte: „Behalten Sie den Rest." Dann schloss er wie in Trance die Tür auf und ging hinein.

Kaum hatte er einen Fuß in das Haus gesetzt – ein Haus, in dem die Zeit stehen geblieben zu sein schien, ein Haus, das zum Bersten voll war mit Besitztümern, gesättigt mit Echos aus der Vergangenheit, überladen mit Erinnerungen und Büchern und Briefen und Zeitungen und Fotografien und Staub, ein Haus, das bereits ein Museum war –, fühlte er sich noch schlechter. Oscars Rede ging ihm durch den Kopf, als er sich in seinen Sessel fallen ließ und eine Zigarette anzündete. Dieser Babel hat recht, dachte er. Es ist Zeit, mit der ganzen Heuchelei, den Spielchen, der Seelenlosigkeit, den Marketing-Tricks Schluss zu machen. Was wir brauchen, ist ein bisschen Mäßigung, Ordnung, nüchterne Mathematik, ein bisschen Johann Sebastian Bach. Leute wie ich, überlegte er, haben zu dem ganzen Wirrwarr beigetragen, indem sie in den Theatern nihilistische Visionen geschaffen und das Leid, ohne es zu wollen, glamourös gemacht haben. Genug von dieser Unreinheit. Es ist Zeit für einen Wandel, für ein wenig Schlichtheit, die Schlichtheit eines Leichnams im Wohnzimmer, umgeben vom fahlen Schein einer Vorstadtlampe.

Er saß ganz still in seinem Sessel, während sich der Rauch um ihn herum ausbreitete wie ein langsam wuchernder Krebs. Er zog an seiner Zigarette, stand auf und ging zu einem Spiegel. Er starrte hinein, musterte sein Gesicht: ein Paar tiefliegende Augen, wie Trauben, die an einem heißen Tag in Sahnecreme versinken, ein blasser Teint, widerspenstiges, ungekämmtes Haar, eine lange, dünne Nase mit unverhältnismäßig großen Nüstern. In seinem Gesicht herrschte ein ständiger Krieg zwischen Wachsamkeit und Lethargie.

Nachdem er sein Spiegelbild eine Weile angestarrt hatte, fragte er sich, ob er dieses Gesicht – seine Konturen, Falten, Muster – wirklich kannte. Verkörpert mich dieses Gesicht? Repräsentiert es mich und die Kavernen meines Innern, in denen die Vergangenheit, die unergründlichen Mechanismen meines Lebens ruhen? Wie ich dieses Haus hasse. Wie ich den Kerker hasse, zu dem es geworden ist. Früher strotzte es nur so vor Leben und Menschen und Träumen und Weltverbesserungsideen; hier traf sich ein künstlerischer Kern von Gleichgesinnten und schmiedete Pläne für eine Revolte. Jetzt spüre ich jeden Abend, wenn ich durch diese Tür gehe, wie mir abgestandene Luft entgegenschlägt.

Er setzte sich wieder in seinen Sessel. Sein Gehirn hüllte sich in Nebel, die Gedanken waren formlos und leer. Doch dann, während er allmählich aus dieser Zeithöhle kroch, kam ihm eine Lösung in den Sinn, vielleicht auch ein Akt der Verzweiflung, als Lösung getarnt.

Er gab sich einen Ruck, stand auf, suchte mit raschen Bewegungen ein paar Dinge zusammen – Schriftstücke, Fotos, Bücher – und stopfte sie in einen Koffer, der gerade groß genug war. Was hatte Babel gesagt? Vielleicht haben wir das Staunen verloren, das jedem Liebesakt, jedem Gebet innewohnt.

Er setzte sich an den Esstisch und schrieb mit düsterer Eloquenz einen Brief an sich selbst.

Lieber Ali,
es ist an der Zeit, die Vergangenheit über Bord zu werfen. Wenn dich dein Auge stört, reiß es raus; wenn dich deine Vergangenheit stört, wirf sie weg; wenn dich dein Haus stört, brenne es nieder. Die konventionelle Moral sagt uns, dass Pyromanie schlecht ist; meine Moralität sagt mir, dass dieses Haus schlecht ist. Es ist ein Denkmal vergangener Größe, ein Gefängnis der Erinnerungen, die mich verfolgen und quälen. Ist die Psychoanalyse nicht der Versuch, unsere Vergangenheit zu bewältigen? Und ist es nicht immer die Vergangenheit, die uns in der Gegenwart Probleme bereitet? Sie vereitelt neue Beziehungen, neue Projekte. Wenn wir uns fürchten, dann nicht vor der Zukunft, sondern vor der Vergangenheit. Deswegen müssen wir sie loslassen. Ich will meine Unschuld zurück; ich will mein Staunen zurück. Das Staunen, das jedem Liebesakt innewohnt, wie Babel sagt. Eine Stimme, die in einer Kapelle singt. Ein neuer Anfang. Das ist es, was ich will.

Als ich am Gate Theater den Balkon *und* Die Kinderstube *inszeniert habe, gefiel es mir, Emotionen zu erzeugen, aber war das am Ende nicht alles synthetisch, künstlich? Wozu improvisieren, wenn eine Aufführung auch ohne diese Mätzchen auskommt? Wozu Geschichten für fiktive Figuren erfinden? Wozu überhaupt fiktive Figuren erfinden?*

Es ist Zeit, etwas Ehrbares zu tun: Müll aufsammeln, einen Wal retten, ein Kind ernähren und kleiden, einen Baum pflanzen. Ich sehe keinen Sinn mehr darin, dass die Zuschauer in der Pause in die Bar drängen, weil sie emotional aufgewühlt sind und einen Whisky brauchen. Wieso heulen die Leute, wenn sie den Hamlet *sehen, nicht aber, wenn jemand vor ihren Augen auf der Straße stirbt? Wieso reagieren sie auf Kunst, aber nicht auf das Leben? Sollen sich die Kritiker ruhig weiter ereifern; sollen die Akademiker weiter klug daherreden; sollen sich die*

Schauspieler weiter mit den Körperöffnungen ihrer Kollegen verlustieren. Ich will damit nichts mehr zu tun haben. Mir reicht's. Und um einen klaren Schnitt zu machen, muss ich die konventionelle Moral ablegen. Niemand wird dabei zu Schaden kommen, versprochen. Ich rufe die Feuerwehr, sobald die Flammen hochschlagen. Was den Rest betrifft, so wird sich die Natur darum kümmern; sie wird sich neu erfinden, wie sie es immer tut. Ich werde nur ein paar Bruchstücke behalten. Dann gehe ich auf Wanderschaft. Hier gibt es nichts, was mich hält.

Abschließend möchte ich klarstellen, dass ich dieses Haus nur aus einem Grund anzünde: Selbsterhaltung. Ich will die Dämonen töten. Wer will das nicht? Doch wohl alle außer jenen, die in irgendeiner Form von ihnen leben.

Mit herzlichen Grüßen,
Dein Ali

Er nahm ein paar alte Zeitungen. Er nahm eine Schachtel mit Streichhölzern. Mit bebenden Händen zündete er eins an, ließ es auf die Zeitungen fallen, schnappte sich seinen Koffer und ging Richtung Tür. Gerade als er auf der Schwelle zum Flur war, klingelte das Telefon. Es war fast drei Uhr morgens. Plötzlich wurde er panisch, wusste nicht, was tun. Sollte er rangehen? Warum nicht. Das Feuer würde eine Weile brauchen, um Fahrt aufzunehmen. Ganz ruhig ging er den Flur entlang, bis zu dem Tischchen, auf dem das Telefon stand, und nahm den Hörer ab.

„Ali? Hier ist Nero. Was hältst du von diesem Typ, diesem Babel?"

„Er hat mir gefallen. Er war anders ... anders."

„Wir sind in einem Club, dem ‚Baby Go-Go'. Hast du Lust, vorbeizukommen? Ich bin hier mit ein paar Modellen."

„Modelle wofür? Keuschheit und Tugend?"

„Kommst du vorbei?"

„Ich muss auflegen. Hier riecht es verbrannt."

Der Flur füllte sich mit Rauch.

Er zog die Tür hinter sich zu, ging ein paar Schritte die Straße entlang und betrachtete das Haus mit schrecklicher Faszination. Ob noch Zeit war, es zu retten? Während er über die Verwegenheit seiner Tat nachdachte, wanderte sein Blick gen Himmel. Ein paar Sterne

funkelten. Die Weite des Firmaments erschien ihm überirdisch und
tröstlich. Es herrschte eine seltsame Stille. Die Silhouetten der Häuser erinnerten ihn an das Bühnenbild eines balinesischen Theaters.

Eine laute Explosion und das Geräusch von berstendem Glas hallten durch die Nacht. Rauch strömte aus den Fenstern wie Flüssigkeit aus einer zerschlagenen Flasche. Layor zog rasch den Brief aus seiner Jackentasche und überflog ihn, als müsste er seine seltsame Logik auf den Prüfstand stellen. Er ließ ihn fallen und eilte zurück in sein Haus. Drinnen spähte er vom Flur aus ins Wohnzimmer, das nun Schauplatz eines wirbelnden Flammenreigens war. Er hustete heftig, seine Lungen fühlten sich an, als wären sie mit Ruß paniert. Er schaute dem Feuer noch einen Moment lang zu. Eine morbide Lebendigkeit ging von ihm aus. Die Hitze, die es erzeugte, war unglaublich: Sie entzündete sogar Gegenstände, mit denen die Flammen gar nicht direkt in Berührung kamen. Ein Stuhl verwandelte sich in eine Leuchtkugel, ein Bücherregal verflüssigte sich zu einer wabernden, gleißenden Masse. Eine fein geschnitzte Marionette mit Blumen in der Hand erlag den Flammen, und Layor sah zu, wie ihr Gesicht binnen Sekunden schmolz. Er griff nach der hölzernen Türklinke und schrie auf: Sie war glühend heiß. Mithilfe eines Taschentuchs gelang es ihm, die Tür zu schließen, dann wählte er die 999.

Eine Ewigkeit verging, bevor er die Worte hervorbrachte: „Mein Haus brennt."

„Die Adresse, Sir?"

„32 Montpelier Grove, NW5. In Kentish Town. Bitte kommen Sie schnell."

„Und Ihr Name, Sir?"

„Wozu brauchen Sie den? Mein Haus steht in Flammen."

„Ihr Name, Sir?"

„Ali Layor. L, A, Y –"

„In Ordnung, Sir. Die Feuerwehr wird so bald wie möglich eintreffen."

Layor knallte den Hörer auf, lief in die Küche und füllte einen Eimer mit Wasser. Auf dem Weg zum Wohnzimmer verschüttete er das meiste davon. Als er die Tür öffnete, schlug ihm eine andere Art von Flammen entgegen, stärker und wilder. Der beißende Rauch trieb ihm die Tränen in die Augen. Er konnte nicht glauben, wie schnell sich die Flammen ausgebreitet hatten. Er goss das Wasser in das Inferno, aber die Wirkung war gleich null. Er zog die Tür zu, doch der schwarze Rauch kroch durch den Spalt nach oben. Keuchend stolperte er hinaus, zurück auf die Straße. Er tat einen gequälten Atemzug und nahm fassungslos zur Kenntnis, was sich nun hinter den scheibenlosen Fenstern abspielte: In den wenigen Sekunden, die er gebraucht hatte, um die Tür zu schließen und nach draußen zu eilen, hatte das Feuer seine wahre, infernalische Überlegenheit über die Materie offenbart. Panik ergriff ihn, sabotierte sein Denken und lähmte seinen Körper.

Ein paar Anwohner hatten sich eingefunden und verfolgten aufgeregt das Schauspiel, das sich ihnen bot. Einer trat an ihn heran. „Was ist passiert?", fragte er.

Layor hielt den Mund. Im nächsten Moment stand das gesamte Erdgeschoss in Flammen. So war das nicht gedacht gewesen. Er hatte geglaubt, alles unter Kontrolle zu haben. Eigentlich hatte er vorgehabt, die Feuerwehr anonym und aus sicherer Entfernung zu verständigen, meilenweit weg von dem Brand, den er sich viel harmloser vorgestellt hatte. Stattdessen war er nun hier, am Schauplatz seines eigenen Verbrechens, zerrissen von Scham und Reue. Alles, was er jetzt wollte, war, das Haus zu retten. Er hatte einen furchtbaren, einen unfassbaren Fehler begangen. Was hatte ihn bloß dazu gebracht, dieses Streichholz anzuzünden? Wie konnte ein einziges Streichholz überhaupt etwas derart Schreckliches anrichten? Plötzlich ging ihm auf, dass er unbedingt den Brief finden musste, den er sich selbst geschrieben hatte – schließlich war sein Inhalt belastend: Der Brief konnte als Beweismittel gegen ihn verwendet werden. Er machte sich auf die Suche.

Immer mehr Menschen, die das Feuer aus dem Schlaf gerissen hatte, versammelten sich nun vor dem Haus. Layor hasste sie. Sie waren so rücksichtslos, so vulgär, so sensationshungrig. Sogar jetzt, dachte er voller Bitterkeit, hatte er ein episches Theaterstück für die Massen inszeniert. Er hatte diesen Leuten ein glamouröses Spektakel vorgesetzt, und sie brauchten nicht einmal dafür zu bezahlen. Endlich preschte ein Feuerwehrfahrzeug heran. Der Anblick beruhigte ihn ein wenig. Noch war Zeit, noch konnte sein Haus gerettet werden –

sie konnten es schaffen! Wieder suchten seine Augen fieberhaft nach dem Brief, entdeckten ihn aber nicht. In seiner Erregung dachte er, dass jemand das Corpus Delicti aufgelesen hatte. In Kürze würde die Feuerwehr, die Polizei davon erfahren. Man würde ihn wegen Brandstiftung anklagen … Mein Haus, mein wunderschönes Haus. Was habe ich bloß getan? Ein weiterer Knall erschütterte das Gebäude, und der erste Stock brannte lichterloh. Schwarzer Rauch quoll mit prahlerischer Wucht empor. Sogar jetzt, da sein Leben vor seinen Augen zu Asche wurde, da er unmittelbar mit der Zerbrechlichkeit der Dinge konfrontiert war, kam Layor nicht umhin, die ehrfurchtgebietende Schönheit dieser Naturkraft zu bewundern, die sich über die Menschen erhob, Menschen, so verschwindend klein und nichtig wie er selbst. Er empfand Demut. Furcht. Lebendigkeit. Er hatte das Gefühl, wieder arbeiten zu können. Er fühlte sich angesichts der Zerstörung geläutert. Er empfand eine Million Dinge.

Die Feuerwehrmänner sprangen aus dem Fahrzeug und bauten mit bemerkenswerter Geschwindigkeit ihr Löschgerät auf. Bald schickten ihre Schläuche gewaltige Wasserstrahlen in die lodernde Hölle. Einer der Männer, offenbar der Einsatzleiter, kam auf Layor zu und schaute ihm in die Augen.

„Irgendeine Ahnung, wie das angefangen hat?"

„Nein … nein. Ich war oben, und dann roch es plötzlich verbrannt, und ich wollte … Als ich runterkam, stand das Wohnzimmer bereits in Flammen. Ich habe es gerade noch geschafft, anzurufen."

„Ist noch jemand im Haus?"

„Nein, nein. Ich lebe allein. Sie können es doch löschen, oder?"

„Es ist schon ziemlich weit fortgeschritten. Das ist nicht gut. Wir können verhindern, dass es sich weiter ausbreitet, aber der Schaden ist beträchtlich. Offenbar wurde innen sehr viel Holz verbaut. Wir bekommen gleich Verstärkung."

Layor nickte respektvoll. Er war den Feuerwehrleuten unendlich dankbar. Dann erblickte er plötzlich den zerknüllten Brief. Er lag neben dem Eingang, inmitten von altem Laub. Im nächsten Moment verschluckten ihn die Flammen.

Von ihren Leitern aus lenkten die Feuerwehrmänner den Wasserstrahl in die oberen Räume. Die Menge zerstreute sich allmählich, nur wenige Schaulustige standen noch um Layor herum. Eine Frau näherte sich ihm. Sie hatte die Gesichter der Leute studiert und seines als das des Hausbesitzers ausgemacht. Sie legte den Arm um ihn. Er war überhaupt nicht erstaunt. Das Feuer hatte sie beide von den Zwängen der Etikette befreit. Er sah sie an. Ein Leuchten ging von ihr aus, das nicht so ganz von dieser Welt war. Keiner von beiden brachte ein Wort hervor.

Es war Lilliana.

17

An Bord der Limousine redete Rees ohne Unterlass. Er erklärte Oscar, wie wichtig es für ihn sei, bei der Party, zu der sie unterwegs waren, gesehen zu werden.

Trotz des Schnarrens von Rees' Stimme fühlte sich Oscar in der sarkophagartigen Abgeschiedenheit des Wagens unglaublich wohl. Durch die getönten Scheiben konnte er die Insassen der anderen Autos beobachten, ohne selbst gesehen zu werden. Wider Erwarten machte es ihm Spaß, in einer Limousine zu fahren. Es hatte etwas Unrechtmäßiges an sich, als stünde ihm diese Erfahrung nicht zu, und umso mehr genoss er sie. Der Wagen glitt so ruhig und lautlos durch die Nacht, dass man die Fortbewegung gar nicht bewusst wahrnahm. Die Fahrt glich einer Sinnestäuschung.

Als sie eintrafen, war es Mitternacht.

Die Limousine bog in eine elegante Privatallee ein, in der die prächtigsten Häuser standen, die Oscar je gesehen hatte. Der vorherrschende Eindruck war der von makellosem Weiß. Die Gebäude sahen alle so aus, als wären sie gerade frisch gestrichen worden. Die Limousine hielt vor einem Haus, dessen Stuckfassade in goldenem Scheinwerferlicht erstrahlte. Oscar musste an eine riesige Hochzeitstorte denken, die Schicht um Schicht in den Himmel ragte.

Am Portal wurden sie von einem Bediensteten in Empfang genommen.

Während Oscar die gewaltige Halle, die vornehmen Kristalllüster und den herrschaftlichen Treppenaufgang bestaunte, nahm er Rees' Gegenwart nur noch vage wahr, als wäre der Mann in einer Dunstblase eingeschlossen, aus der er nur hin und wieder hervorschaute. Eine Gruppe indischer Musiker in Lendenschurzen spielte Sitar und Tabla. Ein paar Leute standen verstreut herum und nippten an blauen, grünen und pinkfarbenen Cocktails. Die Musik war nicht zum Zuhören gedacht, aber ihre wiederkehrenden Muster und gleichmäßigen Rhythmen wirkten beruhigend. Rees und Oscar gingen die Treppe hinauf und streiften ein paar der Gäste, die ihnen scharenweise entgegenkamen. Schließlich gelangten sie in einen riesigen Ballsaal mit getäfelten Türen und einer hohen Decke, die über und über mit Figuren bemalt war: Sie schienen geradewegs dem Florenz der Renaissancezeit entsprungen zu sein, und Oscar fand, dass ihr ernstes, würdevolles Aussehen nicht zu dem ungezähmten Gedränge im Saal passte. Draußen auf der Dachterrasse hatten sich weitere Gäste zwischen die spektakulären Geranienpflanzen gequetscht. Gespenstische, jenseitig anmutende Musik erfüllte den Raum. Am anderen Ende stand eine lange Tafel mit einer blank polierten Spiegeloberfläche. Das Einzige, was sich darauf befand, war eine Pyramide aus Kokain, und mehrere Männer waren dabei, mit dünnen Spateln einzelne Portionen abzuzweigen. Ihr blasiertes Gehabe erinnerte Oscar an Croupiers, die in einem Casino Karten austeilen. Mehrere Gäste beugten sich über den Tisch und zogen sich das weiße Pulver durch kleine goldene Röhrchen oder aufgerollte Geldscheine in die Nase.

Niemand nahm Notiz von Oscar und Rees, als sie sich einen Weg zur Bar bahnten, wo kleine Teller mit Häppchen unbeachtet herumstanden. Rees redete noch immer, aber Oscar weigerte sich, ihm zuzuhören. Er wünschte, Rees würde verschwinden. Seine Gegenwart kostete ihn unendlich viel Energie. Alles, was er sagte, zielte darauf ab, etwas zu verkaufen. Der Barmann schenkte Oscar ein Glas Rotwein ein und Rees eine Bloody Mary.

„Oscar", sagte Rees, „sieh zu, dass du dich ein bisschen unter die Leute mischst. Schau sie dir gut an. Sei nicht schüchtern."

Und mit diesen Worten verschwand er brüsk in der Menge. Oscar war ebenso erstaunt wie erleichtert.

Eine verwirrende Vielfalt von Gestalten, Gesichtern und Aufmachungen beanspruchte nun seine Aufmerksamkeit. Einige Männer sahen südländisch aus und trugen ihr Haar glatt nach hinten gekämmt; die Linien, die der Kamm gezogen hatte, waren wie durch ein Wunder intakt geblieben. Andere waren nicht so geschniegelt, aber alle sahen elegant aus mit ihren gestärkten Hemden und den tadellosen Hosen. Doch es waren die Frauen, die ihn wirklich beeindruckten, Frauen in Kimonos und bestickten Negligés, in Catsuits und Saris, Frauen mit raubtierartigem, kunstvollem, aggressivem Schuhwerk, Frauen mit schwarzen Onyx-Perlen um den Hals, protzigen Ringen an den Fingern und grell gemusterten Strumpfhosen. Für Oscar waren diese Leute nicht einfach nur Fremde, sondern eine eigene Spezies, eine komplexe Lebensform. Er fragte sich, wie ihr Dasein wohl aussah, welche Form ihre Geschichten hatten, was sie taten, wen sie liebten, wen sie hassten. Es war aufregend, all diese Eindrücke aufzusaugen, Vermutungen über die verborgenen Schichten des Lebens dieser Menschen anzustellen; zugleich fürchtete er, sein Kopf könnte platzen wie eine mit Sauerstoff übersättigte Blase.

In einer Ecke lungerte ein Mädchen mit zerrissenen Jeans auf einem Stuhl. Ihre schlaksigen Arme hielten sich an den geschwungenen Armlehnen fest, die übereinandergeschlagenen Beine ruhten auf einem Sitzkissen. Sie formte ihre sehnigen Finger zu zwei Kreisen, hielt sie wie ein Fernglas vor ihr Gesicht und betrachtete ihre Umgebung durch die imaginäre Linse, wobei sie den Kopf wie ein Roboter ruckartig hin- und herbewegte. Dann zuckte ihr Oberkörper plötzlich wild im Rhythmus der Musik, um gleich darauf schlaff nach vorn zu sacken. Ihr Haar fiel in wirren Strähnen kopfüber auf die Knie. Sie erinnerte an eine durchgedrehte Marionette. Eine vergiftete Lebensfreude schien sie zu erfüllen. Sie war wie ein von Dornen zerfetzter Drache. Fahrig zündete sie sich eine Zigarette an und nahm in rascher Folge ein paar Züge, bis sie ganz in Rauchwolken gehüllt war.

Oscar war von ihr fasziniert und beschloss, sie anzusprechen. Als er sich ihr näherte, äugte sie wieder durch ihr vermeintliches Fernglas.

„Was siehst du?", fragte er.

„Die Planeten. Die Sterne. Supernovas", murmelte sie.

Sie sprach so leise, dass Oscar sich zu ihr hinunterbeugen musste, um sie zu verstehen. Er blickte in grüne Augen mit abnorm geweiteten Pupillen. Das Mädchen wirkte seltsam unscharf, als wäre es hinter einer Schicht von Transparentpapier verborgen.

„Die Planeten. Die Sterne", wiederholte sie mit einer kälteren, schrilleren Stimme.

„*So* weit kannst du sehen?"

„Nein, eigentlich nicht. Aber ich wäre gern so weit weg."

Sie brach in ein sulfurisches Lachen aus, das ihre zersplitterte Psyche einen Moment lang zusammenfügte. Doch als es verebbte, war sie wieder eine verlorene Seele.

Sie rieb die Lippen gegeneinander, als hätte sie gerade Lippenstift aufgetragen und wollte ihn nun gleichmäßig über den Mund verteilen.

„Gefalle ich dir?", fragte sie.

„Du bist wunderschön."

Sie lächelte selig, und solange das Lächeln anhielt, schien wieder alles in Ordnung zu sein. Wer sie jetzt sah, entdeckte nichts als unbändige Freude in ihrem Gesicht. Dann verschwand das Lächeln spurlos, und ihre Züge verwandelten sich in eine melancholische Maske.

„Ich glaube, ich gehe jetzt", sagte sie. „Diese Party ist so langweilig."

„Wo willst du denn hin?", fragte Oscar.

„Ach du – du mit deinen Fragen! Jetzt stelle ich dir mal eine."

„Nur zu."

„Während wir auf dieser Party sind, breitet sich das Universum meilenweit in alle Richtungen aus. Um wie viele Meilen, was schätzt du?"

„Keine Ahnung."

„Eine Milliarde Meilen. Eine verfluchte Milliarde! Hast du je darüber nachgedacht? Nur ein einziges Mal? Wir treiben uns auf diesem winzigen Planeten herum und halten uns für so wichtig. Wir halten uns für die Allergrößten. Sind wir aber nicht. Und ich werde nie mit eigenen Augen sehen, wie es dort draußen ist. Ich werde sterben, ohne je eine andere Galaxie gesehen zu haben, oder die letzten Momente im Leben eines Sterns, bevor er explodiert. Ich werde sterben, ohne je durch ein Wurmloch gekrochen oder in Lichtgeschwindigkeit gereist zu sein. Stattdessen muss ich mich mit *dem* hier begnügen …" Sie deutete auf die bacchantische Gesellschaft um sich herum.

„Diese Leute interessieren mich nicht. Sie sind alle so scheißlangweilig."

Sie erhob sich unvermittelt und ließ ihn stehen. Oscar schaute ihr nach. Sie bewegte sich zugleich affektiert und natürlich.

Dann war sie weg. Als Oscar sich umdrehte, stand eine Frau vor ihm, die einen Lederrock und eine Baskenmütze trug. Sie hielt eine Weinflasche in der Hand.

„Sie müssen Oscar sein", sagte sie.

„Ja. Woher wissen Sie das?"

„Jemand hat mich auf Sie aufmerksam gemacht. Ein paar Leute vom Duchamp-Preis sind hier. Ich hätte gern Ihre Rede gehört. Es tut mir leid, dass ich sie verpasst habe."

„Das muss Ihnen nicht leidtun."

„Offenbar haben Sie für Aufruhr gesorgt."

„Hat sich das schon herumgesprochen?"

„Die Leute, mit denen ich geredet habe, waren ziemlich beeindruckt."

„Ich wollte gar keinen Aufruhr verursachen. Um ehrlich zu sein, bin ich mir gar nicht sicher, ob ich derjenige war, der ihn verursacht hat."

„Machen Sie sich nichts draus."

Ein in Tweed gekleideter Mann schlurfte langsam an ihnen vorbei. Die Frau fasste ihn am Arm und zog ihn zu sich her.

„Das ist Oscar. Oscar, das ist Malcolm. Er ist Professor."

„Nett, Sie kennenzulernen, Oscar", sagte Malcolm mechanisch.

„Professor wofür?"

„Anthropologie."

Malcolms Augen waren glasig und blinzelten pausenlos. Er wirkte vollkommen erschöpft und krank und schien sich kaum auf den Beinen halten zu können. Sein Zustand schien ansteckend zu sein, denn Oscar hatte mit einem Mal das Gefühl, selbst kurz vor dem Kollaps zu stehen.

„Übrigens, ich heiße Kim", sagte die Frau. „Also, was haben Sie bei der Preisverleihung gesagt? Erzählen Sie uns, wie es zu diesem Tumult gekommen ist."

„Ich weiß es nicht mehr."

„Das können Sie doch nicht vergessen haben", meinte Malcolm lakonisch. „So lange ist das ja nicht her."

„Ich kann mich wirklich nicht erinnern. Ich glaube, ich hatte einen Filmriss."

„Kann ich Ihnen eine Frage stellen, während Sie darüber nachdenken?"

„Wenn Sie wollen."

„Glauben Sie, dass Frauen in der Lage sind, rational zu denken?"

Kim gab ihm einen Rippenstoß, um ihn daran zu erinnern, dass er Fremden gegenüber nicht so polemisch sein sollte.

Oscar dachte kurz über die Frage nach und sagte dann ruhig: „Natürlich. Aber sie messen dem rationalen Denken nicht so viel Bedeutung bei."

„Ah, schon klar. Sie meinen, Frauen haben einen Draht zu ihren Gefühlen – der ganze Quatsch."

„Malcolm, musst du wirklich jeden Menschen, den du triffst, verprellen?", fragte Kim.

„Nein, aber es spart viel Zeit, wenn man bedenkt, dass man sich irgendwann sowieso überwirft. Besser, man bringt es hinter sich, *bevor* man sich anfreundet, dann ist es nicht so schmerzlich. Finden Sie nicht, Oscar?"

„Schon möglich."

„Wenn Sie mich fragen, gibt es keine echten Freunde, keine Freunde, die für einen bestimmt sind, und es gibt auch keine Geliebten, die die Zeit überdauern, keine Lebensgefährten, die von Natur aus die richtigen wären. Wir nehmen das, was kommt, und geben uns mit dem zufrieden, was wir am Hals haben. Die Menschen drücken ein paar Knöpfe und – Simsalabim! – verlieben sie sich, heiraten. Heute wählen sie Susie, morgen Sally. Heute sind sie mit Tom zusammen, morgen mit Malcolm."

„Wenn das so ist, sind Malcolms Tage gezählt", sagte Kim bissig. „Sie müssen entschuldigen, Oscar. Malcolm glaubt an nichts und lässt keine Gelegenheit aus, das kundzutun. Er tarnt seinen Nihilismus gern als etwas anderes, aber –"

„Als was denn, meine Liebe?"

„Als Weisheit."

„Tja, die ist nicht jedem gegeben."

„Ach, leck mich, Malcolm."

„Wissen Sie, Kim sieht sich gern als Domina, aber sie trägt nun mal Slipper, keine Stiefel. Wie sehen Sie das mit der Liebe, Oscar? Bin ich auf dem Holzweg?"

„Die Liebe ist eine Schlangengrube", sagte Oscar, der von Malcolm sichtlich beeindruckt war.

„Schön gesagt. Kim und ich sind in der Grube. Wir sitzen dort fest, aneinandergekettet, jeder mit einem Mühlstein um den Hals."

Oscar musterte Kims Gesicht. Ihre Augen waren trüb und verhangen, ihre Wangen blassgelb und eingesunken.

Malcolm fuhr fort: „Aber das ist nicht der richtige Zeitpunkt, hab ich recht? Ich soll seichtes Zeug blubbern. Ich soll vergessen, dass die Welt krank ist, und Cocktails schlürfen. Schon gut. Nicht der richtige Zeitpunkt, nicht der passende Ort für solche Themen. Aber laufen Sie nicht weg, Oscar – vielleicht machen Sie und ich ja noch Fortschritte. Ich glaube, ich kann mich Ihnen anvertrauen. Sie wirft mir vor, ich würde in einer kranken Welt leben, und sie bezeichnet sich als Künstlerin. Wissen Sie, was in der Flasche ist, an die sie sich da klammert, als hinge ihr Leben davon ab? Was in gewisser Weise sogar zutrifft …"

„Wein?"

„Nein. Aber so etwas Ähnliches, jedenfalls nach christlicher Auffassung. Sie hält sich nämlich für Jesus Christus, wissen Sie. Und was könnte kränker sein als das? In der Flasche ist ihr Blut. Ich wiederhole: ihr Blut. Ihr neuestes Projekt. Sie zapft sich Blut ab und füllt es in Flaschen. Ihr Körper kommt mit der Blutproduktion nicht hinterher, und drei Mal dürfen Sie raten: Sie leidet an Anämie. Nur damit irgendeine Galerie in Shoreditch jede Woche neue Flaschen mit ihrem Blut ausstellen kann. Die Flaschen sammeln sich im Lauf der Wochen an, das ist der Plan. Was soll man da machen? Was –"

Kim stieß ihn gegen die Brust und schrie: „Was weißt du schon von mir, du Scheißkerl? Du hast keine Ahnung, wie ich leide! Wenn ich leide, dann tue ich das mit meinem ganzen Körper, mit jeder Nervenfaser, jeder Vene, jeder Arterie. Ich versuche, meine Karriere in Schwung zu bringen, und was machst du? Fällst über mich her und –"

„Du bringst dich um! Ich will nicht, dass du stirbst! Ich will nicht, dass –"

„Wenn ich sterbe, ist das deine Schuld. Ich bin Künstlerin! Ich will das Bewusstsein der Menschen verändern. Ich will ihnen etwas mitteilen!"

„Was denn?", fragte Oscar höflich.

„Ich setze ein Zeichen, um unsere Lebensweise anzuprangern. Es geht um das Martyrium, die Notwendigkeit, Opfer zu bringen. Ich muss mein Blut opfern, damit die Leute merken, wie kostbar es ist. Damit sie ihren Körper wertschätzen. Weil wir das nicht tun. Wir füttern unseren Körper mit Scheiße, mit industriell verarbeiteter Scheiße, mit Chemikalien, Pestiziden … Und alles ist austauschbar, nichts hat mehr einen Wert – unser Leben ist ein einziger Fake. Alles ist beliebig, verstehen Sie? Natürlich ist die Aktion zerstörerisch. Sie *soll* zerstörerisch sein. Wie ein buddhistischer Mönch, der sich verbrennt."

„Sagen Sie's ihr, Oscar. Sagen Sie ihr, dass sie völligen Blödsinn redet."

„Vielleicht hat Malcolm recht", sagte Oscar. „Sie sollten an Ihre Gesundheit denken."

Kim holte wortlos einen metallenen Kamm mit scharfen, blitzenden Zähnen aus ihrer Handtasche und fuhr Malcolm damit ungestüm über das Gesicht. Er zuckte vor Schmerz zusammen. Sie hatte ihm die Haut aufgeschürft. Seine Hand schoss zu seiner Wange.

Kim stürmte wie eine Furie davon und wurde sogleich von dem Strudel verschluckt, in den sich der Saal gerade verwandelte. Immer mehr Menschen strömten hinein.

Oscar zog ein Taschentuch aus der Hosentasche und reichte es Malcolm.

„Mein Gott, sind Sie okay?"

„Halb so wild", murmelte Malcolm, während er sein Gesicht abtupfte. „Sie wollte mich bloß ein bisschen piesacken."

„Tut mir leid, dass ich sie nicht –"

„Vergessen Sie's. Sie muss von selbst draufkommen. Wir alle müssen von selbst draufkommen. Das ist der Punkt. Natürlich ist es Schwachsinn, zu glauben, man könnte die Gesellschaft umkrempeln, indem man sein Blut in Flaschen füllt. Das ganze Projekt ist ein langsamer Selbstmord, sonst nichts. Irgendwelche ‚Freunde' besorgen ihr die Nadeln, und sobald ich aus dem Haus bin, macht sie sich an ihr grausiges Werk. Sie ist verrückt. Man müsste sie sedieren, um sie vor sich selbst zu schützen. Was soll ich tun? Natürlich liebe ich sie – eben auf meine eigene neurotische Art. Sie war schon drei Mal in einer psychiatrischen Klinik. Nach dem dritten Mal wollte sie mich ein Jahr lang nicht sehen, ein ganzes Jahr lang. Sie sagte, ich hätte sie verraten, ich hätte die Einweisung verhindern können. Ich weiß nicht mehr weiter. Und wen interessiert das schon, was sie da macht? Das ist doch nur ein kurzes Aufflackern, ein Quadratzentimeter in einer Galerie, nichts weiter. Ein paar Zeitungen haben ein paar kurze Artikel darüber gebracht, das war alles. Die Welt kümmert das nicht. Die Welt dreht sich weiter, aber Kim wird in irgendeiner Klinik verrotten. Das muss ich verhindern. Ich muss. So viele Menschen haben schon versucht, die Welt anzuhalten. Und was haben sie erreicht? Sie haben der Sonne eine Wolke in den Weg gelegt. Entschuldigen Sie mich."

Oscar stellte überrascht fest, dass die Unterhaltung mit Malcolm ihn ganz in den Bann gezogen hatte, und als er sich jetzt umsah, war ihm, als würde er die vielen Menschen zum ersten Mal bewusst wahrnehmen. Immer mehr Leute drängten in den Saal. Er sah einen Mann und eine Frau hereinkommen. Etwas schien sie miteinander zu verbinden, aber Oscar war sich nicht sicher, ob er seinen Augen trauen konnte. Allmählich befiel ihn Müdigkeit. Das Paar trug identische, bauchfreie Shirts, die zwei große goldene Ringe am Bauchnabel enthüllten. Eine glänzende Kette verband den einen Ring mit dem anderen wie eine silberne Nabelschnur. Er starrte die beiden einen Moment lang an und sagte dann leise zu sich selbst: „Vielleicht ist es besser, sich nicht so sehr an andere zu binden." Er hatte nicht damit gerechnet, dass ihn jemand hörte, aber ein Mann in einem schillernden, mit Pailletten besetzten Gewand drehte sich zu ihm um. Er hatte berauschend blaue Augen und ein glattes, schimmerndes Gesicht, aber etwas an seinem Äußeren deutete darauf hin, dass er nicht ganz echt war. Er rauchte die längste Zigarette, die Oscar je gesehen hatte.

„Finden Sie?", fragte der Fremde.

„Wie bitte?", sagte Oscar.

„Finden Sie, dass es besser ist, sich nicht so sehr an andere zu binden?"

„Oh, ich habe nur Spaß gemacht. Ein kleiner Seitenhieb auf das Paar mit der Bauchnabelkette dort drüben."

„Welches Paar?"

Oscar deutete in die Richtung, aber dort, wo sie eben noch gestanden hatten, war jetzt ein Typ in einem Orang-Utan-Kostüm.

„Welches Paar?", wiederholte der Mann.

„Sie sind weg", sagte Oscar.

„Ach, das macht nichts. Sie werden schon wieder auftauchen. Übrigens, gefällt Ihnen mein Gesicht?"

„Es ist sehr hübsch."

„Das will ich hoffen. Es hat mich nämlich fast eine halbe Million Pfund gekostet. Ich nehme an, Sie kennen die neuesten Entwicklungen auf dem Gebiet der plastischen Chirurgie?"

„Nein, eigentlich nicht."

„Dann kläre ich Sie auf. In zwanzig Jahren werden wir da natürlich viel weiter sein; es ist alles noch ein bisschen roh. Ich sage meiner Schwester schon lange, sie soll endlich ihre Brüste vergrößern lassen – nach der neuesten Methode, durch den Bauchnabel. Man kann Körpergewebe auch an Stellen entnehmen, wo man zu viel davon hat, und es dorthin verpflanzen, wo es fehlt. Allerdings könnte es sich langfristig betrachtet als Fehlinvestition erweisen, eine neue Oberlippe aus einem Stück Schenkel zu formen. Ich hab's versucht, aber das Ergebnis hat mich nicht überzeugt. Aber denken Sie nur, bald wird alles ersetzbar sein – Organe, Blut, Haut, Muskeln. Ist das nicht großartig?"

„Großartig. Auf der anderen Seite ... Entschuldigen Sie, wenn ich altmodisch klinge, aber ist das nicht ein bisschen makaber? Der Körper ist doch ein Tempel. Das habe ich begriffen, als ich noch Aktmodell war."

„Also, *mein* Körper war ein verlassener Schweinestall. Jetzt ist er ein Tempel. Ich habe ihn dazu gemacht."

„Aber irgendwann werden die Menschen doch alle gleich aussehen, dasselbe denken und tun, meinen Sie nicht? Rauben wir der Welt nicht das bisschen Individualität, das es noch gibt, indem wir uns alle in synthetische Puppen verwandeln?"

Oscar sprach nun eindringlicher, und weitere Personen, die auf das Gespräch aufmerksam geworden waren, gesellten sich zu ihnen. Ein junges Mädchen, das einen leidenschaftlichen Eindruck machte, nickte begeistert mit dem Kopf. Sie schien mit allem einverstanden zu sein, was Oscar von sich gab.

„Aber nein, Kleiner –"

Das Mädchen fiel ihm ins Wort: „Er ist nicht ‚klein'! Er ist ein weiser Mann und du solltest zurück in das Labor kriechen, das dich hervorgebracht hat. Das hier ist Oscar Babel, du Idiot! Er ist ein Visionär, ein Poet, und im Gegensatz zu dir weiß er, was zum Teufel mit dieser Welt los ist. Komm mit, Oscar."

Sie hakte sich bei Oscar unter und lächelte ihn freundlich an. Sie erinnerte ihn an ein seltenes, empfindliches Tier, das noch niemand gefangen und katalogisiert hatte.

Doch der Mann ließ sich nicht so leicht abservieren. „Ach, wenn Sie ein Visionär sind", sagte er spöttisch, „haben Sie doch bestimmt einen Plan, wie man die Welt verbessern könnte, oder? Was schlagen Sie vor? Dass wir alle wieder so leben wie im Mittelalter, ohne Komfort und Medikamente, und Hexerei betreiben?"

In diesem Moment fühlte sich ein anderer Mann bemüßigt, etwas zu sagen, so irrelevant es auch war. Er trug ein Hundehalsband und balancierte mehrere Drinks in den Händen. Seine Gesichtshaut war gespannt wie ein dünner Teig.

Zwischen spröden Lippen wippte eine halb erloschene Zigarette auf und ab. „Ich möchte etwas vorbringen", rief er. „Ich will einen Penis so groß wie ein Baumstamm. Mein Verstand ist zu klein. Um ihn zu bespaßen, brauche ich immer größere Dinge, wisst ihr. Ich bin nicht wie ihr, ihr tiefgründigen Wichser. Ich brauche immer größere Schokoladentafeln. Immer mehr Feuerwerk, mehr Züge von der Todesmaschine Zigarette. Vielleicht mache ich mir was vor. Immer mehr Farbe und Kohlenhydrate und Lärmblasen, um die große Null zu füllen. Immer mehr Reize, wie bei einem Körper, der nicht mehr auf normale Schmerzmittel reagiert, bei dem nur noch Morphium wirkt, und irgendwann nicht mal mehr das. Gebt mir noch mehr, noch perversere Pornos, noch saftigere und fettere Steaks, noch dekadentere Vergnügungen, noch mehr Aderlass in den Galerien. Lassen wir es krachen, Scheiße noch mal, lassen wir es krachen!"

Er taumelte davon, als hätte ihm seine Rede den Rest gegeben. Oscar entfernte sich ebenfalls, denn er wollte den Jünger der plastischen Chirurgie loswerden. Das Mädchen schloss sich ihm an und hielt wie selbstverständlich seine Hand. Für ihr Alter war sie ganz schön selbstbewusst, fand Oscar.

Die Party hatte ein neues Stadium der Tollheit erreicht, angefeuert von dröhnenden Percussions. Die Leute tanzten orgiastisch, warfen sich entrückt hin und her und verrenkten ihre Glieder. Wirbelsäulen drohten zu brechen, während sie versuchten, sich immer größere Ausdrucksfreiheit zu verschaffen. Es war, als würde die Nacht nie enden, als würde ihr frenetischer Rhythmus niemals müde werden.

Ein Typ mit Rastazöpfen und einer E-Gitarre um die Schulter war dabei, einen großen Verstärker auf die Dachterrasse zu schaffen. Einige Leute versammelten sich, um sein Solokonzert zu hören. Das Mädchen zwinkerte Oscar zu und sagte forsch: „Sollen wir woandershin gehen?"

Oscar blickte leicht konsterniert in die wild gewordene Menge. Wieder erschienen ihm diese Menschen so fremd und rätselhaft wie bei seiner Ankunft. Er wollte gerade etwas erwidern, als jemand seinen Namen rief. Er drehte sich um und sah Ryan Rees, der ihn aus der Ferne beobachtete. Als Nächstes sah er einen kleinen runden Gegenstand auf sich zufliegen. Oscar versuchte, ihn aufzufangen, während weitere Geschosse durch die Luft sausten. Das erste erwischte er, nicht aber die anderen, die beim Aufprall zu einer gelbweißen, glibberigen Masse wurden. Rees hatte Eier nach ihm geworfen. „Um dich auf Zack zu halten", rief er ihm zu.

Die Menge verschluckte ihn wieder, aber selbst aus der Ferne konnte Oscar sein teuflisches Lachen hören. Als er sich nach dem Mädchen umdrehte, war sie verschwunden. Er bahnte sich einen Weg hinaus auf die Dachterrasse, um Luft zu schnappen. Der Gitarrist hatte zu spielen begonnen, und die Straße hallte wider von schrägen Tönen und Akkorden, die in regelmäßigen Abständen vom Heulen der Rückkopplung übertönt wurden. Es war phänomenal laut. Oscar schaute auf die Uhr: halb drei. War er wirklich schon seit zweieinhalb Stunden hier? Er konnte es kaum glauben. Schon seltsam, wie unterschiedlich man die Zeit wahrnimmt, dachte er. Manchmal ist sie zähflüssig wie Melasse, und heute Nacht saust sie nur so dahin und nimmt mich mit. Vielleicht liegt es an den Leuten, diesen vielen Individuen, die die Zeit in ein Schwarzes Loch verwandeln und meine Selbstwahrnehmung durch ihre Selbstwahrnehmung auslöschen, und die Zeit, die normalerweise langsam vergeht – das tut sie immer, wenn man sich seiner selbst bewusst ist –, verhält sich jetzt anders, und ich vergesse mich selbst, weil ich mich in den Geschichten der anderen verloren habe.

Ein paar Meter weiter standen zwei Männer an der Balustrade und warfen Weingläser auf die Straße. Sie riefen „Voll schön" und „Wow". Die Gitarre heulte und kreischte. Der Gesichtsausdruck des Gitarristen ließ vermuten, dass er unsägliche Qualen litt. Unterdessen gingen den beiden Männern die Gläser aus. Sie verschwanden im Saal und kehrten gleich darauf zurück, diesmal nicht nur mit Gläsern bewaffnet, sondern auch mit Tellern und Flaschen, die sie auf der schmalen Brüstung zu einem prekären Kunstwerk stapelten. Der Turm schwankte hin und her, bis ein lebensmüder Teller den Anfang machte und alle anderen mit sich in die Tiefe riss. Das durchdringende Geräusch von zersplitterndem Glas und Porzellan schallte mit kristallener Klarheit durch die Nacht, denn die Gitarre war im richtigen Moment verstummt. Die Freude der beiden Männer war grenzenlos. Oscar beugte sich über die Balustrade und betrachtete den Scherbenhaufen dort unten, dann wanderte sein Blick zu den gelben Aureolen der Straßenlampen. Es war eine warme Sommernacht, eine perfekte Nacht. Der phosphoreszierende Mond, an einer Seite leicht eingedellt, die endlose Weite des Himmels, hier und da ein funkelnder Stern, die stillen, schlafenden Häuser, die Menschen, die darin schliefen, abgeschirmt von dieser Party, die fortwährend mutierte. Er fühlte sich glücklich.

Er ging wieder hinein. Alle waren noch ein bisschen verschwitzter, noch ein bisschen zerzauster und aufgedrehter. Inzwischen drängten sich so viele Menschen in dem Saal, dass man mehrere Minuten brauchte, um von einem Ende zum anderen zu gelangen. Oscar begann sich einen Weg durch die Menge zu bahnen. Während er zwischen fremden Leibern eingekeilt war, dachte er über den Abend nach, dachte an seine Rede und den Tumult, den sie ausgelöst hatte. Und als er wieder im Hier und Jetzt landete, stellte er überrascht fest, dass seine Gedanken ihn von der Party weggetragen hatten, und dass er sie nun, da er wieder dort war, nicht nur als klaustrophobisch wahrnahm, sondern auch als leer.

Er kam weder vor noch zurück. Die Party stand still. Sie war zu einem gewaltigen Pfropf geronnen. Oscars Kinn klebte an der Brust eines Mannes, der so groß war, dass er den Kopf in den Nacken legen musste, um sein Gesicht zu sehen. Als er versuchte, sich an dem Riesen vorbeizuschieben, spürte er, wie ihm jemand von hinten durchs Haar fuhr. Er drehte sich um und blickte in ein Gesicht, das ihm irgendwie bekannt vorkam. Dann begriff er, wer es war.

„Anna! Wie bist du hierhergekommen?", rief er über die dicke Membran von Stimmen hinweg.

„Mit dem Taxi", schrie sie zurück.

„Nein, ich meine, was machst du hier?"

„Ich amüsiere mich."

„Seit wann bist du hier?"

„Seit ungefähr einer Stunde. Im Hilton war es so langweilig. Deine Rede hat mir gefallen. Ich habe zu den Journalisten gesagt, dass du entweder ein Irrer bist oder ein Genie." Oscar hatte Mühe, sie zu verstehen, obwohl ihr Mund praktisch sein Ohrläppchen berührte.

„Sollen wir versuchen, nach draußen zu kommen?", brüllte er.

„Nur zu – ich folge dir. Du scheinst ein erfahrener Navigator zu sein, Captain Babel."

Zusammen kämpften sie sich weiter, und nach einem schwierigen Intermezzo, bei dem sie sich an ein paar Gestalten vorbeiquetschen mussten, die wie Stammeskrieger aussahen und mit Speeren bewaffnet waren, fanden sie eine Lücke, gelangten zu einer der vertäfelten Saaltüren und purzelten praktisch in den Gang hinaus. Anna feierte die wiedergewonnene Bewegungsfreiheit mit ein paar Umdrehungen. Dann übernahm sie die Führung, und bald waren sie draußen. Sie setzten sich auf eine Treppe, von der aus man zur Dachterrasse hinaufsah.

„Wo ist der Bär?", fragte Oscar.

„Er muss hier irgendwo sein. Als ich ihn zuletzt gesehen habe, war er damit beschäftigt, Wodkagläser zu leeren. Er hat auf alle seine Fohlen getrunken, der alte Fettwanst mit seinem Stalaktitengrinsen. Leider ist er nicht zur Salzsäule erstarrt. Ich bin froh, dass du mir über den Weg gelaufen bist."

„Ich auch."

„Deine Rede war ziemlich verrückt, aber was danach passiert ist, war noch viel verrückter. Bestimmt hassen dich jetzt alle."

„Hoffentlich nicht."

„Jedenfalls wirst du Stadtgespräch sein. Für ein, zwei Tage zumindest. Heute Abend hast du die Hand gebissen, die dich füttert."

„Ach wo. Ich habe bloß ein paar abfällige Bemerkungen über bestimmte Leute gemacht. Die halten das aus. Schließlich sind sie erwachsen."

„Und du? Was bist du? Ich finde dich ein bisschen rätselhaft, Mr. Babel. Bist du eher der sensible Typ, der auf flachsblonde Haare steht, nur ganz wenig Senf nimmt und immer Trinkgeld gibt? Oder bist du einer, der Zweikämpfe gewinnt? Hältst du Taxis mit einem lauten Pfiff auf zwei Fingern an? Trinkst du zu viel, küsst du die Mädchen erst und bringst sie dann zum Weinen?"

„Ich bin alles, was du willst. Ich bin dein Spiegel. Und ein Schwamm."

Sie warf ihm ein kokettes Lächeln zu. Er fand sie jetzt bezaubernd, mit ihrem Dollarschein-Sarong, eine Poetin, deren Haut im Mondschein durchsichtig wirkte.

Die Straße füllte sich allmählich mit Partygästen, und er fragte sich, ob die Nachbarn sich irgendwann beschweren würden. Aber wenn der ohrenbetäubende Lärm der E-Gitarre sie nicht aus der Ruhe gebracht hatte, war das hier wahrscheinlich auch kein Problem.

„Siehst du: Wohin der Guru auch geht – die Leute folgen ihm. Rattenfänger Oscar."

Sie steckte ihm eine Zigarette in den Mund und zündete sich selbst eine an, nahm einen Zug und atmete den Rauch mit der für sie typischen Kopfbewegung aus. Dann zündete sie Oscars Zigarette mit der Glut ihrer eigenen an, ohne sie dabei aus dem Mund zu nehmen.

„Du hast mich zum Sauerstoff geführt", bemerkte er.

Dröhnende, pulsierende Musik ließ das Haus erzittern.

„Nikotin schmeckt besser als Sauerstoff. Aber nach dieser Abschiedszigarette muss ich wohl zurück zu Ernst."

„Wie hältst du das bloß aus, nach seiner Pfeife zu tanzen?"

„Mach keinen Aufstand. Du hörst dich ja an wie David."

„Wer ist David?"

Ihre Augen leuchteten auf.

„David ist mein klebriger Pudding, mein Schlummertrunk. Mit ihm decke ich mich in kalten Nächten zu. Er ist meine Zündkerze, mein Würstchen im Yorkshire-Pudding, mein One-Night-Stand an jedem Tag der Woche. Liebhaber, Beau, Buhle."

„Du hast einen Freund?" fragte Oscar, bemüht, seine Enttäuschung zu verbergen.

„Du bist von der schnellen Sorte. Und wen hast du, Oscar?"

„Niemanden. Mein Ausflug ins Rampenlicht hat sie verprellt."

„Eifersucht?"

„Oh Gott, nein. Najette wäre niemals eifersüchtig. Das wäre gegen ihre Prinzipien."

Sie lachte spöttisch und verwuschelte ihm das Haar. Immer mehr Menschen strömten aus dem Haus, und Oscar sah, dass aus den Nachbarhäusern weitere hinzukamen. Sie hatten Weinflaschen dabei, die sie offenbar irgendwo aufgetrieben hatten. Die Straße, die eben noch still und verlassen gewesen war, wimmelte nun von Leben. Er fragte sich, ob in Kürze auch die Polizei zu der Party kommen würde.

„Und was macht deine Turteltaube so?", fragte Anna.

„Sie ist eine großartige Malerin."

„Sehr erfolgreich?"

„Kürzlich hatte sie eine Ausstellung, aber die war nicht so ... zufriedenstellend."

„Verstehe. Und du meinst also, dass sie überhaupt nicht neidisch darauf ist, dass du im Fernsehen warst, im *Guardian* zitiert wirst, dass die ganze Stadt mit deinem Namen gepflastert ist und dass du gerade bei einem der wichtigsten Kunst-Events des Jahres eine Rede gehalten und für Furore gesorgt hast?" Sie war so selbstsicher wie ein Prediger und dabei so leicht wie Tau.

„Na ja, das mit der Rede weiß sie noch gar nicht. Aber sie ist nicht so, wie du denkst."

„Dann muss sie eine Heilige sein."

„Und ich bin ein Hochstapler."

„Das bist du nicht. Wie viele Leute hätten den Mumm gehabt, sich aufs Podium zu stellen und solche Dinge zu sagen?"

„Können wir über etwas anderes reden?"

„Klar. Aber vorher musst du mir versprechen, dass du sie anrufst."

„Versprochen."

Oben verstummte die wummernde Musik, und Stimmengewirr aus dem Saal brandete auf. Oscar schaute zur Dachterrasse hinauf. Jemand stand an der Balustrade und beobachtete ihn. Es war Rees. Er hatte seine Kopfhörer im Ohr und ergötzte sich an den schrillen Klängen des kenianischen Vogelstimmen-Medleys.

„Können wir dort rübergehen?", fragte Oscar, bestrebt, sich Rees' Blicken zu entziehen.

„Was immer du willst", sagte Anna augenzwinkernd.

Unter dem Vordach eines Nachbarhauses fanden sie andere Treppenstufen, auf die sie sich setzen konnten. Von dort aus beobachteten sie die Menge, die sich über die Straße schob. Oscar genoss die stumme Verbundenheit mit Anna. Worte konnten etwas mitteilen, aber im Schweigen lag eine tiefere Vertrautheit. Ganz langsam und sachte schob er seine Hand zu der von Anna und drückte sie. Er spürte, wie sich ihre Finger um seine legten.

Donnergrollen ertönte. Sie hoben den Blick zum Himmel und sahen gespenstische Lichter am Horizont zucken. Ein Donnern, aber kein Regen, wobei Regen mit einem Mal recht wahrscheinlich erschien. Er wünschte, es würde regnen. Es würde guttun, nach dieser schwülen Nacht mit ihren unaufhörlichen, verschwommenen Eindrücken etwas Kühles auf der Haut zu spüren.

„Und wer gießt mich?", rief er laut.

Wieder grollte der Donner, diesmal zorniger, wie ein Dinosaurier, der in einem fernen Gelass des Himmels eingesperrt war. Die Leute sahen sich um, schälten sich ein wenig aus ihrem Rausch und hielten kurz den Atem an. Die deliriösen Gestalten mit den Weingläsern und Bierflaschen in den Händen hatten die Straße in eine einzige brodelnde Partymeile verwandelt. Es hätte genauso gut heller Tag sein können, und der Gedanke an Schlaf lag allen fern: Es stand bereits fest, dass diese Nacht eine schlaflose sein würde, eine, in der man sich von einem flüchtigen Vergnügen zum nächsten hangelte.

Die ersten Tropfen fielen. Ein gewaltiger Blitz tauchte die Häuser in grelles Licht.

Gleich darauf setzte sintflutartiger Regen ein. Innerhalb von Sekunden bildeten sich warme, strudelnde Bäche, die über den Gehweg in den Rinnstein flossen und das Straßenpflaster überschwemmten. Von den geschützten Treppenstufen aus blickte Oscar gebannt auf die Schraffur aus Regenlinien, die sich wie ein dichter Vorhang zwischen ihn und die Menge schob.

Eigentlich hatte er erwartet, die Feiernden würden sofort ins Trockene flüchten; stattdessen warfen sie mit einem kollektiven Jubelschrei die Arme in die Höhe und waren im Nu klatschnass. Sie tanzten und drehten sich im Kreis und hielten das Gesicht in den prasselnden Regen. Oscar und Anna konnten nicht widerstehen und schlossen sich den wirbelnden Körpern an, die die Straße für sich beanspruchten. Oscar ließ den Blick über die triefenden Gestalten schweifen. Was ihn zu diesen Menschen hinzog, war mit einem Mal stärker als alles, was ihn sonst von ihnen trennte. Etwas wartete noch auf ihn, das wusste er; irgendeine Alchemie verbarg sich noch im Schatten. „Es liegt jetzt bei dir", hatte Bloch geschrieben. Der Regen fiel noch stärker, und immer wieder flammten Blitze auf, die gleichermaßen Schrecken und Staunen hervorriefen. Doch das Leben auf der beschlagnahmten Straße pulsierte ungerührt weiter. Der Tagesanbruch schien in weiter Ferne zu liegen. Vielmehr war es der Sog des Hier und Jetzt, der alle gefangen nahm, und die Wahrnehmung driftete schwerelos an einen Ort ohne Sorgen.

Das ist also das Leben, dachte Oscar.

III

DIE ORGIE

18

Nach der Party veränderte sich Oscars Dasein von Grund auf. Es evolvierte, mutierte und regredierte auf vielfältige Weise. Ihm war, als bewegte er sich durch einen Hurrikan, der ihn aus seiner vertrauten Umgebung, seinen Gewohnheiten und Gewissheiten riss. Er hatte das Gefühl, nicht mehr zu gehen, sondern ständig zu rennen. Ein stürmischer Wind schlug ihm ins Gesicht, der durch den halb offenen Mund in den Hals und weiter in die Lungen drang und ihn mit Euphorie aufblähte. Doch als der Wind abflaute und aus seinem Körper wich, sackte Oscar zusammen und verfiel in Benommenheit. Die Erde drehte sich weiter und Oscar drehte sich mit ihr, aber ohne die Schwerkraft, die anderen Halt gab und sie in einem Leben verankerte, in dem die Gewissheit des Sonnenaufgangs nur der Auftakt zu unzähligen weiteren Gewissheiten war, etwa ein liebender Ehepartner, eine sauber geschälte Orange oder eine gültige Busfahrkarte.

Viele Dinge ereigneten sich nun in rascher Folge.

Als Erstes wurde Oscar für seinen Auftritt beim Duchamp-Preis von der Presse geschmäht und gefeiert. Er war jetzt in einer Weise sichtbar, wie er es in seinem Leben nie gewesen war. Als Nächstes wurde er in einem Hotel in Chelsea einquartiert. Mit seinen klebrigen Fingern holte Ryan Rees ihn aus der Trostlosigkeit seines möblierten Zimmers und setzte ihn in eine Suite von schierem, unwirklichem Luxus. Oscar sagte Lebewohl zu Mr. Grindel, der sich bereiterklärte, ihm die Post nachzusenden. Zum Abschied verkündete sein alter Vermieter: „Es wird mir fehlen, Ihnen von meiner Liebsten zu erzählen, Mr. Babel." Oscar dachte: Und mir werden deine Geschichten nicht fehlen.

Rees hatte auf dem Umzug ins Hotel bestanden, weil er fand, dass Oscar jetzt ein zentraler gelegenes, glamouröses Domizil brauchte. Journalisten, die ihn aufsuchen würden, konnten damit rechnen, in einem königlichen Ambiente königlich empfangen zu werden.

Und die dritte bedeutsame Veränderung bestand darin, dass Oscar neuerdings von *Tristan und Isolde* besessen war.

Die Fenster im Wohnzimmer gingen auf die King's Road hinaus, und da die Suite im zehnten Stock lag, konnte Oscar die Straße in ihrer vollen Länge überblicken, was schlichtweg unmöglich war, wenn man sie entlangging. Es herrschte reger Betrieb: Die Menschen eilten von der Metzgerei in den Supermarkt und weiter in den Feinkostladen und legten zwischendurch eine Kaffeepause im „Stockpot" ein. Modebewusste Passantinnen, die wie wandelnde Labels aussahen – sie trugen hauchdünne Kleider, Chiffon-Blusen, Lederjacken und grüne Jersey-Hosen, silberne Creolen und violette Sandalen –, schlenderten apathisch vorbei, entfernten sich und wurden zu winzigen Punkten, um gleich darauf durch neue, aussichtsreichere Anwärterinnen auf den Titel der Miss King's Road ersetzt zu werden, bis ein paar langsam dahingleitende Inlineskater sie mit ihren anmutigen Bewegungen in den Schatten stellten und Oscar neidisch machten, weil ihre Akrobatik das Leben in ein unbekümmertes Spiel, ein Dasein in endlosem Sonnenschein verwandelte. Doch bei näherem Hinsehen nahm er hier und da einen Zwist, eine Reibung wahr – ein streitendes Paar vor dem Café Picasso (vielleicht vom Gespenst der Untreue gequält); einen brüllenden Autofahrer, dem ein unliebsamer Rivale den Weg versperrte; die Obdachlosen am Straßenrand, die den Blicken der Shopper, Modesklaven, Inlineskater und Autofahrer keineswegs entgingen – und vergaß darüber seinen Neid auf die Leichtlebigkeit der anderen.

Er wandte sich vom Fenster ab und paffte eine Zigarette. Die Wolken, die durch den Raum waberten, waren so kompakt und unberührt, wie sie nur jemand hervorbringen konnte, der nicht richtig rauchte. Die Fensterfront ersetzte praktisch die Außenwand und gab ihm das Gefühl, auf schwindelerregende Weise über dem Abgrund dort draußen zu schweben. Unscharfe Bilder und Erinnerungen an sein altes Zimmer kehrten zurück. Während er dasaß und seine neue, elegante Umgebung in Augenschein nahm, wurde er den Verdacht nicht ganz los, dass ihn bald jemand von dort vertreiben würde. Er hatte Angst, mit schmutzigen Fingern einen Sessel zu beflecken oder ein Glas zu zerbrechen oder nachts ins Bett zu machen, in das pinkfarbene Doppelbett, das sich von seiner durchgelegenen Matratze in Elephant and Castle so sehr unterschied wie ein Kuss von einem Fausthieb. Er hatte dermaßen viel Platz, dass er nicht wusste, was er damit anfangen sollte. Allein das Wohnzimmer war zehn Mal so groß wie seine alte Behausung, ein Raum ungeheuren Ausmaßes mit Alkoven in jeder Ecke, durchflutet vom Licht verzinkter Stehlampen. Die Wände waren mittels Schwammtechnik in einem tiefen Rot auf cremefarbenem Untergrund lasiert und gingen eine harmonische Verbindung mit dem Bordeaux der Musselin-Vorhänge ein. Die adretten Gemälde an den Wänden – Landschaften mit üppiger, fruchtbarer Vegetation, rätselhafte Figuren zwischen dichtem Blattwerk – waren weniger Fenster zur Welt als Spiegel, die den Raum reflektierten und den Betrachter dazu zwangen, die nicht minder opulente Landschaft der Suite wahrzunehmen. Alles war auf eklektische Weise stilvoll: ein Paravent à la Wiener Secession; ein geschwungener, aus Buchenholz gefertigter Schaukelstuhl mit einer Rückenlehne aus geflochtenem Rattan; Kristallaschenbecher, die aussahen, als hätte man sie wie kleine Embryonen aus den mit Strass behangenen Kronleuchtern herausgemeißelt; ein beiges Sofa in modernem Design. Aber das Herzstück des Wohnzimmers war der Barschrank, der einer Kapelle glich: ein gedrungener, auf Hochglanz polierter Mahagoniwürfel mit offenen Flügeltüren, die den Gast dazu einluden, ein begehrliches Auge auf die sauber angeordneten Spirituosen zu werfen. Die Miniaturflaschen (deren Zierlichkeit darüber hinwegtäuschte, dass sie Hochprozentiges enthielten) standen eng beieinander und klingelten wie Glocken, wenn man eine von ihnen herausnahm. Hinter den Fläschchen und den beiden Glasböden mit Brandy- und Weingläsern setzte eine Spiegelwand mit integrierter Beleuchtung den Inhalt des Barschranks ins rechte Licht und erzeugte obendrein die Illusion, dass seine Vorräte unerschöpflich wären.

Aber was Oscar an seiner Suite am besten gefiel, war das vergoldete Badezimmer, das dank einer täglichen Reinigung immerzu glänzte. Es war herrlich, in einer Wanne zu baden, die im Gegensatz zu dem Gemeinschaftsbad in Grindels Haus nicht nur blitzsauber, sondern auch groß genug war, um seinen langen Körper von Kopf bis Fuß darin einzutauchen.

Ein melodisches Läuten. Oscar drückte seine Zigarette in einem der Dutzend Aschenbecher aus, die in Reichweite standen. Tatsächlich hatte er in einem Anfall von Verschwendung, den er nun bereute, sieben dieser prachtvollen Gefäße für ebenso viele Portionen Asche benutzt. Das Läuten dauerte mit höflicher Beharrlichkeit an. Auch daran musste er sich noch gewöhnen: ein derart angenehmes Geräusch mit dem Telefon in Verbindung zu bringen.

„Hallo."

„Ist die Frau von Cherubs schon aufgetaucht?"

„Mir geht's gut, danke, Rees. Und Ihnen?"

„Wenn sie eintrifft, sag ihr, sie soll mich anrufen –"

„Ja, es ist ein wunderschöner Morgen, da haben Sie recht. Ich wollte gerade frühstücken. Eier Benedict und dazu –"

„Übrigens, kümmre dich nicht um die Tsetsefliegen, die im Hotel herumschwirren. Niemand kann zu dir raufkommen und irgendwelche Fragen zum Duchamp-Preis stellen oder –"

„Croissants und ein paar reife Feigen und –"

„Oscar, musst du unbedingt den Witzbold raushängen? Immerhin habe ich dich in den Schoß des Luxus gebettet."

„Und Birnen und … und – ich vermute mal, es ist ein goldener Käfig."

„Das soll es sein. Du bist mein Vorzeige-Papagei. Also, vergiss nicht, noch mal deine Sprüche durchzugehen. Die sind verflucht noch mal unbezahlbar. *Au revoir.*"

Oscar ging zum Frühstückstisch. Dort warteten eine silberne Kaffeekanne, in der er sein verzerrtes Spiegelbild sah, ein Teller mit pochierten Eiern, Croissants und Muffins, frisch gepresster Orangensaft, Birnen, Pflaumen, Feigen, Frozen Joghurt und Zimttoast. Es war genug für drei. Er bemühte sich, das meiste zu essen, damit es hinterher nicht im Müll landete. Alles schmeckte köstlich. Der Kaffee war so samtig und aromatisch, dass er ihn gar nicht hinunterschlucken wollte, aber als er es dann doch tat, rann ihm ein Wonneschauer über den Rücken. Gerade als er das Obst in Angriff nehmen wollte (obwohl er schon pappsatt war), klingelte wieder das Telefon.

„Hallo."

„Ist dort Oscar Babel?"

„Ja."

„Entschuldigen Sie die Störung, Mr. Babel. Mein Name ist Mark Anderson. Ich bin von *Art Attack*. Dürfte ich Ihnen vielleicht ein paar

Fragen stellen? Es geht um die Sache mit dem Duchamp-Preis neulich."

Hatte Rees nicht gesagt, die Tsetsefliegen würden nicht zu ihm durchdringen? Offenbar hatte er die Medien doch nicht so gut im Griff, wie er dachte. Oscar war entzückt, den Superpromoter bei einer Nachlässigkeit ertappt zu haben. Gut für Mr. Anderson.

„Klar, aber ist das inzwischen nicht Schnee von gestern?"

„Wussten Sie, dass Cyril Vixen vorhat, Sie zu verklagen?"

„Mich? Wäre es nicht logischer, Mark Redhill zu verklagen?"

„Vixen ist der Meinung, Ihre Äußerungen beim Bankett hätten den Angriff auf ihn provoziert."

„So ein Quatsch. Redhill hat ihm das Deodorant in die Augen gesprüht …"

„Ja, aber Vixen ist sehr wütend auf Sie. Ich nehme an, Sie wissen, dass er noch am selben Abend ins Krankenhaus eingeliefert wurde?"

„Und was ist mit Redhill?"

„Er hat die Nacht in einer Zelle verbracht. Dann ist ein Seelenklempner aufgetaucht. Es kursiert da so ein Arztbericht, wonach Redhill vor Kurzem versucht hat, sich die Pulsadern aufzuschneiden. Das Übliche eben – fehlgeschlagener Suizid und so. Offenbar hat er sich schon öfter aufgeschlitzt. Ich finde, er sollte eine Performance daraus machen. Solche Dinge sind sehr gefragt, wissen Sie. Bestimmt haben Sie von dem Deutschen gehört, der sich auf offener Bühne Körperteile abhackt. Zum Valentinstag hat er seiner Freundin in München einen großen Zeh geschickt. Was tut man nicht alles aus Liebe! Jedenfalls war Redhill deprimiert, wegen seinem Film. Ich kann's ihm nicht verdenken – es ist ein wahnsinnig schlechter Film."

Oscar machte sich daran, eine Birne in ungefähr gleich große Stücke zu schneiden. Es klopfte an der Tür.

„Warten Sie, können Sie einen Moment dranbleiben?"

Oscar rief laut „Herein!", und ein portugiesisches Zimmermädchen mit einem riesigen Schlüsselbund in der Hand und einem Stapel Kissenbezüge unterm Arm betrat den Raum. Sie grüßte kurz und ging schnurstracks ins Schlafzimmer, wobei sie den Eifer von jemandem an den Tag legte, der voll und ganz mit seiner Arbeit verheiratet ist.

„Wo waren wir stehengeblieben?", fragte Oscar.

„Bei Cyril Vixen."

„Aber er kann mich nicht verklagen. Mit welcher Begründung überhaupt?"

„Üble Nachrede, nehme ich an. Ich wollte nur Ihre Meinung zu der Sache hören. Ach ja, er hat gesagt, Sie seien ein Scharlatan, der Scheiße redet."

„Während er sie nur fotografiert. Vielleicht sollten wir uns gegenseitig verklagen. Das wäre ulkig."

„Möchten Sie vielleicht etwas zu seinen Anschuldigungen sagen?"

Oscars Blick wanderte zu der Fensterfront. Die Scheibe war so glasklar, dass er sich vorstellen konnte, einfach seine Hand hindurchzustrecken. Er schob sich ein Stück Birne in den Mund. Aus dem Schlafzimmer kamen Fetzen eines portugiesischen Liebeslieds. Obwohl das Zimmermädchen nicht richtig singen konnte, fand Oscar ihre Stimme seltsam anziehend. Dann flitzte sie kurz hinaus in den Gang und kehrte mit einem Eimer und einem Wischmopp bewaffnet zurück, um das Badezimmer in Angriff zu nehmen.

„Mr. Babel, sind Sie noch da?"

„Ja, ich bin *da*. Ich bin überall."

„Ach ja? Hoffentlich haben Sie keine Körperdoubles engagiert, um die Presse vom Original abzulenken. Vixen hat Sie einen Scharlatan genannt. Sind Sie einer?"

„Ja."

Anderson war verwirrt. Er wusste nicht mehr, wie er dieses Spiel spielen sollte. Mit Scharlatanen konnte er umgehen – die Welt war voll davon –, aber konnte er auch mit Scharlatanen umgehen, die zugaben, Scharlatane zu sein? Er räusperte sich und kam zu dem Schluss, dass Babel eiskalt ironisch war.

„Wollten Sie mich sonst noch etwas fragen, Mr. Anderson?"

„Was hatten Sie sich von Ihrer kleinen Protestaktion versprochen?"

„Nicht viel. Es sind die Medien, die das alles aufbauschen."

„Und was halten Sie davon?"

„Ich vermute mal, es zeigt einfach nur, dass die Leute zu allem bereit sind, um Konflikte heraufzubeschwören, vor allem, wenn es um Prominente geht. Die Welt könnte untergehen, und sie würden trotzdem noch rasch die Klatschspalten füllen."

„Aber das Ganze ist doch auch eine gute Werbung für Sie, oder?"
„Ich bin im Großen und Ganzen nicht so wichtig."
„Trotzdem bekommen Sie viel Aufmerksamkeit."
„Was neulich Abend passiert ist, hatte nichts mit mir zu tun. Ich war nur das Sprachrohr für jemand anderen."
„Das klingt, als wollten Sie keine Verantwortung übernehmen. Sie waren doch derjenige, der auf dem Podium gestanden hat, oder nicht?"
„Wir sollten nicht so viel Wirbel um nichts machen. Ich bin nicht so interessant. Kinder sind interessant. Der Himmel ist interessant, aber niemand schaut ihn mehr an, weil er in keiner Galerie hängt und kein Preisschild hat." Ehe er sich's versah, entfuhren ihm Worte, die aus Blochs Aufnahmen stammten und die nun wie von selbst aus den Tiefen seines pastösen Unterbewusstseins auftauchten. „Es gibt zu viel Lärm, zu viele Informationen, zu viele Bilder. Schauen Sie sich doch mal um: Die Welt ist ein einziger, grenzenloser Supermarkt, und was bleibt von diesem ganzen Ramsch, von diesen massengefertigten Stoffwechselprodukten? Sie sind nicht mehr als der Schleim, das Blut, das von einem frisch ausgeworfenen Baby tropft."
„Also ... äh ... Ich muss schon sagen, jetzt haben Sie mich ein bisschen aus dem Konzept gebracht, ich meine ..."
Anderson überlegte: Hier war einer, der sich nicht anpasste, der sich nicht an die Regeln hielt. Oscar ging ihm unter die Haut. Er fing an, ihn zu respektieren. Je öfter er darauf hinwies, wie unbedeutend er war, desto bedeutsamer erschien er ihm. Er war selbstbewusst (oder verrückt) genug, um die Dinge beim Namen zu nennen.
„Könnten Sie das vielleicht wiederholen? Es war so ... zitierfähig."
Das Zimmermädchen war jetzt mit dem Badezimmer fertig und stapfte energisch hinaus, noch immer ein Lied auf den Lippen.
„Mr. Anderson, ich muss jetzt Schluss machen."
„Okay, aber könnten Sie noch schnell das mit dem Supermarkt und dem Neugeborenen wiederholen? Das war umwerfend ... Wie ging das noch mal?"
Oscar sagte nichts.
„Das mit dem Supermarkt! Hallo? Der Satz mit dem Baby! Sind Sie noch dran?"

Oscar seufzte, legte wortlos den Hörer auf und ging ins Bad, um die Wanne zu füllen. Nachdem er den Thermostat auf die gewünschte Wassertemperatur eingestellt hatte, drehte er den Hahn auf. Dann ging er zurück ins Wohnzimmer, wo sein alter Kassettenrekorder stand, und kramte eine von Blochs Kassetten hervor. Er wollte sie gerade in das Gerät schieben, als er innehielt. Ein unbelebtes Objekt, ein Stück Plastik mit einem aufgerollten Band, nichts weiter, aber darin verbarg sich das Wesen seines alten Freundes, eine körperlose Wirklichkeit, über die er frei verfügen konnte. Nach kurzer Überlegung fand er den Gedanken, einen Guru zu spielen, zum ersten Mal reizvoll. Es war, als hätte sich eine zu enge Jacke auf wundersame Weise geweitet – mit einem Mal passte sie ihm. Dass Bloch ihm die Freundschaft gekündigt hatte, war schmerzvoll gewesen, aber eigentlich brauchte er ihn gar nicht: Er hatte ja seine Stimme, seine Gedanken, seine interessanten Theorien über Leben und Tod, Liebe und Sex. Er konnte Bloch *sein*.

Die Stimme fing an zu sprechen. Oscar hörte, wie sie zwischendurch Luft holte und pfeifend atmete. Er sank zurück in seinen Sessel und hörte teilnahmslos zu. Einen Moment lang konnte er die Stimme nicht der Person zuordnen, der sie gehörte.

Wieder zeugte ein Klopfen an der Tür davon, dass jemand auf der anderen Seite stand. Wer mochte es diesmal sein? Der Hoteldiener? Der Barmann? Oder Cyril Vixen, der sich auf Krücken in den zehnten Stock geschleppt hatte und auf Rache sann? Oscar drückte die Stopp-Taste.

„Hallo – Mr. Babel? Mr. Babel, ich bin von Cherubs & Co – ich habe ein paar Ideen für Sie – es war nicht leicht, Sie zu finden – du meine Güte, was für ein fantastisches Zimmer – diese Vorhänge … ist das Chintz?", sagte die Frau in einem einzigen nervösen Atemzug, während sie zu den Vorhängen eilte und ihre Aktenmappe auf den Boden fallen ließ. Oscar starrte sie an, folgte ihr durch den Raum, hob die Aktenmappe auf und tippte ihr auf die Schulter, während sie liebevoll die Vorhänge streichelte.

„Daraus könnte ich etwas machen", sagte sie versonnen, als wäre sie allein. „Das könnte wunderbar werden. Oh – habe ich die verloren?"

Die Frage bestätigte, was Oscar bereits vermutet hatte: dass seine neue Besucherin ein wenig durch den Wind war. Er wollte nachsichtig sein, zumindest, bis er wusste, warum sie hier war.

„Ich verliere ständig etwas", sagte sie. „Ich bin ein bisschen nervös – ich habe schon so viel von Ihnen gehört – ich bin Cressida."

„Aha. Entschuldigen Sie, aber was genau wollten Sie –?"

„Dieser Raum ist umwerfend – oh mein Gott, er ist so – wie soll ich sagen?"

„Groß?"

„Ja – aber – tut mir leid – sollen wir uns setzen? Ich habe ein paar Ideen."

„Das sagten Sie bereits."

„Tja, also – deswegen die Mappe. Wieso setzen wir uns nicht? Bin ich das, oder – oh mein Gott, dieses Gemälde ... es ist so – wie soll ich sagen?"

Sie setzten sich. Oscar nutzte die Gelegenheit, um die Frau zu mustern. Alles, was sie anhatte – Strumpfhose, Rock, Schal, Jacke –, war violett. Genau wie ihr Lidschatten und der Lippenstift. Er fand sie faszinierend. Ihre Tollpatschigkeit war anstrengend, aber sie verströmte auch eine gewisse Begeisterung, die ihn davon abhielt, ungeduldig zu werden. Ihre Augen sprühten, blinzelten, lächelten; ihre Lippen wölbten, rundeten, kräuselten sich; ihre Haut errötete und glühte. Aber wenn sie lachte, so wie jetzt, gab sie überhaupt keine Laute von sich. Ihr Körper krümmte sich und ihr Gesicht verzog sich, wie es beim Lachen üblich ist, aber ohne das Glucksen, Kichern oder Prusten, das normalerweise damit einhergeht. Es war das Lachen eines Pantomimen. Nachdem sie sich ein wenig beruhigt hatte, murmelte Cressida: „Verzeihung. Sie müssen mich für ein verrücktes Huhn halten."

„Was ist denn so lustig?"

„Nichts. Es ist nur ... Ich hatte einen absolut scheußlichen Vormittag. Sie würden nicht glauben, was ich durchgemacht habe."

„Ich bin ganz Ohr."

„Oh, ich möchte Sie nicht damit behelligen. War nur Spaß. Soll ich es Ihnen erzählen?"

Oscar nickte langsam.

„Also, als Erstes hat mich die Alarmanlage eines Autos aus dem Schlaf gerissen, drei Stunden vor meiner üblichen Aufstehzeit. Ich konnte nicht mehr einschlafen. Auf dem Weg zur Arbeit bin ich um ein Haar von einem Motorrad überfahren worden, als ich eine Einbahnstraße überquerte. Im Büro hat sich dann herausgestellt, dass mich die Kostüme, die ich für eine Show bestellt habe, tausendfünfhundert Pfund mehr kosten als ursprünglich angenommen, das heißt, ich muss jetzt etwas komplett Neues entwerfen. Dann habe ich mir heißen Kaffee über die Hand gegossen – sehen Sie –, und ich weiß nicht, wie ich mit einer verbrühten Hand nähen soll. Auf dem Weg hierher hat mir ein Mann in der U-Bahn unter den Rock gefasst – stellen Sie sich das mal vor. Ich habe geschrien, aber niemand hat auch nur einen verdammten Finger gerührt. Dann, als ich die King's Road entlanggegangen bin, hat mich ein Obdachloser beschimpft, weil ich ihm kein Geld gegeben habe. Deswegen bin ich ein bisschen durcheinander. Und dabei wollte ich doch einen guten Eindruck machen. Herrje."

„Möchten Sie vielleicht einen Drink? Wie Sie sehen, bin ich gut ausgestattet." Oscar zeigte auf den Barschrank.

„Liebend gern, aber ich glaube, vor dem Lunch wäre das unangebracht. Ich bin auch schon viel ruhiger. Möchten Sie vielleicht – möchten Sie sich meine Vorschläge ansehen?"

„Gehe ich richtig in der Annahme, dass Sie hier sind, um mich einzukleiden?"

„Oh, tut mir leid, wussten Sie das gar nicht? Mr. Rees hat gesagt –"

„Vergessen Sie, was Mr. Rees gesagt hat."

„Oh ... jedenfalls habe ich ein paar Fotos mitgebracht, um Ihnen zu zeigen, was ich mir überlegt habe. Also, was den Guru-Look betrifft –"

„Den *was*?"

„Den Guru-Look."

„Guru-Look?"

„Ja." Sie legte ihre linke Hand schützend über die verbrühte rechte. „Aber eigentlich ist es kein ‚Look' – ich meine – wenn Sie sich unter einem ‚Guru-Look' den letzten Schrei aus Paris oder Mailand vorstellen. Tut mir leid, vielleicht war das keine so gute Idee ..."

Sie blinzelte jetzt rasch. „Aber könnte ich Ihnen nicht einfach zeigen, was ich habe? Ich hatte mich so darauf gefreut, es Ihnen zu zeigen."

„Wenn Sie wollen."

„Also, ich hatte an etwas in der Art gedacht" – sie zog ein gescanntes Foto von einer Soutane hervor –, „aber vielleicht ist das zu offensichtlich, zu – wie soll ich sagen? – *passé*. Auf der anderen Seite, wenn wir es hier und dort ein wenig ändern, könnte es ganz sexy aussehen. Oder diese Jacke hier – tut mir leid, dass das Foto so schlecht ist –, ob Sie's glauben oder nicht, sie ist aus einem alten russischen Teppich gefertigt, ungefähr von 1880. Ein Orientteppich als Jacke, was sagen Sie dazu? Oder, wenn Ihnen das lieber ist, könnten wir Sie auch als Beduinen zurechtmachen, sehen Sie, in diesem Thawb aus Baumwolle, der ist übrigens –"

„Es tut mir schrecklich leid, aber das ist absolut deprimierend. Wie soll ich in so einer Verkleidung die Dinge sagen, die ich sagen will? Das ist einfach zu theatralisch, ich bin doch kein Entertainer. Niemand würde mich ernst nehmen, verstehen Sie? Oh, Scheiße – das Badewasser!"

Er spurtete ins Bad und drehte den Hahn zu. Das Wasser war auf Betreiben der Schwerkraft dabei, über den Rand zu laufen. Rasch krempelte er den Ärmel hoch und zog den Stöpsel. Als er sich umdrehte, stand Cressida direkt vor ihm – ein violetter Schock.

„Aber was soll ich bloß Mr. Rees sagen?", fragte sie mit matter, mitleiderregender Stimme.

„Nichts. Ich rede mit ihm."

„Aber ich kann Sie verwandeln! Ich kann dafür sorgen, dass Sie wundervoll aussehen. Also, natürlich sehen Sie auch so wundervoll aus, ich meine –"

„Ich weiß, was Sie meinen, aber ich halte das einfach für unnötig."

Zu Oscars Überraschung – er hatte fest mit einem weiteren Überzeugungsversuch gerechnet – murmelte sie nur: „Wissen Sie, ich glaube, ich habe noch nie jemanden wie Sie getroffen. Sie sind so ... integer."

„Bitte, sagen Sie das nicht – ich muss jetzt baden." So, wie er die beiden Sätze zusammenfügte, klang es, als schlösse Integrität die Möglichkeit aus, ein Bad zu nehmen.

„Möchten Sie, dass ich gehe?"

„Na ja, irgendwann schon. Eigentlich wäre das jetzt ein guter Zeitpunkt."

„Ich mag Ihre Stimme. Sie ist stark und gleichzeitig weich. Also, das ist wirklich ein traumhaftes Badezimmer. Es tut mir so leid, dass Ihnen keiner meiner Vorschläge gefallen hat."

„Kein Problem. Bitte nehmen Sie das nicht persönlich."

„Oh, ich hasse es, wenn die Leute das sagen. Wie soll ich es denn sonst nehmen?"

„Hören Sie, ich muss jetzt wirklich arbeiten, also danke für –"

„Wie wäre es mit einem Drink? Schließlich haben Sie mir einen angeboten. Dann verschwinde ich. Ich werde –" Aber sie brachte den Satz nicht zu Ende. Erst versagte ihr die Stimme, dann versagten ihr die Nerven. Sie weinte so heftig, dass Oscar dachte, sie müsse Bottiche voller Tränen hinter den Augen haben.

„Herrje, ich komme mir so – dumm vor!", schluchzte sie. Worte und Silben gingen unter, während sie versuchte, die Sätze hervorzubringen. „Ich hab – so viel – von Ihnen gehört – ich wollte Sie – beeindrucken – und jetzt – halten Sie mich bestimmt für – eine dumme Gans. Ach, ich bin gg – bb – m m – h g …"

„Bitte weinen Sie nicht, Cressida. Kommen Sie, setzen Sie sich, ich hole Ihnen etwas zu trinken."

Oscar schaute zur Badewanne hinüber: Sie hatte sich soeben lautlos entleert, da er vergessen hatte, den Stöpsel wieder einzusetzen. Er überlegte kurz, ob er sie erneut füllen sollte, ließ es dann aber sein – vielleicht, um sich für seine Unfähigkeit zu bestrafen. Nicht mal ein Bad kann ich mir einlassen! Er nahm Cressida bei der Hand, führte sie zurück ins Wohnzimmer und setzte sie auf das Sofa. Dann ging er hinüber zum Barschrank. Einen Moment lang brachte ihn die Fülle an Wahlmöglichkeiten in Verlegenheit. Sein Blick schweifte über die aufgereihten Whiskyfläschchen und blieb bei einem Talisker Single Malt hängen. Er schenkte ihr ein Glas ein. Dann schenkte er sich selbst eins ein, gab ein paar Eiswürfel hinzu und schwenkte die Whiskygläser leicht in den Händen, während er zurück zum Sofa ging.

„Hier, bitte, trinken Sie das. Dann geht es Ihnen gleich besser."

„Danke." Sie schniefte. Oscar zog ein paar Taschentücher aus einer silbernen Box und tupfte ihr damit die Augen ab.

„Sie sind sehr freundlich. Es tut mir so leid. Ich weiß nicht, was in mich gefahren ist. Ich hatte so einen schlimmen Tag."

„Hören wir ein bisschen Musik."

„Ooh – das wäre schön."

Oscar ging zu einer der verzinkten Stehlampen, knipste sie an und zog die Vorhänge zu. Die Wände wurden unbestimmt und mysteriös, die Alkoven versanken im Schatten. Die Geräusche traten deutlicher hervor, und eine angenehme Mischung aus Erwartung und Ruhe stellte sich ein. Die gewaltigen Ausmaße des Raums, die im Tageslicht noch einschüchternd gewirkt hatten, verschwammen, und das Zimmer wurde beherrschbarer. Cressida beobachtete Oscar durch das beruhigende Prisma des feurigen Whiskys. Ihr fiel auf, wie sicher und zielstrebig er zu seiner heilsamen Tat schritt. Er war wie seine Stimme, dachte sie. Weich und doch stark. Unaufgeregt. Er ging zur Stereoanlage und legte die CD ein, die er hören wollte.

„Ich hoffe, sie gefällt Ihnen", sagte er leise. „Lange Zeit hat mich diese Musik völlig kaltgelassen. Ich weiß nicht, warum – sie war mir einfach egal. Dann, eines Tages – das war noch in Elephant and Castle – habe ich sie wieder gehört, und sie war ... überwältigend."

Aus der Tiefe, zuerst kaum wahrnehmbar, dann allmählich deutlicher, atmeten die Lautsprecher die ersten Töne des Vorspiels zu *Tristan und Isolde* aus. Oscar lehnte sich neben Cressida auf dem Sofa zurück und schloss die Augen. Mit den Eröffnungsakkorden entschwand die Welt um ihn herum, und er tauchte in die Klangwelt der Musik ein. Das unaufhörliche Rumoren des Lebens legte sich.

„Oh mein Gott", flüsterte Cressida.

Doch sie hörte nicht richtig zu; die Musik war lediglich eine angenehme Untermalung. Viel mehr beeindruckte sie, dass Oscar bereit gewesen war, etwas von sich preiszugeben, etwas, das viel wichtiger war als sein Hüftumfang oder die Tatsache, dass er lieber Cordhosen als Jeans trug. Als sie die Fassung verloren hatte, war er nicht peinlich berührt gewesen, hatte nicht kühl oder förmlich reagiert, wie die meisten Männer es getan hätten. Seine Worte gaben ihr etwas von ihrer Würde zurück, vermittelten ihr das Gefühl von Wertschätzung. Sie versuchte ihn sich als Jungen vorzustellen, mit strubbeligem Haarschopf, wie er die Mädchen entdeckte. Und während sie sich dem Wechselspiel aus Licht und Schatten im Raum überließ und jemanden neben sich hatte, der bereit war, nett zu ihr zu sein, spürte Cressida trotz aller blauen Flecken die Süße des Lebens.

Eine Zeit lang saßen sie da, ohne zu sprechen, denn Oscar war nicht zum Sprechen aufgelegt.

*

Von seinem Sitz aus betrachtete Ryan Rees die verschnörkelte Fassade der Kathedrale: ihre roten Backsteinmauern, durchzogen von Bändern aus weißem Portland-Stein (das Muster erinnerte ihn an den Markusdom in Venedig), und den hoch aufragenden Campanile. Das Bauwerk war keine besonders beeindruckende architektonische Leistung, fand er, aber ein willkommener, überraschender Farbtupfer inmitten der grauen, gesichtslosen Gebäude, die den Platz säumten. Hier sind Geschichte und Tradition versammelt, dachte Rees, und gleich werde ich ihnen eine lange Nase zeigen. Ein paar Leute waren noch unterwegs. Manche gingen auf und ab, bewunderten das Gebäude und setzten es in seinen historischen Kontext; andere hasteten daran vorbei, ohne es eines Blickes zu würdigen. Die Dämmerung brach herein, aber Rees wusste, dass das Flutlicht, das die Fassade des Nachts beleuchtete, erst später angehen würde.

Der dunkle Transporter, in dem er und seine Leute auf engstem Raum zusammengepfercht waren, hatte auf dem Gehsteig direkt gegenüber der Westminster Cathedral geparkt. Während Rees im Wageninneren seine übliche olympische Ruhe an den Tag legte, bauten zwei abgerissene Typen in Blaumännern hektisch allerlei Gerätschaften zusammen. Sie wirkten, als wüssten sie, was sie taten, was nur teilweise stimmte. Einer von ihnen versuchte mehrmals vergeblich, ein Streichholz anzuzünden, bis Rees ihm wortlos die Schachtel aus der Hand nahm und mit einem einzigen Strich eine zischende Flamme erzeugte. Ein USB-Stick wurde aus einem Aluminiumbehälter geholt. Ein Hebel wurde mit einem Ruck umgelegt; ein Generator erwachte laut brummend zum Leben.

Draußen machten vereinzelte Touristen noch immer Fotos und mampften Hamburger, wobei sie sich vor allem die Essiggurken schmecken ließen. Ein Mann hatte sein Handy auf den Transporter gerichtet und filmte ihn, in der Hoffnung, Zeuge eines Raubüberfalls zu werden. Er zog das wackelnde, schwankende Bild auf dem Display der fest verankerten Realität um sich herum vor. Eine Taubenschar auf dem Platz schwang sich in perfekter Synchronizität in die Luft. Eine Frau schaukelte mechanisch einen Kinderwagen hin und her, aus dem in regelmäßigen Abständen Gebrüll kam. Ein Mädchen zog seinen Lutscher aus dem Mund und presste die klebrige Scheibe ihrem kleinen Bruder auf die Stirn, wo sie auf entwürdigende Weise haften blieb. Der Junge fing an zu weinen. Das Mädchen fing an zu lachen. Ein Mann im T-Shirt, der auf einem Poller saß, schnäuzte sich geräuschvoll die Nase und löste dabei ein heftiges Nasenbluten aus. Er drückte stoßweise ein paar Tasten auf dem Handy, in dem Versuch, seinen Hausarzt zu erreichen. Sein Hausarzt war im Sprechzimmer seiner Praxis, wo er gerade einem anderen Patienten erklärte, dass jeder hin und wieder Blut hustet – das sei ganz normal und kein Grund zur Beunruhigung. Die Doppeldeckerbusse keuchten vorbei. Die Gesellschaft hielt ihren üblichen, monotonen Rhythmus aufrecht.

Rees blickte zur Mondsichel hinauf und dachte über die volkstümliche Assoziation von Vollmond und Wahnsinn nach. Bei Vollmond, so der Volksglaube, kamen auch mehr Kinder zur Welt als in anderen Mondphasen. Das erinnerte ihn plötzlich an ein Buch, das er als Junge in der Schule gelesen hatte: *Der goldene Zweig* von James George Frazer. Ein frauenfeindlicher Lehrer, der nicht ganz richtig im Kopf gewesen war, hatte alle seine Schüler gezwungen, eine besonders merkwürdige Passage aus diesem Buch auswendig zu lernen, und Rees konnte sie noch immer wortwörtlich zitieren: „Plinius zufolge bewirkt die Berührung einer menstruierenden Frau, dass Wein sauer wird, Saaten zugrunde gehen, Ernten verderben, Gärten veröden, Früchte von den Bäumen fallen, Spiegel blind werden, Messer nicht mehr schneiden, Metalle rosten (vor allem bei abnehmendem Mond), Bienen sterben oder zumindest ihren Stock verlassen, trächtige Stuten abortieren ..." Die Mischung aus Magie und Irrsinn in dieser Passage hatte dem vorpubertären Rees (der damals noch anders hieß) auf Anhieb gefallen. Sie hatte seine Fantasie beflügelt und ihn auf die Idee gebracht, ähnliches Unheil über seine Schule zu bringen. Innerhalb kurzer Zeit erwarb er sich einen Ruf als gefürchteter Rabauke und Spaßvogel: Dem senilen Geschichtslehrer Mr. Wiseman legte er Reißnägel auf den Stuhl. Er klebte Münzen auf den Boden und sah zu, wie die Leute vergeblich versuchten, sie aufzuheben. Bei Schulversammlungen ließ er gewaltige Fürze fahren. Potenziell nützlichen Mitschülern steckte er unter der Bank heimlich Orangen zu. Seine Triumphe machten ihn atemlos und euphorisch. Im Grunde waren alle nachfolgenden Unternehmungen dem Bestreben geschuldet, den Rausch dieser ersten himmlischen Coups wieder aufleben zu lassen. In der Schule hatte man ihn nur „Orly" genannt, denn sein richtiger Name war Donald Chorley. Mit einundzwanzig Jahren, als er seine erste Stelle in der Werbebranche antrat, hatte er seinen Namen geändert.

Die Dunkelheit senkte sich über den Platz. Abseits von den anderen Leuten, die noch dort waren, standen drei Männer, die gleichgültig dreinschauten: Einer war Feuilleton-Chef, die anderen beiden Kulturredakteure mit Schwerpunkt Literatur und Kunst. Ryan Rees hatte sie eingeladen, seinem Spektakel beizuwohnen – eine ebenso freundliche wie strategische Geste. Er wollte sie bei Laune halten, da sie ihm später noch nützen konnten. Für Rees waren diese Männer wie Hammer und Schraubenzieher: Sie hatten einfach eine bestimmte Funktion; sie waren Werkzeug, das ihm dazu diente, etwas zusammenzubauen. Etwas, das viel größer und wichtiger war als sie selbst.

In dem Transporter befand sich ein Gerät, bei dem allein die Linse einhunderttausend Pfund wert war. Das Gerät konnte bis zu dreißig Quadratmeter große Bilder projizieren. Es war ungefähr sechzig Zentimeter hoch und anderthalb Meter breit. Es wurde von einem Dieselgenerator angetrieben, der unaufhörlich dröhnte.

„Mr. Rees, in fünf Minuten sind wir so weit", sagte einer der Techniker im Blaumann. „Terry, mach mal die Tür auf."

Der Laserprojektor war so potent, dass er fünfzehn Minuten zum Aufwärmen brauchte und zwanzig zum Abkühlen. Seine Linse war direkt auf das Tympanon und die Fassade der Kathedrale gerichtet.

Ryan Rees rieb sich die Hände.

„Das wird großartig."

Die Schiebetüren gingen auf, und Rees stieg aus dem Transporter. Er schlenderte hinüber zu den Zeitungsleuten und steckte ihnen ein paar „Palomitas" zu, brasilianische Zigarillos, die er kürzlich aus São Paulo hatte kommen lassen. Ihr süßer, schokoladenartiger Duft verlieh der Szene nicht nur eine gewisse exotische Note, sondern wirkte auch belebend auf die Redakteure, die sich Rees gegenüber mit einem Mal ganz anders verhielten: Sie wurden höflich, ja regelrecht ehrerbietig. Keiner von ihnen traute dem Mann über den Weg, aber sie alle hatten auf widerwillige Weise Respekt vor ihm, wohl wissend, dass es zu gefährlich war, sich mit ihm anzulegen. Er konnte Karrieren nicht nur ankurbeln, sondern auch vernichten. Während die Zeitungsleute pafften, verschwanden sie in dicken Rauchwolken, bis eine leichte Brise die Schwaden über den Platz wehte.

Ein gewaltiger Lichtstrahl aus dem Transporter drang jetzt durch den Rauch und prallte auf die Fassade der Kathedrale. Alle auf dem Platz hielten auf der Stelle inne: Sie hörten auf, den Kinderwagen zu schaukeln, am Lutscher zu lecken oder zu telefonieren, und starrten mit offenem Mund auf die fünfzehn Quadratmeter große Fläche, die die Kathedrale in grelles Licht tauchte. Es war einfach gigantisch. Dort, wo die Fassade nicht ganz eben war, wirkte das Bild verzerrt. Am unteren Rand der Bildfläche erschien ein schwarzer, mannshoher Streifen, auf dem drei verschiedene Botschaften in Endlosschleife über das Bild liefen:

Ist die Liebe ein Märchen oder das Gejammer der Verdammten? +++ Oscar Babel ist da. Zeit, aufzuwachen +++ Die Reise endet an der Kreuzung zur Erleuchtung +++ Ist die Liebe ein Märchen oder das Gejammer der Verdammten? +++ Oscar Babel ist da …

Oscar redete, aber ohne Ton, seine Lippen bewegten sich pausenlos und waren ungefähr so groß wie zwei Kanus. Sein Gesicht war auf die Fassade gebannt, strahlend hell, durch grünlich-blaue Filter verfremdet. Man hatte es mit 16-mm-Film aufgenommen, der dann auf

Beta-Tape übertragen worden war; die Kriechtitel am unteren Bildrand waren in der Postproduktion hinzugefügt worden. Ein riesiges Gesicht, das zu niemandem sprach, sich an niemanden wandte. Die Augen hatten die Größe von Kirchturmuhren, die Nasenlöcher wirkten wie Eingänge zu dampfenden Höhlen. Es war schrecklich und schön zugleich. All jene, denen gerade die Augen aus dem Kopf fielen, würden in dieser Nacht unruhig schlafen und von riesigen Dingen träumen: von gigantischen Tischen und übergroßen Stühlen, von umherhuschenden Riesenspinnen, von monströsen Fratzen, die hinter ihnen her waren. Die Technik hatte Oscar in einen Koloss verwandelt. Eine künstlich erschaffene Kuriosität.

Die Männer im Transporter wussten nicht so recht, was sie von ihrer Schöpfung halten sollten. Sie war eindrucksvoll, ja, das war sie zweifellos; aber irgendwie auch ein bisschen unheimlich. Vielleicht hielt das menschliche Gesicht einer solchen Vergrößerung nicht stand – Gesichter waren nicht dazu gemacht, so hoch und so breit zu sein. Jede Feinheit ging verloren, Oscars rotgeränderte Augen wirkten bedrohlich, seine Lippen wurden zu einer Boa constrictor, die Zähne zu Dolchen aus Elfenbein.

Die redselige und doch stumme Ikone befremdete und beeindruckte die Zeitungsleute gleichermaßen. Sie witterten das ungewöhnliche Potenzial dieser Story. Hin und wieder sagten sie „Boah!" und „Das ist ja riesig!" Rees war fürs Erste zufrieden. Den Gesichtern auf dem Platz nach zu urteilen, hatte er bislang drei Dinge erreicht: Oscars Konterfei hatte sich in das Bewusstsein der Leute gebrannt; das Interesse der Öffentlichkeit war geweckt; und die Aktion würde eine hitzige Debatte auslösen, so viel stand fest. Wie konnten sie bloß? Wie konnten sie es wagen, ein Gotteshaus zu entweihen? Rees hörte die erbosten Kommentare bereits, sah die Schlagzeilen vor sich. Er lachte zufrieden in sich hinein.

Aber die Show war noch nicht vorbei. Aus dem Nichts kam ein freiberuflicher Fotograf angerollt wie eine Bowlingkugel, die auf Kegel zurast, offenbar unbeeindruckt von der schweren Ausrüstung, die er um seinen Stiernacken geschlungen hatte. Er flitzte mit verschwenderischer Energie über den Platz, als hätte er gerade eine Dosis Amphetamine eingeworfen (was zutraf), machte Aufnahmen aus der Nähe und aus der Ferne und aus jedem erdenklichen Winkel, schmiss sich auf das Pflaster und verrenkte sich in alle Richtungen, um sicherzustellen, dass er sein Motiv zu Tode knipste. Als er fertig war, eilte er hinüber zu Rees, um ein paar Worte mit ihm zu wechseln. Während Rees ihm einsilbige Antworten gab und vollkommen ruhig und passiv blieb – sein maskenartiges Gesicht gab wie immer nichts von sich preis –, flatterte und zwitscherte sein Gesprächspartner aufgeregt um ihn herum, berührte seinen Arm, seinen Ellbogen, seine Hand (der Körperkontakt war Rees zuwider), und bombardierte ihn mit nichtssagendem Fachjargon. Endlich ließ die Energie des Fotografen nach, und er huschte zusammen mit seinen zwei Dutzend Kameras und Objektiven davon. Die Fotos würden bearbeitet, an diverse Print- und Onlinemedien geschickt, gedruckt und vervielfältigt werden. (Rees' Redakteur hatte dazu eine knappe Pressemitteilung verfasst: „Das ist Oscar Babel, spiritueller Lehrer und erklärter Feind der Heuchelei, der Mann, der kürzlich für einen Eklat in der Londoner Kunstwelt gesorgt hat. Zu den Bildern gehören Worte. Wenn Sie erfahren wollen, was er sagt, werden Sie schon bald Gelegenheit dazu haben: Im Grosvenor Hotel findet eine innovative Vortragsreihe statt. Für weitere Informationen wenden Sie sich an Ryan Rees Publicity.")

Unterdessen drängelten und schubsten sich die Leute aus den Bussen in der Victoria Street, um zu sehen, was der Menschenauflauf vor der Kathedrale zu bedeuten hatte. Brieftaschen und Geldbeutel verschwanden für immer aus unbeaufsichtigten Taschen. Ellbogen wurden ausgefahren und führten zu Streit. Die Fahrgäste, die lieber im Bus blieben, drängten sich auf dem Oberdeck, um Fotos zu schießen; andere beschwerten sich über den Tumult und forderten ihre Mitfahrer auf, sich hinzusetzen und still zu sein. Kinder rissen sich von der Hand ihrer Eltern los und rannten zur Kathedrale, um Lichtflecken auf der Fassade zu berühren, in der Erwartung, gleich in einen Frosch verwandelt zu werden; dann liefen sie so schnell sie konnten zurück und quietschten vor Vergnügen. Angestellte, die zur U-Bahn hasteten, blieben stehen und fragten sich, wer das auf der Kathedrale war. Sie vermuteten, dass es sich um einen Popstar handelte, und eilten weiter. In diesem Moment tauchte ein Helikopter genau über dem Platz auf, und Hunderte von Flugblättern segelten wie Hoffnungsfetzen für verlorene Seelen vom Himmel, sodass die Pflastersteine binnen Sekunden mit rhetorischen Kostproben bedeckt waren: „Oscar Babel ist da. Zeit, aufzuwachen." Als Zugabe wurde eine Ladung roter Luftballons abgeworfen, die mit Oscars Gesicht bedruckt waren und feierlich zur Erde hinabschwebten, was im Lichtstrahl des Projektors atemberaubend aussah. Manche wurden vom Wind erfasst und Richtung Pimlico davongetragen. (Ein besonders gewandter und zäher Ballon schaffte es bis zu einem italienischen Restaurant in der Rochester Row, wo er ohne Umschweife auf dem Teller eines Gastes landete, der allein an einem Tisch im Freien speiste. Der Gast kehrte dem Teller gerade den Rücken zu, da er das wiegende Hinterteil einer Frau bewunderte, die ihren Hund ausführte. Als er sich wieder seinen *Tagliatelle ai funghi porcini* zuwandte und mechanisch seine Gabel hineinstieß, platzte der Luftballon. Der Mann bekam einen Mordsschreck und fiel mitsamt seinem Stuhl zu Boden. Er versuchte gar nicht erst, sich aus seiner misslichen Lage zu befreien. Seine Beine hatten sich in der Stuhllehne verfangen, sein Kopf ruhte auf dem Asphalt. Schicksalsergeben lag er da und zündete sich eine Zigarette an. Passanten warfen ihm missbilligende Blicke zu.)

Ein paar hundert Meter entfernt stand eine Gestalt mit Sonnenbrille und cremefarbenem Regenmantel in einer dunklen Ecke beim Victoria House – jenem kalten Stahlgebäude gegenüber der Westminster Cathedral – und starrte das Bild auf der Fassade an. Es war Oscar. Von seinem Versteck aus kam ihm das Gesicht dort oben nicht wie sein eigenes vor; es musste das eines Schauspielers sein, der ihm ähnlich sah und seine Mimik perfekt nachahmen konnte. Doch nachdem er das Bild so lange fixiert hatte, dass es sich auf seiner Netzhaut eingebrannt hatte wie helle Flecken nach einem Blick in die Sonne, musste er einsehen, dass es wirklich sein Gesicht war. Eine seltsame Benommenheit befiel ihn und er hatte den Eindruck, dass alles um ihn herum – die Gebäude, Läden, Pendler, Autos, Haltestellen, Busse, Taxis, die Zeitungskioske, die Zeitungsverkäufer, die Zeitungen in den Zeitungskiosken, die Gesichter auf den Zeitungen – verschwamm und unwirklich wurde. Oscar musste in das Nichts des Himmels blicken, um zu verhindern, dass ihm die Wirklichkeit vollends entglitt.

Und nun, da die Leute die Flyer aufhoben und damit davongingen, sich mit ihnen Luft zufächelten, sie zerknüllten und wegschmissen, und die Kinder die Luftballons haben wollten und die restlichen Ballons über den Platz wirbelten, gingen die Flutlichter der Kathedrale an und verschluckten das Gesicht, das dennoch als blasser, geisterhafter Umriss fortbestand.

*

Aus dem *Independent*
10. August 20–
Oscar Babel: Ein stummer Werbegag
von Emily Evans

Oscar Babel, der unlängst die Nominierten für den Duchamp-Preis beleidigt und dadurch Berühmtheit erlangt hat, hat nun auch die Kirche verärgert. Gestern Abend wurde ein Bild von ihm auf die Westminster Cathedral projiziert. Obgleich sich Mr. Babels Lippen bewegten, blieb das, was er sagte, im Dunkeln – ein raffinierter Werbegag.

Cyril Vixen, der sich derzeit im Krankenhaus von den Verletzungen erholt, die er bei der Preisverleihung erlitten hat, nannte Babel einen Scharlatan. Der Erzbischof der Diözese Westminster (der zum fraglichen Zeitpunkt der Premiere eines neuen West-End-Musicals über die Leidensgeschichte Jesu beiwohnte) bezeichnete die Aktion als einen „Akt der Blasphemie und der Barbarei".

Brief an den *Daily Telegraph*
Veröffentlicht am 11. August
Altar Ego

Sehr geehrte Herausgeber,
wie Sie wissen, war meine Kirche, die Westminster Cathedral, vor Kurzem Ziel eines Anschlags, der einer metaphorischen Vergewaltigung gleichkam. Das Gesicht von Oscar Babel wurde fast eine Stunde lang auf die Fassade projiziert. Ich habe wahrlich nichts gegen PR-Gags einzuwenden, aber Institutionen wie die Kirche sind sakro-

sankte Autoritätssymbole. Im Zeitalter der Bilder und des Internets ist es einfach, sich selbst ein Monument zu errichten, aber ich muss Sie ja wohl nicht daran erinnern, dass die infamen Diktatoren des letzten Jahrhunderts allesamt Meister in der Kunst der Selbstüberhöhung waren und sich mit blinden Gefolgsleuten umgaben. Ich möchte Mr. Babel dringend raten, seine narzisstischen Unternehmungen zu zügeln, bevor er für ein groteskes Maß an Sichtbarkeit seine Seele verkauft.
 MICHAEL ENGLAND
 Erzbischof der Diözese Westminster

Brief an den *Daily Telegraph* (unveröffentlicht)
12. August

Sehr geehrte Redaktion,
die Projektion von Oscar Babel auf die Westminster Cathedral war umwerfend schön. Ich habe sie mit eigenen Augen gesehen. Vergleiche mit Diktatoren, wie sie der Erzbischof anstellt, sind nun wirklich an den Haaren herbeigezogen. Babel ärgert einfach gern das Establishment – warum auch nicht? In einer Demokratie ist das gesund. Er bewegt viel mehr als die Leute, von denen man das eigentlich erwarten würde, einschließlich der Nominierten für den Duchamp-Preis.
 Stephanie Duncan

Brief an den *Guardian* (unveröffentlicht)
12. August

Sehr geehrte Damen und Herren,
Oscar Babel erinnert mich an die anonyme Figur in Hieronymus Boschs „Garten der Lüste", in deren Hintern eine Blume steckt. Ersetzen Sie „Blume" einfach durch „Er selbst" – und schon wird deutlich, was ich von diesem Witz von einem Menschen halte.
 Rada Bhat

*

Alles geriet nun aus den Fugen. Die Zeit verging nicht mehr stetig, sondern sprunghaft. In Oscars Leben gab es keinen Anfang, keine Mitte und kein Ende mehr, nur noch einzelne, frenetische Episoden zwischen langen Intervallen der Mühsal, Kontemplation oder Langeweile.

Der Coup mit der Kathedrale und die anschließende Kontroverse hatten Oscar für die Medien noch attraktiver gemacht, was Ryan Rees nicht entging. Da Oscar sehr fotogen war und auf unscharfen Zeitungsfotos ebenso gut zur Geltung kam wie in extremer Vergrößerung auf Kirchenfassaden, hatte Rees beschlossen, Oscars „innovative Vortragsreihe" im Grosvenor Hotel vorab aufzuzeichnen, auch, um ihn vor unbequemen Publikumsfragen zu bewahren. Die Vorträge wollte er „ImagiLektionen" nennen. Er hatte denselben Mann engagiert, der auch schon die Bilder für die Projektion aufgenommen hatte, ein Filmemacher mit einem Studio in King's Cross. Die Filme sollten mit einer 16-mm-Kamera gedreht werden, in Verbindung mit einem Nagra, einem kleinen, tragbaren Tonaufnahmegerät. Rees hatte vor, ausgewählte Journalisten ins Grosvenor einzuladen und ihnen die Filme bei Champagner und diversen Delikatessen vorzuführen. Diese exklusive Veranstaltung wollte er nutzen, um eine neue Vortragsform zu lancieren, eine, bei der der Redner nur auf Zelluloid existierte. Er war regelrecht verliebt in diese Idee, wie in alle seine Ideen.

Und so machte Oscar in den darauffolgenden zwei Wochen nichts anderes, als Blochs Aufnahmen anzuhören, verwertbares Material herauszufiltern und zu redigieren. Die Reden zu schreiben und auswendig zu lernen war harte Arbeit, und es kostete ihn einige Mühe, Blochs Ansichten über Kunst, Einsamkeit, Liebe und menschliche Beziehungen wiederzukäuen. Er fungierte gewissermaßen als Lektor, der das Ganze in eine konsumierbare Form brachte. Besonders exotische Passagen des enormen Manuskripts ließ er aus. Tief im Innern rechtfertigte er seine Maskerade damit, dass Bloch auf diese Weise wenigstens ein Publikum fand, das ihm andernfalls verwehrt geblieben wäre. Aber gleichzeitig wusste Oscar, dass er Bloch keinerlei Anerkennung zollte und seine eigenwilligen Gedanken obendrein verfremdete. Er fühlte sich schuldig und versuchte mehrmals, ihn anzurufen. Aber Bloch ging nicht ans Telefon.

Nachdem die Filme gedreht, in der Postproduktion bearbeitet und mit Ton unterlegt worden waren, wurde Oscars Suite in einen Vorführraum umfunktioniert. Die Vorhänge wurden zugezogen, die Champagnergläser gefüllt, die Häppchen herumgereicht. Der Videoprojektor warf das scharfe, qualitativ hochwertige Bild auf die Leinwand. Der dynamische Filmschnitt sprang von extremen Nah- und Detailaufnahmen von Oscars Gesicht zu verschwommenen, überbelichteten Totalen; mal füllte Oscar das gesamte Bild, dann erschien er wieder schemenhaft vor wechselnden Hintergrundbildern: Backsteinmauern, detonierenden Wasserstoffbomben, tiefroten Sonnenuntergängen, Hochzeiten, nackten Schlammringerinnen und was immer ominös und symbolisch genug war, um seine Worte zu untermalen. Diese Bilder waren so stark verlangsamt worden, dass sie praktisch stillstanden.

In den Filmen – sie waren jeweils acht Minuten lang und behandelten unterschiedliche Themen – erklang Oscars Stimme ohne Unterlass. Er redete und die Journalisten hörten zu. Ihre Gesichter waren verblüfft, belustigt, gelangweilt, gleichgültig; ihre Köpfe waren vom Alkohol benebelt, ihre Mägen mit Gurken-Lachs-Sandwiches gefüllt. Sie wurden in eine andere Welt geführt (so lautete das Versprechen der ImagiLektionen), wie Entdecker, die als Erste eine unbekannte Höhle voller Schätze betraten. Auf Zelluloid war Oscar die Ruhe selbst; plötzlich besaß er eine Ausstrahlung, eine Energie, die ihm im wirklichen Leben fehlte. Die Kamera mochte ihn. Seine Stimme verströmte eine gottgleiche Gelassenheit und Geduld, die Geduld von jemandem, der stundenlang einer Schnecke zuschauen kann und ihre langsamen Bewegungen faszinierend findet; die Geduld von jemandem, der sich über einen Stau, eine Zugverspätung, einen feststeckenden Aufzug freut und den Stillstand als willkommene Gelegenheit betrachtet, den profanen Dingen zu entfliehen und die Gedanken schweifen zu lassen.

Dass Oscars Stimme so überirdisch klang, war einer ausgeklügelten Abmischung im Tonstudio zu verdanken. Diverse Audioeffekte wie Nachhall und Verzögerung oder die Verstärkung von tiefen Frequenzen schufen ein Timbre, das direkt aus den Weiten der tibetischen Bergwelt zu kommen schien. Manche Zuschauer – Männer und Frauen, die ein Leben lang Wert auf harte Fakten und überprüfbare Daten gelegt und die Insignien der Wirklichkeit wie etwas Unanfechtbares vor sich hergetragen hatten – zweifelten mit einem Mal daran, dass alles so war, wie es sein sollte, dass alles rational war und seine Ordnung hatte. Im Gewebe ihres Bewusstseins taten sich winzige Risse auf, die allmählich größer wurden. Andere konnten mit Oscars Äußerungen überhaupt nichts anfangen und machten sich in ihren Artikeln über ihn lustig, denn sie hielten ihn für einen Schwindler. Es gab aber auch solche, bei denen die Filme fast wie eine Psychoanalyse wirkten: Während sie Blochs aufbereiteten Worten lauschten, erschienen ihnen bestimmte Probleme in ihrem Leben plötzlich weniger rätselhaft, weil sie in einen größeren, bedeutsamen Zusammenhang gesetzt wurden.

Und so gingen die Vorführungen mit immer neuen Beiträgen weiter – leise, mythisch, künstlich und stets ohne ihren Autor.

Wenn Oscar nicht gerade mit seinen Reden oder den Dreharbeiten beschäftigt war, ging er im Hyde Park spazieren und setzte sich in die Sonne, wobei er es nie schaffte, lange genug sitzen zu bleiben, um zu bräunen. Hin und wieder erkannte ihn jemand (trotz Sonnenbrille) und sprach ihn an. Er ging in Pubs und trank viel; hörte im Dunkeln Wagner; las Bücher über Tantra (wozu ihn Blochs Ausführungen animiert hatten) und befasste sich mit tantrischer Kunst; besuchte das hoteleigene Türkische Dampfbad und die Russische Sauna, wo heiße Schwaden das Denken und Handeln lähmten; fuhr sich mit den Fingern durch das feuchte Haar und wischte sich den Schweiß von der Stirn; watete vorsichtig in das Tauchbecken, wobei es ihm ausgesprochen unangenehm war, sich vor den dicken Geschäftsmännern zu entblößen, die ebenfalls Abkühlung suchten (in solchen Momenten konnte er kaum glauben, dass er einmal als Aktmodell gearbeitet hatte); genoss den vorübergehenden Selbstverlust, während er den Kopf in das eiskalte Wasser tauchte und die Neuronen in seinem Gehirn feuerten und Funken sprühten, doch dann – wenn die Wirkung nachließ und er sich abtrocknete und mit dem Aufzug nach oben in seine Suite fuhr, oder wenn er spazieren ging und die Enten im Hyde Park fütterte – wirbelten ihm wieder Fragmente, ganze Brocken aus Blochs Aufzeichnungen durch den Kopf, unaufhörliche Echos aus einem anderen Leben, ein anderes Bewusstsein in sein eigenes gespleißt.

Er versuchte ihn anzurufen, aber Bloch ging nicht ans Telefon.

*

Aus der *Times* und dem *Guardian* (Online-Ausgaben)
15. August 20–

Hut ab, Herrschaften: Hier kommt ein Genie!
von QUENTIN VERRICO-SMITH

Frage: Was haben die Londoner U-Bahn, die Duchamp-Preisverleihung, die Westminster Cathedral und eine Videokunst namens „ImagiLektionen" miteinander gemein?

Antwort: OSCAR BABEL. Sein Name zierte die Erste, seine Worte durchkreuzten die Zweite, sein Gesicht schändete die Dritte. Ich bin mir nicht ganz sicher, welche Bestandteile von Mr. Babel die Vierte ausmachen, aber dazu gleich mehr.

Auf Babels Website ist zu lesen, dass er in Oxford Sanskrit studiert hat und jahrelang durch Tibet und Indien gereist ist, wo er sich ganz der Meditation gewidmet hat. Es heißt, er sei die fleischgewordene Weisheit. So gesehen kündigt die Website einen neuen Messias an, der die Menschen befreit, sie erweckt und so weiter und so fort. Im Grunde ist das nichts Neues: Gurdjieff, Krishnamurti, Osho – sie alle haben versucht, die Menschen mit bewusstseinserweiternden Philosophien zu erwecken. Manche auch mit bewusstseinserweiternden Drogen. Es ist noch zu früh, um zu sagen, ob Babel die Londoner Gesellschaft spalten oder umkrempeln wird. Als jemand, der das Privileg hatte, die ImagiLektionen zu sehen, muss ich allerdings zugeben, dass ich Mr. Babel für ein ziemliches Genie halte. Während der Vorführung in einem Hotel in Chelsea, wo Babel derzeit wohnt, hatte ich das Gefühl, einem historischen Ereignis beizuwohnen. Das Bemerkenswerte an diesen ImagiLektionen – kurze Filme ohne Handlung – ist die Form, die Babel wählt, um seine philosophischen

Ideen vorzustellen. Kritiker haben gefragt: Wieso tritt er nicht persönlich auf? Versteckt er sich hinter der Kamera, um unangenehmen Fragen aus dem Weg zu gehen? Die Kritik ist berechtigt, aber ich verstehe die ImagiLektionen nicht als gewöhnliche Vorträge. Zum einen spiegeln sie wunderbar den Zeitgeist wider, indem sie gezielt Bilder nutzen und mit dem Medium Film spielen; zum anderen soll sich der Zuschauer selbst ein Bild machen und aus den ImagiLektionen herausziehen, was er möchte. Aus diesem Grund tritt Babel nicht live auf. Außerdem wird er auf diese Weise nicht von den Launen, Vorurteilen und Vorlieben seines jeweiligen Publikums beeinflusst: Er kann einfach sagen, was er zu sagen hat. Seine Philosophie ist nicht auf Konfrontation aus, was für jemanden, der von der östlichen Kultur geprägt wurde, nicht weiter verwunderlich ist – schließlich haben Friedfertigkeit und Toleranz dort einen höheren Stellenwert als in unserer kriegerischen Wettbewerbsgesellschaft, in der es nur ums Gewinnen geht und die Wahrheit allzu oft auf der Strecke bleibt. Auch visuell haben die ImagiLektionen einiges zu bieten: ein schemenhafter, überbelichteter Babel, die Lippen in extremer Nahaufnahme, ein Paar rhapsodische Augen, ein fluktuierendes Gesicht, das Ganze unterlegt mit einer wohlklingenden Stimme. Alles sehr wirksam und thematisch geordnet dargeboten.

Hier nun eine kleine Kostprobe von Babels Ausführungen: „Die Gesellschaft will, dass Individuen ihre Farbigkeit, ihre Vielseitigkeit aufgeben, sobald sie ins Erwerbsleben eintreten. Was als grenzenlose Möglichkeit begann, verkümmert zum Vorhersehbaren. Als Kinder sind wir frei, unsere Exzentrik und unsere Träume auszuleben, doch mit zunehmendem Alter werden wir in immer engere Bahnen gezwungen. Was wir tun, wird an Kriterien wie Kohärenz, Konformismus und materiellem Erfolg gemessen. Das sind berechtigte Kriterien, aber keine Dogmen. Manche haben das Glück, eine Nische zu finden, die ihnen Freiheit gewährt, eine Freiheit, wie sie andere nur in privaten Momenten genießen können – jenseits der Langeweile in der Fabrik oder in einem antiseptischen Büro. Andere führen ein Doppelleben, tragen tagsüber Masken und legen sie abends ab. Manchmal funktioniert diese Scharade, aber oft ist die Belastung zu groß."

Zugegeben: Diese Gedanken sind nicht wirklich neu, aber darum geht es nicht. Der Punkt ist, dass sie in einem neuartigen Kontext vorgebracht werden und die Menschen zum Zuhören auffordern. Ich bin ein Zyniker par excellence, aber ich vermute, dass Mr. Babels nächster öffentlicher Auftritt ein sehr großes Publikum anziehen wird.

Oscar Babel: Ein Syndrom unserer Zeit
von MARK MAYNARD

Noch vor einer Woche wusste niemand so genau, wer Oscar Babel ist. In der Politik ist eine Woche eine lange Zeit, und in der schrägen, surrealen Welt der Promis sind sieben Tage vielleicht sogar noch länger. Heutzutage kann man Berühmtheit einfach so aus dem Hut zaubern wie ein Magier weiße Kaninchen. Der Fall Oscar Babel wirft ein paar interessante Fragen auf. Wenn ein junger, gutaussehender Mann eine Londoner Bühne betritt – wie Babel bei der Verleihung des Duchamp-Preises – und die Anwesenden runtermacht, gefällt uns das, weil es etwas vom „verlorenen Sohn" hat und an das aufmüpfige Element in uns appelliert. Wie wunderbar ungezogen, denken wir – ich wünschte, *ich* hätte mir das getraut. Aber das Traurige daran ist, dass wir solchen Begebenheiten eine Bedeutung beimessen, die sie nicht verdient haben. Wir kratzen auch noch den letzten Rest zusammen, kauen ihn durch und lutschen ihn aus. Und so wird aus einer Nichtigkeit ein Event, ein Hype. Dasselbe gilt für die Belagerung der Westminster Cathedral. Eigentlich ist Oscar Babel nichts: kein Sänger, kein Schriftsteller, kein Sportler, kein Schauspieler. Er bezeichnet sich selbst als einen Guru – aber worin besteht seine Heilslehre überhaupt, welcher Philosophie hängt er an, wie genau will er die Probleme dieser Welt lösen?

Oscar Babel ist ein gutes Beispiel für ein gesellschaftliches Syndrom, das ich F.A.K.E. nenne: **F**ulminant **a**uftretende **k**ünstliche **E**rregung. Ich nehme an, dass er eine völlige Null ist, eine leere Leinwand, die man nach Belieben bemalen und bekritzeln kann – hier ein paar suggestive Graffiti-Spritzer, dort ein paar spekulative Farbtupfer und kreative Striche. Wir kennen das schon: Von Zeit zu Zeit taucht ein unbedeutendes, aber attraktives Individuum auf, für das sich die Leute aus irgendeinem Grund interessieren, sobald die Medien und ihre Lakaien den Ball ins Rollen gebracht haben. Die Aufmerksamkeit, die dieser Person entgegengebracht wird, steht in keinem Verhältnis zu ihrem Verdienst, denn der erschöpft sich in den üblichen schalen, aber medienwirksamen Provokationen. Ansonsten besitzt die Person einfach nur ein Mindestmaß an Unangepasstheit, gerade genug, um nicht übersehen zu werden. Natürlich trage ich selbst zu dem ganzen Rummel bei, indem ich das hier schreibe – noch ein Koch, der den Brei verdirbt. Was mich zum nächsten Punkt führt: Wir haben es mit einem neuen soziopolitischen Problem zu tun, nämlich damit, dass es geradezu unmöglich geworden ist, etwas zu kommentieren (geschweige denn zu kritisieren), ohne der Sache noch mehr Gewicht zu verleihen. Wenn man also etwas über Oscar Babel sagen will, hält man am besten den Mund.

Noch nie in der Geschichte war der Zugang zu Wissen, Kunst, Ideen so leicht wie im Zeitalter des Cyberraumes. Aber anstatt von den Meistern der Vergangenheit zu lernen – von echten spirituellen Anführern wie Jesus oder dem Buddha –, lassen wir uns von billigen Kopien, von verworrenen, geistlosen Pseudodenkern leiten. Oscar Babel wird bestimmt Erfolg haben, denn er ist einer davon. Seine neuesten Machwerke – die „ImagiLektionen", die so heißen, weil sie ausschließlich in Form von Filmen dargeboten werden – sind genauso albern und uninspiriert, wie sie klingen. (Transkripte dieser Filmchen finden sich im Internet, falls Sie ein Mittel gegen Schlaflosigkeit suchen.)

Sind wir heutzutage empfänglicher für die Heilsversprechen falscher Propheten? Ich glaube schon. Das hat damit zu tun, dass wir der Denkarbeit keinen Wert mehr beimessen. Wir haben vergessen, dass man sich Dinge erarbeiten muss, dass Einsichten Zeit brauchen, um zu gedeihen, wie eine sorgsam gehegte Saat. Um ein echter Denker zu sein, bedarf es harter Arbeit. Aber wir sind nicht bereit, uns anzustrengen. Wir wollen alles und wir wollen es jetzt, mit einem Mausklick. Und letztendlich haben wir weder Lust noch Zeit, das Echte vom Fake zu unterscheiden.

mark.maynard@guardian.co.uk

19

Das Feuer wütete noch immer.

Andere Schaulustige hatten jene ersetzt, die gegangen waren, und verfolgten nun gebannt das Schicksal von Alastair Layors Haus.

Eine Gasleitung kündete von ihrer Zerstörung, indem sie lautstark neue, zornige Flammen gebar. Misstöne von brachialer Gewalt erfüllten die Luft und stiegen gen Himmel, wo sie gnädig im Nichts der schwarzblau-geprellten Nacht verhallten. Die neuen Flammen mischten sich mit den alten, und zusammen machten sie sich über das her, was von dem Haus noch übrig war.

Sie hatte noch immer den Arm um ihn gelegt, ihre Wange berührte leicht die seine, und ihre Nähe war seltsam tröstend. Layor erkannte in ihr die Frau wieder, die er auf der Regent Street vor einem Auto gerettet hatte, und er wusste nicht genau, ob es das war, was ihr Zusammentreffen so ungezwungen machte, oder der Brand (die Frage stellte sich ihm nur auf einer unterschwelligen Ebene).

Keiner von beiden sprach.

Lilliana hatte ihn ebenfalls wiedererkannt. Es erschien ihr zutiefst natürlich, ihn zu umarmen. Als sie ihn kurz zuvor erblickt hatte, konnte sie kaum glauben, dass er es war. Jetzt bot sich ihr die Gelegenheit, ihm zu danken, aber als sie begriff, dass es sein Haus war, das in Flammen stand, sagte sie nichts. Sie wusste, dass es seins war, denn er war der Einzige, dem Schmerz und Verzweiflung ins Gesicht geschrieben standen. Seine Blicke galten dem Haus, die der anderen dem Spektakel.

Während er in die Flammen starrte, nahm er die hektische Betriebsamkeit der Einsatzkräfte, den Lärm der Löscharbeiten, das Kommen und Gehen der Gaffer kaum wahr. Er musste dem Impuls widerstehen, ins Feuer zu springen, nicht, um seinem Leben ein Ende zu setzen, sondern um der furchtbaren Passivität des Zuschauens zu entkommen.

Flammen rasten und sprangen und wirbelten in den Höhlen der geborstenen Fenster, schwarzer Rauch stieg wütend empor. Die gutturalen, gequälten Geräusche der Zerstörung klangen bereits vertraut.

Am liebsten hätte Lilliana ihn weggezogen und an einen anderen Ort gebracht, irgendwohin, Hauptsache, weg von dem Haus. Aber sie wusste, dass er sich nicht losreißen konnte, und so wartete sie dort mit ihm, wartete, während er gekreuzigt wurde. Das Merkwürdige war, dass sie seinen Schmerz so empfand, als wäre es ihr eigener.

Einer der Feuerwehrmänner war jetzt ins Innere des Hauses vorgedrungen, eine schemenhafte Gestalt in Schutzkleidung, kaum zu erkennen inmitten der helldunklen, flackernden Muster. Er zielte mit dem Schlauch direkt auf die Flammen, die dem Wasser vorübergehend wichen, um sich gleich darauf an anderer Stelle noch wütender zu erheben. Im nächsten Moment gab es eine laute Explosion. Das Feuer hatte eine weitere Gasleitung erreicht, und eine gewaltige Stichflamme schoss in die Höhe. Das machte die bisherige Arbeit der Feuerwehr binnen Sekunden zunichte.

In dem Durcheinander fiel es kaum auf, dass jetzt Verstärkung eintraf. Noch mehr Schläuche wurden ausgerollt, noch mehr Leitern bestiegen, noch mehr Wasser und Schaum in das Haus gepumpt. Ein Feuerwehrmann konnte den züngelnden Flammen, die sich nach ihm ausstreckten, gerade noch entkommen, indem er zwei Stufen auf einmal die Leiter hinunterkletterte und dabei fast den Halt verlor.

Blasse Streifen von Violett erschienen jetzt am Himmel, Vorboten einer Dämmerung, die noch auf sich warten ließ. Angesichts des Infernos war ihre Schönheit umso bedrückender, und die Aussicht auf den Tagesanbruch machte Layor nur noch mehr zu einer Geisel des Schmerzes, wusste er doch, dass es aus diesem Alptraum kein Erwachen gab: Das Morgengrauen konnte die Geschichte der verhängnisvollen letzten halben Stunde nicht neu schreiben.

Teile des Hauses, die bislang verschont geblieben waren, wurden nun unter explosivem Krachen und Knallen verwüstet. Es war, als würde das Feuer wieder von vorn anfangen, sich selbst neu erfinden wie eine Mutation außer Rand und Band, ein Krankheitserreger, immun gegen alle Abwehrmechanismen, die der Mensch ihm entgegensetzte. Beißender Brandgeruch hing in der Luft, die Straße hatte sich in einen offenen Ofen verwandelt.

Die Feuerwehrleute huschten wie Schattenwesen durch das Inferno. Auf der einen Seite schoss das Wasser aus dem Schlauch, auf der anderen schlugen Feuer und Rauch empor und krallten sich in der Luft fest. Licht und Dunkel, Wasser und Flammen verschmolzen zu einem unaufhörlichen Pulsschlag.

„Lass uns von hier weggehen", flüsterte Lilliana ihm ins Ohr.

Ihre Worte hatten keine Wirkung.

Donnergrollen ertönte. Es klang wie Artilleriefeuer, wie das Rumoren eines fernen, mythischen Krieges. Layor hob den Blick zum Himmel und sah gespenstische Lichter am Horizont zucken. Der Mond schien, eine Scheibe von reinstem Weiß, an einer Seite leicht eingedellt. Er fragte sich, warum er nicht zersprang oder kosmische Tränen weinte. Wie konnte er bloß so ungerührt dort oben hängen?

Einer der Feuerwehrmänner kam auf Layor zu und brüllte: „Regen würde jetzt helfen, Sir. Beten wir, dass es regnet!"

Layor nickte, ohne die Worte richtig zu begreifen. Er nickte aus purer Gewohnheit, aus einem Impuls heraus, den er sich antrainiert hatte, um sein Umfeld davon zu überzeugen, dass er alles verstand und alles im Griff hatte. Aber er hatte nichts im Griff. Er verstand nichts. Ihm war, als würde er im nächsten Moment selbst Feuer fangen, in Flammen aufgehen, zu Asche werden und davonwirbeln.

Ein gezackter Blitz zog sich wie ein gewaltiger Riss durch den dunklen Himmel und erlosch. Der nachfolgende Donner machte dem Tosen des Feuers vorübergehend Konkurrenz. Ein großer Teil der Hauswand stürzte ein, und der Staub verlor sich in immer neuen Trümmern. Nun, da die Flammen mit diesem Teil des Hauses fertig waren, offenbarte sich das ganze Ausmaß ihres zerstörerischen Werks. Tränen liefen Layor über die Wangen, als er sich zu den Schaulustigen umdrehte, die noch dort ausharrten. Eigentlich waren sie gar nicht so schlimm. Seltsamerweise fand er ihre Gegenwart mit einem Mal tröstend. Dann wandte er sich der Frau an seiner Seite zu. Sein Blick streifte ihre porzellanweiße Haut und das karminrote Haar, und ihre sanften, freundlichen Gesichtszüge gaben ihm Halt. Er griff nach ihrer weichen Hand und versuchte sich die Form und Beschaffenheit ihres Gesichts einzuprägen. Ihr Haar klebte in kleinen Kringeln an der schweißbedeckten Stirn, das Flackern des Feuers spiegelte sich in ihren klaren Augen wider. Das Trauma der Nacht hatte sie erschüttert. Emotionen, von denen die Luft schwer war, hatten sich auf ihr niedergelassen und machten sie außergewöhnlich schön.

Und so kam es, dass aus dem Meer seines Schmerzes ein Rinnsal der Freude hervorging. Sie sah ihn an und merkte, dass er aus einem tiefen Schlaf oder Traum erwacht war. Dann dachte sie an ihren Laden und daran, dass ihre Blumen Wasser und Licht brauchten; und dass der menschliche Körper hauptsächlich aus Wasser bestand; und dass der Mond folglich die Menschen beeinflussen musste, denn der Mond beeinflusste die Gezeiten durch seine Gravitationskraft, und die Menschen waren wie die Gezeiten. Sie waren Ebbe und Flut …

Und während sie in diese Gedanken versunken war, entging ihr das leichte, kaum spürbare Prickeln auf der Haut, und sie nahm auch nicht das sanfte Geräusch des Nieselns wahr, merkte nicht, wie die Leute in ihren Schlafanzügen zum Himmel blickten, sah nicht, wie sie sich zerstreuten, davonhasteten, Schutz suchten.

Ein ohrenbetäubender Knall entlud sich aus dem Nichts, eine metallische Aggression, durchdringend und angsteinjagend. Für den Bruchteil einer Sekunde war die ganze Straße in grelles, kaltes Licht getaucht: Ein Blitz hatte in das Dach eingeschlagen, das sofort Feuer fing. Fast schien es, als hätte der Hausbrand die Natur herausgefordert, als wollte sie ihre überlegene Macht demonstrieren und dieses menschengemachte Inferno verspotten. Doch gerade als die neuen Flammen, die der Blitz entzündet hatte, zu einem wilden Tanz ansetzten, brach ein gewaltiger Wolkenbruch los. Innerhalb von Sekunden bildeten sich warme, strudelnde Bäche, die über den Gehweg in den Rinnstein flossen und das Straßenpflaster überschwemmten. Es war ein derart tropisch anmutender Regen, dass Layor sich nicht gewundert hätte, wenn im nächsten Moment Echsen aus der Kanalisation gekrochen wären, Schimpansen sich von Dach zu Dach geschwungen hätten oder ein bunter, exotischer Vogel auf ihn zugeflogen wäre. Seine Gedanken strömten wie der unablässig fallende Regen, der im Schein der Flammen glitzerte wie eine Million Splitter aus gebrochenem Licht. Plötzlich verlor das Feuer an Schwung und geriet ins Straucheln, ein Riese, der im Begriff war, in die Knie zu gehen. Der Regen verwirrte die Flammen, peitschte sie in die Unterwerfung. Ausgebrannte Teile des Hauses traten hinter Wolken von waberndem Dampf hervor. Die Elemente waren nicht mehr voneinander zu unterscheiden, alles floss ineinander. Layor hörte ein leises Lachen neben sich und drehte überrascht den Kopf zu Lilliana. Sie lächelte, während ihr der Regen übers Gesicht floss. Die Feuerwehrleute hatten von dem Haus abgelassen, ihre Gesichter unter den Helmen waren von Ruß und Schmutz verkrustet.

„Es geht aus!", schrie einer von ihnen. Layor nickte ihm zu und starrte auf die Hälfte seines Hauses, die allmählich zum Vorschein kam, die Hälfte, die noch stand. Die Flammen zischten, loderten ein letztes Mal vergeblich auf und starben. Binnen weniger Augenblicke – vielleicht die Zeit, die es braucht, um eine Pflanze zu gießen oder einen Briefumschlag zu adressieren und zuzukleben oder einen Kuchen in gleich große Stücke zu schneiden – war das Feuer erloschen.

Öliger Rauch wand sich empor und verbarg und enthüllte abwechselnd die entstellten Züge des Hauses. Hölzerne Stümpfe drohten auseinanderzufallen, Kabel baumelten von halb eingestürzten Decken, Planken hingen herunter und fanden nichts, in das sie sich hätten fügen können. Auf der rechten Seite trotzte ein gespenstischer Rest von Häuslichkeit der Zerstörung: ein Fensterrahmen, hinter dem ein Bett und ein Bild zu erkennen waren. Sie wirkten wie Fremdkörper in dieser ausgeweideten Hülle, die an ihrer intakten, besseren Hälfte hing.

Layor, inzwischen völlig durchnässt, das Haar formlos an seinen Kopf geklatscht, konnte den Schaden nicht fassen, ihn nicht begreifen. Seine Erleichterung darüber, dass der Brand gelöscht war, wich sogleich der Ernüchterung. In gewisser Weise war der Anblick, der sich ihm jetzt bot, noch schlimmer als das Feuer: Solange es brannte, hatte er sich an die Hoffnung geklammert, es würde ausgehen. Nun, da es aus war, gab es nichts mehr, woran er sich klammern konnte, und der Ausgang des Dramas stand unwiderruflich fest. Durch den Regen blickte er auf eine Ruine. Die Sonne würde daran nichts ändern.

Die Feuerwehrleute in ihrer leuchtend gelben Schutzkleidung legten eine Pause ein, um Atem zu schöpfen und Kaffee aus Pappbechern zu trinken. Das Blaulicht der Löschfahrzeuge rotierte verschwommen im Regen. Layor sah sich um. Die Zuschauer waren verschwunden. Er suchte nach Lilliana. Sie erschien ihm schon jetzt so wichtig. Schließlich sah er sie, wie sie mit einem Schirm und einer

Decke auf ihn zukam, ihr triefendes Haar ringelte sich um ihr Gesicht. Das nasse Kleid klebte an ihr, die zarten Umrisse ihres Torsos zeichneten sich deutlich darunter ab. Sie legte ihm die Decke um und nahm ganz sanft seine Hand. Noch einmal starrte er ungläubig auf die Überreste seines Hauses, überwältigt von der Fremdheit dieses einst so vertrauten Anblicks.

„Ich glaube, wir sollten jetzt gehen", sagte Lilliana. Sie dankte den Feuerwehrmännern und sagte zu ihnen, sie würde sich um ihn kümmern. Sie nahmen an, dass sie seine Freundin war, und nickten zufrieden.

Sie führte ihn zu ihrem Haus, das nur wenige Minuten entfernt war. Beide duckten sich unter den Regenschirm.

„Ich wohne gleich um die Ecke", sagte sie. „Ich kann immer noch nicht glauben, dass du es bist. Ich habe geschlafen, dann habe ich die Rufe gehört. Erst dachte ich, es wäre ein Traum. Dann habe ich gesehen, dass die Leute alle in dieselbe Richtung liefen. Ich bin ihnen nachgegangen, habe das Feuer gesehen – und dann dich."

Layor sagte nichts. Er sah bleich und mitgenommen aus. Die Leere in seinen Augen beunruhigte sie, doch er schritt entschlossen in die Nacht, als schöpfte er Energie und Zuversicht aus stillen Reserven. Sie wusste, dass Worte in diesem Moment unmöglich waren, daher schwieg sie, aber seine Hand in der ihren fühlte sich gut an. Sie war zufällig auf den Mann gestoßen, der zufällig auf sie gestoßen war, und in dieser zufälligen Begegnung fand auch sie etwas, das ihr Halt gab: das zaghafte Gefühl, jemanden lieben zu können. Gleichzeitig war es ungeheuer befreiend, zu erkennen, dass Liebe nicht berechenbar war. Und selbst wenn Liebe vergänglich war; und selbst wenn es in ihrem Leben nur eine Handvoll solcher Momente geben würde, dann war das eben so. Sie wusste, dass die Süße dieses Augenblicks, die Süße dieser beschirmten Zweisamkeit, ihr bleiben würde, dass sie dadurch ein reicherer Mensch sein würde. Sie dachte an Alex Sopso. Die Schuld, ihn im Stich gelassen zu haben, wog mit einem Mal leichter – vielleicht fiel sie sogar von ihr ab, während sie die Hand des Mannes an ihrer Seite hielt. Und sie wusste, dass ihre Berührung tröstlich war.

Vielleicht war sie ja kein so schlechter Mensch ...

Der Regen hatte nachgelassen, war aber noch stark genug, um auf den Schirm zu prasseln. Unter der kleinen schwarzen Kuppel fühlte er sich geborgen. Es kam ihm vor, als hätte das Wasser die schuppige Oberfläche des Asphalts geglättet, die Kanten der Häuser, die Straßenlaternen weichgeschmolzen. Die platschenden Pfützen, die Feuchtigkeit in seinen Schuhen – alles lief auf etwas Bestimmtes hinaus, obgleich er es nicht benennen konnte.

Hin und wieder warf er Lilliana einen verstohlenen Blick aus den Augenwinkeln zu. Er wagte nicht, sie direkt anzuschauen, aus Angst, es könnte ihr peinlich sein oder der Zauber ihrer erneuten Begegnung könnte verloren gehen. Ihm war, als hätte er den Zeitraum durchschritten, der ihre Vergangenheit enthielt, als näherte er sich immer mehr ihrem Wesen. Er fühlte sich in der Lage, zu sagen: „Ich kenne dich." Aber er wollte es nicht sagen, wollte überhaupt nichts sagen. Noch nie waren ihm Worte so überflüssig vorgekommen wie jetzt. Welche Worte sollte er auch aneinanderreihen, welche Satzgefüge konnte er aus den Ruinen der Nacht zutage fördern?

Es regnete fast nicht mehr. Vereinzelte Tropfen gesellten sich zu den Millionen, die bereits an den Bäumen hingen. Lilliana klappte den Schirm zu. Bäume, die nicht mehr Bäumen glichen, sondern Menschen – stumme Riesen mit gewaltigen Haarschöpfen. Friedlich und schlafend.

Die Straßen waren vollkommen verlassen. Es herrschte jene besondere, überwältigende Stille, die in der Stunde vor Tagesanbruch am tiefsten ist. Die Häuserreihen, der glatten, glänzenden Haut beraubt, die der Regen ihnen verliehen hatte, wirkten grau und unbewohnt, zerknittert wie ganz London.

Als sie an Lillianas Haustür angelangt waren, hielt sie es nicht mehr für notwendig, so entschieden und stark zu sein. Sie hatte den Eindruck, dass es ihm ein bisschen besser ging.

„Komm rein", sagte sie. „Ich mach uns Tee."

Sie gingen hinein, und Alastairs Blick fiel auf ein Gemälde, das im Flur hing. Es war das Altarbild von Frau Angelico, das Alex Sopso ihr geschenkt hatte.

„Das Bild …", murmelte er. Es war das erste Mal, dass er an diesem Abend etwas zu ihr sagte.

„Gefällt es dir?"

„Sehr."

„Du kannst es haben." Zum Teufel mit den Besitztümern, dachte sie. Dann fügte sie hinzu: „Weil du mir auf der Regent Street das Leben gerettet hast. Das Bild hat eine Tradition: Wer es besitzt, muss es an jemanden weitergeben, der ihm oder ihr das Leben gerettet hat."

Er brachte nicht die Energie auf, sie um eine genauere Erläuterung zu bitten, und stammelte ein paar Dankesworte.

Sie hielt es für das Beste, in die Küche zu gehen.

Auf dem Weg dorthin fiel ihm auf, dass das Haus mit Pflanzen und Blumen geschmückt war. Sie erinnerten ihn an die guten Dinge im Leben. Diese Frau an seiner Seite, dachte er, hatte sich mit Schönheit umgeben – und ihn in ihre freundliche Welt eingeladen. Er fühlte sich geehrt. Zum ersten Mal verstand er, was Gastfreundschaft wirklich bedeutete, was echte Großzügigkeit ausmachte. Früher hatte er geglaubt, in ihren Genuss gekommen zu sein, doch es war nur die glamouröse Verpackung des Theaters gewesen, die ihm das vorgegaukelt hatte. Nicht, dass die Theaterleute unfreundlich gewesen wären – sie waren sogar ausgesprochen groß darin, freundlich zu sein, aber genau das war das Problem. Ihr Überschwang, fand Alastair, war oft aufgesetzt und entzog der Luft am Ende den Sauerstoff. In der Gesellschaft von exotischen, anregenden Leuten – Menschen, die sich mit erlesenen Weinen auskannten oder die Ringe des Saturn zu benennen vermochten – konnte man sich zweifellos gut amüsieren, aber sehr clevere Leute (und er zählte sich da dazu) fanden auch Mittel und Wege, um ihre Heuchelei zu entschuldigen und sich der Loyalität zu entziehen, nicht ohne sich hinterher für ihren Verrat zu rechtfertigen, indem sie betonten, wie launenhaft doch das Leben war. Aber das alles war nicht echt, es war nicht richtig …

Lilliana war anders. Sie hatte etwas Beständiges an sich.

Er hatte von der transformativen Macht der Liebe gehört. Hatte er bis jetzt geglaubt, die Liebe zu kennen, und dabei nicht mehr als einen blassen Schatten von ihr gekannt? Konnte es sein, dass dieser blasse Schatten etwas war, das er für Liebe gehalten hatte, womit er sich begnügt und letztlich abgefunden hatte, weil er nichts anderes kannte?

Und jetzt?

Ihm war, als würde man ihn in einen Raum voller Kostbarkeiten führen, in einen weiten, nie endenden Raum.

War dieser Raum nun *Liebe*?

„Du bist ... mein Fund ... richtig?", murmelte er.

Sie lachte ein wenig verlegen und versuchte die Röte zu unterdrücken, die ihr in die Wangen stieg. Sie standen eng beieinander in einer Ecke der großen, aufgeräumten Küche, ohne sich um Stühle oder Bequemlichkeit zu kümmern. Während sie dem Atem des anderen lauschten und der Atem die Zeit gefangen hielt, verweilten sie an der Schwelle zwischen Nichtberühren und Berühren, bis ihre Lippen sich zaghaft suchten, einander näherkamen, zurückhaltend umherstreiften, und dann, nachdem sich ihre Münder umkreist hatten, kam dieser Reigen der unerfüllten Berührung zum Stillstand: Sie küsste ihn sanft auf den Mund, so sanft, dass ihre Lippen ihm wie der spürbare Schatten seiner eigenen vorkamen. Sie blickte zu ihm hoch, um zu sehen, wie er reagierte. Ein zerbrechliches Lächeln hing in der Schwebe.

Sie zog ihm einen Stuhl heran, holte ein Handtuch und trocknete sein Haar. Sie füllte den Kessel, nahm zwei große Tassen aus dem Küchenschrank und stellte sie auf den kleinen Holztisch, auf dem sich nichts befand außer einem Salz- und einem Pfefferstreuer.

„Fühlst du dich ein bisschen besser?"

Er nickte.

„Das warst du, stimmt's?", sagte sie. „Auf der Straße. Ich habe dir nie richtig gedankt. Weißt du noch? Du warst das. Beim letzten Mal."

„Ja, das war ich."

„Du bist gegangen. Ich habe noch versucht, dir zu danken, aber du warst schon weg."

Er lächelte. Es war ein aufrichtiges, tiefes Lächeln, das seinen Augen wieder Leben einhauchte, ein Lächeln, das ihn auf seltsame Weise wärmte.

„Möchtest du baden?", fragte sie. „Vielleicht solltest du ein Bad nehmen. Deine Sachen sind klatschnass. Deine Haare sind voller Ruß. Ich glaube, wir stinken beide nach Rauch. Zwei Vogelscheuchen."

„Wir müssen stinken. Ich wäre enttäuscht, wenn wir es nicht täten."

Lilliana gab ein kurzes, erfreutes Glucksen von sich.

„Du bist auch durchgeweicht", sagte er. „Du solltest zuerst baden. Aber vorher bin ich an der Reihe, dir zu danken. Dafür, dass du so gütig bist. Ich weiß nicht, was ich getan hätte, wenn du nicht gewesen wärst."

„Du brauchst mir nicht zu danken. Ich glaube, wir sind telepathisch, du und ich."

Er kniff die Augen zusammen, presste die Hände gegen seine Schläfen, als würde er ihre Theorie überprüfen.

„Vielleicht hast du recht."

Das Wasser kochte, und sie machte zwei Tassen starken Tee. In seinen rührte sie etwas Zucker, ohne zu fragen, ob er welchen wollte, denn sie dachte, er würde ihm guttun. Sie saßen sich am Tisch gegenüber und nippten schweigend an ihren Tassen. Durch die Vorhänge sickerte der Schimmer der anbrechenden Dämmerung.

„Weißt du, ich fühle mich, als hätte ich heute Nacht drei oder vier Leben gelebt", sagte er mit leiser, monotoner Stimme. „Vielleicht habe ich das. Aber was ich eigentlich sagen will … Vorhin kam es mir so vor, als wäre ich ein Röntgengerät … Als ich vor dem Feuer stand, konnte ich durch mein Haus hindurchsehen … aber auch durch mein Leben und durch die Leute … Ich konnte sehen, wie geisterhaft wir alle sind. Das ist es. Ich habe immer zu sehr in die Tiefe geschaut; ich habe zu tief ins Glas dieser Wirklichkeit geschaut. Die meisten Menschen sind so schlau und blenden sie einfach aus … Aber hier, mit dir, selbst jetzt, nach dem Brand … habe ich plötzlich wieder ein Leben … Ich kann das nicht in Worte fassen … aber du … du gibst mir eine wahnsinnige Hoffnung. Es ist verrückt. Ich kann es nicht erklären, aber es fühlt sich richtig an, bei dir zu sein. Ich brauche dich. Kann ich das sagen, ohne dir Angst zu machen, meine süße Freundin?"

Lilliana hatte aufmerksam zugehört, wie sie es bei einer Beichte getan hätte. Sie waren auf zwei verschiedenen unterirdischen Gleisen unterwegs gewesen, und diese Gleise hatten sich gekreuzt – einmal, und jetzt zum zweiten Mal. In diesem Moment schien alles gut und wahr zu sein, eine Fügung der Dinge, aber sie war schon so oft verletzt worden. Sie wollte nicht mehr verletzt werden. Ihre Hände schlossen sich um die Tasse, und sie genoss die Wärme, die in ihre Finger kroch. Sie musterte seine verhangenen Augen, das schmutzige, ungekämmte Haar, seine weiten Nasenlöcher. Dann streckte sie langsam den Arm aus und berührte seine Hand.

„Ich glaube, wir sind dazu bestimmt, uns in Momenten der Not zu begegnen, mein süßer Freund."

Die Vorhänge leuchteten jetzt, der Himmel wurde hell. Das Licht bahnte sich seinen Weg durch die Baumkronen, fiel durch die Lücken zwischen den Blättern und setzte das Gerücht von Reinheit in die Welt. Bald würde Kentish Town erwachen. Zur selben Zeit kehrten Scharen von Nachtschwärmern in schlaftrunkener Benommenheit aus dem West End zurück, die Glieder schwer vom Bedürfnis nach Ruhe, und blinzelten ins Morgenlicht, bevor sie selig in den Schlummer der Vergessenheit sanken.

„Du kannst hier bei mir bleiben, wenn du möchtest", murmelte sie.

Ohne zu zögern sagte er: „Ich kann nicht allein schlafen. Kann ich in deinem Bett schlafen?"

Ihre Augen weiteten sich überrascht, unausgesprochene Vorbehalte lagen in der Luft. Sie fuhr sich mit den Fingern durch eine Strähne ihres feuchten Haars und nahm einen Schluck Tee. Er rann ihr angenehm die Kehle hinunter.

„In meinem Bett … also … ich weiß nicht …"

„Keine Sorge, ich meine … ohne … also, einfach nur …"

„Du musst es nicht aussprechen. Ich bin doch telepathisch."

Er trank noch einen großen Schluck Tee und bemerkte zum ersten Mal den Zucker darin.

„Stimmt." Einen Moment lang gewannen seine angeschlagenen Nerven die Oberhand, und er redete unzusammenhängend drauflos. „Telepathisch. Ich bin dankbar für deine Gabe. Ich muss den Gebetsteppich ausrollen, ein kleines Dankgebet sprechen. Also – diese Landhausküche … Hast du je darin gekocht? Ist dieser Herd je mit Fettspritzern in Berührung gekommen? Hast du je ungewaschenes Geschirr über Nacht stehen lassen? Ich frage nur, weil … Was ist das Geheimnis?"

„Kein Geheimnis", sagte Lilliana. „Kein Geheimnis."

Die Wiederholung beschwichtigte, bremste ihn. Ihre Stimme, in der Müdigkeit und Verständnis mitschwangen, erschien ihm nun weicher: Sie klang wie ein schläfriger Fluss, der sanft an sein Bewusstsein schwappte. Sie sah ihn aufmerksam an, gefesselt von der Art und Weise, wie er sie ansah, sodass sie sich einen Augenblick lang wie Spiegel gegenübersaßen, und jeder im anderen die eigene stille Neugier erblickte.

„Ich weiß gar nicht, wann ich zuletzt so lange aufgeblieben bin. Es muss ewig her sein. Wenn ich die Vögel singen höre und noch wach bin, habe ich das Gefühl, nicht im Takt mit der Natur zu sein. Als wäre mir der Rhythmus abhandengekommen. Weißt du, was ich meine?"

„Mir ist der Rhythmus *und* das Haus abhandengekommen."

Sie lachte – er wollte sie zum Lachen bringen, da war sie sich sicher, und als sie lachte, rollte er mit den Augen. Sie war froh, dass auf die heikle Frage, wer wo schläft, noch mehr Gesprächskrumen gefolgt waren. Dieser letzte Wortwechsel hatte die Sache bereinigt, die Normalität wiederhergestellt. Das Letzte, was sie jetzt wollte, war eine gespannte Atmosphäre. Sie wollte, dass unbekannte Melodien sie umfingen; sie wollte, dass ihre Hände niemals die besondere Verbundenheit jenes regennassen Spaziergangs verloren; sie wollte Gelassenheit, bevor sie beide in die vertraute Haut des Schlafes schlüpften.

Sie tranken den Tee aus und stellten die Tassen in die Spüle. Dann gingen sie nach oben. Abwechselnd wuschen sie den Schmutz und den Regen von ihren Körpern.

Doch als sie sich auszogen, wussten sie, dass sie sich berühren mussten.

Und als sie sich berührten, wussten sie, dass sie sich verlieben würden.

Und während sie schliefen, träumten sie von der Berührung des anderen.

20

„Hallo?"
„Ich bin's, Oscar."
„Oh. Von wo rufst du an?"
„Aus einer Telefonzelle. Verachtest du mich immer noch?"
„Ich habe nie gesagt, dass ich dich verachte. Aber du bist jetzt ein Produkt. Man hat dich befördert – oder degradiert, je nachdem, wie man das sieht. Du bist eine Marionette. Ich kann die Strippen sehen."
„Vielleicht hat das Puppenspiel ja mit dem Modellstehen begonnen."
„Soll das heißen, dass ich schuld bin?"
„Nein, nein, nein, natürlich nicht. Nein, ich dachte bloß ... Hör zu, mein ganzes Leben war ich niemand, und jetzt habe ich eine Stimme, Macht ... Ich kann etwas geben ..."
„Nein, Oscar, du bist vielleicht ein Tunnel, durch den irgendwelche Visionen hindurchfahren, aber ich habe keine Lust, mit einem Pseudomessias zusammen zu sein. Dazu bin ich nicht heilig genug. Will ich auch gar nicht sein. In welchem Hotel bist du abgestiegen?"
„Im Grosvenor."
„Wie ist das Essen? Hip verpackt? Oder bist das nur du? Wie lange willst du dieses Spielchen noch spielen?"
„Najette, hör zu, für dich würde ich das alles aufgeben. Das letzte Mal, als wir uns gesehen haben ... Ich erinnere mich an jede Einzelheit. Ich weiß noch genau, was du gesagt hast. Du warst so –"
„Oscar, was nützt dir dein gutes Gedächtnis, wenn es nur dazu dient, dich selbst und alle anderen zu belügen?"
„Du hast recht, du hast ja recht, ich weiß. Aber ich habe das alles nicht geplant. Es ist einfach passiert. Irgendwie bin ich in den Bann dieses Mannes geraten. Er hat von meinem Leben Besitz ergriffen, und ich habe das zugelassen. Ich weiß, ich hätte mich dagegen wehren sollen, aber ... Ich meine, was wäre denn die Alternative gewesen? Weiter als Filmvorführer oder Aktmodell arbeiten? Ich hatte gehofft, der Drang zum Malen würde zurückkehren – ist er aber nicht. Jedes

Mal, wenn ich ein leeres Papier oder eine leere Leinwand vor mir hatte, bin ich in Panik geraten. Ich wollte so viel zum Ausdruck bringen, dass ich gar nicht damit anfangen konnte, und ich wollte, dass es perfekt wird, dabei wusste ich, dass es nicht einmal mittelmäßig werden würde. Es musste alles schon *da* sein, weißt du, die Nabelschnur musste bereits sauber durchtrennt sein, und ich war nicht bereit, Arbeit zu investieren – Stunden, Tage, Wochen – und anzufangen und wieder von vorn anzufangen und Skizzen wegzuschmeißen und dann im Papierkorb zu wühlen und zu schauen, was ich weggeworfen hatte. Ich habe nicht deine Hingabe, dein Talent. Aber in der Situation, in der ich jetzt bin, fühle ich mich auch nicht wohl. Ich weiß, dass ich kein gutes Bild abgebe, aber würdest du eine Hotelsuite ablehnen, wenn du ein Leben lang in schäbigen möblierten Zimmern gehaust hast? Würdest du dir die Gelegenheit entgehen lassen, der Welt etwas mitzuteilen? Ich könnte Daniels Sprachrohr sein, ich meine –"

„Wie anmaßend von dir, zu glauben, du hättest der Welt etwas mitzuteilen."

„Du hast recht, aber ich bin gar nicht derjenige, der das alles sagt. Ich kann das nicht erklären ... Stell dir einfach vor, ich wäre zufällig auf einen Schatz gestoßen, den ich jetzt verwalte."

„Was?"

„Vergiss es. Oh Gott, vergiss es. Es ist einfach zu kompliziert. Aber irgendwie ... irgendwie fühle ich mich jetzt frei ... nein, *frei* ist nicht das richtige Wort ... Gleichgültig trifft es besser. Oder unbeteiligt. Es ist, als hätte man mich an einen Schiffsmast gebunden. Das Schiff ist dabei, zu kentern. Ich bin klatschnass, aber solange ich dort oben bin, ist es berauschend. Es ist, als würde ich den Kopf aus dem Fenster eines Schnellzugs halten ... und ich will die Welt anschreien."

„Oscar, ein Prophet sollte demütig sein, nicht verzweifelt. Und er sollte nicht in einem Fünf-Sterne-Hotel leben. Er sollte arm sein, nicht im Luxus schwelgen. Er sollte nicht in eine Kamera schauen, sondern in die Ewigkeit, und zwar mit einem seligen Lächeln auf den Lippen."

„Gott, es tut so gut, mit dir zu reden. Was du sagst, ist so vernünftig. Himmel, und ich habe in letzter Zeit so viel Unsinn gehört. Egal. Ich meine, glaubst du ... Ich habe überlegt ... Du hast recht, natürlich hast du recht, du hast recht. Würde es dir etwas ausmachen … Können wir uns sehen?"

„Hör zu, Oscar, ich weiß, was du willst. Du willst, dass ich dir helfe. Darum geht es, richtig? Aber du verlässt dich zu sehr auf andere. Du musst dich selbst retten. Ich denke, es ist das Beste, wenn du mich nicht mehr anrufst."

Er sagte nichts. Sie sagte nichts. Er umklammerte den Hörer, als bewahrte ihn nur dieses Stück Plastik vor der vollkommenen Verzweiflung.

Der Blick in die Ewigkeit, der ihm nun zuteilwurde, war trostlos.

„Ich muss jetzt Schluss machen", murmelte Najette und legte auf.

Eine Minute später klingelte das Telefon in der Telefonzelle, aber Oscar war schon weg.

Mit gesenktem Blick ging er ziellos durch die Straßen. Er dachte daran, wie sie ihn geküsst hatte.

Ein einziger Kuss.

Dieser Kuss nahm nun etwas beängstigend Heiliges an. Wäre er doch nur auf Zelluloid gebannt worden, könnte er ihn doch nur abspielen und den Rausch noch einmal erleben. Aber so verblasste der Kuss bereits, und er würde weiter verblassen und irgendwann verschwinden. Konnte es sein, dass Gefühle keine sichtbaren Spuren hinterließen? Just in dem Moment, als ein besonderer Teil von Najette angefangen hatte, sich zu entwirren wie ein Band, das im Mondlicht flatterte, war die Stimmung zwischen ihnen gekippt. Er konnte ihr daraus keinen Vorwurf machen – sie war zu intelligent, zu trotzig, um sich damit abzufinden, dass er bereitwillig an einer Illusion mitwirkte, in ein Lügengebäude verstrickt war, das seine Menschlichkeit entstellte, das die Konturen seines Lebens verwischte und alles, was er sagte und tat, auf lächerliche Weise bedeutsam (beziehungsweise bedeutungslos) zu machen drohte. Was sollte er tun? Konnte er das Leben, das man ihm übergestülpt hatte, aufgeben? Mit einem Mal überkam ihn ein einfaches, überwältigendes Bedürfnis, das all diese Fragen in den Hintergrund drängte: Er wollte Najette sehen.

Er hielt also ein Taxi an und nannte ihre Adresse. Der Taxifahrer trug einen prachtvollen, pilzartig wuchernden Bart und preschte wie ein Verrückter über sämtliche Bodenschwellen, als wäre die Straße vollkommen eben. Oscars Magen hob und senkte sich bedrohlich. Er war nicht nur zwischen Hoffnung und Angst gefangen, sondern auch einem Mann ausgeliefert, der offenbar darauf aus war, sie beide zu töten, und mit dem Fuß auf das Gaspedal stampfte wie ein zorniges Kind, das einen Käfer zertrampelt.

Am Ziel angekommen, stieg Oscar mit weichen Knien aus. Er bezahlte den Fahrer, und das Taxi raste weiter, um sich das nächste nichtsahnende Opfer zu suchen.

Oscar ging die Straße auf und ab, unschlüssig, was er tun sollte, nun, da er dort war. Wenige Meter vor dem Haus blieb er stehen. Durch das große Erkerfenster sah er eine Staffelei und zahlreiche Leinwände (vermutlich hatte Najette ihr Atelier inzwischen aufgegeben und arbeitete ausschließlich zu Hause). Ansonsten war das Zimmer leer. Er wurde immer aufgeregter. Es wäre ein Leichtes gewesen, hinüberzugehen, zu klingeln und einen Schwall von Worten über Najette zu ergießen. Aber etwas hielt ihn davon ab. Während er so dastand, betrat sie leichtfüßig den Raum und ging zur Staffelei hinüber. Oscar beobachtete sie. Er konnte ihre Augen sehen, die auf die Leinwand gerichtet waren, konnte der gespannten Biegung ihres Armes folgen, die zu ihrer präzisen Hand mit dem Rotmarderpinsel führte. Abrupt verließ sie den Raum, um kurz darauf mit einer dicken Glaspalette zurückzukommen. Eine Zeit lang wandte sie ihm den Rücken zu, und er vermutete, dass sie Farben mischte. Dann fing sie ohne Umschweife wieder an zu arbeiten. Zwischendurch hielt sie inne und wartete, ließ die Farbe Form und Raum finden, ließ sich von ihr den Weg weisen. Oscar trat noch näher an das Fenster heran – kaum mehr als fünf oder sechs Meter trennten ihn noch von der Glasscheibe. Er ging ein großes Risiko ein: Sollte Najette den Blick von der Leinwand abwenden und hinausschauen, würde sie ihn sehen, aber sie war so in ihre Arbeit vertieft, dass er sich einigermaßen sicher fühlte. Nun, da sie malte, machte ihn allein schon ihr Anblick glücklich. Er verspürte nicht mehr das Bedürfnis, sich bemerkbar zu machen, im Gegenteil: Der Gedanke, sie aus ihrer Arbeit zu reißen, schreckte ihn ab, denn ihre Arbeit war ihr heilig, das sah man ihr an, heiliger als alles, was ihm in seinem Leben je heilig gewesen war. Ihre Versunkenheit, die Inbrunst, mit der sie sich ihrem Werk widmete, ließ keinen Zweifel daran. Man hätte sie in Ketten legen müssen, um sie davon abzuhalten. In ihrer körperlichen Energie steckte Kreativität: Neue Ideen strömten hervor, neue Sichtweisen und Möglichkeiten eröffneten sich. Und so dämpfte ihre Freude seine Traurigkeit. Er sog den Anblick ihrer olivfarbenen Haut in sich auf, sah ihre verblüffend langen Wimpern vor sich, ihr seidiges Haar, das sie von Zeit zu Zeit mit der freien Hand aus der Stirn strich.

Oscar hatte sie in einem Moment erwischt, in dem das Detail eines größeren Werks Gestalt annahm. Sie wollte die Emotion, die ein bestimmtes Objekt hervorrief, auf die Leinwand bringen. Diverse Studien und Skizzen von der zerschmetterten Pflanze hatte sie bereits angefertigt: Der kaputte Tontopf war geschwollen wie ein hochschwangerer Leib. Lillianas schwermütiges Gesicht hatte sie erst mit Bleistift, dann mit Bleistift und Kreide, Bleistift und Gouache und pudriger Kohle skizziert und schließlich mit Ölfarbe zum Leben erweckt. Es war Najettes Version des seltsamen Zusammentreffens von Lilliana und der blonden Frau im Blumenladen Anfang des Sommers. In ihren Augen war es der Beginn von etwas Neuem. Für das Gemälde wollte sie Maimeri verwenden, Acrylfarben mit hoher Pigmentdichte, die strahlten und leuchteten und aus der Leinwand hervorzuspringen schienen. Es sollte ein Dialog zwischen verschiedenen Blautönen werden: Ultramarin, Azur, Kobalt.

Währenddessen versank Oscar in Tagträumen und malte sich Liebesszenen mit Najette aus. Er stellte sich ihre glatte, makellose Haut vor, und wie ihr Körper den seinen umfing. Er stellte sich vor, wie sie am Morgen zusammen aufwachten und ihre lächelnden Augen die seinen begrüßten. Doch die Träumerei fand ein jähes Ende, als er einem heranfahrenden Auto ausweichen musste. In dem Moment traf ihn die Erkenntnis, dass er Najette nicht verdient hatte, dass ihre Kreativität im Gegensatz zu seiner nie versiegt war. Sie tat gut daran, ihn auf Distanz zu halten, dachte er, während er sich langsam von dem Haus entfernte. Und es war richtig gewesen, die Distanz zu wahren und nicht zu klingeln.

Er sprang ab, als der Bus langsamer wurde.

Unterwegs hatten ihn ein paar Leute erkannt. Es schien sie nicht zu interessieren, warum er berühmt war – nur, dass er es war. Seine Berühmtheit genügte, um sie anzuziehen wie ein warmes Feuer in einer kalten Nacht. Sie machten ein kindisches Aufhebens um ihn und baten ihn um Autogramme, die er ihnen bereitwillig gab. Und doch, selbst während er seinen Namen hinkritzelte – die Buchstaben dicht gedrängt und unleserlich, als wollte er möglichst wenig Zeit auf den Vorgang verwenden –, hatte er das Gefühl, etwas vorzutäuschen, ein albernes Spiel zu spielen.

Während der Bus in die Tottenham Court Road einbog und davonfuhr, beschleunigte Oscar den Schritt. Der Abend war kühl, die Luft stechend und klar. Auf der Charing Cross Road tummelten sich die Smartphone-Verehrer. Sie drückten ihre Geräte an sich, streichelten sie mit den Fingern. Sie bewegten sich mit ihren Telefonen, hielten sie auf Armeslänge vor ihr Gesicht, lächelten sie an und drehten sich mit ihnen im Kreis. Die Telefone waren ihre Tanzpartner.

Ausgelassene Gruppen, alleinstehende Männer mit Begleitern auf vier Pfoten und kichernde Pärchen waren unterwegs in die Pubs. Es war ein Freitagabend, und die Freitagabende gehörten dem Alkohol, dem großen Befreier, dem Magier des Selbstvertrauens, dem Sprungbrett in die immer gleiche Abwechslung. Sich das heilende Elixier in großen Mengen einverleiben; spüren, wie die Wahrnehmung zu einem glückseligen Nebel verschwimmt; der Orientierungslosigkeit eines überbeanspruchten Systems erliegen – das waren die einzelnen Stadien, die man an diesem Abend durchlaufen würde, und Bier, Wein, Spirituosen und Cocktails würden für einen reibungslosen Übergang von einem Stadium zum nächsten sorgen. Sie boten ein Netzwerk von Möglichkeiten, dessen Linien in anonymen Fummeleien an unbekannten Orten, in traumlosem Schlaf oder in Erbrechen endeten. (Letzteres würde die grauen Gehwege von West London mit allerlei Farbtupfern beleben.)

Er bog in die Old Compton Street ein und ging sie bis zum Ende entlang, dann weiter, die Brewer Street hinauf, wo die Mädchen in ihren schaurigen Neonkabinen Kunden in die Striplokale lockten. Soho mit seinen Spielautomaten, Sexshops und kosmopolitischen Bars war wie ein chaotisches, überfülltes Dorf, dessen Bewohner nicht Vertrautheit und Nähe einte, sondern die Lust an der Verwahrlosung. Oscar stieg der leicht ranzige Geruch dieses verschachtelten Viertels in die Nase. Hier und da huschten Männer mit runden Bäuchen, schütterem Haar und Brille in gewisse Läden und schlichen mit verstohlenen Blicken wieder heraus. Der Anblick dieser verblassten Gestalten versetzte Oscar einen schmerzlichen Stich: Er sehnte sich nach Najette und ihrer überbordenden, farbenprächtigen Lebensfreude. Der Gedanke daran, dass er sie wirklich verloren hatte (eine Erkenntnis, die ihn ebenso vernichtend traf wie an dem Abend, als Najette ihn in Elephant and Castle angerufen und ihm die Freundschaft gekündigt hatte), weckte nun auch in ihm das heftige Verlangen nach einem Drink. Er entschied sich für eines der vielen maroden Kellerlokale. Als er die Stufen mit den Bierlachen hinunterging, kam ihm ein Mann mit langen, schlohweißen Haaren entgegen, der ganz in Leder gekleidet war. Seine Jacke zierten zahlreiche Buttons, und auf einem stand: DICHTER, MALER, FILMEMACHER – FRAG NACH! Er trug eine Schwimmbrille, die ihm ein unheimliches Aussehen verlieh. Oscar bedachte ihn vorsichtshalber mit einem scheuen Lächeln, aber der Mann warf nur einen finsteren Blick zurück.

Mit den verblichenen braunen Wänden und dem unförmigen orangefarbenen Plastikmobiliar erinnerte die Bar an das Innere eines verlassenen Raumschiffs. Oscar hatte das Gefühl, den Schauplatz einer Kunst-Performance zu betreten. Der Bassgitarrist, der auf einer morschen Bühne stand und dem mageren Publikum mit schmachtender Stimme etwas vorsang, deutete tatsächlich darauf hin, dass man hier unterhalten wurde. Als der Musiker seine Nummer beendet hatte – die langen Zotteln hingen ihm nach einer Verbeugung über die Nase –, sprang der Ansager auf die Bühne und erzählte einen Witz über einen Jäger aus dem Schwarzwald, der von verdrossenen Eheleuten dazu angeheuert wird, gefräßige Wölfe auf unliebsame Gattinnen und Gatten zu hetzen.

Da nicht viel los war, bediente nur einer der beiden korpulenten Barmänner, während sein überdimensionierter Kollege gelangweilt Gläser in die Luft warf und wieder auffing. Wenn eins seiner Kunststücke missglückte, wich er den umherfliegenden Glassplittern mit überraschender Gewandtheit aus. Bei jedem lautstarken Klirren drehten sich ein paar Köpfe nach ihm um.

Oscar bestellte einen doppelten Wodka Tonic, machte kurzen Prozess damit und bestellte noch einen. Er nutzte den müden Applaus für den Witz, um sich an einen der Tische zu setzen.

Der Ansager kündigte die nächste Nummer an: eine nicht mehr ganz taufrische Künstlerin, die sich die „rasende Fatima" nannte. Ihre Unterlippe war mit so vielen Ringen gepierct, dass Oscar sich vorstellen konnte, einen Duschvorhang daran aufzuhängen.

„Dieses Stück heißt ‚Am Arsch – und wieder allein'", verkündete sie und rasselte ihren Monolog herunter, als hätte sie einen epileptischen Anfall.

„In einer Nichtraucherzone fange ich Feuer, ich bin eine Märtyrerin, seht: meine Stigmata. Ich bin ein Spüllappen für Männer, ein Geschirrtuch für Liebhaber. Ich stehe auf einer Bühne, verneige mich, tosender APPLAUS, ich schaue nach rechts und nach links, wie geht's, wie geht's, wie GEHT's? Szenenwechsel. Lebenswechsel. Berühre meine Seele mit deinem Fuß und meinen Arsch mit deinem Herzen. Die Nacht fällt herab wie ein toter Vogel, der Mond tut meinen Augen weh, ich bin MONDBLIND. Im Café sehe ich eine Frau, die sich einen Zuckerwürfel in den Mund steckt. Sie muss sehr einsam sein, sie hat Wimperntusche an den Ohren. Ich bin eine Märtyrerin, seht: meine Stigmata. Der Freund lässt mich auf der gepunkteten Linie der Ausmusterung unterschreiben, sagt, dass meine besten Jahre hinter mir liegen und meine Titten wie Müllbeutel herunterhängen. Meine Augen füllen sich mit Tränen, aber ich lass mir nichts anmerken, Flüche füllen meine Venen, ich möchte Rattengift in sein Sperma geben, aber ich sage nichts, nur ein höfliches Lächeln, weil ich eine Märtyrerin bin, also FÜHLT meine Stigmata."

Die „rasende Fatima" sprang von der Bühne und landete auf dem Ansager.

Oscar zwang sich, zu applaudieren und dachte derweil, wie anders ein Drink in seiner Suite gewesen wäre, in Gesellschaft von Wagner und der frischen Brise, die durch die riesigen, geöffneten Fenster wehte. Er dachte an die „ImagiLektionen" und daran, wie albern sie waren. Während er noch darüber nachdachte, kam der Mann herein, der ihm auf der Treppe begegnet war, der unheimliche Typ mit der Schwimmbrille. Der Barmann schien ihn nur ungern zu bedienen, mixte ihm dann aber doch einen Drink. Während der Mann wartete, schaute er zu Oscar hinüber, und Oscar hatte das Gefühl, dass seine Blicke feindselig waren. Rasch suchte er nach etwas zum Lesen und entdeckte einen Flyer, der für ein Theaterstück namens *Die wilden Triebe des Gärtners* warb. Er tat so, als wäre er in den Text vertieft, um zu verhindern, dass der in Leder gehüllte Fremde an seinen Tisch kam, aber er steuerte bereits mit einem Glas in der Hand auf ihn zu.

Der nächste Künstler betrat die Bühne, ein schmächtiger Barde mit einer Gitarre, deren H-Saite schon nach zwei Akkorden riss. Er kämpfte sich heldenhaft weiter durch sein Stück, bis jemand eine Erdnuss nach ihm warf.

„Stört's dich, wenn ich mich hier hinsetze?", fragte der Fremde mit einer schroffen, rauchigen Stimme. Oscar glaubte einen leichten amerikanischen Akzent herauszuhören.

„Nein."

„Dann stört's mich verdammt noch mal auch nicht, Kumpel."

Er lachte langsam und grimmig. Oscar beschlich ein ungutes Gefühl.

„Gefällt dir die Show?", fragte der Mann, während er einen kleinen Tabakbeutel hervorzog und anfing, sich mit sehnigen, nikotingelben Fingern eine Zigarette zu drehen. Er war nervös, gereizt.

„Geht so."

„Meinst du, du könntest es besser?"

„Nein, das meine ich nicht."

„Was dann?"

Er zündete die dünne Zigarette an und sog den Rauch so tief ein, dass Oscar sich unwillkürlich vorstellte, wie er durch die Lungen des Mannes bis in den Magen und weiter in den Darm vordrang. Nach einer Weile kamen kleine blaue Schwaden aus seinen Nasenlöchern.

„Ich weiß nicht."

„Zigarette?"

„Nein danke."

„Was trinkst du?"

„Wodka."

„Bist du Russe?", fragte der Fremde, und wieder erklang dieses aschige, verächtliche Lachen. „Ich bin übrigens Dichter", fügte er hinzu. „Willst du ein Gedicht hören?"

„Eigentlich nicht."

Der Fremde nahm noch einen langen, gierigen Zug. Dann wurde er mit einem Mal ernst, neigte den Kopf zur Seite und rezitierte auf seltsam tonlose Weise sein Gedicht.

„Wonach suchst du? / Nach einer Circe unter einer Pappel? / Nach einem Raben mit melancholischem Blick? / Willst du einen treuen Freund? / Ein Haus und ein Auto? / Hast du dein Leben versäumt? / Wonach sehnst du dich? / Nach einem gestohlenen Kuss? / Einem friedlichen Ort? / Dem Ende aller Schmerzen? / Ich habe nichts für dich / Außer einer Hand voller Schwielen / Und einem offenen Herzen."

Zu seinem Erstaunen fand Oscar das Gedicht gar nicht so übel, obwohl die letzten beiden Zeilen ein wenig hinkten. Er warf dem Dichter einen kurzen Blick zu und sagte: „Das war toll."

„Toll? Die englische Sprache hat Unmengen von Adjektiven zu bieten, und das einzige, das dir einfällt, ist *toll*?"

„Okay, es war schlicht, aber eindringlich formuliert. Und ergreifend."

„Schon besser. Aber immer noch nicht gut genug, Kumpel."

„Bitte nennen Sie mich nicht ‚Kumpel'."

„Irgendein Problem damit?"

„Ich bin nicht Ihr Kumpel."

Der Dichter zog wieder an seiner Zigarette und ließ dabei einen eisigen, mühsam unterdrückten Zorn erkennen.

„Und überhaupt", fuhr Oscar fort, „habe ich Sie nicht aufgefordert, sich zu mir zu setzen, und ich bin nicht dazu verpflichtet, Ihre Gedichte zu analysieren."

„Aber du kannst bestimmt mehr dazu sagen als ‚toll'."

„Nein, kann ich nicht. Ich muss jetzt gehen, tut mir leid, aber es war überhaupt nicht *toll*, mit Ihnen zu reden."

„Mann, warum regst du dich so auf? Bleib locker, ich will doch bloß ein bisschen quatschen. Komm schon, ich gebe einen aus."

Oscar sah ihn argwöhnisch an; dann sank er langsam auf seinen eiförmigen Plastikstuhl zurück.

„Ich bin Vernon. Vernon Lexicon. Dichter, Maler, Filmemacher."
„Frag nach."
„Was?"
„Sie haben das ‚Frag nach' vergessen. Es steht auf dem Button."
„Ach ja, ‚Frag nach'. Stimmt."
„Ich bin –"
„Ich weiß, wer du bist. Und ich hab dich auf dem Kieker. Nur, dass du's weißt."
„Sie haben mich auf dem Kieker?"
„Ich hab 'ne Weile gebraucht, aber dann ist es mir eingefallen: Du bist der Typ, über den die Zeitungen den ganzen Scheiß schreiben. Sag mal, Mr. Oscar Babel, wie zur Hölle kannst du nachts ruhig schlafen? Kotzt es dich nicht an, dass die Leute sich das Maul über dich zerreißen? Spürst du nicht jedes Mal, wenn ein Bild von dir auftaucht, wie deine Seele verrottet? Oder wenn deine Visage auf einer Kirchenwand erscheint?"

Oscar ärgerte sich über Lexicons Angriff, aber er spürte instinktiv, wie er ihn kränken konnte.

„Es wäre Ihnen wohl lieber, wenn *Sie* auf irgendwelchen Fassaden erscheinen würden. Sie wären gern derjenige, der predigt, hab ich recht, Mr. Lexicon?"

„Dreh den Spieß jetzt nicht um. Gedankenlesen ist nicht dein Ding. Du bist kein Guru. Du bist ein Abfallprodukt der Marketing-Industrie."

„Sie sind ja bloß neidisch. Neid ist etwas Schreckliches, Mr. Lexicon. Er frisst einen innerlich auf."

„Steck dir deine Küchenweisheiten sonst wo hin, Babel. Wie wär's mit einem kleinen Härtetest? Wenn du Sanskrit studiert hast und durch Indien und Tibet gereist bist, kennst du dich mit Buddhismus aus. Und wer sich mit Buddhismus auskennt, weiß, was die ‚Vier edlen Wahrheiten' sind. Also, Mr. Guru, Mr. Selbsternannter Guru, hilf mir auf die Sprünge: Wie lauten diese Wahrheiten doch gleich?"

Oscar sagte nichts.

„Na los, raus damit, Schwuchtel."

Lexicon war jetzt hochaggressiv. Er riss sich die Schwimmbrille vom Gesicht, und darunter kamen die Augen eines Junkies zum Vorschein. Er versetzte Oscar einen Stoß und dann noch einen. Einer der Barmänner merkte, was vor sich ging, und griff ein.

„Hey, Vernon, ganz ruhig. Nicht schon wieder, hörst du?"

„Halt's Maul. Ich rede mit meinem Kumpel. Warte gefälligst, bis du an der Reihe bist."

„So läuft das nicht, Vernon, ich hab's dir schon mal gesagt – wenn du die Gäste belästigst, fliegst du raus."

„Verpiss dich."

Der Barmann mit seinen nackten, muskelbepackten, tätowierten Armen hielt Lexicons Blick mühelos stand. Ganz ruhig sagte er: „Okay, Vernon, jetzt hast du mich beleidigt – also, zieh Leine."

„Ich hab dich vorher auch schon beleidigt. Nimm das gefälligst zur Kenntnis, du …" Er ließ den Satz eine Weile in der Schwebe und vollendete ihn dann mit einer seiner Wortschöpfungen: „… fette Fleischfresse."

Der andere Barmann hatte das mitbekommen und eilte in kollegialer Solidarität herbei. Die Anwesenden – etwa ein Dutzend Gewohnheitstrinker – ließen das Bühnenprogramm links liegen und wandten sich der Auseinandersetzung zu. Der erste Barmann versetzte Lexicon einen gewaltigen Fausthieb in den Magen, der ihn sofort umhaute. Oscar war entsetzt über die Brutalität des Barmanns. Jemand im Publikum fragte: „Gehört das zur Show?"

„Das geht jetzt aber zu weit … Bitte, hören Sie auf", flehte Oscar.

Zu seiner Überraschung raunzte der Barmann ihn an: „Überlassen Sie das mir, Sir."

Lexicon wand sich wie ein gequälter Fötus.

„Bitte", sagte Oscar, „schlagen Sie ihn nicht mehr. Er hat es nicht so gemeint –"

„Das ist jetzt meine Sache. Er hat mich beleidigt. Ich muss ihm einen Denkzettel verpassen. Sie verstehen das nicht: Der Typ ist eine Krankheit, er verpestet die Luft. Jedes Mal, wenn er hier aufkreuzt, gibt es Ärger. Wenn irgendein Pärchen da ist und sich amüsiert, quatscht er es an, und nach ein paar Minuten gehen sich die beiden gegenseitig an die Gurgel. Er schafft es, die Leute gegeneinander aufzuwiegeln. Legt sich mit allen an, einfach so. Der ist wie ein Krebsgeschwür." Der Barmann entspannte sich ein wenig. Sein Gesicht nahm fast einen freundlichen Ausdruck an, während sich Lexicon weiter auf dem Boden krümmte. „Ich hab hier im Lauf der Jahre 'ne Menge Leute getroffen", fuhr er mit anekdotenhaftem Ton fort. „Als Barmann kommt einem so ziemlich alles unter, der ganze Abschaum. Nutzloses Pack, 'n Haufen Schwachköpfe und Wichser, Säufer und abgewrackte Dichter, Pussy-Grabscher und kleine Gauner – alle waren sie hier, und ich hab sie alle bedient und mich irgendwann geweigert, sie zu bedienen, aber dieser Typ ist der Schlimmste von allen. Er ist der Bodensatz im Fass, der durch das verdammte Holz sickert. Genug ist genug. Jemand muss ihm eine Lektion erteilen."

Die pädagogischen Impulse des Barmanns nahmen die Form von Fußtritten an. Lexicon schrie vor Schmerz auf – ein brennender Schmerz, der das Blut gerinnen ließ. Oscar, verzweifelt bemüht, dem Peiniger Einhalt zu gebieten, rief etwas von wegen, wie einflussreich und wichtig er sei, und dass er den Laden in Schwierigkeiten bringen könnte, wenn er wollte. Der Barmann nahm das zur Kenntnis und ließ von Lexicon ab. Der Dichter gab sich geschlagen, seine Worte mischten sich mit Speicheltropfen, die durch die Luft flogen.

„Okay – ihr – Barbaren – ihr – verfluchten Banausen – ich bin erledigt", spuckte er. „Der mächtige Cäsar ist gefallen – ihr – ihr habt – den einzigen guten Mann in diesem Raum ausgeknockt. Dabei hab ich – mehr Kreativität im kleinen Finger, als … ah … scheiß drauf …" Er schwieg eine Weile, um Energie zu sammeln. Dann rappelte er sich hoch und versuchte törichterweise, Oscar einen Hieb zu versetzen. Oscar wich ihm mühelos aus, und Lexicon schlug wild um sich, stieß frustrierte Schreie aus, während die beiden Barmänner ihn festhielten. Schließlich packten sie ihn rechts und links unter den Armen und schleppten seinen Körper wie ein Brett Richtung Ausgang, seine Beine weigerten sich, zu gehen, seine Stiefel schleiften quietschend über den dreckigen Boden. Als sie ihn vor die Tür warfen, schrie er mit schrecklicher Stimme, einer Stimme, die fast nichts Menschliches an sich hatte: „ICH WAR AN DER REIHE, BABEL! NICHT DU! ICH WAR AN DER REIHE! DU BIST ERLEDIGT, BABEL! DU BIST ERLEDIGT!!" Sein letztes Wort stand sekundenlang im Raum und schien von den Wänden widerzuhallen.

Ein paar Minuten lang herrschte betretenes Schweigen, dann war die (wie auch immer geartete) Stimmung in der Bar wiederhergestellt und das Bühnenprogramm ging weiter. Oscar war verstört. Er bestellte noch einen Drink – einen doppelten Whisky – und nahm die Zigarette, die der friedlichere der beiden Barmänner ihm anbot. Während er sie paffte, starrte er mit ausdruckslosem, unergründlichem Gesicht vor sich hin. Ein paar Leute musterten ihn neugierig, fanden aber nichts, was sie dazu ermutigt hätte, ihn anzusprechen, daher wandten sie sich wieder der Bühne zu.

Oscar trank aus und ging. Er lief schnell, die Hände tief in den Manteltaschen vergraben, den Blick gesenkt, aus Furcht, es könnte ihn noch jemand erkennen. Mit eingezogenem Kopf, als versuchte er, sich klein zu machen, sich wie ein Igel zusammenzurollen, ging er durch die nächtlichen Straßen. Er wollte laufen, laufen, bis ihm die Füße wehtaten, bis seine Anspannung und Verwirrung der Erschöpfung wichen und er Ruhe fand.

Nach fast zwei Stunden kam er zum Sloane Square und setzte sich hin – eine einsame Gestalt mitten auf dem Platz. Hin und wieder hielt ein Bus, ansonsten war nicht viel los. Er blickte hinauf in den balsamischen Himmel. Es tat gut, in diese Leere einzutauchen und die Gedanken abzuschütteln, die ihn verfolgten. Doch der Mond war müde wie eine abgetakelte Schauspielerin, die jede Nacht die gleiche Vorstellung gibt.

Schließlich machte er sich auf den Weg zurück zum Hotel. Er ging jetzt ruhiger und gleichmäßiger und nahm die Personen wahr, die ihm entgegenkamen. Manche hatten sich fröhlich untergehakt und waren in einen animalischen Zustand der Einfachheit verfallen; kleine Wellen des Lebens, die durch sein Blickfeld schwappten. Andere waren von nächtlicher Unruhe erfüllt und schienen es kaum erwarten zu können, in den Schlaf zurückzukehren, aus dem sie nie wirklich erwacht waren.

Als er die glitzernde Hotellobby betrat, war sein Kopf wie leergefegt. Er fuhr in den zehnten Stock hinauf, schloss die Zimmertür auf, kroch ins Bett und schlief sofort ein.

21

Adresse: http://oscarbabel.com
19. August 20–

| HOME | ARTIKEL | BILDER | ÜBER MICH |

Willkommen auf der Homepage von Oscar Babel!

**»Irgendwo in der Ewigkeit
befördern Busse frei flottierende Seelen
durch die Zeitalter und
setzen sie ab wie Goldbarren.«**

Oscars Tweet der Woche
»Es macht für mich keinen Unterschied, ob ich Politiker beobachte oder die Bewegungen der Ameisen im Sand.«

Oscar Babel hat aktuell 576.987 Follower auf **Twitter**.

Meinungen > Homepage > Die ImagiLektionen zum Nachlesen > Öffentliche Auftritte > Neueste Artikel > Fotos

MEINUNGEN

Nach allem, was ich gehört, gelesen und gesehen habe, ist Oscar Babel ein gutes Vorbild für junge Leute. Er raucht nicht, trinkt nicht, hält sich körperlich fit und hat eine äußerst optimistische Vorstellung von der Liebe. Er könnte eine interessante Alternative zu Popstars und Politikern sein, denn im Gegensatz zu ihnen redet er so, dass man ihn versteht. Außerdem ist er kein Heuchler.
Mark Armistice,
New Mills, Derbyshire

Oscar Babel ist ein moralischer Feigling. Er tritt nicht persönlich auf, sondern verkündet seine Ansichten in Filmen. Er ist genau das, was unser Zeitalter verdient: banal, mittelmäßig – eine Nullität.
Anonymus

Ich bewundere Oscar Babel für seine schlichte, aufrichtige Lebenseinstellung. Er ist kein bisschen affig. Allerdings finde ich es schade, dass er sich noch nicht zum Tierwohl geäußert hat.
Nicola Snodgrass,
Hampshire

Wenn ich ein Kätzchen hätte, würde ich es Oscar nennen.
Hattie Turnbull, sieben Jahre alt, London

E-Mail: ryanrees@oscarbabel.com

Neueste Artikel
1–10 von 227/Nächste Seite

Was glaubt Oscar Babel eigentlich, wer er ist?
Jeremy P. Zouffler, *Neues Forum*
„Dieser Tage, als ich mich gerade genüsslich über eine Gänseleberpastete hermachte …"

Kunst – ein blutiger Supermarkt?
Mark Anderson, *Art Attack*
„Oscar Babel hat die Kunstwelt mit einem Supermarkt verglichen, von dem das Blut tropft …"

Eine neue Art von Berühmtheit
The New Statesman
„Der allgegenwärtige, hinterlistige Ryan Rees, der seine Finger überall im Spiel hat …"

Nimmt Oscar Babel Halluzinogene?
Big Papa Scream und Wolf „Bunsen" Brenner
„Als echter Guru muss man mit Ahornbäumen sprechen …"

Hut ab, Herrschaften: Hier kommt ein Genie!
Quentin Verrico-Smith, *The Times*
„Frage: Was haben die Londoner U-Bahn, die Duchamp-Preisverleihung und die Westminster Cathedral …"

Ist Babel noch ganz bei Kasse?
Financial Times
„Der Autohersteller Kazooi-Template ist für seine ungewöhnlichen Werbeaktionen bekannt …"

Der große Messias-Prätendent
Stronz O. Rebellato, *The Observer*
„Dieser Tage, als ich gerade einen Smoking aus der Reinigung holte …"

Die gesellschaftliche Bedeutung von Oscar Babel
Lucretia Juniper Peretz, *Beiträge zur Medienphilosophie* (BzMph)
„De Quincey sah in der Büste von Ramses II. die Verkörperung eines Opiumtraums …"

Babel – trinkt er lieber Rotwein oder Weißwein?
www.hallo!weirdguru.com
„Es heißt, er könne levitieren, aber nicht nach schweren Mahlzeiten …"

Die letzte unrühmliche Bauchlandung steht uns bevor
Leo Khak Marenbonn, *M Magazine*
„In diesem Beitrag werde ich drei Wörter besonders häufig verwenden …"

Beiträge zur Medienphilosophie
www.bzmph.com/lit
Seite 2 von 2

Was also sehen wir, wenn wir Oscar Babel anschauen? Ist es letztendlich nicht *tout le monde*, wie die Franzosen sagen? In der erschöpften Welt, in der wir leben; in dieser Motoneuronen-Raserei, diesem Dauerbeschuss mit Bildern; in Anbetracht dieses schleimigen, konsumübersättigten Kraken, der uns alle verschlingt, ist Babel da vielleicht etwas, an dem wir uns festhalten können? Ein Stück Treibholz im Meer der Entfremdung, das unsere Vorfahren uns hinterlassen haben? (Gott und die Kunst und die Liebe sind tot – lang lebe das Internet und die Essiggurke?) Ein Unschuldiger wird zum Führer, ein Matinee-Idol zum Seher und Heilsbringer. In ihm laufen das Meditative und das Öffentliche, Andacht und Beichte zusammen. Natürlich ist Mr. Babel ein gerissener, cleverer Geschäftsmann, kein Naivling. Seine unergründliche, esoterische, abstruse Strahlkraft ist nur die Kehrseite seiner Straßenschläue. Und natürlich gibt es da draußen auch echte Intellektuelle, aber stehen sie im Mittelpunkt lebhafter, wichtiger Debatten, oder schreiben sie lediglich ein paar dicke Wälzer, die dann zusammen mit anderen Regalleichen in den Bibliotheken vor sich hin gilben? Wie der von maßloser Hybris getriebene „Overreacher" in den Dramen von Christopher Marlowe erdreistet sich Babel, nach den Sternen zu greifen und die Menschen in seiner Abgehobenheit zu belehren. Die verschwurbelten Worte der „ImagiLektionen", ein Tendenzstück, verpackt in der Frischhaltefolie moderner Videokunst – bravo, Oscar! Ein guter Trick, deine Perlen der Weisheit mittels geschickter Effekthascherei unter die Leute zu bringen. Das war schon beim Duchamp-Preis dein Erfolgsrezept: Ein aufmüpfiger, hübsch anzusehender Niemand nutzt die Aufmerksamkeit der Medien, um der Welt etwas Tiefgründiges mitzuteilen. Du bist ein Heckenschütze, der aus sicherer Entfernung schießt; du versteckst dich dort oben auf dem Hügel, weil du weißt, dass du auf offenem Feld keine Chance hast. Sehen wir nicht Sisyphus, der eine verlorene Schlacht schlägt? (Und hat dieser glorreiche Versuch nicht etwas ungemein Heldenhaftes an sich?) Oder sehen wir Orpheus in der Unterwelt? Wobei diese Unterwelt eher eine „Oberwelt" ist – unsere Welt, die so rücksichtslos, perfide und verdorben ist, dass man sie bestimmt bald verfilmen wird. Oscar Babel weiß, wie man Menschen ködert. Das marmorne, massengefertigte Neusprech, das uns umgibt, weckt Bedürfnisse innerhalb der Grenzen des Sagbaren. Wir sehnen uns nach dem einfachen, urigen Trällern des Bauern, dem authentischen Klang des Mystischen, dem Kind als Vater des Mannes – und nach Babel, der in seiner selbstreflexiv-bildmächtigen Zelluloid-Zelle sitzt und uns dazu auffordert, verdammt noch mal aus unserer eigenen Zelle auszubrechen.

Über die Autorin: Lucretia Juniper Peretz lebt in London. Sie hat an der University of Wisconsin promoviert und besitzt zwei Doktortitel: einen in Medienwissenschaften und einen in Viktorianischer Frauenunterwäsche. Sie ist die Autorin von *Können wir in der modernen Welt beides haben: Ritter und Drachen?* (Horton University Press). Sie mag keine Sardellen.

Meinungen > Homepage > Die ImagiLektionen zum Nachlesen > Öffentliche Auftritte > **Neueste Artikel** > Fotos

**Facebook   Gadoo   Twitter   Godblog   Bogoff   Blotdrop
Vagsprech   Fluffy**

22

Acht Tage später, am 27. August, wurde Bloch ins Krankenhaus eingeliefert.

Webster, der in seinem Lieferwagen wohnte, seit er bei Bloch ausgezogen war, hatte beschlossen, nach ihm zu schauen, weil er nie ans Telefon ging.
Auf sein Klingeln kam keine Reaktion, aber einer der Nachbarn ließ ihn schließlich ins Haus. Er stieg die Treppe hinauf und hämmerte an Blochs Wohnungstür.
Nichts.
Er klopfte erneut und wollte schon aufgeben, aber ein unbestimmtes Gefühl hielt ihn davon ab. Dann hörte er Laute aus der Wohnung kommen, die wie ein Gurgeln klangen. Er eilte nach unten, fand den Hausmeister und erklärte ihm die Lage. Zum Glück hatte der Mann einen Ersatzschlüssel. Sie gingen hinauf, der Hausmeister öffnete die Tür, und sie traten ein.
Drinnen roch es, als wäre jemand gestorben.
Die Wohnung sah aus, als hätten Einbrecher kurz zuvor sämtliche Schubladen und Schränke durchwühlt und ihren Inhalt auf den Boden geleert. Webster und der Hausmeister sahen in der Küche, im Arbeitszimmer, im Schlafzimmer nach – keine Spur von Bloch. Schließlich entdeckten sie ihn in der leeren Badewanne. Ein ekelhaft schmutziger Schlafanzug klebte wie eine zweite Haut an seinem Leib. Er war abgemagert, apathisch: der Schatten von einem Menschen. Seit Webster ihn zuletzt gesehen hatte, musste er fünfzehn Kilo verloren haben. Den Bartstoppeln nach zu urteilen hatte er sich schon lange nicht mehr rasiert. Seine Augen lagen tief in den Höhlen, der Blick war erloschen. Fahle, pergamentene Haut spannte sich über hervorstehende Wangenknochen. Aus seinem Mund kam nur ein schwaches Fiepsen. Als sie ihm das Pyjamaoberteil auszogen und ein frisches überstreiften, konnte Webster die scharfen Konturen seiner Rippen sehen. Er wirkte wie ein zerbrechlicher, leicht zu erbeutender Vogel.

Webster ging ein Glas Wasser holen. Die Küche hatte unter seiner Abwesenheit gelitten und war völlig verwahrlost. Auf dem Boden lagen zerbröselte Korken, Brotkrümel und Taschentuchfetzen. Der Geschirrturm in der Spüle wurde von festgebackenen, verschimmelten Essensresten zusammengehalten. An der Wand klebten Spaghetti, die einen undefinierbaren Farbton angenommen hatten. Die Waschmaschine war mit zerknülltem und zerrissenem Papier vollgestopft. Die Tapete löste sich auf, der Bodenbelag löste sich auf, Bloch löste sich auf.

Aus der Badewanne fiepste es jämmerlich: „Ich habe ... gefastet, um körperlos zu sein ... kein Körper, kein Geist ... keine dröge Welt mehr ... will ... zeitlose Wirklichkeit ..."

Webster zwang ihn, ein Stück Brot zu essen, woraufhin Bloch sich prompt über die Badfliesen erbrach. Dann trank er einen Schluck Wasser und schaffte es, ihn bei sich zu behalten.

In der vergangenen Woche hatte er nichts außer einer Tasse Vollkornreis gegessen. Die zerwühlten Bettlaken waren mit Reiskörnern übersät. Als sie auf der Suche nach sauberer Wäsche die Schubladen von Blochs Kommode öffneten, entdeckten sie auch dort braunen Reis.

Er dachte, er würde der Welt entsagen, aber er entsagte sich selbst.

„Wir müssen Sie ins Krankenhaus bringen", sagte Webster. „Können Sie gehen?"

„Nein – keine Ärzte ... Mir geht's ... gut. Muss mich nur ... hinlegen."

„Aber Sie liegen doch schon."

„Nein ... ins Bett."

Mit übermenschlicher Anstrengung schaffte er es aus der Badewanne, ließ sich von Webster und dem Hausmeister ins Schlafzimmer führen und brach auf dem Bett zusammen.

„Bloch, Sie können nicht hierbleiben. Himmel noch mal, Sie sind krank, sehr krank! Ich bringe Sie ins Charing Cross Hospital. Das ist nicht weit."

„Nein, nein ... keine Befehle mehr, Sie verstehen das nicht ... endlich frei ... kein Maya mehr für mich."

„Kein *was* mehr?"

„Maya. Trug und Schein. Illusionen. Ich kann jetzt … schweben."
„Ich weiß nicht, was Sie da reden, aber Sie kommen jetzt mit."
Zum ersten Mal in seinem Leben war Webster gebieterisch, entschlossen. Er wies den Hausmeister an, Bloch bei den Füßen zu nehmen, packte ihn unter den Armen, und gemeinsam trugen sie ihn aus dem Zimmer. Bloch war zu schwach, um Widerstand zu leisten, aber unterwegs krächzte er: „Hey! Ich bin doch kein … Teppich, wo … wo bringt ihr mich hin? Halt. Ich habe immer noch einen Körp… Wartet, die Schlüssel, holt meine Schlüssel … Schlafzimmer … auf dem Tisch. Und das … das Aufnahmeding und die … Kassetten."
Sie setzten ihn auf dem Sofa ab. Webster eilte zurück ins Schlafzimmer, fand die Sachen, stopfte sie sich in die Jackentaschen und lief dann wieder zu Bloch.

Da er so leicht war, trugen sie ihn mühelos die drei Stockwerke hinunter. Sie legten ihn auf die Matratze in Websters Lieferwagen, gleich neben die Kartons mit japanischem Arita-Porzellan. Webster dankte dem Hausmeister, warf den Motor an und fuhr los. Er holte alles aus dem Lieferwagen heraus und preschte mit fünfundfünfzig Stundenkilometern Richtung Krankenhaus.

Am Eingang brachte er einen Pförtner dazu, ihm einen Rollstuhl zu besorgen – ein recht altertümliches Modell mit drei kleinen Rädern, die sich wie wild um die eigene Achse drehten –, und setzte Bloch hinein. Er rollte ihn zur Notaufnahme, wobei er Schlangenlinien fuhr, denn der Stuhl war nicht gewillt, sein Eigenleben aufzugeben und Webster die Kontrolle über sein Schicksal zu überlassen. Schließlich gelangten sie in einen grell erleuchteten Wartebereich voller ängstlich dreinblickender Menschen. Während Webster der Frau an der Anmeldung Blochs Zustand schilderte, wurde ein Patient hereingeschoben, von dem nur eine Sauerstoffmaske zu sehen war. Ein Arzt mit erschöpftem Gesicht und Stethoskop um den Hals eilte herbei und zusammen mit der Trage davon. Nachdem wieder Ruhe eingekehrt war, teilte man Webster mit, dass die Wartezeit mindestens zweieinhalb Stunden betragen würde.

Während sie warteten, wurde Bloch nicht müde, zu betonen, dass es ihm gut gehe und er nach Hause wolle. Endlich wurde sein Name aufgerufen, und Webster schob ihn in den Untersuchungsbereich. Man legte ihn auf eine Bahre, zog einen Vorhang zu und überließ ihn sich selbst. Nach einer weiteren Stunde erschien eine Triage-Schwester, warf einen Blick auf ihn und erkannte sofort, dass er in einem kritischen Zustand war.

„Es tut mir schrecklich leid, dass Sie so lange warten mussten, aber wir sind völlig unterbesetzt."

„Macht nichts", hauchte Bloch. „Wo ich bin, gibt es keine Zeit ..."

Die Krankenschwester sah ihn überrascht an, fühlte seinen Puls, erkundigte sich nach seiner Krankengeschichte, inspizierte seinen Mund und sein Zahnfleisch, leuchtete mit einer kleinen Lampe in seine Augen und Ohren und testete seine Reflexe, die praktisch nicht vorhanden waren. Dann reichte sie ihn zur Blutabnahme weiter.

Eine Kanüle wurde in drei verschiedene Venen eingeführt, aber es kam kein Blut. Erst beim vierten Versuch gelang es, ein kleines Röhrchen zu füllen. Bloch wurde gewogen und einem Elektrokardiogramm unterzogen, weil er auf Nachfrage zugab, Schmerzen in der Brust zu haben. Dann erschien ein Assistenzarzt, aus dessen Kittel eine Schachtel Gitanes hervorschaute, und stellte Bloch ein paar Fragen zu seiner Ernährung. Bloch erklärte ihm, dass er keinen Hunger verspüre und kein Bedürfnis mehr nach Nahrung habe.

Wie lange er keine richtige Mahlzeit mehr gegessen habe, wollte der Arzt wissen.

„Ich weiß nicht ... vielleicht drei Wochen. Aber ich habe Reis gegessen ... kürzlich. Beim Fasten ... Irgendwann verliert man das Interesse. Ich wollte nichts essen."

Ob er Flüssigkeit zu sich genommen habe.

„Ja ... Zitronensaft und ... Kamillentee ... viel schwarzen Kaffee. Aber ich ... ich habe keine Zeit für banale Dinge ... wissen Sie. Alle Pfauen schlagen Rad."

Der Assistenzarzt diagnostizierte eine Anorexie im fortgeschrittenen Stadium und bat die Krankenschwester, ein freies Bett für Bloch zu finden. Ihm war klar, dass dieser Patient schleunigst eine Infusion brauchte, andernfalls würde sich sein Zustand weiter rapide verschlechtern; es drohte ein Nierenversagen oder Schlimmeres. Wie sich herausstellte, war ein anderer Patient gerade vom Ely-Flügel im dritten Stock auf die Intensivstation verlegt worden, was bedeutete, dass sein Bett jetzt frei war. Der Assistenzarzt meinte, Bloch könne sich glücklich schätzen: Man werde ihm nicht nur das einzige freie Bett geben, sondern auch noch ein Einzelzimmer. Aber Bloch wollte davon nichts wissen. Er war pampig und stur. Webster flehte den Arzt an, Bloch gegen seinen Willen aufzunehmen. Der Arzt meinte, das Gesetz ermögliche in schweren Fällen wie diesem eine Zwangsbehandlung – allerdings wäre es ihm schon wegen des ganzen Papierkrams lieber, wenn Bloch der Hospitalisierung freiwillig zustimmte.

Bloch fragte Webster, wo er jetzt wohnte, und Webster sagte, in seinem Lieferwagen.

„Vielleicht ... wenn ich ... dann könnten Sie ... Wäre es gut für Sie, wenn ich –"

„Machen Sie sich keine Gedanken um mich, Bloch. Es geht jetzt um Sie. Legen Sie sich einfach in dieses Bett, damit Sie wieder gesund werden."

„Sie können die Wohnung haben. Hier, langen Sie mal in meine Tasche, da sind meine ... meine –"

„Keine Sorge, Bloch, ich habe die Schlüssel. Sind Sie sicher? Ich meine –"

„Okay, Doc, bringen Sie mich zu den Kranken ... aber nur, damit Webster meine Bude haben kann. Und ich werde nichts essen ... ich muss ... reiner Verstand sein."

Webster meinte, er müsse jetzt gehen, werde ihn aber bald besuchen kommen. Das Aufnahmegerät gab er der Krankenschwester. Während er zurück zu seinem Lieferwagen trottete, schloss sich seine Hand fest um Blochs Schlüssel in seiner Jackentasche. Er war zutiefst erschüttert.

Im dritten Stock öffnete sich die Aufzugtür, und Bloch wurde durch eine Glastür geschoben, und dann durch noch eine. Er musste warten, bis ein Pfleger kam und ihn ins Bett hob. Der Pfleger half ihm, ein Flügelhemd überzuziehen. Er ruhte sich eine Weile aus, bis eine junge Krankenschwester ins Zimmer kam. Sie sah Bloch mit ernstem Gesicht an und reichte ihm eine Glukoselösung, die er ohne zu murren trank. Die Krankenschwester fragte: „Was fehlt Ihnen denn?"

„Ach, wissen Sie ... dies und das. Ich werde versteigert."

„Ich messe jetzt Ihre Temperatur, den Puls und den Blutdruck."

„Das haben die unten schon alles gemacht."

„Ich weiß, aber ich muss es noch mal machen." Sie schob ihm ein Thermometer unter die Zunge, legte eine schwarze Manschette um seinen Arm und pumpte sie auf.

Ihr Gesichtsausdruck veränderte sich merklich. Sie runzelte die Stirn und murmelte: „Seltsam. Ich fühle keinen Puls. Das ist ja unglaublich: 60 zu 25. Der niedrigste Blutdruck, den ich je gemessen habe."

„Ich brauche nichts zu essen. Wirklich nicht. Ich bin okay. Mir geht es schon viel besser. Höchstens ein bisschen Wasser. Ich habe literweise Kaffee getrunken."

„Aber Sie sind nur noch Haut und Knochen! Und Ihre Stimme – die ist ganz piepsig. Finden Sie das normal? Wohl kaum. Und Sie sind völlig ausgetrocknet. Ihre Augen sind stumpf. Es wäre wirklich gut, wenn Sie uns die Erlaubnis geben würden, Sie an den Tropf zu hängen."

„Warum denn?"

„Weil ... wenn nicht, dann ... Es muss einfach sein."

„Ich möchte mit dem Arzt –"

In diesem Moment kam die Oberschwester ins Zimmer und nahm die junge Kollegin beiseite. Eine Zeit lang tuschelten sie hinter vorgehaltener Hand. Dann tauchte ein Stationsarzt auf, und die beiden Pflegerinnen zogen sich zurück. Der Arzt sagte sehr einfühlsam: „Also, ich fürchte, wenn wir keine Infusion legen, werden Sie wahrscheinlich –"

„Schon gut, schon gut – tun Sie, was Sie nicht lassen können. Aber hören Sie auf, so nett zu mir zu sein!"

Der Arzt wies die Krankenschwestern an, eine Infusionslösung aus Proteinen, Kohlenhydraten, Fetten, Vitaminen und Mineralstoffen vorzubereiten.

Sie legten die Infusion und ließen ihn ausruhen.

Später am Abend trafen die Untersuchungsergebnisse ein. Wie sich herausstellte, lag keine bösartige organische Erkrankung vor, die Blochs Appetitlosigkeit hätte erklären können, aber er hatte einen ausgeprägten Mangel an Zink, Thiamin, Kalzium und Magnesium, war anämisch und schwer dehydriert. Ferner stellte sich heraus, dass seine Leber nicht richtig arbeitete. Sein Magen war um die Hälfte geschrumpft. Solange er nicht in der Lage war, sich normal zu ernähren, würde er im Krankenhaus bleiben müssen.

Am nächsten Tag hatte sich Blochs Zustand ein wenig stabilisiert, und die Gefahr eines Nierenversagens war gebannt, aber er verweigerte noch immer jede Nahrung. Man wusch ihn im Bett, und um die Mittagszeit erschien ein Ernährungstherapeut, der ihm ruhig und vernünftig erklärte, dass er etwas – irgendetwas – essen musste, damit sein Verdauungssystem wieder in Gang kam. Sein Gehirn funktioniere nicht richtig. Bloch erwiderte, das Fasten sei eine altehrwürdige Methode, um Körper und Geist zu reinigen; alle Heiligen, Mystiker und Märtyrer machten davon Gebrauch. Nach langem Hin und Her – der Ernährungstherapeut musste seine ganze Überredungskunst aufbieten – erklärte sich Bloch bereit, einen gemischten Salat zu essen, und als er schließlich eintraf, aß er ein paar Blätter und eine halbe Karotte, aber da er so lange keine Nahrung mehr zu sich genommen hatte, übergab er sich erneut.

Der Ernährungstherapeut reichte ihm ein Glas Milch, und Bloch trank es langsam mit einem Strohhalm. Wieder wurde ihm schlecht. Später fragte er die Krankenschwester, ob er aufstehen und herumgehen dürfe, aber sie meinte, er sei viel zu schwach. Sobald er wieder richtig essen könne, dürfe er herumgehen, so viel er wolle.

Am Nachmittag stellte ihm die Schwester ein gekochtes Ei und zwei Scheiben Toast hin und meinte, er solle sich mit dem Essen Zeit lassen. Während er auf die kleine braune Kuppel des Eis starrte, dachte er daran, wie er als Kind gern den Toast in schmale Streifen geschnitten und dann andächtig, liebevoll in das dickflüssige Eigelb getunkt hatte. Und während er mit der Infusionsnadel im Handrücken in dem fremden Zimmer lag und das Ei anstarrte, driftete er durch das Vakuum der Zeit zurück in die Vergangenheit nicht dieses Lebens, sondern eines anderen, nebelhaften, eines, das er vor langer Zeit gelebt hatte. Er schälte das spitze Ende des Eis, stieß den Löffel hinein, hob ein wenig

Eiweiß heraus und schob es sich in den Mund. Dieser Vorgang erschöpfte ihn. Das Ei schmeckte außerordentlich salzig und fühlte sich an, als hätte man ihm ein Stück Papier oder Holz auf die Zunge gelegt. Mit einiger Mühe würgte er den Fremdkörper hinunter und spürte, wie er sich mühsam einen Weg durch seine verschrumpelte, ausgetrocknete Speiseröhre bahnte, hinab in das leere Stahlgefäß seines Magens.

Später kam Dr. Kendall vom psychiatrischen Konsiliardienst zur Visite. Dr. Kendall wirkte etwas verloren, als er auf der Station eintraf, und die Schwestern fragten ihn, ob sie ihm helfen konnten. Am Ende fand er die Tür zu Blochs Zimmer. Sein kahles Schädeldach war mit Pigmentflecken gesprenkelt, die Augen unter den sorgenvoll gerunzelten Brauen blickten mitfühlend drein. Seine Tränensäcke schienen das unmittelbare Ergebnis eines Lebens zu sein, das er damit verbracht hatte, sich die Probleme anderer Leute anzuhören. Dr. Kendall klopfte an die Tür, trat ein, zog einen Stuhl an das Bett, setzte sich hin und sah Bloch aufmerksam an.

„Hallo, Daniel, wie geht es Ihnen heute? Wie ich höre, waren Sie gestern, als Sie eingeliefert wurden, sehr krank." Seine Stimme war freundlich und überraschend beruhigend.

„Ich bin nicht Daniel. Dieser Name bedeutet mir nichts mehr. Ich habe keinen Namen. Ich brauche keinen. In den Gefilden, in denen ich gerade lebe, gibt es solche Kinkerlitzchen nicht."

Dr. Kendall dachte: Negativsymptome, psychotische Ideenbildung.

„Wie soll ich Sie dann nennen?"

„Keine Namen."

„Nun, ich habe einen Namen. Ich heiße Dr. Kendall und ich möchte herausfinden, warum Sie den Appetit verloren haben. Der Stationsarzt macht sich nämlich große Sorgen um Sie."

„Sprechen Sie leiser, ich bin nicht taub. Alles ist sehr laut und deutlich. Eine schreckliche Deutlichkeit, wie in Hochauflösung."

Dr. Kendall zückte einen Stift, schlug sein Notizbuch auf und schrieb etwas hinein. Während er den Kopf über das Notizbuch beugte, starrte Bloch ihn feindselig an; als er wieder aufsah, schenkte er ihm ein strahlendes Lächeln.

„Verstehe. Wie alt sind Sie eigentlich?"

„So alt, wie ich mich fühle."
„Und wie fühlen Sie sich?"
„Zeitlos."
Dr. Kendall stieß einen matten Seufzer aus.
„Möchten Sie uns mit diesem Hungerstreik etwas mitteilen, Daniel?"
„Nein, nein, ich erkläre es Ihnen: Ich brauche die Welt des Gegenständlichen, das ganze Kommen und Gehen nicht mehr. Ich verweigere alles, was nicht ewig ist. Ich arbeite an meiner Moksha. Als Arzt wissen Sie das Bestreben, mit dem großen Fluss eins zu werden, bestimmt zu schätzen."
„Ich fürchte, ich kann Ihnen nicht ganz folgen. Würde es Ihnen etwas ausmachen –"
„Der Fluss, der Puls, das Kosmische, das Elektrische. Ich überlasse das Leben jetzt ihm."
„Wem überlassen Sie das Leben? Können Sie das vielleicht ein bisschen –"
„Wurmi."
„Und wer ist Wurmi?"
„Das ist streng geheim. Nur so viel: Wurmi ist die große Heimsuchung meines Lebens, aber jetzt bedeutet er mir nichts mehr, und es gibt nichts, was er noch von mir erbetteln könnte. Ich habe eine Transzendenz erreicht, von der Leute wie Sie nur träumen können. Was glauben Sie, weshalb Mystiker nichts essen? Weil sie dadurch geistige Freiheit erlangen. Das macht es einfacher."
Dr. Kendall war ein wenig irritiert. Was dieser Patient sagte, klang irgendwie vernünftig. Man hätte ihn für geistig gesund halten können, wären da nicht diese wirren Äußerungen gewesen. Er wurde nicht ganz schlau aus ihm.
„Daniel, was versprechen Sie sich von Ihrer Nahrungsverweigerung? Was gewinnen Sie dadurch?"
„Vielleicht eine Seele. Lassen Sie es mich erklären. Früher habe ich Bücher geschrieben, banale Bücher, nichtssagende Bücher. Das waren Täuschungen, Manipulationen. Ich wollte ein bisschen nachdenken, ein bisschen meditieren, runterkommen. Und ich finde … ich finde, dass …"

Kendall machte sich wieder Notizen. Bloch fuhr ihn verärgert an: „Müssen Sie unbedingt mitschreiben? Ich dachte, wir unterhalten uns."

„Ja, natürlich, wenn Ihnen das lieber ist. Aber ich muss sagen, dass Ihr Geisteszustand … Darf ich fragen, ob Sie in letzter Zeit irgendwelche Halluzinationen gehabt haben – optische oder akustische? Das heißt –"

„Ich habe begriffen, dass es nur einen Ausweg gibt: Erleuchtung zu erlangen, den ganzen Mist hinter mir zu lassen, mit dem man uns füttert, im wörtlichen wie im metaphorischen Sinn. Ich bin nicht verrückt, auch wenn es vielleicht so aussieht. Muss ich hierbleiben? Kann ich nicht in meine Wohnung zurück?"

„Ich fürchte, das geht nicht. Wir haben den Eindruck, dass Sie sich zurzeit nicht richtig um sich selbst kümmern können. Sie stellen eine Gefahr für sich –"

„Ich kann jederzeit gehen, wenn ich will."

„Wenn Sie die Behandlung abbrechen, müssen wir wohl andere Maßnahmen ergreifen. Dann müssen wir Sie womöglich zwangseinweisen. Das Gesetz –"

„Paragraph 22b, Absatz 13?"

„Das Gesetz sieht im Falle einer Selbst- oder Fremdgefährdung die Unterbringung in einer psychiatrischen Klinik vor. Aber natürlich geht das nicht so hopplahopp: Zwei Amtsärzte und zwei psychiatrische Sozialassistenten müssten Sie begutachten und –"

„Sozialassistenten! Besorgen Sie mir ein paar Antisozialassistenten. Oder ein paar Eremiten und Anachoreten – die würden es verstehen! Wieso erzählen Sie mir diesen ganzen Quatsch? Hören Sie, Dr. Kennel, wenn Sie ein Klapsdoktor sind, kümmern Sie sich um die Bekloppten da draußen."

Dr. Kendall ignorierte das und fuhr fort: „Das Problem ist, wenn Sie die Nahrungsaufnahme weiterhin verweigern, werden wir Sie zwangsernähren müssen. Natürlich nur in letzter Instanz …"

„Ach ja? Hört sich lustig an."

„Ich kann Ihnen versichern, dass es überhaupt nicht lustig ist."

„Wie läuft das ab, Dr. Kennel?"

„*Kendall*, ich heiße Kendall. Bei der Zwangsernährung wird eine Magensonde durch den Mund oder die Nase eingeführt. Über diesen

Schlauch wird dann eine Nährstofflösung verabreicht. Das ist kein Vergnügen."

Dr. Kendall versuchte, Bloch zum Essen zu bewegen, indem er ihm ein bisschen Angst einjagte. Dabei wusste er, dass die künstliche Ernährung nicht unbedingt das Mittel der Wahl war: Eine rasche Nahrungszufuhr nach einer langen Phase des Hungerns konnte zu Herzversagen führen, und die Methode war hochumstritten.

„Diese Infusion ist auch nicht gerade gemütlich", erwiderte Bloch. „Ich kann damit nicht schlafen."

„Aber die Zwangsernährung ist noch viel unangenehmer."

„Hören Sie, Doktor, ich habe keinen Appetit. Schön, bis vor ein paar Wochen hatte ich Kohldampf, aber irgendwann habe ich ihn besiegt. Das hat mich stark gemacht. Geht das nicht in Ihren Schädel? Ich esse nichts, weil ich dadurch Zugang zu einer höheren Wirklichkeit bekomme. Ich sehe alles klarer."

Dr. Kendall schrieb in sein Notizbuch: *Patient zeigt Anzeichen von autoskopischer Halluzination. Er berichtet von einer gesteigerten Wahrnehmung. Ob das einfach nur eine Folge des Hungerns ist, oder andere Ursachen hat, lässt sich zum jetzigen Zeitpunkt nicht feststellen.*

„Daniel, wenn das so ist, muss ich etwas sagen, das Ihnen wahrscheinlich nicht gefällt. Ich glaube, dass Sie sich derzeit in einem wahnhaften Zustand befinden. Normalerweise würde ich Medikamente verschreiben, um das zu behandeln, aber in Anbetracht Ihrer schlechten körperlichen Verfassung wäre das zu riskant. Wir müssen Sie wieder zum Essen bringen. Die Infusion führt dem Körper zwar Nährstoffe und Flüssigkeit zu, aber sie ist kein Ersatz für drei anständige Mahlzeiten am Tag. Wenn Sie –"

„Iiiiih! Ausgeschlossen", wimmerte Bloch theatralisch. „Mein Magen ist winzig. Ich würde explodieren."

„Aber mit der Infusion allein wird sich Ihr Zustand weiter verschlechtern. Sie leiden bereits an einer Anämie; die Zahl der roten Blutkörperchen ist viel zu niedrig. Und die Infusion kann den Gewichtsverlust nicht stoppen. Sie müssen richtige Nahrung zu sich nehmen, gesunde Nahrung. Die Schwestern bringen Ihnen, was immer Sie wollen. Jetzt sollten Sie sich ein bisschen ausruhen. Ich sehe morgen wieder nach Ihnen."

„Ich will nicht essen. Ich will nicht essen! Sie können mich nicht dazu zwingen. Sie verschwenden Ihre Zeit! Ich will nicht, dass Sie nach mir sehen. Ich bin auf dem Weg zu einer höheren Ebene."

„Mag sein, Daniel. Aber die Welt befindet sich nun mal auf einer niedrigeren Ebene, richtig? Oder zumindest ist sie ein rauer, chaotischer, unvollkommener Ort."

„Das können Sie sich abschminken. Ich werde keine philosophische Diskussion mit Ihnen führen."

„Sie müssen lernen, in der Welt zu leben. Sie müssen sich auf sie einlassen, und ich bin mir sicher, dass Sie das früher sehr gut hinbekommen haben. Sie müssen sozusagen auf die Erde zurückkehren."

„Das kommt mir bekannt vor – diesen Mist habe ich selbst verzapft. Oh ja, früher habe ich das sehr gut hingekriegt. Als Nächstes kommen Sie mir wahrscheinlich mit Kreuzfahrten und Golfen. Von mir aus, versuchen Sie ruhig, sich die Welt schönzureden. Erzählen Sie ruhig, wie geordnet, wie freundlich, wie einladend sie ist; und dass wir alle einen Platz darin haben; dass alles bestens ist. Ach, was soll's. *Er* lebt jetzt an meiner Stelle. Mann – haben Sie denn gar keine Visionen? Glauben Sie im Ernst, dass sich alles rational erklären lässt? Es gibt mehr Dinge zwischen Himmel und Erde, als Eure Schulweisheit sich träumen lässt … Vergessen Sie's. Ich bin von Banausen und Bürokraten umgeben."

Dr. Kendall schob sachte seinen Stuhl zurück und sagte: „Ich komme morgen wieder. Versuchen Sie in der Zwischenzeit, etwas zu essen. Das Essen hier ist gar nicht so übel."

„Das Essen hier ist gar nicht so übel", äffte Bloch ihn nach. „Ist das alles, was Ihnen einfällt?"

Dr. Kendall streckte Bloch die Hand entgegen, doch der zuckte erschrocken zurück und verkroch sich unter den Laken.

„Nein danke. Infektionsrisiko, Sie wissen schon", murmelte er, die Decke bis zur Nasenspitze hochgezogen.

„Na schön. Dann bis morgen."

Dr. Kendall verließ das Zimmer. Die Äußerungen des Patienten verwirrten ihn, enthielten sie doch ein Fünkchen Wahrheit, das ihm nicht aus dem Kopf ging. Aber Blochs Askese war so ausgeprägt, dass sie auf den Tod hinauslief. Und Dr. Kendall befürchtete, dass der Tod gerade das Einzige war, was ihn zufriedenstellen würde.

Er zog sein digitales Aufnahmegerät aus der Tasche und sprach leise hinein, während er durch die Gänge ging. Der Geruch nach Desinfektionsmittel war beklemmend.

„Der Patient leidet offenbar an Anorexia nervosa. Es ist schwer zu sagen, ob sein Zustand primär auf eine Psychose zurückzuführen ist. Obgleich er sich halbwegs klar äußern kann, zeigt sein Körper alle Anzeichen von Unterernährung und Entkräftung. Er ist eindeutig anämisch. Inwieweit seine negativen Verhaltens- und Denkweisen persönlichkeitsbedingt sind, ist unklar. Es liegen auch Hinweise auf eine schizoide Persönlichkeitsstörung und wahnhafte Ideation vor. Der Patient zeigt zudem manische Züge mit ausgeprägter Reizbarkeit und Ideenflucht. Ich bin mir nicht sicher, welche Behandlung am ehesten für ihn infrage kommt. Am wichtigsten erscheint mir im Moment die orale Nahrungsaufnahme. Sollte er sich weiterhin weigern, zu essen, muss eine Zwangsernährung in Betracht gezogen werden, wobei der Patient zunächst in eine psychiatrische Klinik eingewiesen werden müsste. Sein Ego scheint im Fluss zu sein, und ich sehe Anzeichen für eine Identitätsstörung. Ob sich das auch auf seine Sexualität auswirkt, sei dahingestellt. Der Patient lehnt es ab, mir die Hand zu geben: Offenbar schreckt er vor Körperkontakt zurück. Er muss unbedingt wieder anfangen, zu essen, aber ich fürchte, es wird sehr schwierig werden, ihn davon zu überzeugen."

23

Eine Woche zuvor musste Donald Inn einen wichtigen Anruf tätigen. Er fuhr die Vornehmheit seiner Stimme um ein paar Nuancen nach oben.

„Donald Inn am Apparat. Wenn ich mich nicht täusche, haben Sie bereits mit meinem Partner, Mr. Ryan Rees, gesprochen. Es geht um das Showcase-Event in Kensington Gardens am 28. August."

„Ja, Ihr Antrag liegt mir vor. Natürlich müssen bei solchen Großveranstaltungen gewisse Sicherheitsvorkehrungen getroffen werden. Lassen Sie uns das kurz durchgehen. Es darf kein Plastik verwendet werden, das im Brandfall giftige Dämpfe entwickelt. Ihre Auftragnehmer sind verpflichtet, die Auflagen zu erfüllen. Selbstverständlich müssen sämtliche Partnerfirmen offiziell zugelassen sein, aber darüber können wir später noch sprechen. Wie Sie wissen, erfolgt die Zahlung der Mietgebühr an das Veranstaltungsbüro der Royal Parks Agency in zwei Tranchen. Die Summe beläuft sich auf dreißigtausend Pfund. Dafür steht Ihnen der Park am 28. August von neun Uhr morgens bis Mitternacht zur Verfügung. Darüber hinaus ist eine Gewinnbeteiligung an das Königliche Schatzamt zu entrichten, die in die Instandhaltung des Parks fließt."

„Wie hoch ist die Beteiligung?"

„Genau zwölf Prozent."

„In Ordnung. Was die Haftpflichtversicherung betrifft, könnten Sie –"

„Ja, wenn ich mich nicht irre, heißt der Versicherungsmakler John Smallcorn. Ist das richtig?"

„Ja."

„Von Higgle, Hacking & Hereford?"

„Ja."

„Und Sie haben eine Police aufgesetzt, die Personenschäden durch technische Geräte und Equipment, defekte oder rostige Sitze –"

„Wir werden keine Sitzplätze –"

„… sowie daraus resultierende Folgeschäden wie Infektionen, Wundbrand, die Amputation von Gliedmaßen und so weiter abdeckt; ferner Sachschäden an Licht-, Ton- und Bühnentechnik; Schäden durch unvorhersehbare Wetter- und Naturphänomene wie Gewitter, Starkregen und Überschwemmungen, Hagel, Hurrikans, Tornados, Erdbeben, Sandstürme – nein, Sandstürme können wir streichen. Also: Gewitter, Starkregen und Überschwemmungen, Hagel, Hurrikans, Tornados und Erdbeben; subversive Aktivitäten, Terroranschläge durch Terroristen, und natürlich Überschallknalle, sprich: die unerwünschten, störenden und potenziell schädigenden akustischen Auswirkungen von Stoßwellen, hervorgerufen durch Flugzeuge, die mit Über- oder Hyperschallgeschwindigkeit den Park überfliegen, während er für die Veranstaltung genutzt wird. Ist das korrekt?"

„Ja."

„Ich bräuchte so bald wie möglich eine Kopie der Versicherungsurkunde, um zu bestätigen, dass alles seine Ordnung hat. Sie können mir die Kopie zuschicken oder vorbeibringen."

„Meine Sekretärin wird sie vorbeibringen."

„Gut. Sie soll zum Old Police House im Hyde Park kommen. Wie viele Veranstaltungsbesucher deckt die Versicherung maximal ab?"

„Dreitausend."

„Dreitausend. Sobald die Versicherungspolice für rechtens befunden wurde, schicke ich Ihnen eine Kopie des Mietvertrags zu, und wenn Sie ihn unterzeichnet haben, machen Sie eine Kopie davon und schicken mir das Original umgehend zurück, in Ordnung? Gut. Dann müssen Sie nur noch geeignete Auftragnehmer finden. Sämtliche Kooperationsfirmen – von der Veranstaltungstechnik über den Sicherheitsdienst bis hin zum Catering – müssen vom Bund Britischer Auftragnehmer offiziell anerkannt sein. Ferner müssen Equipment, Bestuhlung, Lichttechnik und so weiter ein IS-Sicherheitssiegel haben. Wir brauchen Kopien dieser Siegel, erst dann dürfen Sie mit dem Aufbau der Licht- und Tonsysteme, und was Sie sonst noch brauchen, beginnen. Die Parkfläche, die Sie mieten wollen – der Bereich, der sich bis zur Physical-Energy-Statue erstreckt –, wird drei Tage vor der Veranstaltung abgesperrt. Sind Sie mit diesen Regelungen einverstanden?"

„Durchaus."

„Ich nehme an, dass Ihre Budgetierung eine Auslastung der Veranstaltungsstätte von fünfzig Prozent vorsieht."

„Das ist richtig."

„Könnten Sie mir dann noch drei Kopien von besagter Budgetplanung – sie sollte auf dem neuesten Stand sein – sowie eine Aufschlüsselung der Ticketpreise zukommen lassen? Wie ich bereits sagte, wird die Mietgebühr grundsätzlich in zwei Tranchen bezahlt: Die erste Hälfte ist vor der Veranstaltung fällig, der Rest danach. Wenn Sie möchten, besteht auch die Möglichkeit, die zweite Tranche erst eine Woche nach der Veranstaltung zu entrichten – das würde Ihnen Zeit geben, um anfallende Kosten durch die Erlöse aus dem Kartenverkauf zu decken, Schecks zu verrechnen und so weiter. Und ich darf Sie an die zwölf Prozent Gewinnbeteiligung erinnern, die der Parkverwaltung zustehen. Alle übrigen Gewinne gehen rechtmäßig an Sie beziehungsweise an Ihre Organisation. Apropos: Können Sie mir bestätigen, dass Sie ein eingetragener gemeinnütziger Verein sind?"

„Ja."

„Und es trifft zu, dass Sie sich als ‚O. Babel Showcase' bezeichnen?"

„Ja."

„Und Sie bestätigen, dass Sie keine lizensierten Fahrzeuge oder Stände für den Verkauf von Speisen oder alkoholischen und nichtalkoholischen Getränken benötigen?"

„Ja."

„Und Sie erklären sich bereit, das Veranstaltungsgelände bis Mitternacht vollständig zu räumen und sämtliche Gerüste, die Bestuhlung, technische Ausrüstung, Licht- und Tonkabinen, Kontrolltürme, Generatoren und Zelte bis null Uhr abzubauen?"

„Ja."

„Natürlich steht das alles im Vertrag, aber es kann nichts schaden, diese Punkte am Telefon durchzugehen, meinen Sie nicht, Mr. Inn?"

„Selbstverständlich."

„Nun, Mr. Inn, dann erwarte ich den Vertrag. Darf ich Ihnen für Ihre Veranstaltung alles Gute wünschen?"

„Sie dürfen."

*

Donald Inn wählte eine andere Nummer und fuhr die Vornehmheit seiner Stimme um ein paar Nuancen nach unten.

„Ashby Veranstaltungstechnik."
„Donald Inn. Ich möchte mit Mr. Corby sprechen."
„Am Apparat."
„Ah, Mr. Corby, es geht um das Showcase-Event am 28. August. Haben Sie mein Fax bekommen?"
„Ja, ich habe es hier. Allerdings fehlt die zweite Seite. Können Sie die noch mal schicken?"

Donald Inn drehte sich um und rief: „Sharon, schicken Sie doch noch mal das Fax an Mr. Corby raus. Aber lassen Sie das bloß nicht R. R. wissen … Das Fax ist unterwegs, Mr. Corby. Also, Sie und Ihre Leute müssen am 28. August um Punkt neun Uhr vor Ort sein. Wie Sie wissen, gibt es auf der Bayswater Road mehrere Eingänge zum Park; dort befinden sich auch Pläne. Der Park-Manager – Mr. Nathan Griggs – wird Sie an der Physical-Energy-Statue erwarten. Dieser Bereich wird abgesperrt sein, das macht die Sache für Sie leichter, und Sie haben den ganzen Tag Zeit, um aufzubauen. Ist das auch bestimmt genügend Zeit?"

„Klaaar, Mr. Inn, mehr als genug. Mr. Rees wollte ja nur das Allernotwendigste. Lediglich eine Bühne und ein Funkmikrofon, eine einfache Beschallungsanlage und eine Tonkabine mit Kabeln, Verstärkern und sechs Verfolgerscheinwerfer, die aber nur zum Einsatz kommen, wenn die Lichtverhältnisse es erfordern, und ein oder zwei Lichtkabinen und natürlich die Tonpulte –"

„Mr. Corby, sind Sie ganz sicher, dass die Zeit reicht, um alles aufzubauen?"

„Keine Sorge, Mr. Inn, das schaffen wir schon. Aber noch mal zu den Sitzen: Sie möchten einfach nur Kissen und eine Bodenplane, richtig? Wieso keine Stühle oder eine Tribüne mit gestaffelten Sitzreihen?"

„Wir brauchen auch keine Bodenplane. Mr. Babel möchte, dass alles ganz schlicht wird. Nur Kissen und Gras."

„Mit wie vielen Zuschauern rechnen Sie denn?"
„Dreitausend."

„Dreitausend?! Gütiger Himmel, da können Sie ja gleich die verdammte Royal Albert Hall mieten."

„Geht nicht. Da finden die Sommerkonzerte statt."

*

Die Tickets wurden über das Internet verkauft, Werbeanzeigen in sämtlichen Zeitungen geschaltet, Einladungen an alle verschickt, die je in Ryan Rees' Dunstkreis gelangt waren – Journalisten, Künstler, Konzertveranstalter, Kritiker, Schriftsteller. Über Nacht tauchten Plakate an der Great Western, Westbourne Park, Talgarth und Portobello Road auf; Flyer wurden in Cafés ausgelegt, vor Kinos, Theatern und Konzerthäusern verteilt, in Telefonzellen platziert, unter den Haustüren von Notting Hill, Bayswater, Chelsea, Kennington und Shoreditch durchgeschoben, hinter die Scheibenwischer von Autos geklemmt. Das Timing hätte besser nicht sein können, denn die Kolumnisten schrieben noch immer über Oscar, das Internet quoll über von Meinungen und Spekulationen, die Texte der ImagiLektionen wurden gierig konsumiert. Sogar ein paar der Boulevardblätter brachten etwas über ihn – vor allem Interviews mit seinen schärfsten Kritikern.

Noch nie hatte Oscar vor einem richtig großen Publikum gesprochen. Sein erster Auftritt hatte in einem Fernsehstudio stattgefunden, die Duchamp-Preisverleihung war keine öffentliche Veranstaltung gewesen und nur ausgewählte Journalisten hatten die ImagiLektionen zu sehen bekommen. Eigentlich hatte man ihn bislang nur durch ein elliptisches Prisma wahrgenommen, doch genau das machte ihn so verlockend. Obwohl die Leute über ihn gelesen hatten, obwohl sie Fotos von ihm in der Zeitung und in den sozialen Medien gesehen hatten, obwohl er bereits im öffentlichen Bewusstsein verankert war, hatte Oscar noch etwas Sagenumwobenes an sich. Er war wie der Schneemensch oder das Monster von Loch Ness: Man nahm an, dass er existierte, aber eben nur in einer mythischen, unerreichbaren Sphäre. Wie viele Menschen hatten ihn denn schon mit eigenen Augen gesehen? Nun bot sich die Gelegenheit, ihn leibhaftig zu erleben und sich davon zu überzeugen, dass es diesen außergewöhnlichen Redner tatsächlich gab und dass er tatsächlich ein außergewöhnlicher Redner war. Dieser Umstand, gepaart mit einem allgemeinen Interesse an Oscars Philosophie und seinem Versprechen von einer besseren Welt, einer Welt ohne Leid und Konflikte, machte die Menschen neugierig. Doch das war nur einer der Gründe, weshalb die dreitausend Tickets binnen kürzester Zeit ausverkauft waren. Jenseits aller Sensationslust war noch ein anderes Phänomen am Werk: Die Reflexhaftigkeit, mit der die intellektuellen Kritiker Oscar als geistiges Leichtgewicht, als Schwindler, als Verrückten abtaten und ihn mit Hohn und Spott überschütteten, weckte in der breiten Öffentlichkeit eine geradezu trotzige Sympathie für ihn. Letztendlich verkörperte er nicht nur ein überirdisches, schwer fassbares Wesen, sondern auch den heldenhaften Underdog, der von den Eliten geschmäht und von den Massen gefeiert wird.

*

Am Tag nach der Veranstaltung, die ein voller Erfolg gewesen war, beschloss Rees, das Verdant Theater zu mieten, denn er brauchte einen Ort, wo Oscar regelmäßig auftreten konnte. Mit dem Intendanten des Verdant stand er auf gutem Fuß. Der Kartenverkauf hatte nicht nur die Kosten für Miete, Versicherung und Werbung gedeckt, sondern auch einen satten Gewinn von 45.000 Pfund eingebracht. Das ließ Gutes für das Vorhaben mit dem Verdant Theater erwarten, zumal die Miete dort nur einen Bruchteil von der des Parks kostete. Rees' gerissener Buchhalter Arnold Bateman hatte ausgerechnet, dass die zu erwartenden Einnahmen über einen Zeitraum von drei Wochen hinweg immens waren, selbst wenn Oscars Auftritte nur das halbe Haus füllten. Als Geschäftsmann wollte Rees zunächst die verschwenderischen Summen wettmachen, die er bereits in sein Produkt investiert hatte, aber ihm war klar, dass er ein Vielfaches von dem verdienen konnte, was er ausgegeben hatte. Unmittelbar nach dem absurden Triumph in den Kensington Gardens waren saftige Angebote von Autofirmen eingegangen, die Werbeverträge mit Oscar abschließen wollten, und die Verlage überboten sich gegenseitig, um einen Exklusivvertrag mit ihm zu ergattern.

Zusammen mit seinem stämmigen Begleiter Edwin fuhr Rees zu Oscars Suite hinauf und wies den Gorilla an, vor der Tür zu warten.

Er hatte ein halbes Dutzend Zeitungen unterm Arm, die alle über das Showcase-Event am Vorabend berichteten. Rees war in Hochstimmung. Er fühlte sich wie der Schuljunge von einst, der die Strippen zog und das System unterhöhlte. Er klopfte an die Tür und trat ein, ohne eine Antwort abzuwarten.

*

Am Nachmittag vor dem Event war Oscar nicht sonderlich nervös. Er probte seine Rede ein paar Mal, bis sie saß. Dann lauschte er im Dunkeln *Tristan und Isolde*. In gewisser Weise wollte er, dass die Veranstaltung schiefging. Nur ein Debakel konnte ihn jetzt noch befreien, dachte er, nur ein Fiasko würde ihm gestatten, aus diesem Karussell, das niemals stillstand, auszusteigen. Blochs Worte hatten ihm die Kraft gegeben, überhaupt aufzuspringen, aber dann hatte Rees mit seinen Machenschaften dafür gesorgt, dass sich das Karussell immer schneller, immer schwindelerregender drehte. Abspringen konnte er nicht mehr, nur noch heruntergestoßen werden.

Eine Woche zuvor hatte Oscar Rees gebeten, erneut den Kontakt zu der Stylistin von Cherubs & Co herzustellen. Die Vorstellung, etwas Theatralisches, Grandioses zu tragen, gefiel ihm nun – vielleicht, weil er insgeheim hoffte, sich und die ganze Veranstaltung damit lächerlich zu machen.

Wieder flatterte Cressida in seine Suite, wobei sie dieses Mal nicht ganz so aufgeregt und gesprächig war. Anstelle von Violett trug sie nun ausschließlich Blau: Blau war ihre Strumpfhose, der Rock, die Bluse, das Stirnband, der Lidschatten. Ihr lautloses Lachen hatte sie beibehalten. Sie nahm Oscars Maße, und gemeinsam überlegten sie, was ihm stehen könnte. Oscar meinte, er wolle nicht wie ein Geistlicher oder wie ein Beduine aussehen und auch keinen russischen Teppich tragen. Schließlich fanden sie etwas, das ihnen beiden zusagte, und Cressida versprach, das Stück rechtzeitig zu liefern.

Am Ende erschien sie mit einer Goldtunika, die aus robustem Jaspégarn gewebt war und Oscar bis über die Knie reichte. Der Kragen war mit leuchtend blauen Saphiren geschmückt, was sehr edel wirkte. Verzierte Sandalen dienten als Schuhwerk.

Bei der Anprobe umwogten ihn Cressida und ihre Assistentin wie die wallenden Unterröcke einer viktorianischen Lady, während sie hier und da kleine Anpassungen vornahmen. Sie gerieten regelrecht in Verzückung, weil Oscar so majestätisch wirkte. Er verbrachte ein paar eitle Momente damit, sich im Spiegel zu bewundern. Das Kleidungsstück schmiegte sich eng und doch bequem an seinen Leib und brachte die Umrisse seines Torsos zur Geltung. Er fühlte sich selbstbewusst und würdevoll. Prächtige Stickereien zierten die Ärmel, was dem Gewand (und dem, der es trug) noch mehr Gravitas verlieh.

Er sah aus wie die moderne Version eines römischen Adligen oder Senators.

*

London schmorte noch in der Glut der untergehenden Sonne.

Dreitausend Menschen saßen dicht gedrängt auf dem Rasen. Worte perlten von ihren Lippen, Gespräche überlappten sich, dahingeworfene Bemerkungen mischten sich mit tiefgründigeren Betrachtungen darüber, wie man am besten einen Teekessel entkalkt und ob ein Caesar Salad unbedingt mit Croûtons zubereitet werden muss. Jemand erzählte von seiner Indienreise und riet dazu, die Mittagssonne in Kovalam zu meiden; mehrere Leute unterhielten sich angeregt über Fahrradpumpen; ein Mann mittleren Alters versuchte einem anderen Mann mittleren Alters die Scheu vor Sushi zu nehmen; eine Gruppe junger Frauen versuchte zu ergründen, ob der neue Kollege in ihrer Firma homosexuell war oder nicht; ein Lehrer beklagte sich darüber, dass es in seiner Schule keine Wanduhren gab; ein Hobbyangler ließ sich über das Für und Wider von Kunstködern aus; ein achtzigjähriger Bildhauer erging sich *ad nauseam* in Schwärmereien für ein französisches Au-pair-Mädchen; ein Busfahrer beschrieb ein spektakuläres Ausweichmanöver, das ihn jüngst vor dem Zusammenstoß mit einer Lokomotive auf der Praed Street bewahrt hatte; eine Mutter von zwei Kindern beschwerte sich über das Nasenpiercing ihrer Babysitterin; eine wissenschaftliche Mitarbeiterin langweilte ihren Begleiter mit einem Vortrag über die Briefe von A. C. Swinburne zu Tode; ein Rucksacktourist, der auf der Durchreise war, erzählte jemandem von einem mystischen Erlebnis in einem schottischen

Ökodorf namens Findhorn, wo er nackt in einen eiskalten See gesprungen war; ein junger Songwriter stimmte jedes Mal, wenn seine Freundin vom Heiraten sprach, die kanadische Nationalhymne an; ein Hausarzt fachsimpelte über die Behandlung von Mundsoor; eine Frau erzählte einer anderen von ihrer heimlichen Zuneigung zu einer anderen Frau, die mit ihr zusammen bei Christie's arbeitete; ein Priester unterhielt sich mit einem anderen Priester über Gleitmittel; ein Anästhesist gestand, dass er bei der Verabreichung der Narkose für gewöhnlich betrunken war; ein Journalist prophezeite den Untergang von Oscar Babel.

Und so ging es weiter. Das Stimmengewirr bildete eine flirrende Klangkulisse, die bunt zusammengewürfelte Menge bebte wie ein Topf auf der Herdflamme. Die Menschen fieberten einem bedeutenden Ereignis entgegen. Es war ein gigantisches Picknick, nur ohne Picknickkorb, Speisen und Fliegen. Und ohne Schuhe. Die mussten am Eingang abgegeben werden, und im Gegenzug bekamen die Zuschauer Garderobennummern ausgehändigt. Ihre Schuhe wurden in schicke kleine Plastikbeutel mit Oscars Konterfei gesteckt und in zwei großen Zelten verwahrt. Die Männer, die die Schuhe bewachten, trugen schwarze T-Shirts mit der Aufschrift BABEL HAT'S DRAUF!

Ab und zu flitzte ein Eichhörnchen zu den hohen Bäumen hinüber. Die Menschen rutschten auf ihren Kissen herum und versuchten es sich bequem zu machen. Hier und da mischte sich ein üppiger Schwall von Fußgeruch in die Schwüle des Sommerabends.

Von oben betrachtet bildete die Menge einen kompakten, von Seilen umgrenzten Dreiviertelkreis. Eine etwa zwei Meter hohe Bühne in Form eines halben H war binnen kürzester Zeit auf die Grasfläche gepflanzt worden. Ihr Ausläufer ragte wie ein Landungssteg in das Zuschauermeer hinein, sodass Oscar, wenn er wollte, darüber hinwegwandeln konnte. Ein paar mächtige Eichen erhoben sich auf dem Areal und boten den Zuschauern, die einen Platz zu ihren Füßen ergattert hatten, die Möglichkeit, sich anzulehnen. Ein besonders alter, majestätischer Baum gleich hinter der Absperrung war kurzerhand zum Beleuchtungsturm umfunktioniert worden. Dicke Kabel wanden sich um seinen meterdicken Stamm, in dessen knorrige Rinde Generationen von Parkbesuchern Herzen und Initialen geritzt hatten.

Rund um das Freiluftauditorium standen Gerüste mit unheimlich aussehenden Lautsprechern und Flutlichtern; allein sechs Scheinwerfer waren auf die Bühne gerichtet, bereit, Oscar auf Schritt und Tritt zu verfolgen, sobald es dunkel wurde. Unmengen von Kabeln verbanden die Anlage mit einer leicht erhöhten Licht- und Tonkabine im hinteren Bereich des Geländes. Ein enormes Starkstromkabel führte am mehrere hundert Meter entfernten Albert Memorial vorbei zu einem Generator, der außerhalb des Parks, gleich gegenüber der Albert Hall, geparkt worden war.

Etwas abseits, in sicherer Entfernung zu den Zuschauern, stand ein Wohnwagen; darin wurde Oscar zurechtgemacht. Die Maskenbildnerin gelte sein Haar nach hinten und träufelte ihm etwas in die Augen, das sie strahlen ließ. Er warf einen letzten Blick in den Spiegel und zupfte sich die Haare zurecht. In seiner Goldtunika und den Sandalen machte er eine glänzende Figur.

Er atmete ein paar Mal tief durch. Draußen vor dem Wohnwagen traf ihn die betäubende Hitze.

Aus den Lautsprechern schallte nun die Stimme des Ansagers, der in der Tonkabine saß.

„Ladys und Gentlemen: Mister – Oscar – Babel!"

Oscar stieg die zehn, elf Stufen zur Bühne hinauf.

Gewaltige Wogen von Applaus brandeten ihm entgegen. Er brauchte einen Moment, um zu begreifen, dass der Beifall ihm galt. Wieso klatschten die Leute, wo er doch noch gar nichts gesagt hatte? Zögernd machte er ein paar Schritte nach vorn. Die Saphire an seinem Kragen funkelten und blitzten. Nun da er leibhaftig vor ihnen stand, machten die Zuschauer keine Anstalten, sich zu beruhigen. Die Ovationen wollten nicht abebben. Oscar blickte verunsichert in das tosende Menschenmeer – dreitausend Fremde, die ihm zujubelten. Dreitausend Fremde, die gekommen waren, um ihn zu sehen. Heftige Übelkeit befiel ihn, und er verspürte ein dringendes Bedürfnis, seinen Darm zu entleeren. Panik setzte ein. Was, wenn er nicht an sich halten konnte? Er hatte Angst, die Kontrolle über seinen Körper zu verlieren, ein inkontinentes Wrack zu werden, sich auf offener Bühne zu entleeren. Er schaute hinüber zu dem großen Baum mit den Herzen in der Rinde und versuchte, Kraft aus ihm zu schöpfen.

Das Gefühl würde vorübergehen, sagte er sich. Er starrte dumpf in die Menge. Dem Publikum muss man die besten Fleischstücke hinwerfen, hatte Bloch irgendwo gesagt. Oscars Gehirn arbeitete rasend schnell, es klickte und rechnete und brachte schließlich ein Bild hervor, an dem er sich festhalten konnte, doch bevor es ihm gelang, sich darauf zu konzentrieren, war ihm, als würde sein Körper auf Quecksilberschwingen emporgetragen und über die Zuschauer hinwegschweben, jeden von ihnen berühren, wie ein Geist durch sie hindurchfahren, diese transparenten Wesen, so kamen sie ihm vor, diese Gefäße, die er zu füllen vermochte, indem er in ihr Bewusstsein vordrang: Sie bewiesen, dass er gasförmig war, dass er gottgleich war. Dann, als er wieder zu sich zurückkehrte, nahm er erneut wahr, dass dreitausend Menschen ihn wahrgenommen hatten; und sein Gesicht, seine Gestalt – ein Gesicht wie jedes andere, eine Gestalt wie jede andere – waren nicht irgendein Gesicht oder irgendeine Gestalt, weil er Oscar Babel war, weil das Leben an seine Tür geklopft hatte, weil dieses Publikum ihn um eine Audienz gebeten hatte, weil er überlegen war, und das Bild, das ihm Halt gab, während der Größenwahn ihn aufblähte, war das eines Zoowärters bei der Raubtierfütterung, es zeigte ihn selbst, wie er Fleischbrocken in die Arena warf, und obwohl die Tiere in ihrer schieren Zahl beängstigend waren, besaß *er* etwas, das *sie* wollten, diese Zufluchtsuchenden aus der Mittelschicht wollten Antworten, Führung, Erleuchtung von ihm. Die Vorstellung, dass er den Menschen Nahrung gab, beruhigte ihn schließlich.

„Es ist mir eine große Ehre, heute Abend hier zu sein", sagte er in das Funkmikrofon, und seine Stimme schallte mit erschreckender Klarheit aus den Lautsprechern.

In den frenetischen Applaus mischten sich Pfiffe und Rufe. Es hörte nicht auf. Sie lieben mich. Wie können sie mich lieben, obwohl sie mich gar nicht kennen? Die Wirklichkeit verflüchtigte sich endgültig, und die Angst wich einem rauschhaften Wohlgefühl, einer verwegenen Leichtigkeit. Die geballte Energie der Menge stieg ihm zu Kopf und befeuerte ihn.

Doch dann, als er gerade beginnen wollte, ertönte ohne Vorwarnung, ohne Fanfaren oder Überleitung eine andere Stimme, die ihm irgendwie bekannt vorkam:

„Swa jala huuuu kur mii. Iiigurr e wii uuu wii."

Auf diese unverständlichen Laute folgte ein hämisches, stakkato-artiges Lachen. Das Publikum verstummte. Köpfe drehten sich in alle Richtungen, fragende Blicke wanderten durch die Reihen, Augen weiteten sich erstaunt. Aber niemand wusste, woher dieses Geisterbahnlachen kam oder was es zu bedeuten hatte. Als Oscar etwas in sein Mikrofon sagen wollte, stellte er fest, dass ihm der Ton abgedreht worden war. Endlich verebbte das Lachen.

„Das passiert, wenn man nach Bedeutung sucht, Ladys und Gentlemen", sagte die Stimme rau. „Dunkelheit senkt sich herab. Oscar Babel ist ein Schwindler, und ihr dürft nicht auf ihn hören. Er ist kein Noumenon, sondern ein Phänomen. Das Noumenon bin ich. Hört nicht auf ihn. Hört auf mich. Lasst euch von mir an einen anderen Ort führen. Wonach sucht ihr? Nach einer Circe unter einer Pappel? Nach einem treuen Freund? Habt ihr das Leben versäumt? Wonach sehnt ihr euch? Nach einem gestohlenen Kuss? Dem Ende aller Schmerzen? Ich habe nichts für euch, außer –"

Weiter kam die Stimme nicht. Kampfgeräusche drangen aus den Lautsprechern, etwas schlug mit Wucht gegen etwas anderes, ein Schmerzensschrei ertönte, und dann war nichts mehr zu hören von Vernon Lexicon, der es irgendwie geschafft hatte, unbemerkt in die Tonkabine zu gelangen, den Techniker zu überwältigen, den Fader von Oscars Mikrofon herunter- und den des Ansagemikrofons hinaufzufahren. In diesem Moment bekam er eine jener ritualhaften, schonungslosen Abreibungen, die er im Lauf seines turbulenten Lebens nur allzu gut kennen, ja sogar lieben gelernt hatte.

Nach einer kurzen Pause sagte Oscar lakonisch: „Einer meiner Kritiker. Hoffen wir, dass er seine Circe findet und uns nicht mehr belästigt."

Er erntete allgemeines, überschwängliches Gelächter. Eigentlich tat ihm Lexicon leid, aber er wusste, was das Publikum jetzt von ihm wollte: eine humorvolle Sprezzatura, die zeigte, dass er die Sache im Griff hatte und sich nicht aus dem Konzept bringen ließ. Abgesehen davon hatte Lexicons Sabotageversuch das Vertrauen der Zuschauer in Oscar keineswegs erschüttert, sondern nur verstärkt. Er spürte die Hitze und wischte sich über die Stirn.

Derweil fielen im Publikum erste Hüllen. Hemden befreiten sich von Jacketts, Tops schälten sich aus Blusen. In Anbetracht der fortgeschrittenen Stunde hätte es eigentlich längst abkühlen müssen. Irgendetwas stimmte nicht. Vielleicht raste ein Asteroid auf die Erde zu. Die Hitze klebte wie unsichtbares Öl an den Poren, das Schwitzen schien seinen Zweck nicht länger zu erfüllen. Gleichmäßig gebräunte Haut wurde aufreizend freigelegt. Oscar versuchte wegzuschauen, während sich die Arme wohlgeformter Frauen nach und nach aus ihren Oberteilen schlängelten.

Er wartete noch einen Moment, bis das Gezappel aufhörte und die Körper zur Ruhe kamen. Dann begann er mit sicherer Stimme zu sprechen. Seine Worte untermalte er mit Gesten, die zugleich Gelassenheit und Energie ausstrahlten.

„Ich frage mich, wie oft wir mit wirklich offenen Augen durchs Leben gehen. Vermutlich nicht besonders häufig, vielleicht sogar so gut wie nie."

Frauen fächelten sich mit allem, was sie zur Hand hatten, Luft zu. Ein paar Leute gossen sich Mineralwasser über den Kopf; andere tranken aus Weinflaschen. Oscar versuchte, die Leidenschaft in seiner Stimme allmählich zu steigern, bis er den Höhepunkt seiner Rede erreicht haben würde; aber bis dahin war es noch ein weiter Weg.

„Wie kommt es, dass wir Menschen mit unserem potenziell grenzenlosen Verstand eine derart begrenzte Wahrnehmung haben? Vielleicht hat uns ja eine äußere Stimme verführt, eine Stimme, die uns mit dem öden Geschwätz des Konsumismus einlullt und ‚Schau her!' ruft, während sie uns Bilder der Habgier unter die Nase hält. Der Mensch macht Kompromisse wie die Bienen Honig; sein Naturzustand ist die Passivität. Er ist weder gut noch schlecht, einfach nur träge. Und selbst wenn ihn das Leid ringsum vorübergehend berührt, lässt er den Dingen ihren Lauf – er lehnt sich lieber in seinem Sessel zurück und zappt weiter durch das Fernsehprogramm. Oder er schlägt seinen Bruder, oder er lästert über eine Kollegin und lächelt ihr zu, wenn er ihr auf dem Flur begegnet, oder er ersetzt Bäume durch Zement und Sprache durch Jargon, oder er verwandelt die Erde in ein Meer aus Blut und maßt sich an, im Namen der Religion zu töten, oder im Namen der Politik, oder im Namen des Geldes, ja sogar im Namen der Freiheit.

Und doch: Selbst im Morast des modischen Nihilismus lässt sich noch eine Ahnung von jenen Momenten erhaschen, die der Zeit trotzen, die ihr Streiche spielen, Momente, wie sie die Kunst hervorzubringen vermag oder die Meditation. Und die Liebe. Oder, falls das nicht klappt: Drogen. Tore zum Göttlichen, das ganze Spektrum des Namenlosen, das verbannt wurde, weil es angeblich nutzlos ist, weil es weder die Produktivität noch den Profit steigert."

Er ging jetzt in seiner Rolle als Redner auf, seine Hände öffneten und schlossen sich dramatisch vor der Brust, sein Kopf war leicht zur Seite geneigt.

„Sowohl Platons Ideen als auch das Brahman in der hinduistischen Philosophie beschwören eine unveränderliche Wirklichkeit jenseits der engen Grenzen unseres unbeständigen Marktplatzes. Und allen Religionen ist die Vorstellung der Transzendenz gemein, der Glaube, dass es jenseits unserer öden, menschengemachten Wirklichkeit noch etwas anderes gibt, mit dem wir in Verbindung treten können."

Er legte eine Pause ein, um Atem zu schöpfen. Das Publikum war noch immer nicht entspannt. Er fragte sich, ob er die Leute zu Tode langweilte. Oder war es bloß die Hitze? Der Schweiß rann ihm von der Stirn. Es schien, als würde die Erde Feuer fangen. So musste es sich anfühlen, wenn man in den Krater eines aktiven Vulkans hineinrutscht, dachte er, kurz bevor man zu Gelatine wird. Er blinzelte in die Sonne, die in blutrot sengender Pracht unterging.

„Ich möchte über das Leben sprechen", sagte er.

Am äußersten Rand der Menge, die Knie bis zum Kinn hochgezogen, saß Lilliana. Sie fühlte sich unwohl und fehl am Platz. Viel interessanter als Oscars Worte fand sie seine Verwandlung. Erstaunt nahm sie seine großspurigen Gesten, die priesterliche Inbrunst zur Kenntnis. Seine theatralische Aufmachung amüsierte sie, und es fiel ihr schwer, ihn in seiner Tunika ernst zu nehmen. Vor allem aber vermisste sie die Unschuld, die er immer ausgestrahlt hatte. Seine Weltläufigkeit und der Erfolg machten ihn in ihren Augen weniger sympathisch.

Eine Kluft hatte sich zwischen ihnen aufgetan. Er war berühmt und sie nicht. Würden sie sich je wieder so leicht und ungezwungen unterhalten können wie früher? Sie blickte in die erwartungsvollen Gesichter der Zuschauer um sie herum und wandte sich dann an Alastair, der neben ihr saß und ihre Hand hielt. „Macht es dir etwas aus, wenn wir von hier verschwinden?", flüsterte sie ihm zu.

Es machte Alastair sehr viel aus, aber Lillianas flehender Blick ließ ihm keine Wahl. Sie stahlen sich unauffällig davon.

Die Versicherungsgesellschaft hatte ihm angeboten, eine Behelfsunterkunft zu bezahlen, während sein Haus wiederhergestellt wurde, aber Alastair hatte das Angebot abgelehnt, denn er wohnte jetzt bei Lilliana. Er gab ihr Gelegenheit, dominante Impulse an sich zu entdecken, von deren Existenz sie gar nichts gewusst hatte, und im Gegenzug besänftigte sie seine Dämonen. Seit sie sich begegnet waren, machten ihm seine Enttäuschungen nicht mehr so zu schaffen. Seine Verbitterung hatte er abgelegt, und die vermeintlichen Ungerechtigkeiten, über denen er so oft gebrütet hatte, waren vergessen.

Schatten stiegen um sie herum auf, und während sie durch den Park schlenderten, trug alles dazu bei, ihr Glück zu steigern: die Bäume mit ihren Adern und Venen, das Knirschen ihrer Schritte auf dem Kies, die Art und Weise, wie er sie von der Seite anschaute und ihr Lächeln wahrnahm und sie ihn durch ihr Lächeln zum Schauen einlud.

Schließlich gelangten sie zu einem kreisrunden See. Die letzten Sonnenstrahlen malten glitzernde Flecken auf das dunkle Wasser. Die Liegestühle waren zusammengeklappt und aufeinandergestapelt, die Eisverkäufer hatten längst eingepackt und waren gegangen. Ein paar Kinder tummelten sich noch mit ihren Vätern am Ufer und ließen Boote über das Wasser fahren, wobei sie ihre kleinen Daumen eifrig auf die Fernsteuerung drückten. Lilliana ging neben einem Jungen in die Hocke und schaute ihm zu. Er war hellauf begeistert, als sein Boot schaukelnd Fahrt aufnahm, und – wie man an seiner vorgeschobenen Unterlippe erkennen konnte – tief betrübt, als es schließlich wegen überhöhter Geschwindigkeit kenterte. Ein kleines Mädchen, das Lilliana offenbar interessant fand, hüpfte auf sie zu.

„Du bist nett", sagte das Kind mit krächzendem Stimmchen.

„Oh, vielen Dank."

Das Mädchen zog sich eine Spange aus dem Haar, an der ein großer, leuchtender Marienkäfer befestigt war.

„Gefällt dir meine Haarspange? Meine Mummy hat sie mir geschenkt."

„Sie ist sehr schön."

Die Kleine strahlte über das ganze Gesicht, dann drehte sie sich brüsk um und rannte davon.

„Kinder stellen wohl ihre eigenen Regeln auf", sagte Lilliana zu Alastair. „Komm, ich zeig dir meinen Lieblingsplatz."

Sie führte ihn zu einem Spalier aus Lindenbäumen, vorbei an einem weißen Gartenhaus, das still und verlassen war. Dahinter befand sich eine Mauer aus Buschwerk. Lilliana schlüpfte durch eine Öffnung, die sie offenbar kannte, und zog Alastair hinter sich her. Vor ihnen lag ein rechteckiger Garten, der wiederum aus lauter Rechtecken bestand: Rechteckige Steinplatten wechselten sich mit rechteckigen Rasenflächen und Blumenbeeten ab, in denen Rosen und Dahlien blühten. Ein rechteckiger Teich mit drei Springbrunnen bildete das Herz der Anlage. Auf dem Wasser trieben kleine Inseln aus trichterförmigen Blättern.

„Das ist der Sunken Garden. Er wurde nach dem Vorbild der Pond Gardens in Hampton Court angelegt. Ist er nicht wunderschön?"

Alastair nickte. Ein paar Hummeln flogen schwerfällig zwischen den Narzissen umher. Lilliana nahm seine Hand und dirigierte ihn ganz sanft zum Teich. Sie stiegen über ein paar Sträucher hinweg und gelangten zu dem gepflasterten Streifen, der das Fenster aus klarem Wasser rahmte. Hier ließen sie sich nieder und lauschten.

Sie fuhr mit den Fingern durch sein Haar und legte den Kopf an seine Schulter. „Diese Hände haben heilende Kräfte, mein Liebster", flüsterte sie.

„Wieso? Muss ich geheilt werden?"

„Ich bin jetzt für dich verantwortlich."

„Ich dachte, es wäre umgekehrt. Es heißt doch: Wer einem Menschen das Leben rettet, ist auf immer für dieses Leben verantwortlich."

„Das ist ein chinesisches Sprichwort, stimmt's?" Ihre Hand in seinem Haar hielt inne. „In der Nacht, als es brannte …", begann Lilliana mit leiser, belegter Stimme.

„… bin ich von der Hölle in den Himmel gekommen", stellte Alastair ohne Umschweife fest.

Wieder strich sie ihm mit magnetischen Fingern durchs Haar.

„Ich hätte nie gedacht, dass ich mich so ohne Weiteres jemandem hingeben könnte", sagte sie nachdenklich. „Es war so natürlich. Schon komisch, in all den Jahren, in denen ich allein war, habe ich die Liebe zu etwas derart Verzwicktem gemacht … Ich glaube, ich habe alle meine Ängste in diesen einen Korb gelegt. Aber in jener Nacht haben sie sich einfach in Luft aufgelöst. Verrückt, oder? Das Leben ist so unvorhersehbar und schön."

Anstatt etwas zu erwidern, drehte er sich zu ihr und küsste sie, und sie legte ihre schlanken Arme um ihn.

„Wir sollten fortgehen, du und ich", sagte er. „Ein Strandrestaurant in Tel Aviv eröffnen; auf einem Elefanten von Bombay nach Cochin reiten; ich möchte die Sahara durch deine Augen sehen."

„Wieso? Sehe ich etwa besser als du?"

„Du weißt schon, was ich meine."

„Und wovon sollen wir leben?"

„Ich habe Geld. Genug für ein Jahr jedenfalls. Wir könnten unterwegs etwas verdienen. Wir könnten in Istanbul oder in Marrakesch oder in Kairo anfangen. Wir könnten Teller waschen oder kellnern oder Englisch unterrichten. Ich möchte in einem Kakerlakenhotel Rotwein trinken, in Bussen ohne Fensterscheiben fahren. Ich möchte in einen Sandsturm geraten und drei Tage lang Sandkörner aus meinen Ohren pulen, und aus deinen."

„Aha. Du hast das also alles schon geplant?"

„Klar. Möchtest du nicht auch auf Nimmerwiedersehen sagen zu Einkaufszentren und Telefonrechnungen mit Einzelverbindungsnachweisen und Steuererklärungen und Überwachungskameras an jeder Ecke? Ich möchte auf ein Kamel steigen und siebenundzwanzig Mal runterfallen."

„Autsch. Das wird ganz schön wehtun, aber keine Sorge, ich krieg dich schon wieder hin. Ich werde den Patienten ordentlich rannehmen. Ach, wir Frauen: lauter vollendete Florence Nightingales."

„Ich finde, Frauen sind wunderbar. Jeder sollte eine besitzen."

Sie zwickte ihn heftig in den Bauch, und er krümmte sich zusammen, um seinen Oberkörper vor weiteren Attacken zu schützen. Am Ende gingen Angriff und Verteidigung in einem kichernden Bündnis auf.

Danach murmelte sie: „Ich fürchte bloß, du hast eine zu romantische Vorstellung von Kamelen. Oder vom Reisen überhaupt. Vielleicht suchst du nach einem Paradies, das es gar nicht gibt. Oder vielleicht ist ja dieser Garten das Paradies. Hängt ganz davon ab, wie man das sieht, oder?"

Ein erschöpfter Seufzer drang aus seinem Innern.

„Ich weiß nicht. Vielleicht bin ich auf der Suche nach Reinheit, nach einer Unschuld, die es nie gegeben hat. Aber ich möchte daran glauben, dass es sie irgendwo gibt – in irgendeinem Winkel, der noch nicht kartiert wurde."

„Unschuld findest du doch auch hier."

„In London? Wo die Leute jeden Tag ihren Gebetsteppich ausrollen, um dem Profit zu huldigen? Wo das Leben ein einziger Laufsteg ist? Wo die Menschen inzwischen so narzisstisch sind, dass sie nicht mal mehr zum Bäcker gehen können, ohne sich vorher aufzudonnern?"

„Die Menschen versuchen eben, das Beste aus ihrem Äußeren zu machen. Ist das nicht legitim?"

„Nicht, wenn alles andere dafür auf der Strecke bleibt. Du bist nicht so. Das liebe ich an dir."

„Dir gefällt also meine schlampige Erscheinung?"

„Du weißt schon, was ich meine."

„Aber du solltest mich für das lieben, was ich bin, nicht für das, was mich von anderen unterscheidet."

„Ich liebe dich doch für das, was du bist, aber für mich bist du eben auch ein Gegenpol zu diesem ganzen Mist. Das kann ich doch sagen, oder?"

„Ich will aber nicht, dass es ‚Lilliana und Alastair gegen den Rest der Welt' wird. Das ist nicht mein Ding."

„Meins auch nicht."

Er sah sie nachdenklich an und fragte schließlich: „Also, was hältst du davon, um die Welt zu reisen?"

„Ich muss darüber nachdenken. Jemand müsste den Blumenladen übernehmen. Und was das Haus betrifft – ich könnte es vermieten und mir das Geld in den Kongo oder sonst wohin schicken lassen, falls das geht."

„Das geht bestimmt. Ich glaube, das ist es, was ich mir immer gewünscht habe. Ich habe es mir nie eingestanden, aber tief drinnen bin ich ein Nomade."

Innerhalb weniger Minuten war aus einer vagen Idee ein konkreter Plan geworden. Das beunruhigte Lilliana. Zugleich bewunderte sie Alastair für seine Entschlossenheit. Er redete nicht bloß, sondern setzte die Dinge auch in die Tat um.

„Hast du denn schon mal im Ausland gelebt?"

„Na ja, eine Zeit lang habe ich in Paris Schauspielunterricht genommen. Dann war ich sechs Monate in New York. Ich wollte der nächste Brecht werden."

„Schon lustig."

„Was?"

„Wir haben das Pferd von hinten aufgezäumt."

„Wie meinst du das?"

„Du bist bei mir eingezogen, und erst jetzt lerne ich dich richtig kennen."

„Stört dich das?"

„Nein, eigentlich nicht. Und wolltest du immer schon Theaterregisseur werden?"

„Zuerst war mir die Schauspielerei wichtiger. Ich habe ein paar sehr große Rollen an sehr kleinen Theatern gespielt – den Macbeth, Marlowes Doktor Faustus. Aber dann dämmerte mir, dass ich kein guter Schauspieler war. Also habe ich angefangen, Regie zu führen. Ich habe eine Version vom *Menschenfeind* auf die Bühne gebracht, in der Célimène ihre sämtlichen Verehrer um die Ecke bringt. Molière auf blutrünstig. Ein Flop, aber ich bin damit aufgefallen. Der Intendant des Gate Theater hat mir angeboten, *Die Kinderstube* für ihn zu inszenieren, ein Stück über erwachsene Babys. Es spielt in einem Haus, in dem lauter gestörte Männer wohnen und verhätschelt werden: Sie liegen in riesigen Kinderbetten, tragen Windeln, haben Schnuller im Mund und werden mit Milch bespritzt. Das gefällt ihnen.

Mir ist klar geworden, dass ich als Regisseur ein aufgeklärter Despot sein konnte. Ich hatte alle Macht, aber nach der Premiere konnte ich verschwinden und mich volllaufen lassen. Nach der ersten Aufführung braucht ein Theaterstück keinen Regisseur mehr. Wie ein Kind, das ohne seine Eltern zurechtkommt."

Sie tauchte ihre Hand ins Wasser und genoss die Kühle.

„Kannst du dir vorstellen, wieder als Regisseur zu arbeiten?"

„Nur, wenn ich wirklich etwas zu sagen habe. Zum Schluss habe ich das alles nur noch heruntergespult, ohne jede Überzeugung. Pure Schaumschlägerei. Vielleicht gibt es einen Weg, aber den muss ich erst finden. Ich muss ihn finden."

Lilliana dachte an Oscar. Hatte er seinen Weg gefunden, in seiner Tunika und den Sandalen? Ihr Blick wurde abwesend. Alastair bedeckte ihren weichen Hals mit Küssen und murmelte zwischendurch Fragen.

„Woran denkst du?"

„An Oscar."

„Oscar Babel?"

„Ja, wir waren Freunde. Aber irgendwie haben wir uns auseinandergelebt."

„Wirklich?"

„Mhm."

„Wie war er denn so?"

„Ich weiß nicht. Darüber habe ich gerade nachgedacht."

Er hörte auf, sie zu küssen.

„Du bist plötzlich ganz traurig."

„Bin ich das? Tut mir leid."

„Es muss dir nicht leidtun. Von jetzt an keine Entschuldigungen mehr. Wenn ich mit dir zusammen bin, erfüllt mich nämlich etwas Gutes."

„Sag bloß – meine Wenigkeit bewirkt das? Dieses unkreative Blumenmädchen?"

„Schhh! Das ist alles unwichtig. Was zählt, ist –"

„Mein Bauchnabel? Mein Ohrläppchen?"

„Unter anderem. Du bist ernst und leicht zugleich. Du baust mich auf, ziehst mich zu dir hoch, dorthin, wo du dich tummelst. Du denkst vielleicht, das wäre kein besonderer Ort. Ist es aber, meine Liebste. Dort oben komme ich zur Ruhe."

„Darauf trinke ich."

Mit der hohlen Hand schöpfte sie etwas Wasser aus dem Teich und tat so, als würde sie es wie ein durstiger Hund schlabbern. Er sah ihr amüsiert zu und musste lachen.

Nach einer Weile sagte sie ganz nebenbei: „In der Nacht, als es brannte ... Ich hoffe, es macht dir nichts aus, wenn ich frage ... Aber hast du irgendeine Ahnung, wie das Feuer ... Ich meine, weißt du, wie das passieren konnte?"

Ein Unbehagen legte sich stirnrunzelnd auf sein Gesicht. Nur das Plätschern der Springbrunnen war zu hören.

„Ja, das weiß ich ziemlich genau."

*

„Ich möchte über das Leben sprechen", sagte Oscar. „Darüber, wie wir alle kreativer, besser, erfüllter leben können, mit offenen Augen, mit dampfenden Sinnen, mit brennenden Sehnen."

Dort, wo Lilliana und Alastair gesessen hatten, machte sich nun ein dicker Mann breit, der ausgesprochen froh darüber war, mehr Platz für seine Leibesfülle zu haben.

„Beim Liebesakt erleben wir das Wunder, lebendig zu sein, mit voller Intensität. Natürlich ist das nicht immer der Fall. Oft ist die Vereinigung auch nur mechanisch und flüchtig. Aber wenn ein Mensch wahrhaftig mit einem anderen verbunden ist, verschwinden Aggressionen, Egoismus und Habsucht – alles, was die dunkle Seite des Menschen ausmacht. Beim Liebesakt sind wir wirklich lebendig, offen wie eine Blüte, im Einklang mit unserer Umgebung, die in diesem Fall der andere Mensch ist."

An der Bühnenrückwand befand sich ein riesiger Bildschirm, auf dem jetzt Darstellungen von antiker tantrischer Kunst erschienen: Steinskulpturen aus indischen Tempeln, die Götter Shiva und Shakti in glückseliger Umarmung, Ikonen von skurrilen und rituellen Vereinigungen, und schließlich das Gesicht des Buddha, das eine narkotische Ruhe verströmte – alles Abbildungen, die Oscar auf seinen Streifzügen durch Bibliotheken gefunden hatte.

Er erblickte einen jungen Mann mit orange gefärbten Haaren, der zu ihm aufschaute und dem Erinnerungen an längst vergangene Größe ins Gesicht geschrieben standen.

Eine neu gewonnene physische Ausdrucksfähigkeit begleitete nun Oscars Rede. Seine Hände fanden Muster, die seinen Worten Nachdruck verliehen; sein Körper verbündete sich mit der verbalen Energie, und gemeinsam schufen sie ein Bild von Aufrichtigkeit und Überzeugung. Er spürte eine überwältigende Liebe für die Menschheit in sich aufwallen, ein echtes Bedürfnis, ihr alles zu geben, was er besaß. Und das Gesicht des jungen Mannes mit den orangen Haaren zeugte davon, dass es ihm gelungen war, die Menge auf seine Wellenlänge zu bringen. Womöglich würde seine Rede sogar ein Triumph werden …

„Wenn wir uns in der körperlichen Welt des anderen befinden, betreten wir sein persönlichstes Terrain. Die Berührung schärft das Bewusstsein, die Leidenschaft bringt unsere Empfindungen auf eine neue Ebene. Diese Verzückung ist auch ein Prozess der Bewusstwerdung, des Erwachens, denn man begegnet sich selbst intuitiver und klarer als sonst. Mit anderen Worten, unsere Wahrnehmung läuft während des Liebesakts auf Hochtouren. Stellt euch vor, wir könnten diese intensive Wahrnehmung auf andere Situationen, auf den Alltag übertragen. Dann würde uns die gesamte Schöpfung wie der Körper eines Geliebten erscheinen, der sich vor uns ausstreckt und uns die Reichtümer offenbart, die wir nur allzu oft übersehen. Würden wir dann auf den Ruf der anderen reagieren, egal, ob es Freunde oder Fremde sind?"

Ein Paar erhob sich und ging. Dieses Mal (anders als bei Alastair und Lilliana) bekam Oscar das mit, und er fragte sich, ob seine Worte vielleicht Anstoß erregt hatten. Doch aus der Entfernung konnte er nicht in den Gesichtern lesen. Das Paar verschwand hinter dem alten Baum mit den Herzen in der Rinde.

„Stellt euch eine Welt vor, in der das Feingefühl, die Aufmerksamkeit, der Respekt, den wir einander beim Liebesakt entgegenbringen, allen Menschen zuteilwird."

Ein Schauspieler im Koffeinrausch inspizierte ausgibig seine Fingernägel. Sie waren zu lang. Sosehr er sich auch bemühte, er schaffte es einfach nicht, sie für gewisse Zeit auf der richtigen Länge zu halten. Dasselbe galt für seine Haare: Ungefähr zwei Tage im Monat waren sie genau richtig, aber dann stand immer irgendwo ein Zipfel hervor. Er mochte die Friseure noch so leidenschaftlich anflehen, sie schnitten grundsätzlich große Haarbüschel an den Seiten ab, wodurch sie die Aufmerksamkeit auf seine Schlappohren lenkten. Er besaß ein ganzes Arsenal an Sprays, Wachsen, Schäumen und Gels, aber nichts von alledem machte ihn froh.

Unterdessen zeichnete sich auf der anderen Seite des Baumes ab, dass Oscar das abtrünnige Paar keineswegs erzürnt hatte; vielmehr hatten seine Worte bei ihnen einen Appetit geweckt, der sich nicht länger unterdrücken ließ. Lautlos und entschlossen rissen sie einander die Kleider vom Leib, was nicht lange dauerte, weil sie beide kaum etwas anhatten. Da der dicke Baumstamm sie verbarg und sie sich große Mühe gaben, keine Geräusche zu machen, blieb ihr Tun gänzlich unbemerkt. Oscars Stimme drang nur noch unterschwellig zu ihnen durch.

„Was die Wahrnehmung beflügelt und alle Schleusen öffnet, ist zweifellos die Verletzlichkeit. Wenn wir unsere Masken abnehmen und unser wahres Wesen preisgeben, geschehen große Dinge. Verletzlichkeit führt wiederum zu Transparenz. Brächten wir diese Verletzlichkeit nicht nur in der Abgeschiedenheit des Schlafzimmers zum Ausdruck, sondern auch in der Öffentlichkeit, dann könnte daraus eine Welt ohne Aggressionen und Hass entstehen, eine vereinte, verständnisvolle Welt. Stellt euch vor, die Welt würde eins; stellt euch vor, die Welt verschmölze zu einem einzigen Bewusstsein, wie beim Liebesakt oder im egotranszendierenden Moment des Orgasmus. Der Schlüssel liegt darin, die Verletzlichkeit vom Privaten ins Öffentliche zu übertragen.

Die östliche Weisheit, ob Buddhismus, Tantra oder Taoismus, lehrt uns, dass alles Teil eines kosmischen Ganzen ist, dass alles miteinander zusammenhängt. Wir müssen die Vorstellung von einem individuellen Selbst ablegen und uns als Teil des Ganzen begreifen, so, wie es uns manchmal beim Sex gelingt.

Es geht darum, mit der Welt und den Menschen in eine erotisch offene Beziehung zu treten. Aber versteht mich nicht falsch: Das ist keine Lizenz zum sinnlosen Streben nach Vergnügen um des Vergnügens willen; vielmehr sollten wir die Wahrnehmung der Erotik nutzen, um Grenzen niederzureißen, Grenzen zwischen Ethnien, Religionen, Sitten. Wir müssen uns bewusst machen, dass alles, was wir für *anders*, für entäußert halten, einer falschen Wahrnehmung entspringt, die wiederum zu ideologischen Verzerrungen, Unwahrheiten und letztlich zu Ungerechtigkeit und Tyrannei führt."

Die Scheinwerfer gingen an, obwohl es noch nicht vollständig dunkel war. Der Park ringsum versank im Schatten. Inzwischen hatte es ein bisschen abgekühlt. Oscar bot jetzt einen romantischen, traumähnlichen Anblick; seine goldene Tunika erstrahlte in gleißendem Licht.

Doch nun, da er die Menge deutlich vor sich sah, fing sein Herz wieder zu pochen an. Er konnte kaum glauben, welch hochtrabende Worte ihm über die Lippen kamen. Die Nervosität kehrte zurück, und er fragte sich, ob er durchhalten würde. Zwar hatte er bereits ein gutes Stück seiner Rede hinter sich, aber er war noch lange nicht am Ziel. Im Gegensatz zu ihm schien sich das Publikum wohlzufühlen, die Menschen waren gebannt: Es kam ihnen wirklich so vor, als hätte Oscar eine mystische Aura angenommen.

Er räusperte sich, trat ein paar Schritte nach vorn, erreichte das Ende des Laufstegs und hob erneut zu sprechen an. In diesem Moment wurde das kopulierende Paar entdeckt. Die beiden waren zu beschäftigt damit gewesen, ihr Werk zu vollenden, um den kleinen Jungen zu bemerken, der seinem Vater entwischt war und still zusah, wie ihre Leidenschaft wuchs. Während er dastand und sie mit offenem Mund anstarrte, holte sein Vater ihn ein und wollte schon weitergehen, als er den Doppeldecker aus bebendem Fleisch bemerkte. Er stieß einen überraschten Schrei aus, schnappte seinen Sohn und zog ihn weg, aber die Zuschauer, die in der Nähe saßen, reckten die Hälse, um zu sehen, was vor sich ging. Ein paar von ihnen standen auf und beäugten die beiden Liebenden, die sich der Voyeure zwar vage bewusst waren, aber dennoch weitermachten und gemeinsam dem heiß ersehnten Moment der Erlösung entgegenbrannten. Oscars hochgeistige Betrachtung über den Liebesakt konnte mit dieser anschaulicheren, fesselnden Darbietung nicht mithalten. Immer mehr

Zuschauer erhoben sich, magisch angezogen von dem halluzinatorischen Bild, das sich ihnen bot.

Und dann passierte etwas.

Der Anblick der Liebenden ließ bei den Zuschauern Impulse aufwallen, die sie unweigerlich an einen wunderbar nackten Ort führten. Die duftende Treibhausnacht, der offene Himmel, die körperliche Nähe machten das, was nun geschah, transzendental einfach. Oscars Gegenwart, seine enorme Wortgewandtheit (schließlich war er ein Star, ein Prophet), die Verlockungen, die er in Aussicht stellte – das alles beflügelte ein unausgesprochenes Verlangen und ließ dem Verlangen Taten folgen.

Wo war sie nun, die Poesie?

Und wo waren die Schönheit, das Rätselhafte, die Zärtlichkeit?

Sie starben. Sie starben …

Gegenströme der Hysterie erhoben sich, tobten wie wütende Winde, wurden durch das Nadelöhr der Zeit gequetscht, bevor sie abflauten und verschwanden.

Oscar hörte auf, Worte zu bilden, hörte auf, seine Lippen zu bewegen. Er atmete weiter und stand weiter da und blickte weiter ins Publikum. Langsam, aber sicher war ein Muster zu erkennen: das Muster der Bewegungen, die zur Nacktheit führen.

Manche wollten herausfinden, ob sie sich beim Koitus tatsächlich lebendiger fühlten, denn sie waren sich da keineswegs sicher; andere wollten lediglich eine wiedererwachte Begierde stillen; einige nahmen die Übertragung vom Privaten ins Öffentliche, von der Oscar gesprochen hatte, allzu wörtlich; manche, die sonst nie Verkehr hatten (weil der Partner oder die Partnerin längst das Interesse daran verloren hatte, oder weil ihre Beziehung tot war), bekamen nun Gelegenheit dazu, denn diese Nacht hatte ihrer Verbindung wie durch ein Wunder neues Leben eingehaucht.

Oscar stand da, starr vor Schreck.

Leiber wurden enthüllt, Kleidungsstücke ungestüm in die Luft geworfen. Nackte Bäuche, Rücken, Beine kamen zum Vorschein. Gepflegte und verwahrloste, haarlose und pelzige Körperteile drängten ans Licht. Brüste hüpften auf und ab. Penisse standen auf halbmast, baumelten schlaff herunter oder kündeten stolz davon, dass sie ihrer Aufgabe voll und ganz gewachsen waren. Oscars Worte hatten einen widerwärtigen Alptraum geschaffen.

Und so arbeiteten sich Knochen und Fleisch bald an Fleisch und Knochen ab; jegliches Schamgefühl wurde beiseitegeschoben, sämtliche Hemmungen fielen, und die Menschen wanden und krümmten sich in bacchantischem Taumel, steigerten sich in einen Rausch hinein, der mit jedem Pulsschlag rasender wurde. Der Anblick, der sich Oscar nun von der Bühne aus bot, ließ seine Worte in einem neuen, schaurigen Licht erscheinen. Nicht ein, nicht zwei, nicht drei, sondern Dutzende Paare kopulierten. Diejenigen, die es nicht taten, schauten den anderen dabei zu. In dieser überhitzten Nacht hatte die sexuelle Begierde triumphiert und jeden Hauch von Selbstbeherrschung zunichtegemacht.

Körper bewegten sich wie Kolben auf und ab, hin und her, stöhnten, schrien, keuchten, stießen, stemmten, wippten, pressten, im Liegen, im Sitzen, im Stehen, von trunkener Lust aneinandergenagelt, stets auf der Suche nach einer noch tieferen, noch vollkommeneren Einverleibung. Was sich zwischen ihnen und um sie herum abspielte, war kein spirituelles Erwachen, sondern die Aufhebung von allem außer dem schieren Willen. Das hier hatte nichts mit Verletzlichkeit oder Transzendenz zu tun. Vielmehr war es die Reduktion auf den Reflex, die eiserne Hand des Instinkts, der sich ohne langes Zögern Bahn brach und nun zur Furie wurde. Körper klatschten aufeinander, benutzten die Gliedmaßen des anderen als Hebel, als Knopf, den man drücken musste, um die Erregung zu steigern und sich gegenseitig ins Delirium zu befördern. Scharfe Gerüche stiegen auf, waberten über die Kopulierenden hinweg, die wie Salat in einer riesigen Schüssel zusammengeworfen waren.

„Also … ähm … ich glaube, ihr habt mich ein bisschen zu wörtlich genommen", begann Oscar ebenso hilflos wie wirkungslos.

„Wie ich sehe, sind meine Worte falsch rübergekommen … oder … oder ihr habt mich missverstanden … Also … tut mir leid, wenn ich euch in die Irre geführt habe. Bitte hört auf. Hey … Jetzt hört doch mal zu … HEY!"

Ein paar der Liebenden hoben kurz den Kopf, aber die meisten achteten nicht auf ihn, sondern schaukelten weiter vor und zurück, verschränkten ihre Glieder und rieben einander bis zur Weißglut, während ihr Stöhnen und Keuchen in die Nacht drang und an ein grauenvolles okkultes Ritual denken ließ. Wäre jetzt ein Unbeteiligter vorbeigekommen, so hätte man es ihm nicht verübeln können, wenn er die phantasmagorische Wahrheit nicht auf Anhieb erkannt hätte, sondern der Überzeugung gewesen wäre, dass hier heidnische Opferungen stattfanden.

Diejenigen, die sich nicht paarten, blickten sich entgeistert um oder schauten ratsuchend zu Oscar hinauf. Einige lachten nervös, geniert, hysterisch, manche so wild, dass es wie das Heulen von Dämonen klang. Gesichter färbten sich dunkelrot, Venen traten gestochen scharf an den Schläfen hervor. Oscar fürchtete, die Leute könnten vor Lachen den Kopf verlieren. Er stellte sich vor, wie ihre Köpfe abfielen und herumkullerten, blutig, noch immer kichernd, und wie das Blut in den grünen Rasen sickerte und Schwärme von Fliegen und Maden anzog.

Er brüllte so laut, dass seine Stimmbänder brannten: „Leidenschaft sollte nicht auf das Schlafzimmer begrenzt sein … ähm … und danke, dass ihr das hier so offen demonstriert habt. Leidenschaft sollte universell sein. Nein, halt – streicht das. In der Umarmung des Fleisches sind wir alle Dichter. Lasst uns woanders Dichter sein, nicht hier … nicht *so*. Ihr erschreckt sonst die Eichhörnchen …"

Es fiel ihm schwer, zu improvisieren, seine sorgfältig einstudierte Rede an die jüngsten Entwicklungen anzupassen. Und während die Menge aus der Reihe tanzte und immer erregter wurde, gerieten auch Oscars Gedanken in Unordnung.

Er versuchte, den Blick von den Paaren abzuwenden, sich zu konzentrieren, aber es gelang ihm nicht. Etwas war passiert, dachte er, irgendein Ventil war geplatzt und hatte die Zuschauer in lüsterne Paviane verwandelt, was bewies, dass man nur ein wenig an der Schraube des Verstandes drehen musste, und schon war der Dschungel kein so fremder Ort mehr für die Menschen, und vielleicht würde es nicht mehr lange dauern, bis sie voller Stolz dorthin zurückkehren und eine Ära des evolutionären Rückschritts einläuten würden.

Als er über die Leiber hinwegblickte, entdeckte er in der Ferne einen Trupp Polizisten, der aus Richtung Knightsbridge herangeeilt kam. Oscar wollte seine Rede zu Ende zu bringen, bevor sie eintrafen, und fuhr mit absurd hohem Tempo fort: „Ich möchte die Verzückung in Flaschen füllen und einfrieren und wie ein kostbares Öl konservieren, kurzum, ich will uns daran erinnern, dass wir Menschen sind und keine Roboter, keine Befehlsempfänger, wir dürfen uns niemals in die Niederungen eines mechanischen Daseins begeben."

Dann fügte er langsamer und eindringlicher hinzu: „Ich glaube, es wäre gut, wenn ihr eure Unzucht verschieben würdet, bis die Polizei wieder weg ist."

Als sein Appell keine Wirkung zeigte, sprudelten die Worte erneut aus seinem Mund. Diesmal bringe ich die Sache zu Ende, dachte er, und wenn ich den ganzen Text herunterrattern muss. Wieso lässt man mich nie in Ruhe meine verdammten Reden halten?

„Bei Liebenden gibt es kein Außen mehr, es schmilzt vollkommen dahin, sie werden eins und alles Trennende verschwindet, während sie ineinander aufgehen. Spürt ihr das? Seid ihr jetzt eins? Hey! Ihr da! Hört ihr eigentlich noch zu, oder seid ihr bloß geile Bastarde?"

Er warf einen Blick auf den vollen, gewaltigen Mond. Der Himmel war ein einziges Chaos. Blutrote Risse zogen sich durch formlose Wolken. Wo er auch hinsah, überall klafften Hohlräume und dunkle Löcher. Es war, als hätte jemand das Gewebe des Himmels genommen und regelrecht zerfetzt. Die Natur krümmte sich vor Schmerz.

„Die Liebe sollte kein Preisschild tragen oder sich auf das unmittelbare Umfeld beschränken. Und sie darf keine Macht ausüben. Wir müssen danach streben, zu geben, ohne eine Gegenleistung zu erwarten. Übrigens, ich stehe auch für Einzelgespräche zur Verfügung. Wenn ihr irgendwelche Fragen habt …"

Die Menschen stürmten jetzt die Bühne und zogen Oscar herunter. Sie wollten ihm gebührlich Tribut zollen. Ein Mann, der auf und ab hüpfte, während er versuchte, seinen Hosenladen zu schließen (es sah aus, als hätte er Sprungfedern unter den Füßen), brüllte ihm ins Ohr: „Mr. Babel, danke! Meine Frau und ich hatten seit sechs Jahren keinen Verkehr mehr. Sie haben uns geheilt – ich danke Ihnen!" Oscar hörte sich sagen: „Bitte, bitte, gern geschehen." Seine Stimme dröhnte noch immer aus den Lautsprechern, und er riss sich das Mikrofon vom Kopf.

Ein weiterer Zuschauer – eine aufgelöste, atemlose Gestalt mit Weste – bemühte sich, nahe genug an Oscar heranzukommen, um ihm etwas Wichtiges zuzurufen, aber die Menge stieß und drängte ihn immer wieder zurück. Schließlich versuchte er sich über die Köpfe hinweg Gehör zu verschaffen.

„Oscar! Hey, Oscar! Hier drüben!", schrie Webster. „Bloch ist im Krankenhaus! Es geht ihm sehr schlecht! Hey! Bloch wurde gestern ins Krankenhaus eingeliefert!"

Doch Oscar hörte und sah ihn nicht, und der Pulk, in dem Webster feststeckte, begann sich nun langsam Richtung Albert Memorial zu schieben. Webster wurde gegen einen Mann gequetscht, der aus sämtlichen Poren einen faulen, ruchlosen Gestank verströmte. Nach wenigen Sekunden fing Webster an zu würgen, und fast hätte ihn der totale Kontrollverlust ereilt, der dem Erbrechen vorausgeht.

Webster war nicht unter denen gewesen, die sexuelle Intimität erlebt hatten.

Er erkämpfte sich ein paar Zentimeter Abstand zu dem Ziegenbock und atmete tief durch; dann drehte er sich um, in der Hoffnung, doch noch irgendwie zu Oscar durchzudringen. Aber er konnte ihn nicht mehr entdecken. Er nuschelte „So ein Mist – dann eben nicht" vor sich hin, befreite sich aus der Menge und watschelte zur Kensington High Street, auf der Suche nach einem Stück Rührkuchen. Der Gedanke munterte ihn auf, dass er in Kürze seine geliebten chinesischen Laternen wiedersehen würde, die einen Ehrenplatz in Blochs Wohnzimmer erhalten hatten.

Inzwischen war ein Geschwader von Fernsehleuten angerückt und hatte an strategisch wichtigen Punkten Stellung bezogen, um diejenigen zu filmen, die sich noch paarten: Sie erinnerten an Athleten, die keuchend die letzte Etappe eines Marathonlaufs bewältigten, die Ziellinie in Sicht. In Windeseile wurde für Beleuchtung gesorgt, denn inzwischen war es stockfinster. Junge Reporterinnen mit Mikrofon in der Hand sagten rasch etwas in die Kameras, die ungerührt auf das Liebesspiel hielten. Die Bilder wurden via Satellit in Tausende von Haushalten übertragen (und unterbrachen einen Nachrichtenbeitrag über einen kleinen Jungen, der seine Mutter erstochen hatte, nachdem die beiden über einen verschwundenen Behälter mit Schokoladenglasur gestritten hatten). Die Leute in ihren Wohnzimmern traf dieser Ausbruch von Dekadenz völlig unvorbereitet. Väter nahmen ihr Mikrowelle-Abendessen vom Schoß, schickten ihre Kinder auf ihr Zimmer und filmten den Fernsehbildschirm mit ihren Handys und Tablets.

Im Park herrschte derweil Hochstimmung. Die Betäubung war der Ausgelassenheit gewichen. Die Leute gebärdeten sich wie überschäumende Sektflaschen, die mit knallenden Korken geöffnet wurden. Nun da sich die Menge zerstreute, hatten die verschlungenen Leiber mehr Platz und wälzten sich freier auf den Kissen herum. Einer nach dem anderen gelangte zum Höhepunkt, und die rhythmischen Bewegungen verebbten.

Etwas abseits stand Ryan Rees und rauchte eine Zigarre, während er fasziniert zuschaute. So etwas hatte selbst er noch nie gesehen.

Doch nun bereitete die Polizei dem Treiben ein Ende.

Die Uniformierten hatten alle Hände voll zu tun, um Brüste und Genitalien mit ihren Helmen zu bedecken. Sie entwirrten verknäulte Gliedmaßen und steckten nackte Frauen in Mäntel, was sich angesichts mangelnder Kooperationsbereitschaft als schwierig erwies. Die Paare, die partout nicht voneinander lassen konnten, wurden zuerst höflich, dann aggressiv aufgefordert, sich zu trennen und anzuziehen, denn sie standen wegen Erregung öffentlichen Ärgernisses unter Arrest. Nach heftiger Gegenwehr und eindringlichen Appellen, im Namen der Babel'schen Liebe Nachsicht walten zu lassen, blieb ihnen nichts anderes übrig, als sich zu fügen. Manchen fiel ein, dass ihre Schuhe noch in den Zelten lagerten. Sie warfen den Polizisten Designernamen an den Kopf, um sie vom Ernst der Angelegenheit zu überzeugen. Doch selbst das teure Schuhwerk konnte die Constables nicht erweichen. Binnen weniger Minuten hatten sie wie erfahrene Schafhirten alle Unzüchtigen zu einer kompakten Herde zusammengetrieben und führten sie zu den wartenden Fahrzeugen. Oscar sah hilflos zu.

Ein paar Meter weiter wurde gerade ein Interview aufgezeichnet, das in eine spätere Nachrichtensendung integriert werden sollte.

„Können Sie uns erzählen, was hier passiert ist?"

„Also, als Erstes möchte ich sagen: Das hier ist der unglaublichste Abend, den ich je erlebt habe. Und ich finde, Oscar Babel hat recht mit der Verletzlichkeit. Verletzlichkeit bedeutet Transparenz, was wiederum bedeutet, dass die Masken fallen, und das bedeutet mehr Liebe. Genau das hat dieser Abend bewiesen: Die Leute sind voller Liebe, bekommen aber nie Gelegenheit, sie auszudrücken, das heißt, die Liebe verwelkt allmählich und stirbt."

„Aber was wir heute Abend gesehen haben, war doch keine Liebe; es war einfach nur Geilheit."

„Na ja, vielleicht. Und wenn schon? Immerhin war es real, oder? Wie der Mann sagt, warum soll Liebe auf bestimmte Bereiche beschränkt sein? Sie ist grenzenlos und soll grenzenlos sein, und ich glaube, was heute Abend geschehen ist, zeigt, dass die Leute den ganzen gesellschaftlichen Druck satthaben, der ihr Leben bestimmt. Wir haben einen Ausbruch von Energie gesehen, und das Leben könnte immer so sein, wenn wir nur zulassen, dass –"

„Vielen Dank", sagte die hübsche junge Reporterin und wandte sich dem Kameramann zu. Als ihr Interviewpartner außer Hörweite war, schnaubte sie: „Den Scheiß verwenden wir nicht."

Sie versuchte, zu Oscar zu gelangen, doch der steckte immer noch tief in einer undurchdringlichen Menschentraube.

Er wünschte, die Leute würden zurücktreten und überhaupt damit aufhören, ihn anzufassen und zu ersticken. Er sagte immer wieder: „Das habe ich nicht gewollt! Das habe ich nicht gewollt! Ich habe doch bloß gemeint, wir sollten aufrichtiger sein, nicht so egoistisch …"

Rees schaffte es mit Hilfe seines Gorillas Edwin (dessen Erscheinung Angst und Schrecken verbreitete), sich zu ihm durchzuboxen.

„Können wir nicht irgendwas gegen diese Festnahmen unternehmen?", fragte ihn Oscar, während eine kleine Frau versuchte, ihm die nackten Füße zu küssen.

„Ich fürchte nicht, Oscar. Aber keine Sorge, wir machen garantiert Schlagzeilen."

„Ist das alles, was Ihnen einfällt? Ist das wirklich das Einzige, was Sie verdammt noch mal interessiert?"

„Nein, es ist das Einzige, was die Öffentlichkeit intercssiert, vergiss das nicht."

Das beflissene Eingreifen der Polizei hatte alle ernüchtert, die noch übrig waren, sprich: den Großteil des Publikums. Diejenigen, die nicht festgenommen worden waren, sahen zu, wie die Uniformierten Jagd auf die letzten unsittlich entblößten Gestalten machten und sie zu den Fahrzeugen schleiften. Die Sirenen heulten und spießten mit ihren schrillen Schreien die Reste der Anarchie auf.

Nachdem die Polizisten abgezogen waren, kehrte allmählich Ruhe ein. Die Fernsehleute blieben zur Sicherheit vor Ort, falls sich noch etwas ereignete.

Die Menge teilte sich nun in verschiedene Gruppen auf. Einige eilten zu den Zelten mit den Schuhen und zeigten artig ihre Garderobennummern vor. Andere verweilten noch ein bisschen und ließen die außergewöhnliche Atmosphäre auf sich wirken. Eine kleine konspirative Schar von Rauchern fand sich zusammen. Manche begaben sich auf einen Streifzug durch den nächtlichen Park; ein paar hielten nach Eichhörnchen Ausschau. Nun da die Polizei das Feld geräumt hatte, tauchten Clans von Hotdog-Verkäufern aus dem Dunkeln auf. Sie trugen Walrossbärte (deren Beschaffenheit den Gedanken nahelegte, dass sie heimatlosen Insekten Unterschlupf gewährten) und boten ihre Waren feil, wobei sie die fettigen Dinger in ihrem Bett aus Fett wendeten und mit verkürzender Lässigkeit „Hotdogs, Hotdogs" riefen, sodass es wie „Hogs!" – „Schweine, Schweine!" – klang. Von ihren Lippen baumelten feuchte Zigaretten, und hin und wieder gesellte sich ein wenig Asche zu den brutzelnden Würsten.

Vor den Schuhzelten fanden sich unterdessen Männer mit hauchzarten Stilettos wieder, während Frauen schwarze Budapester ausgehändigt bekamen. Eine Verwechslung ungeheuren Ausmaßes zeichnete sich ab.

Dann schlug jemand vor, Oscar im Pulk nach Chelsea zu begleiten, eine Idee, die auf begeisterte Zustimmung stieß. Und während im Park damit begonnen wurde, die Bühne abzubauen und die Kissen und den Müll aufzusammeln, setzte sich eine vergnügte Prozession in Bewegung. Bis Kensington Gore ging alles gut, weil sich die Leute – noch ganz unter dem Eindruck des demütigenden Polizeieinsatzes – geflissentlich an die Straßenverkehrsordnung hielten und auf dem Gehsteig blieben, aber spätestens auf der Gloucester Road schien der Platz nicht mehr auszureichen, und die Menge ergoss sich auf die Fahrbahn, wodurch sie noch größer wirkte. Während Männer und Frauen mit Oscar Richtung Chelsea zogen, ihn wie einen heiligen Schrein vor sich hertrugen, kam der Verkehr zum Erliegen.

Ryan Rees amüsierte sich prächtig, obschon sein Gesicht wie üblich keine Emotionen verriet.

Oscar fühlte sich leicht, so leicht, dass er mühelos abheben und Richtung Mond hätte schweben können.

Die Nacht war fiebrig, ein gewaltiger, brodelnder Kessel voller Menschen.

Doch gerade als die Feststimmung ihren Höhepunkt erreichte, rückte erneut die Polizei an. Und diesmal sprangen noch viel mehr Uniformierte aus den Einsatzfahrzeugen. Sie hatten Schutzschilde in der Hand und trugen Helme, mit denen sie aussahen wie Androiden. Sie brachten sich ruhig und geübt rund um die Menge in Stellung. Oscar kletterte auf eines der steckengebliebenen Autos, ohne auf die Proteste des Fahrers zu achten, und rief seinen Anhängern zu:

„Schenkt ihnen etwas. Entscheidet euch für die Liebe, nicht für die Angst."

Wie durch ein Wunder begannen die Leute, ihre Taschen zu leeren und den leicht perplexen Polizisten sämtliche Münzen zu überreichen, die sie bei sich hatten. Doch die Hüter von Gesetz und Ordnung waren entschlossen, anzugreifen und all jene zurückzudrängen, die drohten, Chaos und Kleingeld nach Kensington zu bringen.

„Wir führen nichts Böses im Schilde", rief Oscar. „Meine Leute und ich gehen nur nach Hause, das ist alles. Wir kommen und gehen in Frieden. Warum sollten Maschinen vor den Menschen Vorfahrt haben?"

Oscar gab sich Mühe, zu verstehen, was ein rotgesichtiger Officer brüllte: „Sie behindern den Verkehr. Räumen Sie die Straße, oder *wir* räumen hier auf."

Die Lage war sehr angespannt.

Oscar hoffte, den Officer beschwichtigen zu können.

„Mein armer, verlorener Bruder. Niemand von uns sieht die Dinge klar, nicht einmal ich. Diese Leute begehen kein Verbrechen. Wir sind Menschen, die über die Erde wandeln. Autos töten Leben und verpesten die Luft. Lass ab von diesen Fesseln. Sie stehen dem Himmel im Weg. Es gibt nur eine innere Ordnung, die Ordnung der Seele. Eigne auch du dir eine höhere Wirklichkeit an."

Diese Worte machten den Officer sehr wütend. Er drehte sich zu seinen Männern um, erteilte ihnen einen Befehl, und sogleich wurde die Menge gewaltsam zurück auf den Gehweg gedrängt. Dicke Schlagstöcke prasselten auf wehrloses Fleisch nieder. Mägen wurden gerammt; Rippen gingen zu Bruch. Ein Wirbelwind aus Bewegung und Konfusion brach über die Menschen herein. Ein paar übten Vergeltung und torpedierten die Behelmten mit allem, was die Straße hergab, denn sie sahen in ihnen faschistische Tyrannen. Ein Geschoss landete in einem Schaufenster. Die Scheibe ging zu Bruch und der Alarm schrillte. Ein Stück weiter wurden Leute gegen Autos geschubst, wurden Körper zu Stoßdämpfern für andere, und je härter die Geharnischten zuschlugen, desto entschlossener leistete die Menge Widerstand. Anstatt sich dem Angriff zu entziehen und in die Nacht hinaus zu flüchten, wuchs der Wille, den Gefährten zur Seite zu stehen. Von seinem blechernen Thron aus, auf dem er nur mit Mühe das Gleichgewicht hielt, beobachtete Oscar den Tumult: Es war ein ebenso schrecklicher wie inspirierender Moment, und in seine Furcht mischte sich freudige Erregung. Plötzlich stimmten die frustrierten Autofahrer ein ohrenbetäubendes Hupkonzert an. Es erinnerte an eine atonale, experimentelle Symphonie, gespielt von einer hoffnungslos unfähigen Blaskapelle. Oscar überlegte rasch, was zu tun war, und sprang dann von dem Autodach herunter. Er ging auf einen Polizisten in den hinteren Reihen zu, der keinen Helm trug und einen Lautsprecher in der Hand hielt, und drückte ihm einen Kuss auf die Wange. Der Polizist reagierte untypisch: Eigentlich mochte er es nicht, berührt zu werden, und der Kuss eines Mannes hätte ihn normalerweise dazu gebracht, den anderen zu Brei zu schlagen; aber stattdessen ließ er einfach in stummer Verwunderung den Lautsprecher fallen. Oscar hob ihn auf und setzte ihn an die Lippen.

„Leute, lasst euch nicht provozieren. Schlagt nicht zurück. Wir sind unbewaffnet. Zeigen wir unsere friedvolle Absicht!"

Dieser Appell genügte, um den Widerstand der Menge zu brechen und Schlimmeres zu verhindern. Die Menschen zogen sich auf den

Gehweg zurück, und binnen Sekunden war die Ordnung zwischen Fußgängern und Autofahrern wiederhergestellt. Die Polizisten wussten nicht recht, was sie jetzt tun sollten. Ein paar von ihnen waren enttäuscht. Oscar lächelte die nunmehr funktionslosen Gestalten in Uniform versöhnlich an. Schließlich stiegen sie in ihre Vans und fuhren davon. Ein paar Randalierer in Handschellen fuhren mit. Der Verkehr rollte wieder, und die Autofahrer atmeten erleichtert auf, weil sie ihrer Versicherung keine Blechschäden melden mussten. Eine Gruppe von etwa fünfzehn loyalen Anhängern versammelte sich um Oscar. Angetrieben von Euphorie, begleiteten sie ihn leicht und beschwingt weiter nach Chelsea.

Rees, der sich im Hintergrund gehalten hatte, tauchte neben ihm auf und sagte: „Gut gemacht, Oscar. Das hätte sehr unangenehm werden können."

Oscar wollte schon sagen, „Fast so unangenehm wie Sie", hielt sich aber zurück.

Die kleine Gruppe war jetzt in der Fulham Road angelangt. Ein paar Frauen eilten in die Läden, die spätabends noch geöffnet hatten, um Blumen zu kaufen: Sie überreichten Oscar Rosen und Nelken, die er huldvoll annahm, was bei den Frauen kleine Wonneschauer hervorrief. Bald wusste er nicht mehr, wohin mit den Blumensträußen, und er musste einige an fremde Leute verschenken. Manche nahmen die Blumen überrascht und erfreut an, andere lehnten sie mürrisch ab.

Ein kleines Mädchen von vielleicht sechs Jahren spielte Mundharmonika und war ganz in die eigene Welt versunken. Die Menschen machten ihr Platz, während sie wie in Trance vor sich hin schritt. Sie schien einem Schneeflockenreich der Zartheit entsprungen zu sein. Der Anblick des Mädchens ließ Oscars Stimmung schlagartig kippen, führte ihm dieses Inbild von Reinheit doch einen Moment lang sehr lebhaft seine eigene Verderbtheit vor Augen. Er wandte sich um und schaute in die Gesichter seiner Jünger. Am liebsten wäre es ihm gewesen, sie würden jetzt gehen, doch sie sahen aus, als wollten sie bleiben, und er brachte es nicht übers Herz, sie wegzuschicken.

Beim Grosvenor Hotel angekommen, waren ohnehin nur noch vier oder fünf übrig. Die Euphorie, die sie zusammengeschweißt hatte, war verflogen, und zurück blieb nur Verlegenheit. Oscar hatte keine Lust, das Grüppchen in seine Suite einzuladen. Erschöpfung machte sich breit, nun da sie nicht länger vom Adrenalin in Schach gehalten wurde. Er rang sich ein müdes Lächeln ab und flüsterte: „Denkt daran – keine Preisschilder. Bedingungslose Liebe."

Ein junger Mann sagte leise und ehrfürchtig: „Das war der genialste Abend meines Lebens. Du bist einfach unglaublich."

Oscar blickte ihn ernst an. Dann murmelte er: „Du irrst dich. Ich bin sehr ununglaublich, weißt du. Aber du hast recht – dieser Abend war ziemlich außergewöhnlich. Tut mir leid, aber jetzt bin ich erschöpft. Ich muss euch Gute Nacht sagen." Er ging durch die Drehtür, war kurz in einem der Abteile gefangen, winkte noch einmal, und dann war er weg.

Die Jünger standen eine Weile schweigend da, niedergeschmettert von einem absurden Gefühl des Verlusts. Dann schlug einer von ihnen vor, die Nacht vor dem Hotel zu verbringen und am Morgen zusammen mit Oscar zu frühstücken. Er würde bestimmt nichts dagegen haben. Sie ließen sich also in der Nähe des Eingangs nieder, und einer von ihnen machte sich auf die Suche nach einem Spirituosengeschäft, um ein paar Flaschen Wein und Pappbecher zu besorgen. Die seltsame Hommage nahm ihren Lauf, und die Ereignisse des Abends wurden endlos zerschmatzt und wiedergekäut.

Als Oscar die Lobby betrat, erblickte er neben der Rezeption eine Horde von Journalisten. Kaum hatten sie ihn entdeckt, stürmten sie mit chaotischer Zielstrebigkeit auf ihn zu. Oscar warf ihnen kurzerhand die Blumensträuße entgegen, die er noch im Arm hielt. Ein paar Reporter duckten sich instinktiv, andere versuchten, die Blumen aufzufangen, während Oscar blitzschnell in den Fahrstuhl sprang und auf den Knopf für den zehnten Stock hämmerte.

Endlich schloss sich die Aufzugtür. Er war erleichtert, den Presseleuten entkommen zu sein. Er fuhr ein paar Stockwerke nach oben und drückte dann – ohne recht zu wissen, warum – den HALT-Knopf. Der Fahrstuhl blieb mit einem Ruck stehen. Oscar atmete tief durch. Hier, in der Abgeschiedenheit des kleinen Stahlwürfels, konnte er den Wahnsinn einen Augenblick hinter sich lassen. Hier war er in Sicherheit. Die jüngsten Ereignisse erschienen ihm schon jetzt wie ein Traum. Er konnte kaum glauben, was geschehen war, und schon gar nicht, dass er in wenigen Stunden *richtig* berühmt sein würde. Beziehungsweise berüchtigt. In wenigen Stunden würden die Ereignisse des Abends unwiderruflich mit seinem Namen verknüpft sein. Ganz London würde darüber reden, vielleicht sogar das ganze Land. Worte würden die Telefonleitungen rauf und runter hecheln, Textnachrichten im Sekundentakt verschickt, Videos gepostet werden, Signale würden wie Billardkugeln durch den Äther schnellen, verrückte Dinge im Internet kursieren. Die Technik, die Matrix der Technik, hatte ihre Legionen in jeden Winkel der Welt entsandt. Selbst jetzt, da der Aufzug stillstand, bullerten die Heizkessel der Medien weiter, wurde ihr Feuer durch Macht und Geld angefacht.

Er steckte so tief drin, er war so verwickelt in dieses Leben, das ihn geschnappt und sich einverleibt hatte. Von diesem ruhenden Punkt aus kamen ihm die Ereignisse des Sommers verworren und unwirklich vor. Ich habe ein Lügengewebe gesponnen, dachte er. Und alle Lügen sind fest miteinander verknüpft. Sie sind so stabil wie die Stahlseile, die diesen Fahrstuhl daran hindern, ins Bodenlose, in die Vergessenheit zu fallen.

Einen Moment lang wünschte er, die Kabine würde abstürzen und ihn mit sich reißen …

Doch schließlich erteilte er den Befehl zur Weiterfahrt. Der Aufzug setzte sich gehorsam in Bewegung und fuhr ungerührt in den zehnten Stock hinauf. Die Tür öffnete sich, und Oscar stieg aus. Er steckte den Schlüssel ins Schloss und drehte ihn herum. Als er eintrat, hörte er eine Stimme aus dem Dunkeln kommen.

„Endlich."

Er nahm an, dass sein Verstand ihm Streiche spielte, was ihn in Anbetracht der verrückten Ereignisse dieses Abends nicht sonderlich überraschte. Er tastete nach dem Lichtschalter und wollte schon zum Barschrank hinübergehen, als er feststellte, dass er sich die Stimme keineswegs eingebildet hatte. Eine Person stand mitten im Raum. In der halben Sekunde, die seine Augen brauchten, um der schlanken Gestalt gewahr zu werden, war sein Kopf vollkommen leer und jede Reaktion ausgeschlossen. In der nächsten halben Sekunde sagte er sich, dass er – obwohl sein Schlüssel gepasst hatte und seine Kleidung herumlag und die Landschaft des Raums ihm vertraut erschien – im falschen Zimmer gelandet war, und erst in der dritten halben Sekunde, als die Stimme erneut zu sprechen begann und „Du warst ewig weg" sagte, begriff er, dass er die Person, die vor ihm stand, kannte und dass es Najette war.

Sämtliche Fenster waren weit aufgerissen, und ihr violettes Kleid wehte leicht in der nächtlichen Brise. Ungläubig starrte er sie an. Gedämpfte Verkehrsgeräusche drangen empor und versicherten ihm, dass das Leben seinen gewohnten Lauf nahm.

„Himmel, was – was machst du hier?", brachte er schließlich hervor.

Sie hatte einen Drink in der Hand und ein Grinsen im Gesicht, ein Grinsen, das gegen alle Regeln und Vorschriften Krieg führte. Sie ließ keine Selbstzweifel, nicht die Spur eines Zögerns erkennen: Ihre Gegenwart in Oscars Suite war die natürlichste Sache der Welt. Oscar hingegen war verwirrt.

„Das war aber ein langes Picknick", sagte sie. „Hübsch hast du es hier. Das Licht muss grandios sein", fügte sie hinzu und deutete Richtung Fensterfront.

„Wie – wie bist du reingekommen?"

„Ich habe dem Zimmerkellner erklärt, was Sache ist. Dann habe ich ihm eine Zwanzig-Pfund-Note und ein schönes Lächeln geschenkt."

Obwohl es zweifellos Oscar war, den sie vor sich hatte, erschien er ihr fremd. Sein Gesicht wirkte schlaffer, ausdrucksloser. Bei genauerer Betrachtung wirkte er auf sie wie ein verblichenes Bild.

„Was tust du hier?", fragte er.

„Ich habe auf dich gewartet."

„Im Dunkeln?"

„Ja, das gefällt mir. Außerdem ist der Mond nicht weit weg. Heute Nacht ist er silbern gestrichen. Hast du den Himmel gesehen? Er spielt sich auf."

„Warum jetzt? Warum ausgerechnet heute Abend?"

„Ich sag's dir gleich, aber erst brauche ich noch einen Drink. Das Radio hat den Ausschlag gegeben. Ich habe Radio gehört, und sie haben über dich geredet. Da bin ich in den Bus gestiegen."

Er wusste nicht, was er sagen sollte. Langsam ging er auf sie zu.

„Ich bin … ich bin so froh, dich zu sehen."

„Ich finde es auch schön, dich zu sehen, Oscar."

„Was trinkst du?"

„Einen Cuba Libre."

„Gut. Ich bin total erledigt. Ich könnte auch einen Drink vertragen. Was für ein Abend."

„Erzähl."

„Noch nicht. Es ist alles noch zu nah."

Er mixte sich einen Wodka Martini. Dann gab er Rum in ein Glas, füllte es mit Cola auf und stellte es auf einem Tischchen ab. „Der ist für dich, wenn du so weit bist." Sie sah ihm aufmerksam zu. Er bewegte sich mit der Gelassenheit von einem, der nach aufreibender Arbeit zur Ruhe kommt.

Sie standen jetzt nahe beieinander. Er sah ihr in die Augen. Ihr offenes, ebenholzschwarzes Haar wirkte länger als beim letzten Mal und fiel ihr über den Rücken. Ihr Gesicht war voller widerspenstiger Schönheit, genau wie in seinen Träumen und Erinnerungen.

Sie setzte sich an das eine Ende der Couch; er nahm am anderen Ende Platz.

„Hast du inzwischen herausgefunden, wer du bist?", fragte sie.

„Noch nicht."

„Was hast du dann herausgefunden?"

„Dass alles, was du über mich gesagt hast, richtig war."

„Schon möglich. Ich habe zurückgerufen, nachdem ich aufgelegt hatte, aber niemand hat abgenommen."

„Ich war wohl damit beschäftigt, mich scheußlich zu fühlen."

„Das tut mir leid."

„Du weißt nicht, was heute Abend passiert ist, oder?"

„Solltest du nicht eine Rede halten, oder etwas in der Art?"

„Ja, eine Rede. Nur dass sie zu einer Orgie geführt hat, die zu Festnahmen geführt hat, die zu einer Prozession geführt haben, die beinahe zu einer Straßenschlacht geführt hat. Und ich war der Mittelpunkt von alledem. Eine Weile habe ich mich tatsächlich wie Jesus Christus gefühlt. Ich verstehe jetzt, warum Rockstars Drogen nehmen müssen: Wenn sie von der Bühne kommen, brauchen sie etwas, das den Rausch des Bewundertwerdens ersetzt. Das heute Abend war fatal. Ich habe Puderzucker gemampft, aber da war auch eine Prise Arsen drin, die mich langsam umbringt. Weißt du, was ich meine? Es ist fantastisch, dich zu sehen, aber bitte fang nicht an, mich zu piesacken, bitte erzähl mir nicht, dass ich ein Betrüger bin. Ich glaube, das halte ich jetzt nicht aus. Ich weiß, dass ich ein Betrüger bin, und ich leide darunter und ich leide darunter, dass ich dich verloren habe. Gott, und wie ich darunter leide, aber ich bin einfach so müde. Ich bin müde und ich bin high und ich bin down und ich bin irgendwo dazwischen. Alles gleichzeitig. Heute Abend habe ich alles durchgemacht."

Die Abgeklärtheit, mit der er über sich sprach, verblüffte sie. Der ausgebrannte, nüchterne Klang seiner Stimme war seltsam verführerisch. Eine übernatürliche Erschöpfung ging von ihm aus, seine Augen waren stumpf hinter Schleiern von Gleichgültigkeit. Er brauchte sie nicht und teilte ihr das mit, ohne es auszusprechen. Er brachte einfach nicht die Energie auf, sich über Najette Gedanken zu machen. Diese Verwandlung faszinierte sie und zog sie an.

„Oscar, ich habe nicht vor, dich zu quälen. Das habe ich schon getan."

Sie leerte ihr Glas und ging zum nächsten über. Bevor sie trank, rührte sie die Mischung aus Rum und Cola mit dem Mittelfinger um. „Deswegen bin ich nicht hergekommen. Um ehrlich zu sein … Ich habe dich vermisst."

„Ehrlich?"

„Ja. Ich erzähl's dir gleich, aber erst trinke ich das hier aus."

Er kramte ein paar Zigaretten hervor, bot ihr eine an (sie lehnte ab) und zündete sich selbst eine an. Der Alkohol in seinem Körper steigerte das Verlangen nach Nikotin um ein Vielfaches, und er nahm ein paar rasche, tiefe Züge.

„Stört es dich, wenn ich mich schnell umziehe? Diese Tunika fühlt sich irgendwie komisch an."

„Nur zu – fühl dich wie zu Hause."

Oscar verschwand im Schlafzimmer und kehrte ohne Make-up zurück. Er trug jetzt T-Shirt und Jeans, die Sandalen hatte er ausgezogen. Er nahm die brennende Zigarette vom Rand des Aschenbechers und sah zu, wie Najette den letzten Schluck Rum herunterkippte und dabei ihren Kopf schüttelte, als wollte sie die Wirkung des Alkohols auf ihr Gehirn maximieren. Sie erhob sich mit geziertem Aplomb und stelzte hinüber zur Stereoanlage.

„Wie wär's mit ein bisschen Musik?"

Mit beschwipster Entschlossenheit zog sie etwas heraus, das ihr zusagte. Es war eine Aufnahme der *Dreigroschenoper*. Eine grimmige, kehlige Stimme hob zur „Moritat von Mackie Messer" an.

„Ich liebe diese Musik, sie ist so schön bissig", murmelte sie und setzte sich wieder hin, wobei sie ein bisschen näher an Oscars Außenposten auf der Couch heranrückte.

„Hast du mich wirklich vermisst?", fragte er.

„Ja. Um genau zu sein, habe ich deine Eigentümlichkeit vermisst. Du warst auf eigentümliche Weise Oscar."

Sie beugte sich geschmeidig nach vorn und langte nach einer Zigarette, die sie dann so elegant und stilvoll herunterrauchte, dass Oscar sich seiner eigenen Ungeschliffenheit bewusst wurde.

„Natürlich bist du jetzt auf eigentümliche Weise ‚Oscar Babel', in Anführungszeichen. Vielleicht war ich tatsächlich ein bisschen eifersüchtig auf dich. Du bist weitergegangen, ich bin auf der Stelle getreten. Aber die Eifersucht war nur beiläufig. An dem Abend im Café, nachdem wir im Kino waren, habe ich diesen Hunger in deinem Gesicht gesehen, diesen Hunger nach mir. Ich wollte, dass du hungrig nach mir bist, richtig hungrig. Aber ich wollte auch nichts überstürzen. Ich wollte den richtigen Zeitpunkt abwarten, wie bei einem Soufflé, weißt du noch?"

Er nickte.

„Dann haben dich die Medien in Beschlag genommen, und du bist zu einem Produkt geworden, und das hat mir Angst gemacht. Ich wollte nicht mit einem Mann zusammen sein, der in sich selbst verliebt ist. Einem wie Nicholas. Einem, der ständig schauspielert und sich hinter seiner Rolle versteckt. Ich wollte einen, der weiß, wer er ist. Aber wie sollte das gehen, wo du doch ständig reproduziert wurdest? Am Anfang, als wir uns begegnet sind, war es perfekt. Jedes Treffen hat die Kluft zwischen dem, was wir sagten, und dem, was wir meinten, verringert. Ich dachte, mit dir könnte ich wirklich …

echt sein und offen sagen, was ich empfinde. Und dann geriet das alles in Gefahr, und dein wahres Ich –"

„Ich habe kein wahres Ich. Ich bin eine Reihe von flüchtigen Ichs, und deswegen eigne ich mich so gut zum Star. Ich bin eine Leerstelle, und jeder kann mich mit jedem erdenklichen Mist füllen."

„Das ist jetzt aber ganz schön hart, Oscar."

„Aber es stimmt."

„Als ich darüber nachgedacht habe – und ich habe darüber nachgedacht –, ist mir einiges klar geworden. Es hat mich gestört, dass du dich auf dieses Medienspiel eingelassen hast, aber was waren schon ein paar Plakate, ein paar Meinungen über dich, noch dazu von Leuten, die dich gar nicht kannten? Was konnten ein paar Auftritte im Fernsehen unserer Beziehung schon anhaben? Sie hatten doch nichts mit uns zu tun. Aber hatte sich nur die Situation verändert, oder hattest du dich verändert?

Ich wusste, dass du kein Prophet warst. Und ich habe dich vermisst. Also habe ich mich wieder in dein Leben eingeladen. Aber mich interessiert nur der kleine Oscar, der leise Oscar, verstehst du? Nicht der große, aufgeblasene Oscar, der herumrennt und Lärm macht und die Grashalme erzittern lässt."

Sie verschränkte die Arme vor der Brust, als wollte sie sagen: „So, ich bin fertig."

Ihre Worte berührten ihn zutiefst. Am liebsten hätte er sie auf der Stelle geküsst, aber er wusste, wie verfrüht, ja anmaßend das gewesen wäre. Wenn Najette so großmütig war, ihn wieder in ihr Leben zu lassen (denn so herum verhielt es sich in seinen Augen, nicht umgekehrt), musste er an sich arbeiten. Und er musste einen kühlen Kopf bewahren, um diese wunderbare Gelegenheit nicht zu vermasseln; er durfte sich seine überschwängliche Freude nicht anmerken lassen. Najette hatte allen Grund, ihn zu verachten. Wieso gab sie ihm eine zweite Chance? Vielleicht war es ja gerade seine Unvollkommenheit, die sie anzog? Warum musste er immer alles durch Denken kaputtmachen? Sie war hier, alles andere zählte nicht. Sie war kein Trugbild.

„Weißt du", begann er, „du bist mir immer mindestens drei Mal so lebendig vorgekommen wie alle anderen."

„Oh, ich weiß nicht. Ich glaube, ich bin ein Stück Holz, das ständig lasiert werden muss. Wenn das Malen gut läuft, bin ich strahlend. Aber wenn ich bloß Zeit verschwende, in die Luft starre ... Pfui Teufel! Dann trockne ich regelrecht aus. Einen guten Tag stelle ich mir so vor: ungefähr um sechs aufstehen, ein bisschen joggen, bis zwölf arbeiten, jemand Wichtiges – einen Kunsthändler, einen Kurator – zum Lunch im Valerie treffen, bis sechs arbeiten, eine Stunde lang Nachrichten-Junkie sein und alles lesen, was ich in die Finger kriege, dann rasch eine riesige Mahlzeit mit Feta und Avocados und Auberginen verdrücken. Mich dann mit einem Zigeunergeiger sternhagelvoll laufen lassen. Und dann ins Bett, nach ein paar Gedichten."

„Was für Gedichte?"

„Emily Dickinson ... Shakespeares Sonette."

„Das hört sich wirklich nach einem guten Tag an. Aber selbst wenn du nur ab und zu dreimal so lebendig bist wie alle anderen, schaffst du es trotzdem, das Leben weniger langweilig zu machen. Ich meine, wenn du – warte, lass es mich zeichnen, dann wird es anschaulicher."

Er suchte ein Stück Papier und einen Stift. Sie fing an zu lachen.

„Also, das ist ein Kreis, beziehungsweise ein Ei. Das ist das Leben. Und das hier ist der aufregende, abenteuerliche, spannende Teil."

Er schraffierte ungefähr ein Zwanzigstel des Ganzen.

Najettes Lachen ging in ein wissendes Lächeln über.

„Da haben wir's. Fünf Prozent des Lebens sind erfreulich; der Rest ist Langeweile oder Arbeit. Richtig?"

„Okay."

„Und jetzt – ein neuer Kreis ..." – er zeichnete ihn – „der steht für ein Leben mit Najette. Ich schraffiere jetzt den Teil, der aufregend, abenteuerlich, spannend ist ..."

Mit wilden Strichen schraffierte er den gesamten Kreis.

„Also, wie du siehst, und wie ich überzeugend dargestellt habe, ist das Leben für gewöhnlich beschissen, während es mit dir eine exotische, inspirierende Safari ist."

„Eine Safari?"

„Ja. Kann ich dich küssen?"

„Nein."

Sie stand auf und ging zur Stereoanlage. Solange Musik lief – Musik, die jedes knirschende Schweigen ölte –, brauchte sie keine Lasur. Sie fand die „Zuhälterballade", und ein rotziger Tangorhythmus setzte ein, gefolgt von schwermütigen Bläserpassagen und einem Duett zwischen Jenny und Mackie, in dem sich Schönheit und Spott mischten.

„Noch einen Drink? Ich liege in Führung", sagte sie.

„Nein, ich glaube, ich habe genug. Aber schenk dir ruhig noch einen ein."

„Mach ich. Wär doch schade um diesen Überfluss."

Er sah zu, wie sie mit der Rumflasche hantierte und den Eiskübel mit Verachtung strafte. Durch den Vorhang ihrer Haare warf sie ihm prüfende Blicke zu. Die schwarzen Strähnen, an einem Ende kompakt, am anderen lose, sodass das Licht hindurchfiel, erinnerten ihn an einen Barcode. Während sie ihren Drink mixte, kam Oscar zu dem Schluss, dass Najette selbst die banalste Handlung mit einer gewissen Extravaganz ausführte. Sie konnte gar nicht anders.

Wie es wohl war, mit ihr zu schlafen?, fragte er sich. Bilder von einer hypothetischen Vereinigung flackerten ihm durch den Kopf. Er musste aufhören, sich so zu quälen. Aber ihr Körper war da, kaum einen Meter von ihm entfernt, er brauchte bloß den Arm auszustrecken und ihn zu berühren. Nein. Das ist lächerlich. Das wird nicht passieren. Vielleicht irgendwann, wenn sie sich wohler mit mir fühlt. Aber nicht heute Nacht. Ganz sicher nicht heute Nacht. Sie hat Nein gesagt, als ich sie gefragt habe, ob ich sie küssen kann. Das war ziemlich eindeutig. Aber ich hätte nicht fragen sollen. Auf keinen Fall. So etwas tut man nicht. Dämlicher Tölpel. Eine Frau wie Najette bittet man nicht um einen Kuss. Man fleht darum. Nein, tut man auch nicht. Gott, ist sie schön. Ich werde gleich ohnmächtig oder fange an zu heulen. Oder reiße mir die Haare aus. Habe ich denn nichts gelernt? Ich muss mich zusammenreißen. Ich muss die Initiative ergreifen, aber ich –

„Was ist los? Du siehst aus, als hättest du einen Wurm verschluckt." Lässig nippte sie an ihrem Drink.

„Nichts. Ich bin nur müde."

„Möchtest du, dass ich gehe?"

„Nein, natürlich nicht."
„Möchtest du ins Bett gehen?"
(Ja, mit dir.)
„Nein, nein, mir geht's gut … Wahrlich, ist die Nacht nicht lau? Wollen wir uns vielleicht zu jenem Fenster hinbegeben?"
„Von mir aus. Aber hör um Himmels willen auf, so zu reden."
Am Fenster hielt die laue Nacht wie ein großzügiger Gastgeber weitere Brisen für sie bereit. Sie betrachteten ihre Spiegelbilder in der dunklen Scheibe. Er dachte an die Frauen, denen er in letzter Zeit begegnet war: das Mädchen auf der Party, die explodierende Sterne sehen wollte; Anna; sogar Cressida. Jede war auf ihre Weise interessant und anziehend gewesen, doch er wusste nun, dass er, während er mit ihnen zusammen gewesen war, die ganze Zeit nur nach Najette gesucht hatte. Und da war sie nun, doppelt, im Fenster und neben ihm.
Ohne sich ihr zuzuwenden, hob Oscar an: „Hat es dir gefallen, wie –"
„Wie lange willst du dich hier eigentlich noch verkriechen?"
„Keine Ahnung. Das entscheide ich unterwegs."
„Möchtest du denn nicht in die wirkliche Welt zurückkehren?"
„Welche wirkliche Welt? Ich habe nie verstanden, was die Leute damit meinen. Wann wird die Welt wirklich? Wenn man in Not gerät? Wenn man erfährt, dass man Krebs hat? Heißt das, dass jemand, der gesund und munter ist, in der unwirklichen Welt lebt? Ist die wirkliche Welt die Welt der Finanzmärkte? Und bedeutet das, dass Ingenieure nicht in der wirklichen Welt leben? Lebt jemand, der an einer Universität lehrt, nicht in der wirklichen Welt? Sollte man ihm auf die Schulter tippen und sagen: ‚Entschuldigung, aber Sie leben nicht in der wirklichen Welt'?"
„Gott, bist du kompliziert."
Sie strich ihm mit angewinkeltem Finger über die Wange. Eine Gänsehaut lief ihm über den Nacken.
(Oh Gott, was bedeutet das? Dass sie Interesse hat? Oder will sie einfach nur nett sein? Aber man ist doch nicht einfach nur nett, ohne –)
„Oscar, vielleicht sollte ich mich jetzt auf die Socken machen, wie es so schön heißt."

(Sie wollte einfach nur nett sein.)
„Was?"
„Es wird spät und –"
„Okay, ab in die Kiste."
„Wie bitte? ,Ab in die Kiste'? Willst du mich aufräumen?"
„Bitte bleib."
„Was?"
„Ich will nicht, dass du gehst. Ungefähr zwei Sekunden lang habe ich versucht –"
„Ich weiß. Tu's nicht. Und jetzt, mein Lieber, muss ich wirklich –"
Er drückte ihr einen sehr nassen, sehr dilettantischen Kuss auf die Lippen. Sie riss erstaunt die Augen auf und fing dann wie verrückt an zu lachen.
„Mach dich nicht über mich lustig", wimmerte er. „Alles, nur das nicht."
„Was war das denn? Es hat sich angefühlt wie der Kuss von einem Oktopus."
Oskar wurde rot. „Danke für das Kompliment."
„Das war so ... so ... nass. Solche Küsse hebt man sich für später auf. Man fängt nicht so triefend an. Wusstest du das nicht?"
„Jetzt weiß ich es. Aber ich war –"
„Überhaupt sind trockene Küsse viel raffinierter."
„Okay, aber ich –"
„Also, der Monsun ist jetzt vorbei, schau mal ..."
Sie packte ihn und küsste ihn mit wunderbarer Autorität, und in diesem Moment spürte Oscar, wie sein Körper schrumpfte und seine Seele aufstieg. Najette wankte nicht – sie blieb, wie sie war. Eine mit erstaunlicher Technik ausgestattete Küssende.
„Siehst du? Beim nächsten Mal suchst du dir ein trockenes Klima."
Wie schaffte sie das bloß? Wie konnte sie aus etwas Peinlichem so mühelos etwas Komisches machen, Verlegenheit in Fröhlichkeit verwandeln?
„Du bist himmlisch", sagte er.
„Und du bist ein Lamm ... im Oktopus-Kostüm."
„Ich weiß nicht, was ich sagen soll. Mir fällt nichts ein."
„Das macht nichts. Wie mir scheint, verstehen wir uns auch so."

Sie wandte sich wieder ihrem Drink zu und streckte sich auf der Couch aus. Oscar sank in den Schaukelstuhl aus Buchenholz.

„Und du bist dir sicher, dass –"

„Ich bin mir nie ganz sicher. Oscar, ich glaube, ich muss demnächst schlafen, sonst überschreite ich mein Haltbarkeitsdatum."

„Du kannst das Bett nehmen, wenn du möchtest. Ich schlafe auf dem Sofa."

Sie nahm eine Zigarette. Worte und Rauch waberten schläfrig aus ihrem Mund.

„Ah, ja – die Ritterlichkeit. Entbehrung um einer Dame willen. Eine Badewanne wäre wohl ritterlicher. Du nimmst die Badewanne, ich den Schaum. Oscar kriegt das Emaille, Najette die Luft. Oder ist Ritterlichkeit nur eine hübsche Verbrämung von männlichem Machtdenken? Sie braucht ihren Schönheitsschlaf, damit sie am nächsten Tag gut aussieht – für ihn, versteht sich. Oder er muss nachts Wache halten, um den Drachen der Dunkelheit zu erlegen. Keine Sorge, ich werde keine feministische Tirade vom Stapel lassen. Andere können das viel besser. Ich hatte so eine Dozentin am College. Miss Fincher. Sie war furchterregend. Jeden Tag hat sie uns mit neuen Ergüssen über männliche Unterdrückung gefoltert. Sie konnte stundenlang über die böse männliche Libido palavern, und darüber, dass Männer nicht klar denken können, weil ihr Gehirn in Testosteron eingelegt ist. Kastration würde alle Übel aus der Welt schaffen, meinte sie. Ich vermute mal, der Begriff ‚Schabracke' wurde ihretwegen ins Wörterbuch aufgenommen. Sie trug immer solche Wigwam-Schottenröcke mit riesigen Sicherheitsnadeln, die sie im Zaum hielten. Wollene Keuschheitsgürtel. Sie lächelte nie. Männer so sehr zu hassen ist keine gute Idee. Sie ein kleines bisschen zu hassen ist okay, um in Form zu bleiben. Das ist in Ordnung; damit kann ich leben. Ich lebe damit.

Tut mir leid – ich weiß gar nicht, wie ich darauf komme. Liegt wohl am Rum; der macht gesprächig. Reibung zwischen Männern und Frauen – wie wär's damit? Wir brauchen ein bisschen Reibung. Männer und Frauen sind auf das Gleiche aus; nur die Methoden, um es zu bekommen, sind nicht miteinander vereinbar. Wo waren wir stehen geblieben? Ach ja, die Couch. Du hast vorgeschlagen, dass wir getrennt schlafen. Ich habe eine bessere Idee. Als ich vorhin hier herumgeschnüffelt habe, ist mir aufgefallen, dass dein Bett größer ist als das Wohnzimmer mancher Leute. Meinst du, wenn wir uns ein bisschen zusammenrollen, passen wir da beide rein?"

Diese Idee war wirklich besser, unendlich viel besser. Und doch: Wieso wurde er das Gefühl nicht los, dass sie die Grenze zwischen Freundschaft und dem, was er sich wünschte – was auch immer das war –, nicht überschritten hatten? Ihre Beziehung wirkte nach wie vor platonisch. Vielleicht war ja zu viel Zeit vergangen, vielleicht hatte die Zeit das Gefühl von Dringlichkeit vernichtet. Jedenfalls hatte Najette jetzt das Sagen. Sie bestimmte die Regeln und brach sie, wenn ihr danach war.

Sie drückte ihre Zigarette aus.

„Ich weiß jetzt", fuhr sie fort, während sie mit den restlichen Zigaretten im Schlafzimmer verschwand, „was es mit dieser Sache im ‚Sonnenbrunnen' auf sich hat." Sie entdeckte einen von Oscars Pyjamas und beschloss, ihren Startvorteil zu nutzen. „Wusstest du, dass ich gerade ein paar Studien von dem Foto mache, das du bei mir gesehen hast?", rief sie und streifte hinter der Tür ihr Kleid und die Unterwäsche ab. „Das in Lillianas Blumenladen?", rief er aus dem Wohnzimmer. Sie schlüpfte in den geblümten Schlafanzug und knöpfte rasch das Oberteil zu, bevor er hereinkommen würde.

„Ja, Lillianas ‚Sonnenbrunnen'."

„Nein, das wusste ich nicht."

„Ich glaube, ich bin von dem zerschmetterten Blumentopf und dem ganzen Drumherum deshalb so besessen, weil …" – sie betrachtete sich im Spiegel, richtete ihr Haar und warf einen prüfenden Blick auf ihre Zähne – „weil … wie soll ich sagen? Weil der Moment, in dem die Erde aus dem Topf geschleudert wurde, eine Millisekunde entfesselter Energie war, und ich finde, das ist es, was Schöpfung ausmacht. Und wenn ich diesen Moment in einem Gemälde festhalten könnte, wäre das großartig."

Er stand plötzlich in der Tür. „Du siehst hübsch darin aus", sagte er und zeigte auf den Pyjama. Er wollte nicht übers Malen reden.

„Danke. Manchmal denke ich, Maler haben es deshalb so schwer, weil sie diese dicken, pampigen Farben verwenden müssen. Das Zeug ist in Tuben abgepackt, wie Zahnpasta! Und wie soll man überhaupt

Leben schaffen, oder auch nur die Illusion von Leben? Wie soll man dieses Etwas einfangen und in einen zweidimensionalen Rahmen stecken? Van Gogh hat es geschafft, Gorky hat es mehr oder weniger geschafft, Otto Reinhard hat es fast geschafft, Modigliani nicht wirklich – seine Werke sind tot, statisch; sie sind technisch hervorragend, wirken aber wie eingefroren. Um etwas wirklich Gutes hervorzubringen, muss man das Medium bis zum Gehtnichtmehr strapazieren. Also wirklich – wie hört sich das denn an? Ich klinge so ... so aufgeblasen. Ist es nicht herrlich, einfach nur Unsinn zu reden?"

Sie ging ins Bad. Oscar wollte etwas Intelligentes erwidern, aber ihm fiel nichts ein. Daher schaltete er die Stereoanlage aus, schloss die Fenster bis auf eines, das er einen Spaltbreit offen ließ, und zog sich um. Dann setzte er sich auf die Bettkante und wartete nervös auf Najette. Er hoffte inständig, es würde keine dieser frustrierenden, schlaflosen, nicht enden wollenden Nächte werden. Sie kam aus dem Bad und legte sich ins Bett.

„Kommst du?", fragte sie trocken.

„Gleich."

Er putzte sich die Zähne, machte die Deckenleuchte aus und knipste eine Nachttischlampe an. Jetzt waren sie also wie ein altes Ehepaar, und er hatte Angst, dass sie aufgrund einer entsetzlichen, perversen Logik alles Aufregende übersprungen hatten und geradewegs an einem öden Ort gelandet waren, an dem nicht die geringste Aussicht auf Sex bestand. Der Mann im Park fiel ihm ein, der sich bei ihm bedankt und dabei seinen Hosenladen zugezogen hatte. Oder waren Najette und er einfach nur alte Freunde, die zufällig ein Bett teilten? Bestimmt nicht. Schließlich hatten sie sich geküsst. Aber hatte das tatsächlich etwas zu bedeuten?

Er kroch unter die Bettdecke. Sie lag bereits auf der Seite, das Gesicht abgewandt, sodass es nun völlig unmöglich war, ihre Gedanken zu lesen.

„Liegst du bequem?", murmelte er, verzweifelt bemüht, den Moment hinauszuzögern, in dem das Licht ausgemacht werden musste und die Möglichkeit einer Berührung endgültig dem Tod des Bewusstseins zum Opfer fallen würde.

„Dieses Bett ist himmlisch. Es ist schön, dich neben mir zu haben."

„Das freut mich. Also … kann ich dir irgendwas bringen? Ein Glas Wasser vielleicht? Oder ein Sandwich? Ich kann den Zimmerservice anrufen und ein Sandwich bestellen."

„Ein Sandwich?"

„Sie machen dir jedes Sandwich, das du willst. Mit Schinken, Salat und Tomate; mit Huhn und Ziegenkäse. Übrigens, das Club-Sandwich ist hier richtig gut –"

„Nein danke."

„Okay."

Stille. Bis auf das Brummen eines Autos, das eine Ewigkeit brauchte, bis es außer Hörweite war.

„Und wie wär's mit heißer Milch? Soll ich ein Glas heiße Milch bringen lassen?"

„Oscar, im Ernst. Ich möchte nichts."

„Verstehe. Tja dann … Wenn das so ist … War ja klar, oder?"

„Was?"

„Oh … nichts. Schon gut."

Die Bettdecke raschelte, als Najette sie auf ihre Seite zog und dadurch ein Missverhältnis schuf, das Oskar sich nicht zu beheben traute.

„Da hast du's", sagte er.

Bilder von der Orgie im Park blitzten auf wie ein Stroboskop.

„Was ist mit Schokolade? Möchtest du vielleicht –"

„Oscar! Du behandelst mich, als wäre ich schwanger!"

Noch mehr Stille.

„Dann soll ich jetzt wohl das Licht ausmachen?", fragte er ängstlich.

„Hast du Kerzen? Kerzen wären nett."

„Hab ich! Glänzende Idee. Wir brauchen Kerzen."

Er sprang aus dem Bett, rieb sich die Hände, eilte zu einer Schublade, nahm einen kleinen Untersetzer mit einem dicken Kerzenstumpf aus Bienenwachs heraus, zündete den Docht an, schaltete die Nachttischlampe aus und schlüpfte wieder unter die Decke. Schatten erwachten leidenschaftslos.

„Das war eine gute Idee", sagte er.

Sie sagte nichts.

Die Idee hatte bereits alles ausgereizt, was sie in Sachen Aufschub zu bieten hatte.

Er rückte näher an sie heran, musterte ihren Nacken, ließ sich von ihrem Duft berieseln. Sie rollte sich noch fester zusammen, zog die Arme zum Kinn und die Beine zum Bauch.

Sie wünschte, er würde jetzt den Mund halten. Sie brauchte Ruhe und Frieden. Ihr Wunsch ging in Erfüllung, denn seine Ressourcen waren erschöpft. Die Kerze flackerte müde, Schatten hoben und senkten sich. Neben ihr, so dicht an ihren Mysterien, überkam ihn ein Rausch von Glück. Sie rollte sich auf seine Seite, die Augen fest geschlossen. Oscar hörte, wie sich die Rädchen der Zeit drehten. Ihm war, als befände er sich im Innern einer riesigen Uhr, deren Sekundenzeiger mit absurder Klarheit tickte. Er schaute sie eindringlich an, als könnte er sie auf diese Weise daran hindern, vollends in den Schlaf zu sinken. Ihre Augenlider waren so zart, dass er sich fragte, ob sie überhaupt das Licht aussperren konnten. Sie sah zugleich sinnlich und friedlich aus. Ihr Haar hatte sich wie ein Netz über ihr Gesicht gelegt. Sie tauchten, jeder für sich, in einen Raum der Stille ein.

Doch dann gehorchte er wie in Trance einem Befehl, der aus der Erschöpfung hervorsickerte, und ohne recht zu wissen, was er tat, küsste er sie. Zuerst sprachen ihre Lippen nicht auf seine an, doch er ließ nicht locker, bis sie die schwere Rinde des Schlafs abwarf und seinen Kuss erwiderte. Und ihre Köpfe hoben sich und neigten sich und gaben einem leichten Aufwallen nach, kreisten um den Punkt, an dem ihre Lippen sich trafen. Najettes Augen öffneten sich, ihr Mund öffnete sich, ihre Hände falteten sich um sein Gesicht, zärtlich, fest; der Kuss wuchs wie das flüssige Wachs auf der Kerze. Auf einmal, ohne jede Dissonanz, waren sie zu einer anderen Art der Verständigung, einer anderen Form des Ausdrucks übergegangen. Sie wisperte Kann ich dir das ausziehen, doch bevor er Ja sagen konnte, hatte sie bereits den obersten Knopf geöffnet und etwas in ihm knöpfte sich ebenfalls auf, regte sich unter ihrer sanften Berührung, und Lust sprühte durch den plötzlich entzündeten Stromkreis ihrer Körper. Die Hände über ihrem Kopf entledigten sich des eigenen Oberteils, warfen es zur Seite, und im nächsten Moment durchfuhr es ihn brennend heiß, als er ihre Brüste sah. Im Kerzenschein, dem expressionistischen Licht, glitt die Bettdecke langsam zu Boden, während sie sich aufrichteten und mit suchender Zartheit berührten. Sie fiel in die Laken zurück, nahm ihr Haar, strich ihm damit übers Gesicht, und wie sie dann in das Weiß unter sich sank und sich ausstreckte, war magisch, die olivfarbene Haut zwischen Schattenranken, destilliert von ockerfarbenem Licht. Er sah sie an, wortentleert, und beugte sich über sie und küsste sie, und sie atmete schnell und ihre Augen verengten sich, und er wartete darauf, dass ihre Seele aus ihnen hervorsprang, und sie strich über seinen Nacken, seinen Rücken, seinen Bauch, bis zu der Grenze, unter die sie ihre Hand schob und dort etwas fand, das berührt werden wollte und sich danach sehnte, von allen Hemmnissen befreit zu werden, wobei er nicht wusste, ob sie wollte, dass er nackt war, doch dann sagte sie rau, atemlos Ich bin heiß und löste sich von ihm und war plötzlich nackt und bis jetzt war ihre Schönheit nur eine Kostprobe gewesen ein Fragment ihrer selbst doch jetzt war sie blendend und vollständig und seine Augen weideten sich gierig an ihrer Vollständigkeit und er sagte du bist schön du bist schön und sie küsste ihn überall mit hastigen Küssen küsste sogar seine Augenlider wo er noch nie geküsst worden war und selbst wenn sie aufhörte war er verzaubert weil er wusste dass sie wieder anfangen würde und als er einen Moment innehielt und staunte und versuchte all diese Wonnen zu fassen genügte es einfach nur zu schauen und sich in ihrem Anblick zu verlieren und die bloße Wahrnehmung war das Leben in seiner ganzen Erfüllung und er dachte an seine Rede im Park.

War es das, was Bloch gemeint hatte? Während seine Hand über Najettes schlankes Bein glitt und auf den dunklen, dichten Haaren verweilte und er mit scheuen Fingern ihre Brüste berührte, fragte er sich, wie eine solche Intensität in Abwesenheit ihres Körpers überhaupt denkbar sein sollte. Und er wusste jetzt, dass alle Ideen in der Rede nur Ideen waren, die glauben machten, Ekstase könne aus Verletzlichkeit gewonnen werden, wo sie doch allein durch die Verbindung mit einem anderen entstand. Und das, was die Leute im Park miteinander verbunden hatte, war zu frenetisch gewesen, um die Wiedergeburt zu ermöglichen, die er jetzt erfuhr.

Die Konturen des Körpers seiner Geliebten – denn sie war jetzt seine Geliebte, diesmal hatte sie es ihm gesagt (und doch staunte er über das große Wort) – verschwammen mit seinen, versanken in ihnen, nahmen sie in sich auf, wie eine Welle die Kieselsteine am Strand überspült und einen Moment lang in ihrem Schaum umfängt. Die süße Pein, die ihm kam, war Teil ihrer Nähe, ihres Hungers, der seinen steigerte und zugleich stillte, ihrer Glieder, deren Geheimnisse preisgegeben wurden. So nah war sie ihm, dass er sich auflöste, ihre Lippen an seinen Hals gepresst, ihre Hände an seine, die Finger verschränkt wie Gitterwerk, die Zeit endlich bedeutungslos – eine Filmrolle, die sich dreht und dreht, für immer.

*

Das Kerzenlicht flackerte. Draußen stellte hin und wieder ein Auto die Potenz seines Motors zur Schau. Und wenn das Geräusch erstarb, war die Stille, die folgte, überirdisch, und jede Stille schlug dem Tag die Stunde. Sie waren an einem geheimen Ort, lagen dort zusammen, ein Ort, der sich dem Strom des normalen Bewusstseins entzog. Für Oscar übertraf die Süße dieser Ruhe sogar das, was gewesen war. Er schwelgte im Überfluss ihrer Nähe, wusste er doch, dass er nur die Hand auszustrecken brauchte, um ihr übers Haar zu streichen, dass eine Armbewegung genügte, um ihre Haut zu berühren, dass er in diesem goldenen Zirkel die Affirmation des Lebens fand, nach der er sich immer gesehnt hatte.

Er hob die Bettdecke vom Boden auf, und unter ihrem Dach hielten sie sich eine Zeit lang im Arm, bis Najette sich aufsetzte, nach einer Zigarette griff und sie anzündete. Rauchfäden wanden sich empor, kreisten um sich selbst und verloren sich in feinsten Verzweigungen, die beinahe durchsichtig waren. Sie sah diesem trägen Schauspiel zu und dachte an ihre Studien von der Szene im Blumenladen.

Nach ein paar entspannten Zügen reichte sie ihm die Zigarette. Sie reichten sie hin und her, als wäre diese Zigarette das Sinnbild einer anhaltenden Kommunikation, die ihnen Gelegenheit gab, ihre Intimität fortzusetzen.

Dann sagte sie (und der Klang ihrer Stimme war ein Schock nach all der Wortlosigkeit): „Hast du gedacht, dass das passieren würde?"

„Ich glaube, es hätte mich weniger überrascht, wenn ein Jumbojet im Wohnzimmer gelandet wäre."

„Na ja, genug Platz hätte er ja."

Nach einer Pause fügte sie hinzu: „Trotzdem finde ich, dass du ein wenig übertreibst."

„Wirklich? Ich weiß nicht. Es ist doch seltsam, etwas zu erleben, von dem man so lange geträumt hat."

„Ich habe also deine Träume wahr werden lassen, um es mal abgedroschen zu formulieren."

„Ja. Und ich muss schwer an mich halten, um nicht auf die Knie zu fallen und dir einen Schrein zu errichten."

Sie lachte.

„Ich war übrigens auch überrascht."

Er wollte schon sagen, „Aber du bereust es doch hoffentlich nicht?", verkniff es sich aber noch rechtzeitig. Er wusste, dass sie vor dem bleichen Gerippe seiner entblößten Unsicherheiten zurückschrecken würde.

„Ich brauche einen Schluck Wasser", sagte sie.

Sie stand auf und schritt mit der ungehemmten Lässigkeit einer Löwin aus dem Zimmer, ihre Nacktheit war eine dreiste Provokation für die Welt, oder zumindest für ihn. Er war gebannt von ihrem Auftreten, und sein Blick wanderte ungeniert über ihre Beine, die dunklen Kurven ihres Rückens und Hinterns, über das schwarze Haar, das ihr fast bis zur Taille reichte und im Takt ihrer Bewegungen mitschwang.

Gleich darauf war sie wieder da, stieg ins Bett und leerte ihr Glas in einem Zug. Dann drehte sie es kurzerhand um, goss Oscar die übrigen Tropfen über den Kopf und flüsterte: „Da – ich weihe dich." Sie war sich ihrer Albernheit bewusst und kostete seine Reaktion mit lächelnden Augen und Lippen aus.

„Hey, tu das nicht ... Das ist nass", protestierte er.

„Du hast angefangen."

„Wie denn?"

„Mit dem Oktopus-Kuss."

„Musst du unbedingt darauf herumreiten?"

„Ja. Du warst vorhin echt kindisch, mit deinem Sandwich, der heißen Milch ..."

„Ich weiß."

Die Unterhaltung floss leise, gemächlich dahin. Etwas an ihr war voller Zärtlichkeit. Sie beugten sich übereinander und küssten sich, eine andere Art von Kuss, langsamer, besinnlicher. Ein paar von Najettes Haaren blieben auf seiner Brust liegen, Teile von ihr, die er behalten durfte.

„Was ich dich fragen wollte …", sagte er. „Hat sich aus der Ausstellung in der Earl Gallery irgendwas ergeben?"

„Nein, und wenn, hat Nicholas mir nichts davon erzählt. Kürzlich bin ich ihm auf der Piccadilly in die Arme gelaufen. Es schien ihm leidzutun, dass er so ein Arschloch ist. Er meinte, er habe einen Händler getroffen, der perfekt für mich sei. Ich habe gesagt, dafür sei es zu spät."

„Vielleicht solltest du ihm noch eine Chance geben."

„Kommt nicht infrage."

„Du hast mir eine zweite Chance gegeben."

„Ich wusste, dass du das sagen würdest."

Sie nahm eine weitere Zigarette – wie sie sich einem ungehemmten Hedonismus hingab, hatte etwas Wunderbares an sich. Ihre Unbeirrbarkeit, die Art und Weise, wie sie den Schutt des Lebens beiseite fegte und darunter etwas Neues und Frisches fand, war ansteckend. Es war, als würde sie ihm noch einmal ganz von vorn beibringen, wie man lebt. Sie war eine Lehrerin mit ungewöhnlichen Lehrmethoden.

„Ich muss dir etwas gestehen", sagte sie.

„Was?"

„Ich hab dich neulich vor meinem Haus gesehen."

„Wirklich?"

„Ja, aus den Augenwinkeln. Du hast dich ja nicht besonders gut versteckt."

„Wieso hast du dir nichts anmerken lassen?"

„Wieso hätte ich das tun sollen? Ich war wütend auf dich. Außerdem habe ich gearbeitet."

„Ich hätte nie gedacht, dass du mich gesehen hast. Du hast dich besser versteckt als ich."

„Daran bin ich gewöhnt. Frauen müssen ihre Reaktionen verbergen – viel mehr als Männer. Abgesehen davon werde ich oft heimlich beobachtet."

„Echt jetzt?"

„Ja. In gewisser Weise finde ich das aufregend. Es ist irgendwie schmeichelhaft, genau wie eine leichte Eifersucht; eigentlich ist das ein Kompliment. Der Beobachter ist ein Bewunderer."

„Hängt das nicht davon ab, wer der Beobachter ist?"

„Manchmal. Nicht immer."

„Wer beobachtet dich denn?"

„Die Vergangenheit."

„Haha."

„Doch, sie starrt mich mit ihren Argusaugen an."

„Im Ernst jetzt – wer?"

„Ach, alle möglichen Leute. Männer, die einfach nur die Straße runtergehen und stehen bleiben, weil sie von dieser Vision im Erkerfenster überwältigt sind und meinen, sie müssten sie anglotzen. Oder Spanner im Regenmantel, die masturbieren –"

„Was?!"

„Halb so wild. Das sind doch bloß arme Schweine. Was bleibt ihnen denn anderes übrig? Die haben nichts, niemanden."

„Aber ist das nicht schrecklich übergriffig?"

„Für manche Frauen schon. Aber ich kann damit umgehen. Nicht, weil ich so stark wäre, sondern weil es mich nicht wundert. Es ist aber nur ein paar Mal vorgekommen."

„Du bist unheimlich philosophisch."

„Das ist nicht das richtige Wort."

Mit einem Mal hatte er das Gefühl, rein gar nichts über die Frau zu wissen, mit der er gerade geschlafen hatte. Doch dann fragte er sich, ob er überhaupt etwas über sie wissen musste. War es nicht besser, sich überraschen zu lassen? Wäre es nicht schrecklich langweilig, sie in- und auswendig zu kennen? Ihm wurde klar, wie spannend ihre Selbstenthüllungen waren, auch wenn sie ihn mitunter verwirrten.

„Ich gehe übrigens weg … mal wieder", sagte sie unvermittelt.

„Wann? Wohin?"

„Morgen. Nach Egham. Das ist am Ende der Welt. Eine Freundin hat mich gebeten, ein paar Wochen auf ihr Haus aufzupassen. Willst du mitkommen?"

„Ernsthaft?"

„Warum nicht? Ich finde, du solltest diesen pompösen Sarkophag verlassen. Er ist nichts für dich, eher was für Mitglieder der königlichen Familie, denn die sind schon mumifiziert. Wir könnten malen."

„Es ist zu spät für mich. Ich habe den Absprung verpasst. Es ist zu spät."

Plötzlich standen ihm Tränen in den Augen; eine entkam und lief langsam über seine Wange. Sie lehnte sich hinüber und fing sie mit dem kleinen Finger auf.

„Nicht weinen, Oscar. Das nennt sich Freiheit."

„Ich weiß. Freiheit. Natürlich komme ich mit. Wie könnte ich anders? Aber ich weiß nicht, wie ich aus dieser Nummer hier rauskommen soll, oder wovon ich leben soll. Ich hänge am Tropf von Ryan Rees."

„Ich habe meinen ‚Schmetterling' verkauft. Habe ich dir gar nicht erzählt."

„Wirklich? Du hast ihn echt verkauft?"

„Ja, sonst hätte ich es ja nicht gesagt."

„An wen?"

„An einen russischen Sammler. Ein Freund von Sotheby's hat uns miteinander bekannt gemacht."

„Wie heißt der Sammler?"

„Sergej irgendwas. Bordanow oder Sonst-gibt's-Zoff. Er hat mir einen Scheck über zehntausend Pfund in die Hand gedrückt. Einfach so. Als wären es fünfzig Pence. Hoffentlich ist der Scheck auch gedeckt. Er sagt, dass er für mich eine Ausstellung in Tiflis organisieren will. Wahrscheinlich nur heiße Luft. Hat mich in seine Villa in Moskau eingeladen."

„Aha. Warum wohl."

„Na, na, kein Grund zur Aufregung. Wenn das Geld auf meinem Konto ist, kann ich dich damit durchfüttern. Wodka und Kaviar kann ich dir allerdings nicht versprechen."

Die Kerze, die schon eine ganze Weile am Rand des Erlöschens gewesen war, hauchte sich selbst aus. Wenig später, nach einer Stille, von der sie annahmen, dass es die letzte dieser Nacht sein würde, schliefen sie ein. Es war, als hätten sie den Gedanken an den Schlaf gerade noch rechtzeitig eingefangen, bevor er sich vollends verflüchtigte.

*

Oscar erwachte mit dem Gefühl, dass etwas anders war als sonst.
    Najette war nicht da. Er geriet in Panik, doch dann entdeckte er einen kleinen gefalteten Zettel neben dem Kopfkissen.

Vögel trällern, Händels Messias rüttelt an den Säulen des Himmels.
GUTEN MORGEN!
    Es ist ein wunderschöner Tag. Ich muss joggen gehen, meinen Händler treffen, mir von Zigeunern ein Ständchen bringen lassen …
Lieber Oscar,
nein … ich habe dich nicht verlassen. O ihr Kleingläubigen!!
    Weißt du noch, wie ich verschwunden bin, als wir uns zum ersten Mal begegnet sind? Jetzt ist es wieder so weit. Ich muss meine göttlichen Zobelhaarpinsel einpacken, und meine Studien und Schriftrollen und Maimeri (wie ich diese Farben liebe!). Wir treffen uns heute Nachmittag um vier an der Waterloo Station, Gleis 1, eine schöne, wohltuende Zahl. Sag niemandem, wo wir hinfahren. Ich möchte nicht, dass die „Herrschaften" von der Presse uns stören. Letzte Nacht waren wir Teufel. Lass uns heute Engel sein. Dann wieder Teufel und so weiter und so fort.
    Küsse, Küsse (nasse und trockene)
Najette

Er las die Nachricht elfmal, wobei er besonders bei den letzten Zeilen verweilte. Er wollte ganz sichergehen, dass sie echt waren, dass die Nachricht keine Fälschung war. Er zog sich etwas über, trat ans Fenster und starrte hinaus. Tief unten sah er die kleine Schar von Jüngern, die vor dem Hotel kampiert hatte – winzige Gestalten, die sich zwischen Decken räkelten.
    Als er sich gerade kaltes Wasser ins Gesicht spritzte, hörte er ein knappes Klopfen an der Tür, und Ryan Rees trat ein, ohne eine Antwort abzuwarten. Er hatte ein halbes Dutzend Zeitungen unterm Arm und fing sehr schnell (aber nicht schneller als sonst) an zu sprechen.

„Oscar, hast du das gesehen? ‚Babels Kreuzzug endet mit Orgie' – ‚Aufklärungsunterricht à la Babel' – ‚Hat der tibetische Messias den Engländern ihre Verklemmtheit ausgetrieben?' Sogar die *Sun* liebt dich: ‚Sex im Park! Babelmäßig heiß'. Ich habe dreihundert Seiten mit Kommentaren ausgedruckt, das Internet platzt schier vor Beiträgen. Irgendein Schwachkopf hat unter der Überschrift ‚Fick-Fest' Aufnahmen bei YouTube eingestellt, das Video wurde zwei Millionen Mal aufgerufen, bevor sie es entfernt haben, aber keine Sorge, wir kriegen es wieder rein, YouTube kann sich den Verstoß gegen die Nutzungsbedingungen in seinen weit geöffneten, gut geölten Arsch schieben. Nicht mal in meinen heißesten Träumen hätte ich mir so einen Hype vorstellen können. Du warst übrigens große Klasse. Die Leute von Faber & Faber wollen, dass du ein Buch über deine Lebensphilosophie schreibst. Sie haben auch schon einen Titel vorgeschlagen: *Mach's wie Babel*. Cyril Vixen will dich für die *Rogue* ablichten. Das heißt wohl, dass er die Klage gegen dich fallen lässt. Channel 4 will einen Dokumentarfilm über dich drehen. Und: Wir haben ein Angebot von Kazooi-Template über drei Werbespots. Im ersten sollst du splitternackt auf dem Rücksitz ihres neuen Tutor Saloon posieren und irgendwas von ‚Was das Leben lebenswert macht' faseln, und dass eine Fahrt in diesem Auto natürlich dazugehört. Aber sie gestehen dir ein Mitspracherecht bei der Gestaltung –"

„Bevor Sie fortfahren, muss ich Ihnen etwas sagen."

„Ja, nur zu, hör bloß nicht auf zu reden, Oscar. Oh, ich wusste, dass ich Großes mit dir vollbringen würde. Meine Instinkte, meine *Instinkte*! Wie ich diese Anflüge von weiblicher Intuition liebe. Aber das war erst die Kostümprobe, ein kleiner Vorgeschmack auf das, was noch alles kommt. Rhetorische Sturmfluten, mediale Erdbeben, nächster Halt die Vereinigten Staaten von Hysterika. Oscar, in deiner Gegenwart geschehen Dinge – das ist total verrückt. Du hast eine Wirkung auf die Leute, einfach umwerfend. Anders kann man das nicht nennen, mein Freund."

„Rees, ich hör auf. Ich mach nicht mehr mit. Mir reicht's."

Rees ballte eine Hand zur Faust und starrte sie ernst an. Dann öffnete er sie wieder, pfefferte die Zeitungen auf einen Tisch und zog eine Zigarre aus seiner Reverstasche. Er biss das Ende ab und zündete sie an. Oscar ging nervös auf und ab. Er wartete auf einen Ausbruch, der nicht kam.

„Willst du eine Zigarre, Oscar?"

„Okay."

Der förmliche Teil war rasch erledigt. Oscar nahm die Zigarre und setzte sich dann Rees gegenüber, erleichtert darüber, dass ein Tischchen zwischen ihnen als Puffer diente. Eine Weile rauchten sie schweigend.

„Oscar, was hast du gerade gesagt? Habe ich das richtig verstanden?"

„Bitte seien Sie mir nicht böse. Die Sache ist die … Ich muss damit aufhören. Nichts von dem, was ich gesagt habe, stammt von mir; es kommt alles von jemand anderem. Ich bin kein Philosoph, ich bin kein Guru; hier drinnen" – er tippte sich mit dem Zeigefinger auf die Brust – „herrscht gähnende Leere, und ich habe nur so getan, als ob. Wir wissen beide, dass ich nie in Indien war; wir wissen beide, dass ich keine Ahnung von Sanskrit habe. Das Einzige, was ich je gemacht habe, ist Filme vorzuführen und ein bisschen Modell zu stehen. Die Öffentlichkeit hat ein Recht darauf, nicht an der Nase herumgeführt zu werden."

„Oscar, hast du etwa gedacht, ich wüsste nicht, dass du eine Mogelpackung bist? Scheiße noch mal, darum geht es ja, genau das haben wir doch die ganze Zeit über gemacht, du und ich: Wir haben einen Fake geschaffen, den Leuten eine Fälschung angedreht, nichts weiter, nur dass die Fälschung in diesem Fall kein Gemälde ist, sondern ein Mensch."

„Ich werde ein kurzes Statement vor der Presse abgeben und sagen, dass ich mich zur Ruhe setze."

„Aber du hast doch gerade erst angefangen."

„Stimmt, aber ich kann so nicht weitermachen."

Rees zog nachdenklich an der Zigarre und gestikulierte dann mit ihr herum, während er ungerührt fortfuhr.

„Oscar, darf ich fragen, ob du etwas gegen mich persönlich hast?"

„Nein, nichts."

„Bin ich in deinen Augen ein gleichgültiger Vertreter der realen Welt, einer, der sich mit der Welt arrangiert und mit ihr Geschäfte macht?"

„Nein."

„Stört dich irgendwas an mir? Verachtest du mich?"

„Nicht direkt."

„Bist du unzufrieden mit dem Leben, das ich dir gegeben habe? Hast du irgendein Problem mit Macht und Einfluss? Passt es dir nicht, in einer Penthouse-Suite in Chelsea zu wohnen? Wäre dir deine Drecksbude in Elephant and Castle lieber? Findest du die goldenen Wasserhähne und das Dreierbett vielleicht geschmacklos?"

„Nein ... na ja, in gewisser Weise schon."

Plötzlich schnellte Rees mit ungeheurer Heftigkeit nach vorn und drückte seine Zigarre auf Oscars Handfläche aus. Oscar schrie vor Schmerz, während Rees teuflisch donnerte: „Du Narr! Wenn du jetzt aufhörst, bist du erledigt. Ich sorge dafür, dass du nicht mal mehr einen Job als Kloputzer bekommst, du armseliges Stück Scheiße. Ist das der Dank dafür, dass ich dich aus der Versenkung geholt habe? Ich habe Tausende von Pfund in dieses Projekt investiert, und ich habe vor, sie wieder reinzuholen. Und nicht nur das: Ich habe vor, aus dir Profit zu schlagen, kapiert? Ich werde Geld mit dir verdienen, und zwar richtig viel Geld. Tja, Oscar, was gestern passiert ist, hat gezeigt, dass du eine Goldmine bist, aber dein Gezicke kann ich nicht brauchen. Ich hab mir doch nicht den Arsch aufgerissen, den ganzen Quatsch erfunden, Märchen erzählt, das Pressepack bespaßt, damit du dich bei nächster Gelegenheit verdrückst. Ich hab dich doch nicht in ein Luxushotel gesetzt und erfolgreich vermarktet, damit du den Schwanz einziehst. Oooh, verstehe: Es ist unmoralisch – das macht dir also Sorgen. Armer kleiner Oscar. Schau dich doch um, Arschgesicht: Es gibt keine Moral oder Wahrheit mehr. Werd mal erwachsen. Es gibt keine Wirklichkeit mehr. Du bestimmst, was wirklich ist. Die Wirklichkeit ist das, was du dir ausdenkst, was du fabrizierst, oder besser gesagt: was ich, Ryan Rees, fabriziere. Gewöhn dich dran. Zum Heulen ist es jetzt zu spät. Das hättest du dir früher überlegen sollen. Hast du etwa gedacht, ich hätte das alles aus Nächstenliebe für dich getan? Hast du gedacht, ich wäre ein verdammter Menschenfreund? Hast du gedacht, ich wäre irgendein Schwachkopf?!"

Er sprang auf, holte aus und rammte Oscar mit einer einzigen, präzisen Bewegung den Ellbogen mitten ins Gesicht, als würde er eine Glasscheibe zertrümmern. Oscar fiel zu Boden und spürte einen qualvollen Schmerz in Kiefer und Nase aufwallen. Er schielte zu Rees hinauf. Endlich hatte er sich zu erkennen gegeben. Unter seiner Maske, den reglosen Gesichtszügen – darauf trainiert, weder Freude noch Unmut zu zeigen – kam eine schaurige Fratze zum Vorschein. Bis zu diesem Moment war ein Teil von Rees verborgen geblieben wie ein fehlendes Stück Film. Nun, da sich der Teil zum Ganzen fügte, wurde die schiere Hässlichkeit seiner Seele offenbar.

„Du erbärmlicher Wurm. Hast wohl geglaubt, du könntest etwas bewirken, was? Hast gedacht, du könntest die Leute aufwecken, aber ich sag dir was, Oscar: Die Leute wollen gar nicht aufgeweckt werden, die schlafen nämlich prächtig. Die liegen zufrieden in ihrer Krypta der medialen Tiefkühlung. Pass auf, dass du nicht zu laut flüsterst, wenn du an ihnen vorbeigehst, sonst fangen sie womöglich an zu kreischen wie zehntausend Raben. Es ist zu spät, Oscar, begreifst du das nicht? So wird das jetzt immer sein, Oscar, wo du auch hinsiehst, überall diese Zombies, eingelullt in ihr beschissenes, auswegloses Leben, das sie vor einer Jury, die es gar nicht gibt, zur Schau stellen, bis in alle Ewigkeit. So wird das ablaufen, Oscar, jeder wird sein eigener Gefangener und Wärter sein, und alle werden auf ewig dem Technik- und Konsumwahn verfallen sein. Von jetzt an wird es nichts anderes mehr geben als Konsum. Das Einzige, was noch irgendeine Bedeutung hat, ist Konsum. Und du wirst die Menschen nicht retten, Oscar, du wirst sie nicht retten."

Oscar spürte eine eisige Kälte in seine Knochen kriechen, eine Kälte, die schneidender war als jeder Schmerz.

„Du gehst nirgendwohin, Oscar. Heute Nachmittag um Viertel vor drei hast du eine Pressekonferenz, bei der aus allen Rohren gefeuert wird. Die komplette Journaille der Stadt wird dort sein. Vor der Tür wartet Edwin auf mich – was ihm an Hirnmasse fehlt, macht er an anderer Stelle wett. Er wird dort stehen bleiben und dir mit dem größten Vergnügen den Kopf abreißen, wenn du auf dumme Gedanken kommst und meinst, du könntest hier einfach so rausspazieren. Denk dran, wir sind im zehnten Stock. Vielleicht möchtest du ja springen. Warum nicht? Am Ende überlebst du sogar und wirst zum Krüppel. Das wäre gut fürs Geschäft. Der verkrüppelte Prophet. Wir könnten dich in einem Rollstuhl herumkarren. Was für ein genialer Coup! Der ‚Messias auf Rädern'. Das würde uns Sympathiestimmen einbringen. Mitleid ist ein riesiger Markt! Ich sag's dir klipp und klar, Oscar: Wenn du zu türmen versuchst, sorge ich dafür, dass du in einem Opernhaus im Italien des 19. Jahrhunderts landest, wo du als Kastrat singen kannst. Du hast hier einen Job zu erledigen, und bei Gott, du wirst ihn erledigen. Von jetzt an gibt es jeden Tag einen Auftritt im Verdant Theater. Siebzig Pfund pro Ticket – doppelt so viel wie im Park. Ich schätze mal, du bist damit einverstanden. Also, schlag dir diesen pubertären Scheiß aus dem Kopf, bevor ich es tue, und geh duschen. Und hör auf, Zigaretten zu rauchen, du elender kleiner Wichser. Wenn du etwas brauchst, an das du dich klammern kannst, versuch's mit Worten, du verdammtes eingewachsenes Haar. *Bon voyage.*"

Er nahm die Zeitungen, zerfledderte sie und ließ die Seiten auf Oscar niederregnen, bis er darunter begraben war. Dann gab er Edwin genaue Anweisungen, niemanden in das Zimmer hinein- oder aus dem Zimmer herauszulassen.

Es dauerte eine Weile, bis Oscar sich unter Schmerzen aufrichtete. Er wischte sich mit dem Handrücken das Blut ab, das ihm aus der Nase rann. Der Teppich war mit roten Flecken übersät. Er schleppte sich ins Bad, nahm eine Rolle Toilettenpapier und presste sie auf seine Nase, während er das Brandmal auf seiner Hand begutachtete. Dann wankte er zur Tür und linste durch den Spion. Die monolithische Gestalt, die draußen postiert war, rührte sich nicht von der Stelle. Er ging zurück ins Wohnzimmer, ließ sich in einen Sessel fallen, legte den Kopf in den Nacken und hielt sich die Nase, bis sie aufhörte zu bluten. Dann fiel sein Blick auf den protzigen Barschrank in der Ecke. Sein Inhalt weckte in ihm das Verlangen nach jener alkoholischen Membran, die die Wirklichkeit auf alchemische Weise genießbarer machte, indem sie sich wie ein Kondensfilm über ihre Hässlichkeit legte.

Er kippte einen doppelten Whisky hinunter. Danach fühlte er sich nicht mehr so zitterig.

Ich kann nicht aus dem Fenster steigen, überlegte er. Es ist zu hoch. Und durch die Tür komme ich auch nicht raus.

Die Ausweglosigkeit seiner Lage wurde ihm voll bewusst, und Panik befiel ihn. Er rang nach Luft. Oh, wie er sich nach Najette sehnte! Er nahm noch einen doppelten Whisky, der ihn beruhigte, und dann noch einen, der ihn heiter stimmte, und dann noch einen, der ihn zusammenhangloses Zeug Richtung Tür rufen ließ, aber Edwin konnte ihn da draußen nicht hören. Schließlich griff er im Vollrausch zum Telefonhörer.

„Hallo, ist da die Polizei? Ich sitze in der Patsche."

„Ja, Sir, ich höre?"

„Ich habe zu viel getrunken."

„Ihr Name, Sir?"

„Nein … nein … sorry, das ist nicht das einzige Problem, also das eigentliche … Vergessen Sie, was ich gerade gesagt habe … Ich bin eingeschlossen … Ich werde gegen meinen Willen gefangen gehalten … in meiner eigenen Hotelsuite … Ich rufe aus dem Dingsbums an … Von wo rufe ich noch mal an? Egal. Dieser Typ …"

Ein deutliches, unheilvolles Klicken war zu hören.

Er nahm noch einen Drink und fühlte sich gleich frischer.

„Hier ist Oscar Babel. Ich rufe aus dem Grosvenor an. Ich bin promi… promille… promillent. Ich werde hier unfreiwillig und gegen meinen Willen festgehalten und kann nicht raus … Können Sie mir bitte helfen … bitte?"

„Wer hält Sie fest, Sir? Können wir mit der Person sprechen?"

„Ein fetter Bär, mindestens eine Meile … eine Meile hoch."

„Sir, haben Sie getrunken?"

„Ja. Nein, nein, natürlich nicht … Bitte kommen Sie ins Grosvenor Hotel … Hier ist Oscar Babel, und ich bin … Ich werde gegen meinen Willen … ausgehalten … gefangen gehalten … noch dazu unfreiwillig …"

„Und wer hält Sie gefangen, Sir?"

„Das hab ich Ihnen doch schon gesagt, ein fetter Bär …"

„Und wohnen Sie zufällig im Londoner Zoo, Sir?"

Die Stimme lachte vergnügt und fügte dann hinzu: „Haben Sie vielleicht Kaffee im Haus, Sir? Ich glaube, ein starker Kaffee würde Ihnen jetzt guttun."

Dann – nichts.

Ihm schwirrte der Kopf, sein Körper wurde schlaff und sackte in sich zusammen. Allmählich dämmerte ihm, dass er immer noch gefangen war und nicht viel dagegen unternehmen konnte. Sein Gehirn schwamm in Alkohol und ließ sich nicht ohne Weiteres in einen nüchternen Zustand zurückversetzen. Etwas von dem, was der Constable zuletzt gesagt hatte, hielt sich vage. Er versuchte sich an das Telefongespräch zu erinnern: Grosvenor Hotel … gefangen … Bären … Londoner Zoo. Dann ein Filmriss. Hatte er etwa getrunken? Trinken … Kaffee! Das war es. Kaffee. Er brauchte einen Kaffee. Er sprang auf, kippte vornüber und landete schmerzhaft auf der Nase. Als er sich auf den Rücken rollte, hoben Wände und Decke zu einem schwindelerregenden Tanz an.

„Zimmerservice", rief er. „Zimmerservice. Kaffee. Kaffee!"

Minutenlang lag er da und kämpfte gegen die Übelkeit. Dann raffte er sich mühsam hoch, schlurfte ins Bad und trank aus dem Hahn. Kaltes Wasser lief über sein Gesicht und T-Shirt, was ihn ein wenig belebte. Er überlegte kurz, ob es noch einmal bei der Polizei versuchen sollte, verwarf den Gedanken aber wieder, denn er fühlte sich dem nicht gewachsen. Stattdessen schleppte er sich unter die Dusche, drehte alles auf, was er dort fand, und stellte sich unter den Strahl, der in alle Richtungen schoss, weil er den Vorhang nicht zugezogen hatte. Schon jetzt spürte er einen dumpfen Schmerz in seinen Schädel dringen – der Vorbote eines Katers, der ungefähr acht Stunden zu früh dran war. Er stieg aus der Dusche. Alles drehte sich.

Er ließ sich aufs Bett fallen und schlief eine halbe Stunde lang. Als er aufwachte, fühlte er sich noch schlechter: benommen, fiebrig. Er trank noch mehr Wasser und versuchte seine Gedanken zu sammeln, den Nebel in seinem Kopf zu lichten. Er biss die Zähne zusammen und zwang sich zum Denken.

Als das nicht half, nahm er seinen tragbaren Kassettenrekorder und drückte auf PLAY. Blochs Stimme drang durch den Nebel.

„Als ich klein war, saß ich oft still in der Küche und starrte aus dem Fenster, während meine Mutter mit Töpfen und Pfannen hantierte. Ich beobachtete den Regen und fragte mich, warum ich auf diesem seltsamen Planeten gelandet war. Der Regen faszinierte mich, und ich konnte stundenlang zusehen, wie er fiel. Noch mehr ergriff mich die Morgendämmerung, aber das habe ich bereits erwähnt, glaube ich. Wozu diese Abschottung, die ganze Selbstversunkenheit? Schließlich lebt man in der Welt, nicht in einem Kloster oder in einem Gemälde. Ich muss noch lernen, mich mit dem Lärm dort draußen anzufreunden, ihn zu akzeptieren. Wenn man die Angst überwindet, wird man reich belohnt. Ich habe die Angst nie abgelegt; ich habe das Leben nie akzeptiert. Und dir geht es genauso, Wurmi.

Aber ich möchte weiterhin aus dem Fenster schauen, dem Regen zusehen, nachdenken. Solange ich den Fenstern hin und wieder freundlich eins auswischen kann, um sicherzugehen, dass ich klarsehe beziehungsweise durch die Klarheit sehe."

Oscar schaltete das Gerät aus. Er trank noch etwas Wasser. Sein Kopf wütete. Er nahm eine der Zeitungen zur Hand und versuchte zu lesen.

Dann hatte er eine Idee. Er griff erneut zum Hörer und atmete tief durch. Er probte ein paar Worte und war mit seiner Artikulation zufrieden. Er versuchte, den hämmernden Schädel zu ignorieren und sich ganz auf seine Rolle zu konzentrieren:

„Hallo, hier ist Oscar Babel von Zimmer 1008. Mir ist gerade aufgefallen, dass meine Fenster total verdreckt sind. Ich bestehe darauf, dass sie unverzüglich geputzt werden, das ist für mich lebenswichtig. Zum Meditieren benötige ich eine Umgebung der Klarheit und Reinlichkeit."

Am anderen Ende der Leitung erklang die beflissene Stimme der jungen Rezeptionistin. „Selbstverständlich, Sir. Ich verstehe, wie wichtig Ihr Anliegen ist. Unsere Reinigungsfirma wird das gleich heute Nachmittag erledigen."

„Das ist zu spät!"

„Ja, Sir, aber das Problem ist –"

„Hören Sie, wissen Sie eigentlich, wer ich bin? Ich bin Oscar Babel, und ich muss heute Nachmittag eine sehr wichtige Pressekonferenz abhalten, und dazu brauche ich einen klaren Kopf und klare Fensterscheiben."

„Natürlich, Sir; einen Moment bitte, Sir."

Oscar hörte aufgeregtes Tuscheln und eine verärgerte Stimme. Dann war plötzlich eine andere Person am Apparat.

„Hallo, Mr. Babel, hier ist Felix Speace, der stellvertretende Geschäftsführer. Natürlich ist mir die Dringlichkeit dieser Angelegenheit voll und ganz bewusst. Unser Reinigungsteam wird in weniger als einer Stunde bei Ihnen sein. Bitte erschrecken Sie nicht, wenn plötzlich jemand vor Ihrem Fenster auftaucht. Es ist mir allerdings unbegreiflich, wie die Scheiben so schmutzig werden konnten. Sie wurden erst vergangene Woche geputzt."

„Jaja, schon gut, machen Sie sich darüber keine Gedanken. Sorgen Sie einfach dafür, dass Ihre Leute schleunigst kommen."

Während er auf die Fensterputzer wartete, stopfte Oscar ein paar Kleidungsstücke, Whiskyflaschen und Schokoladentafeln in einen Koffer und verstaute Blochs Kassetten in einer Plastiktüte. Er trank noch ein Glas Wasser und noch eins und entleerte dann so lange seine Blase, dass ihm die Beine wehtaten. Er äugte durch den Türspion. Der Gorilla hatte sich nicht von der Stelle bewegt. Wurde ihm denn gar nicht langweilig?

Er wartete. Zwei bange Stunden vergingen. Er rief in regelmäßigen Abständen die Rezeption an, was das Erscheinen der Fensterputzer jedoch nicht beschleunigte. Er hatte schreckliche Angst, Rees könnte vor ihnen eintreffen. Endlich, gegen 14.15 Uhr, erschien ein Metallkorb, ungefähr zwei auf drei Meter groß, und schwebte langsam empor, als wäre er unterwegs in den Himmel. Zwei Männer mit Overalls und Käppis winkten Oscar freundlich zu und fingen an zu rollen und zu wischen, wobei sie geflissentlich über den makellosen Zustand der Fensterscheiben hinwegsahen.

Oscar öffnete das große Fenster gleich neben dem leicht schwankenden Arbeitskorb. Dieser war an einem sehr langen, ausfahrbaren Arm befestigt, der wiederum zu einem mitten auf der King's Road geparkten Kranwagen führte. Ein Schwall frischer Luft strömte herein und belebte ihn im Nu, und er fragte sich, warum er nicht schon früher darauf gekommen war, die Fenster zu öffnen.

„Endlich!", rief er den Männern zu, die verdutzt dreinblickten, als sie Oscars zerschundenes Gesicht sahen. „Wieso hat das so lange gedauert?"

„Sorry, Mr. Bubble", sagte der Ältere der beiden, „aber da war 'ne Menge Verkehr. Keine Sorge, die Fenster sind gleich so gut wie neu."

„Vergessen Sie die Fenster", sagte Oscar gereizt. „Ich steige bei Ihnen ein."

„Was? In meinen Korb darf niemand rein, Mr. Bubble."

„Ich heiße Oscar *Babel*, und ich steige jetzt ein."

Er hievte seine Sachen in den Korb, wobei er sich ziemlich weit aus dem Fenster lehnen musste, und schickte sich an, hinterher zu klettern.

„Was tun Sie da?", rief der Fensterputzer. „Wir sind für so was nicht versichert! Das geht nicht! Halt!"

Der Korb schwankte außer Reichweite. In diesem Moment machte Oscar einen fatalen Fehler: Er schaute nach unten. Autos rasten hin und her wie winzige bunte Blechbüchsen. Eine Welle von Übelkeit türmte sich auf und brandete durch seinen Magen. Dann übergab er sich über dem Abgrund und über ein paar Leuten, die gerade auf dem Weg ins Kino waren. Er wischte sich den Mund mit dem Ärmel ab und unternahm einen neuen Versuch, aber der Korb war zu weit weg.

„Hey, Mann, können Sie das Ding vielleicht ein bisschen zu mir rüberfahren?", rief er außer sich.

Schließlich schwenkte der Korb quietschend herbei und Oscar kletterte hinein.

„Keine Angst, ich weiß, was ich tue", sagte er. „Hat einer von Ihnen vielleicht ein Aspirin? Himmel, ich brauche dringend ein Aspirin."

Die Fensterputzer starrten Oscar an wie einen Außerirdischen, der gerade in der terrestrischen Zivilisation gelandet war.

„Na los, worauf warten wir noch?", rief er ungeduldig.

Einer der beiden schälte sich aus seiner Erstarrung, drückte einen roten Knopf, und mit einem plötzlichen Ruck trat der Korb seine wackelige Talfahrt an. Oscar spähte durch die Scheibe und hoffte inständig, rechtzeitig aus dem Blickfeld der Suite zu verschwinden. Dann sah er Ryan Rees, der offenbar in diesem Moment hereingekommen war. Er sah seine schmalen Lippen, die sich mechanisch bewegten. Gleich würde er ihn entdecken. Wenn der Korb doch nur schneller abtauchen würde. Aber Rees schaute nicht zum Fenster, und während er das Schlafzimmer und das Bad durchsuchte, sank der Korb die entscheidenden Meter in die Tiefe. Oscar stieß einen einzigen langen Seufzer der Erleichterung aus, und die geballte Anspannung wich aus seinem Körper. Er hüpfte auf und ab, wodurch der Korb bedrohlich ins Wanken geriet.

„Das hat Spaß gemacht!", rief er, als sie unten angelangt waren. „Hier, für Sie!"

Er gab den Männern je eine Zwanzig-Pfund-Note, die sie wortlos einsteckten. (Mit dem Geld schlugen sie später in einem nahegelegenen Pub über die Stränge und kotzten die halbe King's Road voll.)

Er war nur zehn Meter vom Haupteingang des Hotels entfernt. Er konnte den unvermeidlichen Schwarm von Presseleuten sehen, die vor der Drehtür warteten, und gleich daneben das Grüppchen seiner Jünger, die immer noch hofften, mit ihm frühstücken (oder inzwischen wohl eher lunchen) zu können. Er versteckte sich in einer Hausnische. Als ein Taxi auftauchte, und er es gerade noch rechtzeitig anhalten konnte, brüllte er „Hierher, Gentlemen!" und warf sich in den Wagen. Ein paar besonders fixe Journalisten begriffen, was vor sich ging, und rannten dem Taxi hinterher, brachten aber nicht die übermenschliche Geschwindigkeit auf, um mit ihm Schritt zu halten. Derweil waren die Jünger in ein Gespräch über Ouija-Bretter vertieft, sodass sie von der Flucht ihres Retters nichts mitbekamen und in süßer Ahnungslosigkeit weiter auf sein Erscheinen warteten.

An Bord des Taxis überkam Oscar ein unbändiges Glücksgefühl, und seine Gedanken flogen zur Waterloo Station, zu Najette und nach Egham. Er konnte es kaum erwarten, sie wiederzusehen. Als der Wagen Fahrt aufnahm und er sich vor den gierigen Blicken sicher fühlte, lehnte er sich zurück und nahm freudig die bunten Straßen von Chelsea wahr. Eine gewaltige Last fiel von ihm ab. Er lächelte vor sich hin, während er die Ereignisse der letzten Minuten Revue passieren ließ, Ereignisse, die ihn in eine andere Dimension katapultiert hatten, an einen anderen Ort, verträumt und friedlich. Dann begann er, einen schlichten Abschiedsbrief zu formulieren.

*

Aus der *Times*, 4. September 20—
Adieu, Guru!
von Professor Bart F. Walla

Oscar Babels Entscheidung, sich aus der Öffentlichkeit zurückzuziehen, ist bedauerlich, kommt aber nicht überraschend. Vermutlich wird er sich auf einen bescheideneren Lebensstil zurückbesinnen, einen, der eher zu indischen Ashrams als zu Londoner Luxushotels passt. Mit anderen Worten, er hat offenbar beschlossen, in eine Welt zurückzukehren, in der er zu Hause ist. Wir sollten dankbar sein für die kurzen Momente der Erleuchtung, die er uns mit den ImagiLektionen und zuletzt mit seiner unvollendeten Rede in den Kensington Gardens geschenkt hat.

Es war wohl unabdingbar, dass wir uns auf dem Höhepunkt seines Ruhms von ihm verabschieden müssen. Mr. Babel ist zu dem Schluss gekommen, dass er seine Lehren verrät, indem er sie unter die Leute bringt. Er weiß, dass wahre Integrität auf Schweigen beruht, und es spricht Bände, dass er nun aus dem Rampenlicht tritt. Das war der einzig logische Schritt. Mr. Babel hat beschlossen, dass seine Integrität nicht verhandelbar ist. Seine Seele bleibt unversehrt, obwohl sie sich in die Niederungen dieser verkommenen Welt – der sogenannten „realen" Welt – begeben musste.

Bart F. Walla, Professor der Theologie an der Universität Bangor

24

Drei Tage waren vergangen, seit Bloch ins Krankenhaus eingeliefert worden war, und noch immer weigerte er sich, zu essen. Die Infusionslösung tropfte in seine Venen. Er nahm Flüssiges zu sich, aber außer zwei Portionen Reis, einer kleinen Kartoffel, ein wenig Salat und einem halben hartgekochten Ei hatte keine feste Nahrung seinen Magen passiert. Jeder Winkel seines Körpers schmerzte, aber dank der Infusion fühlte er sich etwas frischer, und manchmal war er sogar in der Lage, ein paar Sätze auf Band zu sprechen.

Unerbittlich setzte sein Leib den Rückzug in sich selbst fort, immer deutlicher traten die knöchernen Strukturen des Schädels, der Wirbelsäule, des Brustkorbs und des Beckens zutage. Wie ein Marmorblock, der so lange behauen wird, bis die Skulptur freigelegt ist, die der Künstler in dem rohen Stein vermutet hat, wurde Blochs Körper durch das Fasten auf eine neue Version seiner selbst heruntergemeißelt. Und noch immer führte er Askese und Reinheit als rationale Begründung für sein Hinschwinden an.

Wenn er die Energie aufbrachte, sprach er mit seltsam blecherner Stimme in sein Mikrofon.

30. August
Nur so viel: Lasst den Hundemann ziehen, auf dass er sich zwischen Fliegen vermehre. Der blassgelbe Mond bleibt ihm verborgen. Die Hunde bellen wie verrückt den Mond an, und die Damen werden schwach. Wozu das blutige Gemetzel? Her mit den Hunden – ich lecke sie in Form. Sie sollen merken, wer der Boss ist. Und in der Zwischenzeit können die anderen Irren nach dem schürfen, was sie für Gold halten.

Ich habe nicht um diese Hängematte gebeten. Wenn der Tod mich erlöst … wird sich das anfühlen wie das Betäubungsmittel, das mir die Frau mit den O-Beinen verabreicht?

Farben verblassen, Geräusche bekommen Risse.

Dieser Körper muss durchsichtig sein, damit der reine Geist in ihn fährt. Bald werde ich von Luft und Gedanken leben ... Ich bin dabei, der Geist meines wahren Wesens zu werden, körperlos, voller Licht.

31. August
Sie kommen, wecken mich, wiegen mich. Sie geben mir Tee; sie stecken Dinge in mich hinein, messen die Körpertemperatur, zapfen mir Blut ab. Was reden die da? Kartoffelbrei mit Würstchen, Scampi, Koteletts. Wieso mischen die sich überhaupt ein?

Brötchen gegessen. Halbes Brötchen. Kotzübel, aber es ist nicht hochgekommen.

Ich weiß nicht, was nötig wäre, um geheilt zu werden ...

Ich muss immerzu daran denken, wie es war, als Natty Hühnerbrühe machte; den Kadaver in ihren haarigen Armen hielt. Wenn noch andere da waren, rief ich: „Seht, ein Zwerg!" und dann: „Da zieht sie hin: Natty tritt dem Moskauer Staatszirkus bei." Könnt ihr euch das vorstellen? Hin und wieder sprang der alte Funke unter den Bettlaken über, und dann war die Hölle los. Sie krallte sich an meinen Augenbrauen fest. Ihre Zähne waren so sexy. Es gefiel mir, wenn sie ihre Finger in den Senf tauchte, ihn mir ins Gesicht schmierte und ableckte. War aber trotzdem nicht scharf genug für Mademoiselle. Und grünen Paprika.
    Ich schaute stundenlang zu, wie sie Zahnseide benutzte. Sogar die Zahnseide hat sie mitgenommen; sie hat nichts zurückgelassen. Sie war immer so gründlich. Und sogar, wenn sie Abendessen machte, schickte sie ihren Freudinnen hinterher Textnachrichten mit den Zutaten, den Kochutensilien, den Garzeiten. Gott, war sie energiegeladen. Ich war die Begleitperson, wenn es flussabwärts ging, und schaukelte in meinem kleinen Kanu hinterher. Für eine haarige Frau war sie ganz schön anziehend. Ich liebte es, wenn Natty ihre Termine auf den Arm, den Handrücken, die Handfläche schrieb. Sie hielt immer alles fest und alles ein. Und manchmal schmeckten meine Küsse nach Tinte, ich weiß nicht mehr, ob nach schwarzer oder blauer. Ihr hättet sie sehen sollen, wenn sie echt war, keine Fiktion, die ich mir ausdenke. Aber das

ist es ja gerade. Ich weiß nicht mehr, was echt ist. Ich habe sie so oft neu erfunden, dass ich es vergessen habe. Einmal hat sie einen verdammten Heuballen mit nach Hause gebracht; meinte, der verleihe dem Haus etwas Ursprüngliches, Erdverbundenes; wir seien zu urban dort oben in Islington; wir hätten den Kontakt zur Natur verloren.

Und diese Haare auf dem Kissenbezug! Und die falschen Wimpern, geschwungen wie züngelnde Flammen. Dort, unter der Oberfläche, die unsichtbare, verborgene Welt ... Ruß und Staub und Haare und Eiter sammelten sich im Abflussrohr. Wie viele Jahre vergingen, bis der Abfluss durch ihr Kommen und Gehen endgültig dicht war? Nur eine leibhaftige Frau wie Natalie konnte diesen Abfluss so gründlich verstopfen; ihm klarmachen, dass Fleisch mächtiger ist als Marmor. Ich habe sie um ihre Drachenschnauze beneidet. Aus ihren Nasenlöchern kamen Flammen, ihr Blick war wie die Spanische Inquisition, er brachte mich jedes Mal um. Und die Berührung ihrer Haut bedeutete ... Verbrennungen dritten Grades.

Ich fühle mich wirklich besser, seit ich an diesem Tropf hänge. Ich frage mich – ob er mir steht? Vielleicht werde ich ja zum Trendsetter.

Jetzt ist meine Lust nicht mal mehr poetisch. Früher war sie es, ich weiß noch ... da konnte diese Lust ein Haus entzünden, sich durch Holzbalken hindurchfressen. Und Tropfen von Blut, bald hier, bald dort, fanden ihre *raison d'être* in dem geschwollenen Schwanz. Nach dem Schlaf schwoll er an. Runter mit dir, du Lümmel! Erteilst Befehle wie ein durchgeknallter Faschist.

Jetzt ist mein Ständer eine Erdnuss.

1. September
Ekelhaft, der Gedanke an ... eine Liebkosung, an Körperflüssigkeiten, faulende Zähne, Haut und Staub. Igitt! Ich möchte in einem Vakuum leben, ohne menschliche Sekrete. Die Sauerei erspare ich mir ... Lieber trinke ich Tee mit den Göttern. Ich verlange nicht viel, mein Aschenputtel-Märchen sieht so aus: zu Dampf werden, durch den Raum wabern.

Wie konnte ich das Sexuelle bloß als göttliche Vereinigung von Seelen bezeichnen, als Tor zum Paradies auf Erden? Wohl eher das Tor zu stinkenden Körpern, klebrigem Schweiß und Sperma. Ich muss verrückt gewesen sein.

Werde allmählich müde, benommen. Haare fallen in Büscheln aus. Sitze in der Falle.

Sie sind mit dem Essenswagen gekommen – haben gesagt, „Iss, kleiner Scheißer" – ich habe den Kabeljau hinter den Heizkörper gestopft – später haben sie herumgeschnüffelt und ihn gefunden – Schwester Brunhilde gibt den Feldwebel – Hopp, hopp, raus aus den Federn! Frisch auf! – Verpiss dich, fette Schnepfe, du Hängebauchschwein, hast genügend Fleisch am Hintern, um den Grand Canyon damit zu füllen. Wie viel hast du gefressen, während kleine Kinder verhungert sind?

2. September
Ich wünschte, ich könnte Worte in Essig einlegen, meine Empörung in Schleim packen und ein letztes Mal ausspucken, die ganze Welt damit bedecken! All die Schmarotzer, alle, die den Tod zum Staatsakt machen, die auf die Wahrheit pfeifen, durch eine geschrumpfte Welt kriechen wie Käfer. Ich werde meine Rache schon bekommen. Ich werde sie alle töten, hinterrücks, vorderrücks. Lass mir Zeit. Langsamer Tod sitzt in den Startlöchern. Schluss mit guten Taten, Schluss mit Großzügigkeit. Das überlasse ich Wurmi. So müde, und ich sag die Wahrheit, eine Wahrheit, die kein Mensch erträgt, nicht mal ich. Verbrennt Fotografen, die das Elend aufnehmen! Äschert Politiker ein, die sich mit der Verschwörung verschwören! Heilige Männer sollen zur Hölle fahren; sie waren sowieso die ganze Zeit über mit dem Teufel im Bunde! Ich ... kann ... jetzt ... alles sehen. Seht ihr, was ich sehe?

4. September
Zufrieden, Wurmi? Hast du jetzt ein Leben? Hast du ein Leben gewonnen, indem du meins genommen hast?

5. September
Ich sag euch was – falls überhaupt jemand zuhört: Meine Gedanken … driften immer weiter ab, sogar der Klang meiner Stimme ist mir fremd … so heiser, tot. Der Körper täuscht; er verändert sich, ist nicht beständig. Ganz zu schweigen von seinen Gerüchen. Achsel … Ich könnte mir die Eingeweide aus dem Leib kotzen, da ich ja sonst nichts zum Auskotzen habe. Da kleben sie, die Eingeweide – wie Spaghetti an die Wand geklatscht.

Und was ist mit den hängenden Klöten? Ein paar verschrumpelte Tomaten, eine wahre Pracht! Ich fange gar nicht erst von schweißtriefenden Abscheulichkeiten an, oder von dem, was in der Unterwäsche los ist.

Das Tor zur Schatzkammer, Anus, reib ihn, lieb ihn, fick ihn, ganz egal, wie, wen juckt das schon. Wieso diese ganzen Körperöffnungen … Gestank, wo's nur geht, miefende Penisse, Ärsche wie tote Esel, Mäuler, die vor sich hin rotten, Schleim, der den Rüssel hochkriecht und darin brütet.

Jetzt wisst ihr, warum es überhaupt nicht verrückt ist, den Körper abzulehnen.

Keine Nahrung, die verdaut werden muss, kein Gestank im Mund, keine Essensreste zwischen den Zähnen, keine Zahnseide, keine Scheiße, die ausgeschieden werden will, ein sauberer, sauberer Darm. Kein Ballast.

Um ehrlich zu sein … Mein Mund fühlt sich an, als wäre eine Kuh dort eingezogen und hätte reingeschissen. Und sie wird weiter reinscheißen, bis alle Kühe nach Hause gehen … was sie nicht können, weil sie ja nach der Kuh in meinem Mund suchen.

Meine Knöchel sind zu Baumstämmen angeschwollen. Waden wie Ballons. Warum bloß?

Aber machen die es mir leichter? Nein, die erinnern mich nur an mich selbst, mit ihren Nadeln, Schläuchen, Vitaminspritzen, Eisenspritzen. Das große Wehweh der Zwangsernährung … das wird nichts, weil für den Zwang keine Zeit mehr ist. Dr. Kennel – was weiß der schon? War er mit einer Frau verheiratet, die seinen Vater gefickt hat? War er berühmt, dann mausetot?

Manchmal … manchmal … fühle ich mich so leicht. Ich befehle meinem Arm, sich zu bewegen, und spüre ihn gar nicht. Ich schwebe durch die Räume … unsichtbar; könnte ein Zimmer betreten, ohne dass mich jemand bemerkt.

So leicht, so dünn.

Streiche mit dem Finger über die Wirbelsäule, sie steht raus wie Stacheldraht. Weiß nicht, wie lange ich noch sprechen kann. Oder denken.

Irrenarzt ist wieder da, Dr. Kennel ist zurück – der Mann ist ein Hohlkopf; hält mich für plemplem (ha!), kann mir aber keine Medikamente geben, zu gefährlich, daher bleiben ihm nur Fachjargon und Argumente. Ich mach dort weiter, wo er aufhört.

7. September
Freak-Show Freak-Show

Spieglein, Spieglein an der Wand, wer ist der Dünnste im ganzen Land?

Haben mich heute gezwungen, Salat zu essen. Haben gesagt, „Los, iss, du kleiner Scheißer." Haben gesagt, „Gut gemacht, braver Junge, dickes, fettes Pfannkuchenlob …"
Ein bisschen Suppe würde vielleicht runterflutschen
Aber nicht der Weihnachtstruthahn

Krise – hab mir die Infusionsnadel rausgezogen – Riesentrara – wieder die Rede von Zwangseinweisung – wollten mir das Ding wieder reinstecken, haben aber keine Vene gefunden, irgendwann dann doch, aber erst nach viel Gestupfe. Hat wehgetan.

Wenn sie breitbeinig auf der Toilette saß – Scheiße noch mal, umwerfend, herrlich; nichts ist verführerischer … als vereitelte Schönheit.

Werde mich nicht über ihren Hintern auslassen. Aber wenn je ein Hintern Worte verdient hat, dann ihrer.

Webster war vorhin hier – feiner Kerl, wirklich. Geistig zurückgeblieben, aber gutherzig.

Wenn ich Liebe gepredigt habe, dann immer von der Kanzel herunter, aus sicherer Entfernung, dort, wo keine Liebe stattfindet.

Pfleger ist mit Essenswagen gekommen – hat gesagt, „Iss, Scheißer" – hab Kotelett und Kartoffeln in die Schublade gestopft, zwischen die Socken – er hat sie natürlich gefunden – hab gesagt, „Iss du's doch" – er hat gesagt, „Ist aber für dich" – hab gesagt, „Keiner von uns kann das jetzt noch essen; war ja zwischen meinen Socken." Die haben langsam genug von mir.

Später ist er mit einer Ofenkartoffel zurückgekommen, hab sie hinter der Heizung versteckt und mir die Infusion rausgezogen. Sie haben gesagt, die Sozialassistenten würden jetzt kommen, um mich zu begutachten, um zu sehen, ob ich reif für die Klapsmühle bin. Ich will da nicht hin, ich will da nicht hin –

8. September
Hat nie gemalt, der Idiot. Wenn er doch bloß einen Funken Disziplin hätte. Wenn er doch bloß den Mund halten und sterben würde. Wenn er doch bloß nie zu mir gekommen wäre. Wenn ich ihm doch bloß nie begegnet wäre. Wieso ist er nicht … in seinem Kino geblieben und im Dunkeln verrottet. Wie wir alle.

9. September
Nicht Bloch … nur seine Gestalt angenommen, so wenig Bloch wie die Ameise eine Giraffe ist.

Schwebe durch Raum.

Neu geboren. Zeit passt in Hosentasche. Bin ein Molekül. Kein Fleisch, nur Knochen und Sehnen.

Geschafft. Existiere nicht mehr.

Liebe, die verbrennt, reinigt den Eiter, die schmierige Verwundung.

Du, den ich über Feuer und Rauch anrufe, du bist verloren.

Verloren. Verloren. Verloren. Verloren.

Nacht (vier Uhr)
Schweben … weinen … Blut statt Tränen, Tränen in Venen

Schweben

Schweben

25

Nachdem Rees im Bad und im Schlafzimmer, unterm Bett und im Schrank nachgesehen hatte, zitierte er seinen herkulischen Schergen Edwin herbei, der noch immer wie festgewurzelt vor der Tür stand, nahm ihn ins Kreuzverhör, was zu nichts führte, bemerkte dann das offene Fenster und fiel beinahe hinaus, so angestrengt blickte er in die Tiefe. Er entdeckte den Hubsteiger, der inzwischen vollständig eingefahren war. Rees brüllte Edwin zu, er solle sofort nach unten rennen, denn Oscar sei offenbar gerade erst entwischt und könne noch eingefangen werden.

Ryan Rees schäumte und fluchte. Anfangs waren seine Tiraden funktional und prosaisch, doch je mehr er sich in Rage redete, desto ornamentaler und barocker wurden sie. Er war wie ein virtuoser Pianist, der mit einer nüchternen, scheinbar wenig vielversprechenden Melodie beginnt und sie in immer komplexere Variationen kleidet.

„Dieser syphilitische Kuhfladen.

Diese Schwanzfresse mit Kacke statt Hirn.

Dem kleinen Türstopper zeig ich's! Ich verfütter ihn an die verfickten Hunde! Ich werf ihn den Geiern zum Fraß vor, damit sie ihm Herz und Leber raushacken-hacken-hacken! Ich überlass ihn den Kannibalen, damit sie ihm das Glockenspiel abschneiden. Der kleine Maulscheißer soll mich kennenlernen, diese Schweinefotze, dieses verschissene Dreckssschwein, steht da und pisst in den Wind, dieser Wichser, aber ich sorg dafür, dass der Wind ihm die Pisse zurück ins Gesicht bläst, ich stopf ihm Dynamit ins Arschloch, diesem kleinen nassen Furz mit Pimmelgesicht, ich reiß ihm den Arsch auf, diesem verdammten, winselnden, brabbelnden Kretin mit Mottenkugeln statt Eiern, diesem Arschpickel, fuck, Fuck, FUCK!"

Als er das Ende seiner unflätigen Litanei erreicht hatte, kehrte Edwin zurück – allein. Rees reagierte nicht gut darauf. Er schnappte sich ein paar Kristallaschenbecher und schleuderte sie in den Barschrank. Zu Bruch gingen die Brandygläser und Whiskyfläschchen. Dann packte er den Wiener-Jugendstil-Paravent und sprang so lange auf ihm herum, bis er schwer entstellt war. Edwin schaute verwundert und ehrfürchtig zu. Währenddessen sandten Rees' Mobiltelefone einen unaufhörlichen Strom von Klingeltönen und Signalen aus, die von eingehenden Textnachrichten kündeten und das Ballett der Zerstörung mit einem spasmodischen Soundtrack untermalten. Schließlich nahm Rees eine der verzinkten Stehlampen und steckte sie kopfüber in den zertrümmerten Barschrank. Dann feuerte er Edwin. Der verstand die Welt nicht mehr und trottete zur Tür hinaus und zum Arbeitsamt. Daraufhin tätigte Rees ein paar Anrufe, denn er hatte sich ein wenig beruhigt.

Er erfuhr, dass die Royal Parks Agency ihn verklagen wollte, weil er den guten Namen der Kensington Gardens in Verruf gebracht hatte.

*

Egham. Ein kleines und vollkommen belangloses Städtchen in der Grafschaft Surrey, ganz in der Nähe von Windsor und Virginia Water. Es hatte zwei indische Restaurants und ansonsten sehr wenig zu bieten. Das Verlockendste an Egham war vermutlich der Bahnhof, eröffnete er doch die Möglichkeit, in die Außenwelt zu gelangen.

Oscar und Najette wohnten in einer ruhigen Straße, der Harvest Road, unweit eines kleinen Lebensmittelladens und eines Spirituosengeschäfts, das nebenbei auch Zeitungen verkaufte. Ein Waldweg führte nach Kingswood, einem Studentenwohnheim des Royal Holloway College (dessen Hauptcampus nicht allzu weit entfernt war), und manchmal schlenderte Najette ihn entlang, denn das war ein hübscher Spaziergang. Es gab auch ein Pub, das „The Happy Man" hieß und verkochte Hausmannskost auftischte. Die Lasagne mit Fritten war besonders beliebt. Die Nebenstraßen waren ausgestorben; so ausgestorben, dass man getrost auf der Fahrbahn gehen konnte, zumal es sowieso keine Gehwege gab.

Das Haus schmorte in der Spätnachmittagssonne. Es war ein kleines Haus mit einem Gärtchen auf der Rückseite und einem Rasenstück auf der Vorderseite. Der Rasen hatte lichte Stellen wie ein Kopf mit schütter werdendem Haar. Najette und Oscar waren im Wohnzimmer. Die Gardinen vor den weit geöffneten Fenstern wehten leicht im Wind. Sie rasierte ihn, die Klinge schabte über Wangen und Kinn, während er mit einem feuchten Handtuch um die Schultern dasaß und stillhielt. Sie verwendete Olivenöl, das, wie sie fand, eine perfekte Rasur ermöglichte. Oscar war ein bisschen skeptisch.

Die Entscheidung, mit Najette fortzugehen, überlegte er, war die beste seines Lebens gewesen.

Um sie herum lehnten Gemälde an Wänden und Stühlen. Er erkannte den See wieder, den Totenkopf und das Gesicht sowie weitere Werke aus der Earl Gallery. Einige der Gemälde hatte er noch nie gesehen: zerklüftete Landschaften, Akte von kränklicher Blässe. Najette hatte sie alle mitgenommen, aus Sorge, ihnen könnte in London etwas zustoßen. In einer Ecke warteten, zusammengerollt und mit Klebeband versehen, die Studien für die Szene im Blumenladen. Ihr Anblick erfüllte Najette mit gespannter Vorfreude, denn sie war im Begriff, etwas zu finden, das sie immer gewollt hatte: ein wirklich beunruhigendes Bild, das beim Betrachter etwas auslöste, das ihn unvermittelt und mit voller Wucht traf. Die zerstörte Pflanze sollte ein Sinnbild für Furcht und Energie sein, und wenn es ihr gelänge, dieser zerschmetterten Gewissheit eine noch größere Ungewissheit zu verleihen, hätte sie ihr Ziel erreicht. Es war ein ehrgeiziges Ziel, und Najette war noch dabei, sich aufzuwärmen, die Sehnen ihrer Pinsel zu strecken und zu dehnen. Noch hatte sie nicht begonnen, mit Öl zu arbeiten; zuerst wollte sie das fertige Bild im Kopf haben, denn in der Vergangenheit hatte sie sich mitunter zu hastig in die Arbeit gestürzt und war mit dem Ergebnis nicht zufrieden gewesen.

Sie war froh, aus London weg zu sein. Das Haus – schlicht, ein bisschen heruntergekommen und verstaubt – schien ihr die geeignete Umgebung zum Malen zu sein, denn es war so unaufdringlich, dass es sie nicht von der Arbeit ablenkte. Das Wohnzimmer bekam reichlich Sonnenlicht ab (worauf sie großen Wert legte), ebenso der verwilderte Garten, wo sich Brennnesseln und ein zaghafter Brombeerbusch im Wind wiegten, wenn er stark genug blies. Dieses Fleckchen war seltsam idyllisch, obwohl es dort keine Springbrunnen oder Statuen, keine Bougainvillea oder Rhododendren gab. An den Nachmittagen, nach dem Lunch, lagen sie im Schatten des jungen Apfelbaums auf Liegestühlen und lasen Emily Dickinson und Shakespeares Sonette.

Während sie ihm die hartnäckigen Stoppeln auf der Oberlippe abschabte und dabei seine Nase auf komische Weise nach oben bog, schaute Oscar ihr in die Augen und freute sich auf die gemeinsame Zeit, denn endlich würde er etwas genießen, während es geschah. Das Hotel und das Luxusleben, das ihm dort beschieden gewesen war, vermisste er nicht. Hier war er wieder anonym. Niemand konnte ihn stören, auf die Probe stellen, einschüchtern oder vereinnahmen.

Er begann, ausgefeilte Mahlzeiten zu kochen, und verbrachte große Teile des Tages in Gesellschaft von Sieben und Schneidebrettern. Er bereitete in Cider geschmorte Bratwurst mit Äpfeln zu; Lammbraten mit Knoblauch; Huhn mit Mango und Sultaninen, allesamt Kreationen, die er den zahlreichen Kochbüchern der Hausbesitzerin entnommen hatte – wenigstens zwanzig davon stapelten sich neben dem Brotkasten.

Er war beunruhigt wegen Ryan Rees, obgleich er es für unwahrscheinlich hielt, dass der Mann ihn an diesem Ort aufspürte. Egham war ein verschlafenes Nest, und er war sich ziemlich sicher, dass ihn hier niemand erkennen würde. Schon jetzt kam ihm sein Ruhm unwirklich vor, als hätte ein einziger Tag außerhalb des Mediengetriebes genügt, um ihn auszuradieren. Aber das war ihm ganz recht.

Hin und wieder spielte er mit dem Gedanken, Bloch anzurufen, ließ es dann aber sein; ein paar Mal wählte er sogar die ersten Ziffern seiner Telefonnummer, bevor er innehielt und den Hörer auflegte.

„*Voilà*! Fertig. Wer braucht schon Rasierschaum?" Najette schwenkte die Klinge energisch in der Wasserschüssel, die neben ihr stand. „In die Vergangenheit zurückzukehren ist Fortschritt", sagte sie. „Man muss nur ein bisschen in der Mottenkiste wühlen, und schon findet man etwas, das man vermarkten kann. Aber wem erzähle ich das – mit Marketing kennst du dich ja aus. Möchtest du vielleicht ein Statement abgeben?"

„Ich will nie wieder ein Statement abgeben. Entweder rede ich normal, oder ich halte den Mund."

„Das hört sich nach einem Schritt in die richtige Richtung an."

Sie nahm die Wasserschüssel, das Handtuch und das Olivenöl und ging damit ins Bad. Von dort rief sie: „Ich glaube, ich nehme bald mein Opus magnum in Angriff. Ich habe alles im Kopf. Ich muss es nur auswerfen."

„Das solltest du wirklich. Man kann sich auch zu lange Zeit lassen. Ich bin der lebende Beweis dafür. Auf meinem Grabstein wird stehen: ‚Hier ruht Oscar Babel, der nicht beginnen konnte'."

„Hey, Melancholy Baby, bitte keine Hysterie. Wenn du schon weinst, dann wenigstens in dein Bier."

Ja, keine Hysterie mehr. Damit war jetzt Schluss. Er war erwachsen, er musste sich seinem Alter entsprechend verhalten, und wenn das hieß, dass er seine Emotionen kontrollieren musste, würde er es eben tun. Kein Selbstmitleid mehr, keine Lügen mehr, keine Ausflüchte. Wenn er nicht malen konnte, dann konnte er eben nicht malen. Jammern änderte auch nichts daran.

Najette sagte: „Ich habe im Laden mit einem der Einheimischen gesprochen. Er hat mir erzählt, dass es hier ein Wäldchen gibt, das niemand kennt. Nur ein paar Meilen entfernt. Man kommt über den Kingswood-Pfad dorthin. Hört sich verwunschen an. Was meinst du?"

„Ich bin dabei."

Sie tauchte wieder auf, ihre Sandalen schlappten über den Fußboden.

„Wie fühlt sich dein Gesicht an?"

„Es fühlt sich an wie ... wie es sich angefühlt hat, als ich zwölf war. Gar nicht so, als wäre es gerade rasiert worden. Es fühlt sich an, als hättest du mich für immer haarlos gemacht."

„Oh mein Gott, vielleicht sollte ich in Zukunft reiche kalifornische Erbinnen enthaaren. Das wäre doch eine Geschäftsidee."

Sie fing an, Papierrollen auf dem Boden auszubreiten, und beschwerte sie mit allen möglichen Gegenständen, damit sie sich nicht wieder zusammenrollten. Oscar betrachtete die Studien: zarte Entwürfe von Lillianas Gesicht in fortlaufenden Bleistiftlinien; Skizzen in kräftigeren Kohlestrichen, die ein anderes Gesicht zeigten. Einzelne Tuschelinien, die in einer scheinbar beiläufigen Verschnörkelung oder in einer gewellten Haarsträhne mündeten, sprangen Oscar ins Auge. Um solche Linien hinzubekommen, bedurfte es jahrelanger harter Arbeit; sie wirkten wie hingeworfen, waren aber der Inbegriff von Kontrolle und Können.

„Wenn du so intensiv daran gearbeitet hast", sagte er, „und so viele Studien angefertigt hast, wird es vor Energie nur so strahlen, wenn es fertig ist."

„Mag sein. Die ganze Vorbereitung könnte es aber auch töten", erwiderte Najette. „Was hältst du hiervon?", fragte sie und entrollte ein großes Blatt.

Oscar sah ein Quadrat, in dem Manganblau und Silber eine makellose Verbindung eingingen. Wenn man die Luftverschmutzung beseitigen und die ganze Atmosphäre reinwaschen würde, dachte er, hätte der Himmel wohl diese Farbe.

„Das ist schön", flüsterte er. „Unheimlich schön."

„Das sind hochpigmentierte Maimeri – die sind schwer zu kriegen. Ich möchte auch Öl und Tusche verwenden."

„Ich kann es kaum erwarten, das fertige Gemälde zu sehen. Und du?"

„Oh, ich schon. Ich bin es gewohnt, Geduld zu haben. Das ist so, wenn man langsam arbeitet. Bei mir muss alles erst mal gären und reifen, aber manchmal handle ich auch aus dem Bauch heraus und ziehe im letzten Moment etwas aus dem Hut. Das verleiht der Arbeit das gewisse Extra, macht sie aber auch unberechenbar, und das finde ich unheimlich: Ich habe überhaupt keine Kontrolle darüber. Dieses Blau, zum Beispiel, stammt aus einem Traum, den ich kürzlich hatte."

„Erzähl."

„Ich war auf einem Boot. Picasso war der Skipper. Er hatte jede Menge schwarzer Haare. Wir trieben also dahin, und er nahm mich beiseite und meinte: ‚Du bist zu stolz, und ich werde dich zähmen. Künstlerinnen toleriere ich nur, wenn sie ihren Platz kennen.' Ich hab nicht weiter auf ihn geachtet. Jedenfalls war die ganze Umgebung irgendwie unwirklich. Alles um uns herum war blau – ein reines, plastisches Blau. Ich habe bemerkt, dass der Himmel und das Meer aus Spitze oder einem ähnlichen Material bestanden. Es war, als würden wir übers Wasser fahren, aber wenn ich die Hand hineintauchen wollte, fühlte es sich trocken an. Und doch war es schön, diese ganze Farbe, dieses ganze Blau in sich aufzunehmen. Dann war Picasso wieder da und sagte: ‚An mich wird man sich noch in Tausenden von Jahren erinnern. Und jetzt kommen wir zur Sache.' Er war wie ein

Matador gekleidet und wollte mich unterwerfen. Und ehe ich mich's versah, war ich ein wilder Stier, und er schwang dieses bescheuerte rote Tuch. Ich stürmte also auf ihn zu, und er fixierte mich mit seinen irren, funkelnden Augen; sie sahen aus, als würden sie gleich rausfallen, und sein Gesicht kam immer näher. Da bin ich aufgewacht. Ich habe mich zu dir hingedreht und wollte dich wecken, aber du hast so friedlich ausgesehen, dass ich es nicht übers Herz gebracht habe."

„Ich wünschte, du hättest es getan. Ich möchte für dich da sein, etwas für dich tun."

„Okay, wenn das so ist, kannst du mir morgen die Beine rasieren."

Im Bett, dem Behältnis von Geburt und Tod, in diesem Rechteck von Anfängen, Träumen und Enden, unter seinen Decken und Laken, neben den Gliedern des anderen – weitere Schichten, in die sie sich einmummen konnten – experimentierten sie mit ihren Körpern. Vorhängeschlösser öffneten sich einmütig, und die verlassenen Höhlen, die sie gesichert hatten, verwandelten sich und wurden mit neuem Leben gefüllt. In der Nacht war alles fremd, und die Fremdheit blies den Staub weg, der sich auf die Empfindungen gelegt hatte, daher waren Oscar und Najette stets bereit, dieses fremde Land zu feiern, in dem sie gelandet waren und das mitunter einen Schimmer von ferner Vertrautheit erahnen ließ.

Manchmal, in den frühen Morgenstunden, beobachtete sie heimlich der Mond. Andere Male war die Nacht tot, und hinter den Vorhängen war nichts als eine schwarze Leere, die nie zu schwinden drohte. Manchmal lagen sie zusammen wach und wechselten in der Dunkelheit ein paar Worte, leise und gedämpft, als wollten sie den Geist, der nebenan schlief, nicht wecken.

Oscar kam freudig erregt zur Tür herein. Er hielt eine große Schachtel in den Händen. Najette stand an ihrer Staffelei.

„Was ist das?"

„Das ist eine Mahnung an meine jüngste Vergangenheit; und an die davor. Der Vorläufer des Kinos. Es ist ein Zoetrop."

„Was ist ein Zoetrop?"

„Ich war in Windsor; da fand heute ein Flohmarkt auf der Rennbahn statt. Ich habe diesem Typ erzählt, dass ich mal Filmvorführer war. Und dass ich immer schon eins von diesen Dingern haben wollte. Dummerweise hat er mich erkannt. Er hat gesagt: ‚Sie sind Oscar Babel!' Ich habe gesagt: ‚Nein, bin ich nicht', aber er hat nicht lockergelassen. Also habe ich es zugegeben. Er war ganz aus dem Häuschen und wollte mit mir was trinken gehen und über das Leben reden. Ich habe gesagt, das ginge nicht, aber ob er mit dem Preis nicht ein bisschen runtergehen könnte? Schließlich hat er es mir für dreißig Pfund verkauft – ursprünglich hat es fünfzig gekostet."

„Und was ist nun ein Zoetrop?"

„Ich zeig's dir gleich."

Er öffnete die Schachtel und zog vorsichtig etwas heraus, das aussah wie eine oben offene Trommel auf einem Sockel. Ringsum waren in regelmäßigen Abständen enge Schlitze in das dunkelviolette Blech gestanzt.

„Das ist die Nachbildung eines Modells von 1867. Wenn man die Trommel antippt, damit sie sich dreht, und dann durch die Schlitze schaut ... siehst du? Da ist so ein kleiner Mann, der eine Treppe hochsteigt ... bis zur Sonne hinauf ... siehst du?"

„Ah ja, jetzt wird er von der Sonne verschlungen. Und jetzt spuckt sie ihn wieder aus."

„Genau. Magisch, oder? Die Trägheit des Auges. Das Bild besteht noch eine Zeit lang fort, obwohl es bereits verschwunden ist. Durch Bewegung wird die Illusion von Bewegung erzeugt. Oder etwas in der Art."

„Ich möchte ja nicht unfreundlich sein, Oscar, aber irgendwie kann ich deine Begeisterung nicht so ganz nachvollziehen. Entgeht mir etwas?"

„Aber das ist ein Stück Geschichte! So eine Wundertrommel habe ich mir immer gewünscht, aber nie gefunden. Bis jetzt. Stell dir das mal vor!"

„Ich versuch's."

In dieser Nacht nahm Oscar Najettes Zen-Pen zur Hand und fing an zu zeichnen.

Es war das erste Mal, dass er etwas zeichnete, seit er die Skizze von Nicholas angefertigt hatte. Und was er zeichnete, war eine Abfolge von Bildern, die – so hoffte er – die Illusion von Bewegung erzeugen würde, genau wie die Bilder in einem Zoetrop. Anfangs waren die Übergänge von einem Bild zum nächsten zu brüsk. Daher versuchte er es noch mal mit einem Bleistift, bis er die feinen Unterschiede zwischen den einzelnen Bildern besser hinbekam. Zunächst zeichnete er nur zappelnde Strichmännchen. Dann zeichnete er eine Figur mit Kapuzenumhang und einer Sense in der Hand – seine Version vom Gevatter Tod. Nachdem die Figur kräftig die Sense geschwungen hatte, rotierte die Klinge um ihren Hals, und in der letzten Bildfolge fiel der Kopf ab. Diese kleinen Cartoons, so läppisch sie auch sein mochten, beflügelten ihn. Sie waren ein Anfang, ein bescheidener zwar, aber immerhin ein Anfang. Und so blieb er die ganze Nacht auf und rauchte und zeichnete. In der nächsten Bildfolge saß ein Mann auf dem Klo; dann wurde er allmählich in die Schüssel hineingesogen; irgendwann schauten nur noch seine Beine hervor, und schließlich wurde er hinuntergespült, während die Kloschüssel auf das Doppelte anschwoll. Als Nächstes zeichnete er einen Fahrradfahrer; in einer scharfen Kurve überschlug sich das Rad und zerfiel in lauter Einzelteile; dann setzte es sich von selbst wieder zusammen, nur dass die Arme des Mannes jetzt den Lenker bildeten und sein Gesicht zwischen Lenkstange und Vorderrad steckte. In der letzten Bildsequenz lag ein Mann auf dem Boden; eine Frau erschien mit einer Axt und fing an, seine Glieder abzuhacken, bis von ihm nur noch ein Stumpf in einer großen Blutlache übrig war.

Najette hatte die Hände hinter dem Kopf verschränkt und begutachtete ihr Werk.

Nach einer Woche Arbeit nahm es allmählich Gestalt an: Die beiden einander zugewandten Gesichter schwebten frei im Vordergrund und verbanden Trauer mit dem Versprechen von Trost. Najette hatte versucht, die unwirkliche Schönheit ihres Traums auf den Hintergrund des Gemäldes zu bannen und mit ihren Kamelhaarpinseln einen Grund von reinstem Blau zu schaffen. Mit einer Klinge hatte sie die Farbe abgeschabt und dann neue Schichten aufgetragen, die sie wiederum so lange heruntergespachtelt hatte, bis keine Pinselstriche mehr zu sehen waren. Aus diesem Meer von prächtiger und doch gedämpfter Farbe traten die beiden Frauen hervor, als wären sie der Vergangenheit oder Zukunft entsprungen und würden nun vorübergehend einen ruhenden Punkt bewohnen, um im nächsten Moment erneut aufzubrechen. Mit Tusche und Kohle hatte Najette das zentrale Sinnbild der Pflanze skizziert. Darunter hatte sie mit Ölfarben ein kompliziertes Netzwerk von Schatten begonnen, die über einen schachbrettartigen Boden geworfen wurden und die verstreute Erde darstellten. Diese Schatten waren mit farbigen Dreiecken durchsetzt, die das Licht reflektierten wie ein zersplitterter Spiegel.

Abends deckte sie die Leinwand ritualhaft mit Tüchern ab, als könnte sie ihre Arbeit so bis zum nächsten Morgen leichter vergessen.

Am späten Vormittag des nächsten Tages war sie mit dem, was sie sah, überhaupt nicht zufrieden. Sie machte sich auf die Suche nach Oscar und fand ihn schließlich im Garten, wo er Brombeeren pflückte. Sie schlug vor, ins „Happy Man" zu gehen. Als sie dort eintrafen, war das Pub noch geschlossen. Sie warteten eine Weile, in der Hoffnung, dass jemand auftauchen würde. Schließlich kam der Wirt mit einem klapprigen Auto angefahren. Wie alle Kneipenwirte hatte er einen enormen Bierbauch, unter dessen sphärischem Wulst ein Gürtel um seine Würde kämpfte. Während er das Pub aufschloss, warf er den verfrühten Gästen vorwurfsvolle Blicke zu. Nachdem er sein Reich betreten hatte, ließ die Feindseligkeit etwas nach, und als er hinterm Tresen stand, verzog er den Mund aus Versehen zu einem Lächeln. „Was darf's sein?", fragte er.

Oscar bestellte zwei Pints Bitter, und während der Wirt mit routiniertem Gleichmut den Zapfhahn betätigte, behielt Oscar ihn im Auge, für den Fall, dass er eine unerwartet energische Bewegung machte.

„Können wir etwas zu essen bestellen?"
„Erst, wenn die Küche aufmacht."
„Und wann macht sie auf?"
„Wenn der Koch kommt."
„Und wann kommt der Koch?"
„Hier sind Ihre Pints; das macht vier fünfzig, wenn's recht ist."

Oscar trug die beiden Gläser hinüber zu Najette, die inzwischen eine halbe Zigarette geraucht hatte. Sie kramte nach Kleingeld und steckte eine Zwanzig-Pence-Münze in die Jukebox. Der Wirt runzelte missbilligend die Stirn. Kurz darauf begann eine schlendrige, jazzige Stimme einen Song namens „No Ambition" zu singen. Das brachte Najette zum Lächeln und sie lächelte tapfer weiter, trotz der Radioaktivität, die vom Tresen ausging. Oscar nahm einen Schluck Bier. Najette gab das Lächeln auf, und ihr Gesichtsausdruck veränderte sich.

„Was ist los?", fragte Oscar. „Du wirkst ein bisschen durch den Wind. Was übrigens eine Premiere ist."

„Soll heißen?"

„Soll heißen, dass ich dich noch nie so gesehen habe."

Sie fing an, das Lied mitzusingen, das aus der Jukebox kam.

„Ich strebe nicht nach Höherem, will mich nicht in schicken Lokalen rumtreiben, brauche keine Jacht, um aufs Meer hinauszusegeln. Ich bin oft durch den Wind, aber im Gegensatz zu dir lasse ich es mir nicht so anmerken."

„Tue ich das?"

„Ja, du bist von Natur aus nicht in der Lage, deine Gefühle zu verbergen. Du würdest keinen guten Pokerspieler abgeben. Erzähl mir doch noch ein bisschen, wie das so war, als du in Anführungszeichen gelebt hast."

„Du meinst, als ich berühmt war?"

„Ich strebe nicht nach Höherem, ich bin die Bescheidenheit in Person, ich will nur die Welt regieren …"

Eine Gruppe von stämmigen Männern mit Deutschen Schäferhunden an der Leine polterte lautstark herein. Sie begrüßten den Wirt, der ungemein erleichtert darüber schien, echte Menschen in seinem Lokal zu haben, und bald waren sie alle um den Tresen versammelt und gaben Anekdoten zum Besten, die schon so oft erzählt worden waren, dass sie zu neuen Anekdoten mutiert waren, und diejenigen, die sie ursprünglich erzählt hatten, wussten gar nichts mehr davon, weil andere ihre Geschichten übernommen hatten und sie als ihre eigenen ausgaben und sich am Ende fragten, ob ihnen die geschilderten Ereignisse tatsächlich passiert waren oder nicht.

„Als du berühmt warst, haben sie dich da – *Die sollen mich bloß nicht ernst nehmen* – ständig gebauchpinselt? Haben sie dir Wein und Rosen überreicht? Haben sie –"

„Reden wir nicht mehr darüber, Najette. Das ist vorbei."

„Nein, sag schon: Wie hat sich das angefühlt?"

„Keine Ahnung ... Ich vermute mal ... Manchmal war es aufregend, so als ... als wäre ich in Lichtgeschwindigkeit unterwegs, und die Erde wäre irgendwo dort unten und ich könnte sie vom Cockpit aus sehen. Aber dann habe ich bemerkt, dass die Sicherheitsluke offen stand und ich keine Sauerstoffmaske hatte."

„Der Messias als erstickender Astronaut."

„So ungefähr."

„Und dann habe ich dich aus dem Cockpit gezogen und dir etwas Echtes zum Grübeln gegeben."

„Könnte man sagen."

„Von wegen *könnte*, mein lieber Raumfahrer. So war es."

Sie lächelte breit, aber ihre Gewissheit ärgerte ihn.

„Worauf willst du hinaus?", fragte er. „Willst du vielleicht – manchmal habe ich das Gefühl, ich müsste dir ständig auf Knien dafür danken, dass ich mich mit dir einlassen durfte."

Ihre Miene versteinerte, und ihn überkam die schreckliche Gewissheit, dass der Satz, der ihm soeben durch den Kopf gegangen war, verheerend wirkte, nun, da er ihn ausgesprochen hatte. Er eilte ihr hinterher, als sie Richtung Tür lief und dabei die Blicke der Männer auf sich zog.

„Tut mir leid ... Najette ..."

An der Tür drehte sie sich zu ihm um.

„Oscar, du interpretierst zu viel in mich hinein. Kannst du mir eine Weile vom Leib bleiben?"

Er spielte mit dem Gedanken, irgendeine versöhnliche Geste zu machen, ließ es dann aber sein, weil die Sache dadurch nur noch vertrackter werden würde. Najette hatte aus seiner Bemerkung herausgelesen, dass er in der Lage war, schlecht über sie zu denken, den Zeigefinger gegen sie zu erheben, ihre Absichten zu hinterfragen. Dachte er vielleicht, sie würde irgendwie Buch führen und ihm später die Rechnung präsentieren? Doch sie wusste, dass ein Fünkchen

Wahrheit in dem steckte, was er gesagt hatte – und das machte ihr tief drinnen zu schaffen.

Die Männer musterten Najette mit einem erschreckenden Mangel an Diskretion. Im Hinausgehen warf sie ihnen einen derart vernichtenden Blick zu, dass sie sich allesamt räusperten und etwas vor sich hin brummten.

In Gegenwart dieser derben Typen mit ihren Hunden wurden ihm Najettes Charme und Wärme umso deutlicher bewusst, und zwar just in dem Moment, da sie drohte, ihm den Zugang dazu zu verweigern. Wie öde die Menschen doch sind, dachte er, als er ein paar Gesprächsfetzen aufschnappte (die Männer hatten sich rasch in eine Diskussion über Frettchen gerettet).

„Najette."

Aber sie war schon weg.

Das Geschwätz der Männer lief sich tot. Und mit einem Mal sackten auch sie in sich zusammen, niedergeschlagen vom Leben, diesem Inferno, unfähig, irgendwo Linderung zu finden, außer im Bierkrug. Ihre Unzufriedenheit suchte ein Ventil und fand es in der Abneigung gegen Oscar, dessen verweichlichte Züge und kultiviertes Auftreten ihnen zuwider waren. Sie starrten ihn feindselig an, während er verloren herumstand. Die Hunde begannen zu knurren, was die gespannte Atmosphäre weiter auflud. Oscar wünschte, die Männer würden Schusswaffen unter ihren Anoraks hervorziehen und sie vorsichtshalber auf die Hunde richten.

„Habt ihr irgendein Problem?", fragte er in die Runde.

„Allerdings", sagte einer der Männer. „Es steht vor uns."

Worte brachen sich auf mysteriöse Weise Bahn, Worte, die er sich in einem derart heiklen Moment niemals hätte ausdenken können. Und doch sprudelten sie aus ihm heraus, bevor er sich bremsen konnte:

„Sagt – seid ihr Hundemänner? Seht ihr den blassgelben Mond am Himmel? Seht ihr überhaupt irgendetwas? Wozu das blutige Gemetzel? Her mit den Hunden – ich lecke sie in Form. Sie sollen merken, wer der Boss ist. Und in der Zwischenzeit können die anderen Irren nach dem schürfen, was sie für Gold halten."

Sein Widersacher wusste nicht recht, was er darauf erwidern sollte, und zog einen Kopfstoß in Erwägung, aber Oscar spürte, dass

Gewalt in der Luft lag. Er trat ein paar Schritte zurück, schlüpfte zur Tür hinaus und ließ die Dorfleute wild paddelnd auf stürmischer See zurück.

Draußen atmete er scharf ein, wohl wissend, dass er glimpflich davongekommen war. Dann machte er sich auf die Suche nach Najette. Bestimmt war sie nicht zurück zum Haus gegangen. Oder war es besser, sie jetzt in Ruhe zu lassen? Schließlich gab er einem vagen Impuls nach und ging den Hügel zum Bahnhof hinunter. Er hielt nach ihrer schlanken Gestalt Ausschau, konnte sie aber nirgends entdecken. Überrascht stellte er fest, wie schmerzvoll der Streit gewesen war. Die Vorstellung, Najette wehzutun, sie auch nur einen Moment lang herabzusetzen, wo sie doch hoch oben auf seinem sorgsam konstruierten Podest stand, war ihm unerträglich.

Unterdessen ging Najette nervös den Kingswood-Pfad auf und ab und rauchte eine Zigarette nach der anderen. Sie wusste, dass Oscar sie über alle Maßen idealisierte, und sie wusste auch, dass sie nicht idealisiert werden wollte. Sie legte keinen Wert auf diese Art von Verehrung. Und doch: Sobald die Liebe ihren märchenhaften Zauber verlor, sobald sie zu einer festen Beziehung wurde und die Risse und Spannungen zunahmen, empfand sie unwillkürlich Langeweile und Unruhe. Sie konnte den Gedanken nicht ertragen, dass Liebe alltäglich, domestiziert, sentimental wurde. Aber so war es immer gekommen, weswegen sie in der Vergangenheit stets aufs Neue die Flucht ergriffen und das gemütliche Nest verlassen hatte, das ein Teil von ihr gerne gepflegt hätte. Der andere Teil hatte Lust, es mit einem Hexenbesen kaputtzuschlagen.

Und so trat sie ihre Zigarette aus und eilte zurück zum Haus. Dort sammelte sie rasch ihre Pinsel und Farben zusammen. Sie holte die große Plexiglasbox, in der sie ihre Malutensilien aufbewahrte, packte alles in ein schmutziges Tuch und verstaute das Bündel in der Box. Vorsichtig nahm sie die Leinwand von der Staffelei und lehnte sie gegen einen Stuhl. Dann lief sie die Treppe hinauf, wobei sie zwei Stufen auf einmal nahm, riss ihre Kleider aus dem Schrank und warf sie aufs Bett. Erst als sie anfing, sie zusammenzulegen, drängten sich andere Gedanken auf, etwa, dass sie ihrer Freundin versprochen hatte, sich um das Haus zu kümmern. Daher ließ sie die Kleidung liegen, setzte sich hin, zündete sich eine weitere Zigarette an und rauchte sie bis zum Filter herunter.

Wieso tat sie das hier?

Unten ging die Haustür auf und fiel ins Schloss.

„Najette!"

Oscar rief nach ihr. Sie saß da, wollte nicht antworten, wollte, dass er dachte, sie wäre schon weg. Die Staffelei im Wohnzimmer sprach dagegen, doch dann sah er die gepackte Plexiglasbox. Eine entsetzliche Angst befiel ihn, als ihm klar wurde, dass sie fortgehen wollte, und er lief durch sämtliche Zimmer, bis er im Schlafzimmer ankam. Sie versteckte sich hinter dem Vorhang, und er rief wieder nach ihr, aber sie antwortete nicht, und er sah ihre Kleidung auf dem Bett, und der Anblick steigerte seine Angst, und dann ging er traurig nach unten und setzte sich hin und wartete darauf, dass sie zurückkam.

Er saß da und versuchte Gott oder Najette oder wem auch immer dafür zu danken, dass ihm dieses Idyll vergönnt gewesen war, denn noch mehr zu erwarten, erschien ihm inzwischen töricht. Doch er konnte sich auch nicht einfach zurücklehnen und diese gemeinsamen Tage als ein Geschenk betrachten, das ihm zuteilgeworden war – schließlich hing er an Najette. Wie hätte er sie auch nur im Entferntesten als etwas begreifen können, das man nach gewisser Zeit wieder ablegt? Und während sie im Schlafzimmer aus ihrem Versteck kam und sich ganz still aufs Bett setzte, so still, dass sie kaum atmete, dachte sie daran, was er im Pub zu ihr gesagt hatte, und versuchte zu begreifen, warum seine Worte sie an diesen Punkt gebracht hatten. Aber manchmal konnte eine einzige hingeworfene Bemerkung alles verändern und dazu führen, dass man die Welt nicht mehr farbig, sondern nur noch in Sepia wahrnahm.

Er saß da und schaute auf seine Uhr – wie viel Zeit war seit ihrem Streit vergangen?

Dann hörte er eine Stimme, ihre Stimme, weit weg, brüchig.

„Ich strebe nicht nach Höherem, ich bin die Bescheidenheit in Person, ich will nur die Welt regieren."

Eine jähe Freude erfüllte ihn und versetzte ihn in die Zeit vor ihrem Streit zurück und es war, als brächte dieses seltsame Lied Bedauern und Zuneigung zum Ausdruck. Er stand auf und folgte dem verhaltenen Klang, ging die Treppe hinauf, betrat das Schlafzimmer, und da war sie und sang.

„*Ich will nur ... die Welt regieren.*"

Einen Moment lang sah sie verlegen aus. Sie hatte den Kopf gesenkt, und ihr Haar fiel nach vorn wie ein faseriger Schild.

„Du warst die ganze Zeit da", sagte er.

„Ich habe mich versteckt", flüsterte sie.

„Aber warum?"

„Ich musste es tun. Ich musste diese ganze Durchsichtigkeit vertreiben und etwas Geheimnisvolles zurückholen. Das ist meine Angst, Oscar – dass es irgendwann keine Geheimnisse mehr zwischen uns geben wird. Dass wir eines Tages zwei Wracks sein werden, die voreinander furzen und über die Milch streiten."

„Warum das wehmütige Lied? Hast du eine Pause vom Packen eingelegt?"

„Du stellst zu viele Fragen, Oscar. Zu viele Fragen. Du zermürbst mich."

„Ich kann nicht anders. Ich muss von dir lernen. Ich muss Jahrhunderte aufholen."

„Hör auf, Oscar! Hör auf, mich als etwas Besonderes hinzustellen; ich bin nicht besonders. Ich bin einfach nur die, die ich bin. Ich versuche einfach nur ... zu tun, was ich tun möchte. Ich bin nicht bemerkenswert ... Jedenfalls habe ich mit dem Packen aufgehört ... Ich habe damit aufgehört, weil ... es nicht notwendig ist, die Koffer zu packen ... Aber du musst mir versprechen, dass wir einander nicht durch die rosa Brille betrachten und uns gegenseitig keine Vorwürfe machen; ich will nicht anfangen zu beißen und zu stechen; das wäre der Anfang vom Ende, weil ich eine Romantikerin bin, verstehst du, und wenn etwas weniger als perfekt ist, dann ist es einfach nur eine große Null. Verstehst du das?"

„Ja. Ich verstehe das mit der ... das mit der Perfektion."

„Ich weiß."

„Ich dachte ... ich dachte, ich hätte dich verloren."

„Nein, ich bin hier; ich bin hier."

Sie ging zu ihm hinüber, legte ganz ruhig ihre Arme um ihn und ließ ihren Kopf an seine Brust sinken. Er hielt sie ganz fest.

„Es tut mir leid", sagte er.

„Nein, ich bin diejenige, die sich entschuldigen muss. Ich bin manchmal unbeständig. Das Kofferpacken liegt mir im Blut."

Sie wollte sich von ihm lösen, aber er ließ sie nicht los.

„Was hat dich ...", begann er zögernd, zärtlich, „davor so aufgebracht? Du weißt schon, bevor wir –"

„Oh, die Kunst. Immer die Kunst. Vielleicht ist die Malerei nichts für mich. Vielleicht sollte ich stattdessen eine Filmkamera auf einen Highway richten oder mich auf Baustellen rumtreiben und Betonstücke sammeln und sie dann ausstellen."

„Ich glaube, dass du eine brillante Malerin bist."

„Ich bin altmodisch. Ich liege nicht im Trend. Ich müsste mir in irgendwelchen dunklen Gassen einen Schuss setzen und dann die dunklen Gassen filmen, ich müsste nach stillgelegten Industrieanlagen auf der Isle of Dogs suchen und Telefonseelsorger über ihre Kindheit befragen, ich müsste Schaum vor dem Mund haben, ich müsste mich dem Fotorealismus zuwenden, ich müsste Skulpturen aus Hamstern machen, ich müsste –"

„Das ist alles kurzlebiges Zeug. Du versuchst etwas zu schaffen, das bleibt."

„Ah, die Unsterblichkeit – solide, traditionelle Werte; der Welt etwas Tiefsinniges geben. Die Leute haben keine Zeit für Tiefsinn. Vielleicht hast du es ja richtig gemacht, Oscar. Du hast das Spiel mitgespielt, den Leuten das gegeben, was sie wollen. Aber sobald man ihnen sagt, ‚Das ist es, was ihr wollt', sagen sie, ‚Nein, ist es nicht.'"

Er nickte, aber sie sah es nicht, weil ihr Gesicht tief in seiner Brust vergraben war.

Er fragte sich, wie lange er sie noch festhalten konnte.

*

Die traumwandlerische Stimmung des Spaziergangs machte jede Unterhaltung auf angenehme Weise überflüssig. Und so gingen sie einfach nur den Pfad entlang. Fast wären sie mit einem Mann in Knickerbockern zusammengestoßen, als sie an ein Gatter gelangten, das verschlossen war. Sie kletterten darüber und schlugen einen Weg ein, der nach rechts führte und von drahtigen Büschen nahezu überwuchert war. Offenbar wurde er nur selten benutzt, und tatsächlich begegneten sie unterwegs keiner Menschenseele. Nach einer halben Meile kamen sie zu einem anderen Tor, das weit offen stand. Sträucher mit reifen Brombeeren säumten den Weg in den Wald. Najette pflückte hin und wieder eine, und bald waren ihre Finger dunkelrot vom Saft der Früchte. Die Sonne drang nur sporadisch durch dreieckige Lücken im Blätterdach zu ihnen durch. Das Licht tropfte auf den Waldboden wie Farbe auf eine Leinwand, sprenkelte den Grund aus violettem Laub, und während der Spaziergang einen gleichmäßigen Rhythmus annahm, verlor sich der Nachmittag in einem Reigen aus Blättern und Licht. Immer bunter, immer weitläufiger wurde der Wald. Es war, als würden sie ihn mit jedem Schritt weiter aufbrechen.

Nach einer halben Stunde tat sich eine kreisrunde Lichtung vor ihnen auf, in deren Mitte ein kleiner See in gleißendem Sonnenlicht lag. Das Wasser war so glatt wie eine Glasscheibe. Ab und zu ließ ein Vogel Bruchstücke von Gesang vernehmen, wobei die Laute die Stille nicht durchbrachen, sondern mit ihr verschmolzen.

Wortlos zogen sie sich aus und sanken ins Wasser, das sanft gegen ihre Körper schwappte. Najette schwamm von ihm weg, das Gesicht nach unten, und die Oberfläche des Sees wellte sich kaum. Er sah zu, wie sie davonglitt. Ihr ebenholzschwarzes Haar nahm im Wasser einen noch dunkleren Ton an. Ringsum bildeten die Bäume eine Wand aus Farben. Oscar schaute zu ihnen auf, während er auf der Stelle schwamm, und einen Moment lang nahmen ihn die symmetrischen Formen gefangen. Dann stieg ihm ein Duft in die Nase, der vom Ufer kam: ein undefinierbarer, schwerer Duft, der ihn benebelte.

Als er die andere Seite des Sees erreichte, war Najette nirgends zu sehen. Fast schien es, als hätte das unbekannte Terrain sie verschluckt. Die Sonne trocknete ihn rasch, während er in das Dickicht vordrang und sich die Umgebung einprägte, für den Fall, dass er sich verirrte.

Kaum hatte er den See hinter sich gelassen, fand sich Oscar in einem anderen, lichteren Teil des Waldes wieder, der von schmalen Pfaden durchzogen war. Er entdeckte eine Schutzhütte, die wie ein kleiner Tempel aussah, halb verfallen und mit allerlei Namen, Herzen und Symbolen bekritzelt. Er trat ein, ließ sich auf einer Holzbank nieder und fühlte sich wunderbar geborgen, doch dann fragte er sich, ob er weiter nach Najette suchen sollte, oder ob es besser wäre, zum See zurückzukehren (eine Option, die ihm problematisch erschien, denn er war sich nicht sicher, ob er ihn noch finden würde) und dort auf sie zu warten. Nach zehn Minuten ging er weiter und rief hin und wieder ihren Namen.

Die Hitze war überwältigend und schien alles ins Schwitzen zu bringen. Selbst die Augenblicke waren nicht mehr klar umrissen, sondern flossen ineinander, sodass die Zeit mit Trägheit übersättigt war und die Wahrnehmung an Schärfe verlor. Müdigkeit überkam ihn, sein Körper erschlaffte. War er sich der Geräusche und Farben des Waldes, seiner wohltuenden Bilder, eben noch voll bewusst gewesen, beschlich ihn nun das lähmende Gefühl, dass sein Geist den Körper verlassen hatte und irgendwo umherdriftete, während seine Hülle freudlos weitertrottete und allmählich den Strapazen erlag.

Die Einsamkeit vertiefte sich, die Hitze nahm zu; Schweiß rann ihm über die Stirn. Das Denken wurde unzusammenhängend, Gedankenfetzen drängten sich auf, hallten im Takt seiner Schritte wider und holperten mit ihnen mit. Die Bäume umzingelten, beklemmten ihn. Er schaute in die Sonne, bis seine Augen schmerzten; als er den Blick abwandte, war alles verschwommen, wie durch einen Violett-Filter verfremdet. Lichtflecken tanzten und pulsierten. Er ging weiter, fand einen Baum und lehnte sich mit dem Rücken an seine heilende Rinde. Nach einer Weile nahm er wieder Geräusche wahr.

Er starrte vor sich hin, ohne zu blinzeln, die Lider waren wie festgefroren, und alles versank im Dunst. Er rieb sich die Augen. Und als er sie wieder öffnete, machte er kleine Gesichter und Formen im Muster des Waldbodens aus. Er versuchte sich auf die Formen zu konzentrieren, doch sobald er sie direkt in den Blick nahm, verschwanden sie. Wenn er knapp an ihnen vorbeischaute, tauchten sie im Augenwinkel wieder auf – periphere Phantome, die nur tanzten, wenn man sie schief ansah. Er schloss für eine Weile die Augen. Als er sie wieder aufschlug, hatte sich das Licht verändert. Eine orangerote Sonne fiel aus dem Himmel. Wolken jonglierten miteinander, Farben zogen sich durch das Blau wie Ölschlieren durch Wasser. Der brütend heiße Nachmittag brachte Erscheinungen hervor.

Was er nun vor sich sah, war kein neutrales Territorium mehr, das die Ruhe des Geistes nährte, sondern eine rasend schnelle Abfolge von Bildern. Er steckte die Fingerknöchel in seine Augenhöhlen und rieb sie. Als er die Finger wieder wegnahm, schien der Tag Risse zu bekommen und in tausend Stücke zu zerspringen. Oscar spürte einen dumpfen Schmerz, als hätte man ihm einen Stein in den Schädel gezwängt. Ohne sich weiter um Najettes Verbleib zu kümmern, rannte er zurück in die Richtung, aus der er gekommen war. Er sprang rechts und links an den Baumstämmen vorbei, fand irgendwie den Weg zum See, und als er taumelnd das Ufer erreichte, sah er, dass das Wasser jetzt grau war. Hastig raffte er seine Kleidung zusammen und zog sie über. Das Licht war scharf, die Bäume wirkten feindlich; der Wald war zu einem Spinnennetz geworden, und mit jedem Schritt schien er darin zu zappeln. Schwer atmend erreichte er den Waldrand und entdeckte das Tor, durch das Najette und er gegangen waren. Er kam auf einer schmalen Straße heraus, ein Auto raste haarscharf an ihm vorbei. Im selben Moment schwebte ein Heißluftballon traumverloren durch die Luft.

Der Abend brach jetzt an, und Oscar ging inmitten von tiefer werdenden Schatten über verlassene Straßen. Der Himmel verschwamm, die Wolken verblassten, und die Dunkelheit lockte die Sterne hervor.

Najette war im Haus, als er zurückkehrte. Er starrte sie an und stammelte: „Seit wann bist du wieder hier?"

„Schon eine ganze Weile. So langsam habe ich mir Sorgen um dich gemacht."

„Aber ... wieso bist du nicht zum See zurückgekommen?"

„Bin ich doch."

„Ich habe dich nicht gesehen."

„Wahrscheinlich haben wir uns verpasst. Halb so wild; jetzt sind wir ja beide hier."

Sie küsste ihn. Seine Gedanken wurden schwer und undurchdringlich. Er setzte sich auf einen Stuhl und sagte mit kalter, unpersönlicher Stimme: „Deine Zähne sind so sexy."

„Oh, danke. Ungewöhnliches Kompliment, aber ich nehme es an."

„Das will ich hoffen. Ich schau dir so gern dabei zu, wie du Zahnseide benutzt. Und ich liebe es, wenn du dir deine Termine auf den Arm kritzelst. Und ich liebe es, wenn du den Abfluss verstopfst. Ich liebe deine haarigen Arme."

„Oscar, was redest du denn da? Ich glaube, du hast zu viel Sonne abbekommen. Ich kritzle meine Termine nicht auf die Arme – die im Übrigen nicht haarig sind – und soviel ich weiß, habe ich noch nie den Abfluss verstopft. Was stimmt nicht mit dir?"

„Gute Frage. Hoffentlich finde ich es bald heraus. Was stimmt überhaupt? Ich weiß, was verstimmt ist: Ich bin es. Ich habe nie richtig begriffen, was zum Teufel stimmen soll. Wer stimmt denn? Wer ist so privilegiert, dass er stimmt?"

Najette sah ihn verblüfft an. Sie vermutete, dass er krank war, und fühlte seine Stirn.

„Oscar, du glühst ja. Du solltest dich hinlegen. Komm, ich bring dich ins Bett."

Sie ging voraus, und er folgte ihr, sämtlicher Energie beraubt und mit hängenden Schultern, als bestünden seine Knochen aus Pappmaché. Sie hielt seine Hand, als er aufs Bett sank. Mit ausgedörrter Kehle flüsterte er: „Und wer gießt mich?"

Seine Augen waren unergründlich, die Pupillen Konturen von Leere; sie zeugten davon, dass Oscar ein Geist war, der zwischen Leben und Tod schwebte und zu begreifen versuchte, was dazwischen lag.

Seine Lider schlossen sich, und er fiel in einen dunklen, unruhigen Schlaf. Sie küsste ihn sanft auf die Stirn, als könnte ihr Kuss das Fieber löschen. Ganz leise, um ihn nicht zu stören, schlich sie auf Zehenspitzen aus dem Zimmer.

Oscars Geist war aufgewühlt. Er träumte nicht, befand sich nicht in einer eigenen Welt, dazu war er zu nah am Bewusstsein. Er schwankte zwischen Schlaf und Wachen, und sein Verstand wurde unförmig. Es war, als hätte die Hitze ein kompliziertes Metallgebilde geschmolzen und in einen formlosen Urzustand zurückverwandelt. Gedanken reihten sich rasend schnell aneinander; Blochs Worte drängten sich in den unaufhörlichen Strom. Immer wieder schreckte er hoch. Die Gedankenreste aus dem Halbschlaf zerstreuten sich nicht. Er rieb sich die Augen und sah Blochs Gesicht vor sich. Er wurde es nicht los; es hielt sich hartnäckig an der Wand gegenüber dem Bett, als würde es darauf projiziert. Er starrte auf die geblähten, unwirklichen Züge, die Lippen zwei Meter lang, die Augen so groß wie Kirchturmuhren, die fahle Haut durchscheinend, sodass man die Tapete darunter erkennen konnte. Es wollte nicht verschwinden.

Er schwitzte, sank tiefer ins Kissen, zog sich die Decke über den Kopf und wagte nicht mehr, hervorzuschauen. Nach einer verworrenen Weile, in der sich die Zeit abwechselnd dehnte und zusammenzog, schlief er ein, und diesmal war es ein richtiger Schlaf.

Als er erwachte, war das Gesicht nicht mehr da. Im Haus war es unheimlich still. Er stand auf und ging nach unten. Er fühlte sich benommen, aber sein Kopf war jetzt kühler. Najette war im Garten. Er schnappte sich eine Whiskyflasche und nahm ein paar tiefe Schlucke. Dann ging er mit der Flasche und zwei Gläsern zu ihr nach draußen. Sie saß da und las.

„Mir geht's wieder gut. Tut mir leid. Keine Ahnung, was mit mir los war."

„Mach dir nichts draus. Deine Fantasie ist mit dir durchgegangen, nehme ich an."

„Möchtest du was trinken?"

„Nein danke."

„Vorhin habe ich einen Heißluftballon gesehen. Glaube ich jedenfalls."

„Wo denn?"

„Ach, am Himmel, am Himmel."

*

Wenn die Abende schwanden und die Zeit zerrann, brachen sich Gefühle Bahn und führten die Sprache in Versuchung, sie einzufangen. Sie saßen bei Wein und Kerzenlicht im Garten, aus dem Haus drangen die traurigen Klänge des *Tristan*, die das Denken auslöschten und die Bewegungen lähmten. Über ihnen funkelten die Sterne, wie in den Nachthimmel gestanzt. Ihre nackten Füße streiften das kühle, wohltuende Gras. Der Wein erfüllte seinen Zweck, indem er die Knoten des Tages löste. Oscar glaubte zu hören, wie sich die Fühler der Insekten bewegten. Najette rauchte eine Zigarette und sah ihn an.

Sie fuhr mit dem Finger über die rauen Astlöcher des Holztisches und überließ sich der Muße der kaum spürbaren Brise, des fermentierten Kerzenlichts, der Stille. Dann begann sie davonzugleiten, von ihm wegzugleiten, denn am Ende des Glücks befiel sie jener sinnlose Impuls, auszubrechen. Sie musste weiterziehen, sie konnte nicht mit ihm leben. Konnte sie mit irgendwem leben? Ihr war, als hätte sie ein Loch gesehen, durch das stetig Wasser in den Bug ihres Schiffes floss. Danach konnte es nicht mehr so sein wie vorher.

Die Pflanze nahm langsam, aber sicher ihre endgültige Gestalt an; ihr geborstener Bauch, von zudringlichen Schatten umgeben, war nun seltsam beunruhigend. Vor dem abstrakten Hintergrund wirkte das Motiv im Vordergrund umso konkreter und lebendiger.

Die Tage wurden kürzer und das Licht, das quer über den Fußboden fiel, schimmerte jetzt schwermütig. Es vergilbte und starb leise vor sich hin.

Oscar fragte sich allmählich, wie lange er noch hierbleiben konnte. Irgendwann würde er nach London zurückkehren müssen. Doch einstweilen schätzte er die Sakramente, die sie austauschten. Intervalle von Glück und Episoden der Unruhe wetteiferten miteinander, und das Haus, das Licht, das Ende des Sommers, Najettes Gesicht – alles wurde von diesem Gemisch durchdrungen.

Najette kam ihm verändert vor. Ihre Roben des Zynismus, die kunstvoll bestickt, aber nie so ganz passend gewesen waren, hatte sie inzwischen abgelegt. Witz und Gewandtheit hatten stets ihren Umgang mit anderen geprägt und die Unsicherheit übertüncht, die sie – außer vielleicht im Schlaf – befiel. In Oscars Augen hatte sie immer etwas Unergründliches an sich gehabt. Sie hatte sich geweigert, Türen zu öffnen, sofern sie nicht zu banalen Orten führten, und selbst die hatte sie am Ende in etwas Besonderes verwandelt. Doch nun erschien sie lockerer, weicher. Täuschte er sich, oder kam ihr Lächeln jetzt mehr von Herzen? War es nicht so, dass sie jetzt häufiger einräumte, etwas nicht zu wissen, und zeigte sie nicht eine ergreifende Verletzlichkeit, eine Aufrichtigkeit, die sie nach turbulenten Kämpfen gewonnen hatte?

Er verbrachte viel Zeit damit, wie hypnotisiert in das Zoetrop zu starren, als enthielte die Trommel den Schlüssel zum Geheimnis des Universums.

Er fertigte weitere Zeichnungen an.

Er verspürte einen bebenden, atemlosen Drang, zu malen.

Er begann zu malen.

*

„10. September. Daniel Bloch befindet sich nun seit zwei Wochen im Charing Cross Hospital und weigert sich noch immer, zu essen. Er hat sich die Infusionskanüle herausgezogen, hat Essen in seinem Zimmer versteckt und überhaupt einen extremen Starrsinn an den Tag gelegt. Sein körperlicher Zustand verschlechtert sich zusehends, und mir ist aufgefallen, dass er sich stets wie ein Fötus zusammenrollt, wenn ich versuche, mit ihm zu reden. Ich habe die Begutachtung durch zwei Sozialassistenten veranlasst, um über die zwangsweise Unterbringung in einer psychiatrischen Klinik zu entscheiden. Höchstwahrscheinlich wird es dazu kommen, und eine Zwangsernährung erscheint mir unumgänglich, obgleich das eine heikle Angelegenheit ist. Aber wenn der Patient nicht kooperiert, bleibt uns keine andere Wahl. Seine Muskulatur ist inzwischen vollkommen atrophisch und wir haben Schwierigkeiten, einen intravenösen Zugang zu legen, da sämtliche Venen thrombosiert sind. Gelegentlich deutet er an, dass jemand anderes sein Leben lebt – ein weiterer Hinweis auf psychotische Ideenbildung."

26

Er schlug jäh die Augen auf. Dann drehte er sich zu ihr hin. Daran war er inzwischen gewöhnt. Das Schlafen mit ihr brachte die Unterbrechung des Schlafs mit sich, doch auf jede Unterbrechung folgte die süße Entschädigung einer Berührung: Wenn sie schlummrig seufzte und sich in seine Arme bettete; wenn ihre Hand unbewusst hinunter zu seinem Schenkel rutschte und dort eine Weile liegen blieb; wenn sie trotz aller Positionswechsel ineinandergeschlungen blieben.

Er erinnerte sich an den Traum.

Er war unter Wasser, aber ohne Tauchausrüstung, und schwamm durch die Tiefen des Meeres. Und während er dahinglitt, trieben silberne Blasen und Algenstränge träge an ihm vorbei. Ein dichter Schwarm scheibenförmiger Falterfische, deren goldene Tönung das Licht einfing, fächerte sich zu einem atemberaubenden Bogen auf. Im nächsten Moment stoben die Fische erschrocken in alle Richtungen davon und verloren sich in den dunklen Weiten. Staunend nahm er das Kommen und Gehen von Leben wahr, die pfeilschnell vorbeischießenden Kalmare, die undulierenden Bewegungen der Oktopusse. Er schaute nach oben und sah die Wasserdecke in einem Licht schimmern, das seltsam heiter und gedämpft war. Doch als er wieder nach unten schaute, füllten sich Nase und Mund mit Wasser, und das Wasser zog ihn hinunter, und er trudelte wie ein Totgewicht zum Meeresgrund. Und während er hinabsank, sah er, wie Schlammschichten aufgewirbelt wurden und ihm in großen, trüben Wolken entgegenschlugen.

Da wusste er, dass er Bloch anrufen musste.

Sein Gehirn war in Aufruhr, als er zum Telefon griff, wählte, lauschte, fast schon auflegen wollte, beinahe erleichtert darüber war, dass niemand abnahm; dann hörte er eine verschlafene Stimme „Hallo" sagen.

„Daniel?"

„Wer ist da?"

„Oscar. Kann ich mit Daniel Bloch sprechen?"

„Oscar, endlich! Mensch, ich wusste nicht, wie ich Sie erreichen sollte. Ich hab Ihr Hotel rausgefunden, aber die haben mir gesagt, dass Sie nicht mehr dort wohnen."

„Wer spricht denn da?"

„Oh, 'tschuldigung – ich bin's, Webster. Die haben gesagt, dass Sie ausgecheckt haben."

„Ich habe nicht ausgecheckt. Man hat mich auf dem Luftweg rausgeholt, durchs Fenster."

„Was? Also, ich habe schlechte Neuigkeiten. Bloch ist im Krankenhaus, bestimmt schon seit … bald zwei Wochen. Es geht ihm gar nicht gut. Ich glaube, Sie sollten ihn besuchen."

Noch bevor Webster die Worte aussprach, hörte Oscar sie schon in seinem Kopf. Natürlich war Bloch im Krankenhaus, sagte er sich. Wo sollte er denn sonst sein? Hatte er es nicht die ganze Zeit über gewusst?

„Was fehlt ihm denn?"

„Er will nichts essen. Ich vermute mal, er hat nicht mehr alle Tassen im Schrank."

„Sagen Sie das nicht – sagen Sie diesen abscheulichen Satz nicht."

„Oh, 'tschuldigung, tut mir leid. Ich wollte es Ihnen an dem Abend in den Kensington Gardens sagen, aber ich bin nicht durchgekommen. Ich hab ihm was zum Futtern gebracht, aber er isst ja nichts. Nichts Richtiges. Er hängt am Tropf."

„Welches Krankenhaus?"

„Charing Cross. Warten Sie, ich sag Ihnen gleich, wo genau."

Oscar hörte, wie er herumkramte.

„Hallo? Das Krankenhaus ist in der Fulham Palace Road. Er liegt im dritten Stock. Die haben ihm ein Einzelzimmer gegeben. Aber der Fraß, den die dort austeilen … Er hat gesagt, dass ich bei ihm wohnen kann, und weil es in meinem Lieferwagen ein bisschen stickig war –"

„Ich bin Ihnen sehr dankbar."

Er musste auflegen und sich setzen. Alles Blut war aus seinem Körper gewichen.

Das war das Ende.

Er schrieb Najette eine Nachricht, während sie schlief. Vorsichtig lüpfte er das Tuch, das über der Staffelei hing, und betrachtete das Gemälde. Es war fast fertig. Und es war gut, ausgesprochen gut. Er hatte sich nicht in ihr geirrt.

Als er den Hügel zum Bahnhof hinunterging, überkam ihn ein mulmiges Gefühl. Ryan Rees' Schergen würden durch die Stadt streifen.

Am Ende des Tages hatte Najette ihr Werk vollendet. Eine tiefe Melancholie ging von den beiden Frauen aus. Das hatte nichts mit der demolierten Pflanze zu tun; die Frauen spiegelten vielmehr die Traurigkeit des Lebens, eine universelle Trauer wider. Die Pflanze selbst besaß eine derart emotionale Ausdruckskraft, dass sie wie ein welkendes Gesicht erschien, und zugleich hatte sie etwas von einer heiligen Reliquie oder einem zerstörten Fetisch an sich. Das Gemälde war ein Amalgam aus primitivem Urunbehagen und abstrakter Rätselhaftigkeit – zwei Gemälde in einem; und doch gingen die beiden Bilder eine Verbindung ein, die den Betrachter dazu aufforderte, um die Ecke zu denken. Eine Weile stand Najette da und ließ das Gemälde mit seiner übertrieben gedämpften Farbgebung auf sich wirken. Dann trat sie feierlich von der Staffelei zurück, um sich von ihrem Werk zu lösen. Sie signierte es auf der Rückseite und kritzelte fast schon beiläufig den Titel darunter: „Verrückung".

An diesem Abend leerte sie zwei Flaschen Rotwein. Nachdem der Alkohol sie von sämtlichen Gedanken befreit hatte, sackte sie auf dem Sofa zusammen und schlief bis weit in den nächsten Nachmittag hinein.

*

Oscar stand vor seinem alten Zuhause in Elephant and Castle. Er trug eine dunkle Sonnenbrille und einen breitkrempigen, nach unten geklappten Hut, den er einem schnarchenden Mann im Zug geklaut hatte. Von außen sah das Haus vollkommen verändert aus: Es erstrahlte in mehreren Schichten frischer cremeweißer Farbe.

Auf der quälend langsamen Bahnfahrt von Egham nach London hatte er versucht, sich das Wiedersehen mit Bloch auszumalen. Einerseits fürchtete er sich davor; doch er wusste auch, wie notwendig es war, wie lebenswichtig und unabdingbar. Am liebsten hätte er die Uhr zurückgedreht und ihre unbefangene Freundschaft von einst wiederhergestellt. Doch am Ende war die Angst stärker gewesen als das Gefühl von Dringlichkeit, und deswegen war er jetzt hier, im Süden Londons, offenbar angetrieben von einer sentimentalen Sehnsucht nach der Vergangenheit, wo er doch eigentlich in Hammersmith, im Krankenhaus sein sollte. Er versuchte den Moment hinauszuzögern, in dem er Bloch gegenübertreten musste, denn er wusste, dass es in jeder Hinsicht eine schmerzvolle Begegnung sein würde.

Während er dastand, sehnte er sich danach, anonym, unbedeutend, unsichtbar zu sein. Der breite Hut und die Sonnenbrille beruhigten ihn ein wenig.

Dann öffnete sich die Haustür, als hätte sie unter Oscars eindringlichem Blick nachgegeben, und die exotisch anmutende Gestalt von Mr. Grindel trat heraus. Er war in seinen alten Hausrock gehüllt, die Hände tief in den Taschen vergraben, als hätte er den treuen Begleiter nie abgelegt. Er war so unrasiert, dass er krank aussah. Seine Bermudas, der Sonnenschirm, die Freude – alles war verschwunden.

„Ach, Sie sind's, Babel. Was wollen Sie?", fragte er feindselig. Oscar verschlug es auf der Stelle die Sprache. Die Wiederauferstehung von Mr. Grindels altem Wesen traf ihn völlig unvorbereitet.

„Mr. Grindel ... Ich ... Haben Sie zufällig ... Sie haben gesagt, dass Sie mir die Post ... Ich wollte nur fragen, ob vielleicht Post für mich gekommen ist."

„Ihre Bude war ein stinkendes Chaos. Ich habe Schweineställe gesehen, die sauberer waren."

„Oh, aber ich dachte, ich –"

„Glauben Sie, ich hatte Zeit, Ihnen die Post hinterherzutragen? Sie hat mir den Laufpass gegeben! Ist zu ihrem Mann zurückgekehrt!"

„Sie meinen Ihre ... Sie haben mir gar nicht erzählt, dass sie verheiratet war."

„Sie hat mir Kochen und Putzen beigebracht – und dann hat sie sich verpisst, zurück zu ihrem Louis. Hat mich fallen lassen wie 'ne heiße Kartoffel. Hat mein Herz mit einem Schneebesen verquirlt,

Babel. Mit der Liebe bin ich endgültig fertig. Sie hat sich verändert! Oh, wie sie sich verändert hat! Mit einem Mal ist sie auf verrückte Gedanken gekommen. Hat mich ein Kapitalistenschwein geschimpft. Hat gesagt, dass sie mich verachtet. Und das von einer Putzfrau! Wie sie sich verändert hat! Ist nicht mehr ans Telefon gegangen; wenn ich sie küssen wollte, wurde sie grün im Gesicht. Das war's. Mir reicht's, ein für alle Mal. Verlassen Sie sich drauf. Jetzt ist sie wieder mit diesem Klempner zusammen. Ein Klempner, verflucht noch mal! Wie konnte sie mir einen Klempner vorziehen! Er darf ihre Hand halten und ihr Zärtlichkeiten ins Ohr flüstern. Ich bin derjenige, der ihr Zärtlichkeiten ins Ohr flüstern sollte. Meine Zärtlichkeiten sind zärtlicher als die des Klempners. Ich ertrage es nicht; oh, ich ertrage es einfach nicht. Kommen Sie besser rein."

Oscar hatte aufrichtig Mitleid mit dem Trauerkloß, der da vor ihm stand. Er wollte etwas Tröstliches sagen, aber alles, was ihm einfiel, war: „Sie finden bestimmt eine andere."

„Nein, bestimmt nicht. Keine andere Frau hat mir je Beachtung geschenkt. Eine wie sie wird mir nie wieder begegnen. Sie war einzigartig."

„Das stimmt doch nicht, Mr. Grindel. Natürlich werden Sie eine andere finden. Es ist ganz normal, dass Sie jetzt –"

„Was wissen Sie schon? Ich trage Verantwortung. Ich muss jeden Tag Hunderte von Entscheidungen treffen, die Menschen verlassen sich auf mich. Ich stehe unter Druck. Was ist jetzt – kommen Sie rein oder nicht?"

Als er eintrat, war Oscar überrascht darüber, wie luxuriös der Eingangsbereich jetzt aussah, mit seinen Plüschteppichen und Stofftapeten. Grindel schloss die Tür und sah sich missmutig um. Offenbar empfand er den Anblick des makellosen Entrees als eine Kränkung. Nun, da er in seiner eigenen privaten Hölle gefangen war, erschien ihm die Lebendigkeit, das Strahlen seiner Umgebung wie ein Paradies, aus dem er vertrieben worden war.

In seiner Maisonettewohnung angekommen, verschwand Grindel ohne Umschweife in die Küche, während Oscar mit altbekanntem Grauen die wiederentfachte, drückende Hitze der Heizung, die luftdicht verschlossenen Fenster bemerkte. Erneut war es praktisch unmöglich, einzuatmen, ohne zugleich zu ersticken. Ein kleiner Fernseher lief, der Ton war heruntergedreht. Jemand molk eine Kuh, doch mit jedem Wringen des Euters wurde das Tier unruhiger, bis es sich schließlich der Hände entwand und lostrabte, einem von Menschen unberührten Ort entgegen. Grindel tauchte mit einem Kaugummi im Mund wieder auf und ließ ungeschickt Blasen platzen. Auf diesen mageren Ersatz für die Liebe war er unlängst verfallen.

„Wie es aussieht, haben diese Handwerker am Ende gute Arbeit geleistet", meinte Oscar zaghaft.

„Jaja – und ich habe am Ende ein Heidengeld dafür bezahlt. Diese Blutsauger. Ich hasse dieses Haus. Ich hasse, was daraus geworden ist. Jeder Pinselstrich erinnert mich an sie – schließlich hat sie mich dazu überredet, diese Halsabschneider zu engagieren. Einfach unerträglich." Der Kaugummi ploppte laut.

„Aber denken Sie doch nur daran, wie der Marktwert Ihres Hauses dadurch steigt, Mr. Grindel. Und Sie locken bessere Mieter an."

„Von wegen. Es gibt keine ‚besseren Mieter'. Niveauvolle Mieter machen nur Ärger mit ihrem Gejammer und Gequengel und ihren Beschwerdeschreiben. Alles Schmarotzer und Nutznießer, die auf meine Kosten leben. Zahlen nie pünktlich die Miete, nicht mal die mit Geld. Die sind alle nur darauf aus, mich zu bescheißen." Plopp!

Oscar verspürte ein heftiges Verlangen, Mr. Grindels deprimierenden Ansichten (und seiner Gesellschaft) zu entfliehen. Leise murmelte er: „Ist irgendwelche Post für mich gekommen, die Sie … also, die Sie für mich aufbewahrt haben?"

„Was?"

„Post?"

„Sonst fehlt Ihnen nichts? Okay, okay. Irgendwo habe ich einen Karton mit dem ganzen Mist, der nicht abgeholt wurde. Ich bewahre das Zeug immer eine Zeit lang auf, bevor ich es wegschmeiße. Ich kenne nämlich meine Pflichten, wissen Sie."

„Wollten Sie die Post nicht an mich weiter–"

„Die Post ist nicht mehr das, was sie mal war. Sie besteht nur noch aus Müll. Schreiben von Immobilienhaien, die einen übers Ohr hauen wollen; Sonderangebote von Supermärkten; Wohltätigkeitsvereine, die um Geld betteln. Internetbanking, Internetshopping; Pizza-Lieferdienste, Falafel-Lieferdienste, Nudel-Lieferdienste; die Zeugen Jehovas, die einem weismachen wollen, dass der Weltuntergang bevorsteht. Schön wär's! Drohschreiben von der Stadt, von wegen, die Bäume hinterm Haus müssen gestutzt werden, und so weiter, und so fort. Mich würde mal interessieren, was das alles soll."

„Nun ja –"

„Ich hol den Karton."

Seine bislang größte Blase platzte, und die zerrissene Haut des Kaugummis legte sich über seine Wangen. Er kratzte die klebrige Masse beiläufig mit den Fingern ab. Dann kramte er in einem Regal herum und beförderte schließlich einen Karton zutage, der überquoll mit der Art von Post, die er soeben beschrieben hatte. Er reichte ihn weiter.

Oscar sortierte rasch die Sendungen aus, die an ihn persönlich gerichtet waren: ein Brief; ein kleines Päckchen; sieben Schreiben von sieben verschiedenen Kreditkarteninstituten; und zwei Umschläge mit der Aufschrift „Earl Gallery" – vermutlich Einladungen von Nicholas zu privaten Besichtigungen. Als Erstes öffnete er gespannt das Päckchen und fand darin, in Seidenpapier gewickelt, eine Spieldose aus Elfenbein. Es war auch ein Brief beigelegt.

Kentish Town, den 11. August

Lieber Oscar,

hier kommt dein verspätetes Geburtstagsgeschenk. Endlich!! Ich weiß wirklich nicht, warum ich so lange gebraucht habe, um es dir zu schicken. Wahrscheinlich habe ich gedacht, ich könnte es dir irgendwann persönlich überreichen, aber nun, da du berühmt bist, ist das nicht so einfach. Inzwischen haben wir August, und dein Geburtstag war im Mai! Es tut mir sooo leid. Eigentlich wollte ich dir eine schöne Calathea schenken, aber Gott hatte andere Pläne, wenn du weißt, was ich meine. Deswegen kriegst du jetzt eine Spieldose.

Ich wusste nicht, wohin ich das Päckchen schicken sollte, und da du mich nicht mehr besuchen kommst, habe ich es einfach mit deiner alten Adresse versucht. Das ist natürlich ein bisschen riskant, aber niemand würde ein Päckchen wegschmeißen. Oder doch? Jedenfalls hoffe ich, dass es dich erreicht. Wie ich höre, führst du jetzt ein Luxusleben in Chelsea. Du Glücklicher.

Seit wir uns zuletzt gesehen haben, ist ein seltsamer Mann bei mir eingezogen. Das funktioniert erstaunlich gut. Verrückt, was ein Feuer alles bewirken kann.

Was ist denn mit dir geschehen? Ich würde mich wirklich freuen, von dir zu hören. Oder komm einfach vorbei – du weißt ja, wo du mich findest. Hast du Najette wiedergesehen? Ich fürchte, ich bin ihr zu langweilig. Schon komisch, oder? Du begegnest Leuten und glaubst, dass sie Teil deines Lebens sind, dass dein Leben irgendwie mit ihrem Leben verbunden ist, und dann verschwinden sie einfach. Kannst du dir eine Beziehung mit Najette vorstellen? Wie sind ihre Gemälde?

Ich muss jetzt Schluss machen. Ich treffe gleich den seltsamen Mann. Nie im Leben hätte ich gedacht, dass ich einmal mit einem wie ihm zusammen sein würde. Er ist leicht reizbar und schwer einzuschätzen, aber im Großen und Ganzen ist er genau der Richtige für mich – vielleicht, weil ich mir nichts vormache. Weißt du, wenn ich mit ihm zusammen bin, fühle ich mich irgendwie vollständig. Es ist keine große Liebe oder so; es ist einfach nur sehr, sehr natürlich. Ich akzeptiere ihn einfach. Es ist schwer in Worte zu fassen, aber bei Männern habe ich mich immer über Kleinigkeiten aufgeregt, etwa, wenn sie nicht angerufen haben oder wenn sie geschnarcht haben. Ich habe immer gedacht, dass es nicht so ist, wie es sein sollte. Aber wenn er etwas tut, das mich früher auf die Palme gebracht hätte, rege ich mich überhaupt nicht darüber auf. Er ist mein Ritter in glänzender Rüstung. Irgendwann erzähle ich dir, wie wir uns kennengelernt haben. Das ist eine gute Geschichte.

Alles Liebe,
Lilliana

Vorsichtig öffnete er den Deckel, und die Dose spielte eine verträumte, schwermütige Melodie. Während sie lief, öffnete Oscar den Brief. Er erkannte die dicht gedrängten Konturen von Blochs Handschrift auf dem ersten Blatt. Die Worte auf der zweiten und dritten Seite waren in der unverkennbaren Courier-Schrift seiner alten Underwood getippt.

12. August

Ich habe das hier gefunden
Als ich Frühjahrsputz gemacht habe
Es ist Pisse
Die der Himmel schickt
Dachte, du möchtest es vielleicht lesen
Das letzte Stück dieses elenden Fragments
Vor so vielen bleichen Monden geschrieben
Als ich noch entfernt einem Menschen glich

Ich habe gelogen gelogen gelogen

Als ich sagte, ich hätte nichts mehr geschrieben
Es ist die Meuterei in der Meuterei in der inneren Meuterei

In blinder Panik überflog er die Zeilen, während Grindel in einen weiteren, dümmlich-aggressiven Monolog über seine ehemalige Geliebte verfiel.

Kapitel drei: Die fabrizierte Weisheit

Oscar Babel, zu Großem bestimmt, dazu erkoren, von nah und fern bewundert zu werden. Und wahrlich, der Mann ist zum Mythos geworden. Am Ende verwandelte er sich in einen populären Philosophen, einen unterhaltsamen Denker. Seine Worte waren geschliffen und gewichtig – heilige Worte. Er zog die Menschen an wie das Licht die Motten. Er sprach zu künftigen Bekehrten, speiste in vornehmen Restaurants, genoss die Aufmerksamkeit gewisser Frauen. Er wurde ein spiritueller Lehrer, ein Guru, der sich über die Gesellschaft ausließ und ihr Streben nach dem Geistlosen, dem Stumpfsinnigen, dem Belanglosen geißelte. Was immer er von sich gab, wurde mit einem Eifer aufgenommen, der an Vergötterung grenzte. Das Hotelzimmer, das er schließlich bezog, wurde sein spirituelles Hauptquartier. Hier schrieb er seine schillernden, flammenden Reden – Predigten, die ihresgleichen suchten –, und die Lakaien der Medien hielten ausnahmsweise den Mund, während auch sie auf dem Weg zur Erleuchtung wandelten. Oscar erwies sich als ungeheuer wirkmächtig. Seine Worte machten ihn zum Erhabenen und unsere trägen, an chronischer Verstopfung leidenden Kunstwelten zu Hackfleisch. Seelenlose Körper, mit Müh und Not durch Hochleistungsdrogen am Leben gehalten.

Ich kam nicht umhin, eine gewisse Abnutzung bei ihm zu bemerken, die sowohl seinen Körper als auch seine Persönlichkeit betraf.

Oh, wie die glänzenden Lichter der Vergangenheit, die edlen, hochfliegenden Träume von Männern und Frauen durch den hysterischen Konsumismus und durch die giftige Ölpest des WWW, des ständig expandierenden, ständig lobotomierenden weltweiten (Spinnen-)Netzes vernichtet wurden!

Auf den Flügeln der Mass(turbierend)enmedien wurde Oscar emporgetragen, und bestimmte Gestalten, die namenlos bleiben müssen (und bereits gesichtslos waren), begleiteten ihn und ebneten ihm den Weg, schmierten ihn gewissermaßen. Und doch ....

Vergangenheit, Gegenwart, Zukunft: die Begriffe wurden bedeutungslos, als befände er sich an einem Punkt, wo die Zeit sich krümmte, wo irdische Sichtweisen beschränkt erschienen. Er war an einem anderen Ort; er konnte um die Ecken schauen und über die Grenzen der linearen, sequenziellen Zeit hinweg. Wenn man nur weit genug zurückgeht, dachte er, kann man alles sehen. Er hörte eine Stimme aus der Vergangenheit, und es war die Stimme der Zukunft und sie erklang in dem Haus, das seine inzwischen verwandelte Vergangenheit enthielt. Doch dann verflüchtigte sich das Staunen, und seine Gedanken wurden düster. Wenn alles, was ihm in diesem Sommer widerfahren war, vorherbestimmt gewesen war, sich gewissermaßen schon vorher in Blochs Kopf abgespielt hatte, besaß er dann überhaupt einen freien Willen? Waren die Ereignisse des Sommers festgelegt worden, bevor sie stattgefunden hatten? War er womöglich einen vorgezeichneten Weg gegangen, so passiv wie ein Zweig, der von einem Fluss mitgerissen wird? War er überhaupt jemand, oder war er bloß ein Anhängsel seines ehemaligen Freundes, eine neutrale Gestalt, der man verschiedene Masken überzog, bis schließlich ein Windstoß sie traf und auseinanderblies wie Asche?

Die Spieldose hörte auf zu spielen.

Grindel hörte auf zu reden.

Oscar hob verwirrt den Blick.

Was machte er hier? Warum war er hier? Wieso war er überhaupt hergekommen? Er hatte sein Schicksal gefunden, es hatte hier gelegen, schwarz auf weiß. Jetzt gab es hier nichts mehr für ihn. Er ließ die Blätter fallen und ging zur Tür, ohne ein Wort zu sagen. Grindel folgte ihm und rief: „Hey, wo gehen Sie hin? Ich rede mit Ihnen, Babel! Nach allem, was ich für Sie getan habe, können Sie nicht mal Danke sagen? Wo gehen Sie hin? Ich rede mit Ihnen. Hören Sie mir überhaupt zu?"

Oscar war bereits an der Eingangstür angelangt. Er riss sie auf und drehte sich verächtlich zu Grindel um. Dann hob er die Hand und presste die Fingerspitzen gegen die Stirn, als wollte er den Gedanken, der in seinem Schädel vergraben war, herausreißen. Mit ausdrucksloser Stimme sagte er:

„Was ... genau ... haben Sie ... für mich getan, Mr. Grindel?"

Dann setzte er seine dunkle Sonnenbrille auf und ging.

Die Frage brachte den alten Vermieter völlig aus der Fassung, und einen Moment lang war er niedergeschmettert. Er wollte etwas erwidern, suchte nach einer Angriffsstrategie; aber alles, was er hervorbrachte, war „Ratte". Er stürzte zur Tür und brüllte die Straße hinunter: „Ratte! Undankbarer Mensch! Niemand redet so mit mir! Niemand!"

Aber Oscar hörte ihn nicht.

Grindel ging zurück in sein verhasstes Haus, schlurfte in seine uterusartige, hermetisch abgeschottete Maisonettewohnung und verließ sie eine Woche lang nicht.

In der U-Bahn musterte er die anderen Fahrgäste, um sich zu vergewissern, dass er zur selben Spezies gehörte, grundlegend mit diesen Menschen verbunden war, aber die Gewissheit stellte sich nicht ein.

Hin und her schwankte der Zug, und die Leute schwankten mit. Während sie durch altersschwache Tunnel fuhren, wurde jede Freude garrottiert und jede Erinnerung an süße, schwärmerische Begegnungen, an Charme und Anmut, an die Seidentuch-Intimität vergangener Zeiten zunichtegemacht. Alle Gesichter waren gleichermaßen ausdruckslos, als hätte sie irgendeine unsägliche Katastrophe in Schockstarre versetzt.

Und als Oscar endlich in Hammersmith ausstieg, erschien ihm das Einkaufszentrum, in dem die U-Bahn-Station untergebracht war, denn auch wie eine Explosion von Leben, obwohl ihn der metallische Geruch dort normalerweise deprimiert hätte. Er bog auf die Fulham Palace Road ein, was ihn sogleich an Londons Stilbrüche gemahnte, und als er schließlich die Glastüren des Charing Cross Hospital passierte, war er dankbar dafür, dass ein Krankenhaus wenigstens eine verlässliche Größe war, was seine Form und Funktion betraf, wobei die vielen Kunstwerke an den Wänden ihn sogar daran zweifeln ließen, aber immerhin verströmten sie einen Hauch von Kreativität, was Oscar zu schätzen wusste. Er dachte an Najette und ihre Kunst und stellte sich vor, wie es wäre, wenn ihre Gemälde dort neben den Rolltreppen und den kalten Aufzügen hingen. Er fragte jemanden, wie man zum Ely-Flügel gelangte, stieg mit einem zunehmenden Gefühl von Furcht in den Lift und lauschte der synthetischen Stimme, die „Dritter Stock, Türen öffnen" intonierte, eine Stimme, die alles zu verkörpern schien, was an Krankenhäusern ominös war. Weil Krankenhäuser versuchten, wie Hotels zu sein, aber keine waren. Weil Krankenhäuser ein Ort waren, wo Menschen litten. Wo Menschen starben. Er bereitete sich auf den Tod vor, während er durch die automatischen Türen der Station ging und der Krankenschwester am Empfang sagte, er wolle zu Daniel Bloch, und die Schwester ihn zu dem Zimmer führte und ihn noch warnte, er müsse sich auf einen Schock gefasst machen, bevor sie sanft an die Tür klopfte. Dann trat er ein.

Bloch lag auf dem Bett, nur dass es nicht mehr Bloch war. Es war ein Haufen streichholzdünner Glieder, der von den Laken zusammengehalten wurde. Sein Gesicht war eingesunken und bleich, die starren, blicklosen Augen lagen tief in den knöchernen Höhlen. Ein dicker Schlauch steckte in seiner Nase. Hin und wieder gab er pfeifende, würgende Laute von sich. Zwei Infusionsschläuche ragten wie Verlängerungskabel aus seinen Armen. Das bisschen Haar, das noch übrig war, klebte grau und leblos an seinem Schädel. Falten zogen sich von der Stirn bis zum Kinn, lange, eingravierte Furchen, jede von ihnen ein Leidensstrang. Allmählich erkannte Oscar in diesen fremden Zügen ein Muster wieder, das der Vergangenheit angehörte. Aber diese Übereinstimmung von Bildern war gespenstisch und brüchig. Was ihn verstörte, war jedoch weniger der physische Verfall dieses hilflosen Kind-Mannes, dessen Körper vollkommen geschwächt und zweckentfremdet war (ein Körper, so nutz- und substanzlos wie ein Schatten), sondern vielmehr die Auslöschung von Blochs Geist, jener boshaft-schelmischen Energie, die er immer so mühelos aufgebracht hatte. Und als er ans Bett trat – ganz vorsichtig, als fürchtete er, seine Bewegungen könnten Bloch Schmerzen zufügen –, spürte er, wie es ihm das Herz brach.

Bloch versuchte, den Dunstschleier zu durchbrechen, durch den er die Welt wahrnahm. Im selben Moment verschwamm Oscars Blick, denn Tränen schossen ihm brennend in die Augen. Und es schien, als vergösse Oscar die Tränen auch für Bloch. Als ob Bloch, selbst unfähig zu weinen, nun durch ihn weinte.

Da war etwas zwischen ihnen, das keiner von beiden in Worte hätte fassen können. Eine Verbundenheit durch Schmerz, dem Ursprung des Leidens. Sie waren wie zwei Reisende, die abwechselnd durch die Weiten einer arktischen Wildnis gewandert waren und dann, schwer gezeichnet von der grausamen Schönheit der Landschaft, zurückgekehrt waren, gelebt hatten, um ihre Geschichten zu erzählen, Geschichten, die sie nur einander erzählen konnten, da niemand sonst die eisige Verlassenheit begreifen konnte, die sie erlebt hatten.

„Nicht weinen, Oscar", murmelte Bloch schließlich.

Die Stimme war kaum zu hören, und Oscar musste sich Mühe geben, um sie zu verstehen, und doch füllte sie den Raum: „Du hast es also ... geschafft."

Oscar näherte sich leise und zog geräuschlos einen Stuhl heran. Wie erbärmlich es doch war, dachte er, sich im Angesicht der Auslöschung an diese Nichtigkeiten zu klammern; wie verzweifelt war doch der Versuch, sich das Leben bequem zu machen, wo das Leben vor ihm starb. Das Leben dieses schönen Menschen.

„Was ... was hast du ... von den Aufnahmen gehalten? Versucht ... hab versucht ... etwas ... zu sein."

„Sie waren genial. Genial."

„Du hast es also geschafft."

„Ich bin hier. Ich werde dich nicht verlassen."

„Du wirst ... du ... Warum ist es hier drinnen so dunkel? ... Können wir nicht ein bisschen Licht ... Herrgott ..."

„Ich mach die Deckenlampe an – soll ich?"

„Nein! Nein! Geh nicht, kein künstliches ... Nein, bleib einen Moment. Bis ich einnicke."

„Okay."

„Es ist so lange her, seit ich ... seit ich ... Es kommt mir so lange vor."

Bloch schaute geradeaus und keuchte. Er begann zu husten, ein gequälter Husten, der Oscar die Haut vom Körper zog. Allmählich verebbten die Krämpfe, und Bloch drehte sich zu seinem Besucher hin und sah ihn mit wässrigen, hohlen Augen an. Er fing an zu reden, erst langsam, dann mit zunehmender Kraft.

„Die lernen nie ... die Leute. Tun sich immer gegenseitig weh ... lernen nichts dazu. Wie du siehst ... sind wir der Natur scheißegal ... wir Ameisen ... wuseln herum, Sphärenmusik, wo ist die Quittung? Wo ist das scheiß ... das scheiß ... das Ding ... dieser Hauch von Gewissen? In die Wolken genäht? Wo, wo? Die ... die stoßen das Messer alle bis zum Heft hinein. Du sagst, du wirst mich nicht verlassen ... und doch hast du es getan. Und sie hat es getan. Sie hat schreckliche Dinge getan. Niemand sollte so etwas tun dürfen ... solche Dinge. Hat andere Männer gefickt, sie ... oh Gott ... Ich war ... Ich kann nicht, ich kann nicht, Oscar. Ich hab Angst."

„Hab keine Angst, hab keine Angst. Ich kümmere mich jetzt um dich. Es tut mir so leid, es tut mir so leid, dass ich so lange gebraucht habe. Ich bin jetzt für dich da."

„Oscar, ich hab Angst."

„Ich weiß, ich weiß, dass du Angst hast, aber ich lass dich nicht im Stich. Ich bin hier."

„Oscar, ich kann nicht essen. Ich sitze so tief unten im Brunnen … Ich komme da nicht mehr raus; ich hab keine Energie, um rauszuklettern."

„Ich gebe dir die Energie, versprochen, versprochen."

„Meinst du … meinst du das ernst?"

„Ich verspreche es."

Oscar streckte die Hand aus und nahm vorsichtig die von Bloch. Sie fühlte sich so leicht und zerbrechlich an.

Und nun bemerkte er, wie Blochs Gesicht von einer unbeschreiblichen Süße, einer unfassbaren Zartheit erhellt wurde, als sprächen seine ausgemergelten Züge von ungeahnten Schönheiten der Welt, oder von einem Strand im warmen Abendlicht, über dem reglos die tiefrote Sonne stand und den Himmel spaltete, den verschlossenen Deckel des Bewusstseins aufbrach. Er war ein guter Mensch, ein edler Geist.

„Ich war", flüsterte Bloch, „du … du warst mein Schatten, jetzt bin ich deiner … du … wir waren in einem fremden Land … Über uns der Schrei der Möwen … Und doch möchte ich wieder jung sein … unbeschwert … den Duft einer Frau … möchte … Oh Gott … Oscar … das Gras unter meinen Füßen fühlen … fühlen … aber sie gehen alle … diese Männer und Frauen auf den Friedhöfen … Sie haben alle gelacht und geweint … Wo gehen sie hin, wo gehen sie hin? Ich begreife es nicht, wo gehen sie hin?"

Oscars Körper war gespannt, sämtliche Muskeln und Gelenke schmerzten. Er wusste nicht, was er sagen sollte, hatte keine noch so vage Antwort auf Blochs Fragen parat. Wenn er nur einen Drink nehmen könnte, etwas, das ihm die Zunge löste, aber so schien alles bewegungslos, in Granit gehauen, unempfänglich für das Hin und Her einer leichten Unterhaltung.

Durch das Fenster sah er in der Ferne eine Skyline emporzacken. Das Licht war weggerissen worden, und zurück blieb nur aschfahle Blässe.

Langsam ergab sich das Zimmer den Schatten.

Häuserreihen. Rundum kamen die Menschen jetzt wohl von der Arbeit nach Hause und bereiteten das Abendessen vor. Die Unverdaulichkeit von London. Die unzähligen Leben. Verfall.

„Hey, Oscar", begann Bloch, „hör mal ... zieh mir diesen Schlauch aus der Nase. Er ist so verdammt ... scheußlich."

„Darf ich das denn? Ist das nicht –"

„Hol dieses Ding raus ... Ich ... ich kann mit diesem Schlauch im Rüssel nicht atmen."

Und so beugte sich Oscar über ihn und schaffte es mit einiger Mühe, die Magensonde zu entfernen. Bloch spürte, wie die Klaustrophobie, die der Schlauch bei ihm hervorgerufen hatte, verflog.

„Ich hatte nicht ... die Energie dazu ... Was wollte ich sagen?"

„Du hast gesagt, dass –"

„Es wird dunkler, oder bilde ich mir das ein?"

„Nein, es wird wirklich dunkler."

„Ich muss hier raus, Oscar. Kannst du mich nicht hier rausholen?"

„Aber du bist so ... so schwach ... Wie sollen wir –"

„Ich will nicht hier sterben. Ich will in meiner Wohnung sterben."

„Du wirst nicht sterben. Ich lasse nicht zu, dass du so redest."

Die Notwendigkeit, stark zu sein, verlieh seinen Worten eine eiserne Entschlossenheit. Blochs Unruhe verwandelte sich in Feindseligkeit.

„Du lässt es nicht zu? Ich ... Bist du hergekommen, um dich mit mir zu zanken? Du Quälgeist ... kommst her, um zu streiten. Oh, ich bin so müde, so müde."

Dann sackte die Sprache zusammen, wurde überflüssig, nachdem sie sich zwischen Sinn und Leere eingependelt hatte. Das triste Zimmer war jetzt die Stätte einer mystischen Zusammenkunft, ein Ort der Stille. In der leeren Schale versank Oscar in Blochs Erinnerungen. Irgendwo in der Zeit sah er eine junge Frau, die lächelte, während ihr eine Meeresbrise durchs Haar fuhr. Eine junge Frau mit spöttischem Lächeln schritt durch einen goldenen Salon und versprühte ihr Charisma, das wie Parfüm hängen blieb, nachdem sie gegangen war. Sie machte sich über alle und alles lustig. Sie gebrauchte Humor als barmherziges Betäubungsmittel, als Klebstoff und als Dolch, stieß Schmähungen gegen jeden aus, der lange genug blieb, um sie zu hören. Und in ihrem Dunstkreis wurden Selbstgefälligkeit, Angeberei und Arroganz kurzerhand geschreddert.

„Ich war in einem fremden Land", murmelte Bloch. „Ich habe an Türen geklopft, aber niemand hat mich reingelassen. Ich war so dünn, dass ich dachte, die Leute könnten mich nicht sehen. Ich schwebte. Ich brüllte so laut, dass es wehtat, aber die Leute konnten mich nicht hören. Jetzt bin ich außer Atem. Ich habe sie angefasst, aber sie haben mich nicht gespürt. Dann bin ich zu einer verfallenen Kirche gekommen, zu einer Kapelle, und ganz hinten war jemand, aber ich konnte sein Gesicht nicht sehen. Er hat mich gesegnet. Er hat mich gesegnet, und ich konnte wieder leben. Weißt du, was ich meine, du Seeigel, du Stacheltier, du Eunuch? Du und ich, die wir durchs Meer treiben, ein bisschen abseits, am Rand stehen?"

Oscar nickte langsam. Blochs Lider wurden schwer. Oscar wusste, dass er bald einschlafen würde. Er würde hierbleiben, über ihn wachen, ihn beschützen.

„Du kannst gehen ... wenn du willst. Ich höre den Glockenschlag. Vielleicht wartet ja eine Pferdekutsche auf dich?"

„Keine Pferdekutsche wartet, Daniel."

„Es stört mich, dass du mich so siehst, so ... ramponiert. Du musst zu deiner Pferdekutsche zurückkehren, zu deinem Puder und Rouge; du musst Toilette machen, den Mond anheulen, mit den Zähnen knirschen. Du musst den Wein atmen lassen, die schönen Dinge des Lebens genießen. Das würde ich auch gern tun. Ich möchte, dass mich der Gong zum Dinner ruft, möchte ein paar Tropfen Eau de Cologne auftragen, eine Gutenachtgeschichte hören. Gib mir den gläsernen Pantoffel, das Märchen ... Ich will das Märchen zurückhaben, ich habe es geschrieben und du hast es mir versprochen. Du schuldest es mir. Du hast versprochen, dass ich wieder jung sein würde."

„Das stimmt, und ich habe es ernst gemeint. Ich werde mein Versprechen nicht brechen."

„Nein, wirst du nicht ... wirst du nicht ..."

Die Stimme wurde schwächer und verstummte. Seine Lider schlossen sich schwer.

Oscar sah zu, wie er schlief.

Später, als die Schwester durch die Glasscheibe schaute, um nach Bloch zu sehen, bemerkte sie, dass die Magensonde entfernt worden war, aber Oscars Blick berührte sie so sehr, dass sie beschloss, den Schlauch erst später wieder einzuführen. Einstweilen stand sie nur da und betrachtete diese liebevolle Wache.

27

Als er aus dem Krankenhaus kam, lag eine Kühle in der Luft, die Kühle des Herbstes, und kaum hatte er seinen kalten Atem gespürt, verflogen die Erinnerungen an den Sommer. Ihm fiel auf, dass die Fremden, die ihm entgegenkamen, Gruppen bildeten, um sich vor anderen Fremden zu schützen. Dann bemerkte er die Blätter, die von den Bäumen fielen wie Daunen aus einem zerrissenen Kissen. In wenigen Wochen, sinnierte er, würden die Blätter überall sein; die Parks und Gärten Londons würden sich golden und orange färben, bevor die Bäume zu drahtigen, erhabenen Gespinsten wurden. Das Laub würde sich auf Spielplätzen türmen, sich wie Eisenspäne um Gullys legen und Hundehaufen auf Gehwegen verbergen (was ein Segen und ein Fluch zugleich war). Er fragte sich, ob zwischen dem herbstlichen Zerfransen der Natur und der Tatsache, dass sich Paare zu dieser Jahreszeit häufiger trennten, irgendein Zusammenhang bestand.

Er bog in die Shepherd's Bush Road ein, ging durch den Park, wo undurchsichtige Gestalten diversen illegalen Aktivitäten nachgingen, und gelangte zum Kreisverkehr, der wie üblich aus allen Nähten platzte, und doch schafften es die Autos, Lastwagen und Busse irgendwie, die Gesetze der Straße einzuhalten, indem sie Platz machten, bremsten, koexistierten. Auf verschlungenen Wegen überquerte er die breiten, gefährlichen Fahrbahnen – wobei er gelegentlich spurten musste, um einem heranfahrenden Laster auszuweichen –, bis er die sicheren Gefilde der Holland Park Avenue erreichte. Im Vorbeigehen warf er einen Blick auf das Hilton. Die Plüschwelt dort drinnen erschien ihm nun unerreichbar, was ihn nicht störte, da sie ihm nichts mehr bedeutete. Während er an Feinkostgeschäften und Patisserien vorbeiging, umfing ihn die stattliche Allee wie ein weiter Mantel. Er hatte keine Ahnung, wo er hinwollte; er verspürte einfach nur das dringende Bedürfnis, sich zu bewegen. Vor dem Gate Cinema standen einige Cineasten Schlange, um einen ausländischen Film zu sehen. Er ging weiter Richtung Bayswater Road und bemerkte die Flyer, die an den Telefonzellen hingen: Computergeschönte Göttinnen, in siliziumbasierter Lüsternheit gefangen, versprachen, allen erdenklichen sexuellen Vorlieben nachzukommen. Ein paar Bettler, die in ihre Decken geknüllt waren, baten ihn um Kleingeld. Er gab ihnen so viel er entbehren konnte. Als er zur Queensway gelangte, schlug ihm die krasse Lebhaftigkeit der Einkaufsmeile entgegen. Er teilte den Gehweg mit Inlineskatern, Rucksacktouristen und Anwohnern, die sich allesamt durch den kosmopolitischen Strudel lavierten. In den chinesischen Restaurants tunkten die Leute ihr Enten- und Schweinefleisch in Schüsselchen mit Sojasauce. Eine Gruppe amerikanischer Touristen blockierte hingebungsvoll den Eingang zur U-Bahn-Station Bayswater. Er durchquerte das Whiteley-Einkaufszentrum, wo Männer in Anzügen Sandwiches mampften, und bog in die Westbourne Grove ein, dann in die Chepstow Road, deren uniforme Häuserreihen eine kontinental anmutende Eleganz verströmten.

Er tauchte in liturgisch ruhige Seitenstraßen ein, in denen sich feierlich beleuchtete Antiquitätengeschäfte aneinanderreihten. Nahe der Talbot Street blieb er schließlich vor einer Bar stehen. Sie hieß „The Lips", und ihr grellbuntes Äußeres ließ vermuten, dass ihr Inneres der Gipfel des Kitschs sein musste. Nachdem er am Türsteher vorbei war, stellte Oscar fest, dass die Einrichtung seine kühnsten Erwartungen sogar noch übertraf: die zierlichen runden Bistrotische, dekoriert mit esoterischen, konsumfreudig aufbereiteten Symbolen; die mit künstlichem Grünspan bepinselten Statuen; die orientalischen Laternen; die süßliche Musik; das riesige Wandgemälde, das drei in Bademäntel gehüllte Hunde zeigte – das alles war so kitschig, dass es schmerzte. Aber trotz (oder vielleicht gerade wegen) dieser ausschweifenden Geschmacklosigkeit beschloss er, zu bleiben. Er war jetzt so niedergeschlagen und erschöpft, dass er sich nur noch bis zur Bewusstlosigkeit betrinken wollte. Er bestellte zwei doppelte Whisky an der Bar, und der Barmann bediente ihn rasch und routiniert. Oscar nahm die Gläser und verzog sich in eine Ecke, wo seine dunkle Melancholie sogleich die Aufmerksamkeit einer Brünetten erregte, die zu einer Vierergruppe gehörte.

Als Oscar wenige Minuten später schon etwas triefäugig und betrunken zu ihrem Tisch hinüberschaute, stellte er fest, dass sich inzwischen noch mehr Personen um die kleine runde Marmorplatte scharten, darunter ein paar mit Pfauenfedern geschmückte Frauen, die Kastagnetten schlugen, und Männer mit Cowboystiefeln und Cowboyhüten. Diese Leute brauchten zum Leben eindeutig das Beste, was man mit Geld kaufen konnte, und die Frauen waren an Champagnercocktails, Designer-Sportwagen und toxische Mengen von Wohlstand gewöhnt. Dann erhielt die Partie eine weitere Injektion von Leben, denn durch die Doppeltür trat nun ein imposantes, hoch aufragendes Individuum in einem schwarzen Umhang, einen zinnoberroten Schal um den Hals geschlungen. Seine Erscheinung wurde durch die beiden Miezen abgerundet, die rechts und links von ihm drapiert waren. Dieser spektakuläre Auftritt wurde mit Freudenrufen und lautem Kreischen bedacht. Er war derjenige, auf den alle gewartet hatten, der Star des Abends und der Anlass für die Zusammenkunft. Eine nicht enden wollende Begrüßungsrunde nahm ihren Lauf. Männliche Handschläge wurden verteilt, ausgestreckte Frauenhände galant geküsst, Pfauenfedern durch stürmische Umarmungen in Unordnung gebracht, alles untermalt vom Klacken der Kastagnetten. Der hochgewachsene Mann, dessen wallende schwarze Mähne ihm eine Aura von mitteleuropäischer Grandeur verlieh, stemmte die Arme in die Hüften und donnerte heroisch: „Meine lieben Freunde, ich bin frei! Die Ketten sind von mir abgefallen!!"

Daraufhin erhob sich ein ungeheurer Jubel, und alles stürzte zur Bar. Champagnerflaschen und Eiskübel fanden ein neues Zuhause und ließen sich auf jeder halbwegs ebenen Fläche nieder, die sich ihnen bot. Die Energie, die von dieser Runde ausging, war so gewaltig, dass sie jeden etwaigen Unmut im Keim erstickte und selbst diejenigen mitriss, die nicht zu den Feiernden gehörten. Der stattliche Mann begann mit einem starken ungarischen Akzent zu sprechen. Begeistert verkündete er, dass er nun rechtskräftig von seiner Frau geschieden war, nachdem er mit ihr eine Ehe geführt hatte, die nach eigenem Bekunden „so erfolglos war wie die zwischen Kapitalismus und Kommunismus". Oscar betrachtete die Gruppe interessiert. Er konnte sich nicht erinnern, je eine derart bizarre und zugleich bunte Schar von Menschen gesehen zu haben.

Der Ungar wies die beiden Miezen an, jedem in der Bar einen Black Russian zu bringen. Dann spöttelte er ein bisschen über die

Gefühlsduselei von Russen. Oscars Drink kam zur rechten Zeit, und er schaute zu dem Ungarn hinüber. Ihre Blicke begegneten sich, und eine Sekunde lang schienen sie irgendeine Verbindung herzustellen; dann zwinkerte ihm sein Gönner zu und schaute wieder weg. Oscar war seltsam beunruhigt, denn es schien, als hätte der Ungar mit diesem Augenzwinkern seine Traurigkeit zur Kenntnis genommen; als wollte er sagen, dass er bereits alles über ihn wusste und Oscar sein Innenleben nicht verbergen konnte, sosehr er sich auch bemühte.

Als er wieder aufsah, saß ihm die Brünette gegenüber. Sie hatte ein eckiges, gnomartiges Gesicht. Ihre Haut war mit Akne bespickt, die sie mit Concealer zu übertünchen versucht hatte, und ihre Augen waren irgendwie beängstigend, was an den grünen Kontaktlinsen lag, die sie trug.

„Entschuldigung, bist du nicht Oscar Babel?"

„Ja – und?"

„Geht es dir gut?"

„Eigentlich nicht."

„Was ist denn los?"

„Ach … alles Mögliche. Das ist ja eine fröhliche Bande, aus der du da geflüchtet bist. Was erwartest du von mir? Ich bin kein Cowboy."

„Na ja, ich dachte, du siehst irgendwie einsam aus."

Er studierte ihr Gesicht. Hin und wieder flackerte eine aufrichtige Freundlichkeit in ihren Augen auf, und solange sie anhielt, vergaß er ihre Kontaktlinsen.

„Ich dachte, du trinkst nicht", sagte sie.

„Wie kommst du darauf?"

„Ach, das hab ich über dich in der Zeitung gelesen."

„Du solltest nicht alles glauben, was du liest."

Seine Augen wurden trüb.

„Ist dir heute Abend vielleicht irgendwas Schlimmes passiert? Ich kann gut zuhören; du kannst ganz offen sein."

„Ich weiß nicht. Ich weiß selbst nicht so genau, was mir heute Abend passiert ist."

Unvermittelt änderte sie Ton und Taktik und kreischte mit fröhlicher Begeisterung: „Das war vielleicht abgefahren, was da im Park passiert ist! Ich war nicht dort, aber ich hab's im Fernsehen gesehen, bevor irgendwer den Stecker gezogen hat. Wie ging es weiter? Das war doch echt total verrückt, oder?"

„Oh ja, das war … menschliches Verhalten, würde ich sagen; nein, Bloch würde das sagen. Ein Vorwand, ein Vorwand, um das zu tun, wonach sich die Leute immer gesehnt haben. Wie die Karnickel. Ich hab mich ziemlich dafür geschämt. Aber ich glaube nicht, dass ich dafür verantwortlich war."

„Wie bist du denn Guru geworden? Ich meine, wie wird man das überhaupt – ein Guru? Muss man da einfach nur –"

„Hör zu – wie heißt du?"

„Angelica."

„Hör zu, Angelica: Ich bin kein Guru. Ich bin nie einer gewesen und werde auch nie einer sein."

„Wie meinst du das?"

„Das Bild, das die Öffentlichkeit und die Medien von mir hatten, war falsch. Alles nur Lügen. Ich bin kein spiritueller Lehrer und ich habe auch nicht das Zeug dazu. Es war alles ein einziger ausgeklügelter, kostspieliger Bluff. Und die Leute sind drauf reingefallen. Der echte Meister liegt wenige Meilen von hier im Sterben."

Sie versuchte auszuloten, ob er das ernst meinte. Seine Worte waren verwaschen, Müdigkeit strömte aus seinen Augen. Aber durch den Schleier der Trunkenheit glaubte Angelica den Klang von Aufrichtigkeit zu erkennen.

„Du meinst also … du meinst, dass du einfach nur ein ganz gewöhnlicher, x-beliebiger –"

„Bevor ich berühmt wurde, war ich ein völliger Niemand. Ich war Filmvorführer in Camden. Mehr nicht. Ein Mann namens Ryan Rees hat das alles eingefädelt. Seine Publicity-Maschinerie hätte den ultimativen Bullshit-Preis verdient. Am Ende hat dieser Mistkerl mich in meiner eigenen Hotelsuite eingesperrt – hältst du das für möglich? Nachdem er mir den Ellbogen ins Gesicht gerammt und seine Zigarre auf meiner Hand ausgedrückt hat."

Er streckte ihr die Handfläche entgegen, auf der eine kreisrunde, blassrosa Narbe zu sehen war.

„Ich könnte dich bloßstellen. Ich könnte der Welt erzählen, dass Oscar Babel ein Fake ist."

„Nur zu. Ich glaube allerdings kaum, dass das noch irgendwen juckt. Meine Zeit im Rampenlicht ist um. Irgendwo dort draußen wird bereits die nächste Lüge, irgendein neuer Aufreger, irgendein neues nächstes Riesending ausgeheckt – von wem auch immer. Weißt du, Angelica – hübscher Name übrigens –, den Leuten gefällt es, wenn jemand die Roben der Autorität trägt und wichtig aussieht. Aber diese Wichtigtuer sind bloß Fassaden. Mehr war ich nicht. Eine Zeichentrickfigur. Die wirklich wichtigen Leute, die Leute, die zählen, stehen nicht auf der Bühne; sie sind hinter den Kulissen. Und all die Leute, die über einen schreiben und glauben, einen zu kennen – als wüssten sie, was in deinem Kopf vorgeht. Aber sie haben keine Ahnung. Wie auch? Sie haben keinen blassen Schimmer davon, wie ich zu dem wurde, was ich war. Sie würden es nicht glauben, wenn ich es ihnen erzählte. Niemand würde es glauben."

„Ich würde die Geschichte gern hören."

„Sie ist zu lang, viel zu lang. Ich möchte jetzt nicht darüber sprechen. Ich möchte –"

„Oh, erzähl es mir. Erzähl mir wenigstens, wie es angefangen hat."

„Es … es hat mit einer Katze angefangen."

„Einer Katze?"

„Ja. Lass mich ausreden. Du musst das verstehen. Den Leuten ist es letztlich egal, was man sagt; deswegen werden Äußerungen so oft verzerrt. Was sie wirklich interessiert, ist das Spiel, der ganze Lärm, der Hype. Wenn jemand daherkommt und genügend Lärm macht, zieht das noch mehr Lärm an. Das Wesentliche – der Inhalt – bleibt auf der Strecke. Aber wenn man gut aussieht und ein paar Sätze aneinanderreihen kann und die richtigen Leute kennt: Bingo! Man muss nur auf sich aufmerksam machen, an den richtigen Orten gesehen werden, und schon reden alle über einen, als wäre man irgendwie bedeutend. Es ist unglaublich. Und das Verrückte ist: Die Medien erschaffen dieses Etwas, und im selben Atemzug kreuzigen sie ihre Kreatur. Das ist total schizophren. Die Medien sind so riesig, dass die eine Hirnhälfte nicht weiß, was die andere tut; während sie dich irgendwo niedermachen und in die Tonne treten, erheben sie dich woanders zum Messias. Und das Einzige, was man tun kann, um nicht völlig verrückt zu werden, ist auszusteigen. Das habe ich getan. Ich bin ausgestiegen, aber jetzt weiß ich nicht mehr, wohin."

„Was meinst du?", fragte sie, offenbar beeindruckt von den schonungslosen Enthüllungen und bitteren Erkenntnissen, die aus ihm heraussprudelten.

„Ein paar Meilen von hier liegt ein Mann in einem Krankenhausbett und stirbt."

„Der Meister, von dem du gesprochen hast? Ist er ein Freund von dir?"

„Er war ein Freund. Und jetzt stirbt er. Und ich glaube … ich glaube, er stirbt wegen mir."

„Das verstehe ich nicht."

Sie musterte ihn mit dem unbestimmten Gefühl, auf etwas gestoßen zu sein, das so vollkommen außerhalb ihres Erfahrungsbereichs lag, dass es all ihre vorgefassten Meinungen über die Welt auf den Kopf stellte. Ihr war, als hätte sie soeben eine furchteinflößende Bestie gestreift und würde sich nach dieser Begegnung nie wieder richtig sicher fühlen können. Und doch: Trotz dieser greifbaren Gefahr fühlte sie sich stark zu Oscar hingezogen, und seine gebrochene Strahlkraft hatte sie bereits verzaubert. Sie war von ihm fasziniert – von seiner Offenheit, seiner Ernsthaftigkeit, der Aura des Leidens, die ihn umgab. Fasziniert und verwirrt. Er war ganz anders als alle Männer, die ihr bislang begegnet waren.

„Siehst du den Typ da drüben?", sagte sie und wies mit dem Kinn auf die Feiernden. „Das ist Béla. Er ist ein ungarischer Millionär. Er hat sich gerade scheiden lassen und schmeißt jetzt eine kleine Party. Nachher gehen wir alle zu ihm nach Hause. Komm doch mit!"

„Das ist sehr nett von dir, aber ich bin nicht in Feierlaune. Ich würde dich nur langweilen."

„Ach, komm schon. Ich unterhalte mich wirklich gern mit dir."

„Nein, im Ernst, ich möchte auf keine Party gehen. Ich weiß nie, was ich auf Partys sagen soll. Alle sind immer so gut drauf auf Partys."

„Mir macht es überhaupt nichts aus, wenn du nicht gut drauf bist. Du brauchst mit niemandem zu reden, außer mit mir. Na, wie wäre das?"

Sie lächelte süß. Und in diesem Moment wallte etwas auf und blieb zwischen ihnen hängen, und ein vertrautes Gefühl von Furcht und Erregung füllte seinen Magen. Sie sah ihn so aufmerksam, so freundlich an, dass er versucht war, ihrer Bitte nachzukommen. Doch obwohl er ihr Interesse schmeichelhaft fand, wusste er nicht, ob er es schaffen würde, sich weiter mit ihr zu unterhalten.

„Ich kann wirklich nicht. Versteh mich doch. Es tut mir leid."

„Na gut – ich hab's versucht. Kann ich wenigstens deine Telefonnummer haben?"

Er kritzelte eine erfundene Nummer auf ein Stück Papier, einfach nur, um sie loszuwerden, und dann ging sie zurück zu den anderen. Er schaute ihr mit ausdruckslosem Gesicht hinterher.

Doch gleich darauf nahm jemand anderes Angelicas Platz ein.

„Mr. Babel", sagte Béla, „Sie kommen mir heute Abend etwas verwettert vor, wie die Engländer zu sagen pflegen. Die englische Sprache ist so verrückt. Voller seltsamer Wendungen. Alle wollen ein Stück vom Kuchen abbekommen, sich das größte Stück Kuchen sichern, die Rosinen aus dem Kuchen picken – wenn der Kuchen nicht schon gegessen ist. Oder, was mir persönlich am besten gefällt: Wenn der Kuchen spricht, schweigen die Krümel. Warum diese Besessenheit von Kuchen? Warum nach dem Vergnügen gieren, ohne es sich zu verschaffen? Wozu dieses Verschleiern von Bedeutung? Liegt das daran, dass die Engländer der Realität nicht ins Auge blicken können und daher allerlei Ausflüchte ersinnen, sich hinter ‚Haltung bewahren', ‚Nur nicht unterkriegen lassen' und einem kräftigen Händedruck verstecken? Nun, wie ich sehe, möchten Sie in Ruhe gelassen werden. Aber meinen Sie nicht, dass es Ihnen auf meiner Party besser ginge? Ich lade Sie ein. Und es wäre unhöflich, die Einladung abzulehnen. Aber bevor Sie sich entscheiden – darf ich Ihnen eine Geschichte erzählen?"

Oscar war so beeindruckt von dem überraschenden Scharfsinn seiner Beobachtungen, seinem Selbstbewusstsein, seiner Schönheit und Ausstrahlung, dass er wie hypnotisiert mit dem Kopf nickte. Zweifellos hatte er es mit einem außergewöhnlichen Gastgeber und *Raconteur* zu tun. Er fühlte sich unwillkürlich in seinen Bann gezogen.

„Eine Frau hat das mittlere Alter erreicht, aber noch keinen Ehemann gefunden. Sie sucht die weiseste Frau im Dorf auf, um sich Rat zu holen. Die erklärt ihr, das Problem sei nicht ihr Gesicht, denn das sei schön; auch nicht ihr Körper, denn der sei wohlgeformt; auch nicht ihr Wesen, denn das sei sanft. Aber sie müsse das Kochen lernen. Auf diese Weise werde sie einen Mann für sich gewinnen. Die Jungfer zieht also von dannen und wird binnen kurzer Zeit zu einer meisterhaften Köchin. Ihre Gerichte lassen den Männern das Wasser im Mund zusammenlaufen; sie umgarnt sie mit ihren geheimen Rezepten. Doch jedes Mal, wenn die Teller leergeputzt sind, empfehlen sich die Männer und lassen sie stehen. Daraufhin sucht die Jungfer erneut die weiseste Frau im Dorf auf. Die rät ihr, ein Musikinstrument zu lernen, um einen Mann für sich einzunehmen. Die Harfe sei das richtige Instrument für sie. Die Jungfer nimmt also beim besten Harfenlehrer Unterricht und bezahlt ihm dafür ein hübsches Sümmchen. Und sie spielt wunderschöne Melodien, und die Männer lauschen betört, doch kaum sind die Klänge verhallt, empfehlen sie sich und lassen sie stehen. Und so geht die Jungfer, inzwischen recht verzweifelt, ein drittes Mal zu der weisen Frau. Die rät ihr, das Kartenspiel zu erlernen, denn das sei etwas, das Männer verstehen und zu schätzen wissen. Die Jungfer lernt also das Pokern und das Bluffen. Und die Männer sind beeindruckt von ihr, daran besteht kein Zweifel. Doch nach dem Spiel empfehlen sie sich und lassen sie stehen. Entmutigt geht die Jungfer ein weiteres Mal zu der weisen Alten und klagt: ‚Ich habe alle deine Ratschläge befolgt. Ich kann kochen, Harfe spielen und pokern und bluffen, aber ich habe immer noch keinen Ehemann.'

Die weise Frau erwidert: ‚Ist dir all die Male, die du zu mir gekommen bist, gar nichts aufgefallen?'

‚Was soll mir denn aufgefallen sein?', fragt die Jungfer.

‚Etwas an meinem Leben.'

Die Jungfer schüttelt den Kopf.

‚Ich bin allein', sagt die Frau. ‚Ich habe auch keinen Ehemann. Meinst du nicht, ich hätte einen gefunden, wenn ich die Lösung für dein Problem wüsste? Und selbst wenn ich die Lösung wüsste, könnte ich sie dir nicht sagen, denn ich wäre weit weg, in einem deiner Träume.'"

Béla lehnte sich zurück und verschränkte triumphierend die Arme. Dann zog er eine Zigarette hervor, zündete sie an und grinste seinem Gegenüber zu.

Oscar war von der Geschichte beeindruckt, obgleich er nicht so recht wusste, wie er sie deuten sollte.

„War es denn nicht grausam von der Frau, all diese Ratschläge zu erteilen?", fragte er.

„Ganz und gar nicht – wie naiv von Ihnen! Die weise Frau will der Jungfer wirklich helfen, und am Ende ist sie tatsächlich ein Mensch mit vielen Vorzügen. Also, Sie haben meine Geschichte gehört. Kommen Sie jetzt mit mir, Oscar Babel?"

Oscar willigte ein.

Sie zwängten sich allesamt in ein paar wartende Mercedes-Limousinen und verspürten sogleich den unwiderstehlichen Drang, ihre Glieder über jemand anderes auszustrecken und dort liegen zu lassen. Oscar versuchte sich diesem allgemeinen Gespreize zu entziehen, schaffte es aber nicht so ganz; die Frauen schoben sich provokativ über ihn, und ihre ungebändigten Brüste sprangen ihm ins Gesicht. In seiner Verlegenheit murmelte er etwas über das Wetter, aber niemand nahm Notiz davon. Endlich fuhren sie vor einem prächtigen Haus vor, und beim Aussteigen gab es viel Gelächter und Alberei. Ein paar der Cowboys zogen sich die Hosen herunter. Dem vergnügten Kreischen der anderen nach zu urteilen, schien das der Gipfel der Komik zu sein. Ein Butler führte die Gesellschaft in den Salon, und bald wurden dort allerlei Drogen und Drinks herumgereicht. Oscar war inzwischen reichlich betrunken und zog sich in einen stillen Winkel zurück, um ein Nickerchen zu machen. Doch Angelica, hellauf begeistert, ihn dort zu entdecken, gesellte sich zu ihm und löcherte ihn mit Fragen über seinen Ruhm. Als Oscars Antworten einsilbig wurden, gab sie schließlich auf und ließ ihn in seiner Ecke schnarchen.

Béla erzählte fortwährend Geschichten und Parabeln. Er tanzte Tango mit einer Spanierin, und nach dieser glanzvollen Darbietung brachte ihm sein Publikum noch mehr Bewunderung entgegen. Mit einem Schwert hieb er eine kolossale Wassermelone entzwei, und alle scharten sich um die beiden rottriefenden Hälften wie Hunde um ihre Näpfe und taten sich daran gütlich. Anschließend zogen die Gäste in die Küche, um eine mit Marihuana gewürzte *Gazpacho* zuzubereiten. Die Folge waren schrille, nicht enden wollende Lachanfälle. Dann ließ ein Albino ein Ei verschwinden; ein Schotte spielte mehr schlecht als recht Dudelsack (wobei die meisten dachten, dass ein Dudelsack auch dann keine angenehmen Töne von sich gab, wenn man ihn gut spielte); eine hochschwangere Frau jonglierte mit neun großen Kerzen, die daraufhin angezündet wurden. Als Nächstes hypnotisierte Béla einen jungen Mann mit ernstem Gesicht. Er verwandelte sich in einen wiehernden, schnaubenden Esel, der auf allen vieren herumkroch und dümmlich lächelte, wenn ihm sein Meister nicht existente Zuckerstücke aus der Hand fütterte. Als man ihn aufforderte, etwas von sich preiszugeben, gestand der Esel, dass er gern Frauenunterwäsche trug. Die Nummer kam gut an, doch als der junge Mann wieder bei Bewusstsein war, schloss er sich in der Toilette ein und ward nicht mehr gesehen. Inzwischen waren die meisten sturzbetrunken. Gegen vier Uhr morgens lud ein mit Nüchternheit und knallrotem Haar gesegneter Mann zu einer spiritistischen Sitzung und ließ allen mit seinen Bauchrednertricks das Blut in den Adern gefrieren, bevor er am Ende zugab, dass das schauerliche Heulen der beschworenen Seelen nicht aus dem Jenseits, sondern von seinen eigenen Stimmbändern kam.

Während dieser ganzen Zeit schlief Oscar unruhig, wie im Fieber.

Gegen halb sechs wurde er von Angelica geweckt. Er sah fürchterlich aus und fühlte sich entsprechend.

„Komm", flüsterte sie. „Wir gehen."

„Was? Wohin?", stammelte er.

„Wir schwingen uns auf in die Lüfte. In einem Heißluftballon. Komm mit mir, Oscar Babel."

Sachte nahm sie seine Hand und küsste sie.

Béla sah in der Ballonfahrt ein glückliches Sinnbild der Befreiung. Von der Erde abzuheben war für ihn ein letzter – und unerlässlicher – Akt, um deutlich zu machen, dass er den Fängen seiner Frau entkommen war. Der Flug sollte die Lustbarkeiten der Nacht gebührend abrunden. Sie fuhren zur Tower Bridge; von einem kleinen Feld in der Nähe der Brücke stiegen die Ballons über London auf.

Es ging auf halb sieben zu, als sie dort ankamen. Der Himmel war fast klar, und die aufgehende Sonne glänzte kalt. Kein Laut durchbrach die dämmrige Stille. Die beiden Brückentürme erhoben sich finster und imposant über der Themse. In der Ferne erwachte die City langsam zum Leben, und die Broker tätigten ihre ersten Anrufe. Durch das Gitter der Hochhäuser und Kräne und Bürogebäude waren die Umrisse der St. Paul's Cathedral zu erkennen – ein eleganter Bogen inmitten von plumpen Betonklötzen.

Eine Gruppe von Männern in grünen Overalls war eifrig dabei, den Ballon startklar zu machen. Ein Großteil derer, die beschlossen hatten, mitzukommen, überlegte es sich jetzt anders. Am Ende fühlten sich nur drei Personen wohl genug, um aufzusteigen, trotz Bélas entrüsteter Proteste. Er wurde nicht müde zu betonen, welch wunderbare Gelegenheit sie sich entgehen ließen: Die Aussicht werde sie im Nu von ihrem Kater heilen; dort oben seien sie Prinzen, die mit den Göttern Tee tranken. Aber selbst seine opulente Rhetorik konnte niemanden umstimmen. Und so kam es, dass außer Béla nur drei Passagiere übrig blieben: Giselle, eine schweigsame, schüchterne Frau, die schützend einen verschrumpelten Teddybären (ihr Maskottchen) an sich drückte; Angelica, die ihre grünen Kontaktlinsen inzwischen durch rote ersetzt hatte und furchterregend aussah; und Oscar, der endlich wach wurde.

Er sah zu, wie die Nylonhülle langsam aufgeblasen wurde. Ein Weidenkorb, groß genug, um ein Dutzend Personen aufzunehmen, hing daran. Die Hitze des Brenners war gewaltig, und er spürte, wie sie durch ihn hindurchströmte, obwohl er gut zehn Meter entfernt stand. Während die schlaffe Haut des Ballons zu einer prallen Kugel anschwoll, stellte er überrascht fest, wie riesig das Gefährt aus der Nähe war. Schließlich erreichte es seine volle Höhe von dreißig Metern. Es stand da und schwankte kaum merklich im Wind. Eine Wolke schob sich träge vor die Sonne. Sein Blick schweifte zu den Gebäuden und geometrischen Mustern am Horizont: London, noch im Schlummer versunken, Millionen von Embryonen in einem Uterus aus Zement. Raben flogen in Scharen vorbei und verschwanden an geheimen Orten, von denen nur sie wussten, wie man dorthin gelangte.

Dann war es Zeit, einzusteigen. Der Pilot hievte sich als Erster in den Korb und half dann den anderen. Drinnen war die Hitze größer denn je.

Stück um Stück entfernten die Männer in den Overalls den Ballast. Oscar schaute zur Brücke hinüber: eine letzte Würdigung, bevor sie abhoben. Die Brücke war menschenleer, doch als er eine Sekunde später noch einmal hinschaute, sah er zwei Männer, die sie überquerten. Sie schienen es ungeheuer eilig zu haben. Tatsächlich boten sie ein Bild von hysterischer Beweglichkeit, ihre Arme und Beine schossen regelrecht aus dem Körper, wie bei Zeichentrickfiguren. Im nächsten Moment erstarrte Oscar vor Entsetzen, denn er erkannte Ryan Rees. Der Spindoktor hatte seine Kopfhörer in den Ohren und sein Gesicht war wutverzerrt. Schon spurteten die beiden Männer über das Feld. Oscar merkte, wie er sich an die Reling des Korbs klammerte, nicht um Halt zu finden, sondern aus nackter Angst.

„Stoppt den Ballon!"

Rees riss sich die Kopfhörer aus den Ohren. Schmalzbröckelchen wurden mit ausgeworfen.

„Stoppt diesen Ballon!", brüllte er, etwas lächerlich.

„Wer zum Teufel ist das?", fragte Béla. „Was will dieser Zampano?"

„Er will mich", sagte Oscar. „Er will mein Blut."

„Das wird er nicht bekommen", knurrte Béla entschieden – sehr zu Oscars Beruhigung.

Rees' abstruses Gebrüll ging im Wind unter. Sein Begleiter stolperte und fiel hin. Rees stürzte über den reglosen Körper. Bäuchlings lag er da, die Arme nach vorn gestreckt, die Finger gespreizt. Er gab jetzt eine klägliche Figur ab. Dann rappelte er sich hoch und taumelte weiter.

Doch es war zu spät. Der Ballon hatte bereits abgehoben.

Rees sah ihm nach. Die Triumphe des Sommers spulten sich im Zeitraffer vor seinem geistigen Auge ab, doch sie brachten ihm nichts als Schmerz – einen beängstigenden Schmerz, den er nicht zu fassen vermochte. Dann war er wieder in der Schule, aber lange bevor seine Herrschaft dort begonnen hatte, in einer nahezu vergessenen Zeit. Er war sieben Jahre alt, ein kränklicher, schmächtiger Junge, über den sich alle lustig machten, während er heulte und wimmerte. Er versuchte seine legendäre Gefühllosigkeit wiederherzustellen, aber es half nichts: Als er aufschaute, rann ihm die Machtlosigkeit aus allen Poren.

Während der Ballon aufstieg, war Béla außer sich vor anarchischer Freude. „Ich bin ein freier Mann!", schrie er in den Wind. „Frei! Frei! Frei! Frei!"

Er streckte seine mächtigen Arme gen Himmel und rief: „Gott ist groß. Ich bin die Seuche los. Die Pest! *La peste!*"

Oscar sah nach unten: Ryan Rees war bereits deutlich geschrumpft.

Das Gefühl des Fliegens, das er erwartet hatte, stellte sich nicht ein. Der Ballon fühlte sich seltsam passiv an; er war lediglich ein Behältnis, das ohne erkennbaren Kraftaufwand durch den Raum schwebte.

Erst war ihm, als stünde er auf einem absurd hohen, schwankenden Aussichtsturm. Dann löste sich der Turm von der Erde, die nun in einem heiteren Wirbel zurückblieb. Da der Ballon vom Wind getragen wurde, schien er mit dem Element zu verschmelzen: Der Wind war Teil des Gefährts, genau wie der Brenner, der die Hülle in regelmäßigen Abständen erschauern ließ. Wieder blickte Oscar mit einem mulmigen Gefühl zur Erde und sah, wie Rees hektisch mit den Armen fuchtelte. Oscar wusste, dass der Mann dort unten raste, doch sein Zorn erschien ihm nun seltsam abstrakt, als wäre es der Zorn von jemandem in Peking.

Im nächsten Moment war jedes Gefühl von Bedrohung verschwunden, und die Reise wurde zunehmend magisch.

Keiner, nicht einmal Béla, sagte noch etwas. Alle waren gleichermaßen verzaubert, in dasselbe sprachlose Staunen versunken. Giselle hielt ihren Teddybären im Arm und lächelte still vor sich hin; Bélas Ebenholzlocken flatterten im Wind; zwischen Angelicas Lippen hing eine vergessene Zigarette. Der Pilot war mit dem Brenner beschäftigt, der wie ein vorsintflutliches Ungeheuer fauchte und zischte und dem Ballon Auftrieb verlieh. Mit den Augen nahm Oscar die Fortbewegung wahr, doch er spürte sie nicht. Unten wurden die Gebäude und Brücken und Bäume immer kleiner und unwirklicher und verwandelten sich in eine Spielzeuglandschaft. Aus dieser Perspektive nahm alles eine neue Bedeutung an und streifte die alte ab. Oscar fiel es schwer, die winzigen Punkte dort unten mit echten Menschen in Verbindung zu bringen, Menschen mit Sorgen und Hoffnungen und Träumen. Miniaturhäuser reihten sich dicht an dicht. Das war sie also, die Zivilisation – gleichförmig, von Linien durchzogen, horizontale und vertikale Symbole von Ordnung, ohne charakteristische Eigenschaften, klein und zerbrechlich: Von hier oben konnte sie die fatalen Anzeichen ihrer Sinnlosigkeit nicht länger verbergen. Doch diese Erkenntnis brachte Klarheit, Katharsis mit sich, und Oscar war erfüllt von einem immensen Wohlwollen, und Wellen der Schönheit durchliefen ihn. Ihm war, als hätte man ihm Zugang zu den Wolken und dem reinen Blau des Himmels gewährt, als hätte man ihm gestattet, sich im Einklang mit der Natur zu bewegen. Die Formbarkeit des Geistes deckte sich mit der Plastizität dieses neuen Universums. Die Freiheit des Raumes schuf die Freiheit, Großes zu denken.

Er sah Najettes Gesicht vor sich, ihre glitzernden Augen waren Pforten zu Träumen. Er schlüpfte durch sie hindurch, auf die andere Seite …

Sein Blick wanderte über die darmartig gewundenen Leitungen des Brenners und hinauf zu der Hülle über ihm, eine majestätische, runde Kuppel.

Noch immer stiegen sie auf, höher und höher, bis der Ballon seine maximale Flughöhe erreicht hatte und schläfrig wie eine Wolke dahinschwebte. Von dieser Warte aus betrachtet versank London vollends in der Bedeutungslosigkeit. Plötzlich war alles sehr klar. Nach all dem unentwegten, müßigen Festklammern an die Schönheit gab es noch etwas, das wartete.

Er entdeckte den Telecom Tower, der einer winzigen Kerze glich. Unter ihnen lag die Themse wie ein verschwommenes, stumpfes Band. Um diese Zeit musste sie von Leben wimmeln, aber das konnte man nicht erkennen. Er blickte in die leicht wolkenverhangene Sonne, deren Licht nun wärmer und goldener wurde. Als wollten sie ihr einen Gefallen tun, zogen sich die Wolken zurück, und die Sonnenstrahlen ergossen sich ungebrochen über dem Korb. Während sich seine Augen an die Helligkeit gewöhnten, kam ihm das Licht hier oben anders vor – näher, fast greifbar. Er streckte die Hand aus und bewegte sie durch das gleißende Licht. Als er sicher war, dass die anderen nicht hinschauten, schwang er sich ganz langsam auf die Reling des Korbs. Er verharrte dort einen Moment lang. Oder Jahrhunderte. Dann glitt er hinunter in die Leere und wurde sogleich zu einem strudelnden Fleck im Nichts.

Er bewegte sich schnell. In dem brennenden, schmelzenden Raum hatten Muster keinen Bestand. Sie flammten auf und waren weg; Gedanken und Eindrücke, die sie heraufbeschworen, verglühten.

Der Pfad war eng, aber seine Füße standen fest auf den Pedalen und seine Hände klebten am Lenker, er hatte die Kontrolle, und so sauste er dahin, ein Lichtblitz im Wald, eingefangen von der rasch sinkenden Sonne. Das Fahrrad erreichte einen steilen Abhang und raste hinunter.

Dann war er auf einer Lichtung. Er spähte zwischen die Bäume, um sicherzugehen, dass er allein war. Ein silberner See. Er watete hinein, nackt, unbeobachtet. Das Licht wurde schwächer, die Wolken rasten. Er spürte, wie das Wasser ihn aufnahm, bis es genau die richtige Tiefe hatte. Das Geräusch war melodisch, es hallte in der Tiefe wider, dort, wo sich kein Leben regte, aber Silhouetten um sich griffen wie Spindelfinger. Er wandte sich um und sah eine Frau im Wasser stehen. Sie musste die ganze Zeit über dort gewesen sein, ohne dass er sie bemerkt hatte. Die Spitzen ihrer Haare trieben auf der Wasseroberfläche. Er konnte ihr Gesicht nicht sehen. Er bewegte sich auf sie zu. Die Entfernung kollabierte.

Und dann ging ein Ruck durch den See und er begann zu beben. Das Wasser war jetzt nicht mehr klar, sondern blauschwarz wie ein Bluterguss. Die Freude, die ihn in seinem wässrigen Grab des Erwachens erfüllt hatte, starb. Die Frau war verschwunden.

Er öffnete die Augen.

Er wünschte, er könnte in den Traum zurückkehren, die namenlose Frau darin wiederfinden. Er fühlte sich so leicht, in Schweiß gebadet. Als er seine Glieder bewegte, spürte er sie nicht. Er sehnte sich nach einem rettenden, tiefen Schlaf, einem richtigen Schlaf, aus dem er gänzlich erholt erwachen würde.

Er wollte aufstehen, das Bett verlassen, aber seine verkümmerten Glieder brachten die Energie nicht auf. Er stellte sich das Innere seines Körpers vor, stellte sich vor, wie sein Inhalt in dunklen, verschlungenen Linien hervorquoll. Sein Gedärm entwirrte sich und sein Magen triefte vor Flüssigkeit und sein Herz, seine Milz, seine Nieren schwebten durch die sternklare Ödnis des Raums. Dann stellte er sich vor, wie er jedes Organ mit einer lässigen Bewegung abwischte. Sie fielen zurück in seinen Körper, der sich auf wundersame Weise geöffnet und wieder geschlossen hatte, ohne dass sichtbare Spuren oder Narben zurückblieben. Und sein Gehirn war ebenfalls abgestaubt und in reinen Sauerstoff getunkt worden. So lange hatte es sich angefühlt, als wäre sein Schädel mit Baumwolle ausgestopft gewesen.

Er starrte die Schläuche an, die in ihn hineinführten, sah sich mit blinden Augen um.
　Was machte er hier?
　Und wo war der Regen?
　Licht.
　Da – ganz langsam, eben noch unter Lappen toter Haut begraben, tauchte in den Eingeweiden seines Gehirns eine vage Andeutung auf. Er fiel schnell, wie durch einen Aufzugschacht, strebte der Erde entgegen, das Licht hielt sich hartnäckig, gab jetzt nicht auf, und er war ein Stück in Richtung
　　　　　　　helle Welt gegangen.
　Und wieder, noch einmal schrie die Stimme, diesmal klarer und deutlicher: Wie war er hierhergekommen?
　Die sterilen Vorhänge, eine kalte Plastiklandschaft, die ihn von der Welt abschottete. Die Station mit ihren Fluren, dem Geruch nach Bleiche und Desinfektionsmitteln, das Krankenhaus mit seinem siechenden Leben. Er hatte sich eine labyrinthische Falle ausgedacht, hatte sich in diesen vollkommenen Alptraum hineingeschrieben, war ertrunken, war gestorben, war bereits ein Geist, eine Erinnerung. Er fragte: War es das, was das Jenseits war? Erinnerung? Waren Träume das Jenseits, oder waren sie Fenster zum Jenseits, oder waren sie einfach nur Nachbilder des Tages? Oder war es das, was das Jenseits war – Nachbilder des Lebens, die noch fortdauerten, und die Erinnerung an

diejenigen, die nicht mehr da waren, brachte sie zurück und machte sie wirklich wie im irdischen Geist, der auch ein Labyrinth sein konnte, und musste er daher nicht aus seinem Geist heraustreten, aus diesem Irrgarten, dieser Falle, die er selbst ersonnen hatte? Was hatte er sich bloß dabei gedacht? Er musste sich endlich
dem Licht zuwenden.

Denn er hatte es sterbenssatt; er hatte es sterbenssatt, so verliebt in den Tod zu sein, in dieses skeletthafte Siechtum, dieses Dasein als lebender Leichnam. Was hatte er sich davon versprochen? Denn jetzt wurden gelierte Tränen zu Engeln; sie stiegen auf und hielten an beiden Enden ein Tuch empor, winkten ihm zu, bereit, ihn einzuhüllen, ihn zu trocknen wie ein Kind nach dem Bad. Und da wollte er einen Apfel; er wollte einen Apfel mit glänzender Schale, wollte hineinbeißen, auf dass sein Saft durch das halbe Zimmer spritzte; oder eine Pflaume, ein Ei – irgendetwas, um die arme Hülle aus ihrem Vakuum zu befreien.

Dieses Beben in ihm. Er versuchte es zu benennen. Er hatte es schon vergessen gehabt, denn es war so lange fort gewesen – ein alter Freund, der weggezogen war, wie konnte er es wagen? Und er hatte ihn nicht mehr in seinem Adressbuch, aber man hatte ihm gesagt, dass der Freund jetzt zurückgekommen war, daher … dieses Beben.

Und Licht, rette mich, halt mich fest, bis meine Tränen versiegt sind.

Ich will in Flaschen abgefülltes Licht, ich will Zeit, ich will die Süße des Lebens schmecken, in ihr mariniert werden, weil ich die Schönheit wahrnehmen kann, und sie ist überall um mich herum, und sie ist da, wenn ich nicht hinschaue, ich möchte hier herausgerollt werden, und die Schönheit lauert mir auf und überwältigt mich mit Infusionen von Farbe, sie ist überall, im glasigen Film der Augen, in einem zaghaften Lächeln, früher bin ich über Weizenfelder gelaufen, habe mir den Mund mit dem Ärmel abgewischt, war voll mit Matsch, ein Schuljunge im schweißnassen Feld. Ich sehe Formationen von Wolken, aber ich will nicht mehr durch sie hindurchschwimmen, danke, ich schaue lieber von meinem schwerkraftgewichteten Sitz aus zu, und wenn sich die Stimme erhebt, kann ich in ein Sakko schlüpfen oder joggen gehen, meinen Körper wieder zulassen, am Strand durch warme Wellen laufen oder eine Sandburg bauen, denn das habe ich nie gemacht, ich muss die verlorene Zeit nachholen, muss mein Lächeln finden, es gibt so viel zu tun, ich beeile mich besser, fange die Korona der Sonne ein, die am Himmel erstrahlt, oder den Geschmack von Zwiebelsuppe, und ich muss sie wiederfinden, ich muss sie zurückgewinnen, Gott, ich habe alle Hände voll zu tun, die große Schöpfkelle (ich liebe Schöpfkellen) und der Duft von geschnittenem Gras oder von Toastbrot, so wie ich es mag, es mit jemandem teilen, oder der erste Schluck Wein, das Licht des Mondes, eine Stimme, die sich erhebt und zu Ranken wird, zu Fingern, zu flammenden Bändern.

Dank der Übersetzerin

Die deutsche Fassung der *Fabrications* ist grosso modo zwischen Januar 2021 und März 2022 entstanden, in einer Zeit also, in der die Realität pandemiebedingt mehr denn je in den virtuellen Raum verlagert und die „Erfindung der Wirklichkeit" – ob durch abgewählte US-Präsidenten oder russische Kriegsdemagogen – zugleich auf erschreckend reale Weise vorexerziert wurde. Zwischen viralen Verschwörungsmythen, alternativen Fakten und anderen massenmedialen Fiktionen mit Wirklichkeitsanspruch haben sich Risse, Verwerfungen, Abgründe aufgetan, die unserer Gegenwartslandschaft die fragmentierte Beschaffenheit eines *Waste Land* verleihen, und manch einem dürfte T. S. Eliots Jahrhundertpoem (genau hundert Jahre nach seiner Veröffentlichung) auch bei der Lektüre dieses Romans in den Sinn kommen. London erscheint hier als „unwirkliche Stadt", eine Wirrnis aus Stimmen und Identitäten, ein Sinnbild menschlicher Hybris und Zerrissenheit, ein „Babel" des Schöpfungs- und Konsumwahns. Dabei ist der Roman selbst eine Fabrikation, die das Fiktive zum Prinzip erhebt und unserer Wirklichkeit gerade deshalb so meisterhaft den Spiegel vorhält.

Apropos Babel: Den Turmbauern besagter Stadt verdankt die Menschheit ihre wunderbare Sprachverwirrung und die Übersetzergilde ihr Auskommen. Und da dieses Handwerk zwar in freiwilliger Selbstisolation, nicht aber in einem sterilen Vakuum ausgeübt wird, danke ich den vielen „guten Geistern", die mich beim Textschmieden und Wortfeilen inspiriert und befeuert haben; den Kolleginnen der pinselschwingenden Zunft für die wertvollen Einblicke in Maltechniken; meinem Lektor Joe Rabl für den frischen Blick aufs Manuskript und die große Geduld beim Feinschliff desselben; der Jury des Freundeskreises Literaturübersetzer für das Vertrauen in meine Arbeit.

Mein besonderer Dank gilt dem Schöpfer dieses Werks, Baret Magarian – „il miglior fabbro". Für die analoge Begegnung in Florenz, die unermüdliche Bereitschaft, meine Fragen zu beantworten und knifflige Textpassagen zu erörtern, und für den steten Ansporn, kreativ ans Werk zu gehen und aus anderen Worten *quasi* dasselbe zu fabrizieren. Baret, ti devo una spinta creativa incessante. This first German edition of your work must be dedicated to you – even if you will never read it.

Cathrine Hornung
April 2022

I
DIE IDEE
7

II
DER GURU
127

III
DIE ORGIE
265

Die Arbeit der Übersetzerin an diesem Buch wurde vom Freundeskreis zur Förderung literarischer und wissenschaftlicher Übersetzungen e. V. mit einem Stipendium aus Mitteln des Ministeriums für Wissenschaft, Forschung und Kunst Baden-Württemberg gefördert.

Die Drucklegung erfolgte mit freundlicher Unterstützung durch die Abteilung für deutsche Kultur in der Südtiroler Landesregierung.

TransferBibliothek CLXVII

Die Originalausgabe ist 2017 unter dem Titel *The Fabrications* bei Pleasure Boat Studio, New York/Seattle, erschienen.
Copyright © Baret Magarian, 2017

Das Epigramm stammt aus: Michail Bulgakow, *Der Meister und Margarita* (1928–1940). Aus dem Russischen neu übersetzt und mit einem Nachwort von Alexandra Berlina. München: Anaconda Verlag, 2021, S. 192.

Lektorat: Joe Rabl

© der deutschsprachigen Ausgabe
FOLIO Verlag Wien • Bozen 2022
Alle Rechte vorbehalten

Umschlagmotive: Dall'O / Archiv
Grafische Gestaltung: Dall'O & Freunde
Druckvorbereitung: Typoplus, Frangart
Printed in Europe

ISBN 978-3-85256-861-4

www.folioverlag.com

E-Book ISBN 978-3-99037-133-6

Die Geschichte eines unvergesslichen Sommers!

In seinem Roman zeichnet Bestsellerautor Jonathan Coe ein faszinierendes Porträt der Hollywood-Legende Billy Wilder.

„Eine wunderschöne Verbeugung vor dem großen Filmemacher."
Brigitte, Meike Schnitzler

„Witzig, wehmütig und anekdotenreich."
Stern

„Eine bezaubernde Sommergeschichte!"
NDR, Annemarie Stoltenberg

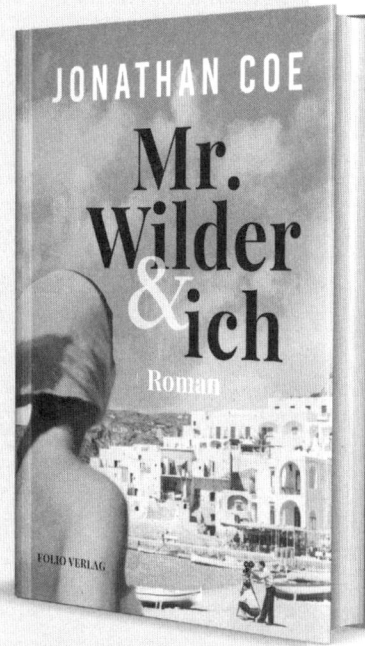

WIEN · BOZEN

Aus dem Englischen von Cathrine Hornung

Gebunden: ISBN 978-3-85256-833-1
E-Book: ISBN 978-3-99037-112-1

WWW.FOLIOVERLAG.COM

Der Brexit spaltet die britische Gesellschaft und ganz Europa – Coes klug-ironische Komödie zeigt, wie es dazu kommen konnte.

„Will man die Briten in ihrem Innersten verstehen, muss man in ein Gartencenter gehen."
Jonathan Coe

„Der beste Brexit-Roman."
Der Tages-Anzeiger

„Jonathan Coe hat mit *Middle England* die bisher beste Bestandsaufnahme geschaffen. Und beschreibt, wie ein Land erst den Kopf und dann komplett die Orientierung verlor."
Süddeutsche Zeitung

„Coe beschreibt den Zerfall mit feinsinnigem Humor." Stern

Aus dem Englischen von
Cathrine Hornung und Dieter Fuchs

Gebunden: ISBN 978-3-85256-801-0
E-Book: ISBN 978-3-99037-101-5

WWW.FOLIOVERLAG.COM